中华传世藏书

《图文珍藏版》

李渔全集

[明]李渔⊙原著

王艳军⊙整理

第五册

线装书局

目　录

风筝误

慎鸾交

玉搔头

中华传世藏书

李渔全集

目录

3

巧团圆

怜香伴

· 李渔全集 ·

风筝误

[清]李渔 ⊙ 原著

王艳军 ⊙ 整理

叙

　　屈子曰："众人嫉佘之蛾眉，谣诼谓余以善淫。"忧谗畏讥，《离骚》所由作
也。然三闾、九畹，并馨千载。贞者不得误为淫，亦犹好者不得误为丑，所从来久
矣。我笠翁行惇曾史，才妙机云，芳体锦心，几于遗世独立，顾以负俗之累，悴游
泽畔。嗟乎！天地间黑白固无殊观，妍媸殆将夺面乎？因思极媸冒妍，极妍混媸
者，往事有二：里妇颦偷越艳，画工态掩汉娃是也。既而思浣纱溪上，琼姿孤映清
游；响屟廊边，珊韵只闻独步。颦者自颦，效终谁效？况乎红颜虽薄，白璧难淄。
平日按图索瘢，弃予如遗者，一旦和亲辞陛，光动左右。乍转秋水之眸，始识春风
之面。慷慨兮胡塞晨征，懊丧兮汉宫秋思。美人尘土何代无，惟青冢黄昏，至今咏
焉！则知丹青黝黑，不能有误王嫱，而反以不朽王嫱。凡为嫱者，俱可浩然自信于
天地之间。此笠鸿《风筝误》一编写照寓言，或在有意无意间乎？读是编，而知媸
冒妍者，徒工刻画，妍混媸者，必表清扬。同此一人之身，昔骇无盐、宿瘤，如鬼
如魅；今称玉环、飞燕，胡帝胡天。人顾蛾眉信否耳，谣诼谁能误之？笠鸿之才，
妖冶已极，余不才，亦妒妇也，今且与老奴争怜之矣！

勾吴社小弟虞镂以嗣氏题

第一出　巅　末

【蝶恋花】（末上）好事从来由错误，刘、阮非差，怎入天台路？若要认真才下步，反因稳极成颠仆。更是婚姻拿不住，欲得娇娃，偏娶媸颜妇。横竖总来由定数，迷人何用求全悟！

【汉宫春】才士韩生，偶向风筝题句，线断飘零。巧被佳人拾着，彤管相赓，重题再放，落墙东，别惹风情。私会处，忽逢奇丑，抽身跳出淫坑。赴试高登榜首，统王师靖蜀，一战功成。闻说前姻缔就，悔恨难胜。良宵独宿，弃新人，坐守长更。相劝处，银灯高照，方才喜得娉婷。

　　放风筝，放出一本簇新的奇传，

　　相佳人，相着一副绝精的花面；

　　赘快婿，赘着一个使性的冤家，

　　照丑妻，照出一位倾城的娇艳。

第二出 贺 岁

【鹊桥仙】（生巾服上）乾坤寂寞，藐怀焉寄？自负情钟我辈。良缘未许便相遭，知造物定非无意。

乌帽鹎衣犊鼻裈，风流犹自傲王孙。《三都》赋后才名重，百尺楼头气岸尊。手不太真休捧砚，眉非虢国敢承恩？佳人端的书中有，老大梁鸿且莫婚。小生韩世勋，字琦仲，茂陵人也。囊饥学饱，体瘦才肥。人推今世安仁，自拟当年张绪。虽然好色，心还耻作登徒；亦自多情，缘独悭于宋玉。不幸二亲早背，家道凌夷，四壁萧然，未图婚媾。赖有乡达戚补臣，系先君同盟好友，自幼抚养成人，与他令郎戚友先同窗肄业。今乃元旦之日，须要整肃衣冠，候他出来贺岁。

【小蓬莱】（小生三髯、冠带，末随上）最喜门清似水，谱东山几局闲棋。（副净巾服上）家声尽旧，桥名朱雀，巷是乌衣。

（见介）（生）老伯请台坐，容小侄拜贺新正。（小生）贤侄是客，老夫是主，怎敢受礼？同拜就是。（同拜介）（生）改岁之馀，愿老伯蒲征早就，霖雨苍生。（小生）交春以后，望贤侄联掇科名，早偕花烛。（生、副净揖毕，同坐介）（生）老伯，小侄异姓孤儿，蒙老伯扶持教诲，胜似天伦，感激之私，一言难尽！

【宜春令】蒙垂念，辱俯携，恨不得挽青云扶人上梯。近世的交情，生前尚且翻云覆雨，何况朋友死后，还肯念及子孙？叹人亡交废，路逢羊舌谁弹泪？老伯真古人也！此德此恩，不知何年可报？愧无能报德衔环，只有个感恩流涕。莫说老伯，就是世兄与小侄呵，一样的埙篪奏雅，与同胞何异？

（小生）老夫与令先尊，有车笠之盟。又受妻孥之托，怎敢以生死变交？

【前腔】承交子，受托妻，顾黄泉常愁负伊。你只管用心读书，莫说纸笔之资，灯火之费，老夫不惜；就是婚姻一事，少不得也在老夫身上。你休忧聘礼，难道我

向平只为婚男计？令先尊易箦之时，以此事谆谆见托，老夫也曾力任不辞。防备他死者重生，须使我前言无愧。（副净）老世兄，自古道：四海之内皆兄弟也，何况我和你两世通家。说什么同胞异姓，都是一般昆季。

（末持帖上）禀老爷：方才詹老爷来拜年，说新正事冗，不敢请见，留下帖子去了。（小生看帖介）原来是詹烈侯，是老夫极相好的同年。他既来了，老夫就要去答拜。分付打轿，暂别了。人情重来往，友谊愧先施。（末随下）（副净）老世兄，我和你终日闭在书馆，成年不见妇人，这些时睡卧不安，未免有些亢阳之意。如今解馆过年，正好及时寻乐，和你到姊妹人家去走走何如？

（生）闻得近来名妓甚少，只怕也不消去得。（末上）禀相公：外面有许多妓女上门来拜年。（副净大笑介）"我欲仁，斯仁至矣。"妙、妙、妙！快唤进来。（末唤介）（老旦、小旦、净、丑扮妓上）居邻桃叶渡，摹效苎萝村；莺语同招客，梅花伴倚门。二位相公在上，贱妾们拜年！（副净）不消，来到就是了。（生背面、远立介）（众）那一位是戚大爷？（副净）小子。（众）那边一位呢？（副净）是敝友韩琦仲。（众）好两位风流相公！

【玉抱莺】【玉胞肚】堪称双美，乍相逢教人目迷。（指生介）那壁厢，器宇春容。（指副净介）这壁厢，裘马轻肥。二位相公不弃，几时到敝寓来，光顾一光顾何如？（副净）明日就来相访。【黄莺儿】（众）望栽培，倘文车见枉，便不宿也增辉。

今日各位老爷家，都要走一走，不得久陪，告别了。（副净）怎么忍得就去？（拉住诨介）（众）已登七宝府，再过五侯家。（齐下）（副净）老世兄，你为何这等道学？那些女客们来，也和他说说笑笑，才象个风流子弟。为何手也不动，口也不开，反背面立着，却象怕羞的一般？你也忒煞老实了！（生）小弟平日，也不十分老实，只是见了这些丑妇，不南你不老实起来。（副净）怎么？方才这几个，妖妖

娆娆，也尽看得过了。（生微笑介）

【解三酲】嗅着他脂腥粉气，怎教人翠倚红偎？（副净）毕竟怎么样的，方才中得你的意？（生）但凡妇人家，天姿与风韵，两件都少不得。有天姿，没风韵，却象个泥塑美人；有风韵，没天姿，又象个花面女旦。须是天姿风韵都相配，才值得稍低徊。就是天姿、风韵都有了，也只算得半个，那半个还要看他的内才。倘若是蓬心不称如花貌，也教我金屋难藏没字碑。（副净笑介）你也忒煞迂阔，世人那有这样妇人？方才家父说，要替你定亲。这等看起采，你的头巾，是极难浆洗的了。（生）若要议亲，须待小弟亲自试过他的才，相过他的貌，才可下聘。不然，宁可迟些，决不可草草定配。甘淹滞，怎肯把山精野怪，引入房帏？

（副净）一发说得好笑，只有扬州人家养的瘦马，肯与人相。那有宦家儿女，容易使人见面的？

【前腔】何曾见侯门娇丽，肯容人较瘦量肥？就作外貌见了，那内才怎么知道？难道好出个题目，考他不成？就是朝廷也不开女科第，几曾见穷措大，考蛾眉？老世兄，我劝你将就些也罢了。须知道河清难俟韶光迅，只怕你觅得娇娃日已西。休拘泥，只要门当户对，早效于飞。

（末上）老爷回来了，年酒摆在中堂，请相公上席。

【尾声】（合）我和你意空驰，神虚费，婚姻自有个暗中媒。倒不如现在的屠苏，且去饮数杯。

瑞霭环凝绿野堂，岁朝风景异寻常；
尊前有酒春方好，眉上无愁日自长。

第三出　闺　哄

【海棠春】（外苍髯、冠带，末随上）林居偏系苍生望，丝鬓老，丹心犹壮。术只愧齐家，阃内多强项。

　　雄心勃勃鬓萧萧，功在边陲望在朝；尚有倒悬民未解，难将生计学渔樵。下官詹武承，字烈侯，进士出身，官拜西川招讨使。只因朝中宦寺专权，怪下官不肯依附，唆人弹劾，罢职家居。近日闻得川、广之间，蛮兵作乱，势甚披猖，朝议纷纷，要起下官复还原职，未知确否？这倒不在话下，只是下官之命，易在功名，难在子息；下官之才，长于治国，短于齐家。正夫人早丧，子嗣杳然。止留二妾，各生一女。他们一岁之内，倒有三百个日子相争；下官一日之中，吃得八九个时辰和事。亏了一双顽皮的耳朵，炼出一副忍耐的心胸。习得吵闹为常，反觉平安可诧。二夫人梅氏，生女爱娟；三夫人柳氏，生女淑娟。爱娟居长，淑娟居次，年俱二八，未定朱陈。昨日是元旦之期，下官在梅夫人房里度岁，今日轮该柳夫人当夕了。且喜应酬已毕，不免早些过去，同她吃几杯岁酒，不要去迟了，又道我冷落他。（叹介）这叫作：阴气费和阳易燮，盐梅好剂醋难调。（暂下）

【前腔】（小旦扮夫人上）衾裯同抱甘谁让？宠盛处，后来居上。（旦扮小姐，副净扮梅香随上）二母费调停，敢为慈亲党。

　　（小旦）妾身柳氏，招讨公第三房夫人。女儿淑娟，招讨公第二位小姐。二娘梅氏，嫉妒成风，咆哮作性。妾身初来，也曾让他几次，怎奈越高越上，势不相容。如今只得与他旗鼓相当，才能够画疆自守。（对旦介）我儿，你爹爹昨日在那边过年，今日这样时候，还不见过来，想是又被那老妖精缠住了。（旦）新正为一岁之首，决不使我母子向隅，想必也就来了。（外便服上）老梅虽占春光早，嫩柳还承雨露多。（见介）夫人，下官昨日拘于次序，只得勉强住在那边，

你母子二人度岁，未免冷静了。（小旦）也不十分闹热。（旦）孩儿备有春酒，替爹爹、母亲介眉。（外）如此甚好！（旦送酒介）

【惜奴娇】（合）琥珀浮光，喜红颜华发，共映霞觞。一样的辛盘菜果，今夜倍觉生香。徜徉，对景开怀增欢畅，案齐眉，珠擎掌。（合）祝寿康，但愿年年今日，共醉千场。

（老旦扮夫人，丑扮小姐上）女子心肠曲，男儿宠爱偏；只愁情意假，空占昨宵先。妾身梅氏，詹家署事的正夫人是也。老爷在柳氏房中饮酒，不免同着女儿潜步走去。听他说些甚么？（行介）正是：但听私下语，便识枕边言。（丑）来此已是三娘门首了。母亲，我和你躲在一边，好听他们说话。（老旦）正是。（共躲听介）（外）夫人，我年逼桑榆，止生二女。你生的这一个，聪慧端庄，还替下官争气。只是二娘生的那一个，貌既不扬，性又顽劣，我终日替他担忧，怎么样到人家去做媳妇？（小旦）有那样的娘，自有那样的女儿。莫怪女儿不成器，只怪那老东西的教法不好。（旦）爹爹，母亲，且自饮酒，不要多活。万一下人听见，传与二娘知道，又是一番嫌隙了。（外）我儿说得是。

【前腔】（合）须防。耳属于墙，休向新年佳节，又起争场。且把金樽倾倒，休负眼底春光。芬芳，几树梅花相依傍。暗香来，神增爽。（合前）

（老旦、丑闯入介）（老旦）小妖精！你同家主公吃酒，把我娘儿两个当小菜。怎见得我的教法，不如你的教法？怎见得你的女儿，强似我的女儿？（指小旦介）

【锦衣香】骂你那淫妇腔，妖精样，逞自强，将人谤。不分个后到先来，怎般无状！（小旦）我倒不是小妖精，你是个老妖精。为什么别人在房里吃酒，要你沿墙摸壁来听？（指老旦介）笑你那狐狸越老越猖狂，迷人技痒，到处寻郎。（老旦）好骂，好骂！（欲打介）（小旦）你来，你来！（外各劝介）劝娘行息忿，甚冤仇，动辄相伤。（对老旦介）夫人，你比他年长，怎与他一般较量？（老旦）是他的年纪小，我的年纪老，你到年纪小的身边去！（推外介）（外对小旦介）夫人，若论于归次第，你也略该相让。

（小旦）是他比我先来，我比他后到，你到先来的身边去！（推外介）（外笑介）他又推来，你又推去，我只当在这里打秋千。（丑

对小旦介）三娘，我的母亲教法不好，你的教法好，以后劳你教教罢了。（对旦介）妹子，你聪明似我，我丑陋似你，你明日做了夫人、皇后，带挈我些就是了。

【浆水令】你这俏仪容，是夫人娇样；好规模，是皇后尊腔。我呵，只好做农家媳妇、贩家娘。全仗你提携带挈，做个贵戚椒房。（旦背对老旦介）二娘，是我母亲不是了，看孩儿面上，不要气罢！劝你千金体，莫气伤，且看儿面恢宏量。（对丑介）姐姐，你与妹子原是和气的，不要为这几句闲话，就成了嫌疑。好姊妹，好姊妹，影形相傍；休因这小嫌隙，小嫌隙，中道参商。

（老旦指小旦介）若不看你女儿面上，今日和你不得开交。我儿，去罢！不意顽嚚辈，翻生贤慧儿。（丑同下）（外指内介）老泼妇！老无耻！新年新岁，就来寻是非。

（小旦）起先为甚么不骂？如今见他去了，弄这假威风，与那个看？（外）当面不骂，是替你省气；背后骂她，是替你出气。总是爱惜你的意思。（笑介）（净扮报人上）三边传檄至，九阙赐环来。报！报！报！（末传介）（小旦、旦避下）（外）唤他进来。（净见介）恭喜老爷，起复原官。圣旨已下，道地方多事，就要催老爷上任。（外）知道了，外面领赏。（净下）（外）既然起官，就要上任。那干戈扰攘的地方，不好带得家小。我如今在家，他们还终日吵闹，明日出去之后，没有个和事老人，他两下的冤家，做到何年是了！（想介）我有道理。叫院子！（末应介）趁我在家，叫几个泥水匠来，将这宅子中间，筑起一座高墙，把一宅分为两院，梅夫人住在东边，柳夫人住在西边。他两个成年不见，自然没气淘了。（末）老爷说得是。

【尾声】（外）把长城筑起三千丈，省得干戈扰攘。（叹介）我还怕他攻倒堤防。

不会齐家会做官，只因情法有严宽；
劝君莫笑乌纱弱，十个公卿九这般。

第四出 郊 饯

【菊花新】（小生带末上）衰年情愈笃嘤鸣，闻道良朋赋远征。恰遇柳条青，好折取一枝相赠。

下官戚天衮，字补臣，与詹烈侯是同榜弟兄，最相契厚。闻得他有赐环之诏，今日起身，因此备下祖饯的筵席，来在邮亭相等，想此时已出门了。叫家童拿了帖子，立在道旁伺候。（末应介）

【望吾乡】（外冠带，引众上）衔命长征，风霜久惯经。残躯一向离鞭镫，不生髀肉真天幸，馀力犹堪骋。君恩重，家室轻，成败由天命。

（末跪迎介）戚老爷有酒摆在驿亭，候老爷饯别。（投帖介）（外）快住轿！（进见介）

钦限甚严，匆匆就道，小弟未曾拜别，反辱年翁郊祖。（小生）鲁酒一卮，不敢称饯，为年翁壮行色耳！看酒来。（送酒介）

【倾杯玉芙蓉】（合）载酒携觞，祖驿亭，暂息旌旗影。掩两人意气相投，科第同登；休戚相关，车笠同盟。风云泉石非殊命，只为朝市山林各有情。杯须罄，休教唱渭城，怕唱来时曲声凄楚不堪听。

（外）老年翁，小弟正有一事奉托，今日若不相遇，竟自忘了。小弟衰年乏嗣，只得两个小女，如今都已长成。小弟此行，归期未，求老年翁念同谱之情，替小弟择两个佳婿。若路远期促，不及相闻，就便宜行事也罢了。（小生）领命。

【玉芙蓉】（外）辞家老向平，婚嫁将谁倩？幸良朋可代，然诺无轻。只要择婿得人，聘礼分毫不受。订盟不受千金聘，择吉何须百两迎？（小生）承台命，我中心敬领；定搜寻一双润玉配清冰。

（外）告别了。（起介）（外）束发投交鬓已丝，那堪踪迹又参差。（小生）若逢驿使南来便，好寄梅花第一枝。（带末先下）（外）分付各役，及早趱行。（众应，行介）

【朱奴儿犯】一来为生灵待拯，二来为天语催征，因此上沐雨梳风晓夜行，原不为利名争竞！既许为苍生干城，早到疮痍早住疼，因此上在不得宽闲性。此时呵，有多少难民屈指算来程。

【尾声】三军共诧鞭梢影，为甚的平白地指挥号令？谁知俺是操演胸中的旧甲兵。

第五出 习 战

【北粉蝶儿】（净蛮装，引众上）七尺昂藏，不枉了七尺昂藏。盖乾坤，气雄心壮，天铸就，铁胆铜肠。眼重瞳，眉八彩，帝王奇相。割中原，几处强梁，都随咱一声雄唱。

> 据地称雄积有年，那堪久戴洞中天！时人莫笑蛮靴弱，一踢能教万国穿。自家洞蛮雄长，掀天大王的便是。咱们各踞洞天，自成部落。就是朝廷有道，不过暂受羁縻；若还国势陵夷，岂肯自为囚房？孤家. 生来相貌雄奇，性格骁勇，素有席卷中原之志。只因海宇承平，难于窃发。如今闻得朝中群小肆奸，各处贪官布虐，人民嗟怨，国势倾危。若不乘此兴兵，可不自贻后悔！只是一件，我闻得官兵所用的器械，件件犀利，俺这里刀枪虽快，弓弩虽多，只可为应敌之资，不可为制胜之具。我想中国所少的，只有一个象战。孤家已曾蓄有猛象数百，铁骑三千。象阵前驱，骑兵继进，以此制敌，何愁不奄有中原？已曾着人训练多时，只不曾亲自简阅。今日天气晴明，不免登坛演习一番。（登坛介）传谕人、象两营，各自披坚执锐，听候操演！（众）禀问大王：还是先演象战，先演人战？（净）先人，后象。

（众应、传令介）（众持军器，各舞一回下）

【石榴花】（净）一件件绕身随手现锋芒，俺只见电色闪毫光。可喜的是弓弯夜月，剑倚秋霜；枪能贯甲，箭拟穿杨。又只见那猛骏骏，又只见那猛骏骏马蹄儿踏碎了桃花浪。一道红尘，人间天上，气昂昂的猛貔貅，气昂昂的猛貔貅，好似天神样。舞罢了，各返彩云乡。

> （扮象上，舞一回下）

【扑灯蛾犯】（净）蠢生生如犀增跳踉，威凛凛如虎增肥胖，脊巍巍如山复如堵，鼻层层如风卷浪。雄赳赳千夫失勇，木蛩蛩万弩不能伤。泼凶凶长驱直拥；伏贴贴，敌骑百万一齐僵。

　　　　分付人、象合战一回。（众应，传令介）（人、象同上，合战毕，

摆齐，听令介）（净）人有人威，象有象勇。好战法，好战法！

【上小楼犯】凭着你烈轰轰人马强，矫腾腾牙爪张，扶佐俺掠了金珠，踞了城池，做了君王。那时节封你做食禄千钟、封侯万户的功人功象。须记咱纶言非诳。

　　　　摆队回营。（众应，行介）

【叠字儿犯】对对旌旗明亮，个个戎装鲜朗，更有那煌煌的司命幡，离离的护纛幢，五彩飘飏，助的军容壮。喜孜孜归来帐房，笑吟吟自捧霞觞。歌舞徜徉，洞中蛮都增欢畅。仁看把锦江山，打叠实空囊。

　　　　分付大小蛮军，点齐人马，就是明日起兵。（众应介）

【尾声】取中原，如反掌；看长驱，谁能拦挡？一任那不知命的螳螂将臂攘。

计就何难拉朽枯，狰狞一兽抵千夫；

荡平似建功臣阁，不图麒麟画象图。

第六出 糊鹞

【吴小四】（副净带末上）跨金鞍，佩玉环，豪华第一班。掷色斗牌赢不惯，每日输钱常论万，当家后一总还。

小子名唤戚施，家君原任藩司。做官不清不浊，挣个本等家私。只养区区一个，并无同气连枝。没偒傕受人妻子之托，甚来由养个赵氏孤儿，与我同眠共坐，称他半友半师。谁知是个四方鸭蛋，老大有些不合时宜。有趣的事，不见他做；没兴的事，偏强人为。良人犯何罪孽？动不动要捉我会文做诗；清客有何受用？是不是便教人烧香着棋。好衣袖被香炉擦破，破物事当古董收回；好髭须被吟诗拈断，断纸筋当秘笈携归。更有一般可笑，命中该受孤栖。说起女色，也自垂涎咽唾；见了妇人，偏要做势装威。学生连日去嫖姊妹，把他做个俊友相携。又不要他化钱费钞，他偏会得拣精择肥。难道为你那没口福的要持斋把素，教我这有食禄的也忍饿熬饥？我从今誓不与他同游妓馆，犯戒的是个万世乌龟。自家戚公子，字友先的便是。一向坐在书房，被老韩磨灭不过，连日同几个帮闲，在外面赌钱嫖妓，打双陆，蹴气球，何等快乐。如今清明近了，那些富家子弟，个个在城上放风筝，使我看了，一发技痒不过。叫家僮，也去糊一个风筝来，我就要上城去放。（末应下）（副净）我想古来制作的圣人，最是有趣，到一个时节，就制一件东西与人玩耍，不象文、周、孔、孟那一班道学先生，做这几部经书下来，把人活活的磨死。

【大迓鼓】聪明让鲁班，随时逐节把巧制新翻。不象那诗书庸腐文章板，平铺直叙没波澜。照我看来，那十分之中，竟有九分该删。

（末持风筝上）大爷，风筝有了。（副净看介）糊便糊得好，只是忒素净些。（末）大爷自己画一画就是了。（副净）那个耐烦画他？也罢，我先到郊外去等，你拿到书房里，央韩相公画一画了来。

杨柳风高春已分，纸鸢头上乱纷纷。

赛人全仗丹青力，放作天边五色云。

第七出　题　鹞

【翠华引】（生上）拾翠佳人遍野，王孙尽束雕鞍；只为倾城色少，潘车懒出柴关。

　　小生韩琦仲，与戚友先同学攻书。怎奈他是个膏粱子弟，只喜斗鸡走狗、蹴鞠呼卢，不但文章一道绝不留心，就是那焚香挥麈、种竹栽花之事，也非其所好。可惜他令尊造下这座园亭，何等幽雅，他也不会领略。你看花瘦草肥，蛛多蝶少，也不叫园丁葺理葺理。今日闲暇无事，不免叫抱琴出来，替他收拾一会，有何不可？抱琴那里？（丑上）已落地花犹慢扫，未经霜草莫教锄。相公，叫抱琴何用？（生）替他把园中花竹，葺理一番。（丑应，葺理介）

【太师引】（生）洗药栏，将蓬蒿撤。饲红鱼开笼放鹞，把蛛网卷，虑妨蝴蝶，雀罗收，好听绵蛮。你看，略修葺修葺，眼前就清楚了许多。如今添些香在炉里，再去烹一壶茶来。（丑应，取到介）（生）清香一炷茶一盏，代地主享用清闲。且待我抽几种书来看一看。（翻书介）凭书案，把牙签细翻。（叹介）这样异书，贫士们不得见面，如今却堆在这边饱蠹鱼，岂不可惜！堪叹息，人饥蠹饱书遭难。

　　我这几日，同戚公子在郊外闲游，也看过许多仕女，并不见有一个佳人。又不知是我的眼睛忒高？又不知是世上的绝色原少？

【前腔】似这等国色难，天香罕，难道教我渴相如，把情思遽删？我也晓得，那倾国佳人，原不易得，只是要个将就看得的也没有，如之奈何？我只要个不装点的真姿本色，无脂粉的绿鬓红颜。就是那胸中的才思，也不必太高。又不要他文章应举诗刻板，只求他免贻笑与那郑氏丫鬟。天哪！若是我命里有这等一个，就婚姻迟几年也不妨。只要有红丝绊，我甘心守鳏，终不然竟使我，终身做了孤汉！

　　独坐无聊，忽生愁闷，不免信手拈个韵来，做首诗儿遣兴便了。

（拈韵介）原来是"一先"韵。（研墨做介）"谩道风流拟谪仙，伤心徒赋《四愁》篇；未经春色过眉际，但觉秋声到耳边。好梦阿谁堪入梦？欲眠竟夕又忘眠。”（末持风筝冲上）未到中秋休咏月，正逢寒食且吟风。韩相公，大爷有个风筝，求你画一画。（生怒介）别人好好在这里做诗，被你打断了我的吟兴。

【三学士】好一似雄唱忽然逢截板，顿教字咽喉间。就是要画，也没有颜料，难道好用黑墨涂写不成？我尚没个硃研露水点周易，那得个钱买胭脂画牡丹？你去对大爷说，裱风筝既有裱匠，画风筝自有画师，我韩相公画不惯。就是会画也须存气岸，怎肯将如椽笔做了绕指环！

（末）韩相公，屈你画一画罢！大爷在城上等，若去迟了，又要难为小人。他不曾买得颜料，教你也没奈何，就是黑墨涂几笔也罢了。只求快些，小人去吃碗饭了来取。（下）（生）这也是活磨了，谁耐烦去画他！也罢，就将方才的诗，续上两句，写在上面，与他拿去便了。（写介）“人间无复埋忧地，题向风筝寄与天。”

【前腔】幸有风筝为折柬寄愁天上何难？但看我忧贫虑贱的心如捣，试问你造物生才的意可安？便道是大器从来成就晚，难道婚姻事，也教人须鬓斑？

（末上）相公，风筝画完了？（看介）原来是首诗，一字千金，更好，更好！

（生）书成莫怪景萧条，摩诘诗中画自饶；

（末）一字千金知太重，只愁放不上青霄。

第八出 和 鹞

【青哥儿】（副净上）清明近，游人闹，好风光，大家欢笑。风筝糊就到春郊，高高放去，又有一场脾燥。

我戚友先到郊外游春，教家人拿风筝去画，此时还不见来。你看，放风筝的好不多！万一来迟，天上放满了，挨挤不上，却怎么处？（末持风筝上）催急既愁尊客恼，来迟又怕主人嗔。大爷，风筝来也。（副净看见，怒介）我教你拿去画的，为什么叫他写起字来？（末）小人央韩相公画，他说没有颜料，故此题了一首诗。（副净）他做出来的事，就是惹厌的。横也是一首诗，竖也是一首诗，他就打死了人，少不得也把诗来偿命。没奈何，只得将就放放罢了。（放介）妙！妙！妙！你看，一放就放上去了。如今着实放线，比人家的分外高些才妙。（倒行放线介）

【剔银灯】纸鸢儿，又轻又巧；才放手，上天去了。只怕臭诗熏得天公恼，遣天兵把诗人尽剿。我将那代笔的名儿直报，念区区生平不作孽，望乞恕饶。

（末随下）

【一剪梅】（小旦上）最是春光易得消，才过元宵，又过花朝。（旦上）芳菲时至不相饶，才放山桃，又放庭蕉。

（小旦）妾身自从老爷去后，与二娘分作两院而居。虽然眼界略窄了些，倒喜得耳根

清净。（对旦介）我儿，春天日子，最易得过。记得新年和你爹爹饮酒，被那老东西闯来，厮闹一场，如今又不觉清明到了。你不可虚负时光，勤勤做些针指，就是笔砚也不可荒疏。如今春光明媚，你可随意做首诗来我看。（旦）这等，求母亲命一个题，限一个韵。（小旦想介）（内扯风筝，落下介）（小旦、旦惊介）呀！甚么东西从天上掉下来？

【啄木儿】（合）如星陨，似雪飘，百尺游丝旋又绕。（拾看介）却原来是半空中线断风筝，为甚的数行儿墨染雪涛？莫不是玉楼坠下修文的草？莫不是楚歌吹散军人的稿？为甚的郢曲传来万丈高？

（共读前诗介）（小旦）我儿，这是才人忧愤之词，偶然题在风筝上的。你方才向我索题、索韵，不如就将这拾得的风筝为题，和他一首，写在后面与我看。（旦）别人家的诗，和他做甚么？（小旦）会做诗的随眼看见便是题，随手拈来便是韵。你不见常有和"壁间韵"、"扇头韵"的？不过是借他题目，写我襟怀，又不与那做诗的人看见，这有何妨？只是如今人和诗，板板的依那几个字，没有一毫生趣。我如今另创一种和法，要从尾韵和起，和到首韵止，倒将转来，叫做"回文韵"，你就照式和来。（旦背手闲步，寻诗介）

【前腔】睛斜盼，手背抄，绕径寻诗莲步小。只因这拾风筝题目偏新，好教我和《阳春》想路难超。不知母亲为甚么缘故，见了风筝上的诗句，就生出这种和法来？他不过龙蛇几笔真连草，又不是"鸳鸯"两字颠还倒，为甚的把织锦回文和法教？

（净冲上）南阮无心邀北阮，东施有意拉西施。二小姐，大小姐说，多时不相见，请你过去谈一谈。（旦）这等，你立一立，待我做完了诗，就同你去。（捏笔写介）（净向小旦介）这是那里来的风筝？写他做甚么？（小旦）不知是那家的，放断了线，落将下来，上面有一首诗，我教他和韵。（净）原来如此。（旦写完，付小旦介）诗已和完，求母亲改削，孩儿去一去就来。才和飞来句，旋为拉去人。（同净下）（小旦念诗介）"何处金声掷自天？投阶作意醒幽眠。纸鸢只合飞云外，彩线何缘断日边？未必有心传雁字，可能无尾续貂篇。愁多莫向穹窿诉，只为愁多谪却仙。"好诗，好诗！我想人家女子，有才的，未必有貌；有貌的，未必有才。就当才貌都有了，那举止未必端庄，德性未必贞静。我的女儿，件件俱全，真个难得。

【三段子】他情娇态娇，笔姿儿比容更娇；识高智高，德性儿比才更高。老成不觉年轻小，端庄却增容颜好。不枉了人唤千金，我掌擎珠宝。

（末冲上）纸鸢不是衔泥燕，何事飞来王谢家？门上有人么？（丑上）是那个？

（末）我是戚衙的管家。方才我家公子放风筝，偶然断了线，落在你府上，烦你寻一寻。（丑）千家万家，知他落在谁家，怎么偏到我家来取？（末）城上有人看见，说落在西角高墙里面。西角只有你家的墙高，故此来问。（丑）这等，待我进去查来。（行介）不知在梅夫人墙里，柳夫人墙里？我且从二房问起。（问内介）你们可曾收着一个风筝？（内）我这边没有。柳夫人家，倒拾着一个。（丑）这等，一定是了。（见小旦介）禀夫人：戚老爷的公子，有一个风筝，落在我家，着人来取。（小旦）既是戚老爷家的，把他拿去。（丑取出，付末介）（末）多承了！完全归赵璧，功不愧相如。（下）（小旦）原来戚公子有这样高才，不愧是将门之子。（旦急上）拂衣归去疾，因有事关心。母亲，方才的风筝，可曾与他取去？（小旦）是戚年伯家的，怎好不付还他。（旦）孩儿有诗在上面，闺中的笔迹，怎好付与外人？（小旦惊介）呀！倒是我失检点了。叫家僮！（丑应介）（小旦）方才的风筝，若去不远，快替我赶转来。（丑）不知走到那一方去了，怎么赶得着？（小旦）我儿，有心赶去取讨，反觉得着迹，由他拿去罢了！

【前腔】（旦）母亲，你年高识高，为甚的偶遗忘，差池这遭？非是我撒痴撒娇，做孩儿敢把慈亲絮叨。一来呵，荒疏恐被男儿笑；二来呵，短长怕有旁人道。做不得个内外森严，不通飞鸟。

（小旦）又不是淫词邪句，外人见了也不妨。

【归朝欢】又非是，又非是琴挑句挑，怕什么旁人耻笑？（旦）非真有，非真有旁人见嘲，这都是孩儿逆料。（小旦）我儿，我和你在此闲谈，你爹爹此时知可曾到任？风霜刺骨，烽火惊心，老人家怎么经受得起？（合）征鼙聒耳乡音杳，疮痍满目亲人少，不似我和你母子相依伴寂寥。

和诗非显内家才，寄与旁人莫浪猜；
线断风筝寻复去，稿亡诗句忆还来。

第九出　嘱　鹞

【步蟾宫】（生带丑上）日长似岁休闲过，劝好友将勤补惰。（副净上）春郊游客乱如梭，这屋里针毡怎坐？

（生）老世兄，你今日去放风筝，为何这等回来得早？（副净）来得早，来得早，都是你一首诗儿将兴扫。不曾放得几多高，线断风筝吹去了。（生）原来如此。（副净）城上有人看见，说落在詹年伯家，我教人去寻了。（生）这也不必。老世兄，你连日在外闲游，不曾亲近笔砚，万一老伯来查功课，只说小弟不效切磋。如今屈在这里，陪小弟看几篇文字，再不要出去了。（扯副净同坐，看书介）

【黄莺儿】（生）开卷益偏多，古和今，任蒐罗，消磨岁月惟书可。（副净睡着介）（生）你看，才开得卷，就睡着了。抱琴，摇他醒来。（生摇介）戚相公！戚相公！一任你横推竖挪，轻呼重聒，怎奈他睡乡城垒坚难破。不要怪戚相公一个，近来的人，都有这桩毛病，见了书本，就要睡觉。只怕书里的蠹鱼，就是瞌睡虫变的，也不可知。（生笑介）书既做了睡虫窠，难道先贤古圣也做了睡中魔？

（末持风筝上）芒线无筋联复断，风筝有脚去还来。呀！大爷睡着了。韩相公，这风筝替大爷收着，小人要去伏事老爷。（下）（生看介）呀！是那个续一首在后面？（念旦诗介）好诗！好诗！居然强似我的。（想介）那詹老先生又不在家，这诗是何人所作？（丑）外面人说，他家有个二小姐，诗才最高，只怕是他做的？（生又看介）是，口气也象女人口气，笔迹也象女人笔迹。不消说，是他做的了。既然如此，不可与戚大爷看见，趁他睡着，揭将下来，另把一张白纸补上，待他醒来好看。（丑）也说得是。（揭补介）（副净醒介）（生）老世兄，醒了？（副净）妙、妙、妙！这一觉，到睡得安稳。

【前腔】昼寝乐偏多，孔先师教法苛，宰予得趣真知我。（生）老世兄，可曾听见小弟说些甚么？（副净）你低吟似歌，狂吟似呵，不过是"诗云""子曰"声

烦琐。（生背介）还喜得不曾听见。（转介）老世兄，你的风筝取回来了！（副净喜介）风筝既取回来，小弟就不得奉陪了。如今天色尚早，还有半日好放，且去尽尽馀兴了来。莫蹉跎，寸阴尚在，游子肯闲过？

　　且离苦海，适彼乐郊。（持风筝下）（生）如今待我取出诗来，细细的玩味一番。

　　（出诗看介）

　　【簇御林】焚香看，漱齿哦，这是佛名经，出普陀，能开一切眉间锁。他诗中只赞我才高，不露一些情意。但将它细味起来，那"未必有心，可能无尾"这八个虚字眼呵，有无限情包裹。就是这韵也和得异样，又不从头和起，倒从后面和将转来，或者寓个颠鸾倒凤的意想在里面，也不可知。分明是有意掷情梭，却象把"鸳鸯"两字，颠倒示谐和。

　　（丑）人又说他，不但才

高，容貌也十分标致。（生）这样的诗，料想不是丑妇做得出的。

　　【前腔】我把他容思想，貌揣摩，毕竟少铅华，本色多。（丑）这等说，是个不喜妆扮的了。相公不曾看见，怎么知道？（生）但看他毫端不受纤尘呵，怎肯把脂共粉将容污。我若得与他结丝萝，便朝同枕簟，夕死待如何！

　　前日那首诗，是无心做的，并没有挑情的意思。如今怎么再做一首，竟说婚姻之事，央人寄去，看他怎生发付我？只是没有这样一个人。（丑）相公，抱琴倒有个计较。（生）你有什么计较？（丑）他家侯门似海，飞鸟不通，料想没有人寄得诗去。只除非也学戚大爷去放风筝。（生）那风筝怎么放得进去？（丑）他家的宅子，极是宽大，又靠在城边。你如今做一首诗，写在风筝上，我和你到城上去放。不要太放高了，只要放进他的墙头，就把线一丢，你说不落在他家，落在那里？（生大喜介）妙妙妙！妙得极！只是那回音怎得出来？（丑）这个一发不难，待我依旧去讨，讨得风筝出来，回音一定在上面了。只是一件，切不可说出你的名字，只说是戚大爷做的，直待事成之后，才可露出真情。（生）怎么？我做了诗，倒假他的名字？（丑）一来如今的人情，只喜势利，不重孤寒。说戚大爷的名字，还掀动得他，说是相公，若访问你的家私，连诗的成色都要看低了。二来风筝放进去，万一惹出事来，他还碍着戚老爷的体面，不敢放肆；若晓得是你，行起乡宦势来，就要吃他的亏了。（生）有理，有理！不但聪明，且又周匝。这等，我做诗，你去糊风筝，预备停当了，明日绝早去放。（丑应下）（生）我想这一首诗，比前日那一首，更有关系，不是草草下笔的。

【琥珀猫儿坠】我凝神静想，逐字苦吟哦。这一次是有意班门弄斧柯，不比那弹琴偶遇子期过。敲磨，休教他绽破樱桃，笑我才少情多。

（丑持风筝上）不贪醉饱为顽仆，愿效昆仑作侠奴。相公，风筝有了。（生题介）"飞去残诗不值钱，索来锦句太垂怜；若非彩线风前落，那得红丝月下牵。"（搁笔介）诗做完了，待我叮嘱他一番：风筝！风筝！我这桩好事全仗你扶持，若得成交，你就是我的月老了。

【前腔】我把风神絮祷，却便似合掌念弥陀。休教那妒雨愁云把我字句磨，好待他清清楚楚入秋波。休讹，须认取我那滴滴亲亲，和韵的娇娥。

【尾声】你从前既把媒人做，还仗你把姻亲订妥。切莫要有始无终，把我的好事磨。

新诗为我逗琴心，更仗新诗索好音；
无意栽花犹发蕊，难道有心插柳倒不成阴。

第十出　请　兵

【夜行船引】（外冠带，小生扮中军，各役引上）昔日甘棠今在否？再来人惭愧并州。皂盖犹新，乌纱尚好，只有白发数茎异旧。

五彩前旌八座车，重来犹佩旧金鱼；爱棠父老衰同我，骑竹儿童大似初。下官受命以来，兼程到任。闻得蛮兵甚是猖獗，已曾差人侦察去了，还不曾回报。今日先把将士检阅一番，好待临时调发。分付中军官，传谕各营将领，听候过堂！（小生传介）（末、丑、净、老旦扮衰老将官上）戏箱盔甲偏场戈，取笑行头奈战何？力少按鞍难顾盼，只因饭不善廉颇。（进见介）各营将官参见。（小生唱名，外执笔点介）水营总兵钱有用。（末应，过堂介）（小生）陆营总兵武不消。（老旦过堂介）（小生）左营副将闻风怕。（丑过堂介）（小生）右营副将俞敌跑。（副净过堂介）（外）你们这些将官，都不是我的旧人了。（众）将官们都是京营小校，凶为助饷有功，不次升来的。（外）你们这样衰老，又且都是病躯，将来怎么样去杀贼？（众）不敢瞒老爷，将官们原是不曾杀过贼的，闻得人说，这边地方承平，武官好做，故此在兵部乞恩，补了这边的缺。原只说来坐镇雅俗的，不想一到地方，就多起事来。年纪原大了几岁，近来为忧国忧民，不觉愈加老迈了。如今求老爷题疏，请朝廷另选精壮的来代职，将官们情愿降级调用。（外怒介）你们既受朝廷爵禄，就该不辞衰老，捐躯报国才是，怎么说这等萎蘼的话！速速去料理器械，抖擞精神，伺候征剿。若误事机，军法未便！（众应介）只知钱有用，都言武不消；今日闻风怕，明朝俞敌跑。（下）（外叹介）你说这样的武备，这样的将才，怎么教洞蛮不思作反！

【驻马听】军气休囚，武备多年偃不修。怎禁那祸生仓卒，变起萧墙，利失遹陬。似这般人人告老把生偷，教我单骑遇敌凭谁救？（叹介）拚一个马革尸收，还只怕乱军中，狐死难丘首。

　　再传谕：各营兵士，只候唱名。（小生传介）（生、小旦、净、丑扮老弱兵丁，破衣旧帽上）三餐冷粥菜全无，庚癸于今倦不呼。年少金疮老来发，不堪秋气入肌肤。（小生唱名介）赵龙。（生应介）（小生）钱虎。（小旦应介）（小生）孙彪。（净应介（小生）李豹。（丑应介）（外）叫那些兵丁上来。（众上，跪介）（外）你们这些兵丁，我老爷都还认得，只是为何这等黄瘦了？（众）当初老爷在这边，号令严明，纪纲整肃，军粮按时给发，将领不敢扣除。自从老爷去后，纪律不严，钱粮缺少，卯年支不着寅年的

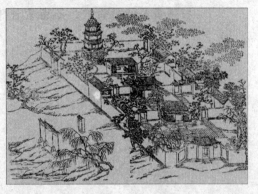

粮，一钱受不得五分的惠，个个都饥饿坏了么？老爷！（哭介）（外）你们放心，我老爷一到，决不使你们再受饥寒。快去调养精神，听候征剿，不可有误军机！（众应下）（外叹介）

　　【前腔】一样貔貅，今日鸡皮昔虎头。可怜他金风刺骨，全没个玉粒充肠，只有些珠泪凝眸。（叹介）地方的事，被前人坏到这个地步，教我怎么补救得来？他人决海我防沟，将来淹没谁之咎？蒿目空忧。只好烧一炷志诚香，袖手祈天祐。

　　【不是路】（丑扮探子上）侦探回头，蠢动情形一望收。（见介）（外）贼情虚实何如？（丑）禀老爷，他是真蛮寇，不比寻常蜂虿小啰喽。（外）有多少人马？（丑）人马虽多，还不足虑，只怕他一件，最堪忧，他冲锋不用人如蚁，挡众全凭象似彪。（外）原来用的象战。这等，他攻城用什么器械？可曾破了几处城池？（丑）他用的是云梯、大炮与掘地的器械。那沿山一带城池，都已失守了。只为无兵救，沿山几处城如斗，尽行失守，尽行失守！

　　（外）知道了，你再去打探。（丑应下）（外叹介）贼强我弱，战守两难，如何是好？

　　【解三酲】雨下处，正当屋漏，半江中，怎把船修？俺待要战呵，残兵赢将谁堪斗？分明是驱众荠赴长沟。俺待要守呵，这饥民不火难增灶，赤地无沙怎唱筹？说便是这等说，难道就束手待毙不成？休倦偬，少不得要运筹借箸，勉护神州。

叫中军官，一面写下出师牌面，一面刻下招安榜文，候我相机遣用。这不过是虚示军威，使贼难料我的虚实；若要灭贼，须是请兵会剿。我连夜修下告急的表章，差你星驰进京，求朝廷速发大兵，遣重臣监督前来，不可羁误时刻！（小生）得令！

羽书飞上九重天，伫望旌旗自日边；

扫荡蛮氛靖叫蛮穴，不留蛮种肆遗膻。

第十一出　鹞　误

【出队滴溜子】【出队子】（生带丑携风筝上）风筝偷放，也学顽皮戚大郎，从今不敢笑伊行。【滴溜子】还虑他将言呵让，虽然别有情，都是一般呆况：他为游痴，我为色狂。

　　来此已是城头了。抱琴，那里是他家的宅子？（丑指介）从这座高墙起，直到那座高墙止，方圆一二里，都是他家院落。（生）这等，是丢得进的。趁没人在此，快些放上去！（放介）（副净内云）城上有人放风筝，我们也到城上去放。（生望内，惊介）呀！那是戚大爷，他也上来了！怎么处？（丑）相公，你在这里放线，我飞跑下城，引他到郊外去。（急下）（生）有这等凑巧的事，他若毕竟要来，怎么了得！（望内喜介）好了！出城去了。如今宽心放线。（放线介）

【降黄龙】休短休长，酌量高低，莫差寻丈。线呵，你是条牵情血缕，系足红丝。不但把风筝收放过墙，待我新诗落地，你先做游丝萦绕纱窗。好待他举纤指轻收慢曳，抽出我的情肠。

　　如今放到宅子中间了，丢了线罢。（丢介）原来今日是西风，吹落在东首了。

【前腔】东墙鸟语花香，你看那屏掩窗垂，分明是深闺模样。我想那风筝此时呵，虽未经他秋波凝注，纤指轻拈，也早与温柔相傍。就是他丫鬟、保母拾到了，少不得要送与小姐看的。只怕被管家拾着，拿去送与夫人，就有些不妥了。堤防，不怕他通文保母，与那识字梅香，怕只怕捕巡狠仆，献与高堂。

　　我如今也愁不得许多，且回到书房，静听消息。魂逐风飘今日下，线牵情去几时来？

　　（下）（羽带净卜）才起牙床宝髻偏，恼人春色闲人天。梧桐不落春间叶，何处秋声到枕边？奶娘，方才窗子外面，是什么东西响了一下？（净）待我看来。（寻着风筝，看介）呀！原来也是一个风筝，

也有一首诗在上面。（丑）风筝便是风筝，诗便是诗，为何加上两个"也"字，你莫非学二小姐通文么？（净）不是，我前日过去请二小姐，他正拾到一个风筝，上面有诗，他和了一首。今日我们又拾到一个，又有一首诗，故此下两个"也"字。（丑）原来如此。这等，他的风筝还在么？（净）闻得是戚公子的，当日就讨去了。（丑）他那一个是七公子的，我这一个自然是八公子的了。（净）不是那个"七"字，是老爷的同年戚布政的公子。（丑）这等说起来，那公子又会做诗，又喜放风筝，一定是个妙人了。

【黄龙衮】风流知趣郎，风流知趣郎，诗逐风筝放。可惜落在他那里，他不过回你一首吃不得用不得的歪诗，若还落在我这边，定要陪几件东西答你。少不得把玉扣金簪，酬你多情况。（看风筝介）这个放风筝的人儿也不差，我虽然不识字，不晓得诗的好歹，只是写得这几行字出的，也不是个村夫俗子了。怎能勾出张招榜，教他亲投认状？你若要寻诗句，赎风筝，先还了我房租帐。

（净）小姐，你这等说起来，心上想着男子了。（丑）奶娘，怎么瞒得你？自古道："男大当婚，女大当嫁。"我今年齐头十八岁了。你不见东边的张小姐，小我一岁，前日做了亲；西边的李小姐，与我同年，昨日生了子。如今老爷才去上任，不知那一年才得回来。等得他回来许人家，我的脸皮熬得金黄色了。如今莫说见了书生的面孔，听了男子的声音，心上难过；就是闻见些方巾香，护领气，这浑身也象跳蚤叮的一般。（净笑介）小姐，你也忒煞心急了。我如今和你商议，二小姐收着的，既有人来讨去，难道我们收着的，就没有人来讨？待他来讨的时节，我替你做个媒人何如？

【前腔】见了那寻诗觅句郎，寻诗觅句郎，我把他引到蓝桥上。你两个先效于飞，后把朱陈讲。只是你怎么样谢媒？先要与你断过：媒钱几两，媒红几丈？这叫做后君子，先小人，也须明讲。

（丑）奶娘，你若有这样的盛情，我一见面，就是两套衣服，一对金簪谢你！（净）我想今日这个风筝，不是没缘故的。前日一个，落在那边；今日一个，落在这边，恰好都有诗在上面。难道天下事有这等巧合的？这一定就是戚公子见了二小姐的诗，只说有心到他，故此又放一个进来，讨回话的。我如今立在门首去等，他若来讨，我只说二小姐为他害了相思，约他来会，不要说出你来。（丑）怎么不要说我？（净）一来二小姐的诗名，人人晓得，若说大小姐，他就不信了；二来恐怕事做不成，露出些风声，内外的人只谈论二小姐，再不谈论你。直待有了瓜葛，然后说出真情，教他央人来说亲，成了百年夫妇，岂不是万全之计？（丑喜介）有理。这等你快些去等，不要又被二小姐兜了过去。

【尾声】就是麻姑也挠不着我心头痒，全仗你一手招来魂荡。（净）我自有海上传来的救急方。

小姐你如今还是花间蕊，只怕顷刻翻为叶底花；

（丑）蜂蝶莫教过墙去，又疑春色在邻家。

第十二出　冒　　美

（末上）祖父当年不积德，投靠宦家充使役；只因一代做功臣，子子孙孙成世袭。自家詹府管家的便是。自从老爷出门，将我派做司阍人役，不论有事无事，要在门前伺候。今日等了许久，不见有什么差使出来，且在懒凳上睡他一觉，再做道理。（睡介）（净上）良媒不怕姻缘少，私语还防耳目多。自家只为奉承小姐，出来等那讨风筝的情郎。只是门上有管家，不好说话，须要生个法子，打发他开去才好。原来睡在这里，不免摇他醒来。（摇介）（末惊醒介）原来是老阿妈，出来做甚么？（净）大小姐有事差你。（末）差我做什么？（净）叫你去买一袋京香，两柄宫扇，三朵珠花，四枝翠燕，五两绵绳，六钱丝线，七寸花绫，八寸光绢，九幅裙拖，十尺鞋面。样样要拣十全，不可少了一件。去到管帐手里支银，都在买办簿上销算。（末）这许多东西，一日也买不完，这门上叫那个看守？（净）你自去买，我替你看门就是。（末）这等难为你了。苍头充办吏，老妇代司阍。（净笑介）好了，被我遣去了，远远望见一个小厮走来，或者就是讨风筝的，也不可知！（丑上）不怕侯门深似海，能令消息快如风。门上有人么？（净）你是那家的大叔？到这里做甚么？（丑）我是戚衙的管家，奉公子之命，特来拜领风筝。（净）前日来取风筝，今日又来取风筝，难道我家是个风箱，凭你扯进扯出的么？（丑）不知为甚么，那风筝就象有脚的一般，偏要钻在你家来。（净）我且问你，你家公子见了小姐的诗，可说好么？（丑）不要说起，我家公子呵。

【四边静】他朝咀暮嚼多滋味，焚香日相对。废寝又忘餐，如痴复如醉。我笑他忧煎没济，精神枉费，只怕才子害相思，才女少情意。

你家小姐见了公子的诗，可也略有些意思么？（净）我家小姐的相思，比你家公子还害得凶哩！（丑）怎见得？

【前腔】（净）她停针罢线长吁气，梳头忘珠翠。口里念新诗，眼中吊珠泪。他两个的才思呵，分开两位，合来一对。恨只恨彼此隔人天，咫尺阻佳会。（丑）原来你家小姐，也想着我家相公。既然如此，何不把后来的诗，再和一首，露些情意在上面，待我家公子央人来说亲就是了。（净）诗倒和了，我家小姐要亲手交付与他，还有许多心腹话要讲，故此叫我出来相等。（丑）这等极好！只是你家屋宇深沉，我家公子的胆小，怎么走得进来？（净）不妨，教他今晚一更之后，大胆走来，我在这里等他就是。（丑）这等我就去讲，只是要做得好，不可弄出事来。高才成好事，捷足报佳音。（先下）（净）约便约停当了，只是门上有人守宿，怎么处？（想介）我有道理。他如今去买办了，少刻待他买来，好的只嫌不好，说小姐立等要用，叫他连夜去换，怕他不去？正是：

　　风流别有钻心计，不在陈平六出中。

第十三出　惊　丑

（末持香扇等物上）满手持来满袖装，清晨买到日昏黄；手中只少播鼗鼓，竟是街头卖货郎。自家奉小姐之命，去买办东西，整整走了一日。且喜得件件俱全，样样都好，不免叫奶娘交付进去。（向内唤介）老阿妈。（净上）阿妈阿妈，计较堪夸；簸弄老子，只当哇哇。东西买来了，待我交进去。（持各物，向鬼门立介）（末）小姐看见这些东西买得好，或者赏我一壶酒吃也不可知。且在此间候一候。（净转身唤介）门公在那里？小姐说：这香味不清，扇骨不密，珠不圆，翠不碧，纱又粗，线又蒿；绫上起毛，绢上有迹，裙拖不时兴，鞋面无足尺，空费细丝银，一件用不得。快去换将来，省得讨棒吃。（丢还介）（末）怎么，这样东西，还嫌不好？就是要换，也只得明日了。今晚要守宿，烦你回复一声。（净内云）小姐说：心上似油煎，下身熬出汁；若等到明朝，爬床搔破席。门上不须愁，奶娘代承值；只要换得好，来迟些也不妨碍。（末）有这样淘气的事！没奈何，只得连夜去换。（叹介）养成娇小姐，磨杀老苍头。（下）（内发擂介）

【渔家傲】（生潜步上）俯首潜将鹤步移，心上蹊跷，常愁路低。小生蒙詹家二小姐多情眷恋，约我一更之后，潜入香闺，面订百年之约。如今谯楼上已发过擂了，只得悄步行来，躲在他门首伺候。我藏形不惜身如鬼，端的是邪人多畏。为甚的保母还不出来？万一巡更的走过，把我当做犯夜的拿住，怎么了得？他若问黄夜何为，把甚么言词答对？我若认做贼盗，还只累得自己；若还认做奸情，可不玷了小姐的名节！小姐，小姐！我宁可认做穿窬也不累伊。

（净上）月当七夕偏迟上，牛女多从暗里逢。如今已是一更之后，戚公子必定来了，不免到门外引他进来。（做出门望介）偏是今夜又没有月色，黑魃魃的，不知他立在那里？不免待我咳嗽一声。（嗽介）（生惊、倒退介）不好了，有人来了。（躲介）（净）难道还不曾来？不免低低叫他几声。戚公子！戚相公！（生喜介）那边分明叫我，不

免摸将前去。（一面摸一面行，与净撞头各叫"呵呀！"介）（净）你可是戚公子？（牛）正是。（净）这等，随我讲去。（牵毕手下）

【剔银灯】（丑上）慌慌的，梳头画眉；早早的，铺床叠被。只有天公不体人心意，系红轮不教西坠。恼既恼那斜曦当疾不疾，怕又怕这忙更漏当迟不迟。

　　奴家约定戚公子在此时相会，奶娘到门首接他去了，又没人点个灯来，独自一个坐在房中，好不怕鬼。（净牵生手上）（生）身随月老空中度，（净）手作红丝暗里牵。小姐，放风筝的人来了。（丑）在那里？（净）在这里。（将生手付丑介）你两个在这里坐着，待我去点灯来。反将娇婿纤纤手，付与村姬捏捏看。（下）（丑扯生同坐介）戚郎，戚郎，这两日几乎想杀我也！（搂生介）（生）小姐，小生一介书生，得近千金之体，喜出望外。只是我两人原以文字缔交，不从色欲起见，望小姐略从容些，恐伤雅道。（丑）宁可以后从容些，这一次倒从容不得。（生）小姐，小生后来一首拙作，可曾赐和么？（丑）你那首拙作，我已赐和过了。（生惊介）这等小姐的佳篇，请念一念。（丑）我的佳篇一时忘了。（生又惊介）自己做的诗，只隔得半日，怎么就忘了？还求记一记。（丑）一心想着你，把诗都忘了。待我想来。（想介）记着了。（生）请教。（丑）"云淡风轻近午天，傍花随柳过前川；时人不识予心乐，将谓偷闲学少年。"（生大惊介）这是一首《千家诗》，怎么说是小姐做的？（丑慌介）这……这……这果然是《千家诗》，我故意念来试你学问的。你毕竟记得，这等，是个真才子了。（生）小姐的真本，毕竟要领教。（丑）这是一刻千金的时节，那有工夫念诗。我和你且把正经事做完了，再念也不迟。（扯生上床，生立住不走介）（净持灯上）"只恐夜深花睡去，故烧高烛照红妆。"（丑放生手介）（净）灯来了，你们大家脱略些，不要装模作样，耽搁工夫。我到门前去立一立，就来接你。闭门不管窗前月，分付梅花自主张。（下）（生看丑大惊，背介）呀！怎么是这样一个丑妇！难道我见了鬼怪不成？方才那些说话，一毫文理不通，前日的诗，那里是他做的？

【摊破地锦花】惊疑，多应是丑魑魅，将咱魇迷。凭何计，赚出重围？（丑背指生介）觑着他俊脸娇容，顿使我兴儿加倍。不知他为甚么缘故，再不肯近身？是

了，他从来不曾见过妇人，故此这般腼腆。头一次见蛾眉，难怪他忒腼腆把头低。

（生）小姐，小生闻命而来，忘了舍下一桩大事，方才忽然想起，
如坐针毡。今晚且告别，改日再来领教。

【麻婆子】劝娘行且放，且放刘郎去，重来尚有期。（丑）来不来由你，放不
放由我。除了这一桩，还有甚么大事？我笑你未识，未识琼浆味，若还尝着呵，愁
伊不肯归。（扯生介）夜深了，请安置罢。（生变色介）小姐，婚姻乃人道之始，
若无父母之命，媒妁之言，就是苟合了。这个怎么使得？主婚作伐两凭谁？如何擅
把凤鸾缔？（丑）我今晚难道请你来讲道学么？你既是个道学先生，就不该到这个
所在来了。你说要父母之命，媒妁之言，如今都有了。（生）在那里？（丑）人有
三父八母，那乳母难道不是八母里算的？如今有乳母主婚，就是父母之命了。（生）
这等，媒人呢？（丑取出风筝介）这不是个媒人？若不是他，我和你怎得见面？我
自有乳母司婚礼，风筝当老媒。

如今没得说了，请睡。（扯生介）（净冲上）千金一刻春将半，
九转三回乐未央。如今已是三更时分，料想他们的事一定做完了，早
些打发他去，不可弄出事来。（生望见净，故作慌介）不好了，夫人
来了。（丑放生介）（生急走，撞着净介）（净）你们的事做完了么？
（生）做完了。（净）这等，待我送你出去。（复牵生手，行介）公
子，我家小姐是个救苦救难的观音菩萨。（生）你这保母是个急急如
律令的太上老君。（急下）（净）如今进去讨他的谢礼。小姐，如今
好谢媒人了么？（丑怒介）呸！你不是媒人，是个冤魂。（净）怎么
倒骂起我来？（丑）刚刚有些意思，还不曾上床，被你走来，他只说
是夫人，洒脱袖子，跑出去了。（净惊介）这等，你们在这里半夜，
做些甚么？（丑）不要说起，外貌却象风流，肚早一发老实不过。说
了一更天的诗，讲了一更天的道学。不但风流事不会做，连风情话也
说不出一句来。如今倒弄得我上不上，下不下，看你怎么处？（净）
不妨，我另有个救急之法，权且眠过一宵，再做道理。

做媒须带本钱行，莫待无聊听怨声；
佳婿脱逃谁代职？床头别有一先生。

第十四出　遣　试

【忆秦娥】（小生便服上）槐黄了，纷纷举子忙时到。忙时到，祖生休怠，着鞭须早。

下官替韩盟兄抚养孤子成人，且喜得他天姿英迈，品格离奇，定不是个池中之物。今当大比之年，要打发他上京取应，衣囊资斧，俱已齐备，不免亲到书房，送他去来。老年最忌名心热，壮岁还愁宦念疏。（下）

【前腔换头】（生带丑上）一朝被鬼迷心窍，神情三日犹昏眊。犹昏眊，合眼便见，夜叉奇貌！

小生为詹家女子，误起情肠。听了外面人的讹传，只说有其名者，必有其实。看了风筝上的赝笔，又道有斯貌者，方有斯才。谁知耳内千闻，不如眼中一见。被他乳母作祟，黑夜引入房中，全无半点娇羞，备极千般丑态。佳篇误称拙作，通文处满口胡柴；旧句冒作新篇，识破时通身马脚。小生方在惊疑之际，彼妇正在饥渴之中。千亏万亏，亏那一盏银灯，做了照妖神镜；难逢难遇，遇着一尊保母，做了辟鬼钟馗。方才得脱网罗，庶免一宵缠缚。不然，竟似苏合遇了蜣螂，虽使濯魄冰壶，洗不尽通身秽气；又如荀令嫖了俗妓，纵不留情枕席，也辜负三日馀香。（笑介）这样诧异的事，教我也解说不来，只好付之一笑而已！

【金梧桐】且把相思孽帐消，悔极翻成笑。我想他那样的丑貌，那样的蠢才，也勾得紧了，那里再经得那样一付厚脸，凑成三绝。也亏他才貌风情，件件都奇到。毕竟是伊家地气灵，产出惊人宝。我想那个乳母，竟是我的恩人，若不是他引我进去相见呵，万一谬采虚声，聘定了把鸾凰效，兀的不是神仙魑魅同偕老！

我吃过这一次虚惊，以后的婚姻，切记要仔细！一不可听风闻的言语；二不可信流传的笔札；三不可拘泥要娶阀阅名门。从来绝代佳

人，都出在荒村小户。总之要以目击为主。古人三十而娶，不是故意

要迟，想来也是不肯草草的缘故。

【浣溪沙】经这遭，才知觉，休信那毛延寿画里的妖娆。苎萝不掩西施貌，阀

阅难增嫫姆娇。休草草，便等到鬓婆婆遇佳人，也做个有福温峤。

今乃大比之年，戚仁伯催我入京赴试。此去若得侥幸，大小登科

都在一处，也不可知。等他出来，拜别前行便了。

【东瓯令】（小生、副净带末携酒上）烧尾宴，祖儿曹，催送蛟龙上碧霄。（见

介）贤侄，你春风得意须乘早，我专听取泥金报。（副净）老世兄，你身荣须念旧

同袍，休得要富贵把人骄。

（小牛送银介）朱提百两，备舟车薪水之资，贤侄请收了。（生

收介）（小生）看酒

过来！立饮三杯，然后上马。（立饮介）

【金莲子】（小生）我自斟醨，须恕我杖履不出郊。（净）小弟也奉一杯。（斟

介）三杯少，还有一杯奉饶。（合）风霜须爱护，冷暖自均调。

（生）老伯之恩，天高地厚，就是衔环结草，也难效区区。就此

拜别！（同拜介）

【尾声】（小生）你也莫衔环，休结草，那有个饭韩漂母望酬劳？只求你勉慰

黄泉，不使我愧久要。

玉光剑气久沉埋，好把文星耀上台；

老耳十年无世事，龙钟洗却待春雷。

第十五出　坚　　垒

【北醉太平】（净骑象，引众上）刀锋剑芒，盔甲煌煌，浑如秋水接天光。笑官兵，战几场，马如齑粉人如酱，使俺象蹄血溅桃花浪，且先凭一箭定四方，取中原，似探囊！

自家掀天大王是也。自从起兵出洞以来，攻州州破，过县县残。虽有几个官兵，莫说不勾俺爷砍刀劁，还经不得象鼻一卷。如今已到西川地方，闻得新来的招讨，就是当初詹烈侯。这厮年纪虽老，倒还有些智略，不可轻觑了他。分付大小蛮军，须要用心攻打！将我新制的云梯大炮，与那掘地道的家伙，都载在军前，听候取用。（众应介）（同唱“先凭一箭”二句下）（外戎装，末扮中军，引众上）掘鼠罗禽作糗粮，张巡今日守睢阳；只愁无妾堪充饷，难结军中死士肠。下官詹武承，到任未几，时事多艰。前日上疏请兵，今日贼临城下，急病难仗缓医，远水不浇近火。如今只得坚城固守，以老贼军，待天兵到日，好议征剿。叫中军官！（末应介）贼兵破竹而来，机锋正锐，我军不可轻战，只可固守；不可斗力，只可用谋。你与我在营中选三个壮士，一个画了红脸，扮做关圣帝君；一个披了火焰，扮做火德星君；一个凑了一头六臂，扮做太岁星君，前来听用。（末）禀问老爷：那一处用着他？（外）你不要管，装扮完了，听我调度。（末应下）

【前腔】（外）说甚么晁生智囊，陈平计良，耿恭神箭不穿杨。射胡人，起异疮，且看俺师心别把阴符创。管教那五行列宿天神将，不须符水绍阴阳，一齐来，助守疆！

（副净扮关圣、丑扮太岁、小生扮火德，随末上）装就奇形怪状，且看妙算神机。禀老爷，装扮齐备了。（外对副净介）我闻得贼兵惯用云梯，窥视城中虚实。我这东角近山，易于登眺，料他必先窥视东城。我今日东门城上，不用一人防守，只差你一个藏在城垛之下，贼

见没人守城，毕竟用软梯爬上，你伺候先上来的一个，拿住他砍了首级，提在手中，立在城上，现一现形，就来领赏。（副净应介）（外对丑介）我闻得贼兵惯掘地道。我这西门地虚，他毕竟从西门掘进。你到西门城里，先掘一个地洞，伏在洞中，等他掘穿的时节，你将前面一个砍了首级，提在手中，走出洞外，现一现形，就来领赏。（丑应下）（外对小生介）贼攻东西不利，毕竟从南、北二门，用炮攻打。北门近水，难用火攻，他必定只攻南门。我城唯南角最坚，料打不破。你先到南门支下一个小炮等他，他炮不响，我炮不动，待他用炮之时，一齐点火，铅弹打去，他不疑我用炮，只说自己弹子激转去打着自己，你立在城上现一现形，就来领赏。（小生应下）（外）旗鼓司！传谕守城兵士，俱要寂然无声，如有说话一句、咳嗽一声者，立刻枭首。（末应介）（众同唱"不须符水"二句下）（净、众唱"先凭一箭"二句上）叫蛮军，这东门近山，好看虚实。你与我搭起云梯，待我亲自看来。

（众搭云梯，净登望介）

【南普天乐】（净）驾云梯，高千丈。炯双眸，遥瞻望。虚和实，虚和实何计遮藏？管靴尖踢倒金汤！（下介）（众）大王，城中虚实如何？（净大笑介）城上半个人也没有，这等看起来，不消攻打，只须搭了软梯，爬将上去就是。（众搭软梯，一人先爬入介）（副净提人头立城上，众见惊倒介）不好了！不好了！关爷显圣了！（净）大家跪了磕头！（同拜介）呀！把尊神拜仰，威灵庇远方，恕蛮人愚蠢，免降灾殃。

（副净下）（净）这一门有关爷把守，不要惹他，到西门去罢。东门攻不进，且去打西门。（同下）（外、众唱"不须符水"二句上）（副净提人头上，见介）禀老爷：献首级。（外）赏银牌一面。（副净谢介）

【北朝天子】（众）笑痴蛮蠢羌，羡灵心巧肠。寿亭侯那里从天降？都只为神威镇远，赫名儿久扬。因此上不问假和真，魂都丧。貌虽然假装，神多应真降。渺茫渺茫渺渺茫，附人身非同影响，非同影响。备牲醪，酬天将，备牲醪，酬天将！

（俱下）（净、众唱"先凭一箭"二句上）（净）叫蛮军！这西门地虚，好掘地道，快与我掘进去。（众）禀大王，不知今日可动得

土？（净）胡说，那有攻城掘地拣日子动土的？（众掘介）

【南普天乐】（净）荷锹锄，开虚壤，阔如沟，深如港。兵鱼贯，兵鱼贯直抵中央，看他们何计支当？（一人先掘进城介）（丑提人头，出洞现形介）（众）不好了，撞着太岁了！我说今日动不得土。（净）大家再跪了磕头。（同拜介）呀！把尊神拜仰，威灵庇远方。恕蛮人愚蠢，免降灾殃。

　　（俱下）（净）这西门太岁星利害，不要惹他，且到北门去用炮。
　　（众）禀大王，北门近水，不好用炮。（净）这等，往南门去罢。西
　　门攻不进，又去打南门。（俱下）（外、众唱“不须符水”二句上）
　　（丑提人头上，见介）禀老爷：献首级。（外）赏银牌一面。（丑谢
　　介）

【北朝天子】（众）笑痴蛮蠢羌，羡灵心巧肠。太岁星那里真相撞？想不曾选期动土，自疑心有妨。因此上不问假和真，魂都丧。这是圣朝的土疆，皇家的寸壤，彼苍彼苍彼彼苍，隐相扶，谁能据攘？谁能据攘！守疆臣，还依仗，守疆臣，还依仗。（俱下）（净、众唱“先凭一箭”二句上）叫蛮军：快支起大炮来打！（众支炮介）

【南普天乐】（净）大将军，威名壮，佛郎机，功难量。全凭你，全凭你辟土开疆，待功成衅汝牛羊。（众放炮介）（城上放炮、众打倒介）（小生立城上介）（众）不好了！火德星君又出现了。（净）快些磕头！快些磕头！（众乱磕头介）呀！把尊神拜仰，威灵庇远方。恕蛮人愚蠢，免降灾殃。

　　（净）罢、罢、罢！有这许多神兵助他，料想攻他不破，收兵去
　　攻别处地方。只道象兵无敌，谁知又有神兵！若遇文殊菩萨，连象也
　　要吃惊。（俱下）（外、众唱“不须符水”二句上）（小生上）禀老
　　爷：贼兵放炮攻城，城攻不破，反被我炮打死许多。如今撤营走了。
　　（外）赏银牌一面。（小生谢介）（外对末介）你如今领一队人马，沿
　　路鸣锣擂鼓，赶将前去，假作追兵。只可吓他走，不可与他战。约去
　　三十里，即便收兵。（末应下）

【北朝天子】（众）笑痴蛮蠢羌，羡灵心巧肠。火德星那里从空降？都只为兵多载少，自焚来可伤。因此上受虚惊，魂增丧。俺这木牛儿有光，火牛儿无象，怎当怎当怎当怎当？休杀那蠢堆堆无功战象，无功战象。请回家，休痴想，请回家，休痴想。

　　戏场不比战场真，耳目何妨暂一新。
　　自古奇兵难再试，虑将险法误他人。

第十六出　梦　　骇

【香柳娘】（生衣巾、末持笔砚随上）对天人策来，对天人策来，十年摩揣，今朝呕出心头块。小生来京赴试，叨捷礼闱。今日圣主临轩策士，出的题目是：问洞蛮犯顺，该抚该剿的机宜。小生痛述养痈之患，备陈靖乱之方。议论倒有些实际，但不知皇上注意在那一边？且回到寓中，静听消息便了。任苍天措排，任苍天措排。只怕命好不须才，数奇志空大。（末）来此已是寓所了，相公还是要用酒？要用饭？待长班去取来。（生）酒饭都不用。我身子倦了，快收拾床铺，待我睡罢。（末）床铺是收拾好的。这等，相公请安置。长班也去歇息了。（下）（生叹介）想我韩琦仲一生，莫说眼睛不曾看见佳人，就是梦也不曾梦见一个，难道于“女色”二字，就是这［等］无缘？叹红鸾命乖，叹红鸾命乖，老天！老天！你便舍我个梦里阳台，也暂把相如渴解。

　　　　（睡介）（内发擂介）

【前腔】（丑扮詹小姐、净扮乳母随上）看书生去来，看书生去来。这是他家门外，为甚的闭关不把人相待？奴家詹小姐，前日戚公子到我家来，被奶娘冲散，不曾成就姻缘。今晚夜深人静，同着奶娘来看他。此间已是他书房了，快敲门。（净敲门介）（生起介）是谁人叩斋？是谁人叩斋？欲待把门开，夜深虑逢歹！（净）相公，快开门！你心上的人来了。（生想介）我心上没有甚么人，且把门开了，看是那一个？（开门见丑，惊背介）呀！这是詹家丑妇，他为甚么到这里来？（对丑介）请问小姐，到此何干？（丑）你那一晚吃了虚惊，不曾成得好事，我今夜特来就你。（净）戚相公，今日这就口馒头，也吃得过了。你心中快哉，你心中快哉，肆意和谐，不担惊骇。

　　　　（生）这等说起来，前日是苟合，今日又是私奔了。怎么使得！（净）戚相公，请老实些，上门的生意，不要错过。（生）我姓韩，不姓戚。戚相公在那边房里，你自去寻他。（净）我们与开典铺的一样，是认票不认人的。前日风筝上是你的笔迹，我只来寻你，不管你

姓戚姓韩。（生背介）前日还有奶娘救我，今日连他也助纣为虐了，这怎么好？（丑）前日我一个人扯你不过，今日有了帮手，就抬也抬你上床。（丑、净同扯，生喊介）妇人强奸男子，千古奇变。地方邻里！大家来救一救！（副净、小生扮更夫，巡更唱歌上）里面有人叫喊，我们进去看来。（进见介）你们夜半三更，在这里做得好事！（生）妇人强奸男子。（丑）男子强奸妇人。（副净、小生）只有男子奸妇人，那有妇人奸男子？锁去见老爷。（对锁带出，生一路叫"冤枉"介）（副净）来此已是衙门了，待我击鼓。（击鼓介）（内敲云板，开门介）

【前腔】（末冠带，引众上）甚生涯到来？甚生涯到来？忙加冠带，金收暮夜无妨碍。甚么人击鼓？（副净、小生带见介）巡夜的更夫，捉到一起奸情，请老爷发落。（末）是强奸？是和奸？（丑）是强奸，老爷。（末）他怎么样奸你，照直讲来。（丑）把棍裆扯开，把裈裆扯开，我奇创苦难挨，喊声拟雷大。（生）好冤枉的事，是他淫奔

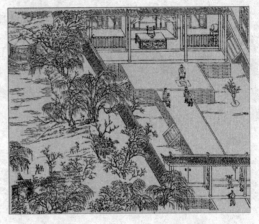

到书馆中来，强奸生员，怎么反说生员奸他？夜奔来敝斋，夜奔来敝斋，硬坐中怀，破我鲁男淫戒。

（末）世上那有这样反事？既是他来奸你，可有甚么人见证么？

（生）黑夜之中，那有见证？（末）这等，何所凭据？

【前腔】有谁人见来？有谁人见来？你无凭难赖，倒推逆说多尴尬。（对丑介）你黑夜到他书房，还是自己去私奔他的，还是他引诱你去的？（丑）是他引诱小妇人去的。（末）有甚么凭据？（丑）有风筝为证。上面的诗句是他亲笔写的。（取出风筝，末看，对生介）你如今还有甚么赖得？好风流秀才，好风流秀才！是你引妇人入中怀，还说鲁男破淫戒！叫左右，扯下去打！把裈裆扯开，把裈裆扯开。（生叫冤枉介）（末）也教你奇创难挨，不怕你喊声雷大。

（众扯生欲打，外、老旦扮报人，敲锣冲上）报！报！报！（末、丑、净俱下，生仍睡介）（外、老旦喧闹，敲门介）（末急上）夜深

闻剥啄，知是好音来。（开门介）（外、老旦）韩相公中了，特来报喜。（末）中在第几甲？（外、老旦）第一甲，第一名！（末）这等是状元了，待我唤他醒来。相公！相公！（生朦胧，叫冤枉介）（末摇生介）相公，快醒来，你中了状元了！（生拭目介）（外、老旦）报老爷！高中状元！（生）只怕还是做梦？（外、老旦）是真的，不是做梦，快请老爷去赴御宴。

【尾声】（生）无端恶梦将人骇，亏得捷音惊败。这又是第二个乳母无心巧撞来。

  详梦从来贵反详，梦凶得吉理之常；
  奇冤既得闻奇捷，丑妇还应得丽娘。

第十七出　媒　争

【字字双】（净扮媒婆上）要做媒婆莫说真，欺隐；说真十处九关门，难进；东施形丑冒西村，骗允；若要亲眼相佳人，搽粉。

　　自家京师第一个出名的媒婆，绰号"张铁脚"的便是。新科状元不曾娶亲，今早有人来呼唤，要我做媒，特地走来伺候。门上有人么？（内）是那一个？（净）当值的媒婆，蒙老爷呼唤，特来服事的。（内）门外候着！

【前腔】（老旦扮媒婆，持书上）个个媒婆卖脚跟，空奔。也难单靠嘴皮唇，谁信？做媒须学做山人，书引。大胆来说状元亲，把稳。

　　自家京师第一个钻刺的媒婆，绰号"李钻天"的便是。闻得新科状元不曾娶亲，一定要用着我们的。只是同行的多，恐怕轮我不着，故此到他座师处，讨了一封荐书。如今放心去做，难道还怕那个抢去不成？来此已是，门上有人么？（净见惊介）（内）甚么人？（老旦）在下是官媒，一向服事老爷座师的。今早叫我去分付，说老爷不曾娶夫人，教我来服事。有封书在这里，烦大叔传一传。（末上，持书下）（净）李钻天，你好没意思！状元老爷闻我的名，亲自差人请我来做媒，便要你东钻西刺来抢人的生意？（老旦）张铁脚，你好没廉耻！状元的座师，平日见我老实，特地写书送我来做媒，谁要你捕风捉影，夺人的主顾？（净）老骚货！不知搭着那一个管家，骗个没图书的名帖，在这里吓鬼。你前日替王翰林的夫人兑金，七成当了十成；替朱锦衣的奶奶兑珍珠，十换算了十五换。他如今查问出来，正要和你讲话，还亏你自己说个老实。惶恐！惶恐！

【扑灯蛾】你骗财真绝伦，有胸没方寸，只图第一遭，不顾后来对问也，言而寡信。还亏你夜郎动辄自称尊，面皮不厚才三寸。只怕你，名轻难说状元亲。

　　（老旦）老娼根！你不知同那个孤老吃了几杯脓血，在这里发骚

风！你前日替吴总兵娶小，把寡妇当了女儿，被他叫兵丁挦去了两边的鬓发。又替孙百户续弦，把梅香当了小姐，被他叫军牢拔去了下面的胡须。那一个不知？那一处不晓？还说状元老爷闻你的名。羞死！羞死！

【前腔】你把贱奴充作尊，破罐冒为整。惯做脱空媒，更有一遭奇诧也。新人带孕，到如今二毛拔去两头髭。还亏你自称名下无谦逊，只怕你，力绵难说状元亲。

（互嚷介）（末上）两口不须闲聒絮，一心自有妙安排。老爷说，你们两个，不消在此争争闹闹。我家老爷的媒不是容易做的。要亲眼相过，十分中意，才肯下聘。你们说的亲事，若肯容相的，便来讲；不肯容相的，竟不消说得。（净、老旦）都是千金小姐，怎么肯把人相？（各想介）有了，不妨，可以相得。老爷明日游街，我们与小姐立在一处观看。大叔，你如今认得我们了，只看见与我们同立的，就是小姐。若老爷中意，你把头点一点；不中意，你把头摇一摇。待我们又好赶到别家去看。

（末）也说得是。待我去禀老爷。

（末）力大名高总不收，主司法眼异时流；

（老旦、净）我文章自有趋时法，不怕你朱衣不点头。

第十八出　艰　配

【北新水令】（生簪花、冠带，末执鞭，众鼓吹引上）天街徐着看花鞭，马蹄儿休教逐电。婵娟争觑我，我也觑婵娟。把帝里名媛，赶一日批评遍。

【南步步娇】（副净扮丑女，净扮媒婆随上）铅精铸就芙蓉面，血点脂唇艳。金盆捣凤仙，染成这玉甲如花，好持纨扇。行到镜台边，几回自诧观音现。

（净）小姐，状元好来了，我和你先到楼上去等。（同上楼介）

（净）小姐，我替你烧

些香在炉里，待状元来闻见，就知道你是喜清趣的了。（烧香介）

【北折桂令】（生、众上）才离了凤阁龙轩，早来到燕子楼头，朱雀桥边。（末）是那里这等香？（生）可惜了香气氤氲，篆烟缥缈，只多些膏沐腥膻。（末指楼上介）老爷，那楼上与张媒婆同立的，想必是小姐了。（生看介）试看那假西施，卖弄她香温玉软。尽有那蠢登徒，为着他意惹情牵。怎当俺冰镜双悬，能别媸妍。多谢你转秋波，临别多情，休怪俺懒回头，似弩箭离弦！

（末向净摇手，随生、众下）（净）这等是不中意了。东家相不中，快去赶西家。（同副净下）

【南江儿水】（老旦扮老女上）鼓吹声难近，旌旗眼望穿。为甚的绿衣郎，不许红裙见？紫金鞍骑到谁家院？画栏杆倚得纤腰倦。想象仙郎不远，更上层楼，把十里杏花瞻遍。

（内鼓吹介）（净急上）小姐，状元来了，快些上楼去看！（同上楼介）

【北雁儿落带得胜令】（生、众上）（末指搂上介）老爷，这位小姐生得好。（生看介）觑着他瘦腰肢，似可怜；好容貌，如堪羡。为甚的两桃腮，褪却鲜，双柳黛，堆着怨？多管是待庶士把韶光变，咏摽梅的期久悬。休怪俺轻薄子无情面，辜负你老嫦娥爱少年。传言，贤孟光，休得要嗟偃蹇。你且归也么眠，少不得有个老梁鸿来缔好缘。

　　（末向净摇手，随生、众下）（净）这等说起来，又不中意了。扫兴！扫兴！（老旦）落花空有意，流水太无情。（同净下）

　　【南侥侥令】（丑扮丑女，泡头、阔鬓上）旋卖街头髢，妆成额上鬈，时兴宝髻人人羡！预梳个凤冠头，好嫁状元。

　　（老旦上）媒妁赶来身似箭，状元骑出马如飞。小姐梳妆完了，这是近来新兴的牡丹头，好看，好看！一定相得中了，快上楼去等！（同上楼介）

　　【北收江南】（生、众上）（末指楼上介）老爷：这个小姐，面貌虽然有限，头却梳得时兴。（生）呀！都似这般样的时兴宝髻呵，倒不如那瘌痢头，短发如毡。似这等愈奇愈出不如前，那些个食蔗后来鲜，好教人呕涎。马蹄儿怎前？只得把绒缰带急狠加鞭。

　　（加鞭，急下）（末向老旦摇手，同众下）（老旦）北家相不中，快去赶南家。（同丑急下）

　　【南园林好】（小旦扮小姐上）满皇都，娥眉几千，少甚么，胡然帝天，空教人卖些腼腆，怎乞得那人怜？

　　（内鼓吹介）（老旦急上）小姐，状元来了，快些上楼！（同上楼介）

　　【北沽美酒带太平令】（生、众上）（末指楼上介）老爷，这一位小姐，果然标致，再没得嫌了。（生）相了一日，只有这个还上得眼。这是俺解忧愁的草似萱，醒瞌睡的艳异编，地少朱砂赤土先。（末）老爷，既然中意，待小人点头，许了他罢！（生摇手介）他只好抱衾裯备妾员，怎好正闱位，把中宫权擅？七分妆，三分颜面；四分真，六分强勉。覆霓裳银红虽浅，衬罗衫榴裙太艳。小姐，你望得俺心穿眼穿，休得要怨天，恨天。你若是三生少缘，怎受得俺猛停骖一回缱绻！

　　（末向老旦摇手下）（老旦）怎么这样的佳人，还相不中？小姐，你也无缘做他的眷属，我也没福趁他的媒钱，回去罢！（小旦）承恩不在貌，教妾若为容。（同老旦下）（生）叫左右，带马回去！

　　【北清江引】上林春色看将遍，仍似河阳县。天香并未闻，国色何曾见？或者那御沟内的人儿，还有几个上得选。

　　　看花自古说长安，谁料花多不耐看；
　　　金榜已登金屋缺，色难更不比才难。

第十九出 议 婚

【玉女步瑞云】【传言玉女】（小生带末上）底事萦怀？未了向平婚债。【瑞云浓】怎禁不肖子，胡行乱端。

下官戚补臣，夫人早丧，只生一子。当初只因后嗣艰难，未免失之骄纵。怎奈他不思上进，只习下流，不但不能承绍箕裘，将来还恐玷辱门户。当初还有韩家侄儿，同窗砥砺，虽然心如野马，也还身似羁猿。自从韩生赴试之后，日间在赌博场上输钱，夜间在妓妇人家输髓。输钱还是家产之累，输髓将有性命之忧。我如今没奈何，只得娶房媳妇与他。他纵然不怕堂上的威严，或者还受些枕边的教训。向日詹年兄上任之时，曾将两个女儿，托我择婿。不如将一个聘与自己儿子，一个聘与韩家侄儿，何等不妙！只有一件，我闻得他大令爱，是个寻常女子；第二个令爱，才貌俱全。若把别个，一定将好的尽了自己，剩下的才与别人。下官一来有些克己的工夫，二来也知儿子的分量。如今定下主意，把大的配与儿子，小的配与韩生。本待一齐下聘，只因他在京中赴试，万一得中，受了别人的丝鞭，恐怕两相耽误。我如今先说就了儿子的亲事，那一个待他回来下聘未迟。叫院子，唤媒婆伺候！（末应下）

【赏宫花】（小生）婚姻要谐，须凭貌与才。强把姿容慕，反是厉之阶。此日先偕鸂鶒侣，他时另配凤鸾侪。

（丑扮媒婆随末上）朱、陈有约还须我，孔李成亲也要媒。戚老爷，唤媒婆来，有何分付？（小生）当初詹老爷上任之时，托我替他小姐择婿。我一向留心体访，再没有个门当户对的人家。我家大爷与他大小姐年齿相当，要你去说亲，故此差人唤你。（丑）这等说起来，是顺风吹火，下水行船，极省力的事了。媒婆就去讲来。现成媒易做，安乐福难当。（下）

【不是路】（净扮报人上）千里驰来，渡却黄河又渡淮。（向内介）借问一声，这边有个韩世勋相公，家住那里？（内）他是没有家的，一向住在戚布政衙里。（净）真奇怪，芝兰玉树，反生在别人阶。（敲锣进介）报！报！报！韩相公中了状元。他步天垓，状头身占人间福，榜首名魁天下才。（小生）只怕是假的。（净）休疑怪，逼真喜信无尴尬，纸条现在，纸条现在。

（付纸条，小生看介）先取花红送他，改日再来领赏。（净谢下）

（小生）谢天谢地！

【大胜乐】苍天不负奇才，拔英雄，自草莱。我当初受朋友托孤之命，到如今这个日子，也将就可以塞责了。亡朋责备求宽贷，难道你九泉下眼还开？我自幼抚养他，原为故友交情，不图后来报效。他如今富贵了，我的儿子虽然不才，他难道日后不把一双眼睛看顾我儿子不成？希图结草酬难必，不望衔环报自来。可见人生在世，好事也该做几桩。这"仁义"二字呵，原非有害，为甚的认做了非常厌物，举世相戒？

（丑上）无福千谋不遂，有缘一说便成。戚老爷，詹夫人见说老爷求亲，不胜之喜，满口应承。只有一件，他说詹老爷不在家，不曾办得嫁妆，先在他府上成亲，直待詹老爷回来，备下妆奁，然后遣嫁。（小生）这等更妙。待我拣选吉日，一面下聘，一面送去成亲便了。

（净）年家正好结姻家，门户相当自不差；

（小生）先把荆钗定阿姊，且迟妹聘待宫花。

第二十出 蛮 征

【卜算子】（生冠带，引众上）俗煞上林春，欲闭看花眼。如玉人儿毕竟难，谁道书中产？

下官来京赴试，只道洞房与金榜相邻。昨日钦赐游街，曾将选艳与看花并举。谁知令人掩鼻而过的，十中倒有八九；经得下官垂青一盼的，百里还无二三。我闻得人说，扬州是出琼花的地土，女色颇佳。正要告假还乡，到扬州择配，不料蜀巾告急，大座师荐我督师征剿，好立边功，以为不次登庸之地。（叹介）虽然早我十年宰相，却又迟我一岁婚姻。如何是好？

【八声甘州】功名早晚，这都是身外事，于我有甚相干？不似婚姻迟暮，便愁苍却朱颜。新郎怎教豪兴删，宰相何妨鬓稍斑？等得我师还，便是未凋零也春意阑珊。

（末冠带、捧诏，引众上）口衔天宪出，身带御香回。（生跪接介）（末）圣旨下，跪听宣读！诏曰：请缨系虏，昔年曾有终军；投笔封侯，今日讵无定远？纬武即经文之验，出将乃入相之基。兹者蜀警频闻，朕心赫怒；用修天讨，爰整王师。惟长子之得人，斯朕功之克奏。今据阁臣所荐，翰林院修撰韩世勋，韬钤素谙，才略兼优，是用委尔督师，星驰会剿。尚方有赐，误闻令者，不

妨先斩后闻；军政所关，利国家者，任尔便宜行事。捷音一至，显级三加，速展奇猷，以需大召。谢恩！（生呼嵩毕，与末相见介）（末）老先生既膺天简，荣发定在几

时？（生）蜀报既急，钦限又严，小弟即日就道。（末）这等，不及奉送，告别了。情恕免歌三叠曲，诏宣归复九重天。（下）（生）分付大小三军，摆齐队伍，就此起行。（众应，行介）

【大环着】（合）把盘根寇划，把盘根寇划。念国步艰难，当亡殷忧，生灵涂炭，鞍马辛勤敢惮？虽然是初出茅庐，这戎事与军机，似曾经惯。想夙世军中韩、范，重现出前生公案。鼙声肃，剑气寒，是四国金汤，万邦屏翰。

【尾声】旌旗动处龙蛇幻，剑戟光电辉星灿。见了我这赫濯濯的军容也魂魄散（上声）！

　　　三春花柳拂旌旗，万里风烟待鼓鼙；
　　　临去谩夸新皂盖，重来不踏旧沙堤。

第二十一出　婚　闹

【女冠子前】（老旦上）一官匏系人难到，儿未嫁，婿先招。

　　　老身梅氏。自从老爷上任，已经一载，烽烟阻隔，音信杳然。女
　　儿年已十八，正当婚嫁之时。前日戚家来议婚，老身已经许诺。今乃
　　成亲吉日，花烛酒筵，俱已齐备，戚家女婿，也该到门了。

【临江仙尾】（副净带末上）嫖经收拾赋《桃夭》，且尝新淡菜，莫厌旧蛏条。

　　（净扮掌礼，请介）（丑纱巾罩面上，行礼照常介）

【山花子】（合）双双拜罢笙歌闹，满堂贺客如螬。两亲翁，金榜共标；戴乌
纱，旧日同僚。女和男青春并韶，衡才絜貌差不遥。苍天配就鸡鹜交，八两半斤，
不错分毫。

　　（老旦）你们移灯送入洞房，早些回避。养儿方识为娘苦，嫁女
　　翻增阿母羞。（先下）

【大和佛】（合）撒帐繁言休絮叨，听鼓谯，移灯送鹊入鸠巢。好良宵，闰年
闰月更难闰，饶云饶雨漏难饶。你每人人尽识新婚好，当初也曾年少。不听见夫人
语，他也曾做过新人，因此上厌烦嚣。

【隔尾】行行不觉珠围到，绕室多将宝炬烧。（进房介）（副净）你们都回避，
好待我揭去纱笼看阿娇。

　　（众）双双入室调新瑟，各各归家理旧弦。（下）（副净揭纱巾看
　　丑，惊背介）呀！我只道詹家小姐，不知怎么样一位佳人，原来是这
　　样一个丑货。

【粉孩儿】相逢处，顿将人佳兴扫。甚新婚燕尔，恼人怀抱。怎教我翩翩公子
裴马豪，配伊行野鬼山魈！我戚友先一向嫖妇人，美恶兼收，精粗不择。丑的也曾
看见几个，不曾象他丑得这样绝顶。你看那鼻凸睛凹，说不尽他颜面的奇巧。

　　（闷坐介）（丑）戚郎，我只得一年不见你，你怎么就这等老苍
　　了？（副净惊介）

【福马郎】（丑）为甚的一载分离人便老，全不似旧日的莲花貌？莫不是担愁闷，害相思，因此上把容焦？那一夜呵，我们好好的说话，被奶娘撞将来，你只说是夫人，跑了出去。我自那一夜直到如今，好不苦也！（副净大惊介）（丑）我终日把伊瞧，流尽了千行泪，才等得到今朝。

（副净拍案，大怒介）哎！丑淫妇！你难道瞎了眼，人也不认得！我何曾到你家里来？我何曾见你的面？我何曾撞着甚么奶娘？你不知被那个奸夫淫欲了去，如今天网不漏，在我面前败露出来！

【红芍药】听说罢，怒气冲霄；斩伊头，恨无佩刀。我只道玄霜未经捣，又谁知被他人掘开情窍。到如今错认新郎作旧交，刚抬头，便把玉郎频叫。这供词，是你贼口亲招，难道说我玷清名，把奇谤私造？

【耍孩儿】（老旦持灯上）为甚洞房频厮闹？莫不是儿女娇羞甚，激起那卤莽儿弄？女儿女婿成亲，为甚么争闹起来？我想没有别事，一定是为女儿装模做样，不肯解带宽衣。做公子的粗豪心性，不会温存，故此撒起性来。如今教我做娘的，又不好去劝得，怎么处？推敲，怎教我羞答答阿母把温柔教？（副净）叫家人，快些打轿，我要回去。（老旦）呀！为甚的学杜宇声声叫？便是要定省［得］，也天还早。

（进见介）贤婿，为何这等焦躁？（副净）我不是你女婿，你的女婿去年就有人做去了。（老旦惊背介）这话说得奇怪，难道我女儿有了破绽不成？（想介）就是有甚么破绽，也到上床睡了，才验得出。如今怎么晓到［得］？待我问来。（对副净介）女婿，方才的话，老身不懂，还求明白赐教。（副净）赐教，赐教，还是不说的妙。若还要我说来，只愁你要上吊！都是你治家不严，黑夜里开门揖盗，预先被别人梳栊了宅上的粉头，如今教我来承受这乌龟的名号！（老旦大惊介）怎么，我家门禁森严，三尺之童不得擅入，那里有这等的事？请问贤婿，这话是那个讲的？焉知那说话的人，不是诽谤小女的么？（副净）请问：别人诽谤令爱，令爱可肯自家诽谤自家么？（老旦）他怎么肯诽谤自家？（副净）这等，不消辩了。

【会河阳】供状分明，不须驳招。（指丑介）是这从奸妇女亲来告。道是去年某夜，三更有人赴招，被乳母亲撞着，分鸳好。那人曾把我尊名冒，那人更比我尊容好。

（老旦大惊，对丑介）怎么！你既做了不肖的事，为甚么又对他讲？好好，从直说来，省得我做娘的发恼！被隔壁娘儿两个听见，笑也被他笑死！（丑）去年清明时节，有个戚公子的风筝落在我家。他黑夜进来取讨，我与他说了几句闲话，其实不曾有甚么相干。我那一晚在灯下，不曾看得明白，如今只道是他，说起去年的旧话来，那晓得不是那个戚公子？（老旦捶胸，气介）生出你这样东西，坏爹娘的体面，如今怎么好？

【缕缕金】真冤孽，怎开交？难怪新郎怒发咆哮！教我有口难相劝，理穷词拗。丑名儿，终被外人嘲，先愁隔墙笑，先愁隔墙笑！

（对副净介）贤婿，是我女儿不争气，怪不得你发恼。只是你今晚若不成亲，走了回去，寒家的体面固然坏了，就是府上的名声，也有些不雅。待老身替小女陪罪，求贤婿包荒，暂为夫妇；小女若不中意，三妻四妾，任凭你娶就是了。

【越恁好】我劝你暂时欢好，暂时欢好，再觅凤鸾交。我小女呵，只图个中宫假号，那专房宠，任你去别涂椒。我只要这名儿不向金榜标，便是你封妻的荫诰。不瞒贤婿说，你丈人第三个小，与老身最不相投，就在隔墙居住。若还与他知道，老身这一世，怎么被他批评得了？外人笑，还在那背后把便宜讨；内人笑，怎经他对面的讥弹巧？

（副净）这等，与他说过，我成亲之后，就要娶小的。世上的妇人，偏是丑而且淫的，分外会吃醋。不要等我娶小的时节，他又放肆起来。（老旦）有老身在这里，贤婿不要多虑。女儿过来！（扯丑近副净介）（副净）说便是这等说，我只好饶你个初犯，以后若再如此，我要连前件一齐发落的！

【红绣鞋】（合）朦胧且暂成交，成交；休教辜负良宵，良宵。看月影上花梢，谯鼓歇，鸟声嘈，急乘鸾，休待明朝，明朝。

（老旦）老身去了，你两个好好的成亲，再不要多话。养女不争气，累娘陪小心。（先下）

【尾声】（丑）戚郎，戚郎！我原封不动还伊好，你不信只验取葳蕤锁匙牢。（副净）便做道危城尚保，你这召寇的官评也难书上考。

（丑）前度刘郎不再来，教人错对阮郎猜。

（副净）我已知误入天台路，且看你玉洞桃花开未开？

第二十二出　运　　筹

【风入松慢】（外冠带，引众上）孤城虽得保无虞，属境丘墟。妖氛未靖劳宸虑，一年守土功虚。

　　　下官受事之日，已曾上疏请兵，至今一载，王师未下。前日蛮寇薄城，亏我用奇兵退去。如今蒙圣上调京营铁骑，命新科状元监督前来，与下官协同征剿。我闻得韩状元是个弱冠书生，他那里谙练兵事？且待他来拜谒之时，试他经济若何，再作道理。叫左右，状元到门，即便通报。（众应介）

【前腔】（生冠带，引众上）休将民命试军谟，肝脑空涂。谁能一战功成处，不令万骨同枯？

　　　（见毕，坐介）（外）老先生才观上苑之花，便司北门之钥，真是九重重任，千古奇荣。（生）晚生观场学步，滥占鳌头，受命观兵，得叨骥尾。还求老先生开愚振懦，才能共济时艰。（外）如今寇势披猖，人民骚动。老先生受命而来，毕竟有奇谋秘策，请问何计足以靖之？（生）晚生初到地方，不知蛮人作何蠢动，先求老先生开示情形，好待晚生略陈葑菲。

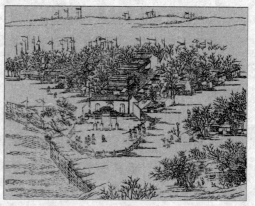

【惜奴娇】（外）贼势堪虞，肆蛮军野战，不用兵书，冲锋辟路，惟仗那猛象前驱。披靡，就是那梼杌貔貅也难相御，使不着马如龙，人如虎。（合）倚壮图，幸得同舟共济，智力相扶。

　　　（生）原来用的象战。窃闻象不可以人敌，唯狮子足以拒之。速令军中，做几个假狮子伺候，待与贼兵对垒之时，不意中推将出去，

那象见了，自然丧魄。待它反奔之际，乘胜赶杀，可以一鼓就擒。

【前腔】贼势休虞，既蛮军野战，不用兵书，俺这里冲锋辟路，也用个狮子前驱。披靡，管教他猛象貔貅难相御，使不着马如龙，人如虎。（合）倚壮图，幸得同舟共济，智力相扶。

（外）此计甚妙！明日会剿，就当依此而行。

制狮拒象莫称奇，宗悫当年已用之；

欲向戏场娱耳目，何妨暂效古人为。

第二十三出　败　　象

【水底鱼】（净引众上）象猛人豪，机锋阵上交。他来寻咱，教咱怎相饶？

俺掀天大王。自从起兵以来，杀人如割草，攻城似破竹，不曾有一处官兵，敢与咱们打伙。只有西川地方，是詹烈侯那厮镇守。虽然将老兵残，还亏几个神兵相助，故此饶他那条性命，再过几年，谁料他倒上疏请兵，如今差了新科状元，督兵前来与他会剿。我想詹烈侯，是个龙钟老汉，新状元是个乳臭孩儿，料他有甚么本事，敢来与咱交锋？难道那几个神兵，还跟来替你厮杀不成？分付大小蛮军：喂饱了象，鞴好了马，迎上前去，和他厮杀！（众应毕，同唱前曲下）（外、生戎装，副净、末扮将官，引众上）同舟共济矢澄清，戮力捐躯奏荡平；特使中军陪尚父，老成英锐互相成。（外）下官西川招讨詹武承是也。（生）下官都督翰林韩世勋是也。老先生，一路行来，此处山高地广，好做战场，不如就在此处扎营，待探子回来，看贼兵远近何如，再议迁徙。（外）正合愚意。叫左右！岭上搭起将台。待我与韩老爷看山川形势，好伏奇兵。（众）搭齐备了，请两位老爷登台。（生、外登台，望介）

【醉花阴】（生、外合）俯水凭山共登眺，黑沉沉峰峦窈窕。满山木叶未经烧，迷进路，似远非遥。猛可的人声低叫，怪空谷应偏高；分明是回复军中，此处藏兵好。

（丑急上）报！报！报！（生、外）贼兵远近何如？（丑）起先还在十里之外扎营，闻得官兵到了，倒反赶来近战，如今只差一二里了。（生、外）这等更好。（生、外）京营将官，听俺分付！（众应介）

【喜迁莺】（生）等待那贼兵来到，乍交锋，且将锐气潜韬，假败佯逃。一任他喜扬扬，争先鼓噪。猛忽地现出神狮，将象势挠。他那里戈争倒，你听俺鼕鼕鼓

震，炮声高，一个个奋全威，追斩鲸妖。

　　　　（副净应介）（领兵下）（外）本营将官，听俺分付！（众应介）

【出队子】（外）你与俺带领着精兵几哨，伏山隈，语莫高。只待那假狮王驱象过山腰；你与俺齐拥出，截咽喉，休教逃。鼓噪，合天兵，争戮力，长驱直捣！

　　　　（末应介，领兵下）（净、众引象，唱前曲上）（净）前面就是官
　　　兵了。把象做了先锋，人马紧随着象，一齐杀上前去！（副净领众上，
　　　战败介）（净、众赶杀介）（内扮狮子舞出，象见惊退介）（内击
　　　[鼓]放炮，副净领众，赶杀下）

【刮地风】（生）制就狮王势转骁，张默口，风助咆哮。说甚么矫腾腾赤虎斑文豹，跰踊跳将来，猛象魂消。堪笑那蠢蛮子，腹内诗书少，旧兵法，不晓分毫。（内呐喊，作战声介）这壁厢，那壁厢，声沸如涛；山如动，地如摇，斩鲸鲵血染林皋。中军帐，号令忒奇妙，不枉掌三军，展六韬！

【水底鱼】（净、众败走上）狮子咆哮，象如鼠见猫。人慌马乱，有命也难逃！了不得！了不得！他那狮子跳将出来，我这象的威风，竟不知那里去了！如今被他赶得人疲马倦，歇又歇不得，那大路怕有伏兵，打从小路快走！（末领众喊杀上，战介）（净、众败走，末、众赶下）

【四门子】（外）伏奇兵，拥出如山倒。马腾舞，人欢噪，猿啸声低，虎啸声高，都与俺天兵下处增声号。这的是风鹤皆兵，草木皆刀，把蛮军，魂收魄扫。

　　　　（副净、末领众驱象，持首级上）禀老爷：贼兵大败，杀了数千，
　　　走去的不上三分之一，象都夺过来了。（生、外）出征过的，听候赏
　　　犒；不曾出征的，速速领兵追剿！

【古水仙子】出征的，解战袍；出征的，解战袍。坐营的，领兵须及早。去、去、去，入深山，搜僻寨，诛剩贼，扫荡尘嚣。赶、赶、赶，赶渠魁，莫放逃。赦、赦、赦，赦无辜，归种归樵。惜、惜、惜，惜民房，休得肆焚烧。戒、戒、戒，戒掳掠，一寸民间草。犯、犯、犯，犯军令有明条！

【尾声】俺把那十载妖氛如电扫，你们一个个都有汗马功劳。休妒俺两文臣，搦三寸管，坐军中把名标！

　　　　侥幸成功觉厚颜，制狮攻象等儿顽；
　　　　书生莫恃韬钤富，古法难欺识字蛮。

第二十四出　导　　淫

【普贤歌】（丑上）新婚弄出丑名声，悔煞当初没正经。羊肉吃不成，惹得一身腥，几时洗得馀膻尽？

　　奴家自与戚郎成亲，露出风筝马脚，淘了半夜臭气，坏了一世清名。如今还不曾满月，那个天杀的就要思量娶小。我若有一字不肯，他就要喊出前件来。我想世上的小，可是娶得的东西？娶进门来，若还三夜临着他一夜，我半年要守两个月空房；若还两宵轮着我一宵，就百岁也守五十年活寡。想到这个地步，教人毛骨竦然。我仔细思量起来，自家既有了那些小过，这一世要是［他］循规蹈矩，替我守节，料想是不能勾的了。若是容他娶小，不如许他嫖妓；许他嫖妓，又不如容他偷情。怎见得娶小不如嫖妓？妓妇迎新送旧，不靠一人终身，少不得有个开交的日子，不象小老婆是个贴骨疗疮。怎见得嫖妓不如偷情？娼妇人家，要去就去，要来就来，容得他放肆；若偷良家女子，有信没人传，有话没处说，他心上想着佳人，或者还借丑妻来发泄。所以宁可开这条门路，还不十分亏本。戚郎前日撞着我家妹子，见他生得标致，睡里梦里想着他。我不如将计就计，使他两个勾搭上手，也等我［戚］郎做桩亏心事儿，省得他喊我的前件。况且二娘平日惯要夸嘴，说她的教法，强似我家母亲，也等他女儿弄些把戏出来，待我拿住筋节，省得她欺负别人。我把一桩事钳了三个人的口，又免了娶妾的后患，何等不妙！戚郎这半日不见，一定又往墙洞边张他去了，且待我去撞一撞。吃醋先为酿醋汁，卖奸且做捉奸人。（下）

【前腔】（副净上）杨家妹子貌倾城，虢国蛾眉画得精。襟丈目睁睁，姨娘眼不青，相思害杀谁偿命？

　　我戚友先娶了詹家丑妇，弄得情兴索然。谁料她的妹子，倒生得十分标致。前日偶然遇见，真是仙子临凡，嫦娥出月。可惜他住在隔墙，不能够日亲月近，勾搭上手。如今被我把那墙上钻了一个小洞，只容得一只眼睛，且待张些意思出来，渐渐扩充大了，也未为迟。如今喜得无人在此，待我仔细看来。（张介）（丑潜上，躲副净背后介）（副净）你看他倚栏而坐，若有所思，不免待我叫他几声，低低唤起，渐渐高来，且看他应不应？（连叫"二小姐"介）（丑高应介）大姨夫！（副净回看，惊介）（丑）你这样叫得亲热，我若不替他应一声，可不辜负了你！（副净笑介）娘子，你怎么这样知趣？我正有话和你商量，请到房中去细说。（携手行介）

【水红花】伊家妹子太娉婷，我也太多情，欲把二乔相并。（丑）花街柳巷，少甚么标致娼家？去选几个嫖嫖就是。章台杨柳尽轻盈，为甚的惜花心，偏想着隔墙红杏？（副净）采尽墙花路草，都是泛尊常英，争如这琼蕊檀奇馨也啰！

　　娘子若肯做媒，我终身感激你不尽。（丑）你今日也要娶小，明日也要娶小，去娶个标致的小来受用就是了。我詹家只有这样风水，生不出甚么好妇人来。

【前腔】苎萝风水只平平，料我这丑东村，有甚么佳人同姓？（副净）重华倘得并皇英，我情愿守坚贞，不收他媵。（丑）你如今花言巧语骗我做牵头，只怕牵上了手，又不是这等说了。（副净）待我对天发下誓来：老天！戚友先与詹家二小姐有了私情，若再思量娶小，教我生个碗大的痔疮，烂去了娶小的物件！（丑慌介）这怎么使得？别样灾祲易受，这段奇祸难经。但愿他比你更长生也啰！

　　这等，我有个法子。明日叫奶娘去请他来看花，你预先躲在房里，我假意寻些事故，走将出去，将门反带上了，你然后走将出来，任凭下手就是。只有一件，他的性子，比不得我，你须要软款些，那晚与我做亲的气质，一毫也使不着的。（副净）不消分付，你若不放心，今晚权当了他，待我操演一操演就是了。

　　柔枝嫩蕊未经伤，蝶采蜂偷忌太狂；
　　暂借深房为浅蒂，今宵预试采花方。

第二十五出 凯 宴

【菊花新】（外冠带，引众上）雁书来自故乡天，闻道娇雏尚待年。同事有高贤，恰好是雀屏佳选。

  下官得胜班师，正接着平安佳报。大的女儿已许了戚家，二女尚无着落。我想韩状元年方弱冠，闻得他未有姻亲，舍了此人，那里去寻快婿？今日同赴太平公宴，按君也在席中，下官先来相等，待他来时，央烦作伐。此时也该到了。

【前腔】（末冠带，引众上）欃枪扫尽睹尧天，文治于今始得宣。鞍马未相联，惭愧赴太平公宴。

  （见介）老先生为何来得恁早？（外）学生有一事相烦，故此先来拱候。（末）有何见委？（外）学生年老无儿，止得两个小女。大的已曾赘有门婿，第二个小女，尚在闺中待年。闻得韩状元青春未娶，窃思赘作东床，借重老先生作伐，未知可否？（末）佳人才子，正该作合。待他到来，学生就讲。（外）这等，小弟在此，倒不好面谈。且在后厅少坐，拱候回音。暂从闲处立，静听好音来。（下）

【前腔】（生冠带，引众上）功成休使勒燕然，不败还因仰恃天。鞍马浴腥膻，好归去木天清院。

  （见末）（末）学生先来拱候，有一桩喜事奉闻。（生）有甚佳音？敢烦赐教。（末）闻得老先生金榜虽登，洞房有待。学生不揣，敢以执柯自荐，不知可肯相容？（生）既蒙垂念，请问是那一家？（末）就是詹老先生第二位令爱。闻得他有倾城之貌，咏雪之才，正是老先生的佳偶。（生冷笑介）

【榴花泣】【石榴花】（末）琼花玉笋两嫣然，前身同是玉京仙。况有那清才艳思两无前，正好歌春咏雪把句相联。詹老先生正在此间踌躇择婿，老先生恰好奉诏

而来，岂非是天作之合？【泣颜回】三生有缘，喜同舟共济成姻眷，那一封请兵书，先做了万里丝鞭；这一封叙功书，又做了百年婚券。

（生）蒙台翁高谊，辱詹公错爱，自当依命。只是一件，学生因先君早丧，蒙戚补臣老伯抚养成人，如今婚姻一事，不能自主。现有戚老伯在家择配，一来不敢不告而娶，二来恐怕事有两歧，故此未敢轻诺。（末）原来如此，这等，学生暂别，即刻就来奉陪。只道媒堪做，谁知事不谐。（下）（生大笑介）好笑这位按君，不知听了那个的诳言，在这边道听途说，那里知道他倾城之貌，咏雪之才，下官已都领教过了。

【驻马泣】【驻马听】花面嫣然，"云淡风轻"是他咏雪篇。若不是我亲觇奇貌，面试真才，又几乎耳信讹传。似这等乌纱作伐少真言，怎怪那媒婆巧语将人骗。【泣颜回】从今后愈教人虑诈防欺，见了那做媒的也脑闷头悬。

（外、末上相见毕，各坐饮酒介）

【古轮台】（合）靖烽烟，今朝撑住杞人天，荆棘铜驼免。想前日东征西怨，都道是奚后奚先。到今朝四境讴歌声遍，箪食迎来，壶浆送转，家家奠酒祭豚肩。从今后愿一人垂冕，万姓高眠。乐丰年，田无水旱，民无夭札，境无烽燹，臣等乐无边。遂却良臣愿，胸中韬略不须展。

【馀文】歌频度，酒浪传，拚酩酊，交酬互劝。这叫做痛饮黄龙的得意筵。

干戈动处扰生民，莫谓功高罪亦均；

曲突徙薪无上策，焦头烂额愧嘉宾。

（外吊场）方才按君回复，说韩状元幼年丧父，亏戚补臣抚养成人，所以婚姻不能自主。我想戚补臣是我极相好的同年，我去年赴任之时，曾将女儿托他择婿。这等看起来，两家的权柄，都在他一人手里了。何须央别个做媒，我如今修书一封，连夜差人赶去，不要说韩状元不曾应允，竟说与我面订过了，只因不曾禀命于他，不好行聘，教他在家成了这桩好事，何等不妙！若用奇谋招快婿，先凭巧语赚良媒。

第二十六出　拒　奸

【捣练子】（旦上）长夏静，小庭空，扇小罗轻却受风。一枕早凉初睡起，簟痕犹印海棠红。

淑娟与母亲同居西院，虽然冷静，倒喜清闲。奴家心存贞淑，读诗尝废淫风；性善娇羞，掩耳怕闻情事。但想妇人一世，既靠男子为天，得失所关，莫如婚姻作戏。好笑我家姐姐，新赘的丈夫，就是那放风筝的戚公子。我当初见了那首诗句，不知是怎么样一个俊雅才人。前日在二娘房中偶然撞见，相貌甚是不扬。又见他替二娘写信寄与爹爹，十个字中倒有两三个别字。这等看起来，风筝上的诗，那里是他所作？不知何处袭来一张残稿，偶然糊在上面的。还亏得他求亲求着姐姐，万一求着别个，岂不误尽终身！（笑介）奴家因早凉好睡，起迟了些，如今盥栉完了，不免做些针指则个。（做针指介）（净上）做定风流计，来迎窈窕娘。二小姐，大小姐说：花缸里开了一朵并头莲，请你去一同赏玩。（旦）他如今不比当初了，有姐夫在家，混杂不雅，我不好去得。（净）戚公子回去看父亲，有好两日不来了，故此请你去消闲做伴。（旦）既然如此，待我收拾了针线，同你去来。既少嫌疑迹，难孤姊妹情。（同下）（副净、丑携手上）阿妹娉婷阿姐贤，姨夫兴趣更翩翩；拟将铜雀深深锁，不怕东风吹上天！（副净）娘子，奶娘去请小姨，如今将要来了。我和你商议，还是躲在那一处好？（丑）那马桶旁边，衣架背后，黑魆魆的，最好藏身。（副净）马桶旁边虽然有些秽气，要做风流事，也顾不得许多，只得要躲进去。要同香作伴，先与臭为邻。（下）（净随旦上）未见芙蓉色，先闻菡萏香。（丑）妹子来了。我一向因姐夫在家，不好来请你，心上好不记挂。（旦）多蒙垂念。姐姐，你这床头边，为何挂着一口宝剑？（丑）我自小儿有些怕鬼，母亲说宝剑可以辟邪，故此叫我挂在床头，

好辟邪气。（旦）原来如此。为人不作亏心事，鬼神何足惧哉！（丑）

　　奶娘，我们在此看花，你快去取茶来吃。（净应下）（丑）妹子，你

　　看这两朵荷花，开在一枝梗上，好看不好看？（旦）果然有趣。

【风入松】逼真开出并头芳，不似那枕上绣来的花样。（丑）妹子，我年年种

荷花，再不见开朵并头的；今年有了你的姐夫，他就妆妖作怪，学人做起风流事

来。（旦微笑介）姐姐，你休将亵语将
花谤，可怜他不解语，难伸奇枉。不过
是根蒂好，生来偶双，那里是因所见，
故联房。（丑连叫"茶来"，内不应介）
（丑）怎么？奶娘和这些丫鬟，都到那
里去了？妹子，你坐一坐，等我去看
来。（出介）无心伴笑谈，有意相回
避；立在戏台边，看做《西厢记》。

（虚下）（副净潜上）法聪头擦裤，莺莺手托腮，红娘走开去，张生爬出来。娘子

去了，小姨坐在那边。若论正理，该走过去温存一番，然后下手才是。只怕他见了

我，定要惊慌做作，不若攻其不意，打从后面走去，一把搂住，使他脱不得身，才

是个万全之计。（潜走近旦欲搂，旦回顾惊避介）呀！你从那里走将出来？为何这

等放肆！姐姐快来！（副净）小姐不须叫喊，这是令姐的美情，要我两个成就姻缘，

他故此出去回避的。

【急三枪】只为要成就我风流愿，因此上安排着牢笼计，赚鸳鸯。

　　　　小姐若不信，只看这房门都是扣上的。如今没得说，只求你大舍

　　　　慈悲。（旦背介）我今日堕了奸人之计，急切不能脱身。难得他有宝

　　　　剑挂在床头，且待我拿来捏在手里，做一个护身符。（取剑介）你好

　　　　好放我出去就罢，若不放我出去呵，

【风入松】借伊宝剑斩伊行，也只当辟除魍魉。（副净背介）他是吓我的意思，

我不如将机就计，也去吓他。（转介）小姐，我为你害不尽的相思，你若不肯搭救，

我少不得要死，倒求你断送了罢！（跪介）请杀！（旦）你休得要假拚一死将人诳，

欺负我螳臂软，料难终攘。要晓得贞烈性，不嫌太刚，便把伊头断，有何妨！

　　　　（挥剑欲杀介）（副净惊避介）

【急三枪】我只为求好事，故意把头来换，谁知道他真动手，拚得把命来偿。

（旦赶杀介）（副净喊介）娘子！快来救命！（丑上）想因女子贪无厌，惹得男儿叫有声。呀！妹子为何动起粗来？（旦）我和你嫡亲姊妹，有甚么冤仇？你做成这样圈套，来捉弄我！同你到母亲面前，去说个明白。（扯丑欲行介）（丑）妹子，自古道：将酒劝人，终无恶意。你不从就罢了，何须告诉母亲！待我陪个不是，求你宽容了罢。（跪介）

【尾声】（旦）纵然不向慈亲控，姊妹情今朝断送。交还你辟鬼驱邪的三尺铜。

（掷剑下）（丑）他便不从，我的情却尽了；"娶小"二字以后休提！你这样才子，只好配我这样佳人，劝你断了想罢。（副净）都是这把宝剑误事，终日挂在床头，辟甚么邪？邪倒不曾辟得，几乎劈碎了我的天灵盖。我如今恨他不过，有个法子处他。（丑）甚么法子？

（副净）宝剑不该误事，将来铸作尿壶；

夜夜拿他出气，（丑）只愁妨却工夫。

第二十七出　闻　捷

【生查子】（小生便服，带末上）儿媳已成双，犹子迟鸳侣。闻道远从征，添却兵凶虑。

　　　　下官自与孩儿毕姻之后，终日望韩家侄儿到来，好定那头亲事。不想他又有西蜀之行，一向音信杳然嘞。这些报人，晓得下官厌闻时事，不送邸抄来看，未知他胜负若何？好生放心不下。（丑持书上）千里赍书来此地，百年订好在今朝。门上有人么？四川招讨詹老爷差人下书。（末传介）（小生喜介）詹年兄与韩家侄儿同事，他有书来，就晓得韩生的消息了。快叫进来。（末引丑见介）家老爷拜上戚老爷，有书呈上。（小生看书，喜介）好了，蛮寇剿平，韩生复命去了。（又看书，大喜介）你说有这等同心的事？我正要把詹家小姐配与韩家侄儿，不想他翁婿二人，已订了婚姻之约，只因不曾禀命于我，不敢下聘。如今倒托詹年兄写书回来，教我替他行礼，岂不是天从人愿！（叹介）他如今中了状元，还是这等小心，把我做了父亲看待，不枉我当初抚养他一场。

【三学士】不枉呱呱从幼抚，也同孝顺慈乌。你便做了重华不告婚尧女，我岂学那瞽叟无情怪舜徒！到如今奠雁通名，还要我亲作主，不枉了知书辈，学道儒。

　　　　（对丑介）既然如此，待我遣媒婆过来，知会你家夫人，拣个好日子行礼就是。（丑）夫人那边，家老爷另有家书，已曾知会过了。只求早些下聘，待小人去回复老爷。（小生）这等，就是明日行聘，待状元一到即便成亲。我先写回书打发你去。

　　　　故人千里有同心，迢递驰书订好音；

　　　　师捷婚成都足喜，岂徒安乐值千金！

第二十八出　逼　婚

【天下乐】（生冠带，引众上）乘传归来万马迎，漫夸前是一书生。纱笼不自人间定，多少鸿儒到未能。

　　下官班师复命，蒙圣主不次加升。又见下官未曾婚娶，要把当朝宰相之女，钦赐完姻。下官因为不曾看见，恐怕做了詹家小姐的故事，所以只说家中已定了婚姻，连上三疏，才辞得脱。如今告假还乡，要往扬州择配。来此已是戚府门首了。左右快通报！（小生冠带上）景升后裔真豚犬，养子当如孙仲谋。（见介）（生）老伯请上，容小侄拜谢教养之恩。（小生）贤侄荣归，老夫也该拜贺。（同拜介）（生）小侄茕茕弱息，委弃尘埃，蒙老伯鞠养扶持，得有今日，恩同覆载，德配君亲。（小生）贤侄芝兰玉树，分种树根。老夫偶尔栽培，即成伟器，清光幸庇，末路增荣。（坐介）（小生）贤侄，老夫起先得你的大魁之信，不胜狂喜；后来又闻得你督师征剿，心上未免担忧。不想你去到那里立了奇功，又且成了好事，可称双喜！（生听惊介）

【桂枝香】功成婚定，皆堪称庆。婚定处，天遂人谋；功成处，人侥天幸。把《关雎》笑咏，《关雎》笑咏。贤侄与令岳呵，才名相称，家声相并，互相成。婿润虽如玉，翁清也似冰。

　　（生背介）他说来的话，好生奇怪！教人摸不着头脑。我何曾定甚么婚姻？何曾做甚么好事？

【前腔】我低头延颈，将他倾听。先当个哑谜相猜，后认做微言思省。莫不是南柯未醒，南柯未醒？试问他良媒谁倩？良媒谁聘？是了，我猜着他的意思了。近来督师征剿的人，再没有不掳掠民间妇女的。他疑我在西川带甚么女子回来做了宅眷，故此把这巧话试我。他话分明，虑我强娶民间妇，行师欠老成。

　　（转介）老伯，小侄行兵之际，纪律森严，不掳民间一妇，并不

曾有甚么婚姻之事，老伯休要见疑。（小生）那个说你掳掠民间妇女？我讲的是詹家那头亲事，你怎么自己多心起来？（生）小侄也不曾与甚么詹家做甚么亲事？（小生）怎么？你与詹烈侯面订过了。要娶他第二位令爱，说不曾禀命于我，不好下聘，央他写书回来，教我行聘，你难道忘了不成？（生大惊介）小侄并不曾有这句话！（小生）你若不曾有这句话，他为甚么写书回来？（生）只有那一日与詹老先生同赴太平公宴，他央按院做媒，说起这头亲事。小侄回道，自幼蒙戚老伯抚养成人，婚姻不能自主。这种辞婚的话，怎么认做许亲的话来？（小生大笑介）何如？我说詹年兄是何等之人，肯写假书来骗我？据你自己说来的话，与他书上的话一字也不差。况且这桩亲事，也不曾待他书来，我一向原有此意。只因你在京中，恐怕别有所聘，故此迟迟等你回来。（生）这等还好，既不曾下聘，且再商量。（小生）怎么不曾下聘？他书到之后，我随即行礼过了。（生大惊，呆视介）（小生）贤侄，你为何这等张惶？这头亲事，也聘得不差。他第二位令爱，才貌俱全，正该做你的配偶。

【赚】他体态轻盈，姑射仙姿画不成。况与你才相称，正好把彩毫彤笔互相赓。（生）请问老伯，这"才貌俱全"四个字，还是老伯眼见的？耳闻的？（小生）耳闻的。（生）自古道：耳闻是虚，眼见是实。小侄闻得此女竟是奇丑难堪，一字不识。貌堪惊，生平不晓题红字，日后还须嫁白丁。（小生）自古道：娶妻娶德，娶妾娶色。娶进门来，若果然容貌不济，你做状元的人，三妻四妾，任凭再娶，谁人敢来阻挡？（生）就依老伯讲罢，色可以不要，德可是要的么？（小生）妇人以德为主，怎么好不要！（生）这等，小侄又闻得此女不但恶状可憎，更有丑声难听。他风如郑，墙头有茨多邪行，不堪尊听，不堪尊听！

（小生）我且问你，他家就有隐事，你怎么知道？还是眼见的？耳闻的呢？（生）眼……（急住，思量介）是，是耳闻的。（小生大笑介）你方才说我眼见是实，耳闻是虚。难道我耳闻的就是虚，你耳闻的就是实？做状元的人，耳朵也比别人异样些？（生）小侄是个多疑的人，无论虚实，总来不要此女。

【前腔】便做道既美还贞，我与他凤世无缘，也强做成？（小生）我的聘又下过了，回书又写去了，他是何等样的人家，难道好悔亲不成？（生）小侄宁可终身

不娶，断不要他过门，便做道难重聘，我情愿无妻白发守伶仃。（小生大怒介）啐！小畜生，你自幼丧了父母，若不是我戚补臣，你莫说妻子，连身子也不知在何处了！如今养你成人，侥幸得中，就这等放肆起来，婚姻都不容我做主！哦！你说我不是你的父母，不该越职管事么？问狂生，你婚姻不许旁观主，为甚的不襁褓无人自去行？我明日竟备了花烛酒筵，送你到詹家入赘，且看你去不去！你若当真不去，待下官上个小疏，同你到圣上面前去讲一讲！我一面把佳期定，一面把封章写就和衣等！请试我桂姜心性，桂姜心性！

（径下）（生呆介）你说世间有这等冤孽！先人既曾托孤与他，他的言语就是我的父命了。况且我前日上表辞婚，又说家中已曾定了原配。他万一果然动起疏来，我不但犯了抗父之条，又且冒了欺君之罪，这怎么了！

【长拍】孽障相遭，孽障相遭，冤魂缠缚，这奇难倩谁援拯？我前世与詹家有甚么冤仇，他今生只管死缠着我？有甚么冤深难洗，仇深难解，故变个女妖魔苦缠我今生？想我游街那一日，不知相过多少女子！内中也有看得的，便将就娶一个也罢了，只管求全责备，要想甚么艳世佳人，谁想依旧弄着这个怪物。都是我把刻眼相娉婷，致红颜咒诅，上干天听，因此上故把丑妻来塞口，问可敢再嫌憎？老天，我如今悔过了，再不敢求全责备，只求饶了这场奇难，将就些的，任凭打发一个罢了！须念反躬罪己，望穿苍大赦，改祸为祯。

就是当朝宰相之女，纵然丑陋，也料想丑不至此。圣上赐婚的时节，我为甚么不依？

【短拍】辞却甜桃，辞却甜桃，来寻苦李。教我这哑黄连向何处开声？我待要从了呵。鬼魅伴今生，眼见得断送了这条性命。我待要不从呵，怕犯了欺君逆父、不忠孝的万世不祥名！

也罢！我有个两全的法子：他明日送我去入赘，我就依他去。虽然做亲，只不与他同床共枕。成亲之后，即往扬州娶几个美妾，带至京中，一世不回来与他相见便了。

【尾声】准备着独眠衾，孤栖枕，听他哝哝唧唧数长更。丑妇，丑妇！我教你做个卧看牵牛的织女星。

第二十九出　诧　　美

【传言玉女前】（小旦带副净上）儿女温柔，佳婿少年衣绣，问邻家娘儿妒否？妾身柳氏。前日老爷寄书回来，教我赘韩状元为婿。我想梅夫人与我各生一女，他的女婿，是个白衣白丁；我的女婿是个状元才子。我往常不理他，今日成亲，偏要请过来同拜，活活气死那个老东西！叫梅香，去请二夫人过来，好等状元拜见。（副净应下）

【传言玉女后】（生冠带，末随上）姻缘强就，这恶况怎生经受？冤家未见，已先眉皱。

　　（见介）（副净上）夫人，二夫人说，他晓得你的女婿是个状元，他命轻福薄，受不得拜起，他不过来。（生）既是二夫人不来，今日免了拜堂罢。（小旦）说的甚么话！小女原不是他所生，尽他一声，不来就罢。叫傧相赞礼。（净扮掌礼上，请介）（副净、老旦扶旦上，照常行礼毕，共坐饮酒介）

【画眉序】（生闷坐不开口，众唱）配鸾俦，新妇新郎共含羞，喜两心相照，各自低头。合欢酒，未易沾唇；含卺杯，常思放手。状元相度，该如此端庄，不轻开口。

【滴溜子】笙歌沸，笙歌沸，欢情似酒；看银烛，看银烛，花开似斗。冬冬鼓声传漏，早些撤华筵，停玉盏，好待他一双双，归房聚首。

　　（小旦）掌灯，送入洞房。（行介）

【双声子】新人幼，新人幼，看一捻腰肢瘦。才郎秀，才郎秀，看雅称宫袍绣。神祜祜，神祜祜，天辐辏，天辐辏。问仙郎仙女，几世同修？

【隔尾】这夫妻岂是人间偶？是一对蓬莱小友，谪向人间作好逑。

　　（众下）（生、旦对坐，旦用扇遮面介）（内发擂毕，打一更介）

　　（生背介）他今日一般也良心发动，无颜见我，把扇子遮住了脸。

　　（叹介）你这把小小扇子，怎遮得那许多恶状来？

【园林好】（生）我笑你背银灯，难遮昨羞；隔纨扇，怎藏旧丑？他当初露出那些轻狂举止，见我厌恶他，故此今日假装这个端庄模样。（叹介）你就端庄起来也迟了！一任你把娇涩态，千般装扭，怎当我愁见怪，闭双眸；愁见怪，闭双眸！

　　我若再一会不动，他就要手舞足蹈起来了，趁此时拿灯去睡。双炬台留孤烛影，合欢人睡独眠床。（持灯下）（旦静坐介）（内打三更介）（旦觑生，不见介）呸！我只说他坐在那边，只管遮住了脸。方才打从扇骨内里面张了一张，才晓得是空空的一把椅子。（向内偷觑，大惊介）呀！他独自一个竟去睡了，这是甚么缘故？

【嘉庆子】莫不是醉似泥，多饮了几杯堂上酒？莫不是善病的相如体态柔？莫不是昨夜酣眠花柳，因此上神倦怠，气休囚，神倦怠，气休囚？

　　他如今把我丢在这里，不偢不保，难道我好自己去睡不成？独自个冷冷清清，又坐不过这一夜，不免拿灯到母亲房里去睡。檀郎不屑松金钏，阿母还堪卸翠翘。（敲门介）母亲开门。（小旦持灯上）眼前增快婿，脚后失娇儿。（开门见旦，惊介）呀！我儿，你们良时吉日，正好成亲。要甚么东西，只该叫丫鬟来取，为甚么自己走出来？（旦）孩儿不要甚么东西，来与母亲同睡。（小旦大惊介）怎么不与女婿成亲，反来与我同睡？

【尹令】你缘何黛痕浅皱？缘何擅离佳偶？缘何把母阃重叩？莫不是娇痴怕羞，因此上抱泣含愁把阿母投？

　　（旦）他不知为甚么缘故，进房之后，身也不动，口也不开，独自一个竟去睡了。孩儿独坐不过，故此来与母亲同睡。（小旦呆介）怎么有这等诧异的事？我看他一进门来，满脸都是怨气，后来拜堂饮酒，总是勉强支持。这等看起来，毕竟有甚么不慊意处？我儿，你且坐一坐，待我去问个明白，再来回你。叫梅香，掌灯。（旦下）（副净上，持灯行介）（小旦）只道欢娱嫌夜短，谁知寂寞恨更长。来此已是。梅香，请他起来。（副净向内介）韩老爷，请起来，夫人在这里看你。（生上）令爱不堪偕伉俪，老堂空自费调停。夫人到此何干？（小旦）贤婿请坐了，有话要求教。（坐介）贤婿，舍下虽则贫寒，小女纵然丑陋，既蒙贤婿不弃，结了朱陈之好，就该俯就姻盟。为甚的愁眉怨气，全没些燕尔之容？独宿孤眠，成甚么新婚之体！贤婿自有缘故，毕竟为着何来？（生）下官不与令爱同床，自然有些缘故。明人不须细说，岳母请自端详。（小旦）莫非为寒家门户不对么？（生）都是仕宦人家，门户有甚么不对！（小旦）这等，为小女容貌不佳？（生）容貌还是小事。（小旦）哦！我知道了，是怪舍下妆奁不齐整？老身曾与戚年伯说过，家主不在家，无人料理，待老爷回来，从头办起未迟。难道这句话，贤婿不曾听见？（生微笑介）妆奁甚么大事，也拿来讲起？

【品令】便是荆钗布裙，只要德配也相投。况如今珠围翠绕，还堪度春秋。（小旦）这等为甚么？（生）只为伊家令爱有声扬中冓。我笑你府上呵，妆奁都备，只少个扫茨除墙的佳帚。我只怕荆棘牵衣，因此上刻刻提防不举头！

（小旦大惊介）照贤婿这等说起来，我家有甚么闺门不谨的事了？自古道眼见是实，耳闻是虚。贤婿所闻的话，焉知不出于仇口？（生）别人的话，那里信得！是我亲眼见的。（小旦大惊介）我家闺门的事，贤婿怎么看见？是何年何月？那一桩事？快请讲来！（生）事到如今，也就不得不说了。去年清明，戚公子拿个风筝来央我画，我题一首诗在上面，不想他放断了线，落在贵府之中。（小旦）这是真的。老身与小女同拾到的。（生）后来着人来取去，令爱和一首诗在后面。（小旦）这也是真的，是老身教她和的。（生）后来，我自己也放风筝，不想也落在府上。及至着小价来取，谁知令爱教个老妪约我说起话来。（小旦惊介）这就是他瞒我做的事了。或者是他怜才的意思，也不可知。这等，贤婿来了不曾？（生）我当晚进来，只说面订婚姻之约，待央媒说合过了，然后明婚正娶的。不想走进来的时节，我手还不曾动，口还不曾开，多蒙令爱的盛情，不待仰攀，竟来俯就。如今在夫人面前，不便细述，只好言其大概而已。我心上思量：妇人家所重在德，所戒在淫，况且是个处子，怎么"廉耻"二字，全然不顾？彼时被我洒脱袖子，跑了出去，方才保得自己的名节，不曾敢污令爱的尊躯。

【豆叶黄】亏得我把衣衫洒脱，才得干休，险些做了个轻薄儿郎，险些做了个轻薄儿郎，到如今这个清规也难守。（小旦）既然如此，贤婿就该别选高门，另偕伉俪了，为甚么又来聘这个不肖的东西？（生）我在京中那里知道是戚老伯背后聘

的。如今悔又悔不得，只得勉强应承，不敢瞒夫人说，这一世与令爱只好做个名色夫妻，若要同床共枕，只怕不能勾了。名为夫妇，实为寇仇！若要做实在夫妻，若要做实在夫妻，纵掘到黄泉，也相见还羞。

（小旦）这等说起来，是我家的孽障不是了，怪不得贤婿见绝。贤婿请便，待老身去拷问他。（生）慈母尚难含忍，怎教夫婿相容？（下）（小旦）他方才说来的话，字字顶真，一毫也不假。后面那一段事，他瞒了我做，我那里知道？千不是，万不是，是我自家的不是，当初教他做甚么诗，既做了诗，怎么该把外人拿去？我不但治家不严，又且诱人犯法了。日后老爷回来知道，怎么了得！（行到介）不争气的东西在那里？（闷坐，气介）（内打四更介）

【玉交枝】（旦上）呼声何骤？好教人惊疑费筹。（见小旦介）母亲为何这等恼？（小旦）你瞒了我做得好事！（旦惊介）孩儿不曾瞒母亲做甚么事。（小旦）去年风筝的事，你忘了？（旦背想介）是了，去年风筝上的诗，拿了出去，或者韩郎看见，说我与戚公子唱和，疑我有甚么私情，方才对母亲说了。（对小旦介）去年风筝上的诗，是母亲教孩儿做的。后来戚家来取，又是母亲把还他的，干孩儿甚么事？（小旦）我把他拿去，难道教你约他来相会的？（旦大惊介）怎么？我几时把人约黄昏后？向母亲求个分剖。（小旦）你还要赖！起先戚家风筝上的诗，是韩郎做的；后来韩郎也放一个风筝进来，你教人约他相会，做出许多丑态，被他看破，他如今怎么肯要你？（旦大惊，呆视介）这些话是那里来的？莫非是他见了鬼！（高声哭介）天！我和他有甚么冤仇？平空造这样的谤言来玷污我！今生与伊无甚仇，为甚的擅开含血喷人口！（小旦掩旦口介）你还要高声，不怕隔壁娘儿两个听见！今日喜得那老东西不曾过来，若过来看见，我今晚就要吊死！我细思量，如何盖羞？细思量，如何盖羞！

（内打五更介）料想今晚做不成亲了，你且去睡，待明日再做道理。粪缸越搅越臭，（旦）奇冤不雪不明。（下）（小旦）这桩事好不明白。照女婿说来，千真万真；照他说来，一些影响也没有。就是真的，他自己怎么肯承认？我有道理，只拷问是那个丫鬟约他进来的就是了。（对副净介）是你引进来的么？（副净）阿弥陀佛！我若引他进来，教我明日嫁个男子，也象这样不肯成亲。（小旦）掌灯，我再去问。（行介）（副净请介）（生上）说明白散去，何事又来缠？（小旦)方才的事，据贤婿说，确然不假；据小女说，影响全无。这"莫须有"三字，也难定案。请问贤婿：去年进来，可曾看见小女么？（生）怎么不曾见！（小旦）这等，还记得小女的面貌么？（生）怎么不记得？世上那里还有第二个象令爱的尊容！（小旦）这等，方才进房的时节，可曾看看小女不曾？（生）也不消看得，看了倒要难过起来。（小旦）这等。待我叫小女出来，叫贤婿认一认。若果然是他，莫说贤婿不要他为妻，连老身也不要他为女了。恐怕事有差讹，也不见得。（生）这等，就叫出来认一认。（小旦）叫丫鬟多点几枝蜡烛，去照小姐出来。（丑应下）（生）只怕认也是这样，不认也是这

样。（小旦背介）天那！保佑他眼睛花一花，认不出也好。（老旦、副净持灯，照旦上）请将见鬼疑神眼，来认冰清玉洁人。（小旦）小女出来了，贤婿请认。（老旦、副净擎灯高照，生遥认，惊，背介）呀！怎么竟变做一个绝世佳人！难道是我眼睛花了？（拭目介）

【六幺令】把双睛重揉，（近身细认，又惊，背介）逼真是一个绝世佳人！那里是幻影空花，眩我昏眸。谁知今日醉温柔，真娇艳，果风流！不枉我铁鞋踏破寻佳偶，铁鞋踏破寻佳偶！

（小旦）贤婿，可是去年那一个么？（生摇手介）不是！不是！一些也不是。（小旦）这等看起来，与我小女无干，是贤婿认错了人了。（生）岂但认错了人，竟是活见了鬼！小婿该死一千年了。（小旦）这等，老身且去，你们成了亲罢。（生）岳母快请回，小婿暂且告罪，明日还要负荆。（小旦笑介）不是一番寒彻骨，怎得千重喜上眉！（老旦、副净随下）（生急闭门，向旦温存介）小姐，夜深了，请安置罢。（旦不理介）（生）是下官认错了人，冒犯小姐，告罪了！（长揖介）（旦背立，不理介）

【江儿水】（生）虽则是长揖难辞遣，须念我低头便识羞。我劝你层层展却眉

间皱，盈盈拭却腮边溜，纤纤松却胸前扣。请听耳边更漏，已是丑末寅初，休猜做半夜三更时候。

　　　（内作鸡鸣介）（生慌介）小姐，鸡都鸣了，还不快睡！下官没奈何，只得下全礼了。

　　　（跪介）（旦扶起介）

【川拨棹】（生）蒙慈宥，把前情一笔勾；霁红颜渐展眉头，霁红颜渐展眉头，也亏我屈黄金先陪膝头。请宽衣，莫怕羞，急吹灯，休逗留。

【尾声】良宵空把长更守，那晓得佳人非旧，被一个作孽的风筝误到头！

鸳鸯对面不相亲，好事从来磨杀人；

临到手时犹费口，最伤情处忽迷神。

第三十出 释 疑

【忆莺儿】（外冠带，引众行，唱上）兵燹稀，甘雨肥，未及瓜期诏已催，带便还乡昼锦衣。新花拂旗，新沙筑堤，宦囊不重肩夫喜。鹤相随，破琴犹在，依旧载将归！

　　下官詹烈侯，复任西川，未及一载。蒙圣上俯鉴微劳，加升大司马之职，钦召回京，带便从故乡一过。左右的，此处到家，还有多少路？（众）只得一站了。（外）这等，快些趱行，今日定要赶到！（齐唱"宦囊"二句下）

【燕归梁】（老旦上）先到华堂等客归，羞老鬓，更蓬飞。（副净衣巾，同丑上）阿姨新做状元妻，重见面，愧前非。

　　（老旦）老爷今日回来，老身一家先到公厅等候，柳夫人与他女儿女婿，想必也就来了。

【前腔】（小旦上）膏沐新添媚远归，重学画，少年眉。（生冠带，同旦上）逼成婚媾转相宜，亏阿丈，赚良媒。

　　（老旦、小旦先见介）（小旦）女儿女婿成亲之后，还不曾见你，如今请坐了，待他们拜见。（老旦）等老爷回来，一齐拜罢！（生）这等，先见常礼。（生、旦见老旦介）（副净、丑见小旦介）（生、副净相见介）（旦、丑相见介）（老旦）你们今日顺便相见，只当会亲，大小姨夫，大小姨娘，都见一见，省得东躲西躲。（副净见旦，旦作恼容回礼介）（生见丑，丑作笑容回礼毕，各惊介）（生背介）这位大姨，好象在那里会过一次的？待我想来。（想介）（丑背介）小姨夫的面貌，与去年进来的人，生得一模一样，这一个更觉得标致些。（生）好奇怪，我恍恍惚惚记得在京中那个所在，相会一次，为甚么再想不起来？

【渔灯儿】真怪异！既是上林花，为甚的向此处栽移？是了，我记得初报状元

的那一晚，曾做个恶梦，梦中的人，就是这副嘴脸。记在恶梦里，受伊行无限凌亏。且住，梦中的人，就是去年相会的詹小姐了。难道去年见鬼，如今又见鬼不成？待我问夫人。（对旦指丑介）夫人，那边立的还是人还是鬼？（旦）是我家姐姐，你怎么说起鬼话来？（生）这等，我去年不曾见鬼，就是见了这个象鬼的人。分赐是这个似鬼人儿把我迷，冒神女，把夜叉相替，到今日鬼和神相对难欺。

（旦）你仔细看一看，又不要认错了人。（生）一毫也不错。（老旦对小旦介）前日女儿女婿成亲，不曾送得喜酒，今日有一杯清茶奉献。叫丫鬟拿茶来。（净捧茶上）和气人家无大小，不妨乳母代梅香。（见生，各惊介）（对丑介）小姐，那分明是去年进来的人，你可认得？（丑）面貌虽是一般，觉得去年的还没有这等标致。（净）去年是戴方巾，今年换了纱帽，自然一发标致了。（丑）有理。

【锦渔灯】天生就他娇面孔，原先美丽，况戴着俏乌纱，更长风姿。去年若不是你冲散了好事，今日这个诰命夫人，一定是我做了。都是你夺去花封送阿姨，致今日教我睁白眼，妒人妻。

（生背对旦介）夫人，如今不但假莺莺认出来，连假红娘都认出来了。（旦）在那里？

（生）方才捧茶的那一个就是。（旦）原来是他们串通诡计，冒我名头，做出这般丑事，累我受此奇冤。我如今说与母亲知道，当面对他讲个明白，肉也咬他几口下来！（欲行，生扯住衣袖介）夫人，这个断使不得。你若与他急论起来，戚公子听见，说我调戏他的妻子，这场怨恨怎得开交？（旦）这也顾他不得。（摆脱衣袖，对小旦介）母亲，有一句新闻，说与你知道。（扯小旦，附耳说话，生慌介）他母亲知道，一定要做出来了，这桩事怎么样处？（副净背介）你看他娘儿两个唧唧哝哝，把手指着我家娘子，只怕是看荷花的事情发作了。他若与我娘子面质起来，老韩听见，说我调戏他妻子，这场怨恨怎得开交！（小旦听毕，高声介）原来有这等奇事，好没廉耻的女儿！（生、副净各慌介）（副净背介）我说不停当，如今怎么了？须要生个法子，骗老韩出去，不等他听见才好。（生背介）我说不停当，如今怎么了？须要生个法子，骗老戚出去，不等他听见才好。我有道理。（对副净介）老襟丈，如今岳父快到了，我们同到郊外去接他一接，何如？（副净大喜介）妙！妙！妙！小弟正有此意。我们两位新娇客，莫管他家闲是非。（同下）（小旦对老旦介）亏你有本事，养得这样好令爱出来。（老旦惊听介）

【锦上花】（小旦）一羡你的肚皮，二羡你的法奇，生这风流令爱倒会讨便宜。（老旦）我晓得你的女婿是个状元，如今要压制我么！（小旦）一愧我命运低，二愧我福分微，招得个状元女婿，又有了前妻，把诰封送还伊。

（老旦）有话明讲，不要语中带刺，讨人的便宜，（小旦）我正要和你明讲。去年清明时节，你家女婿拿一个风筝，央我家女婿画。我家女婿懒得画，题了一首诗在上面。你家女婿放断了线，落在我家。我见上面的诗，教女儿和了一首。不想被你家女婿讨了出去。后来我家女婿，也放风筝，也断了线，又落在你家。你的好令爱，就想做起风流事来。你做风流事也罢了，为甚么假冒我家女儿的名头，约他进来相会？我家女婿想是见他忒标致了些，吓得不敢动手。谁想你家令爱，做湖州船倒撑起来，做出许多怕人的光景，弄得我家女婿抱头鼠窜。今年他在京中，戚公替他聘了我家女儿。他前日回来做亲，只说还是那一个，怒气冲冲，不肯与女儿同睡。及至我去细问缘由，把女儿与他细认，知道不是，才肯成亲。虽成了亲，究竟不得明白。方才在这边三头六面，认将出来，方才晓得是这本新戏。（老旦呆介）（旦对丑介）你当初说，我做了夫人，须要带挈你带挈。谁想我还不曾做夫人，你倒先做了夫人，我还不曾带挈你，你倒带挈我淘了那一夜好气。

【锦中拍】多谢你，椒房宠，把内家荫庇。这封诰忒离奇，我如今情愿把夫人让你，只要陪还我那一场呕气。为甚的你图欢乐，教别人皱眉？为甚的把风筝强匿？为甚的把我名儿巧替？好好的献出原赃，自口供罪，不须得紧紧的把牙关闭。

（老旦对小旦介）这等说起来，是我这个不成器的坏事了。你娘儿两个，如今要怎么样？（小旦）我没有甚么讲，只等老爷到家，拦马头就是一状，凭他怎审就是了。（老旦）若审起来，你也未必全赢，我也未必全输。（小旦）怎见得？（老旦）莫说坏事的不好，还怪起祸的不是。虽是我家女儿冶容诲淫，也是你家女儿多才惹事。虽是我家闺范不严，不该放男子进来，也是你家门缝忒宽，不该让风筝出

去。我要吃场大亏，你也要忍些小气。我的女儿若问充军，你的女儿也要问个徒罪。不如同你两下里私和，还省了一场当官的没趣。

【锦后拍】笑世上，打官司的没便宜，枉自两下费心机。纵有十分道理，有十分道理，原告的脚膝头预先落地。便全赢，也有一分纸钱陪，倒不如三杯酒，化做一团和气，还落得冤家少，狭路省防堤。

（丑对小旦介）你若和了就罢，若不肯和，我拚得做一个下水拖人。（小旦）怎么样的拖法？（丑）我说是妹子做诗在风筝上，约他进来。他认不得路，错走到我房里来的。（小旦呆介）（旦）不妨，有引他的人在这里，他走错了路，难道奶娘也走错了路不成？（净惊，背介）这怎么了得？老爷到家，若还审起来，少不得拷问我。女儿是他亲生的，料想不置于死地，弄来弄去，只苦得我。没奈何，跪将过去，替他求和罢了！（跪小旦介）夫人饶了我这条狗命，和了罢！（小旦不理介）（净跪旦介）小姐，你一向是贤慧的。劝声夫人，和了罢！（旦不理介）（净起介）夫人不肯和，小姐不肯和，这张状子，是一定要告的了。告起来，我少不得是死。这堂前有一口古井，不如跳下去，预先淹死了，省得明日零星受苦！（跳介）（旦扯住介）不要如此，待我劝夫人和了就是。（旦向小旦介）母亲，和了罢！（小旦）我若与他和了，他娘儿两个倒翻起招来，怎么处？（老旦起，拜小旦介）柳夫人，是我女儿该死了。你若肯和，我终身不敢忘你大德！（小旦）这等说，只得和了。（同拜介）（净磕头谢介）

【隔尾】（合）半生妒恨今朝释，把往事付之流水。（老旦）你就有万顷恩波，也难将我这羞洗。

（内鼓吹介）（老旦）老爷回来了，三娘千万不要提起。（小旦应介）（丑又叮嘱旦介）

【点绛唇】（外冠带，引众；生、副净随上）重到门楣，郁葱瑞霭增佳气，只因家内添个乘龙婿。

（各见介）

【前腔】（小生冠带上）宦客新归，旧时年友新姻戚。芝颜重对，两鬓添霜未？

（各见介）（老旦、小旦）你们两个女婿，都不曾拜丈人；两个

媳妇都不曾拜公公，今日在此，不如同拜了罢！（同拜介）

【画眉序】（外、小生）儿媳已齐眉，婚嫁从心向平喜。幸双亲犹健，杖不须携。既有子，瓜瓞能绵，便无儿，桑榆堪慰。（合）朱颜白发同偕老，举世共夸荣贵。

【前腔】（老旦、小旦）门户有光辉，玉树兼葭得同倚。喜枯梅衰柳，不怕霜威。虽不是桃李春荣，还学得枇杷晚翠。（合前）

【前腔】（生、旦）何处谢良媒，一阵狂风似神鬼？怪风筝一片，东走西飞。论赏罚，罪不酬功；量恩私，功能赎罪。（合前）

【前腔】（副净）一对丑夫妻，空费百般巧心计。岂从来神器，不许人窥。男偷女，宝剑成精；女偷男，灯光作祟。（合前）

【滴溜子】（合）团圆处，团圆处，欢声如沸；相逢处，相逢处，欢容如醉。评才貌真无愧，总亏堂上翁，平心见己。公道无私，合成双配。

【尾声】无心演出风筝戏，怕世上儿童学会，也须要嘱语东风向好处吹。

传奇原为消愁设，费尽杖头歌一阕；

何事将钱买哭声，反令变喜成悲咽。

惟我填词不卖愁，一夫不笑是吾忧；

举世尽成弥勒佛，度人秃笔始堪投。

总　评

　　是剧结构离奇，熔铸工炼，扫除一切窠臼，向从来作者搜寻不到处，另辟一境，可谓奇之极、新之至矣！然其所谓奇者，皆理之极平；新者，皆事之常有。近来牛鬼蛇神之剧充塞宇内，使庆贺宴集之家，终日见鬼遇怪，谓非此不足悚人观听。讵知家常事中，尽有绝好戏文未经做到耶！是剧一出，鬼怪遁形矣。

·李渔全集·

慎鸾交

〔清〕李渔⊙原著

王艳军⊙整理

序

　　秦汉近古既久，文章一脉，遂移任于唐宋八家。秦汉宜古，八家宜今，虽君子才人，不能越其规彀。有明几三百年，不察秦汉所以浑异之故，又不察八家所以昌明之故，负今人之胸臆，袭古人之毛肤，浑异之气不一见，而昌明之言已尽失。满世矜巧，不分工拙，西施再起，反诧其捧心之谬。此屠、汤诸前辈，所以宁谢文名，而必为传奇以表异也，屠、汤既往，袭取屠、汤者，又掩伏于《昙》《梦》之间，犬吠驴鸣，莫知所底，亦如前人之袭取秦汉。此笠翁所以按剑当世，而为前后八种之不足，再为内外八种以矫之。予小子性不嗜奇，然遇《蔡》《崔》《昙》《梦》《四声》等作，未尝不击节流连者，才之驱人使然也。予家寓于燕，十年来，京都人士大噪前后八种，予购而读之，心神飞越，恨不疾觏其人。岁丁未，予丞于咸宁，笠翁适入关。名士对小吏，其声价相悬，岂止铢镒。然笠翁自耻作吏，而不耻人作小吏，且数数移趾为玉屑谈，尽示生平著述。予阅《资治新书》之首卷，遂拍案狂叫曰：笠翁当今良吏也，抱实际而躬虚务，无心当世也明矣。笠翁曰：予能言之，未必能行之，故舍此而商风雅。遂出《慎鸾交》剧本，属予评。以斯剧也，介乎风流、道学之间，予为人颇近之，故取以相质。予快读数过，不觉掀髯起舞，乃知前后八种，犹为笠翁传奇之貌，而今始见其心也。由是键户熟评，宁详无略，华、王、侯、邓四片心肝，已为作者提出；而作者一片心肝，又似为予提出。笠翁视之，不觉抚膺称快。由是贡予为有道，美予为知言。说项之私，噪耳于名公大人。而在上诸公之覆予者，向以腐儒恤之，后以才士怜之。于是咸丞厅壁，翚翚乎非俗吏巳。嗟乎！笠翁不矜抱负，惟解怜人，人苟鲜恶而即称为善。斯名士之心乎，抑大吏之心乎？予固谓笠翁为当今良吏，惜乎有蕴莫展，而徒使建帜于风雅之坛。笠翁之以传奇著，犹予小子之以咸丞著耳！或谓："子不胪指词蕴之所在，但琐述交谊云何？"曰：评已载矣，评叙词之所由作，此叙评之所由起也。

匡庐居士云中郭传芳拜手撰

第一出 造 端

【蝶恋花】（末上）年少填词填到老，好看词多，耐看词偏少。只为笔端尘未扫，于今始梦江花绕。这种情文差觉好，可惜元人，个个都亡了。若使至今还寿考，过予定不题凡鸟。

【庆清朝慢】华子中郎，遨游吴地，亲贤匪觅良姻。百计辞娇避艳，怕起情氛。怪杀多情窈窕，愈疏愈惹相亲。情难已，十年订约，节义交敦。真和假，疏和密，相形处，妙在有同群。一旦怜新弃旧，逼使重婚。幸遇聪明乔梓，连庄带谑拯红裙。收场处，义贞慈孝，各尽人伦。

　　　避浓交的王又嫱甘为淡宠。
　　　怕冷面的邓蕙娟终遭热哄。
　　　最多情的侯永士变作路人。
　　　极忍心的华中郎翻成情种。

第二出 送 远

【满庭芳】（生软翅纱帽、彩服，带丑上）"天半朱霞，云中白鹤"，前人浪得虚评。离尘绝俗，我辈实堪矜。怪煞成名太早，恋车囊、不放流萤。男儿事，譬今校古，岂遂了簪缨。

【鹧鸪天】年少登科未足奇，所欣色换老莱衣。视亲作宦犹观政，闻礼过庭当习仪。忠不远，孝能移，捧天身已在云梯。父书读尽才堪仕，寄语山公且莫催。下官华秀，字中郎，下相人也。因祖父历仕内朝，常依辇毂，遂尔寄籍西京。下官叨中两榜科名，只因年齿尚幼，未便临民，故此告假养亲，未经殿

试。家君元五公，近补西川节度使，敕书已下，赴任就在须臾。小生才凌董、贾，志并伊、周。虽生富贵之家，不染奢靡之习。尽有轻裘肥马，只是自奉之日少，而借人之日多；也曾握算持筹，但觉为友之计长，而自为之计短。这都不在话下。小生外似风流，心偏持重。也知好色，但不好桑间之色；亦解钟情，却不钟伦外之情。我看世上有才有德之人，判然分作两种：崇尚风流者，力排道学；宗依道学者，酷诋风流。据我看来，名教之中，不无乐地，闲情之内，也尽有天机，毕竟要使道学、风流合而为一，方才算得个学士、文人。且喜荆妻贤淑，有《周南·樛木》之风，结褵未几，就劝小生娶妾。若果能如此，这也就是名教中间的乐地，闲情里面的天机了。如今专意事亲，也还无暇及此。叫院子，今日是太老爷赴任之期，送行的筵席，齐备了么？（丑）齐备了。（生）一面请太老爷、太夫人，一面请少夫人出来。（丑请介）

【破阵子】（外冠带上）整顿玉鞭骢马，好登客路王程。（老旦上）夫妇偕行虽可喜，儿媳轻抛又怆神。（合）颜开复泪零！

85

【绕红楼】（小旦带净上）闻道高堂赋远征，愁不寐早听鸡声。潞澨亲尝，壶觞手奉，聊致别离情。（见介）（生）爹妈今日远行，孩儿与媳妇备有鲁酒奉饯。（外、老旦）生受你们了。（生、小旦送酒介）

【倾杯序】（合）骨肉歌骊送远行，孝里生恭敬。食落欢肠，饱反成饥，酒入宽衷，醉变为醒。把他年定省，后来甘旨，预并作此时欢庆。噪家声，看门阑喜气逐年增！

（生）爹妈既有远行，孩儿亦当远送，定要随到任所，才敢回来。（外）不消恁远，送到中途，就遣发你回来便了。（生）孩儿生长西秦，不曾揽过中原胜概。就是良朋胜友，所交也不过数人，将来一行作吏，就无暇及此了。送过二亲之后，归途有便，要想把山川绝美之地，文物最胜之邦，都要游览一番，未知可否？（外）正该如此。莫说游览山川与亲贤访道，就是看些土俗民情，以为日后居官之地，也不为无益。你且听我道来：

【前腔换头】归程，泛楚江，渡越溪，随处皆名胜。更有那牛首嵯峨，鹿洞阴沉，鹫岭当游，虎阜堪登。但愿你于中得力，把名山作史，大川为镜。这便是典和型，沧桑历尽废和兴！

（老旦）这等说起来，孩儿此番出去，没有一定的归期，媳妇在家无人作伴，怎生是好？

【玉芙蓉】你朱门独自扃，相伴惟花影。便金铃小犬，欲吠也无声。似这等家空没个男儿剩，姑舅成双倒把媳妇零。也觉得心肠硬，那些儿顺情？劝游人、把行粮少裹办归程！

（小旦背对生介）奴家一向苦于寂寞，要寻个女伴相俱，恨无其便。你此去纵游吴越，正是寻花觅蕊之场，何不拣择一个，娶了回来，完却这番心事也好。

【前腔】南枝旧有名，不比这朔地春光冷。纵花开如绣，容易凋零。怕的是温柔转眼成刚劲，早觅个送暖遮寒的软玉屏。无争竞，但伊行善承；怎见得废衾裯、月光容不得夜来星？

（生）小生年甫弱冠，娘子也正在芳龄，琴瑟方调，岂可又生他想？这话且不必提起。

【倾杯玉芙蓉】【倾杯序】不到中年觅小星，岂是夫纲正？况又在琴瑟方调，鸾凤初乘；鹑褐才离，龙榜新登！知道的人，说我家内子极贤，劝丈夫娶妾，那些不知道的，【玉芙蓉】只说我才经发迹把豪华骋，却不道器小从来易满盈。贤妻命，也终须敬承；但斯时，略妨情理尚难行。

（末）禀老爷：满朝文武官员，都去十里长亭饯别，共有一二百处的酒筵，恐怕赴不迭，请老爷速些起马。（外）这等，分付人役，就此肩行。（老旦对小旦介）媳妇，你在家宽心度日，做婆的要别你去了。（各泪介）（小旦拜别介）自嗟莲步窄，难送远行人。赖有心神在，常随梦里身。（先下）（众上摆队行介）

【朱奴儿犯】（合）明晃晃旌旗弄影，闪烁烁甲胄随行；饯送筵排到十里亭，笑隙地全无遗剩。便是一席一杯倾，也便有几时停搁，行人那得行！苦杀我忙酬应，妒渊明挂冠归去，有甚么送和迎？

【尾声】拜官新出皇都境，作万姓黔黎司命，怎能勾预洒甘霖慰远情。

第三出　论　心

【虞美人】（旦上）闲来推遍红颜命，几个人侥幸？人生切忌貌如花，既已如花，遭遇岂能佳。

【忆秦娥】腰太弱，春寒常怯罗衫薄。罗衫薄，稍增缣缕，又难胜却。休夸貌比夭桃灼，开时偏虑随风落。随风落，不情飞絮，引人无着。奴家王氏，小字又嫱，广陵名家子也。母女同遭丧乱，两人相继失身，流落三吴，卖歌为活。借浪交而择婿，不副所求；对俗物以呼郎，深污其口。所幸者，母非恶鸨，身类慈乌。四德空备其全，五伦仅有其一。只是一件可恨，莫说男子里面，并没个情投意合的儿郎，就是妇人之中，也少个道同义合的伴侣。止得邓蕙娟一个，略有几分姿容，也算是吴中的名妓，与奴家会在一处，还登答得几句话来。他约今早看我，想必就到。

【前腔】（小旦上）容颜不及他人好，一样声名噪。常来相伴诉幽情，托在嘤鸣，声价自然增。

（见介）妹子，令堂在那里，为甚么不见？（旦）年高善病，兀自恹恹未起。（小旦）这几日事忙，不曾来看你，近况好么？（旦）碌碌风尘，有甚么好处！

【宜春令】（小旦）青楼梦，醒亦迷，境寻常无劳问奇。若遇着个可意人儿，就是好事了。问填门车马，阿谁差可娘行意？（旦）可目儿旦旦相逢，可意儿终身难遇。枉教我念宋呼潘，把像意少年，尽力摹拟。

（小旦）你的心儿太大，眼儿忒高，所以如此。若照奴家看来，只要他是个文人，肯把真心许我，就可以付托终身了，何必求全责备。

【前腔】我的心非大，眼亦低，只要果钟情把身儿便随。只是我的从良比不得贤妹。你是令堂亲生的，我是鸨母买来的；只怕我爱多情，他索重价，万一不能如愿，就有可意的人儿也用不着了。怕的是情多缘寡，囊悭使不着心如漆！怎似母爱女容得心高，事由人不将身系。口说从良，知盼到甚时，始遂奴意。

（旦）这等讲来，姐姐是只爱有情，不顾后来有收场没收场，有结果没结果的了？（小旦）自然如此。那些收场、结果，是后面的事，如何看得出来？（旦）不然，男子的终身极容易相：厚重之辈必定多情，轻薄之人断然无义。厚重之辈由淡而浓，浓到后来，自有收场；轻薄之人由深而浅，浅到后来，定没结果。所以我辈择婿，全要具一副冷眼，看他举动何如。若还一见绸缪，就要指天誓日，相订终身，这样男子定然有始无终，情义不能相继，以身相从，未有不贻白头之叹者！如或不信，请尝试之。

【三学士】乍观欢声如鼎沸，同心无翼能飞。庸人共妒欢难解，识者翻惊事可危！骤雨携来无寸晷，眼见得巫山暮，现落晖。

（小旦）照你这等讲来，那一见绸缪之人都是薄幸的了，我心上现有一个，也是当代名流，也与我初会之日就相订终身。如今相与多年，并不见有倦怠之意。照你这等讲来，竟是倚靠不得的了。（旦）既是名流，或当别论。这等说来，倒是妹子失言了。

【前腔】（小旦）不信交情皆似水，缠绵遂尔情亏。初心不动犹枯木，到底难燃类死灰！几曾见柳下鲁男成伉俪，初胶柱，后委蛇？

权且告别，改日再来奉陪。

（小旦）偷闲小语过邻家，避却柴门半日挝。

（旦）最怕夕阳催客至，嘱教花影莫轻斜。

第四出　品　花

【紫苏丸】（小生上）琴书落魄无生计，撞花街日寻佳丽。竭心神博得美人怜，只愁金尽欢难继。

转眼春归便是秋，如何年少不风流。黄金虽尽犹堪贷，腊典生绡夏典裘。小生侯隽，字永士，姑苏人也。少负才名，眼空一世，等科名于拾芥，轻富贵若浮云，只是未逢其时，不免为儒冠所困。况且性薄经营，意耽花柳，富有缠头之兴，贫无买笑之资。故此，少妓惟恐其不来，老鸨但求其速去。近日三吴的名妓只有两人，王又嫱与邓蕙娟是也。又嫱性太孤高，令人难近，不得已而思其次，因与蕙娟订好。他有从良之愿，小生恨无纳聘之资，且待功名到手，遂此良缘，未为晚也。方才有几个朋友相约过来讲话，为甚么还不见到来？（丑上）做妓莫做名妓，接人莫接名士；名妓常行黑经，名士惯打白丁。侯相公在家么？（小生）你是邓蕙娘的平头，为何到此，想是你姐姐要会我么？（丑）并非姐姐所差，乃奉妈妈之命。（小生）妈妈着你过来，有何话说？（丑）他说相公屡次宠光，我家十分钦敬。蒙挥帕上新诗，又辱扇头佳咏，桩桩雅惠俱颁，只有嫖金未赠。可怜门户人家，身口相依为命。止靠一穴生财，四体五官静听。若还耽搁一宵，八口皆如悬磬。总算光临日期，三月尚多馀剩。乞将旧账消除，以便后来承应，又道是鄙事难于面谈，特使我平头将命。（小生）我道为着何事？原来是索取嫖金。这等不难，我是个廪膳秀才，待县里太爷给发廪银的时节，我一齐送过来便了。

【孝南歌】【孝顺歌】姑违限，略展期，这缠头有人相代赔。我把儒俸抵还伊，只当是皇家出嫖费，这风流格奇！你回去对妈妈讲，说我不但不赖嫖金，还要娶你家姐姐作妾。少不得今日中了，明日就替他赎身。好生看待我如夫人，不要把他奚落坏了，他未到佳期，权将身寄。休猜做无主鲜花，任从雨打风吹。（丑）相公，

你这句话儿说错了。既是你的如夫人，为甚么放在他家接客。（小生怒介）哎！好放肆的狗才，少打！【锁南枝】（丑）只怕头上天，不肯依；休得要累娇娃，忍闲气。

  料得没钱还，索金杜来往。劝你从此避羞容，寡门休去闯。（下）

 （小生）好朋友不见到来，反受龟奴这场呕气。

【前腔】（外、净同上）游青屿，度碧漪，舣舟访人桃李蹊。（小生见介）呀！诸兄到了。我除径扫香泥，开门纳珠履，这芳踪果移。（众）永士兄，你道小弟们今日过来为着何事？（小生）小弟不知，求列兄赐教。（众）把古艺今文，权时搁起；要将眼底名花，从公定取元魁。（小生）这等说起来，是要定花案了。小弟正有此意，只是一件，休学那盲主司，浪品题；致香丛，少公议！

  往常的花案，都出于贪夫之手，借此为名，广收贿赂，以致俗妓居先，名媛落后。故此列名榜上者不足为荣，反觉可耻。如今公论出于我辈，就要认真殿最一番，各秉至公，定其优劣，这才成得一张花案。不知列位的意思何如？（众）正该如此。

【娇莺儿】（小生）要批评香腻，须是把身儿效蝶飞。一树偶相遗，建不的司花旗鼓，况窃蜂房利。我和你呵！把门儿清似水，心儿也清似水。拚费着万种推敲，不受他一丝酬谢。只图在香国里，立个至公碑！

  （净）那些妓女的姓名，我都开列下了，就一同商议，定起优劣来。（外）这一次的花案要比往常不同，往常只是暗地出榜，抄单传阅，使人知道就罢了。如今既秉至公，须要明目张胆做他一番，把案上有名的妓女，都请出来游街赴宴，要使万目共赏，知道一名不可移易，才不枉了这片苦心。（净）这等做起来，就分外有兴了。还有一说，花朝就在眼前，那迎花案的日子就用花朝，何等凑合。（外）有理，有理！

【前腔】（外、净合）天开佳会，使他在良辰夺锦归。绕路尽芳菲，看不尽公门桃李，才显我文人贵。我和你呵，把雕鞍从骥尾，雕鞍从骥尾。消受这迎座主一日风光，知贡举片时荣耀，胜似那亲得第，两三回。

  （小生）小弟还有个愚见，索性做桩奇事出来，与众人看一看。

  （众）甚么奇事？（小生）那妇人的花案要我们定，这是不消讲得的了。小弟还要在妇人身上，定出我们的花案来。（众）这就奇了。我们的花案，那妇人女子如何定得出？（小生）不是要他考我，另有一个品题之法。到那一日，凡是我辈与事之人，都备了酒筵，先到虎丘寺内，等他们迎到的时节，约在千人石上取齐。男子与妇人一同聚饮，饮到夜深之际，听凭女客的意思，各选一人陪宿。女状元选中的就是男状元，女榜眼选中的就是男榜眼，探花、传胪亦复如是。你道此举妙不妙？（众）妙极！妙极！就是这等便了。

【夜雨打梧桐】（四人各一句轮唱）这科场格，新又奇，喜的是男妇两相宜。状元妻，预占了人间第一。榜眼、探花配偶，一般儿没甚高低。（各背介）是便是了。这嫁衣做来知为谁？把神明暗祷、暗祷求居前位，怕的是求荣得悔！不要管他，且待定过状元之后，央人去嘱托一番，叫他选中区区便了。（各转身介）既然如此，就定起案来。拟花魁，若个是倾城艳，才佳貌与齐。

（小生）待小弟预先发誓，然后主盟。（对天揖介）天地神明在上：我辈从公定案，凡有受人贿赂与曲徇私情者，日后功名不吉，即世里不遇佳人。（外、净同揖介）我辈若有私情，也同此誓。（付单，小生看介）当今的名妓，只有王又嫱与邓蕙娟两个。小弟与蕙娟有交，若把他取在第一，就是有私了。竟把又嫱拟做榜首，蕙娟取在第二。但凭列位尊裁，若还不妥，听从改正。（众）这也公道极了，还有甚么讲得。（外）再向短中取长，寻一个做了第三，其余的名次，照单填去便了。（净）孟小二的颜色虽不甚佳，闻得他的睡情最妙，凡是嫖过的人无不赞赏。用他做个陪客如何？（小生、外）依议便了。

好友相从兴致赊，评文有暇即评花。

将花引入江淹梦，才得文心烂似葩。

第五出　贿　篯

【梨花儿】（丑上）篯片时来不自由，桩桩生意都相凑。一张花案万人求，嗏！肥钱塞破我旁人袖。

　　自家非别，一个做篯片的行头是也。贱姓姓褚，排行第一，人都叫我褚一官。那些大老官人，见我帮闲凑趣来得恰好，凡是要嫖妓女的，都不用别人，个个要来总成我；弄得我近来的生意好不闹热也呵。

【月上海棠】真兴头，人家的暮夜是吾家昼。并没个做乌龟名号，把风月钱收。

只是一件，伴华筵吃得身肥，闯豪门又跑将身瘦。究竟是空肥口，估计家私，并没有半点铜臭。

　　目下又添出一桩生意，分外觉得兴头。竟有一班书呆子，要从公定起花案来。他便不受贿赂，那些好名的妓女，个个都来嘱托，要我去撺掇文人，把他定做榜首。更有一事可笑，他自己

要考前列，又叫把别人丢了不取。只因有个初出山的女客，叫做王又嫱，他的颜色最好，又有才技。那些同行姊妹妒忌他，情愿多出谢仪，央我去叮嘱主司说，切记不可取中此人，以骄其志。你说可笑不可笑？

【前腔】有甚仇，无端暗把机锋构？硬将人排挤，叫把鹊垒巢鸠。似这等怨同行满手持兵；怪不得做妻妾浑身披胄。这句话儿叫我如何说得出口？只好撞个太岁罢了。止盼得，赝鼎居前，他自落人后。

　　（内叫介）褚一官在家么？我是侯相公的管家，他有件机密事托

你，写在书上，叫你拆开一看就知道了。（丑）叫小的快取进来。（副净取书上，丑拆看笑介）原来花案已定，取王又嫱做了状元，央我去叮嘱一番，叫他感激主司，以身相报的意思。（内二人同叫介）褚一官在家么？相公有书与你，快些接了进去。（丑）为甚么原故，又有这许多书来？（副净取书上，丑拆看大笑介）原来都是为此。个个央我嘱托，个个许我的谢仪。你说我这位篾片老官，做得过做不过？

【海棠醉春风】【月上海棠】唤不休，都是才郎秀士的家僮口，代主人将命，捧礼来求。这一次的科场例子，倒也来得新奇。浼座师不费钱神，贿举子反开私窦。不要管他，索性把这几处的太岁撞他到底。或者时运高强，件件都凑着了，也未见得。【沉醉东风】丢开那头，又图这头，须知十处肥钱，定有九处收！

　　不到难嫖处，焉知篾片尊？

　　全亏名妓好，无我不开裆。

第六出 订 游

【临江仙】（生上）选胜来游歌舞地，苏台惟剩残基。幸留虎阜待攀跻。不随吴苑沼，几被越人移。

　　　人愧西京作赋才，几番怀古独登台。此行未蜡游山屐，欲待赓诗胜友来。小生自送爹妈赴任，行到中途，即蒙两位大人遣发回家，又许我沿途揽胜。来此已是金阊。也曾访道参禅，又带便观风问俗。果然是衣冠胜地，文献名邦。只嫌他风俗绮靡，华而不实。这都是阊间夫差诸人骄纵太过，故使积习至今未改。有心世道者，能不怆然？这也罢了，闻得此处的名山，毕竟要推虎丘第一，只因少个同伴之人，还不曾去登眺。今早有人来说，这边有个侯永士，也是当代名流，知道小生到此，要来相访。且等会过此人，就与他偕行便了。

【前腔】（小生带丑上）夜看函关多紫气，西来定有仙骑。细观非复旧时仪。青牛易骏马，道氅变儒衣。

　　　（丑递帖介）侯相公拜华老爷。（生接见介）小弟备下贱刺，正要奉访，怎么倒辱先施？（小生）小弟因在房稿之中，读过佳篇，极相契慕。所以闻得驾临，就来拜访。（生）承爱了。（小生）请问老社翁来到敝乡，可曾遍阅山川，略亲歌舞，使这些荒台废榭、俗馆尘楼得留名迹为重么？

【啄木儿】（生）装初解，席始移，人面山容都未识。怕的是游胜地忽阻迷津，访翠馆误投蓬室。醉花难与花同醉，急须觅个寻芳队，做个啮尾苍蝇把骥随。

　　　（小生）小弟愿作指南，相陪前去便了。

【前腔】遨游事，性颇宜，听说登山如鹊喜。古人云，醉翁之意不在酒，在于山水之间。小弟这个醉翁，所志又不在山水，要借山水为名，好亲近佳人的意思。斗室中莫畅襟怀，随喜处易亲娇媚。天台洛浦多奇会，阿谁不是游人队？因此上老死名山不愿归。

（生）这等说起来，那名山古刹之内，游女众多，男妇之间，不免混杂。小弟是个腐儒，最怕与良家女子相遇，宁可不去游山，这种瓜李之嫌，不可不避。

【三段子】喜游胜地，办青樽图将棹移。怕招物议，止良朋莫教浪携。今生多把嫌疑避，来生少致羞惭罪。这叫做我不淫人，终无后悔！

（小生）小弟方才说的是青楼姐妹，老社翁错听了，竟认做良家女子。那游女之中，良家妇人也未尝不有，只是离开身子不去近他就是了。难道从来盛德之士，都裹足不去游山，振衣蜡屐之人，个个是轻佻子弟不成？

【前腔】只要此中不迷，那外庞儿何妨略窥。素心不违，那坐怀人也曾暂偎。几曾见爱书定下瞧人罪，仲尼受却登山累？却不道南子相招，他也曾往会。

（生）若说是妓女就不妨了。待小弟奉拜之后，就相约同行。（小生）明日乃花朝令节，小弟与同社诸友各出分资，就在虎丘寺中做一个胜会。既然如此，待小弟出个双分，屈老社翁入会何如？（生）请问是那一种胜会，还是赋诗，还是作文，还是各呈技艺？（小生）这个胜会绝奇，并不是那几种。敝乡的风俗，每年定一次花案，将那些著名的妓女评定优劣，出榜游街。往常都是贪夫执笔，所以贿赂公行，是非倒置，使青楼女子没有定评。这一次的花案，全是小弟主持，颇称公道，故此集我辈同人，看他们游街赴宴；看过之后，就在千人石上与那些女客豪饮。这岂不是个胜会？（生）原来如此。这个胜会果然来得新奇。（小生）还有新奇的勾当，不曾讲完，且留些馀地，待做出来请教便了。明日呵，

【归朝欢】求尊吻，求尊吻，评高论低，看这一榜上谁称至美？（生）经名笔，经名笔，从公品题，料没朵庸花俗蕊。（合）说来不觉魂先坠，相逢难免身如蜕，挣一副槁木形骸去按酒杯。

（小生）暂且告别，明日在阊门拱候便了。

酒泛葡萄莱煮莼，金阊门外集游人。

从来马上看春色，此日翻看马上春。

第七出　拒　　托

【字字双】（净扮丑妓上）姊妹班行我最先，老练。二千一夜算嫖钱，不贱。人人爱我枕边言，会骗。一桩绝技更无前，善战。

　　　　自家是苏州城外的名妓，叫做真小一的便是。城里孟小二约我讲
　　　　话，不免进去走一遭。（行介）已进金阊门，再过专诸巷。来此已是，
　　　　孟二姐在家么？

【前腔】（副净扮丑妓上）天生至宝类青钱，万选。紧暖香干软似绵，更浅。能开能合有时坚，似剪。铁锤遇了也颓然，夹扁。

　　　　（净）好家伙，好家伙！照你这等讲来，竟是十全的了。我且问
　　　　你，还是有胡子的，没胡子的？（副净）有便有几根，还喜得合着相
　　　　法，叫做依稀见肉始为奇。（净）我的却没有，那些嫖客见他外光内
　　　　紧，故此取个美号，叫做：光光乍。（各笑介）（净）孟家姐姐，你
　　　　约我进城有甚么话讲？（副净）不为别事，只因王又嫱那个狗娼，他
　　　　有了几分姿色，又会做几首歪诗，竟把我们的名声都扫尽了，我们恨
　　　　他不过。这一次的花案，被我通些贿赂，偏要抹倒了他，料想案上无
　　　　名。我和你预先走去，大家奚落他一番，有何不可。（净）正该如此，
　　　　就陪你过去。（同行介）可恨妖姬无状，虚名着着居先。若论房中实
　　　　事，只愁挨不着席边。来此已是，王又娘在家么？

【胡捣练】（旦上）谁剥啄，破幽眠，多应女伴拉游园。报道因愁成怯病，春慵无力上秋千。

　　　　（见介）二位姐姐，一向不见，今日为着何事光临？（副净）闻
　　　　得这一次的花案，把你定做状元，故此预先来贺喜。（旦）奴家才不
　　　　压众，貌不惊人，况且又无贿赂，怎见得我是状元？（净）又来谦逊
　　　　了。那些嫖客都说你是苏州城里城外第一位佳人，我们都比不上。毕
　　　　竟是你自己夸张，才有这个美号，怎么见了我们，又说起体面话来？

（旦）这话从那里说起？念奴家呵，

【黑蟆序】素性拘牵，怎肯把身为毛遂，荐向人前？况疏庸自愧，更无娇面。天天，无盐纵冒仙，谁人肯见怜？诉奇冤，还望娘行鉴取，莫听烦言。

（副净）这也罢了。我闻得这一次的花案，比往常不同。那些文人墨客，都在神前发誓过了，然后定的。若还这一次的状元果然是你，我们就情愿投降，把仕女班头让你去做；万一不是，你就莫怪我们说，也要去投降别个了。（净）那不待讲。闻得名数俱已派定，不曾挂榜的时节，先有一张草案出来，好歹就在这一刻了。不是我们拜他，就是他拜我们，先拿一把椅子，摆在中间，好待状元坐了受拜。（放椅介）

【前腔】（副净）休辩，自有人代你伸冤。这其间高下，即分褒贬。怕修名莫保，现出本来颜面。（净）这把椅子少不得是为我设的，不如预先坐定了罢。（坐介）争先，鱼虾任倒颠，鳌头稳似船。（丑上）报婵娟，姓字巍然榜首，不止居前！

（二净）呀！褚一官来了。花榜填定了不曾？草案在那里？快拿来我们看。（丑）草案倒有在这里，只是……（二净）只是怎么样？（丑）只是二位……（二净）二位怎么样？（丑）二位里面只取得着一个。（二净）一个是谁？快拿出来念与我听！（丑取出念介）第一甲第一名王又嫱，第一甲第二名邓蕙娟，第一甲第三名孟小二。（净）第四名呢？（丑）一甲止有三名，其馀搭不上的，都取在二甲。（净）这等，我在二甲第几名？（丑摇头介）想是留做第二次的状元，这张榜上并不见有。（旦坐椅上拱手介）谨遵二位的台命，奴家僭坐了。二位免参，只是行常礼罢。（二净作气介）有这等瞎眼试官，都是老褚的鬼计，替别人图谋去了。不免拿他来出气。（净）得，老褚，你受了我的银子，说包管取做状元，为甚么遗落了我？（副净）我也许过谢礼，为甚么把状元与了别人？（净）我们一齐动手，打死这个贼精。

【锦衣香】休道我力气绵，拳头软，手未交，声先喘。我略施打仗馀威，能教心战。（丑）你那打仗的威风，是各处有名的。我老人家承受不起，只是求饶。（副净）我这金莲虽小骨头坚，只消几踢，管教你血呕如泉。（丑）宁可动手，你那双金莲岂止有千斤之力？其实当不起。（二净齐打介）（旦劝介）劝娘行住手，打伤时人命干连。（二净）权且饶你。快去对他们说，趁早翻过案来，省得惹气。（丑）是！就依二位去讲。（二净）废卷为头卷，将恩释怨；免因小过，致生奇变！

　　　　要燥自家脾，反受伊行辱。拚死害仇人，回家把头触。（同下）

（丑）这从那里说起，别人定案，把冤家做到我身上来？这是过去的事，权且丢开，有几句要紧的说话，禀告状元娘娘。（旦）甚么要紧的说话？（丑）那些定花案的相公，个个央我来嘱托，说他取你做状元，你也要取他做状元。到那一晚，若肯拉他同宿，他除嫖金之外，还要重重相酬。

【浆水令】望天孙把牛郎倒牵，望文君把相如暂怜。他缠头不惜费金钱，只图个风流假号，在闹里争先。（旦）这就不是话了。我这个状元是他们从公定的，他们的状元也该听我从公选择，为何央你来先容？我是个不受贿赂的主司，叫他们不要妄想。只要才堪敌，貌比肩，何愁不入青钱选。（丑）不听也由你。只是众人里面，少不得有个选中的，到同床共枕的时节，求你用些公中之私，卖个虚人情与我。（旦）那倒易处，只怕没有这个人儿。（丑）仗尊口，仗尊口，权施好言；休累我，休累我，拳上加拳。

　　　　明日就是迎榜的日子，求你早些出门。（旦）知道了。

【尾声】千人石上酬良愿，若个是天台刘阮？（丑）试看你一被窝叠起双元。

第八出　目　许

（末、净带丑上）粉饰陋容偎杏脸，安排蛮力夺花魁。从来名媛怜知己，何必张郎始画眉。（净）我们定过花案之后，约定那些妓女今日游街，是桩极兴头、极快活的事。可笑老侯不达时务，硬拉个外路朋友，要走来搭席，未免碍手碍脚，不便燥脾，如何是好？（末）料他是局外之人，不好攘夺我们的好事。就许他来搭席，也没甚相妨。（生、小生同上）（小生）何事人声夹道哗，争传马上载群葩。（生）试从茂苑观春色，可似长安一路花。（丑打扶手，二生上船介）（末）这位就是华先生么？（小生）正是。这两位散友，一位姓张，一位姓李，都是与小弟同事的。（生）这等幸会了。（小生）叫船家把船泊在吊桥边，等花案迎到的时节，随着马蹄儿慢慢的摇到虎丘去便了。（丑应介）（先下）

【北新水令】（生）万花丛里泛轻桡，景和人无非诗料。云开珠箔卷，风动酒旗飘。（内众高声喝彩介）花案已到，那头一个定是状元了。果然生得标致，竟象个月里嫦娥。（生）喝彩声高，尽道是月窟里，人先到。

（共立场后看介）

【南步步娇】（众结彩亭，抬花案在前，旦、小旦、副净作骑马在后，鼓吹迎上）蚁聚蜂屯人喧闹，争看如花貌。生来本是娇，榜上题名，愈增波俏。不愧女英豪，游街胜似游蓬岛。

（齐下）（生）好一个榜首，取得不差，真个是天下无双，人间第一。（众）万口相同，可见我们原有眼力。

【北折桂令】（生）觑芳容顿使魂消，这的是名下无虚，迥别时髦。（小生）第二名何如？（生）略逊前茅，堪称后劲，不愧这榜眼名高。只是末后一个不见所长。（净）他的好处不在脸上，老先生有所不知。（生）我看那位榜首，虽然与众齐驱，却有个夷然不屑之意。（小生）正是。（生）眼见得鸡群鹤少，难怪他和处生骄。

据小弟看来，不但第三名不堪附骥，连那第二个女子，也还是勉强续貂。非是你把牛骥同牢，泾渭相淆，只为那真国士原自无双，因此上屈淮阴做了这绛灌同僚。

（众复迎上，绕场数匝，旦频频顾生，随众下）（小生、净、末，齐赞介）好三位佳人，不愧这一张花案也！

【南江儿水】（合）马上千回艳，风前百倍娇。鞍轻摆不定腰肢媚，镫宽收不住金莲小，鞭长赛不过麻姑爪。一样把秋波凝眺，偏是那榜首垂青，更觉的满身光耀！

（生）前面那一双俊眼，不住的顾盼小生。（叹介）小娘子，小娘子！我是个迂腐之人，辜负你这番盛意也。

【北雁儿落带得胜令】（生）试看他眼频回手欲招，露一线倾城笑。却象要趁扁舟入五湖，随箫史归蓬岛。怎知俺是乔措大腐儿曹，枉俊美空年少。见掷果思回辙，遇琴心怎解挑？空劳，你那眉共眼把殷勤效；难叨，反教俺避风情把目逃！

（众复上，绕场数匝即下）

【南侥侥令】（小生、净、末）山头观倚棹，水面望乘雕。两处心魂皆如掉，恨不得绾手入兰房把琴瑟调。

（齐下）（小生）那女状元好生顾盼舟中，不知属意在那一个？（末）细看他的眼光，分明落在小弟身上。（净）小弟这一嘴胡子是个引诱妇人的招牌。一定是顾盼小弟。（小生）不然，你二位坐在前舱，我与华兄坐在后面，看他秋波所射，却象不在前边，若不是看着小弟，就是属意华兄了。（生）小弟是个腐儒，见了他声色不动，他不笑我也就好了，怎么还肯属意？（末）从来的道学先生，大半是偷妇人的老手。那声色不动的去处，焉知不是暗地揣摩，要做实事？

【北收江南】（生）呀！俺若是恁般流荡呵，那些个人纷华靡丽不能摇？须知俺真心不共眼儿瞧。漫道是眉宇暗相挑，便伊行手招，便伊行口邀，也则是娇憨做蠢把头摇！

（净扯小生背介）老侯，我们今日的筵席，不是为帮闲而设的。少刻饮酒之间，不要被这个局外之人，夺了我们的好事。（小生）他也是个知窍的人，决无此事。若不放心，二位权且回避，待我与他说过，今晚不能陪宿，要嫖也待明日便了。（净、末）也说得是。叫驾掌拢船，待我们上岸走走。（先下）（众复上，绕场数匝，即下）（小

生）你看马上的佳人都有些倦意了，那种徙倚之态，分外觉得可人。

【南园林好】汗频挥肌香不消，力将疲身容愈娇。悄一似睡不稳的海棠风搅，红欲坠，绛思飘。

（小生）老社翁旅中寂寞，少不得要用个解闷之人。这三个里面还是用着那一个？今晚原有定议，要与我辈同事之人，一同过宿的，恐怕不能相让。过了这一夜，就无定主了，好着他过来奉陪。（生）小弟兴不及此，免劳费心。（小生）又来道学了。就是老社翁不喜，也要勉强送一名过来。（生）不是小弟迂腐，多因贱性多情，不论男子妇人，但是相与过的，就要恋恋不舍。方才那个榜首可称国色，若说见了这样妇人心上不喜，就是违心之论了。只怕一经相识，就有许多烦恼出来，所以不敢动念。（小生）一经相识，就有无限的欢娱，怎么倒说"烦恼"二字？（生）欢娱就是烦恼之由，天下那有不别的相与。（小生）娶他回去就是了，有甚么难事？（生）寒家世代不娶青楼，岂可自我作俑？况有严亲在上，不便径行。只是不与他相识的好。（小生）原来如此。也罢，拣一个将就些的，送来消遣几日，要别就别，自然没有牵带了。（生）这还使得。（小生）第二名叫做邓蕙娟，是小弟相与过的，也还不俗，就着他来承应便了。

【北沽美酒带太平令】（生）非是俺忒心卑负眼高，宿低娼不怕嘲。也只为慎始全终不浪交，薄情郎人间岂少？只为他轻似漆易如胶。全不怕事违心鸳盟难保，福不齐神灵难靠。我这伴无盐的讥弹尚小，他那赛王魁的名儿忒恶。因此上硬心肠，权做个风飘絮飘；呀！也省得带水沾泥，到日后淹缠不了！

既蒙雅爱，小弟不敢固辞，只是老兄相与的人，恐怕有些不便。（小生）青楼女子那里论得许多？小弟交游最广，那一个朋友不喜欢嫖妓？若是这等拘执起来，到处皆是朋友之妻，这些柳巷花街，竟去走动不得了。（生笑介）

【北清江引】（小生）良朋惯走烟花道，买尽佳人笑；若还叙友亲，个个该称嫂。我做了大半世的陈平也还盗不了。

第九出 心 归

【缕缕金】（丑上）图哺啜，把山登。更有心头事，盼财星。不用将神祷，自然侥幸。逢人个个许头名，岂无一家应，岂无一家应。

> 我褚一官受了众人之托，走去叮咛王又嫱。蒙他当面应许，取中状元的时节，卖个虚人情与我，这一份谢礼是稳当不过的了。预先坐在千人石上，等他们一到，就好陪吃琼林宴。好兴头，好兴头！

【前腔】（末、净同上）图风月，把山登。撇却同游伴，往前行。预把良媒嘱，定然将命。特来背后问私情，须防有人听，须防有人听。

> （丑）二位相公来了，请问花案迎到不曾？（末）就到了。（背问丑介）前日所托的事，王又嫱应允不应允？（丑）允了。（末喜介）

> （净背问丑介）我的心事如何，王又嫱许不许？（丑）许了（净喜介）

【前腔】（生、小生同上）图欢笑，把山登。一般知慕色，不同情。酿情如酿酒，也分贤圣。圣清贤浊要分明，各人适其性，各人适其性。

> （丑）三位相公都到了。这一位不曾识面，是从那里邀来的？（小生）新到的华爷，是我好朋友，（丑）原来如此，失敬了！（小生背问丑介）托你叮咛的话，怎么样了？（丑）说之再三，才得稳妥。

> （小生喜介）（末背介）从来名妓都喜奉承，不免瞒了众人，走到女状元跟前去打躬迎接。（净背介）方才听得他说，要去打躬。他若打躬，我只得要下跪了。

【滴溜子】（旦、小旦、副净随花案迎上）登山处，登山处，骅骝漫骋；防折挫，防折挫，云鬟欠整。看看行来山嶝，许多卖俏郎，把风流预逞。各想抢魁，趋跄候迎。

> （末向旦打躬介）男举子打躬迎接，请女状元下马。（旦）不敢劳，请起。（净跪介）生员跪接大宗师，请下马赴宴。（旦）不敢当，请起。（小生）众人这等谦恭，我也急慢他不得了。（转介）美人自

103

已下马，恐怕损了尊躯，待小生抱将下来。（旦）也不敢劳，请立开些，待奴家自己下马。（副净招小生介）奴家不会下马，走来抱我一抱。（小生不理介）（众各下马介）（小生、末、净见毕，向旦各致殷勤介）（旦顾生背介）呀！我只道评定花案的人，是些风流才子，如今看来都不见得。只有一位可意的，却又远远立开，不来相见，却是为何？（小生）请华兄过来，见了众位佳人，好上席饮酒。（生、众见毕，各席地坐介）

【八声甘州】（合）溪山绝胜，助佳人才子，酒意诗情。最奇的是横阶塔影，在平地上振响风铃。歌声辟尽啼鸟声，始信如簧巧似莺。欢腾，肆徜徉有醉无醒！

（旦）今日际此良辰，又当胜会，不可无诗以纪之。求列位名公，或是分题，或是联韵，赋几首新诗见赠，也不枉欢聚一场。

【前腔】诗朋，同游胜景，怎做得寒蝉僵鸟，反舌无声？（小生）极讲得是。只是一件，我们不敢藏拙，你们三位也不许躲懒！男唱女和，大家都要做诗。纵横女骁男劲，那怕你奋全威攻倒诗城！（生）小弟是个局外之人，连赋诗一事也不敢搀越。旗枪任教相对整，攻不着我袖手旁观的卸甲兵。（旦背介）我道他为何退避？原来不在事中。只是一件，我索诗的话头原为试他一个，他若不做，竟是枉然了。我有道理。（转介）做诗原是雅事，论甚么局外局中。莫怪奴家斗胆，就举一个觞政，如诗不成，罚以金谷酒数便了。依凭，斉诗篇百斗须倾。

（末背介）看他的意思，分明是要考取状元了。这首诗儿正好不容易做。

【解三酲】凭造化可图侥幸，课人工怎决输赢？（净背介）这等说起来，区区的好事有些不稳了？状元鳌得荷包硬，还只怕留不住要飞升。（副净）奴家懒得做诗，情愿吃酒。列位莫怪我说，若要把诗脾酒量衡重轻，只怕诗客披靡还是我酒客赢！（小旦）奴家字便识几个，却不会做诗，也情愿受罚。难图胜，无才莫强，有令须承。

（小生）这等，除出他二位与帮闲的老褚，其馀不分男妇，都要作诗。（净）我今日有些心事，觉得兴趣不佳。列位请先，容小弟后补。（末）既然如此，只得四位了。每人二句，恰好是一首律诗，不必分韵，竟是联句便了。（小生）华兄是客，我辈是主，就借重尊客起韵。（生）僭妄了。（朗吟介）"枯毫不合赞群葩，愁负江南第一花。"（小生）"未许效颦如别树，只宜分艳似邻家。"（末）"已魁众卉人争赏，未最群枝我独夸。"（旦）"但是幽芳都喜静，不应繁口闹蜂衙。"（众）末后一联，更有意思。（生）"幽闲贞静"四个字，乃妇人家所宜有，此二句，不但得风人之指，还见他有些妇德。（旦）过誉了。（小生）但是不做诗的，都请罚酒。（众饮介）（旦频频顾生，背指介）好一位风雅郎君，可谓貌称其才，才副其貌。

【前腔换头】（生）他眼波去来频送影，比马上回头更有情。（旦）但知其姓，不知其名，又不好背了众人单问他一个。我有道理。（转介）华相公的尊扇借奴家一观。（取生扇看介）原来是华中郎相公。（生）我百般隐讳真名姓，怎当他工掩袭盗声称。他那里呼刘讯阮不绝声，要故意在人前示眼青。全不怕招疑衅，卿虽怜我，我却愁卿。

（净、末拉小生背介）老侯，他们两个的光景，你可看得出？起先所说的话，只怕有所不免了。（小生）已曾讲过，不劳费心。（生背介）他们唧唧哝哝，想来都是虑我；若不先走，还有醋状出来，不如逃席而去便了。（转介）诸兄请坐，小弟便一便就来。（急下）（小生向内叫介）华兄转来，华兄转来。呀！他竟逃席去了。（旦）同座之人不该许他逃席，快去留他转来。（净）他原是局外之人，走来搭席的，既去就罢了，留他何用？（末）我们酒也吃到好处，如今要讲正经了。你们三位的次第，是我辈品题出来的，如今我辈的次第，也要三位品题。谁是第一，谁是第二，谁是第三，各携一个奉陪，省得舟中寂寞。

【解酲歌】【解三酲】（末）你辨美恶目光如镜，谁高下早赐批评。（副净）这等待我考起。（指小生介）这位相公，虽然生得好，只是嘴上太光，没有胡子，做妇人家的用你不着。（指末介）这位相公，胡子便有几根，又嫌他鼻梁太小，也选不中。（指净介）这位相公，两件都好，一定是个全才，我今夜的对头就用着你。髯多鼻大能高兴，知不负我汝南评。（末、净对小旦介）这等，蕙娘选中那一个？（小旦）换新不如守旧，侯相公是我旧交，还与他作伴就是。（末大笑介）男子里面剩下我，女子里面剩下王又嫱，这等说起来，我是状元无疑了。精金美玉无人夺，倒做了剩下的遗珠不惹争。（净）不是这等说，状元既是头名，该听状元考起，二位的话都作不得准。且听王又嫱的尊裁。（小生）也讲得是。【排歌】（合）求尊

目，略转青，龙门咫尺许谁登？虽无意，也有情，问娘行何处得高名？

　　（旦）奴家没有眼力，不辨高低。若要说好，都是好的；若说不好，都是不好的，倒不如一概浑融，存而不论也罢。

【前腔】考姿貌并无差等，较才华略有输赢。那轩昂器宇风流性，都是些乔做作欠生成。倒不如浑融不设雌黄号，还可以浪得人间好事名。（小生）难道三个里面就选不得一个出来？（末）小弟方才的诗，也尽看得过。（净）我诗便不曾做，难道这个面貌就配你不来？（旦）那位相公虽不中选，也还值得一问；若是二位，就免劳赐教也罢了。休嗔怒，不徇情，并无可喜只堪憎。惊怪状，诧奇形，一双尽是眼中钉！（净、末大怒介）唗！小狗娼，臭淫妇，不识抬举的贱丫头，我们好意作兴你，不要一文钱钞，白白取你做状元，你不图报效也罢了，还把恶话来唐突我们。若不看花案分上，大家赏你一顿毛拳。

【大迓鼓】（净、末）教人，怒气生。既忘恩义，反肆狰狞，不怕拳头硬！且留一线惜花情，少不得煮鹤烧琴别有铛！

　　（丑劝介）（净、末）唗！都是你背后弄鬼，撺掇他这等放肆。

　　大家一齐动手，打死这个贼精。（齐打介）

【前腔】乔才，不志诚。只图撞岁，那有真情，一味相胡浑。如今略受小才丁，改日当官去忍大疼。

　　我们下船，丢他一个在千人石上坐到天明，就不饿死也要冻死。只是一件，邓蕙娘是有主儿的了，剩下我们两男一女，怎生一个睡法？（副净）不妨，区区是个双料，上半夜陪他，下半夜陪你，两边都不寂寞。快快的随我下船。（一手扯末，一手扯净，同行介）

【尾声】揽差承，谋缺顶。休道是一官双印担非轻，我自会两手招财把一器盛！

　　（众先下，小旦回头顾旦介）妹子，你权且一坐，我送他下船，就来伴你。（亦下）（旦吊场）

第十出　待　旦

【一江风】（旦）为多才，甘受狂且责，稳把凄其耐。人笑我忒痴呆，恼的是温存，怪的是绸缪，反将个不洽浃的人儿爱。这疏狂为甚来，疏狂为甚来？担愁别有胎，只为放不下个真诚块！

【前腔】（小旦上）走莓苔，一样金莲窄，更是今宵隘。恼人怀，背了巫山，撇了行云，来伴个无聊客。他忧是本该，他忧是本该，我愁为甚来？都只为乔性子把人携带！

（旦）呀！邓家姐姐，你果然来了。（小旦）妹子，你今日的性格，比往常一发清奇，做妓女的人，都似这般骄傲起来，怎么行得去？（旦）我也知道行不去。只是见了那班俗子，就象前生前世有甚么旧仇宿恨的一般，由不得自己做主，要与他抢白起来，这也是命该如此。

【前腔】合招灾，心要妆时态，口却鸣天籁。遇乔才，他倒温柔，我反粗豪，翻尽了烟花格。这叫做痴人学不乖，痴人学不乖，教人怨母胎。为甚的一肚皮全不把时宜袋？

（小旦）那两个俗子，原自惹厌，怪不得你鄙薄他。只是侯生的才貌，也是名士里面数得起的，为甚么也不中意？难道你以前所接的客，个个都强似他么？（旦）邓家姐姐，你有所不知。今夜取人，比不得往常留客，是一桩有关系的事情。往常留客，出于无可奈何，纵不十分像意，也只得勉强支持。今日要我自选才郎，分明是个择婿的名目了。一经许可，他不肯自称嫖客，竟俨然以佳婿自居了。"佳婿"二字，岂是可以假借得的？况且眼睛面前，现放着一位佳婿，怎么丢下不取，反去许可别人？（小旦）佳婿是那一个，莫非就是逃席的人么？（旦）然也。（小旦）那不是你的姻缘，休得妄想。（旦）怎见得？

【前腔】（小旦）他枉多才，既没风流态，且守迂儒戒。避花街，义道是祖训曾赅，牒谱经刊，永不娶倾城色。（旦）你又不曾相与过他，怎么知道这些衷曲？

（小旦）他亲传口信来，亲传口信来，要我这乔媒姆把西施代！

（旦）原来与你有约，还不曾到手，恐怕人夺了好事，故此设为此说，要冷我的心肠。既然如此，我就仰体台心，从今以后，绝口不提"华"字便了。（小旦）贤妹也忒煞多心。我老实对你讲罢，他心上十分爱你，只怕相与之后，要如胶似漆起来，两下里开交不得，倒不如不会的好，所以要寻个将就些的暂时遣兴，到后来容易开交。侯生说起

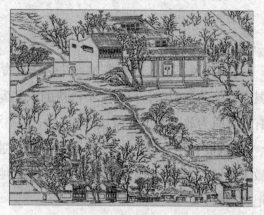

我来，正合他将就之意，故此相订在明日，要送我去陪伴他。（旦）呀！这等说起来，果然是个诚实君子，愈加使人起敬了。此生既能慎始，必能全终；若还得此人，保无白头之叹，我是绝望的了。邓家姐姐，你不要错了机会，他若有一线真情，就该紧紧依靠着他，切不可当面错过。

【东瓯令】缘难遇，事当谐，一放多情永不来。我和他无缘枉绣同心带，丝未结，先愁解。痴人没福便逢乖，欲就反推开。

（小旦）他还不曾见面，先把"将就"二字待我，可见相与之后，无所不用其将就了。他既将就我，我也将就他，那有甚么真情实意？还有一说，我与侯生立誓在前，预作他年夫妇，岂可背了此盟，又生他想？（旦）也讲得是。

【前腔】（小旦）他把清凉局，早安排，怕暖的心肠热不来。我胸中另有个多情块。奴怕售，他愁买，把空头铺面假张开，交口不交财。

我的心事讲明了。妹子，你若果然爱他，把真心话儿说几句在我心上，待我替你缓缓图之，或者有些机缘也未见得。（旦）若肯如此，感激不尽。只是一件，这样真诚男子，只可欺之以方，不可告之以实。若说我要嫁他，他定要害怕起来，一发不肯见面了。须要生个法

子，渐渐的引我近身，到了其间，我自有捏沙成团之法。（小旦）用个甚么法子？（旦）听我道来。

【刘泼帽】他新诗委实教人爱，只道我相见后刻意怜才，要做个无巾社友将他拜。若使前来，还有偿未了的诗篇债！

（小旦）知道了，我一见就讲，包管你有些缘法。

【前腔】他止将将就人儿待，又谁知把个不将就的引就将来？若嫌引就将奴怪，便和他将就分开，另有个盼不就的将奴爱。

天明了，待我雇乘轿子送你回去。

一夜无眠只五更，不烧残烛也天明。

却怜煮鹤烧琴辈，枉受人间俗子名。

第十一出 魔 氛

【北粉蝶儿】（净扮贼首，末扮中军，引众上）人世魔王，那里是人世魔王，冒神威把天兵生抗。一样的饥吃饭，渴饮壶浆，只比那赤眉毛，蓝面孔，增些奇状。俺只道吓愚民，略逞强梁，又谁知力加雄，威渐猛，直做到至尊无上！

　　古往今来盗贼赊，杀人谁个最堪夸？黄巢百万犹堪数，争似区区没账查。孤家非别，乃山贼营中拥戴出来的头目，素称"魔劫天王"的是也。为甚的加俺这个美号？只因世运渐衰，人情尚鬼，无论做官、做吏、做百姓，都要带着三分鬼道，方才行得事去，趁得钱来。何况行兵用武，更与别事不同。古语说的好：兵行鬼道。可见这个"鬼"字是一刻离他不得的。被孤家创个行兵之法，凡到攻城劫寨的时节，得了就罢；若还攻他不开，战他不过，就把后队貔貅一概妆做鬼脸。那些官兵见了，都说是阴兵出现，自然害怕，谁敢前来对垒？一处失利，到处相传，总说是魔王下界，劫数当然。死的也甘心就死，降的也情愿投降。所以手下这些将士，就应天顺人，拥戴孤家做主，又复顾名思义，称俺为"魔劫天王"。今日攻城稍暇，扎住营盘，不免再把妖魔伎俩演习一番，省得他们战法不精，露出本相来，被人识破。分付众喽罗，只留旗鼓司一名，听候传宣，其馀将士，都出辕门外听令！（众）嗄！（齐下）（净登台介）

【石榴花】传旗出令晓戎行，你与俺齐换夜台妆。一个个头生竖角，目陷深眶，鼻犹弩挂，口似弓张。妆出些咽呜呜，妆出些咽呜呜，鬼声儿掩盖着虚乔样。尽着他一谜胡猜，难禁咱横行天壤。且混取了美江山，且混取了美江山，后盖瞒天谎。操演熟，好赴杀人场！

　　先习男兵，后操女战，都要妆做鬼魅上场，用心对垒。（末传令介）（众扮男鬼，各执枪棍上场，环舞一回下）（净）妆也妆的象，演也演的好。居然是些鬼魅，谁认的是人来？

【扑灯蛾犯】分明是众游魂，招来古战场。一个个要续前勋，补画麒麟像。死得惯的英雄健如虎，吃过刀的头皮生强。这叫做置死地生机才稳，知命在，焉得不愁亡？鬼门关，最多义勇，都只为身家少，有钱无地买田庄。

　　（众扮女妖，各持刀剑上场，环舞一回下）（净）女妖比男鬼更

　　扮得象，更演得好，真是天魔妙舞，名不虚传！

【上小楼犯】白团团的俊俏庞，姹盈盈的艳冶妆。反做了石化的精魂，铜铸的头颅，铁打的肝肠。问从来，若个男兵，谁家铁汉，不向这软坑儿埋葬？阴兵盛不愁阳壮。

　　有此两队奇兵，何难立取天下。分付将士们，依旧换了本等衣

　　甲，随俺出征。（末传令介）（众上，摆队行介）

【叠字儿犯】（合）咄咄！妖魔技痒；熠熠！旄头星亮。况遇那防奸的法令疏，偷安的吏治荒。种种施为，引的俺心儿壮。急乘时，先收乱邦；预筹饥，早占敖仓。九鼎迟扛，一任他重千钧，终归吾掌。服杀俺，出奇兵，翻战局，妙在用荒唐！

【煞声】正人稀，邪渐长；佛高尺，魔高丈。须信这古语传来原不罔。问何事幺麽小辈，偏能在闹里夺强？

　　只因那血性男子，耻与俺魑魅争光！

第十二出　私　引

（净扮鸨母上）接客的人家都不怕，刚刚只怕得穷措大；一夜沾身定有几夜闲，只为晦气侵人难洗刷。自家非别，乃勾栏中一个鸨母。只因女儿邓蕙娟，被那侯酸丁睡了许久，不见一厘嫖钱，前日已经谢绝。这几时不见上门，今早着人来知会说，有个新到的华爷，要接我女儿过去相伴几夜。我不放心，只怕又是假冒别人的名头，要骗他去白睡，不免亲送上门。蕙娟那里？

【生查子】（小旦上）一夜不宽衣，相伴佳人坐。空惹一身疑，道与情郎卧。（净）你与那穷酸勾勾搭搭，做不出甚么好事来。我如今送你上门，交与那姓华的人儿，省得被人欺骗。叫平头，带了包裹随我出门。（丑背包裹上，随行介）（净）为尔朝朝念，教人刻刻防。（小旦）既然忧失脱，何不好收藏。（丑）来此已是，门上有人么？（末上）才向檐前闻鹊语，又从门内听龟声。呀！蕙娘到了，待我请老爷出来。

【前腔】（生上）报道那人来，反重眉间锁。未必善歌儿，能慰知音我。（见介）蕙娘来了。这一位是谁？（小旦）就是家母。（生）令堂到此何干？（净）老身送小女前来，不为别事，只因侯相公好宿妓女，又不出嫖钱。一向在寒家走动，都是白白的缠扰。今日差人来说，华老爷要接小女。老身不信，恐怕又是指东话西，故此亲送上门，要讨个下落。（生笑介）原来如此。这等，接令爱的果然是我，你回去罢。（丑对小旦介）包裹在这里，梳头的家伙，行经的绢幅，连睡觉时节所用的东西，都在里面。请收明白，我们回去了。妓女出门时，绢幅宜多带。（净）不定是行经，才用这收潮块。（同丑下）（生）照令堂这等说来，侯兄与小娘子不是一次两次的相与了。令堂虽则如此，小娘子心上也还有些眷恋之意么？

【玉山颓】（小旦）关情无那，怪高堂言词太苛。他露真诚反在无钱，不是穷奢欲始来亲我。又岂肯因风倒舵，怕聒絮顿忘些个？说起从前事，奈今何！少不得旧恨新愁一样多！

（小旦）请问郎君，昨日为甚么原故，忽然逃席而来？使我辈相对索然，一毫兴致也没有。（生）你是个聪明人，难道看不出？只因王又嫱那个妮子，冷落了众人单来亲近我，使那些众人眉酸眼醋，都有些不快起来，叫我如何坐得稳？

【前腔】高朋盈座，为伊行交情欠和。恨不的挂虎牌驱逐闲人，署鸳牒止留尊可。我待把针毡强坐，当不的目光如火。纵有他和你两秋波，却不道，杯水难胜烈焰多。

我正要问你，他昨晚选中那一个？（小旦）并没个中选的人，白白的坐了一夜。（生）怎么，难道满场竟没有举子？我却不信。（小旦）岂但选不中。还受他许多讥诮之言。且听我道：

【玉抱肚】他谈锋如锉，听的人肉霏霏浑身似割。己辱人固难承受，人辱己也勾腾挪！（生）这等说起来，他也受些闲气了。（小旦）摧残只欠未操戈，罚在空阶伴素娥。

（生）难道竟在千人石上，坐了一夜不成？（小旦）若不亏奴家做伴，他不是闷死，定是气死。（生）这也罢了。他在小娘子面前，可曾说起众人的诗句，还是那一联最好？（小旦）中间二联都不说好，单取你开手二句。（生）我也只取他煞尾二句。这等看起来，我和他二人竟是文字知己了。

【前腔】才堪相和，惜伊行不列儒科。怎能勾微绰约莫教太美，只聪明免使情多。我和他正襟危坐，肆吟哦免得旁人眼似梭。

（小旦）正是。他有一句话儿曾托我致意，说知道你不娶青楼，不敢擅生他想。只是两下的诗篇互相称许，也是一对知音了。他要过来拜谒，只算得个社友临门，不是甚么私情勾当。你肯容他拜会么？（生）也要商量，待我想一想了回话。（背介）他既知我的心事，自然不想婚姻。只是一件，万一区区见了美色，不能自主，忽然改变心肠，他不想嫁我，我倒要娶起他来，却怎么处？我有道理，等他过来的时节，我立定主意不与他同床共枕，就是款待他的饮食，也故意俭朴些，使他知道我一味寒酸，不是个出钱的主子，就要从良，也不来寻着我了。有理，有理！（转介）他不想来，我也不好招揽；他既要来，我也不好拒绝，听其自然罢了。

【前腔】由他相过，决不做段家郎逾垣避躲。只有一句话要对他讲过：便相逢也是神交，虽觌面莫嫌相左。从无社友结丝萝，莫把彝伦擅改挪！

　　（小旦）既然如此，待我传个口信过去，着他有暇即来。（末）

　　禀老爷：侯相公备有东道，说他自己有事，不能过来奉陪，请老爷与

　　蕙娘二位自用了罢。（生）知道了，说多谢。

　　【尾声】从来东道是媒人做，这不来相伴的意如何？（小旦）不过是羞见琵琶向别处挪。

第十三出　痴　盼

【绕凤台】【绕地游】（旦上）招愁惹怨，搅的魂儿战。【凤凰阁】硬把相思揽上肩，不待那人情愿。【高阳台】仗心坚，纵少前缘，也缔今缘。

　　　　奴家系念华郎，死生不舍，多蒙邓家姐姐许我代觅机缘，极是好
　　　事。怎奈他去了几日，并不见有音信过来，这是甚么原故？待我猜他
　　　一猜。

【山坡羊】莫不是已酬歌忘却人凄怨，莫不是吝佳音要索酬媒券，莫不是初真后假心肠变？空使我情挂牵，还把欢娱傲苦煎。几曾见个冰人自把鸾凤擅，有假无归若个然？迁延，他过期又几天？无眠，怎得个忘忧草似萱！

　　　　倒是奴家没理了，华郎有意接他，无心招我，分明是他的姻缘，
　　　怎么一个局外之人，倒反醋起他来？

【前腔】没来由将人痴怨，都则为自无聊把心儿欺骗，生生认做伊家眷。谁见怜，红丝在那边？东家有泪洒不到西家院，只好滴向空阶学细雨绵！休癫，且开怀望病痊；无缘，这姻亲那得联！

　　　　又不是这等讲，据邓家姐姐说来，他心上原十分爱我。只因虑到
　　　日后恐怕不得开交，所以才用着他，他不过是替代之人，那里称得鸾
　　　交凤友？此时此际虽与他促膝而谈，焉知一片心神不注想在奴家
　　　身上？

【二犯五更转】合当嗟怨，你虽然，代庖终是权。又不是嫦娥卖却清虚殿，一任你久圆无缺陷，背人在天上悬。不是我轻薄你讲，只怕强欢娱，博不得人情愿。他身对伊行，心游别院。倒不如还初服，践旧盟，把高风擅。这蓝桥不断银河浅，为甚的阻隔佳音，不容相见？空教人把好共歹思量遍！

　　　　（丑上）为将才子命，来到美人家。（见介）（旦）你是邓家的平
　　　头，到此何干？莫非华老爷接我相见么？（丑）正是。姐姐分付，叫
　　　我来奉请，说不拘那一日，但有空闲就请过去。（旦）我没一日不闲，

就是明朝便了。（丑）既然如此，待我先去回话。不学宾鸿递柬，但
随鹦鹉传言。（下）（旦）好一个不失信的冰人，枉教我埋怨了半日。

【前腔】错将人怨，我甘心，伏辜招不贤。把公忠美号还须献，漫道是凤缘如
有分，赤绳自会牵。冰人月老，不过是图佳宴。到底无针，谁来穿线？况且这一位
冰人，又不比寻常月老，亏他在鸳帏里，凤枕旁，将人劝。生生自把鸾衾剪，送与
他人，合成一片，这盛德事人希见！

怪杀良缘冷似灰，谁知青鸟却飞来。

世间好事偏多滞，冻折梅梢春始回。

第十四出 情 访

【破阵子】（生带末上）避色偏来窈窕，防身怕不坚牢。眼挂罥罳眉上锁，不许心猿往外跳，磨形在这遭。

  我华中郎刻意防情，不近青楼艳质。谁想被王又嫱那个妮子，渐渐的逼近身来，使我规避不得，只得用些磨形炼性之法，做一个老头陀去对付他。家僮那里？（末）小人在。（生）王又嫱今日过来，我已立定主意，不与他同眠。你可另扫一间书房与他宿歇。凡是款待他的饮食，切记不可太丰，比家常日用的还要谈薄几分，妆做个酸子的模样便了。（末）理会得。（生）你在门前伺候，等他一到，先请邓蕙娘陪他，待我随后出来便了。正是：闭门不学鲁男子，留坐权为柳下生。（暂下）

【前腔】（旦带副净上）谒婿故称访友，先施不惮微劳。赖有嘤鸣堪藉口，不使求雄浪得嘲，人前唤我曹。

  （副净对末介）王又嫱拜你家老爷，快些通报！（末请小旦介）

【前腔】（小旦上）窃位自知身暂，荐贤落得名高。常笑忌人人亦忌，枉结空营把寇招，便宜没半毫。

  妹子你来了，权请坐下，待他出来奉陪。（旦）姐姐，你与那生盘桓数日，情意必定绸缪，早晚之间，可曾订下从良之约么？

【二郎神】（小旦）他虚情好，那里是慕欢娱，费黄金买笑？不过是免俗求蠲迂腐号。几曾见逢场作戏，因观傀偏魂销？争似你这同调倾心天下少，眼见的一着身缠绵不了。今日呵！只当把印儿交，谅后官，悯前人望代心劳。

  （旦）他待你如此，待我的情节就不问可知了！何劳你恁般奖誉。

【前腔】空劳，褒新贬旧，褪躬太眇。我同调焉能同古调？终不然吹篪到底，终身把琴瑟休调！只看这诗伴临门音问悄，他那迎客屝何曾暂倒？性儿乔，这分缘，多应有福难消！

（生上）淡交欲淡后来交，切记先疏第一遭。初见若教浓似漆，将来焉得不如胶。又娘那里？（见介）又娘，闻得你在千人石上，受众人许多闲气，又且冷冷落落度了一宵，都是小生累你。（旦）那是奴家性气乖张，不肯随波逐浪，以致如此。干郎君甚么事来？

【集贤宾】我襟期太远心忒骄，惯轻觑儿曹。惹起了无限忧心徒自悄，又何曾发去牢骚？把闲愁自扫，掠不去眉痕千道。终不然是能事少，这方法定须京兆。

【前腔】（生）你才多貌美心合骄，但身处烦嚣。使不着那吝雨悭云的情性娇，只合贬巫峰半截山腰。使人人可造，定有个襄王来到！情意好，相订自堪偕老。

叫家僮，又娘坐久了，且不须备酌，快些摆饭出来。（末）知道了。（摆饭介）（旦细看背介）呀！从来嫖妓之人，那一个不卖弄豪华？就是极贫之士，也要借几文钱钞妆些体面出来，独有他不改家常，与白吃的无异。只此一件，就脱俗起了。（转介）（生）这等粗粝之食，不是小娘子用的。只是贫士家风不过如此，求你莫笑寒酸，也要略用几箸。（旦欣然举箸介）

【黄莺儿】（小旦）呀！你心志向来骄，遇了这莽儿郎气忽挠，由他怠慢也无烦恼。今日呵，又不是王孙遇漂，林宗过茅，为甚把盘中草蔬俱尝到？你也忒清高，撇下了朱门玉食，到这陋巷觅箪瓢！

你往常走到人家，见他珍馐满案，箸也不举。今日来到这边，却把家常茶饭，认做美味奇珍，竟饱餐大嚼起来，岂不是桩怪事？（旦）我们做妓女的，终日在锦绣场中过活，笙歌队里营生，对了那美酒肥羊，不觉可喜，反觉可厌。今日忽遇粗茶淡饭，不觉耳目一新，竟象在良家过日子的一般，所以心旷神怡，不觉吃了一饱。（生背介）你说有这等奇事，我千方百计要冷淡他，他反在不好的去处寻出我的好处来。叫我也没摆布。

【前腔】施计总徒劳，学酸丁不见嘲，反因怠慢来欢笑。似这等越辞越招，愈推愈牢，遍寻所恶皆投好。怎能勾不成交，殆哉岌岌，此际说冰操！

（转介）今日社友见访，自应抵足而眠。只是贱体有些小恙，不能奉陪。这左边有一间静室，倒还幽雅，请送又娘过去安置了罢！

【琥珀猫儿坠】抛琴弃鹤，甘受士林嘲。才闻庄语便魂消，况复娇音枕上号。开交，撒手登崖，始算人豪！

（旦）奴家最喜独宿，若得如此，更见高情。

【前腔】青楼鸳梦，最苦是难饶。得拥孤衾睡一宵，犹如槛凤上青霄。休劳，所贵心投，不在形交。

（小旦）既然如此，送你去睡罢。

【尾声】妹子你从前果说孤眠好，只怕今夜孤眠要怨寂寥。念从来新妇的欢娱原不在第一宵。

第十五出　厌　贫

　　【浪淘沙】（净上）终日怪寒酸，窃笑偷欢。倒赔情果掷潘安。不见些儿穷报答，空使眉攒。我是邓家鸨母。自从把女儿送到华家，已经半月不曾过去看他。只怕姓侯的那个酸丁，倒底放这丫头不下，倚着华老爷是他好友，要时常过去走动，引偏了丫头的心。放着有钱的主子，不肯加意奉承，反与那穷鬼亲密起来，岂不误了大事！已曾着平头前去打听，他不在华家就罢，若在那边，我就闯进门去，当着华老爷羞辱他一场，消我的闷气，有何不可。

　　【莺皂袍】【黄莺儿】前把命儿拚，辱酸丁不放宽，一任那情丝系紧终须断。等得你他年做官，前来报冤，我这肥钱已趁下千千贯。【皂罗袍】富能敌贵，把黄金掷冠；财能消忿，把霆威变欢。只怕冤家要改口把相知唤！

　　　　且等平头来回话，再作道理。

　　　　世上钱财与命关，无财命亦去人间。

　　　　只须一物能持世，理义诗书尽可删。

第十六出　赠　妓

【挂真儿】（生上）冷落娇娃心太忍，筹度处心转车轮。虽放孤眠，终愁未稳，毕竟作何安顿？

> 自从王又嫱过来，已经数日。日间相对谈心，一到晚来，就与他分房宿歇，这也算是天地之间，第一件不情之事了。谁想他也视为当然，并不见有纤毫愠色。这样女子岂不是个异人！就是邓蕙娟那个妮子，虽然姿貌寻常，也有一件可取，他明知侯永士赤贫如洗，不能娶他从良，却念念在此人身上，就是睡里梦里，也叫几声侯郎侯郎。侯永七也有此心，只苦于贫不能遂。我见他两人如此，一心要做押衙故事，成就他每这段姻缘；只怕又嫱看见动了念头，也要是这等起来，我就惹下事了。且迟几日再做商量。永士许久不来，今日定然相过，已曾备下筵席，等他一到，大家欢聚一番，有何不可。

【前腔】（小生上）更是近来眠不稳，得意事宁让途人。爱妓良朋，投机合笋，想到颇难安分。

> （见介）连因俗冗，不得过来奉陪，甚是抱歉。（生）不是贵冗繁多，另有一种深意，恐怕贵相知对了旧人难谐新好，故此有心回避。如今新好既谐，无所用其回避了。叫家僮，一面请惠娘出来，见了侯爷，一面去请又娘过来，一同上席饮酒。（内应介）

【前腔】（小旦上）两好之间难措吻，相对处剖笑均鼙。（旦上）此受欢迎，彼遭峻拒，怕一喜难胜一愠。

> （各见介）（生）你二位旧交相遇，少不得要叙叙私情。还是说过了饮酒，还是饮酒完了才说？（小生）止有公议，并没私情。古语道得好，所言公，则公言之。竟是一面饮酒，一面谈心便了。（生）既然如此，斟上酒来。（各坐同饮介）

【梁州新郎】（各一句轮唱）条风徐拂，轻烟微㗌，绽蕊的兰香如喷。虽则是

春光将午，这阳和的旦气犹存。树能垂盖，池不生湍，睡得鸳鸯稳。轻花才照鬓头云，又逐红霞入酒樽。（合）勤酌取，休辞困，使桃花人面争红晕。愁绪远，醉乡近。

（小生对生介）又嬛谢绝吾侪，单近老社翁一位，可见他有识英雄的俊眼。来此已经数日，可曾定下相从之议么？

【前腔】（生）原非私好，难开情衅，说起愁伤名分。我和他呵，避瓜防李，终朝相对如宾。（小生）真人面前莫说假话。岂有过来数日，还不曾相近之理？（生）喜得有个中见，老兄若不信，只问贵相知便了。料没个遭攘的失主，被劫的仇家，代把情词隐。（小生对小旦介）难道果有此事不成？（小旦）端的是这等，并不曾见他们同榻。（旦）只近肝肠不近身，才见相知别有因。（合前）

（小生）若还果然如此，老社翁该罚三杯。又嬛这等钟情你，就是铁打的心肠也该软下来了，为甚么执性到底，竟不与他同榻？（生）小弟该罚，老兄更该罚；小弟若罚三杯，老兄该照卢仝饮茶之数，竟奉七大碗便了。（小生）为甚么原故，该罚这许多？（生）我与又嬛订过在先：只做社友往来，不作私情勾当。所以如此。蕙娘与你指天誓日，愿做偕老夫妻。我见他念念不忘，终日想的是你，你为甚么不践初盟？还放他在这边陪客。（小生）小弟所处之境，与老社翁不同，若还娶得他起，怎肯迟到今朝？

【前腔】枕边情好，床头金尽，有翼无风难振，誓天盟地，总不如哀祷钱神。怎似你明珠藏箧，坐看他美玉生尘，才见心肠狠。（生）蕙娘，他的话儿是真是假，只怕还是推托之词！（小旦）他不是这等人，委实的手头空乏。相如穷不弃文君，怎能勾涤器当垆共食贫！（合前）

（生）我辈肝肠尽吐，足见知心，大家宽饮数杯，当至醉而后已。

【前腔】（合）衷言争吐，欢情弥振，好把金罍叠进。不比华筵初设，主宾客气犹存。休把沟渠衡窄，江海辞宽，有量还须尽。纵教杯泻似倾盆，这骤雨虽长也不到昏！（合前）

（老旦上）背地骂人如不骂，当场争气始为争。（闯进介）（小旦起介）呀！母亲来了。（生）你是鸨母，为甚么又来？（老旦）老身不为别事，一来记挂小女，二来闻得侯相公在此，要与他算算旧账，好求几两银子，拿回去还债哩！（小生）这不是讨账的去处，你且请回。（老旦）那又不是去处，这又不是去处，终不然等到鬼门关上，才得与你算账不成？（生）胡说！有我在此，不许你们放肆。（老旦）华老爷，你有所不知。

【不是路】我也曾敛怒藏嗔，强把穷酸的饿气吞。博不的喉咙润，一杯茶水也吝柴薪！（小生拉老旦背介）我们读书之人体面为重，切不可如此。你且回去，我明日一定送来。（老旦）问郎君：若要

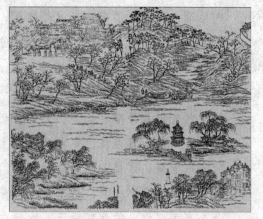

支吾背地遮羞脸，何不慷慨当场掩笑唇？（小旦）母亲，他是个读书君子，久后自然发达。或者看孩儿面上，还照顾你终身，也未见得，不要把话儿说尽了。（老旦怒介）这等讲来，你一心还向着他哩！我在人面前不好动手，回到家中，打你一个皮开肉绽。姑藏忿，少不得鞭梢代把霆威震，打你个肌消肉褪，肌消肉褪！

（生背介）我仗义之心怀之已久，只因碍了又嬢，不好就做。今日看他们如此，再迟不去了。不如讲出了罢！（转介）你这女儿当初讨他的时节，去了多少身价？（老旦）足足去了三百两。（生）既然如此，我要娶他作妾，照依原价赎身，你肯放他么？（老旦）若有原价，也只得许他从良。（生）侯兄、蕙娘都请过来！你们这段姻事，小弟一力担承。只是一件，自来妓女从良，从不到底者十有八九。或是男子先贫后富，见美而迁，丢却妇人不管；或是妇人初顺终违，旧性复发，强逼男子相离，这都是必有之事。你二位果然立意相从，保得后来没有变局么？

【前腔】有话须陈，并蒂分房各有根。（小生）我两个心如铁石，至死不移，保得后来没有更变。（生）难轻信，只怕荣华能变素心人。既然如此，须要对天盟誓。（小生）我们的盟誓，久矣就发下了。（生）那是月下私盟，当不得人前公誓。今日在我面前从新发誓，以后若有变局，待我好兴问罪之师。（小旦）既然如此，就从新发誓便了。（同拜介）再鸣神，男儿变节遭雷震，女子更操遇火焚。（生对老旦介）你会写身契么？（老旦）会写。（生）叫家僮，一面取纸笔与他，一面兑

三百两银子伺候。我囊非润，不过贫儿见义思强奋，顾不得将来贻困，将来贻困。

（老旦付契，生付银介）他从今日起，是侯家的尊宠，不是你家的令爱了。回去罢！（老旦）多谢老爷，脱去一宗旧货，勾买三个新妆。接客又兼撺贩，只愁胀破私囊。（下）（小生）大恩人请上，容我二人拜谢。（生）二位是夙世姻缘，小弟不过赞成其美，何谢之有。叫家僮，再斟上酒来，与侯爷贺喜。（复饮介）

【节节高】（小生、小旦合）悲欢顷刻分，谢恩人，把隆施积比丘山峻。只觉得神多忍，父少恩，天犹吝。几番哀告无音讯，不如不告反蒙赈。长幡绣佛祝三多，这回天耳须求顺！

　　起先他是青楼女子，小弟可以相留，如今既属吾兄，就是朋友之妾了，一刻不容再住，竟自送归宅上便了。（小生）既蒙义赠，小弟也不敢固辞。只是一件，蕙娟既去，老社翁伴宿无人，少不得借重又娘了，今晚定要成双，切不得仍前分榻。（生）贱性虽然执着，却不是个真正腐儒。蒙他错爱至此，我岂肯对面忘情？只是一件，寒家历代不娶青楼，岂可因一念之私，遂为后人作俑。只可暂交，不能久聚，须要讲个明白，才好奉陪。（小生）又娘的意思如何？也要答他一句。（旦）但随尊意便了。（生）既然如此，今夜一定奉陪。

【前腔】（生、旦合）将同预说分，惜啼痕，不教弹破腮间粉。只要心相印，肉可均，身堪殉。何劳肢体偕秦晋，天涯自有夫妻分。此时买妾赠贫交，他年不娶知非吝。

【尾声】今宵各把重裀衬，两处的欢娱总不群，还只怕压断巫山几片云！

第十七出　久　要

【一剪梅】（生上）美色牵人曲似钩，防却相投，早已相投。（旦上）风情虽淡意儿稠，说是干休，怎便干休！

　　（生）又娘，我和你无心契合，竟成莫逆之交；着意矜持，反入多情之障。忆自同衾共枕以来，不觉又是半月。下官昨夜偶动归心，只怕相依不久。正是：相思相见知何日？此时此夜难为情。今夜月明如画，不免同你散步园亭，遍寻乐事，大畅今夕之欢娱，以补他年之缺陷。你道何如？（旦）正该如此。（绾手同行介）

【步步娇】（旦）畅今夜风光如清昼，莫被兰房囿，把闲情细讲求。（生）须知道胜事无多，欢娱难久，倏忽地彩云收，参商两处人依旧。

　　你看松涛蓊郁，花雾迷离，炉烟透出锦罘罳，月色妆成银世界。

　　是好一派风光也。（旦）正是。

【醉扶归】露瀼瀼滋润得花如绣，月溶溶滉漾出地如浮。（生）我只怕花枝虽好见伊羞，月中人醋恨得眉儿皱！（旦）怕的是云遮月暗冷飕飕，惜花人管不的花肥瘦。

　　（生）且在这亭子上面，闲坐片时。（各坐介）（旦）华郎，你归心既动，奴家不好苦苦扳留，只是会少离多，未免动人愁绪。不知你在那一日启行，奴家等到何年与你再会？求你说句真实话儿。

【前腔】亏得你硬心肠说出个欢难久，好教我窄胸襟愁并得泪难收。终不然真心实意把人丢，并不是妆憨学诈的谐诙口。问儿郎何故恁相仇，莫不是戒成双曾发下前生咒？

　　（生）我从前所说的话，那一句不是真言，为甚么要我从头说起？寒家屡世不娶青楼，难为后人作俑，这种苦情是蒙你见谅的了。小生不出三日，就要起身，此番别去，后面相会之期，就可望而不可必了，难道好做个轻诺之人？说不久就来看你，万一我不得前来，累你

终朝盼望，这不是情人眷恋之私，反是仇家陷害之意了。怎么使得？

【皂罗袍】怕设情中机彀，致他年薄幸，葬送温柔。初心谁不矢同丘，几人得并鸳鸯枢？人生饮啄，皆难自由，婚姻大事，焉得强求。有多少狠天公偏不把私情祐！

（旦）这等说起来，你果然不娶我了？（生）果然不娶。（旦先掩泪咨嗟，后放声哭介）（生亦掩泪劝介）又娘，你且宽心，不要恁般愁苦。

【前腔】（旦）泪把罗衫淹透，博宽心二字，搪塞咽喉。我多方款曲望他柔，谁知铁汉仍依旧。叫我把婚姻簿上，名儿硬勾；鸳鸯枕上，泪儿强收。怎知道死心人偏有个塞不断的相思窦。

华郎，念奴家这双痴眼，不知阅过多少儿郎，方才觑定了你。起初见你多愁多虑，不肯近身，故此假做痴呆，把心上的事儿权时搁起。料想到情投意合之际，自然不肯抛撇奴家。谁想你始终不易初心，说出“果然不娶”四个字，分明是要断送我了。难道你去之后，我还另嫁别个不成？与其愁绝于他年，枉作无夫之怨鬼；不若捐生于此夜，尚为有主之离魂。就对你解下鸾绦，寻个自尽罢了！（生）这是句甚么说话？快快不要如此。（旦解带欲缢，生劝住介）

【醉罗袍】【醉扶归】（生）我奉劝伊行莫把无情咎，我私心岂不恋温柔？只为那家传懿范凛如秋，因此上违心不敢期婚媾。【皂罗袍】既蒙你贞心见许，恩难变仇；须待我情中生法，把枯肠遍搜。我如今要娶你回去，有何难哉！只是违却祖训，就算不得个孝子慈孙了。那恶名儿端的是难消受！

古语道得好，君子爱人以德。我和你相与一场，无情也有义，难道只顾私情，就忍得陷我于不义？（旦）奴家虽落风尘，当初也是名门之女，颇知节义，素晓纲常。若使君为不义之人，奴家也就是不贤之妇了。不义之名君不肯当，不贤之名奴岂任受？若使郎君不忘私好，何妨把这段苦情向令尊堂面前道其委曲。若奉有高堂之命，前来娶我，就与祖训无妨了。

【前腔】丈夫弱冠年非幼，又不是儿童似女害娇羞。向高堂委曲诉情由，那有个铁铮铮拨不转的爷娘口？况有个爱儿慈母，从旁唧啾；又没个逆夫愚妇，于中逗遛，怎见得众冰人撮不的巫山就！

（生）你这些说话，极讲得有理，自当依命。但是一件，我许便许你，只怕还拿不定；倘若高堂不许，我如何强得他来？求你相待几年，万一过期不至，你就要另择所天，不可为我一人耽误了终身大事。（旦）这等，但求分付，要我待你几年？（生）宁可远期，不可失约，三年五载也干不得事，须要待我十年。（旦）为何要这许多年数？（生）小生素重天伦，看了生身的父母，极其尊大，不敢在他面前浪措一词。只除非多等几年，待我砺志青云，立身廊庙，做些显亲扬名的大事出来。到那时节，得了父母的欢心，才可以恃爱而求，所以要你如此。

【好姐姐】数佳期休忘了半筹，稳度却生辰八九。贞心常在，何难岁月如流。凭君守，倘若是瓜期不见把门来叩，请抱琵琶上别舟。

（旦）照你这等讲来，正合着经文二句，叫作女子贞不字，十年乃字。也罢，就依今日之言，奴家十年之内，不敢轻会一人，妄生一想。自君去后，即当避迹深山，做些针指度活，倘有失节之事，天地神明当共诛之。但不知郎君十年之内，亦当以何心待我？（生）娘子既能守贞，下官岂不知义？正妻是娶过的了，不消讲得。下官于这十年之内，纵使无儿，也不敢另娶他妾；倘有不义之事，天地神明亦共诛之。（同拜介）

【前腔】（合）誓同心休忘了并头，拚情死和伊共守。从今良夜，把春光冷看如秋。祈神祐，但愿把佳期缩得时光皱，十载更声并做了一夜筹。

【尾声】从来不发神前咒，今夜同低月下头。把两片肝肠都和血剖！

第十八出 耳 醋

【夜行船】（小生上）贫得娇娃休浪喜，遭醋害怕食黄齑。狮吼声高，鹏抟志决，且赴上林规避。

　　小生侯永士，自与华中郎别后，即赴秋闱。且喜名魁乡榜，目下要上公车。只为一件家务事情牵带住了，不得前行。你道是桩甚么事？就为华中郎疏财仗义，娶了蕙娟赠我，这是极遂心的勾当了。谁想做大的吃起醋来，终日与他吵闹。不是大的要悬梁，就是小的要赴水，时时有不测之变，叫我如何去得放心？且喜有个嫡亲姨母，出家为尼，住在乐善庵中。不免去请他过来，把家中争闹之事，托他劝解，才可以放心前去。（叹介）正是：当年求醋不可得，此日惩醋势未能。（暂下）

【前腔】（小旦上）盼得从良心窃喜，遭妒妇逼使攒眉。他既操兵，我当横槊，使不着文公家礼。

　　奴家自适侯生，喜遂从良之愿。谁想他家正室，是个最不贤的妇人，只因容貌忒丑，就将好话奉承，他也认为讥诮。又为琴瑟甚乖，任你忠言解释，他只当做挑唆。我如今没奈何了，车将车抵，炮用炮攻，他既不想平安，我也难图吉庆，拚了这条性命，随早随晚结识他。只是侯郎得中乡榜，目下就去赴试春闱，怕他路上寒冷，不免装几件棉衣，与他带去。是便是了，恐怕妒妇看见，又说我心疼丈夫，夺他的宠爱，不免把门儿拴上便了。

【渔家傲】剪縠装绵制客衣，怕的是里缝高低，侵他玉肌。怎能勾寻针觅线浑无迹，缝似俺情儿般密，性子般柔，心儿样细，才得他贴肉粘身不暂离。缝完了，待我叠将起来。（叠衣介）且住，这新叠的绵袄，不十分服贴，须要捶他几下才得和软。待我取棒槌过来。（向内取介）（丑扮妒妇上）男儿性子真乖劣，娶个妖娟为爱姬。不分昼夜伴他眠，叫我未死良人先守节。好笑我家男子，背了不二色的妻

房，偏喜那阅多人的妇女。自从娶了回来，不分昼夜寒暑，只是与他睡觉。这半日不见走动，想是又进牢房去了。且待我巡逻一番。（推门介）噫！青天白日关了门，不是做那把刀，还做甚么？（潜听介）（小旦缓缓捶衣，先轻后重介）（丑啮指，摇头介）这不住响，你看就象捣生姜、舂大蒜的一般，一下重似一下，听到这般地位，可不痒杀人也。

【剔银灯】想着他知情处是能高始低，中款处是先徐后疾。似这等狠巴巴不肯留余力，直待把臼儿舂碎。（又听介）（小旦连捶不住介）（丑）你看，里面的势头一发凶勇起来了。只是一件，为甚么止见山崩，不见水涨，难道那淫妇的家伙，另是一种不成？惊疑，怎不见其中鼎沸，这的是天生就作怪狐狸！

如今听不过了，待我打将进去。（打开门介）贼亡八，臭乌龟，青天白日干的好事！（细看，惊背介）呀！原来不是捣人，是捣衣服。（小旦）老淫妇，我干甚事，要你打进门来？（连问，丑不应介）（小旦）方才捶得响的，是这件东西，你若用得着，就拿来送你。（双手捧棒槌送丑，丑掷地下介）

【四边静】（小旦）你求欢到处将人觅，不过是孤眠怕岑寂。得此救饥荒，省得沿门去求吃。休怪他长无二尺，细而少力；不勾疗奇淫，入手浪抛掷。

（丑）骂得好！骂得好！你说今日的奸情拿错了么？你那一日不关上房门，同他做事，也被你做得惯了。不想今日走来活的拿不着，倒拿着个死的。

【前腔】你终朝闭户藏奸迹，我施仁免攻击。莫道不知情，心头似火炙。这番空缉，少不的有朝捕实；拿住活衣槌，只怕你宁死不轻掷。

（小旦）好个厚脸的妒妇。（丑）好个硬嘴的娼根。（小旦）越老越骚的歪货。（丑）不打不怕的贱人。（小旦）万年淫不死的狐狸精。（丑）千人捣不杀的歪刺骨。（交手欲打介）（副净扮尼僧随小生上）（副净）温雅能偕俗，慈悲善解纷。（小生）儒家无妙法，全仗佛家恩。呀！为甚么又争斗起来？（副净劝开介）闻得二位娘子不十分和

129

睡，特来劝解一番。不想走进门来就看了一出武戏。请问二位娘子，还是为着何事相争？（丑背介）若被他当面说出，就没趣了，不如去罢。暂忍三分气，还遮半面羞。（欲下）（小旦拦住介）不许去，要在这边听讲。（丑一面骂，一面偷空走下）（副净）毕竟为着甚么？（小旦）奴家闭户捶衣，他听见棒槌声，只说在里面……（掩口介）（副净）在里面怎的？（小旦）只说与男子睡觉。（副净）佛喇佛，这是甚么话，亏他讲得出！

【摊破地锦花】非非，不信道床头食怎般甜美，值得去争腻夺肥。争似我这破衲袄万捣千捶，并不曾睹物伤情，触名思义。（背介）这等看起来，也是我太忘机，听言不觉把头低。

（小生）你们两个女子，这等吵闹起来，终久没甚好处。也罢，我看姨母住在庵中，倒十分清静，不如把你送在姨母庵中，权住几月。我若侥幸中了，就接你进京，同享荣华富贵。你意下何如？（小旦）这等极好，只是搅扰出家人，不当稳便。（副净）说那里话，粗茶淡饭，不怪简亵也勾了。

【麻婆子】（小旦）暂离暂离抢攘地，无愁少病医。且傍且傍如来睡，我这襄王不久违。少不得泥金捷到也香车至，不教望得眼生泪。妒妇由他悔，我断不许相随。

（副净）既然如此，我回去打扫房间，待官人起身的时节，候你过来便了。

（小生）眼前色相暂教空，（小旦）且卧云房听晚钟。

（副净）任尔寒砧终夜捣，无人更起棒槌风。

第十九出　狼　　图

【秋夜月】（丑带净上）虽不才，福分由天赉。不戴乌纱官名在，人人见我称员外。任横行似蟹，没人来布摆。

　　自家非别，乃苏州乡下第一个殷实财主，户名叫做赵钱孙的便是。为甚么把这三个字眼扭来做了户名？只因我家田产极多，若还止立一个户头，那些差徭繁重，就支撑不起了。只得分做三户，每户冒一个虚姓。当官便是这等，私下称呼，依旧合而为一，故此叫做赵钱孙。（内）这等，借问一声，那百家姓上原说赵钱孙李，为甚么丢去一个"李"字？（丑）列位有所不知，那李姓人家当初出个才子，叫做李太白，终日只想做诗，再也不肯为子孙之计。谁想才学之才与钱财之财，两下里是冤家对头，从来不肯见面的。这姓人家，只因出了一个才子，就种下千百世的穷根，所以从来姓李之人富家绝少。区区去下这个字，不敢去姓他，总是喜富怕穷的意思。闲话少提，我在这乡村地面做个有一无二的财主，那一件事不像意？只是妻妾里面，再没个绝色的。正要到城里去寻，不想天从人愿，竟有个怕接客的姊妹，躲来住在乡间。已曾差个走动的人，叫做常近财，前去访他的动静，想必就来回话了。

【前腔】（副净上）常近财，取的名儿怪。指望钱神相亲爱，果然不离陶朱宅。只近而不迫，似蜻蜓点海。

　　（见介）（丑）老常，你打听来了？那女子姓甚名谁，为甚么移到乡间来住，要嫁个甚么人儿，可使我弄得到手么？（副净）难哩。

【驻云飞】所事难谐，他为个心上人儿把迹埋。洗尽铅华态，甘把凄凉耐。嗏！枉恃泼天财，难将心买。闻得有无数儿郎，痴病都曾害，反把无情教得乖。

　　你道这女子是谁？就是花案上的魁首，叫做王又嫱。只因看上个外路人，立意要跟他回去，那人不知何故，竟约到十年之后才来娶

他，所以避下乡来，要替他守节的意思。

【前腔】（丑）此谜难猜，这不过是巧语支吾要把婿择。我不奏兰房凯，枉做风流帅。嗏！拚把种儿栽，做一个先赊后买。管教他势逼穷催，难守清贫戒！我这费本的姻缘到底谐。

（副净）想是要拚些银子借他，好待利上生利，要盘他过来的意思么？（丑）正是。

（副净）他是做名妓的人，腰间怕没些蓄积？那有借债的日子。

（丑）这等，就没法了。（副净）区区倒有个妙计，包你今晚一做，明日就来上门。（丑）甚么妙计？

【不是路】（副净）计出新裁，管教他自订鸾凤倒献钗。也是你时当泰，遭逢月老代生财。我想他家并无男子，只有两个妇人，何不弄个爬墙挖壁的人，把他那些蓄积，尽数卷了过来。他到第二日身上没得穿、口里没得吃，怕他不来寻你？你到那时节呵，假慈哀，做个饥猫救鼠权相贷，少不的饱兔偿鹰自会来。只是一件，取来的财物，要与在下平分的。休胡赖，平分还是你胸襟窄，该做个赏功奇赉，赏功奇赉！

（丑）此计甚妙，你既要平分，何不与我同做？也罢，待我叫个家僮随着你，明夜就依计而行。（对净介）就着你去，若做得事来，重重有赏。（净）小人不去，小人不去！（丑）为甚么不去？

【前腔】（净）法重难捱，无故教人把祸胎。那偷摸生涯，小人不曾作得惯，走到那分人家呵，先愁坏，兢兢擘手怎教抬？就使那两个妇人，不敢与我们对敌，万一他叫醒地方，一齐走来捉贼，却怎了？那裙钗，纵教纤手难持械，也防他痛哭秦庭泪满腮。围难解，既然同做穿窬客，说不的个被人携带，被人携带！

（副净）也说得是。这等，你有甚么妙计，也想一个出来？（净想介）有了，近来魔寇作反，他使的都是阴兵。如今到处相传，预先害怕起来，所以家家防鬼，户户禳星。我们不如将机就计，扮做两个厉鬼，前去偷盗他。那妇人见了，一定要吓死，那里还敢叫人拿贼？

（副净）此计更妙，过了今日，明晚就与你同行。

大盗既称魔劫，穿窬岂复人形？

须识当今时势，一桩实事难行。

第二十出 席 卷

【风马儿】（老旦上）避迹山村乐有馀，只生计太萧疏。（旦上）任纷纷车马填门户，争似这兰房云锁，梦境少人呼。

【望江南】（老旦）春去矣，愁对落花风。砌上朱英才变紫，枝头青果又催红，岁月老其中。（旦）从不识，情淡与情浓。今日始尝滋味起，原来欢忭与愁同，一样殢人胸。（老旦）我儿，自从你与华郎别后，我两口儿避迹山乡，若论眼前的光景，倒比前安逸许多。只是日子细长，身边的积蓄有限，万一用完之后，没有人来接济，却怎么好？（旦）我看华郎精神发越，意气飞扬，不久自然荣贵。我和你耐心守他几年，自有个出头的日子。

【金络索】他言词稍近迂，我道他迂处偏堪据。看得这事大如天，才不把人轻觑。曾经读旧书，那相如，若待高乘驷马车，把私奔换做明婚娶，怎见得弃了文君恋彼姝？致令得，白头吟遗下了伤心句。这轻然易诺是前鱼，羡他行惜字如珠，从不把情言絮。

【前腔】他闲来也嗳嚅，欲吐又难成句。只恐把一字绸缪，逗起我愁千缕，这心儿忒煞纤。更愁予，也背着他行掩泪珠，做一对无声暗合的连环玉，又谁知郁块填胸到底舒。终有个缠绵处，要我把凄凉十载博欢娱。若不是实心肠准要相俱，怎肯在诱人场，反说出愁人语！

（老旦）华郎的心肠虽好，只怕他父亲到底执意，不容娶我辈青楼。等到那时节，依旧不能相从，就误去你终身大事了。

【前腔】年华似隙驹，这是警戒男儿语。他不靠朱颜，尚自多愁虑，裙钗势更殊。惜居诸，一线春光一粒珠，还只怕珠多线少无穿处！等得个面上红销便似妪。你休嫌絮，不看别个但看予，则我这下场头便是前车。又何须舍现在，把前人喻。

坐得夜深了，同去睡罢。（旦）母亲先睡，待孩儿再坐一坐，坐得精神倦怠，才好图个安眠。不然睁着眼儿睡觉，少不得事上心来，到那时节，就有许多不受用了。（老旦）既然如此，我先进房去，你

随后就来。正是：有事须防心病发，无愁易惹睡魔侵。（下）（旦）我想华郎别我不久，此时尚在途中，如此长夜岂得安眠？他定在那边想我，我若不望空唤他几声，背地念他几句，他那番思想就落在空处了，先待我唤起他来。我那有情有义的华郎呵！

【前腔】把名儿隔地呼，不怕声难度。只有唤得心虔，自有风神助。华郎，你的才貌既佳，性情又好，说来的话儿，那一句不从性灵中流出？你要做个风月场中的古人，我怎敢不做烟花队里的赤子，难道好把一点浮泛的心肠待你不成？俺和你心稠外貌疏。舍欢娱，件件交情类古初，当今那讨这愚夫妇？似一幅本色风情的士女图。叫也叫过，念也念过，我这一夜的功课，只当做完了。如今有些倦怠起来，不免去睡罢。还待把馀情诉。倦来自觉口模糊。倒不如向梦儿中，面叙荣枯，也讨一句言词复。

　　身子倦极了，且伏在桌上先打一个盹儿，然后去睡。（伏桌睡介）（净、副净假扮二鬼，潜行上场，偷看介）原来他母子二人，分做两处宿歇，就是惊醒了，一时也呼应不来。快些动手。（各向鬼门取物介）（旦作惊醒复睡，睡倒复醒介）呀！方才睡梦之中，听见有人走动，难道是做贼的不成？（向内唤介）母亲在那里？家中有甚么响动？快些起来。（副净、净忽作现形状，立旦当面，又作鬼叫介）（旦大惊，伏桌喊介）不好了，房中有鬼，母亲快来！（老旦持灯急上）梦里听呼人，醒来闻唤鬼。惊得母心慌，寻油误添水。我儿在那里？（副净、净当头一撞，老旦惊倒介）（副净、净一面作鬼叫，一面收拾衣物同下）（旦逐渐抬头窥视介）好了，好了！鬼去远了。母亲在那里！（起，见老旦惊介）呀！母亲，孩儿在这里，快些苏醒转来。（老旦苏醒介）

【梧桐树犯】惊魂幸已苏，惫体还僵仆。天那！我有甚无良，与孽鬼逢当路？我儿，你起先喊鬼，我还只说是做梦。谁想走进门来，果然有两个恶鬼，把我撞了一头。老人家遇见这样东西，岂是一桩好事？多应老病终天数，难向这荒村抚弱雏。我劝你寻人早把于归赋，且休想静掩重门，远靠着那人作主。

　　（旦）那两个恶鬼，孩儿也曾见来。只是一件，他既然是鬼，为甚么不搅到天明，就忽然去了？其中必有缘故，待孩儿看来。（取灯遍照，大惊介）呀，不好了！衣服首饰与箱笼里面的东西，都被他偷去了。这等看来，不是鬼是贼。（老旦）那有这等事？（看介）呀！

果然都去了，平地风波，这怎么了得？（各哭介）

【前腔】家私顷刻无，何计支门户？办一对纸椁苔棺，同把黄泉赴。（老旦）他既然做贼，何不明偷，为甚么妆出这般模样？哦！知道了，闻得近来魔寇造反，各处都伏下阴兵，那两个恶物，或者就是他人马，也未见得。这等看起来，我和你两个也是劫数，当然躲避不去的了，不如自尽了罢！纵然逃得饥寒出，也难免无常剑下诛。倒不如完身早向沟渠贮，也省得子母分亡，头身异处。

（旦）财物既然失去，烦恼也是枉然。不如权生一法，救过眼前，到后来再作区处。（老旦）没有别法，只除非搬到城中，依旧开门接客，我和你就饿不死了。（旦）我与华郎立过誓盟，岂有接客之理？（老旦）这等，明日吃的饭米就没有了，且看你怎生过活？（旦）不妨，且往那放债的人家借贷几两银子，过得一日是一日，熬得一朝是一朝，到后来自有好处，母亲，我和你都惊得勾了，不必愁烦，且去勉强睡一觉罢。

【尾声】（老旦）才甘冷淡遭奇数，可见接客的人家守不得孤。（旦）且看我守到他年还有甚么吃不尽的苦？

（旦先下）（老旦吊场）看他这种光景，是一定不肯接客的了。只得去借贷，难道当真饿死不成？闻得这村庄上面，止有一个财主，替他管事的人叫做常近财，明日竟去央他便了。

财主从来天作成，无心借债鬼来钉。

焉知摄去贫家物？不送伊行助泰亨！

第二十一出　债　饵

【赵皮鞋】（丑带净上）现做财主公，又遇鸡鸣狗盗雄。巧偷财物助家翁，更向这银山添个矿。

（笑介）该发积，该发积，想妓思嫖都有益。家私尽卷入门来，只少婚书三两笔。饶他人会呷西风，当不得我口内西风又会把人吸。我赵钱孙为想娶妾，费了多少心机，再寻不着。只说我妻官不济，遇不着个标致妇人，谁想倒为财运太高，要我等这一宗赔钱的巧货。昨日与常近财商议，被他献出奇谋，不费小本，而且先收重利；又被这个伶俐管家，从旁助一妙计，不愁犯罪，而可拿定收功。果然扮做两个恶鬼，走到他家，把银钱首饰、衣服器皿，尽数卷了回来。料想他没穿少吃，走不上天，毕竟要来寻我。且等老常走到，再想个妙法等他。

【前腔】（副净上）小试偷摸工，谁料家私便不穷。从今渐把势来充，归并了钱财成一统。

（见介）老员外，昨日的计较好不好？（丑）好到极处。（净）若不亏我助计，此时正在官司吃棒哩！（副净）原亏了你，果然想得不差。（丑）是便是了。如今那两个女子可曾露些借债的口风？你知道我赵员外的性格，拿东西出手，极其性缓；要东西进门，又是极其性急的。这桩事情，依旧在你们身上，各想妙计出来。

【犯湖兵】从前智巧都奇中，再把机谋运用。引他钻入牢笼，不怕红鸾运不通。这几日呵，想得我寸心儿如蚱蜢，皮肤内有一万个小毛虫，痒教人似疯。（副净）不劳费心，钓钩儿放在嘴边，只要他吞下肚去。今日早间，那老婆子走来央我，被我故意作难，说了几句明推暗就的话。少不得我前脚走到，他后脚自会赶来。且听我道：

【前腔】种他田便用他家种，只要把犁锄略动。念从来急事反要从容，使不着

偷香心性猛。任他将听耸，你推开手只当耳边风，我自有针儿待缝！

（净）我且问你，他来借债的时节，那张文契该是怎么样写？

（副净）少不得是张借券。（净笑介）这就错起了。万一他心上的人来，替他连本连利一概还清，把人带了回去，岂不是一场空想？

【三仙桥】枉说机谋善用，笑你一处处留些空。把心机费尽，代人留爱宠。（副净）既然如此，又要用着你了，你就想出法来。（净）我对你讲，要做这般勾当，那"良心"二字就使不着了。全要施歹心将笔头弄，先写下，愿赘女文书一通，早放在衣袖儿中。（副净）放在袖里做甚么？（净）这张文书，定要把他女儿的身子写在上面，方才有用。只怕他未必肯依，故此要你先写一张，藏在袖内，到临用花押的时节，从袖子里面换将出来。他只管押字，那里知道另是一张？你说此计好不好？（丑）果然好计，又想得不差！（净）只消他纤手儿才一动，向茧纸上兔毫边，留下了伊行笔踪，就不怕事成空！准备着乘鸾跨凤，终不然倒说个口是迹笔如风，去倩个盲刀笔，写状词把人控？

（丑）说得有理。趁他不曾到，先写起来。（净取纸笔与副净写介）

【锁南枝】（老旦上）遭时塞，叹计穷，匆匆走来干素封。来此已是赵家门首。常阿爷在里面么？（副净出见介）原来是你，到此何干？（老旦）赶来央你借贷，难道方才讲过的话，就忘了么？可怜我一朝无米进喉咙，全仗你慈心动。那位财主在家么？央你引我进去，见他一见。（副净）在便在家，他那有功夫见你。（老旦）也知道，财主家，多贵冗，望扶持，觅些空。

（副净）也罢，就随我进来。（进介）老员外，这个妇人就是来借债的，可怜他一分好家私都被阴兵偷摄了去。求你积个阴德，借他几两。（丑）我家银子虽多，从不肯借与妇人，恐怕后来难讨，你去总承别个罢。（老旦）念小妇是难中之人，求老员外方便一二。

【前腔换头】乡官不怜念，娘儿命实凶，既当修行施舍，又可觅利生财，一事成双用。这救命钱，原不同，赖分文，定遭横。

（丑对副净介）这等，你去问他，要借多少银子，把甚么物件做抵头？（副净）我起先问过了，房产田地都没有，止得一个女儿，却是件破碎家伙。你须要认货买货，到日后试验出来，却不要埋怨我。

（老旦）小女是许过人家的，不便写在纸上，只立一张借契便了。

（丑）这使不得。既然如此，打发他去罢。（老旦）常阿爹，烦你担待一担待，我是决不失信的。（副净）他住在这个地方，就是我们的管下，料想赖不去，借与他不妨。（丑）这等，要借多少？（老旦）二十两罢。（丑）我家不放小债，多则论千，小则论百，那几十两银子不好记账。这等，你且去罢。（老旦）既然如此，就是五十两。（副净）索性写上一百，到后来好还。（付纸笔介）（老旦）我字便识得几个，却不会动笔，烦你代写了罢。（副净写介）

【孝顺歌】挥残管，快似风，从来保人书最工。写完了，你自己看一看。（老旦看介）写得是。借笔过来，待我押花字。（副净）且慢些，也要送与债主看一看。白镪异青铜，他怎肯糊涂便交送？须呈阿翁。（一面送丑看，一面取前纸偷换介）（副净捏纸，令老旦押字，押毕即送丑，令丑收介）（丑）如今兑银子与他。（净付银介）（丑）银

子都是细丝，叫他自己看一看。验取分明，莫教胡哄。日后来偿，休憎我估计偏工！

银子交付明白，我要进去了。正是：有钱使得鬼动，无钱唤不得人来。这一纸文书到手，不怕你走上天街。（先下）（副净）把中人钱秤出来，省得我上门取讨，又要打搅你不便。（净）连我们的使费一发也清楚了罢。（老旦）共该多少？（副净）中人钱只要加三。（净）我们的使费只要加二。（老旦）呀！这等说起来，竟要分去一半了。

【前腔换头】穷人经不起，还求秉至公。（副净）没有我中人，如何借得银子出来？这叫做恩义钱，一厘也少我不得！出入但凭中，我这千金担儿重，加三也不凶。（净）自古道看山吃山，看水吃水。一个财主门下，极少也有二三十个家人，你这二十两银子秤出来，分不上一两一个。这是公道不去的了，还有甚么讲得？这公道生涯，只当把心田耕种。你不见宦族豪奴，还无端嚼诈孤穷！

快些秤出来，不要耽搁了工夫，还讨一场没趣。（副净）何须秤

得，方才是两锭元宝，只消拿一锭过来，我和你分就是了。（强从老旦袖中摸出介）银子取出来了，求你全些体面，不要难为他。（净）有这等没良心的妇人，若不亏那一锭元宝，你娘儿两口，怕不去沿门叫化？好生拿回家养命，不要浪费了。宦门大叔凶如虎，我这财主家僮健似牛。（副净）若不是会解释的中人全体面，你还要吃他一顿饱拳头。（同净下）（老旦）嗳！这是那里说起，止得五十两实在银子，倒写下一百两借票。只当是魔劫之后，又遭一番魔劫了，总是命该如此。回去罢。

【尾声】前生孽障有千钧重，致今世推移不动，遇着的野鬼家人都是一样凶。

第二十二出　却　　媒

【女临江】（小生冠带，领外上）看花醉杀琼林酒，身到处，尽温柔，消魂更是内家楼。一番驰马过，三百使人愁。

下官侯永士，自从别了蕙娟来京赴试，且喜得中第一甲第三名，钦赐探花及第。这一次的榜首，就是那轻财重义，买妾赠我的华中郎。他是前次的甲榜，不曾殿试，恰好等到今日，与下官做了同年。下官得意之事，不但是登科一件，又喜得在未发之前，闻得家中死了妒妇，既可以另娶佳人，又省得他拈酸吃醋，岂不是一忧双喜！如今有个内相人家，养着两位淑女，都有倾城之色。我想华年兄买妾赠我，我正无以报之，不若与他商议，各人定下一位，我做正室，他做偏房，岂不两全其美？叫长班，分付备马去拜状元爷。（外）马备多时了。（小生上马行介）

【懒画眉】莺花三月盛皇州，锦片随波出御沟。喜的是红妆到处把帘钩，他存心欲放春光漏，不使人低道上头。

（外）禀老爷：已到状元门首了。（小生）不消通报，竟进中堂去坐下便了。（进介）

【女临江】（生冠带上）姓名不觉哗人口，传播处，反增忧。天非无故赠鳌头。一人才进步，万姓共凝眸。

（见介）（小生）小弟今日之来，不为别事，有一句风流跌宕的话儿与年兄商议，你须要允从，不可又似当年执拗。（生）有何赐教？

（小生）这句话儿呵，

【红衲袄】说将来最兴头，只是对着你老成人偏缩口。这是我做官的分内应该有，不比那旧酸丁无能肆强求。有两朵上苑花娇复柔，显的那故乡人卑且陋。要同你照股均分，做一出公道生涯也，不枉了并雕鞍在上国游！（生）想是劝小弟娶妾么？（小生）然也。小弟游街之日，看见一间楼上，坐着两位佳人，都是天姿国色。

回来细问长班，才知道那所门面乃司理监贺承恩的宅子。那两位佳人，一个是他侄女，一个是他养女。闻得老贺是个势利人，要在榜上择婿。这一榜之上，有才有貌的，莫过于老年兄了，岂可当面错过？小弟虽然不才，既叨附骥，也想乘龙，所以特来请教。（生）件件都可以分荣，独有这桩事情，不敢叨惠。

【前腔】我未看花戒两眸，说游街如中酒。怕的是莽红丝硬绊着人年幼，恨不的倩同云筛成这雪满头，又怎肯去就东床作赘瘤，冒阉人为我舅。便道是吾做吾官不假钻营也，只觉得附貂珰的迹可羞！

（小生）当初王又嫱要嫁你，你说世代不娶青楼。如今遇着良家女子，又有甚么推托，难道好说世代不娶良家不成？（生）当初不娶青楼女子，要为与良家作缘；如今不娶良家女子，又为与青楼有誓。难道又嫱与小弟订盟，约在十年后娶他，年兄不知道么？（小生）知便知道，只是先纳一位救了眼前之急，然后娶他也未迟。

【前腔】又不是背盟言将夙好丢，不过是慰凄凉把年月守。只怕你清癯替不的他行瘦，谦喜倒能消彼处忧。你若要矢公平为两头，又何不早腾挪齐到手。添上一幅鸳衾把二女同归也，使那要愁人也没得愁！

（生）我曾与他讲过，这十年之内，纵使无儿，也不敢另娶他妾。这几句话头，就为今日而设，不是发于无因。

【前腔】早知道美长安出彩球，热京师多贵偶，有多少官媒押定在乌纱后，不到乘鸾也死不休！因此上把誓和盟设在头，始和终无二口。任教他奉旨来招，我也要叩阙辞婚也，莫说是未通名得自由！

（副净扮媒婆，执丝鞭上）常留公主宅，惯做状元媒。其馀轮不着，好事莫相催。来此已是，不免径入。（进介）那一位是状元爷？（小生指生介）这一位就是。（副净）在下是当官媒婆，单替一二品的官人小姐做媒。那些中等仕宦，从来不去服事的。历科状元爷那一个不娶小奶奶？都是区区做媒。若还不信，现有个状元小姐题名录带在身边，取出来看就是了。（生）谁问你这些话来？（副净）今日与状元爷做媒，恐怕不相信，故此先述一遍。（小生）说的是那一家？（副净）司理监贺公公有两位小姐，一个是侄女，一个是养女，都是京师有名的绝色。若还不信，随意问那一个，都是知道他的。（小生背介）呀！原来就是此人。（副净）这两位佳人呵！

【莺皂袍】【黄莺儿】他芳誉满皇州，许婚人冷似秋，当不的求亲热杀男家口。那位公公啊，他齐的是彩球，喜的是状头，说起那探花榜眼都眉皱。（小生背介）这等说起来，下官有些险了。（转介）他家既有两位小姐，你今日来说的还是那一位？（副净）公公讲过了，但凭状元爷主意。若要做大，就娶他侄女；若要做小，就娶他养女。【皂罗袍】中宫位缺，便做鸾交凤俦；衾裯伴少，便做莺栖燕游。少不得你辞东定把西来就。

（小生）若还两位都要，却怎么样？（副净）若还果有此意，待媒婆去说，或者一齐都许了，也未可知。（生）你去拜上公公，说我家大的也有，小的也有，两头亲事都不敢奉命，叫他别选才郎。（小生背介）他便不许，下官却不肯当面错过，我有道理。（转介）状元爷性子执拗，我缓缓的劝他，你寻到我寓处来，讨个回复便了。（副净）老爷高姓大名，尊寓在那里？（外）俺老爷也是新贵，中在一甲第三名。（副净）这等是探花爷了，失敬，失敬！（小生）小弟暂且告别，年兄还要三思。

【尾声】良缘失却难重就，莫怪他人僭好逑。须知道放去的青鸾定有一处收。

（暗招副净同下）（末冠带捧招，引众军士上）一纸军书下，如云万骑来；豹韬犹未展，麟阁已先开。（生俯伏介）（末）圣旨下，跪听宣读。诏曰：朕闻安邦有略，必本诗书；靖难无方，止凭忠义。欲干非常之事，必待非常之人；将有不世之功，先萌不世之乱。兹闻魔寇肆虐，警报频来，城社丘墟，人民涂炭。朕思得一奇才以平大乱，故于策士之日，讯以剿贼之方。众议平平，悉无可采，惟尔第一甲第一名华秀，言言石画，字字金，施之何患无功，用之惟恨不早。今授汝翰林学士，兼领行军司马之职，率领精兵一万，铁骑三千，视贼所向，立行驱剿。果能灭尽妖氛，不留馀孽，另行优叙，岂惜殊封！钦哉，谢恩！（生）万岁，万岁，万万岁！（末）来宣天子命，归述状元威。（先下）（生）分付中军官，点齐人马，就此启行。（众应毕，同行介）

【道和排歌】（合）荷殊恩，授显纶。顷刻把威名震，猩红血染绛袍新！才出九重门，听人声如沸，都道是面如冠玉，貌同处女怎行军？那知道陈平面目子房身，不尽赳赳似武臣。只要才能驾，智不群，何妨羽扇共纶巾。倘若是谋输敌，勇过人，拔山空有力千钧！

第二十三出　攘　婚

【捣练子】（小生带外上）非背友，窃良缘，只当是弃去的红丝拾路边。（副净上）为甚媒婆行路急？怕人拦路夺丝鞭。

　　　　探花爷，招我回来有何分付？（小生）不为别事，就为这段姻缘。方才状元爷的声口你是听见的了，他绝口推辞，全无一毫允意。况且又行兵去了，不知那一年才得回来？这一门亲事我要央你去做，若还做得来，每一位小姐是一百两谢仪。今日先付一锭元宝做见面钱，不在谢仪里面算账。叫长班，快取出来。（外取出，付介）（副净）亲事还不曾起影，怎好先受媒钱。（小生）不要客气，你且听我道来：

【皂角儿】我缺中帏，求亲甚虔，那两娇娃，都曾瞧见。慕伊的反不见怜，却婚人空劳垂眷。全仗你接新花，移嫩蕚，换金钗，挪玉杵，别缔良缘。（副净）既然如此，还是求他那一位？（小生）珠宜成串，人须并肩。怎忍得，强分去取，把好事成偏！

　　　　（副净）这等说起来，竟是两位都要的意思了。只怕做不来。（小生）你方才亲自讲过，说做得来。怎么又变了口？（副净）方才的话，是为状元爷说的。那位公公只喜听"状元"二字，我说状元要长，他就肯长；我说状元要短，他就肯短。只怕换了这个名目，他就要作难起来。

【前腔】他热心肠，只思状元，冷面孔，遍辞绅冕。虽则是探花郎何曾亚仙，他只道占鳌头终嫌力软。怎得他去骄心，锄盛气，转愁容，成笑颊，忽地相怜。也罢，待我费些苦心，炼几句话头去讲，或者许了，也未见得。（小生）多谢！全仗你莺喉叠啭，燕语频迁，说得他，尧眉发彩，把二女同捐。

　　　　怎生一个讲法，先求你见教一番。（副净）我说这一次的状元是一口回绝的了，若定要嫁个榜首，须是再等三年。万一下科状元，是个八十二岁的梁灏，却怎么处？这等说去，他自然肯迁就了。（小生）

这等说，一个是稳的了。那一个呢？（副净）我说这位探花爷是极疼奶奶的，恐怕娶了过去，满眼都是生人，没个相知做伴，冷静不过，所以连那一位，也要娶过去奉陪。（小生）更说得妙。既然如此，立刻就等回音。

（副净）好事从来不可量，状元移作探花郎。

（小生）一般都是琼林客，何必头名姓字香。

第二十四出　首　奸

【醉扶归】（老旦同旦上）（老旦）瓦铛相对煮蓬蒿，又当围炉省炭烧。（旦）屋上由他雪飘摇，使不得我安贫耐苦的人知道。（老旦）我娘儿两个，自从被盗之后，借了那注狠债回来，不觉已是三冬时候，银子还不曾用完。那讨债的人儿，已曾来过数次了。怕的是豪奴索债把门敲，憔悴杀你人年少！

　　我儿，他说再过几时不还，就要锁了人去。若还果然如此，怎么
　了得？（旦）他若再来，只说你出门去了，待我回复他。难道母亲借
　债，好锁了孩儿回去不成？（老旦）也说得是。

【不是路】（净、末持索，同副净上）使势妆乔，借索银钱掳阿娇。使不得清平调，入门先用肆咆哮。来此已是，里面有人么？（老旦急避下）（旦）外面是谁？（众）赵员外家讨银子的，快些开门。（旦开门介）家母出门去了，银子一时不便，还要姑待几时。烦列位去回复主人，叫他免心焦，少不得我夫家百辆齐驱到，那时节毡上何难拔一毛！（净）唗！不要胡讲，快拿银子出来。（旦）银子其实没有。（末）既然没有，取索子过来，锁他回去。（副净假意劝介）（旦）你又不奉官差，我又不犯国法，止不过讨私债罢了，怎么锁起人来？（净）你说锁不得么？我偏要锁你回去。（圈索介）索子圈在这里了。劝你把头来套，盘龙宝髻依然好，省得他蓬松似草，蓬松似草！

　　你说纸上无名，我们锁你不得么？现有当身文契，上写着半年之
　内，本利不偿，即将亲女交送为妾。你还不知道么？（旦惊介）这等，
　文书在那里？（末）带在身边，就与你看一看。（取出文契令看介）
　（旦）呀！不好了，母亲快来。（老旦急上）我儿，做娘的听见了，
　那原契上面并没有这些话，是他造出来的。

【前腔】使计徒劳，天理难容自会昭。（众）不与你闲争闹，自有文书花押代供招。（老旦）漫唠叨，便道是官凭印信私凭票，那有个点墨全无把伪契标？（末）你说是假的么？现有你亲笔花押，自己看来。（与老旦看介）（老旦）呀！不好了，

花押是真，文契是假。这等看来，我当初落人圈套了。真强暴，（指副净介）舞文作弊施奸巧，都是你这居间神盗，居间神盗！

（旦扯老旦背介）母亲，其中的原故，孩儿悟着了。你且把软话回他，我自有处。（老旦对众介）古语道得好，穷不与富敌，富不与官争。事到如今，我也说不得了。列位且请回，求员外另选吉日，待我送他过门便了。（众）这还说得有理，我们权且回去。终久填私债，权时做好人。安排那乘轿，来接这门亲。（齐下）（旦）母亲，我看了这张假契，就知道他一片歹心。要晓得，图占孩儿的念头，不是今日起的；我家未曾被盗之先，他就设下这段机谋了。

【皂罗袍】一旦豁然惊觉，怪从前醋睡，直到今朝。感狂且为我试心劳，不容不矢中山报。为他筹祸，只当把相思担挑；与他兴讼，权当把鸳鸯瑟调。少不的并香肩同把私情告。

（老旦）他纵有此心，你那里知道？（旦）方才这些贼子，都是与他串通一路的，我们移到这边，他就有相图之意。因见我们家计宽饶，没有借债的日子，所以生出计来，叫人妆做鬼魅，前来盗卷家资。料想我们少吃无穿，自然要去借贷，不想我们果入计中。方才那三个里面，竟有两付面孔却象会过的一样，只是记不起来。及至看了假契，方才悟到当初偷盗我们的，就是这两个贼

子。（老旦作醒悟介）是讲得有理。我第二日走去借债，看见这两副面孔，也象有些认得，只想不到这上面来。你如今一说，我就明白了。

【前腔】愧杀老娘昏耄，让娇痴儿辈，智虑偏饶。穿窬见面反酬劳，又不因盗得家资少。岂徒遭害，还愁见嘲，怪他心狠，服他计高。若是我无儿毕世也难知觉！

是便是了，如今怎么样对付他？（旦）前日移家的时节，曾在途路之中，看见一张告示，说当今魔寇作反，到处伏有阴兵，凡有踪迹

可疑，及阴行魇魅者，即是奸党。地方容留与本犯同罪。他如今现藏鬼贼在家，岂不是有心谋反？何不写下状词，竟到府县去告。我和你不但伸冤，还可为地方除害。你道此计何如？（老旦）好是极好的，只愁没人去告。（旦）闻得本府太爷为恐地方多事，行牌各县，着印官亲自下乡查点十家牌，以防奸宄。待我预先写下状词，等他一来，就拦马头出首便了。（老旦）说得有理，拚我这条老性命去结识他。

奇谋画出待奸谋，欢喜能教变作愁。

虽在牡丹花下死，却怜做鬼不风流。

第二十五出　雪　　愤

【西地锦】（末冠带，外扮值堂吏，引众上）到日螟蝗出境，来时龟鹤同行。俸钱食罢留馀剩，还愁累却清名。

作赋西京旧有才，一行作吏手慵抬。苏州刺史能诗例，到任三年尚未开。下官苏州知府卜康民是也。率吏多方，爱民有术，忠能自许，清畏人知。怪刘宠之选大钱，贪吏因而藉口；服阳城之署下考，穷民得以聊生。自从莅任以来，不暇赋诗饮酒，止能缉盗安民。昨日长洲知县申了一宗叛案上来，今日升堂研审。叫左右，带人犯进来。（众带旦、老旦、丑、净、副净上，齐跪，点名介）（外）王妪。（老旦）有。（外）王又嬬。（旦）有。（外）赵钱孙。（丑）有。（外）赵忠。（净）有。（外）常近财。（副净）有。（末）叫王妪上来。从来谋反之事，不是轻易举首的，一来要见证，二来要党与，三来要器械。如今一件没有，况且你是个妇人，如何知道他谋反，竟自出首起来？（老旦）爷爷听禀：

【驻马听】莫道无凭，他劫草屯粮现有兵。（末）兵在那里？（老旦指副净介）这是他逞凶，肆暴凶徒，并不是守分家丁。（末）你说他逞凶肆暴，也要几个受害的人。（老旦）小妇人娘儿两个，就是受害的人了。家资席卷不留星，还图拐占施枭獍。（末）要拐占那一个？（老旦指旦介）看上娉婷，伪书铁券图归并。

（末怒介）哎！好胡说。照你这等讲来，就使句句是真，也不过是忤婚小事，只该据情直告，为甚么造下瞒天大谎，出首他谋反叛逆起来？（老旦慌介）老爷，其中还有细情。老妇人口齿不便，讲不伶俐，求叫女儿上来一问就知道了。（末）这等，唤他上来。（旦）老爷在上，听小妇人细剖真情。若说他单占婚姻，不行窃盗，这便是桩小事了；就是单行窃盗，不妆做鬼魅前来，也不过是桩盗案，叫不得谋反叛逆了。只为他私蓄阴兵，擅行掳掠，当此魔寇披猖之际，岂可容此奸邪猖乱之民？所以首在老爷台下，一来为地方靖寇，二来为小妇人伸冤，这就是真情实话。

【前腔】径诉真情，秦镜能消鬼魅形。岂在他鼠牙肆啮，雀角呈锋，蛮尾藏钉。阶前放着几妖星，不除岂是皇家幸！乞赐威灵，尽歼馀孽休教剩！

（末）这几句话还说得近理。他为甚么原故，妆做鬼魅前来？从直再讲。（旦）小妇人因避繁嚣，移到乡间居住。忽然一夜，竟有两个恶鬼，前来搬盗家私。我母子二人俱是女流，岂敢与他对敌？到了第二日，少吃无穿，只得向他借贷。起先写的是借约，后面讨起债来，忽然换做质身文契，说小妇人曾当与他，竟要锁去为妾。小妇人抬头一看，才知道那两个恶鬼，就是替他索债之人，所以洞彻始终，知道这番底里。（末）这些说话倒象是真情。你且下去，叫赵钱孙上来。你为甚么家藏魔寇，劫掠平民，还要假造文书，占他为妾，是何道理？从直讲来。（丑）这是一面情词，听不得的，老爷。

【前腔】他满口胡称，不过要掩饰娘儿赖债情。硬指着生人为鬼，债主为妖，伴当为兵。若是屯粮积草敢胡行，又不思放债图微趁。拜乞神明，追赃给主锄奸横。

（末）不用刑罚，你那里肯招。叫左右，夹他起来。（众取夹棍夹介）（丑喊介）夹不起，夹不起，宁可招罢。禀老爷：小的是个财主，只管放债，那里会做偷摸生涯。或者是手下人做的，也未见得。（末）叫那两个贼子上来。（丑背对二净介）你们招了，做我的银子不着，替你完赃就是。

【前腔】（二净）并不知情，难使胡招代受刑。借钱有主，放债由他，小的二人呵，只不过是奔走调停。就是家人犯法罪非轻，也不闻家主推干净！他直恁胡行，自干国法将人倩。

（末）不打不招，每人重责五十板。（众扯下打介）（末）快快招来！（二净）放债是真，图他做妾也是真；偷盗是真，妆做鬼魅也是真。只有一件是假，并不曾谋反叛逆。（末执笔判介）虽无造叛之真情，现有谋反之实迹。当此魔寇披猖之际，岂容擅妆鬼魅之人。三犯不分首从，并当拟斩。叫左右，押去收监，明日申报上司，听候发落罢了。（众押三犯下）（末）叫那王又嫱上来，你是何等妇人？既没

有男子随身，又不肯从人作妾，还是为着何来？（旦）老爷听禀：

【尾犯序】听诉个中情，为矢冰操，坚绝逢迎。实指望遁迹穷乡，把指尖儿代耕。难凭，才避了蜂侵蝶扰，又遇着魔氛盗警。始信的，红颜命薄偃蹇是天生！

（末）既然如此，你身许何人，为甚么不来娶你？（旦）小妇人许配的男子，姓华，字中郎，他是前科进士。只因世代不娶青楼，难以破格；又为小妇人属意于他，不肯变节，所以订有十年之约，要待功成名立之后，告过父母，才敢着人来迎娶。小妇人敛迹居乡，就是为他守节。（末）这等看起来，青楼之中，一般也有贞节女子，可敬，可敬！

【前腔换头】狭邪守志倍堪旌，说甚么人定失天，习久成性！这等，你所许之人已曾中了状元。又奉天子之命，出来剿寇成功，你知道么？（旦）小妇人避迹穷乡，不问城中信息，那里知道？（末）否运将消，料伊夫不久功成。纵横，督领着千军万马，掌握着生几死命。亏你在风尘里，如何识得把眼儿青。他既在外面出兵，终有一日从这边经过。你母子二人且在城中住下，预先作字一封，待本府寻个便人，替你寄去，使他知道你被劫情由。或者不待十年，预先遣人来接你，也未见得。（旦）若得如此，感恩不尽。待小妇人寻下寓所，就一面写书送来。

【尾声】（末）狂徒枉自把奸邪逞，一事无成只落得命早倾。（二旦）全亏你这再造的旻天别是青。

第二十六出　弃　旧

【生查子】（小生上）平地忽登仙，饱遂风流愿。人不变初心，心反将人变。

不向巫山顶上行，那知人世有琼英。从前愧作登徒子，浪受人间好色名。下官侯永士，来京赴选，得中高魁，已是人生极乐之事了。谁想命合风流，奇缘毕集，贺家那头亲事，我求便双求，只说他许还单许。谁料我重赏之下，果然出了勇夫，亏那媒婆费心撺掇，竟把两位小姐一同娶了回来。那内监总是无儿，尽着他的家私，办作妆奁陪嫁。你说下官这个新郎还是做得过做不过？这还是一切小事。且说那两位小姐的面庞，都是极巧的画工描不来，极精的玉工碾不出的。亏得家中那个丑妇预先死了，万一不曾死，少不得要会在一处，与这两位佳人比并

起来，连下官也要羞死。今日是我生辰，两位夫人一齐摆下筵席，与我庆贺。你看锦毡作地，绣幕为天，两旁列着女笙歌，一片妆成花世界，我也忒煞受用也。

【莺足一封书】【黄莺儿】人气结成烟，麝兰香喷似煽，看来都不是寻常回。（旦、小旦扮青衣同上）各承娘子意，争乞主人怜。（旦）大夫人说，寿酒备完，请老爷到中堂庆贺。（小旦）二夫人也说，寿酒备完，请老爷到中堂庆贺。（小生）都去回复一声，说天色尚早，我还有些书札未完，完了就来上席。（二旦应下）（小生）莫说大小二位夫人姿容绝世，就是这几个青衣女子，终日替我铺床叠被的，也比往常所见的妇人娇艳多少！我若不中探花呵，漫道是飞琼在天，英皇不全，则这康成婢子也无由见。如今死的便死了，还有一个活的留在那边，不伶不俐，叫我

怎生着落他？【一封书】甚牵连，费周旋，悔的是多事良朋把惠捐！

　　如今有个乡亲回去，他知道蕙娟是我爱妾，住在乐善庵中，今日来讨家书，我回他就写。你道这封书儿，叫我如何下笔？

【前腔】渴杀彩云笺，等不到这费调停笔似椽，临书复止几千遍。我若要接他到京，一来美恶相形，怕被这两位佳人耻笑；二来愁他性子不好，把待以前做大的局面，待如今这两位夫人，就少不得累我淘气，难道好说这两位夫人的不是，倒把他骄纵起来不成？由他嘴便，任他理全，怎忍得尤花谤蕊招芳怨。算来没有别法，只好写封离绝的书，叫他另选才郎，别行婚配，他也免得受气，我也省得劳心，竟是这等便了。（写介）少拘牵，莫留连，喜得我怕软的心肠易得坚。

　　书已写完，只等那位乡亲到来，与他带去便了。（内高声唤介）

　　叫梅香，天色晚了，快请老爷上席。（小生）来了。

　　新妆难并旧风姿，硬写离情绝所思。

　　拚得几声乔喷嚏，消他千句狠言词。

慎鸾交

第二十七出　庵　　遇

【谒金门】（小旦上）人中了，只等香车来到。（净）想是灵鹊寻人寻未着，为甚不听檐外噪？

（小旦）奴家来到庵中，得了两番喜信：妒妇已经病死，才郎又捷春闱。只是一件，如今接我的人也该来了，为甚么不见一毫信息？

（净）只在一二日间，定然到了。

【前腔换头】（老旦）亏得恩官甚好，肯把佳音传报。（旦上）他虽假递书为介绍，此情原可表。

（老旦）我儿，昨日蒙太爷分付，叫我们住在城中，好等华官人相会，又许代传书信。这种意思好不过了，我们都要依他。闻得乐善庵中最是幽静，故此特地寻来。此间已是，待我敲门便了。（敲门介）

（小旦惊喜介）外面有人敲门，一定是接我的人役到了。师父去开，待我坐在这边，好待他们见礼。（净开门介）呀！是两位女菩萨，因何到此？（老旦）我们是娘儿两个，来到宝庵借住的。（净）这等请进。（小旦、旦相遇，各惊介）呀！原来是姊娘与妹子，你二位避入深山，为何忽然到此？好奇怪也。

【哭相思】此地相逢殊不料，悲共喜，都难保。（旦）姐姐，你从良已久，该在侯家享福，为甚么倒先在庵中，真不解也。你先我从良遭遇好，因甚事，皈三宝？（老旦）妇人家走人空门，料想不是得已之事。且把我们的情由，先说一遍，然后问他。（对小旦介）自从华官人去后，我们避到乡间，正住得好，不想被两个魔贼黑夜撬进门来，把家私搬得罄尽。后来没奈何，只得去寻财主，借几两银子度活。谁想银子便借了来，却是一宗孽债。只为那财主欺心，假造一张文契，要占你妹子做小。被我们写下状词，首他谋反。昨日蒙太爷审过，把三名贼犯都问成斩罪，我们才得脱身。昨日这般时候，还叫做在官人犯哩。（小旦）既然如此，是极恭喜的事了，为甚么又走进庵来？（旦）其中有故，听妹子讲：

【五供养】忧多变乐，听得儿夫，身上云霄。（小旦）华郎与侯生一齐中了鼎甲，那《殿试题名录》是我见过的。（旦）又经悬武帜，不止夺文标。非迟即早，经此地可图欢笑。因此上寻一所宽闲地，待旌旄，少不得文君司马定相遭！

（老旦）我们的话讲完了。请问邓家姐姐，你为甚么也来到这边？

（小旦）侄女之来，比不得二位，心事还略好些，没有甚么不得已处。只因妒妇不贤，终日与我争闹。侯郎去不放心，所以送在庵中暂住几月。他如今中了，少不得早晚之间就有人来迎接。只怕这庵中窄狭，容不得两处的车马，还该另寻一所空房，做个退步才是。

【园林好】旧同林原该合巢，当不得他并雄飞群多树小。我是一接便去的。你与他呵，图燕尔还须宽绰，不比我多庆事少良宵，多庆事少良宵！

（旦）你的人役来得快，我的车马到得迟。就是他到了，也不过相会一面，料想不与我同行。我的佳期，原约在十年之后，如今才得一年，还有九年未过，正好没有佳期。何劳你恁般忧患！

【嘉庆子】你只因自己的人可料，竟忘却他人账未消。我时刻将来筹较，才过去百来宵，还欠下数千朝。

（老旦）请问师父，我娘儿两个到这里，你还是留与不留？（净）既然远来，岂有不留之理。但不知要用几间房舍？

【尹令】（老旦）外求一圈篱落，内求数椽遮冒，旁求半间厨灶。（净）房儿便有，只怕低小不堪。（老旦）只要我头儿勾抬，管甚么月槛风檐矮共高。

【品令】（净）茅庵窄小，有客不堪招。似这等慈悲信善，不至也该邀。况有个同心女伴，比你还来早。又怎忍强分厚薄，故把言词推调！你若是不怪拘挛，我扫榻移薪敢惮劳？

今夜晚了，卧房收拾不迭，这位老人家同我暂宿一宵，你两个后生也相伴睡过一晚。到明日打扫空房，就好各自去睡了。（老旦）如此多谢。我儿，昨日蒙本府太爷，当面许了寄书，你今晚就写起来，好待我明日送去。（旦）孩儿就写。（老旦）连宵不寐忧官法，今夜安眠仗佛慈。（随净下）（旦）姐姐，你的笔砚借我一用。（小旦付笔砚，旦写介）（小旦自言自语，作坐不定介）接我的人役为甚么不到？难道路途之间有甚么阻滞不成？

【豆叶黄】怪来人阻滞，使我心劳。他止剩我一个孤身，又没别的家小。怕甚么人多难带，资重费挑！到此际不来迎接，到此际不来迎接，多管是伊行，亲自来招！

（旦）书写完了，我和你一同睡罢。（小旦）我心上有事，怕睡不安稳，还要坐一会儿，你先睡罢。（旦）主人不睡，做客的人岂有独眠之礼？就陪你坐到天明，也是小事。（小旦）如此甚好。妹子，你当初对我讲过，说男子之中，但凡一见绸缪，就许同偕到老的，定然有始无终，后来没有结果；倒不如淡淡相与的，反有归着。如今把他们两个比并起来，你说还是闹热的好，冷淡的好？（旦）只怕还是冷淡耐久，闹热的人儿未必十分可恃。

【月上海棠】蒲柳交，争如松柏多坚操。但一时难验，似费推敲。（小旦）不必推敲，如今验出来了。华郎是个冷淡的人，侯生是个闹热的人，他两个一齐中了，眼见得闹热的人眼下就来接我，只怕你那冷淡人儿，一时未必到手哩。（旦）我甘心耐着凄凉，并不怕担迟担错。莫怪我言词矫，试看将来，福分谁消！

我如今陪你不过，要去睡了。（小旦）妹子，我和你两个同是一样心肠，又处的是一般境界，为甚么你睡得着，我便睡不着？各人讲出一种道理来。（旦）我这种道理极容易讲，他许我十年之后才得成亲，我终日把"十年"二字放在心头，打点一个长远之局，自然不想欢娱，所以就睡得着了。（小旦）我这种道理也容易讲，他许我得中之后就来接我，决不耽迟一日。我从他中的日子算起，算到如今，却是再迟不去的时候了，所以刻刻担心，再睡不着。

【六幺令】移辰换卯，自得佳音，算到今朝。屈伸一日几千遭，生折断指头腰。再迟定把人愁老，再迟定把人愁老！

（旦伏桌睡介）（小旦）呸！我对他诉说衷情，他却呼呼的睡了。嗳！我想来接的人役，就到了这边，也没有半夜敲门之理，不如去睡罢。（内打四更介）好了，如今已是四更时分，再等一会就天明。一到天明，就有望了，我落得耐着心儿再坐一会。

【玉交枝】这几日呵，门儿凄悄，要人敲又没人肯敲。不似往常喜静愁喧闹，他故意儿将人哗吵。昨日听见敲门，只道定然是了，谁想却是妹子娘儿两个。天公把人相戏嘲，只怕这一冲愈使青鸾杳！喜同侪慰人寂寥，怪同侪增人郁陶！

（旦作醒介）呀，天明了，也亏你一夜不睡，絮絮聒聒的讲到天

明，难道竟是不倦的？（小旦）那有不倦之理，只因睡不着，所以如此。这叫做无可奈何。（末上）五更出户非图利，千里捎书止为情。（敲门介）里面有人么？（小旦惊喜介）这早晚敲门，难道还说不是？我乃官人娘子，不便出去开门，不免叫师父起来。（高声连叫介）（净上）夜来闻絮聒，早起听欢呼。惊醒思凡梦，离开体尚酥。天还不曾大明，就叫我起来做甚？（小旦）接我的人役到了，快些开门。（净开门介）（末）有个邓蕙娘住在庵中，我从京里出来，带有家书在此。（净）他终日在此盼望，你来得正好，待我取了进去。（末付书介）（净）恐怕他有话要问，请在佛堂上少坐片时。（末）使得。万金交过手，一事放宽心。（下）（净）蕙娘恭喜，你的家书到了。（小旦）接我的人役呢？（净）他不说起，想是来在后面。（小旦）这等，待我谢过天地，然后开函。（望空拜毕，拆书看介）（看毕，大惊，作垂首丧气，长叹不止介）（旦）呀！为甚么看了家书，不见欢喜，反做出这般模样？

【江儿水】顷刻眉添锁，须臾面失娇。莫不是相思已甚将魂掉，欢欣太过将神耗，穷通欲变将形造？不用寻医诊疗，少不得福至心开，十倍增添怀抱。

　　（净）蕙娘，你还是为着甚？快些讲来。（小旦）他如今富贵已极，现娶过两位佳人，不用我了。（净）难道他不用你，就好休了不成？（小旦）不休待怎的？这就是他的离书，二位请看。（递书与旦，大哭介）

【川拨棹】如何了？眼见得兽心多，人面少。便与他真个开交，便与他真个开交，也拚着控阎罗把阴司气淘。（合）这离书不忍瞧，怎由人不怒号。（旦）看了这等家书，不由你不气。只是一件，这是你自己眼睛不济，看错了人。如今气也没用，你不多一会，还寻出旧话来塞我的口。如今塞住的倒开了，只怕开了的反要塞住，请与那闹热的人儿去讨个下落。（小旦）你也不要太夸，只怕冷淡的人儿也象他娶下几个，你那里知道？（旦伸手介）我与你赌个掌儿，且看他娶也不娶？若还娶了人，你也象方才塞我的口。（净）二位不消争得，捎书人现在佛堂，待我去问他一声，华状元娶妾不娶妾就知道了。（旦）也讲得是，就去问来。（净急下）

【前腔换头】（旦）我的盟儿订的牢，他的情儿定不浇。谅不似薄幸儿曹，谅不似薄幸儿曹，得身荣将人便抛！（合前）

（净急上）问来了，他说那两位小姐原是要嫁状元的，只为华状元坚辞不就，才嫁了他。这等看起来，果然是他的眼力高你几分。我看你好几夜不睡，才等着这个喜音，如今被你等着了，请去睡一睡罢。

【尾声】这佳音不比寻常好，（小旦）自抑郁助人欢笑。（旦）还亏我这蕴藉的声儿笑不高。

第二十八出　穷　　追

【鹊桥仙】（生戎服，引众上）兵行秋肃，政敷春暖，在在民归贼薮。三军惜命又能拚，只为俺操纵处恩威相半。

　　爱民最忌说从戎，一将家成万户空。不到摧锋休挟矢，恐遗闲镞扰惊鸿。下官奉旨出都，励兵剿贼，时光未及一载，足迹已遍四方。上赖圣主之威灵，下仗严亲之福庇。且喜兵行贼殄，马到功成。三军惮不肃之威，百姓享无虞之福。自从勒兵追剿以来，贼众消亡八九。止有渠魁未获，羽翼尚存，只得沿路穷追，必至剪灭根株而后已。方才探子来报说，此处相距贼营不过二三十里。分付大小三军：一齐奋武扬威，杀上前去。（众应毕，同行介）

【北二犯江儿水】（合）提兵追窜，奋馀力提兵追窜。顾不的路途长，天日短。论军行迟缓。关系着得失悲欢。有多少转泰山，成累卵，都只因夸未了，作皆完，差一着，覆全盘。喜脱盔弁，爱着衣冠，一会价换征袍犹未暖。（众）禀老爷：赶上贼兵了。（生）用心追斩。（众）嘎！（净领众上，对杀介，净、众杀败走下）（生）分付大小三军：再与我乘胜追斩，不得有违。（众）嘎！（行介）头颅尽剜，眼见的头颅尽剜。沟渠塞满，一任把沟渠塞满。拚几座大山丘，委弃作万人棺！

第二十九出　就　缚

【水底鱼儿】（净引众，急走上）昼夜兼行，沿途折了兵。只求逃脱，乞丐也谢神明！

我魔劫天王起兵以来，敌过多少大将，从不曾有败阵的日子。谁想倒被个小小书生，杀得我抱头鼠窜。如今没奈何了，难道杀便杀他不过，走也走他不过不成？分付众将们：从今以后，昼夜须行五百里，料他赶我不上。走到天涯海角，人迹不到的去处，然后称孤道寡，也还未迟。如今且做平民，切不可再称皇帝。（众）是便是了，走到人迹不到的去处，就做起皇帝来，管的是甚么百姓？（净）难道那个去处，人便没有，鬼也没有？我这魔劫天王管的原是些鬼，何曾管甚么人来。

【大迓鼓】区区，旧有名。既称魔帅，合制阴兵。敌鬼终须胜，从今别把令来行，止杀亡灵不杀生。

（众）大王极讲得是，你若管鬼，我们须要去了人身，才是你的部下。如今还是管不着的，你且走下来，这个朝南的座位，让我们权立一立。（扯净下，同立上面介）（净）你们一向守法，为何这等骄纵起来？难道看见我势头不好，要谋反么？（众）也差不多。老实对你讲罢，那华状元本事高强，料想敌他不过，我们十分人马折了九分。若还再不投降，就当真要做鬼了。如今权借你的首级，去换个免死牌儿，只得要名登金了。（净）名登金是甚么？（众）"绑"字也不知道，快些脱下衣服，好待我们动手。（净）呀！这等看来，我的皇

躬不保了。（众齐绑介）

【前腔】（合）黄袍，脱几层。劝你把龙眉莫竖，凤眼休睁。只怕御体也难教剩。今宵天上陨长星，明日街头看驾崩。

（内鸣金、擂鼓、呐喊介）（众）大兵赶到了，快送转去投降。

（净）十年鏖赤壁，一旦葬乌江。

（众）力尽终归死，何如勉就降。

第三十出　受　降

【夜行船】（生引众上）汗透征衣如乍浣，歼灭处血涌成湍。片甲犹存，一俘未获，报捷军书难判。

分付众军校：今日趱了无数程途，未免人疲马倦，暂时歇息，明日早行。（众）得令！（内）苏州府差官，押解兵饷，带有公文投见。（众禀介）（生）差官免见，把解批收了进来。（众收上，生拆看介）呀！有一封家报在里面，上写着：辱爱妾王氏谨封。难道是又嫱的书札不成？既是他的书札，为甚么得到府官手里？（沉吟介）

【九回肠】【解三酲】书到处增人扼腕，怕拆开时愈重眉攒。他避嚣已向深林窜，为甚的又滥逢迎交结衣冠？你若做了下车攘臂真冯妇，我还学不的卖履分香旧老瞒！肠疑断，便要寄书呵！深山少甚么渔樵伴？他驾黄牛也当过青鸾。为甚把房帏琐事烦邮置，枕簟私情渎命官？【急三枪】从未见，情书外，把朱文判；全不怕旁人目，诧奇观！

且待我拆开一看，是些甚么话头？（念介）"妾路旁之柳，若不移根他徙，势必受折于人，是以遁迹穷乡，坚守十年不字之义。讵料山陬僻壤，亦有狂且，百计相图，罪难擢数。妾不避斧钺，质之讼庭，幸仗太守廉明，得完愚节。君家有无数大事，正须经理，岂可为妾一人，作儿女子态耶？长物悉为盗有，止留金钏一枚，系与郎君分赘者，似出天意，以券重欢。妾又嫱敛衽百拜。"呀！原来如此，他果有这段真情，不枉了那番盟誓也。

【前腔】开缄后顿消愁懑，看他相慰处倍觉心酸。书来只怕生凄惋，忙揭出两字"重欢"。都似这等样的私情呵，露章不怕申丹陛，岂止加封递与官。枉自把肠疑断。嗳！又娘又娘，我还虑着清风明月凭谁管？谁料你守坚贞似有人看。似这等输心贴意朝丹凤，终有日浴面梳头嫁彩鸾！待我写下回书，就放在批回里面，烦太守转付与他。（写介）急急把回书写，批文判，全靠书儿疾，才博得，意儿宽！

叫左右：把回文发与差官，叫他速去。（众取书下，复上）禀老爷：贼众绑了渠魁，送在辕门外纳款，还是受与不受？（生）我料他计穷力竭，止有投降一着了。受与不受总是一般，只省得一番杀戮。也罢，开了辕门，放他进来。（吹打开门介）（众推净上）禀老爷：小的一干人众，都是良民，被他掳去做贼的。如今改邪归正，绑出贼首投降，只求老爷开恩免死。（生）论理不该免死。也罢，推造物好生之心，广朝廷不杀之义，赏你一条狗命，各自归农去罢。（众谢下）（生）把贼头上了囚车，就此班师复命。（行介）

【驮环着】（合）把旌旗改换，把旌旗改换，变易衣冠。偃武修文，谒黉游泮，自把军书修纂。汗竹操觚，不为耀肤功，夸平奇乱。存一代庙谟边算，供万世野评朝断。篇章短，智虑宽，使马上军中，尽皆留玩。

第三十一出　悲　　控

【胡捣练】（旦上）郎争气，妾叨光，因观愁苦倍徜徉。漫道十年犹可待，便孤一世又何妨。

　　　　好笑邓家姐姐，他有眼不辨贤愚，反笑奴家迂阔。谁想一般订就
　　　姻缘，他已中途被弃，我还恃爱如常。最得意者是侯生所娶之人，便
　　　是华郎不娶之人。就在一事之中，分出两人的好歹，你说叫他气死不
　　　气死？叫我喜杀不喜杀？前日蒙太守寄书，又顺带回音复我，说他不
　　　久班师，定过吴门相会。想是不久也就来了。邓家姐姐气成一病，好
　　　几日不曾下床，只得去看他一次。（行介）我和他的心事，恰好合着
　　　两句旧话，又字字相反，叫做：愁人莫对喜人说，说起愁来喜杀人。
　　　（向内唤介）邓家姐姐，你妹子在此看你，可起来相会得么？（内）
　　　请坐，待我勉强挣扎起来。

【小桃红】（小旦作病态上）未堪却枕勉离床，撑不起的头还撞也，便晕死在阶前，若个悲伤？（旦）呀！我看你这面庞儿一发清减了。（小旦）未哩，才瘦到眉眶，少不得要眼儿深，鼻儿高，齿儿空，唇儿旷也，才算个病骷髅，病骷髅好收藏！

　　　　（旦）还要宽心才是。（小旦）心儿止得这一寸，叫我如何宽得
　　　来？（旦）我且问你，侯生书上的话，原叫你别选才郎，你还是嫁与
　　　不嫁？（小旦）嗳！莫说不嫁，就使要嫁，这"别选才郎"四个字，
　　　也难说起。万一选中的才郎，又是第二个侯永士，却怎么了？（旦）
　　　这也不得不虑。只是一件。

【下山虎】你一身似絮，在风里颠狂，到底谁依傍？也须忖量。（小旦）我有上下两着想在胸中，若还上着不遂，只得要就下着了。（旦）上着怎么样？你且讲来。（小旦）要寻上着，须求你发点慈心，在华郎面前撺掇，叫他收留着我，就做个铺床叠被之人，我也情愿。（旦）下着呢？（小旦）华郎若不收留，我进了庵门，决不肯再走出去：剪下青丝发，脱去绣罗裳。就在此处为尼便了。（旦）下着断然

不可，那上着最妙，只怕华郎是个执意的人，未必肯许。虽则是旧好情多，尽堪倚仗，怎奈他心镜虽圆性实方，不似那人儿话易讲。倘若是信调停事可商，你与他聚首联床夜，早宜主张。又岂待别后重来计短长？

（丑扮巡捕官，带二役上）既充巡捕役，又代驿丞劳；走破皮靴底，看看脚板高。（二役高声喊介）庵里有人么？快些开门，老爷进来讲话。（净上，开门介）是那一位老爷，到此何干？（丑）我是巡捕官。华老爷督师经过，要来面会小夫人。快些打扫佛堂，料理公案，这是班师奏凯的状元，比不得寻常官府。你我都要小心，不可儿戏。（净）他现在那里？几时才到？（丑）现在公馆，留本府太爷讲话，即刻就来了，快些打点。我到门外去伺候。（带二役急下）（小旦）华郎既来，奴家权且回避，待你们相见过了，我然后出来会他。嗳！打点酸心待男子，安排醋眼看佳人。（暂下）

【奉时春】（生冠带，引众上）夙愿今朝未易偿，权识认画眉张敞。貌似当年，心犹昔日，一丝未改葫芦样。

（见介）（旦）两年之别，喜事万端，不止安富尊荣，又且功成名遂。奴家得信之日，不觉惊喜欲狂。（生）全仗小娘子的福庇，前日在邮筒里面检得手书，知道你居乡那番苦节。方才会过太守，又表白你一段贞心，令下官称羡不已。

【五般宜】你为我，受灾殃，耐凄凉；你为我，完节操，拒豪强。虽则是亏廉吏，赖彼苍，这风波谁人敢当？遭此一番磨障，使名儿愈香。把你这段情由，诉与高堂，料得他许同归还见赏。

（旦）妇人守节是理之当然。闻得相公初中状元，有两位佳人一同见许，相公坚辞不受，这才是桩难事。奴家闻得此信，也感颂不已。

【江头送别】男儿汉，辞婚配，实堪表章。比不得裙钗辈，矢冰操，值不得一言夸奖。亏你做中流砥柱桃花浪，不似那跳龙门的个个颠狂！

【五韵美】（小旦上）羞见郎是这乔模样，要把冤情诉与难避藏。状元在那里？待奴家叩见。（生惊避介）呀！这是那一个？（小旦）是你相与过的，难道就认不出了？不怪你胡涂是我成魍魉。（生）难道是蕙娘不成？（旦）正是。（生）为甚么病得这般狼狈，把面庞都改变了？（小旦欲跪，生扶起介）你一来是我的旧交，二来是他的姊妹，怎么行起这个礼来？（小旦）我也不是你的旧交，也不是他的姊妹，是个拦马头告状的人。求你把公衙早放，好待我诉冤申枉。（生）有甚么仇家，快些讲来，待我替你出气。（小旦）有个怨家仇人在天一方，怕你审出真情，要徇私庇党。（生）是那一个？你快讲来。（小旦）就是你赎我赠他的人。他身处豪华之地，顿忘贫贱之交，写一封离书寄来，叫我寻人别嫁。原书现在，求青天爷爷龙目一观。（生看毕，怒介）这等看来，竟不是个人了。只是一件，我在京时节，他还不曾续弦，怎么别不多时，就忽然娶了两个。这两个是谁家女子？（旦）闻得那两位佳人，原要嫁你，你苦辞不受，然后嫁与他的。（生）哦！是了，是了。

【山麻秸】斯言不谎，是一姓双娇，曾经垂谅。我退丝鞭，与他效鸾凰。我看二位的面庞瘦者愈瘦，肥者愈肥。他那致瘦之由，不过为盼望佳期而不得，以致如此，其理甚明。又娘，你与下官分别之后，不瘦也罢了，为甚么倒丰腴润泽起来？这个来历，你可知道么？娘行，两人相比，活判人间天上。试问是孰贻安乐，孰分甘苦，谁与凄惶？

（旦）我与他评论过了，只为有"十年"二字放在心头，知道佳期甚远，不想欢娱，所以落得心宽。他与我心事不同，故此肥不着他，瘦不到我。（生笑介）原来如此。这等"十年"二字是一粒救苦仙丹，不要把他忽略过了。下官当日宁可远期不致失约者，就是为此。若还把聚首的话儿说容易了些，只怕今日的尊容，也与他相去不远了。

【蛮牌令】免瘦赖奇方，先远志后回乡。须知道从容无泪眼，急性起愁肠。合眼睡千更也不长，担闷坐半夏也难当。若不亏了那宽中散，定心汤，只怕此时呵，也似他眉无青黛，面似姜黄。

（旦）他有一句话儿央我撺掇，就当面讲出了罢。侯生既不收他，他又不肯改适，见你原是故交，有个重温旧好之意。你肯怜念他么？（生）岂有此理，既然赠过朋友，就是朋友之妻了，岂有重温旧好之理？你这桩心事在下官身上，当初买赠之日早已虑到今朝，所以要他当面发誓，就是为此。我一到京中，就兴问罪之师，不怕他不接你回去。（旦）如此甚好！这等，我们两个的姻缘，毕竟在几时会合？（生）下官即日赴阙，家父也不久还朝，告过二亲之后，便来奉娶，或者不到十年，也未见得。且屈你再等一等。

【馀音】今宵暂把愁眉放，（旦）明日相思又各一方。（小旦）怎似我这不害相思的更断肠。

第三十二出　谲　讽

【杏花天】（末冠带，二役随上）居官力任端风化，遇坚贞逢人便夸。有个义夫节妇难婚嫁，我不念谁人念他？

　　吏久厌鞶带，官闲理剑书。不教尘念尽，那得宦情疏。下官苏州太守卜康民。地处冲繁，事多盘错，未得挂冠之便，难萌解绶之心。目下闻得西川华节度奉旨还朝，从此经过。有几句关切于他的话，要去细细讲明。就为他令郎与王又嫱之事，一个矢贞不嫁，一个守义不娶。若不是为父之人，替他们聚合拢来，等到何年是了？方才看见报帖，说他已至码头。不免备下脚色，竟去会他便了。当年五斗米，今日二千石；还似旧时腰，折来尤未直。（暂下）

【前腔】（外冠带，丑扮传宣官，引众上）一官已罢愁难罢，担头须防暗加。皇恩厚重知难答，但自愧头颅渐差。

　　下官治蜀三年，辛勤万状，正苦息肩无日，岂知垂谅有天，钦召回京，以备登庸之选。来此已是姑苏，料想地方官员一定要来参谒。传宣官那里？（丑）在。（外）凡有地方官来，一概婉词回复，都说不劳。只有苏州知府是江南第一个清官，又且长于吏治。他若到来，就请相会便了。（丑应下）（外）下官带便经过，虽无地方之责，也要把民情土俗细问一番。倘有山林隐逸之士，忠孝节义之人，都要备在夹袋中。也不枉在文献之邦，做了一番过客。（丑持手本上）禀老爷：一切文武官员都已回复去了，只把苏州知府留在船边，伺候老爷相会。（外）快请上来。（丑请介）（末上）去留分厚薄，泾渭太精明。落落自来怜落落，惺惺从古惜惺惺。（见介）宪驾经临，自当远接，只因簿书碌碌，致失郊迎，多有得罪。（外）经过车徒，并无统摄，只该远人造访，何劳地主先施。（送坐介）近来仕途庞杂，贤少愚多。学生待罪边陲，这所见所闻，倒也不仅在员幅之内。闻得江左

循良，当推贵府为第一，可好把治民为政的大概，赐教一番，以备嘉
谟入告之用。（末打躬介）不敢！

【绣带儿】蒙称誉增人面甲，从无一事堪夸。但不曾愧偭衣冠，自将面目涂花。
堪查，口碑虽少也无话靶，愧的是署中考不曾居下。阳城事，终须让他；念抚字，
催科难分高亚。

（外）贵治的风俗近来醇薄何如？山林之中，可有抱才肥遁之士？
就是里巷之间，凡有节孝堪称，忠义足尚者，也求称述一遍。风俗之
美恶，关乎国运之盛衰，莫作细事看了。

【前腔换头】非差，蚩蚩辈把民情当耍，谁知是国运的根芽？但历观盛世兴朝，
其民定有堪夸。居家，遇风遭浪能自把，他有官守自能持驾。这冲繁地，民情似
麻；须验出，醇庞是唐虞周夏！

（末）吴地民情奢侈，土俗浇漓，风诗绝无可采，山林隐逸之辈，
近来也不见有人。止得忠孝节义之事，还略有几桩，卑职刻得有奖善
文移一册，少顷送来备览。此外更有一件奇事，因他不是土著之民，
所以表章不到，待卑职口述一番。（外）正要请教。

【太师引】（末）有一片连理花，鸳鸯瓦，劈将开在天涯海涯。怪的是萍没蒂
忽然生蒂，玉有瑕一旦无瑕。这男儿女子鳏又寡，并没甚阻绝的根芽，只为着防身
口，曾经自夸；撇不去，胸前一带篱笆！

（外）是件甚么事情？求明白赐教。（末）敝治有一名妓，从来
不肯滥交。忽然有个异乡孤客来到敝治，见此女过于娇艳，恐怕为尤
物所移，不敢与他相近。谁想那个妇人虽在风尘之中，倒有一双识英
雄的俊眼，偏要与此人相会，一会就恋恋不舍，要与他相订终身，这
个男子断然不许。（外）为甚么不许？（末）说他家世代不娶青楼，
难以破格，这妇人死也不放，只是恋住了他。到后来没奈何，才与他
订下十年之约。（外）怎么叫做十年之约？（末）要待他策名天府，
直到功成名立之后，告过父母才来娶他，所以叫做十年之约。（外）
这等讲来，也是个有志气的男子，令人可敬。

【前腔】志堪嘉，只怕才能亚，若是果身荣何难娶他。后来那个男子果能自应
其言，把这妇人娶回去么？（末）怪司马题桥偏遂，惜文君欲奔无家。（外）男子
既然发达，为甚么不娶妇人？想是因他富贵易心，另有所娶，故置此女于度外么？

167

（末）不然，富贵易心的人另有一个，却不是这位男子。且等说完了再说。全亏此辈将科分插，愈显的节义堪夸！你道为甚么不娶？只因不曾禀告父母，恐怕有人责备他，所以身都荣显，从此经过，只与他会得一面，竟自飘然去了。老大人，你说这样男人，可称得个孝子？可称得个义夫？（外）"孝义"二字，果然不愧。只是一件，那妇人既在青楼，虽有守节之名，未必有守节之实。只怕男子情真，妇人意假，"节义"二字，

还不十分均匀。男子不肯娶他，未必不由于此，那禀告父母的话，大半还是推托之词。（末）若说到妇人身上，就比男子更奇了。青楼话，说来更佳；还不似，男儿平平无诧。

那妇人为他守节，做出一桩烈烈轰轰的事来，曾在卑职手里经过。现有文卷在此，求老大人细看一番。（送卷，外看介）呀！这等看来，他不是个妓女，竟是个节妇了。为甚么还不娶他？方才闻得那个男子曾在贵治经过，这段姻缘就该是贵府成就他了，为甚么又放他飘然而去？

【秋夜月】空放他，不使完姻姹。你枉做当权司风化，使旷夫怨女迟婚嫁。怪声名欠雅，疑颂声尚寡。

（末）卑职也尽有此意，再三劝他迎娶回京。怎奈此人立意甚坚，只是不允，定要得了父命才敢娶他，所以把此女弃在庵中，竟自去了。（外）这等不难，学生到京之日，就劝他来娶。他令尊若还执意，我自有话儿责备他。（末打躬介）全仗老大人主持清议，也带挈卑职做个好官，不然，内有怨女，外有旷夫，就要被人谈论了。

【东瓯令】当权懦，惹喧哗。全仗你局外闲人把舵拿，做一段可传可倾的风流话。免当事遭人骂，道是怕听欢笑喜嗟呀，逼使抱琵琶。

（外）听了这半日，竟不曾问他姓名。此人现居何职，他父亲是个白衣封君，还是当今的仕宦？（末）此人想是贵同宗，他父子二人的官职，与贤乔梓也相去不远，老大人想来就是。（外想介）寒宗没

有这个人，想是冒认的么？（末）他也是当朝显宦，怎肯冒认同宗。老实讲罢，一个是奉旨回京的节度，一个是督师剿贼的状元。（外）呀，这等就是愚父子了。那妇人现在那里？叫左右另备一只座船，就把他接取回京与少爷完娶便了。（对末介）老亲翁，老亲翁！

【刘泼帽】我怪你这巧人惯说藏头话，临结煞才露根芽。还亏我不曾破口将身骂。险些儿自己的门牙，怕轮不着他人打！

是便是了，一只大船坐着一个少年女子，没人做伴，却怎么处？（末）现在放着一个原是与他相伴的人，都在庵中，一呼即至。若带那个女子进京，又有一段奇话出来，与令郎一反一正，竟是两股绝妙的文章。（外）又是一桩甚么事，可好再讲一讲？（末）起先所说富贵易心之人，就是他的男子。卑职不知其详，是令郎见教的。那女子一见老大人，少不得又要拦马头告状，他自会说，不消卑职代传。告别了。

【尾声】说过一番奇巧话，不堪又使舌生花。（外）
我也怕重猜花木瓜。

第三十三出　绝　　见

（丑上）小心天下去得，胆大寸步难行。独有今朝各别，不妨暂示狰狞。自家非别，华状元的司阍便是。只因探花侯爷做出一件薄幸之事，我家老爷要激他回心，当面不好说得，叫我们示意于他。自从老爷回京之后，满朝文武那一个不来拜谒？那一个不来贺喜？独有这位同年，来拜也不肯相会，来贺也不肯受礼。侯老爷十分心疑，少不得还要来求会。我且坐在门内，妆个渴睡的人儿等他。

【霜天晓角】（小生带二役上）良朋见绝，欲说无由说。待向云笺抒写，难禁字逐心邪！

（二役唤门，丑作听不见介）（二役高声连唤，丑作惊醒怒骂介）（小生）是我侯爷到门，你不小心传报，就该打了，还是这等放肆。（丑）原来是侯老爷，古语道得好，不知者不罪。请问侯老爷，前日来过，昨日来过，为甚么今日又来？（小生）虽然来过两遭，却都不曾会得，所以今日又来。轿伞头踏都在门上，料想在家，不好再回我出门去了。（丑）在便在家，只是身体有些不快，闭门静养，客到不许乱传。（小生）好胡说，今早见他上朝，是好好一个模样，怎么说个不快起来？这等，他是甚么病症？（丑）是个怕会客的病症。（小生）我是同年，不比别个。（丑）就是怕会同年的病症。若还不是同年，倒会也未见得。（小生）我是极相好的同年，不比别个。（丑）就是怕会相好同年的病症。若还不甚相好，倒会也未见得。（小生怒介）哎！还不快传，少刻见你老爷，叫他打个不数。（丑进介）（小生）有这等主人，用出这等管家，容他放肆，可笑极矣！

【五更转】体统乖，威仪亵，纲常没半些。又不是门堪罗雀无宾客，少见稀闻，任他顽劣。似这等弛家法，丧主威，你枉做了人中杰，行军胆遇豪奴怯。终不然治国齐家，判然分截。

（丑上）家老爷多多拜上，说他委实有病，走不出来，改日相会罢。（小生）起先不传，还说管家放肆；传了不会，分明是他有心拒绝我了。回去罢。

功大能骄志，身荣易变操；

贵人犹见绝，何况是贫交。

第三十四出　修　好

【忆秦娥】（生上）求他悟，预先攘臂婴他怒。婴他怒，真心为友，嫌疑不顾。

　　下官只为要醒悟朋友，做出许多不情嘲之事。虽然失之过当，若不如此，那里得他回心。料想连日受过冷落，定然猛省，我若再把冷面待他，就是绝人已甚，将来不好收场了。今日走到，但凡说起前事，只当不知，且看他回头不回头，再做道理。

【前腔换头】（小生上）骤然气破男儿肚，徐思不觉身如塑。身如塑，忽然惊醒，但忧迟暮。

　　连日受了那些冷面，令人怒发冲冠，及至回去想了一夜，倒令人感激起来。他费这一片深心，无非是激我回头之意，难道有甚么仇气不成？想我当初离绝蕙娟，原有许多不是。莫说下官未遇之先，蕙娟有一片真情待我，不该离绝他，就是华年兄所赠之人，也没有无故相抛之理。我今日再来相会，若还提起前话，只当不知，速速差人前去把蕙娟接进京来，他自然不怪我了。来此已是，不免径入。（见介）几番晋谒，都值公冗。今日相逢，不胜欣幸。（生）屡次失迓，负罪万千，正拟负荆，又承左顾。（小生）年兄才得凯旋，老年伯又经内召，喜事重重，真令人庆贺不了。（生）皆托老年兄的福庇。

【孝顺儿】【孝顺歌】功勋少，福分疏，天人合来相祐扶。（小生）屡次看塘报，知道那些奇谋伟略，都是兵书所不载的。满朝文武，没有一人不赞服。（生）操纵少奇谋，承平仗天数，怎敢把名儿浪沽！（小生）年兄从吴门经过，一定与如嫂相会了，可曾携带进京么？【江儿水】（生）牵牛不到填桥数，岂堪擅把银河渡？半面曾经相睹，只落得个少喜无惊，别后容颜如故。若不提起"吴门"二字，小弟也竟忘了。请问如嫂今在何处？想是久矣接进京来，与续娶的二位夫人，一定是相得甚欢的了。（小生）已曾差人去接，还不曾到京，想必不久也就来了。

【前腔】终须并，尚未俱，虽营三穴犹守株。（生）请问这三位年嫂，可曾定

下次序了么？（小生）前席为他虚，谁人敢相踞？（生）那也不消，只要与后人并驱，也就好了。（小生）难言并驱。他是老年兄所赠之人，轻慢了他，就是得罪老年兄了，如何使得？（生）既然如此，莫怪小弟僭妄，替你定下一个次序罢。论推乌合把头名与，念他不向名家娶，合让鸾胶作主。但将他夹在其间，也当把中宫相遇。

　　　　（小生）谨依尊命就是。告别了。

　　　　（小生）一亲黄叔度，鄙吝忽然消。

　　　　（生）谁道青云客，全然忘久要。

第三十五出 计 竦

【一剪梅】（外冠带，净、丑扮二役随上）人到神京眼自高，帝座非遥，相座非遥。（老旦上）家门将至喜偏饶，儿会今朝，媳会今朝。

（外）去国常忧白发新，回来幸是黑头人。（老旦）只因天末多乡思，添却眉间几道颦。（外）夫人，我和你奉旨还朝，已到京师地界了。少不得孩儿就来迎接，骨肉相逢，况又不是当年的头角，真乃人间乐事也。（老旦）不但孩儿荣贵，连家中的媳妇也与婆婆一样，都是诰命夫人了。（外）正是。（老旦）苏州带来这二个女子，少不得今日都有着落。只是一件，孩儿这一个，他两下钟情会在一处，自然恩爱。只怕侯家那个女子，既为丈夫所弃，就勉强凑合拢来，到底也不能和睦。还该预先调停一番，然后交付与他便好。（外）不消夫人说得，那个调停之法，早已想在胸中了。不但侯生那一个交付与他的时节，要做得艰难；就是孩儿这一个，也不肯十分容易。先要试他一番，只说这个女子不是他旧日相与之人，系我在途中另娶的。且看他受与不受，再做道理。（老旦）孩儿的心性是你知道的，父子之间有甚么相信不过，定要试他？（外）我非是不信孩儿，要使那薄情郎看见做个样子，知道别人如此有义，我为甚么这等无情？他自然醒悟，不肯再做薄幸之人了。（老旦）也说得一是。

【前腔】（生冠带，二役随上）久切瞻云梦寐劳，说到今朝，果到今朝。从来行路怪人跑，心喜逍遥，足不逍遥。

（丑禀介）少爷到。（生上船见介）（外、老旦喜介）孩儿来了。

（生）爹妈请坐，容孩儿拜谢养育之恩。（拜介）

【北乔合笙】鞠育恩难报，地厚天高！把头皮磕破，也酬不的一线劳。花封纵美，也敌不过亲职高。和盘托出空赍笑，倒不如藏拙为高。但指着，东海南山相并祷。（合）巧巧同欢笑，人间那得真荣耀？只有个俱存无故称奇乐，喜的是父子容颜竞好，辨得出谁梓谁乔？才说他双眸算皎。（净）禀老爷：岸上立着许多官府，都说是少爷的同年，要上船来拜谒。（外）一概都辞，说到家相会。只把探花侯爷请上船来，说有事商议。（净应传介）（老旦暂下）

【前腔】（小生上）欲把良朋怨恨消，认彼劬劳，作我劬劳。贤人择友没低高，亲欲相交，他便相交。

（上船见介）小侄与令郎忝在同年，又称至契，不但该行侄礼，还当曲尽子情。请老年伯端坐，容小侄拜见。（外）不敢劳，只行常礼。（小生连拜，外扶起介）（外）一科鼎甲之中，倒有两个青年玉笋，这也是罕见之事。请问贵庚多少？娶过几位夫人？曾生过令郎否？

【幺篇】（小生）年非甚小，弱壮相交，房帏偃蹇妻再招。熊罴梦远音信遥，家庭乐事无堪道。叹韶光暗里空消，就使蔗境甜来，也人渐老。

（外）子嗣一节也是要紧的，乘此年富力强，正该预为之计。就是小儿的年纪，如今不过二十多岁，老夫也替他着紧。昨日在扬州经过，娶了一房家小回来，要与他作妾，已曾选定日子，就在今晚成亲。贤侄来得甚好，一同回到舍间，吃过喜酒了才去。（生惊背介）呀！我与王又嫱有誓在先，如今忽有此事，怎生是好？

【道合】这惊慌不小，怎容易结鸾交，怎容易结鸾交？别的亲事好辞，这是父母之命，叫我如何辞得出口？势重如山，从天上倒，纵有那荡舟能扛鼎力，也难将婚牒缴！怕逆天重罪难逃。

如今没奈何，只得把那种苦情，缓缓的说将上去。（向外跪介）孩儿有一段苦情，要启告爹爹。（外）有甚么事情起来讲就是了，何须跪得。（生）孩儿有逆天大罪，不敢起来。（外）恕你无罪，起来便了。（生起介）孩儿向在吴门，曾与一青楼有约，许到十年之后功成名立，告过父母，然后娶他。又曾对天盟誓，说这十年之内，纵使无儿，也不敢另娶他妾。孩儿生平最重然诺，是爹爹知道的。如今若遵了父命，就违却告天之言；遵了告天之言，又怕违却父命，还求爹爹垂谅，使孩儿做个完行之人。

【元和令】违天逆父均难保，两心交战把魂摇。伏望垂慈照，从来婚嫁重初交，背始多贻诮。逆理也难称孝，难称孝，顺亲不若望亲饶。

（外）你这些说话虽讲得是，怎奈我娶了他来，没有遣他回去之理。（假作沉吟介）这桩事情好难决断。也罢，就央你绝相好的同年议处一处，还是该怎么样？（对小生拱手介）只得借重贤侄了。（小生）这件事情极容易处，盟言也背不得，父命也违不得，两位一齐受了。今日先尽现在，入了洞房，改日再娶远人，共偕花烛，何等不好！（生）小弟有话在先，除了此人断不另娶。这个处法，也不敢奉依。（外）我看苏州的妇人，若说他多情，也极是多情；若说他利害，也极是利害。前日在苏州经过，忽然有一个喊冤叫屈的妇人，只说我是本地上司，要拦马头告状。问他来历，他也说是青楼，叫做甚么邓蕙娟？说

有个薄幸男子误了终身，要我上本参他，被我打开不理，方才去了。你说利害不利害？若还你说的这一个，将来离绝了他，少不得也是这等。罢，罢，罢！做官的人体面为重，宁可丢了现在去接远人，不要到后来惹气。（小生大惊，急问介）这等，那个妇人后来怎么样了？（外）不要说起，说起令人害怕。

【幺篇】把冤黄遍贴将人告，道是男儿不死不相饶！（小生）甚么大事就贴起冤枉黄来？（外）还不止于此，他又把御状前来告。（小生）怎么竟要告御状？这等，来了不曾？（外）他船贴在我船梢，不住将冤叫，更把讹言造。（小生）有甚么讹言？（外）那冤单上面列着许多款数，说他男子负心，不止这一件，连结发的妻子也是他憎嫌丑陋，用计谋杀了的。讹言造，这是非终久费推敲！

（小生背介）这等说起来，我的祸事到了。（转介）不瞒老年伯讲，这个妇人的对头就是小侄。当初与令郎同在散乡，和他订婚约，蒙令郎捐资买赠的。前日不合写了离书，叫他别嫁，想是气愤不过，做出这等事来。如今做老年伯不着，看令郎面上，替小侄调停一调停，官箴所系，不是当要的。

【担子令】纱帽怎当巾帼吵，戴难牢。（对生拱手介）老年兄，你解铃胜似系

铃高，惠重叨。（合）使惊疑立地成欢笑，已乖琴瑟更和调，似盐梅入鼎味成膏。

　　（生）若还果然在此，倒也容易调停；只怕进门之后，大小不和，又要逐起他来，就不能再为冯妇了。（小生）决无此事，当老年伯讲过，若还如此，莫说年兄绝交，就是老年伯唤来惩治，小侄也甘受无辞。（生对外介）既然如此，求爹爹劝解一番，等他接了回去罢。

　　【幺篇】夫婿全终能自保，妇愁消。两边听处易开交，不辞劳。（合前）（外）你既肯悔过，我这和事老人只得要做了。老实对你们讲罢，贤侄所弃之人，也在老夫船上；小儿所娶之人，也在老夫船上。方才所说途中娶来，要与小儿作妾的，不是别个，就是那立意守贞，十年不字的王又嫱。若不相试一番，小儿的好处不见；小儿的好处不见，也激不得贤侄回心。只得用一番小术，这也是填词做戏之人，一个巧于收场的法子。如今话已说完，贤侄请回，就唤轿子来接他回去。（小生）多谢老年伯费心，小侄告别了。几番乔面孔，一段好胸脯，愧死无情汉，重苏作义夫。（下）（外）叫院子，请太夫人领了新夫人出来，见过少爷，一同起轿回去。（净传介）（旦随老旦上）十年犹未到，一旦忽相逢。但喜来天上，何妨在梦中。（生、旦见毕，与众同行介）

　　【梅花酒】（合）旧鹤增高，原琴尚好，朝天鹓鹭阳把归旌导，直送上锦云霄。喜的是别京迟还阙早，逍遥，得君心雨露重叨，壮登庸直到老。（众）已到府门，请老爷、夫人下轿。（内数人高叫介）门上快禀一声，说报喜事的求见。（众传介）（生）止不过是报我父子二人加升官职。你去对他讲，说太老爷方才进门，正有家宴，没工夫看报，叫他明日再来。（众高声向内传介）

　　【煞尾】（生）怕的是戏到团圆诸事了，非晋爵即加封诰，却不是胜事留些馀地好。　　　　　　　　　　　　（众俱吊场）

第三十六出　全　　终

（小旦上）闻说新添女俊髦，不忧分宠喜分劳，蚕桑有伴丝成易，何必夫人手自缫。呀，公婆回来了！公公、婆婆请上，容媳妇拜见。

（旦）这定是大娘了。大娘请上，容做妾的拜见。（老旦）添了一个媳妇，少不得要重新拜堂，不要零星行礼，竟是一男二女同拜了罢。

（三人同拜介）

【南画眉序】（众合）拜高堂，莫诧男单女成双，是皇天生就，对半鸳鸯。添一个节义难称，减一个欢娱不畅。贤妻贞妾人间少，合来媲美夫纲！

（生）孩儿备有家宴，与二位大人洗尘。（外、老旦）不但洗尘，又当替你合卺，就摆上来。（一生、二旦同送酒介）

【前腔】（外、老旦合）鬓无霜，半老人同幼时庞。被芝兰玉树，留却春光。儿肖否阿父眉端，媳好歹婆婆脸上。容颜关系家门事，休言憔悴无妨。

【前腔】（生、二旦合）福难量，自小何曾识愁肠。赖椿萱覆庇，少雪无霜。夸万石止算亲贻，设五鼎难称禄养。烟楼不比寻常小，触山大力难撞。

【前腔】（众合）互传觞，大小尊卑两相忘。既亲慈儿孝，混俗何妨。婆劝媳姑免矜持，父敕子暂弛揖让。由他醉倒爷娘侧，也同莱子颠狂！

【鲍老催】另开洞房，兰枢贴紧椒户傍，温柔窈窕无二乡。熊来梦，玉种田，珠生蚌。明年此际麒麟降，含饴倍觉亲心旷，添一本新词唱。

【尾声】传奇迭改葫芦样，只为要洗脱从前郑卫腔，不做到举世还醇也不下场。

读尽人间两样书，风流道学久殊途。

风流未必称端士，道学谁能不腐儒。

兼二有，戒双无，台当串作演连珠。

细观此曲无他善，一字批评妙在都。

· 李渔全集 ·

玉搔头

[清]李渔 ⊙ 原著

王艳军 ⊙ 整理

序

　　昔人之作传奇也，事取凡近而义废劝惩，不过借伶伦之唇齿，醒蒙昧之耳目，使观者津津焉，互相传述足矣。自屠纬真《昙花》、汤义仍《牡丹》以后，莫不家按谱而人填词，遂谓事不诞妄则不幻，境不错误乖张则不炫惑人。于是六尺氍毹，现种种变相，而世之嘉筵良会，势不得不问途于庸琐之剧，岂非宴享中一大恨事乎？此余所以读《玉搔头》而击节不置也。《玉搔头》者，随庵主人李笠翁所作。其事则武宗西狩，载在太仓王长公《逸史》中。其时则有逆藩之窥觎，群邪之盗弄，王新建之精忠，许灵宝父子之正直，及刘娥之凛凛贞操，无一不可以传，而惜未有传之者。乙未冬，笠翁过萧斋，酒酣耳热，偶及此。笠翁即掀髯耸袂，不数日，谱成之。观其调御律吕，区画宫商，集《花间》《草堂》于毫间，坐郑虔辉、乔孟符于纸上，有风有刺，骎骎乎金元之遗响矣。笠翁何以得此哉？盖笠翁髫岁即著神颖之称，于诗、赋、古文、词罔不优赡。每一振笔，漓浰风雨，倏忽千言。当途贵游与四方名硕，咸以得交笠翁为快。家素饶，其园亭罗绮甲邑内。久之中落，始挟策走吴越间。卖赋以糊其口，吮毫挥洒恰如也。嗟乎！笠翁有才若此，岂自知瓠落至今日哉？余因序次其所为传奇而并及之，且令天下知笠翁不仅以传奇著也。

戊戌仲春黄鹤山农题于绿梅深处

第一出　拈要

　　[西江月]（末上）措大焉能好色？乌纱未必怜香。风流须是做皇王，才有温柔福享。　只虑欢娱太过，能令家国倾亡。特传妙诀护金汤，多设风流保障。

　　[眉批] 莫邪神剑，开匣即露光芒。

　　[凤凰台上忆吹箫] 毅帝武宗，冲龄御极，风流雅好微行。狎章台少女，簪订姻盟。为骋肆环失却，无信物、车马空迎。大索处，拾簪有女，貌类娉婷。　往受痴情。劳哀不已，遇疆藩伺衅，家国几倾。赖忠臣效力，俘斩狰狞。停戎马，收来窈窕，奏肤公，篋出蜈蛉。回銮也，明良重见、好事方成。

　　看上皇帝要从良，刘妓女的眼睛识货。

　　误收窈窕入椒房，万小姐的姻缘不错（音：挫）。

　　力保金瓯无缺陷，许灵宝的担荷非轻。

　　削平藩乱定家邦，王新建的功劳最大（音：惰）。

第二出　呼嵩

[念奴娇]（生衮冕，旦、小旦扮女官，净、老旦扮太监，众绕伏引上）少膺大宝，喜升平、日久销兵忘战。常虑韶光同逝水，《金缕》日歌千遍。不喜寒香，生憎硬玉，刻意求温软。问父天母地，几时才遂斯愿？

[鹧鸪天]旭日瞳瞳照尚方，祥云五色映垂裳。羽衣不奏人间曲，宝鼎时焚异国香。　　休拜表，莫称觞，尧年岂为祝嵩长。试看谁上千秋镜，督验疲容倚太阳。寡人大明天子是也。改元正德，抚育万方，践高帝之隆基，嗣孝宗之政治。履荣玺书已具，无所用其聪明；干戈起覆银钟，才可容垂宴乐。今日是寡人的诞节，且喜天清气爽，又是一度休征。内侍们传谕丹墀[小旦]下各官今朝作贺礼，上本大臣上殿，宣读表文。（净向内传介）（众卿呼"万岁"介）

[碧玉令]（外苍髯、冠带、执笏上）衣冠万国朝旒冕，（末冠带、执笏上）指冈陵颂声齐献。（小生冠带、执笏上）南极星辉，高出庆云边。（副净扮太监，丑扮武官，同执笏上）看紫气，自东来，萦回金殿。

（外）下官兵部尚书许进是也。（末）下官吏部侍郎许讚是也。（小生）下官鸿胪寺正卿王守仁是也。（副净）咱家司礼监太监刘瑾是也。（丑）在下皇帝义子、左军都督朱彬是也。（合）我等忝列大臣，该近御前拜贺。（净高声赞礼介）排班，班齐，鞠躬，拜。（众三拜介）（净）叩头。（众三叩头介）（净）宣表。（众跪唱介）

[念奴娇序]群臣拜表，觑天颜咫尺，呼嵩万口齐喧。伏愿吾皇，增寿考、福同沧海无边！垂冕！清静无为，太平多象，康衢鼓腹乐生全。千万载，尧天不夜，舜日常悬。

（净）俯伏，兴。（众起介）（净）三舞蹈。（众舞蹈介）（净）跪，万岁。（众齐声介）万岁！（净）万岁。（众）万岁！（净）再山呼。（众）万万岁！（净）兴。（众起介）（净）礼毕，退班。（众出介）（副净、丑）咱们还要随驾入宫，恕不送了。（外、小生、末）入侍口含鸡舌进，散朝身惹御香回。（同下）（生）内侍们，

摆驾回宫。（内作乐，生退朝更衣，闷坐介）（副净、丑）万岁！今日龙生圣节，受贺回朝，正该选舞征歌，迎欢取乐才是，为甚的尧眉不展，舜目懒开，却像有甚么心事的一般？（生）你们那里知道。朕想，人修千世，极富贵生为帝王；乐事多端，实受用无过女色。寡人登极以来，也没博选嫔妃，以充下陈。谁想四海虽宽，少西施而多嫫姆；六宫虚设，有粉黛而无姿容。（叹介）朕想登徒子是个匹夫，悦女不论妍媸，尚且有人讥他不知好色。难道我一个风流天子，肯草草择配不成？好生不耐烦也。

[眉批] 出自天之位，即欲不为登徒，其可得乎？

[前腔换头] 难遣，龙床闷倚，念笑鬟有待，六宫休讶孤眠。（丑）万岁，难道偌大一个世界，就没有几个绝色的女子？毕竟是那些选择的官儿，眼睛不济。若差臣去选择，怕不寻几个如花似玉的来，等万岁受用么？（生）你勿做毛延寿画访蛾眉，我只怕、错写王嫱娇回。（副净）启万岁这等说来，只除非自己出去选择，才得像意。何不拚几日工夫，出去巡幸一巡幸？（生）嗟怨！株守深宫，却便似银河阻隔，怎能勾脱身飞下九重天？一任我，雕鞍骏马，自觅良缘。

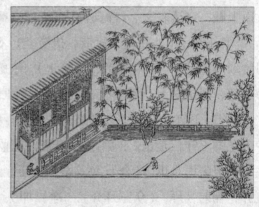

我想天子微行，也曾有人做过。寡人一向要私行出宫，自往民间选择。只是根本重任，无人可托，去不放心。我如今属意有人，要用他做几根擎天石柱，待他升转之后，寡人就好私行了。（副净、丑）是那几个？（生）就是方才的许进父子。记得先帝在日曾说：许进可以重用。寡人即位以来，见他正色立朝，敢言极谏，真个是社稷之臣，日下就要取他入阁。他儿子许赞，颇能甄别人才，可主铨衡之任，就要升他为吏部尚书。有此二臣当国，寡人无内顾之忧矣！（副净、丑）这等说起来，万岁出去得成了？

[眉批] 风流保障，不可不设。

[古轮台] 整游鞭，太平天子乐芳年，拟将万古风流擅。此时呵，不知谁家窈窕，若个婵娟，鹊噪他家庭院。（副净）万岁出宫之后，外廷的事既有许进父子主持，但不知宫内之事，付与何人掌管？（生）交付与你便了。（副净喜介）万岁！扫室涂椒，清宫候辇，行看雨露润蓝田。（丑）这等，用谁人扈驾？（生）少不得

就是你了。（丑喜介）万岁！蝇随骥远，投宿时鱼伴龙眠。（旦、小旦跪介）寿筵排在永春宫，请万岁爷临幸。且把《箫韶》缓奏，《霓裳》低舞，金樽迟劝，玉醴泻如泉。斟休浅，谩道是从来圣德戒沉湎。（生）把升擢许进父子的话，传与吏部知道。（众）领旨。

［尾声］（生）教他把千斤担，好共肩，再休想偷闲息喘。让我做个遍地遨游的散澹仙。

[眉批] **词中玉屑，曲里金声。**

天子冲龄乐事浓，胜游谁可蹑芳踪。

伫看得意归来日，彩凤青鸾护赤龙。

第三出 分任

[似娘儿]（外冠带，杂扮院子随上）蒿目为时忧，年未艾、霜雪盈头，挂冠无奈君恩厚。（末、小旦冠带上）铨衡陪掌，簪缨忝继，君父难酬。

（末、小旦揖毕，侍立两旁介）（外）玉树盈庭未足褒（音：包），于家门户岂徒高。逐邪久作鹰鹯计，继起原该有凤毛。下官许进，字季升，灵宝人也。由进士出身，历官兵、礼二部。（指末介）大儿许讚，官拜吏部侍郎。（指小旦介）次儿许诰，幸登新榜进士。（叹介）我想父子同朝，已极簪缨之盛，兄弟并进，愈增门阀之光。一家均受皇恩，怎敢不图报效？只是一件，主上冲龄嗣位，尚在血气未定之时。喜习畋游，不亲政务，邪佞多而正人少，暴（音：扑）不胜寒，根本弱而枝叶强，家能侣国。种种俱是朝廷的隐患，教我这忧国的眉儿，怎生展得开也？（末）爹爹，如今满朝文武俱是金壬之辈，没有几个忠臣，只有鸿胪正卿王伯安，他为人正直不回，乃心王室。昨日在朝房相约，要到我家商议国事，想必就好来也。（外）这等，分付承值的，快备酒筵伺候。

[步蟾宫]（小生冠带，二役随上）素飧愧继名臣后，无寸补、国恩虚受。戴天空作杞人忧，躯貌年来加瘦。

下官鸿胪寺正卿王守仁是也。曾与季升父子相期，同议国家大事。来此已是他公署，叫左右快传。（杂传"请见"介）（小生对外介）大公郎既掌铨衡，二公郎又登高第，其可谓凤毛麟趾，萃于一门。下官还不曾专贺。（外）年少登科，大不幸也。将吊之不暇，何贺之有？（小生）二公郎这样才品，一定该入词林了。（外）也曾考过庶常，只怕才士众多，取他不着。（小生）自然是首选的。（丑扮朝兵上）急递盐梅信，飞传鼎鼐家。（见外介）禀老爷：朝兵报喜。（外）报甚么喜？想是二爷考中庶常了么？（丑）不是，报老爷入阁的喜信。方才有圣旨传出宫来：升老爷文渊阁大学士，仍兼礼部尚书。（外）知道了。（丑对小生介）王老爷也有佳音，正要到府上去报喜，不想来在这边。（小生）有甚么佳音？（丑）老爷升了金都御史，巡抚江西等处地方。（小生）知道了，回去领赏。（丑应下）（小生对外介）老先生望重资深，久应大拜。今日特旨出自宫中，更见皇上眷注之深了。（外叹介）位愈高，责愈重，时事难为，徒增忧惧耳！看酒来。（共坐饮介）

　　〔大胜乐〕（外）年来时事堪忧，旧朝纲废不修，诸般隐祸是奸人搆。我尚且卸不下这肩愁，怎经得那肩又把愁来受，刚合着我独贤劳的旧话头。（小生）老先生，你以前不曾拜相，要做匡王正国的事，还怕有人掣时；如今当权秉轴，要行即行。眼见得国患潜消，太平有象了，还要愁他怎的？（外）伯安，伯安，你看朝廷上下，是些甚么人来？怕只怕君不正也，说不得个当权秉轴，谁掣吾肘。

　　〔眉批〕锦心绣口，又能不假思索，讵非天才？

　　伯安，如今朝廷内外，有两桩隐祸，你可知道么？（小生）怎么不知道，内有煽祸的群小，外有伺衅的藩王。二患一日不除，朝廷一日不能安枕。我和你呵：

　　〔前腔〕自从纱帽笼头，这身躯便非我有。又何待位高责重方眉皱，少不得拚性命奠金瓯！朝内的事，有贤乔梓主持，分明是鼎开三足防倾覆，外面的事，晚生虽然不才，也做个柱立孤峰抵急流。各自把肩承担也，便做道山穷水尽，也难忍丢手。

　　〔眉批〕精忠跃出纸背，较前幅更进一筹。

　　〔眉批〕忠臣肝胆如是。

　　（净扮朝兵上）父才膺大拜，子又擅奇荣。（见介）禀老爷，朝兵报喜。（外）又报甚么喜？（净）报大老爷高升吏部尚书，二老爷选中庶吉士。（小旦）外面一齐领赏。（净谢下）（小生对外介）父司燮理，子掌铨衡，兄立朝端，弟居馆阁。这等的奇荣，莫说世间没有，就是载籍之中，也未尝多见。可喜，可喜！（外）不敢。（对末、小旦介）我儿，这皇恩忒煞高厚，教我父子三个，如何报效得来？你们从今以后，都要抖擞精神，替朝廷做一番事业才好。（末、小旦）孩儿受教了。

　　〔眉批〕是剧止有嘉祥，绝无凶咎。奏雅乐于燕喜之家，莫善于此，无怪家弦而户颂也。

　　〔皂角儿〕（末）体慈心忠将孝酬，报殊恩子随亲后。砺坚贞把臣躬聿修，矢清白有家风堪守。谩道是学山公，修启事，汲贤良，搜隐逸，共济同舟。还须要爱苗去莠，为谷除蟊。做不得，投鼠忌器，养祸包羞。

　　〔眉批〕一样心肠，各分口吻，不使一字可移，是塑八百尊罗汉手。

　　〔前腔〕（小旦）读父书犹然未周，承家学每惭荒谬。荷皇仁将臣竿滥收，蒙亲庇把君恩叨受。也须要奋愚蒙，策驽钝，吮霜毫，簪铁笔，纪载皇猷。愿只愿潜

消乱薮，早除佞咻。免使我，臣书君过，市直《春秋》。

　　（小生对外介）老先生方才说的那两宗隐患，须要及早消弭。如今圣上不勤政务，止习嬉游，总是刘瑾、朱彬二贼蒙蔽宸聪，以致如此，不可不加参劾。江右的宁王不守藩规，无故招兵敛饷，此人必有异谋，不可不加防御。请问老先生，这两桩大事，还该从那一桩做起？（外）自然先内而后外。下官入阁之后，第一桩事，就要参劾那两个奸臣。（小生）晚生今日之来，就是为此。原要自做本头，求贤乔梓相和的，不想老先生竟要首事。虽则如此，也还要携带晚生做个正人君子，本章上面，一定要求附贱名。（外）足下补了外官，这朝内的事就该让与老夫做了。我和你把两件大事，各任一桩，分头去做，内患不除是老夫之过也，外乱不靖岂非足下之咎乎？从今以后，各有所司，不劳搀越。（小生）这等说起来，只得奉让了。（末）爹爹上疏，孩儿也要附名。（小旦）孩儿虽是新进小臣，也难坐视辟佞除奸，愿随父兄之后。（外）既然如此，我父子三人，同上一疏便了。（小生）真所谓一门忠义。可敬，可敬！晚生告退，明日就要起身，不得再来奉别了。

　　[眉批] □君子攘臂争志，操戈奋义，不肯以一事让人，可谓勇于为善者矣！但令争财夺利者见之，沑汗交流，未免责其不忠厚耳。

　　[尾声]（外）我和你呵，常携浴日擎天手，今日平分一担愁。（小生）只可惜我做不尽的忠臣又输了这一筹。

　　[眉批] 其词若有憾焉。

　　巧语如簧惑圣聪，那禁怒发不冠冲。触奸指佞吾侪事，邪正从来岂并容？

第四出　讯玉

[紫苏丸]（老旦上）烟花断送人年老，叹娇莺忽成衰鸨。继芳声有女貌如花，娇痴只怪心情拗。

老身是太原城中一个鸨母，人唤周二娘的便是。少年的时节，也是留都院中数一数二的名妓，如今年老色衰，移居此地，并没个嫡亲儿女。幸得在十六年前，曾抱个女儿抚养，是刘都阃侍妾所生。只因他夫人嫉妒，要将来溺死。都阃与我有枕席之情，背地送来，教我替他抚养，待成人之后，领回去遣嫁。不想都阃未老身亡，一家星散，老身留为己女，爱若亲生，取名唤作倩倩。生来态若流云，肤如积雪。髻鬟不整，犹似膏沐为容；云雨羞谈，但借诗书为乐。好笑他，未接客先矢从良，我这青楼中，那有个不更二夫的贞女？既心高又兼眼大，常怪普天下竟没个堪偕百岁的情郎。如今长成一十六岁，还是一朵未拆瓣的琼花。那些富商大贾，公子王孙，终日央人说合，要来梳栊，怎奈他口缝不开。我念他父亲托孤之谊，不忍苦加凌逼，只好从容劝谕他。此时日已三竿，兀自春眠未醒。且待我唤他起来。（向内唤介）倩倩儿。（旦在场内作倦声应介）（老旦）你看纱窗上的日影到那里了？还不思量起来。（旦）呀，果然迟得紧了。这等，待我起来。

[眉批] 妙语！

[眉批] 从来无此上场法，落想自与人殊，非欲故离窠臼也。

[桂枝香]（作睡起倦态上）春眠过卯，起来时衣裳颠倒。（揉眼介）揉不开的倦眼难睁，（伸腰介）伸不直的纤腰谁靠。（老旦）我儿，你今年十六岁，也不小了，还是这等娇痴，将来怎么样好？（旦）也知道年华不小，年华不小，怎奈这痴魔环绕，把聪明偷盗，因此上稚难消。说便是这等说，母亲，你也怪不得孩儿，都是你错把珠擎掌，将人惯得娇。

[眉批] 娇痴如画。

（老旦）照你这等讲来，倒是娇养你的不是了？如今日已傍午，快些梳起头来。（旦）孩儿没有气力，懒得梳头，将就掠一掠儿罢了。（老旦）头为一身之主，岂

可不梳。你自己理一理发，待做娘的挽髻便了。（旦勉强理发介）

[前腔]（老旦）你容颜虽好，梳妆也难少。似三春花柳娇妍，还须那枝叶上轻烟笼罩。待我替你挽起髻来。怕你这麻姑长爪，麻姑长爪，把乌云兜撩，因此上盘龙代绕。问儿曹：阿母梳云髻，争似檀郎整翠翘？

头梳完了。玉搔头在此，自家簪戴起来。（旦取玉簪看介）母亲，这枝簪子，玉情既好，做手又佳，当初是那里得来的？（老旦）这不是别人家的物事，乃是你生身父母，留做记念的东西。（旦）呀，原来是爹娘的手泽。这等，孩儿见此玉簪，如见父母了。（泪介）

[长拍]手泽犹存，手泽犹存，音容何在？好教我空对遗簪凭吊。想你把无瑕贞玉，将人遗赠，预教我守志坚牢。到如今浊水矢冰操，似白萍泛泛，谁依谁靠？我拚个碎葬蓝田酬玉种，怎做得瓦全交？玉簪，玉簪！我从今后呵，把你做嫡母亲爷呼叫，拟终身爱戴，怎敢轻抛。

（插簪介）（老旦）我儿，你不幸父母双亡，丢在我门户人家，也是你命该落魄了。如今年已长成，为甚么不与人梳栊？就是良家的女儿，到这样年纪，也该出嫁了。岂有做妓女的人，十六七岁还不破瓜的道理？（旦）母亲说那里话，古语道：担迟不担错。待孩儿从容相中了人，订过百年之约，然后许他梳栊。不但孩儿无二夫之羞，就是母亲也有半子之靠。若叫孩儿随波逐浪，苟且失身，终身没有出头的日子，就枉了你从前抚养之恩，负了我父母生前之托了。（老旦）这番说话，也讲得有理。只是你眼睛忒高，这个又不中意，那个又不中意，日复一日，可不虚负你的二八青春。

[短拍]青眼难逢，青眼难逢，红颜易改，我只怕盼于归负却桃夭。你说先订百年之约，然后与他梳栊。万一他起先许你从良，到成亲之后，背了前盟，却怎么处？念从来薄幸是儿曹，有几个肯与青楼偕老？我做娘的呵，也曾偿尽烟花孽债，见多少山共海盟，誓不坚牢。

[眉批] 人情之极。

（旦）母亲不要多虑，孩儿自有主张。

[尾声]你且把闷肠宽，愁眉扫，还你个桑榆有靠。不是孩儿夸嘴说，我比那执红拂的人儿眼更高。

（老旦）芳春无几莫蹉跎，你志大心高奈命何？

（旦）择婿从来无异术，须知欲少自情多。

[眉批]"欲少情多"四字，正体格言，千古未经道破。

第五出　奸图

〔水底鱼儿〕（丑冠带，引众上）天子陪堂，新封笺片王。人人趋奉，放来屁也香。

下官朱彬是也，本姓姓江，原是京师一个小小光棍。只因在司礼监刘公公门下走动，摸着他的欢心，终日帮闲凑趣，只指望讨几封荐书，往各衙门走走，骗些银子用的。谁想刘公公把我一荐，竟荐与当今皇上。皇上是个少年的人，极喜帮衬，我就把敝业师"逢人骗"传授的心法，试验出来。他要上天，我就掇梯子伺候，他爬到顶上，爬不上去，只怪上帝玉皇不来接引，与我这掇梯子的无干。他要入地，我就掘地洞伺候，他走到底下，走不下去，只怪地府阎罗不来迎驾，与我这掘地洞的无干。所以皇上极其宠爱，授我左军都督之职，赐姓为朱，呼为义子。我再拚几年工夫帮衬他，求他把义字换做太字，我就连家小搬入东宫。皇上若还晏驾，少不得是我登基。如今还是皇帝笺片，将来就是笺片皇帝了，岂不快哉！皇上近日，为那选来的宫女看不中意，要往各处私行，好采访女色，要区区做个扈驾之臣。我想此番出去，若选得个中意的回来，我的功劳也非同小可，册立东宫之事，就在此一举了。只是一件，但凡乖人做事，都要站在活路上，不可向了一边，背了一边，到后来没有退步。司礼监的刘公公，久有篡位之志。万一皇上出去之后，他若做起大事来，那开国的元勋就轮我不着了。我如今少不得要去别他，只消把几句好话叮咛一番，这场富贵就钉牢了。行装已束，不免前去走一遭。正是：狡兔常为三穴计，乖人惯踏两头船。（暂下）

〔前腔〕（副净引众上）天子离乡，安排坐御床。些儿不快，因添背上芒。

自家刘瑾是也，生来口齿伶俐，自幼心思乖巧。善窥至尊的喜怒，最得群小的欢心。先帝在日，虽然宠幸，也还名不出宫。自从先帝晏驾，今上年纪幼小，内外的事，都是咱家执掌。外面有个口号，叫今上是"坐的皇帝"，叫咱家是"站的皇帝"。（笑介）我站了这几年也有些脚酸了，如今正要思想坐坐，恰好天赐奇缘，有个让龙床的机会。今上因三十六宫、七十二院，没个中意的女子，要同朱彬出去

访择，把六宫之事交付与咱家，这难道不是天从人愿么？只是一件，满朝文武都是咱家路上的人，只有许进父子与王守仁那厮有些倔强。咱家正要下手他们，谁想皇上好笑，竟不禀命于我，擅自升授官员，把王守仁升了佥都御史、巡抚江西。这还是个外官，也由他罢了，又把许进入了内阁，许讚升了尚书。这两桩事，大不便于咱家。且待皇上出去，捏一桩事情，上一个小疏，打发了他们，也不是甚么难事。少不得朱彬要来别我，与他商议就是。（丑上）预贺新天子，兼辞旧主人。（众通报，见介）（副净）朱官儿，你如今这等富贵，可还记得进身之初，亏了那一个么？（丑打恭介）多谢公公抬举，才有今日。（副净）你如今出去，我有三件事托你，须要紧记在心，不可忘了。（丑）公公分付，莫说三件，就是三十件，也不敢忘记。（副净）第一件，皇上此去，凡是出女色的地方，都要劝他走到，切不可教他回来。第二件，若还有人说我图谋不轨，你须要替我力辩。第三件，许进父子十分倔强，我若有疏来参他，你须要劝皇上重处。（丑）这三件事都合着朱彬的愚意，领命就是。

〔四边静〕我两人千里心相向，彼此互依仗。有我在君前，谁人敢来谤？那许进父子呵，任他倔强，还他停当。此辈不消除，我辈难安放。

（丑）朱彬也有一事相恳。（副净）甚么事？（丑）若是皇上有诏回来，禅位与公公的时节，念朱彬是旧日的犬马，还要留一个地步，待我好同来服事公公。（副净）只怕没有那一日，若有那一日，咱家又没有儿子，竟立你做东宫就是了。（丑）谢恩。

〔前腔〕（副净）桑榆暮景全依傍，劝伊把心放。但愿他南狩不回来，苍梧把身葬。那时节呵，我龙床肯让，愿为太上。好歹不相亏，都在我身上。

从来皇帝轮流做，谁该站立谁该坐？
况且龙床又空闲，借来坐坐何为过？

第六出　微行

（生引内侍上）从来国色出寒门，天子何妨屈至尊。常笑吴王非好色，不曾亲到苎萝村。寡人为着廉访美人一事，今日就要微服私行。本该宣许进入宫，面嘱一番才是。怎奈他父子两个，都是骨鲠之臣，若知道寡人出去，一定要苦谏遮留，反使寡人脱身不得。已曾写下一封密诏带在身旁，沿途寄转来，嘱托他便了。刘瑾、朱彬那里？（副净、丑上）贤郎欲作承桃主，阿父先为顾命臣。万岁，有何分付？（生对副净介）寡人出去之后，不论文武官员要朝见的，只说御体欠安，在宫中静养，切不可说出"私行"两个字。只有许进父子，不妨对他直讲。（副净跪介）臣启陛下：许进父子同掌国权，兄弟尽居显职，只怕他羽翼众多，人心叵测，还是不说的好。（生）寡人见的不差，不消多嘴。还有一件，内宫之事虽是你执掌，那外朝之事，自有许进主持，不许你去搀越。取民间的衣帽过来。（换毡笠、常服介）朱彬，你也换了衣服。（丑换衣帽介）（生）朱彬，你从今以后，言语之间须要谨慎，切不可再称寡人"万岁"，自己也不得称臣。（丑）晓得。（生）寡人出宫去也。（众跪介）奴辈们候送。（生）不消。（众应下）（生、丑行介）

［北新水令］（生）青衫覆却赭黄袍，将一顶鹘皮冠把龙头轻罩。学一个逼仙离绛阙，怕的是追使下青霄，假掩几日儿尘世逍遥，再来受蓬壶约。

（丑随下）（外、末、小旦冠带、执笏、持本，上）为国除奸不避殃，全家姓字入弹章。已拚血溅朱云槛，博取忠名万载香。（外）下官许进，率两儿许谬、许诰，修下表章，痛劾朱、刘二贼。来此已是丹墀，一同跪奏便了。（跪介）（内）圣上御体欠安，在宫中静养。各官文表，俱候临朝之日批宣。（外）臣许进父子，有紧要事奏闻。（副净上）才离头上刺，又遇眼中钉。许相公，请起讲话。（外、众起介）有甚话讲？（副净）不瞒老相公说，圣上出去私行了。教咱家不可对别人讲，单与贤乔梓说知。（外、众大惊介）怎么有这等事？哦，都是你们的奸计，打发圣上出去，想是要图谋不轨么？（副净）这话从那里说起？圣上自己要去，与我何干。（外）奸贼，你不要强嘴，圣上此番出去，若好好回銮便罢，倘有一毫风

吹草动，教你认得我许进父子！（举笏欲击介）（副净避下）（末）爹爹，与他争闹也无益，料想圣驾也还不远，赶上前去攀留便了。（外）说得有理，就此同行。（行介）

[南步步娇]父子捐躯全忠孝，敢误君年少。全瓯虑动摇，这虎尾龙鳞，怎辞批蹈。便是赶得圣驾回銮呵，这臣罪已难逃，柙中虎兕随人导。

（同下）[北折桂令]（生、丑下）脱离了凤锁龙年，却早的万乘身轻，似一叶风飘。（丑）走不动了，雇两个牲口骑了去罢。（生）一任那驰骏周王，乘牛老子，怎似这飞乌王乔。（丑）脚疼得紧，歇一歇了再走。（生）怎么，我坐龙车凤辇的人，倒不吃力，你反这等作起娇来？（丑）万岁，你做帝王的人，一行一动，都有神鬼扶助，所以不觉得辛苦。臣等下贱之人，那里挣扎得来。（生）您道俺圣天子自有神灵相保，难道你这小郎官就没个星宿同僚？也罢，就雇牲口骑了去。（丑向内介）掌鞭的，有好马备两匹来。（净执鞭上）前生欠下路途债，今世受了板凳戒。脚上茧皮层复层，剥来当做牛皮卖。有两匹好马在此，二位爷要骑到那里去？（生）不要管，任我们骑着走，骑得多少路，还你多少路的银子就是。（净）这等，请上马。（生、丑各上马介）（丑）万岁，你是不曾骑惯牲口的，须要缓缓的走。（生）您道俺髀肉生娇，不惯乘雕。试觑俺策长鞭逐电追风，那怕他奋轻蹄泛驾奔霄。

（加鞭急下）（丑作加鞭、坠马，净扶起介）（丑向内连叫介）万岁，等一等。（净）怎么，他又不是个皇帝，为何叫起万岁来？（丑）不是。他姓万名遂，我所以叫他万遂。（净）原来如此。这等，他取名的时节，想是取个万事顺遂的意思了。（丑）正是。说不得还要加上一鞭，赶将上去。

（加鞭同下）

[南江儿水]（外、众上）性急追难上，心慌路转遥。为甚的龙潜不见金鳞耀，凤栖不听群鸦噪，麟踪不许凡蹄蹈？空教我这忧国臣心似捣。倘若得御驾回銮，只当把尧天重造。

（同下）

[北雁儿落带得胜令]（生驰马上）却便似御天风下碧霄，又好似破巨浪凌穷壑。（丑内喊介）万岁！等一等。（生顿足介）试听那莽呼嵩的不住声，教俺这愁偾事的频春脚。（丑赶上）万岁，你这样会跑马，把臣赶得上气不接下气。你看，连那掌鞭的人，都丢下去几里路了。（生怒介）有你这等没窍的人。我教你言语之

间须要谨慎，只管万岁、万岁，被那掌鞭的识破了，却怎么处？（丑）被我掩饰得好，他还不曾识破。（生）怎么样掩饰？（丑）他说又不是个皇帝，为甚么叫起万岁来？我说他姓万名遂，故此把名字唤他。他就接口道："想是他要万事顺遂，故此取这个名字么？"我道"正是"。这个掩饰之法，岂不来得自然？（生喜介）好彩头，好彩头！我此番为寻美人而来，若能遂得此心，真万幸也。这的是天机随口不推敲，只当在神庙上讨个鸳鸯筶。怎能勾六宫妒杀无双貌，那便是万载欢娱第一宵。以后对人说话，就用这个姓名便了。前面看见的是甚么地方？（丑）那是居庸关了。（生）心焦，俺怕那望紫气的相盘驳；你教他休嘈，说我这驾青牛的厌絮叨。

（同下）

[南侥侥令]（外、众上）盼日初疑近，瞻天又转高。马蹄踏尽斜阳道，空教我望前车错唤招。

（同下）（净扮巡捕官，引众上）毕剥毕剥，失志落拓。问我何官，抱关击柝。自家居庸关上一个巡捕官的便是。这里是京师的要路，怕有奸细往来，只得在此盘诘。（生、丑上）好个居庸关！重重设险，处处加防，不枉是京师的门户。（欲过，净阻介）你这个汉子，官又不像个官，民又不像个民，相貌古古怪怪，甚是可疑，后面跟了一个贼头贼脑的人，毕竟是个奸细。你是那里人，到那里去，做甚么勾当？从直招来。（生背介）

[北收江南] 呀，便是俺为君的有些儿不正呵，怎教俺御口亲招？我想许进父子若来追赶，少不得从此经过，不免对他说出真情，一来省得他阻驾，二来教他拦住朝臣不许出关，三来又好把密诏教他传递。朱彬过来，你对他直说，我是当今皇帝，休得胡言。（丑）那官儿走过来，对你讲话。你说那边立的是那一个？就是当今正德皇帝。你还不知死活，在这里放肆么？（净背介）且住。昨夜梦见一条金龙，从我头上飞过。看他的相貌，也不像个凡人。总则我这副膝头是跪得惯的，就舍他一跪。（跪介）臣该万死！（生）寡人为访民间利弊，偶然微服私行。稽查奸细，是你的本等，寡人并不怪你。如今就升你做兵部主事，再加一道敕：把守居庸关，不许朝臣出来。如有抗违者，许你上本参劾，以违旨论。（净）万岁！（生）还有一封密诏交付与你，

等许进父子到此，与他开看。（付诏）（净谢介）万岁！（生）漫言阻驾罪难逃，反因细柳识功高。把纶音付交，把朝臣阻着，这北门锁钥付伊操！

（同丑下）（净送毕，大笑介）你说有这样的造化，一个巡捕官就做了兵部主事，一连升了七八十级。可喜，可喜！趁这个有利市的时辰，走马上任。（做坐堂介）（众贺喜介）（外、众上）来此已是居庸关了。圣驾过去，关吏毕竟知道，问他便了。叫关吏过来。（净上，作揖介）（外）咦！你是多大的官儿，敢与宰相作揖？（净）我这官儿也不十分渺小，新升的兵部，加敕的主事。（外）是几时升的？（净）是方才圣驾经过，御口亲除的。（外）这等，圣驾过去了，我们作速赶去。（净）且慢些，加敕的原故就是为此。朝臣无论大小，不许擅自出关，违者以抗旨论。列位若不请回，下官就要草疏奉参了。（外、众冷笑介）（净）请说列位的姓名，待我好草疏。（外）我是当朝许相国。（净）这等，有一封密诏在此，请开了细看。下官不得奉陪，封了关门要回去了。（付诏，引众下）（外拆看介）哦，原来圣上怕我们阻驾，预先草此诏书，教我父子力保山河，以待他回銮的意思。（小生）圣旨不容出关，我们不能飞度，况且朝中无人，恐生内变。不如且去保守朝廷，再商议迎驾便了。（外）也说得是。

[南园林好]圣上呵，你要我做保关中的人儿姓萧，怕没个代微臣的人儿姓曹。我就把千金担甘心任了，奋全力、敢辞劳，奋全力、敢辞劳。

（同下）（生、丑上）如今走出居庸关，料想没人阻驾了，宽着肚皮慢慢的走。（丑指介）万岁！你看那墙里打秋千的妇人，楼上倚栏杆的女子，尽有几个看得的。

[北沽美酒带太平令]（生）他那里打秋千卖弄娇，倚栏杆待客瞧。只道俺是措大风流眼不高，见娉婷兴便豪。怎知俺是鼓楼边的听更麻雀，选蛾眉眼睛忒恶，定花评批词太虐。俺呵，空落得情饶兴饶，怕从来夸大嘴的人儿收场甚小。

天色晚了，寻个饭店歇了罢。（丑）店上有人么？（老旦上）柳下时时停驷马，门前日日驻高车。二位客官请进。（生、丑进介）（丑）我们肚中饥了，快取酒饭来吃。（老旦取到，生上坐，丑旁坐介）（生）老婆子，我且问你，你们这边不论良家、妓家，可有绝色的女子么？（老旦）女子最多，绝色的也少，只有个周二娘的女儿，叫做刘倩倩，生得如花似玉，标致异常。只是一件，今年十六岁了，再不许人梳栊，不知甚么原故。（生对丑介）记了名字，明日就去访他。

[北清江引]今宵试把寒衾抱，预揣如花貌。腰肢几许宽，眉黛如何扫？美人，美人！且看与我这幻设的人儿还是谁个好？

第七出　篾哄

[普贤歌]（净巾服上）嘴尖唇薄气虚嚣，呵尽人间大卵脬（音：抛）。象棋下不高，围棋乖讨饶，自称国手寻人教。

小子是太原城中一个土产的清客，叫做马不进的便是。只因会下几着低棋，惯在富贵人家走动。又有一个结拜的兄弟，叫做牛何之。他又会唱几套时曲，在那些妓妇人家往来。我们两个技艺虽然不同，帮闲串做一路。譬如，那里到了个新女客，那里出了个私窠子，他少不得来通知我，我就领些大老官去嫖。有酒同吃，有利均分，他少不得我，我也少不得他。怎奈那些钻心的恶少，就起我们两个混名，把我叫做篾青，把他叫做篾黄，见得分拆不开，相为表里的意思。（笑介）分开是两片，合来是一根。虽然太刻毒，却也是公评。这也不在话下。近日太原城中，有个不曾破瓜的妓女，叫做刘倩倩，生得娇艳异常。琴棋书画，吹弹歌舞，不但件件俱通，还都是绝顶的技艺。前日领了几个大老官去撞撞寡门，谁想都害起相思病来，终日央我说合，要去梳栊他。我前日教老牛去撺掇，还不见回音，不免到他家去问个消息。（行介）只因马不进，去访牛何之。得他心肯日，是我运通时。牛兄弟在家么？

[前腔]（副净衣帽上）驴鸣曲子火筒箫，骗尽娼门徒弟教。东家也见招，西家也见邀，门前不住的乌龟叫。

（净）呸，难道我也是乌龟不成？（副净）我道其常，你逢其变。莫怪，莫怪。（净）前日教你去问刘家的事，怎么不见回音？（副净）自古道，做事图成。毕竟有些成意，才好回复。他那里口缝不开，教我怎么样回你？（净）他少不得有接客的日子，难道封了裤裆过世不成？（副净）今日闲暇无事，和你同去讨个下落何如？（净）我也正有此意。（同行介）女子惯妆乔，明知是卖娇。若还人不理，包你也难熬。周二娘在家么？

[风入松]（老旦上）匆匆谁个把门敲，想底事又来缠扰？原来是二位，请进。（净）二娘，我方才立在门外，看见你家那条门槛，甚不坚固，还该用些铁皮裹一

襄才好。（老旦）怎么说，（净）你养出这样好女儿来，难道接客的时节，门槛不被人踏穿？（老旦笑介）多谢马官人褒奖。（净）我选几个顶尖的大老官，要替你令爱作伐。前日教何之来说，你为甚么不允？（老旦）多谢二位的盛情。只是小女年纪还小，再迟一年半载，见教未迟。娇痴未识绸缪好，怕唐突武陵年少。（净）二娘，你那客气的话不要在我们面前讲，门户人家的女儿，到十四岁上就该破瓜了。你如今等到十六岁，还说甚么年纪小？总是轻薄我们不会做媒，要总承别个的意思。不是我马篾青夸嘴说，如今的帮客，有我们在此，料想别人也不敢来搀越。你还是要聘礼多，还是要主顾好？也要出个题目，等我们好做文章。只管闭着口，把哑谜与人猜，那个猜得着？（老旦）不是老身不说，说来恐怕招怪。（净）一物不成，两物现在，有甚么怪招得？（老旦）这等待老身直讲。小女不肯轻易失身，是要拣个中意的才郎，梳栊之后，就要从良的意思。降不伏他心高志高，因此上拚寥落任虚乔。（副净）原来如此。这等我们两个包他从良就是了。（老旦摇手介）前日所说的人，他都不中意。（净）若论家事，第一是盐商吴朝奉好了。

　　［前腔］（老旦）小女道：淡眉淡脸淡樱桃，怎做得盐商的妻小？（净）这等说起来，是嫌他富而不贵了。若要嫁做官的，莫过于锦衣卫刘老爷好了。（老旦）小女说：当初悔不投胎早，没福见刘郎年少。（净）这等说，又是嫌他老了。若要少年的，那巴翰林的公子才十八岁，情性又风流，相貌又标致，难道还有甚么嫌他？（老旦）也曾对小女讲过。他道容貌性情，虽然看得过，只是骨不胜肉，神不副形，恐怕将来的福分少些。文与福还须并高，怕的是琉璃运不坚牢！

　　（净、副净笑介）这等说，除非寻个皇帝来，才得他中意。毕竟是他心上有人，故意把这些话来难我。老实说，这个牵头要让我们做的，若是别人来做媒，我们实要和他拚命。（丑上）奉旨驱嫖客，钦差看粉头。有人违我令，枭首挂青楼。下官朱彬是也。圣上要访刘倩倩，恐怕他家闲人众多，不当稳便，特着我来打探。一路问来，此间已是，不免闯将进去。周二娘在么？（老旦）老身在。（丑见介）久慕，久慕。此二位是何人？（老旦）一位姓牛，一位姓马。官人尊姓？（丑）小子姓朱。（老旦）请坐。（净扯副净背介）想是来做媒的了，不要让他，竟坐上去。（上坐介）（丑）二位逊也不逊，居然上坐，也忒煞自尊了。（净、副净）你姓猪，我们姓牛、姓马，牛马大似猪，该是我们坐。（丑）我且问你，当今皇帝姓甚么？（净、副净）姓朱。（丑）又来，皇帝的姓倒不大，你们这些畜类倒大起来？（净）好骂，好骂。我看你这个模样，想来也是个篾片么？（丑）正是。你要怎么样？（副净）

你去问一问了来，我们是太原城里有名的帮闲头目，一个叫做篾青，一个叫做篾黄。凭你甚么女客，都是要我们做牵头，没人敢来搀越的。（丑）你们也去问一问，区区是帮客里面的都总管，随你那一处的篾片，都是管得着的。你若不信，待我把官衔念来，只怕你们要吓死。（净）怎么，篾片都有官衔？这等，你且念一念看。（丑）钦差巡视两京各院等处地方、督理嫖务兼管天下帮闲都篾片朱。（净、副净大笑介）（副净）从来不曾听见这个官衔。我且问你，出在那一本《缙绅》上？（净）不知是那里来的蛮子，要做篾片，也不来投见篾王，就想做篾行里面的生意。兄弟，打这狗攘的！（共揪丑，乱打介）（老旦劝介）二位住手，不要打出人命来。（净、副净放介）

［急三枪］一任你，是会使势的都篾片，只怕你，那篾纱帽，没有铁皮包。

（丑）反了，反了！朝廷的命官都是打得的？我明日奏过圣上，把你这篾青、篾黄，根根都抽做篾丝，方才饶你。

［前腔］管教你，认得我这都篾片。（对老旦介）妈妈，好看守，他的蔑家属，莫轻逃。

（副净）我们快去齐行，若还本处的生意，把外路人夺了去，我也不姓牛！（净）我也不姓马。三十六行，行行相妒。（副净）夺人钱财，截人生路。（同下）（丑）好打，好打。原来贵处的篾片竟是竹鞭做的，这等来得结实。（老旦）请问官人，到此有何见谕？（丑）有个姓万的舍亲，要来拜访令爱，先着我通知一声。（老旦）这等极好。只是一件，小女尚未成人，少刻奉陪令亲，只好白日清谈，夜间不敢留宿。（丑）知道令爱的意思，他要相中了人，然后相与。我特地送舍亲来相，若相得中意，就留住成亲，相不中意，一茶而别就是了。（老旦）也说得是。

（老旦）恶龙不敌地头蛇，古语从来道不差。

（丑）吐气扬眉须有日，管教欢笑变成嗟。

第八出　缔盟

〔女临江〕〔女冠子头〕（生上）旅舍孤灯频结蕊，如荳蔻蕴芳菲。〔临江仙尾〕细看知是兆蛾眉，今宵花欲吐，昨夜露先机。

寡人微行到此，闻得刘倩倩有绝世的姿容，又要择人而与，或者有些缘法，也未可知。已曾着朱彬去打探，为甚么还不见回来？（丑散发、持帽上）要激雷霆怒，先装鬼魅形。（进见，跪介）朱彬见驾。（生惊介）呀，你为何妆这副嘴脸回来复命？（丑）复命，复命，拳头一顿。（生）甚么缘故？（丑）只因陛下失威，以致微臣倒运。奉旨去到青楼，侦探他家行径。未见红粉娇娃，先遇青皮光棍。怪我去做牵头，侵夺他们权柄。先将四马相加，后把才丁来钉。巴掌阔而又长，拳头坚而且硬。浑身没有完肤，只得舌头侥幸。若非鸨母缨冠，几乎不能面圣。遍身都是致命重伤，嘴上现有梅花血印。他还问我：威的是那个之风，帮者是何人之衬？临行再奉几拳，烦我带回相赠。（生）胡说，毕竟是你去生事，才惹出祸来？不然他为甚么打你？记了名字，待查明白了处他。（丑起介）（生）我且问你，刘家的事，怎么样说了？（丑）已曾对妈儿讲过，他不留别客，专候驾临。（生）这等就去。（行介）

〔懒画眉〕接得佳音步忙移，转过纷纷桃李蹊，伊家门户向东西？（丑指介）那朝北的门儿，就是他家。（生）我和你面南面北遥相对，莫不是千里姻缘缩地随。

（丑）来此已是。周二娘在家么？（老旦上）眼前才得静，耳畔又闻呼。呀，相公到了，请进。（生进介）小生因慕令爱芳名，特来相访，可好请出来一见？（老旦）当得奉陪，女儿快来。

〔前腔〕（旦上）才听人呼又攒眉，所见虽多所愿违。（见生睒视，作惊退介）呀，何曾经见这容仪，教人欲进还惊退，比着那梦里襄王更有威。

（见介）（生）猥琐凡夫，岂幸得逢仙子。（旦）风尘贱地，何缘忽驻高轩？（老旦）我儿，你陪相公坐了，我去料理茶来。（对丑介）朱官人，后轩请坐，也叫侍儿奉陪。座右虽无地，斋旁别有天。（丑）鱼虾应避舍，让窟待龙眠。（同下）

（生背介）真是天姿国色，六宫里面，那有这一位佳人？不枉了此番跋涉也。（旦）请问郎君高姓大名，仙乡何处？（生）小生姓万，名遂，燕京人也。（旦）看郎君这种仪表，决不是个未遇之人。请问现居何职，荣任那里？（生）小生一介寒儒，未曾出仕，小娘子错看了人也。

[香遍满] 几曾见身名荣贵，出门不将驷马随？怪不得小娘子认错了人。你终日与贵客往来，并没有贫贱之人见面，故此把白屋寒儒，都认做青云贵客了。多应是皂盖填门多显辈，因此上错认了，风尘一布衣。闻得小娘子要留心择婿，若是这等看起来，只怕还有差谬处。似这等双睛五色迷，还愁多漏遗。我劝你流盼处须凝睇。

（旦）奴家年齿虽幼，眼力颇高。见过多少公卿，那有郎君这种气概。若非眼前之将相，定是异日之公侯，奴家正要剖腹推心，千万不要藏头露尾。

[梧桐树] 风尘虽贱微，易得亲高位。少甚么眼底繁华，怕日后生憔悴。因此上历尽偃蹇需良配，到如今一见伊家，不禁心儿醉。你虽要故意遮瞒，这骨相难藏闭，我不是误淮阴谬许非常贵。

（生背介）这女子不但容貌可人，又有一双识英雄的俊眼。我倒被他盘问不过。也罢，随口造个官衔出来，且掩过一时，再做道理。（转介）蒙小娘子再三穷究，只得要吐真情了。下官稍知武略，颇有边功，现拜威武大将军之职。（旦）枳棘非鸾凤所栖。就是这个尊衔，也只好借为途径，将来的富贵还不止于此。请问有几位夫人？（生）虽有几个婢妾，只好备衾裯之选，不可寄蘋蘩之托。目下正想要择婚。（旦）这等，奴家不揣微贱，愿托终身，不知郎君以为可否？（生）得与芳卿偕老，实出万幸。只怕官卑职小，家道贫寒，无金屋以贮佳人，使小娘子有失所之叹耳！

[眉批] **一样谦词，用之此间，殊觉趣绝。**

[浣溪沙] 武职微，不似文官贵。怕荷戈去戍妇生悲，那时节悔教夫婿封侯觅。（旦）无白头之叹足矣，贫穷孤另，何足虑哉！得失荣枯总唱随，但愿你心不弃，我自愿眠孤枕睡孤衾，坐待你荫子封妻。

（生）既蒙小娘子不弃，今晚先订百年之约，待下官返舍之后，就遣车马来相迎，不知尊意若何？

（旦）正该如此。只是一件，奴家一言相订，生死不渝，只怕男子汉的心肠，不能勾坚如铁石，须是对天盟誓，才好付托终身。（生）下官正要如此。（同拜介）（生）皇天后土，共鉴微忱。万遂与刘倩倩订百岁之盟，倘有负心，天诛地殛。

（旦）刘倩倩若有二心，也如前誓。

　　［东瓯令］（合）情相贴，意相隈，誓海盟山永不移。相看不是虚乔辈，两下里，心同醉。不枉了几年各自守空帏，今日共舒眉。

　　（生向内介）叫朱彬，把我随身的礼物，快取出来。（内应介）（丑持礼物上）宫里几般轻物事，民间一分大人家。礼物取到。（生对旦介）请令堂出来讲话。（旦）母亲快来。（老旦上）试听今日呼人语，不是寻常厌客声。（旦背对老旦介）母亲，此人姿容俊伟，器宇轩昂，毕竟是个大富大贵之人。孩儿与他已订过百年之约，我和你终身都有靠了。（老旦）如此，甚好。（生）妈妈，多蒙令爱垂青，已把终身相许。下官具有些须聘礼，求妈妈笑纳。（丑交礼介）黄金百两，锦币十端，宝钗一对，明珠二十颗，请收明白。（老旦）呀，就赐这许多聘礼。（生）愧不成仪，再容后报。（老旦）也罢。权收在此，小女于归之日，依旧带到府上来。只是一件，小女既嫁了官人，老身没有别的倚靠，也要随到府上过活的。（丑）莫说你一位，就带上千把人来，也还供膳得起。（老旦）既然如此，待老身去办洞房花烛，就是今晚成亲便了。（丑背问介）我与盛婢怎么样？

（老旦）也是今晚成亲。只是一件，房户不大齐整，休得见怪。洞房开破户，花烛起残烟。（丑）那也不妨。既伴锅边秀，难辞灶下眠。（同下）（生）小娘子与下官订过，自然金石不移。只是一件，从来做鸨母的人，不论情义厚薄，只论钱财多寡。倘若下官去后，又有挥金如土的来，万一令堂要改易前盟，如何是好？

　　［眉批］随口吐出，莫非至言。

　　［刘泼帽］财多能把盟山徙，管甚么言出口，驷马难追。青楼岳母招佳婿，原不喜才貌相宜，只要那才字上加些贝。

　　［眉批］逼真元人，未许时流学步。

　　（旦）家母虽在青楼，也还有些义气，与寻常鸨母不同，郎君不消多虑。

　　［秋夜月］休浪疑，非是无情辈。只要我匪石存心，他怎把盟言背。（生）这等说起来，"财利"二字，是不能摇动的了。只怕有大富大贵之人，把势力来相逼，到那时节，不怕你不依。

（旦）有人倚势来相逼，我拚个珠沉与玉碎，便是帝王何足畏。

[眉批] **无心棒喝，使听者汗下通身。**

（生笑介）这一句话就不敢轻信了，难道当今皇帝来要你，你也敢与他相抗不成？（旦）古语道得好：三军可以夺帅，匹夫不可夺志。做妇人家的若拚不得一死，就是个卖菜佣相逼，他也只得依从。若肯把性命结识他，莫说寻常的势力，就有圣旨在前，军令在后，他其奈我何？万郎，万郎！你毕竟是做官的人，把势位看得太重，未免轻觑了奴家也。

[眉批] **贞语出自性灵，能使至尊失恃，畅矣哉！**

[金莲子] 莫相欺，须念我身贱志不卑。我从今、只晓得将军贵，把皇王认做布衣。一身皆我胆，八面仗君威。

[眉批] **此 [金莲子] 古格，照《拜月记》填词。今之演《万年欢》者，皆改窜本词，以从时调，失其正矣。**

（生）这等讲来，倒是下官得罪了。如今夜静更阑，请睡了罢。

[尾声] 听高谈，生厚愧，把如天势力扫成灰。（背介）亏得我是微服私行不仗威。

（旦堪羡佳人志不群，帝王不重重将军。捉刀自具真英武，何必垂旒便是君。

第九出　弄兵

〔步蟾宫〕（净扮藩王，末扮中军，引众上）雄风凛凛威名大，肯抑郁久居人下？看弹丸、一粒小邦家，指日变为天下。

同是天潢一派分，阿谁臣子阿谁君？当年误作婴儿戏，追裂桐封旧券文。孤家大明宗室朱宸濠是也。分封江右，国号宁藩。喜读兵书，颇怀壮志。我想同是高皇帝子孙，为甚么人为世主，我作藩臣？况且今上年纪幼小，佞人在侧，阉寺专权，少不得这座江山，不送与没卵的太监，定送与呵卵的小人。难道我这金枝玉叶的子孙，反承受不得？只是一件，要图大事，全仗兵威。做藩王的人，无故不好招兵敛饷。前日上个小疏，请复护卫之兵。谁料皇上重待本宗，不道孤家心怀异志，竟公然许了。我如今招兵敛饷，还怕有甚么嫌疑？已曾募有铁骑三千，精兵二万，又造下艨艟千艘，水卒万人。不久就要选日兴师，水陆并进，这一座锦绣江山，唾手而得，不待言矣。今日是端阳佳节，借龙舟竞渡为名，孤家亲赴江干，操演战法。中军那里？（末应介）（净）人马舟舰都齐备了么？（末）齐备多时了。（净）就此起驾前行。

〔驻环着〕（合）耀千军万马，耀千军万马，兵力堪夸。劲旅当先，谋臣随驾，卫士两行辅夹。宝盖笼头，不怕子房椎，自天而下。尽作恶民情畏法，尽跋扈君恩宽大。锣轻打，鼓慢挝，要按辔徐行，使军容如画。

（末）已到江干了，请千岁登坛。（净登高介）禀问千岁：还是先习水战，先习陆战？（净）水战在先，陆战在后。（末传令介）（内鸣金、擂鼓介）（生、小生执两样旗帜，各领众乘龙舟上，斗介）（小生领众作跳下水介）（生）他们斗不过，跳下水了。兵士们，快赶上去。（共下）（净惊介）呀，那些人掉下水了。分付兵士不要赶，快救他起来。（末）禀千岁：那些人叫做水鬼，故意跳下水去，要显本事的。不消救得，他自会起来。（小生领众上）兵士们，快随我来，跳上他的船只，就夺了兵器杀他。（众应介）（生领众上，小生领众作跳船、夺器杀介）（生）杀他不过，权且下水。（同作跳水介）（下）（小生）他们又下水了。就坐了他的船只，赶上去拿他。（同赶下，净大笑介）妙，妙，妙。以客胜主，以敌制敌，此席卷天下之兆也。快哉，快哉。

[前腔] 演昆明战法，演昆明战法，遡水穷涯。忽地把岸上貔貅，变做了水中蛟獭，不问鱼龙真假。一味鲸吞，搅得海风腥，江天低压。投鞭处断流成坝。（内众齐声喝彩介）好龙舟，好龙舟。从来不曾有这个斗法，竟像认真相杀的一般，好怕人也。（净）齐喝彩军威堪怕。叫中军，分付那些看龙舟的，不许喧哗，违令者照军法处斩。（末传令介）（净）嫌嘈杂，戒浪哗；听将令初传，万声齐哑。

如今该是陆战了，为甚么还不上阵？（末）队伍俱已摆齐，只等交战了。（外、副净各领众上，对阵介）（副净）平地上交兵，不显手段，和你到高山上去打一个好仗了下来。（齐下）（净）这两队兵士，一齐上山，少不得有个高下。且看高处的胜，低处的胜？起先的彩头是极妙的了，如今再取一个吉兆，以便兴师。（副净领众先上）此处最高，就把营盘扎下。（外领众上）呀，高处被他占去了，众兵士们奋勇争先，一齐杀上去。（作对阵介）（副净领众贩下）（外）他们走了，快些追赶下山。（齐赶上）（净大笑介）更妙，更妙！以卑胜高，以下制上，正合着孤家所谋，事成必矣。

[前腔] 喜高能避下，喜高能避下，不用擒拿。暗合兵机，胜如占卦。管取今番戏耍，不费几多时，变成真话。叫中军传令，趁此得胜之际，正好收兵，不须再战了。（末传令，内齐呼"得令"介）（净）炮响处一声"忽喇"，旗动处万军齐发。蜂排阵，蚁散衙，较此际军容，难分多寡。

分付众军士，摆齐队伍，扈驾回宫。（众上，列队同行介）

[前腔] （合）唱铙歌返驾，唱铙歌返驾，权当个奏凯回家。他日班师，威风尤大。军士挪空战马，拂拭雕鞍，尽载六宫人，与那民间二八。一队队娇容如画，一个个新婚如嫁。身为树，面作花，看罗绮千行，列成屏架。

屈原今日投江死，我向潢池盗弄兵。

同一宗臣心事别，此求实事彼求名。

[眉批] 绝艳之词，又肖花面口吻，所以为佳。

[眉批] 名固不喜，究竟实事何如？

第十出　讲武

〔鹊桥仙〕（小生冠带，引众，末扮中军随上）弭奸无策，养痈贻悔，忧国丹心如坠。一方有事万邦危，患不止东南半壁。

庸儒个个说修身，大事临头辨始真。若使力行无实效，从前讲学尽欺人。下官王守仁是也。自蒙圣恩，特简授以副都御史之职，巡抚江西等处地方。自从到任以来，且喜刑清政肃，吏辑民安，官舍清闲，可称卧理。只有两件事情放心不下，闻得下官出京之后，皇上即为奸人所惑，早已微服私行，至今未曾旋驾。还亏得许季升父子，在朝中竭力弥缝，还不致有非常之变，这也罢了。宁王宸濠，久怀异志，终日招兵敛饷，非谋不轨而何？此下官肘腋之患，即国家心腹之忧也。故此到任以来，日以讲武练兵为事。又曾差有细作，不时打探军情，所以宁王一举一动，无不周知。他有作乱之才，下官也有定乱之略，若使朱宸濠得遂奸谋，今日的朝廷要俺王守仁何用，已曾传谕各营将领，今日披挂过堂，趁这平安无事的时节，把兵机将略与他们讲习一番，好待临期运用。正是：报国只凭三尺剑，立身不愧数行书。（内鼓吹，众吆喝开门介）（外、净、副净、丑扮四将上）

〔眉批〕惟阳明先生可以讲学，以其未尝藏拙故也。四句道尽一生，可称二百年知己。

〔眉批〕其自命如此。

〔前腔〕（外）承平之日，梦郊生垒。（净）定有幺麽作祟。（副净）安排头戴战时盔，（丑）让我做冲锋前队。

（末）众将不消打躬，都立在东廊下听点。（众应介）（末高声唱名介）前营总兵黄金印。（外过堂介）有。（末）右营总兵马腾霄。（净过堂介）有。（末）水营副将云台选。（副净过堂介）有。（末）陆营副将强有力。（丑过堂介）有。（末）各领标下参、游等官，分列两旁，听老爷指授兵法。（众应介）

〔北粉蝶儿〕（小生）要识兵机，先提出本来忠义；若不辨正是邪非，一任你授天书，赐宝剑，都做了杀身的凶器。明白了这点毫厘，才许你看兵书同商机密。

［眉批］宸濠弄兵，阳明讲武，二折相邻，同是一般情事，写得忠者是忠，逆者是逆，无片语只字相犹，岂非惊才绝学？不于此等处着眼，而仅羡关目词章，可谓不知笠翁者矣！

（众）请问老爷，从古来的兵机将略，载在书本上的，将官们都曾看过，就有不识字的，也曾听人讲过。闻得古人还有未泄之秘，不可言传，此令后人以意会者。将官们资性愚蒙，不能解悟，求老爷指示一番。（小生）问得好，若不是深心学武、刻意立功的人，如何问得出这句话来。

［醉东风］你既将糟粕视兵书，决不把戏场观战垒。要在俺智囊底下探精微，顿教人愧！愧，怕的是至理难言，欲浅弥深，求明翻晦。

大将行兵，好似明医用药。医者意也，不但要在自己心上造出方来，还要在病人身上生出药来，即以其人之药，反治其人之病，方才叫做以意为医。行兵之要，大率类此，不能以敌制敌，而但恃己力胜人者，取败之道也。

［脱布衫］浪加兵惯失便宜，善攻瑕始算稀奇。拾疮瘤反把病人医，才算做岐黄高弟。

（众）老爷教谕之言，将官们知道了。总是说行兵莫善于相机，相机莫先于观衅。只是一件，敌之伺衅于我，犹我之伺衅于敌。他有可攻之隙，我也未必不有可击之瑕。怎能勾事事精详，立于不败之地？（小生）这就要论邪正之分了。从古以来，所谓师出有名，要使义声先路者，就是为此。

［小梁州］阵势坚牢不怕窥，子为着义作藩篱。不知邪正视尊卑。但是居尊位，不怕少军威。

［眉批］此时宸濠逆势已成，乱形未著。虽饬诸将预防，又不便明言其事，但于讲武之中字字影射，发人忠义之心，杜人反侧之念。此从来院本中第一篇细密文字，读是剧者不可不鉴其苦心。

（众）老爷这番议论，是千古不易的至理。只是一件，从来师出无名，以逆犯顺者，一般也有侥幸成功的，却是为何？（小生）那又要看主上失德不失德，朝廷内外有人没有人。即使主上失德，还不至如桀、纣之为君。只因内外有人夹辅，虽使乱臣突起，贼子丛生，其如千古不易之名义何？

［幺篇］"纲常"二字谁能废，便是倒乾纲也终凛天威。况有那提得起抹不煞的人心忠义，怎能勾，把帝业扫成灰！

如今主上冲龄嗣位，颇习畋游。朝廷内外，正人君子固多，奸佞之徒亦复不

少，焉知没有窥伺的奸雄？今日与众将官讨论及此，未必不是朝廷之福。从今以后，无事则已，万一有起事来，你们须要揭出忠肝，放开义胆，替朝廷立些功业，也不枉与本部院共事一番。（众打躬介）众将官闻命了。（小生）你且听我道来。

[快活三] 休得要倚着安忘了危，休得要恃着恩忘了威。休得把长城万里作边陲，俺则怕患在萧墙内。

[朝天子] 他那里犹未露机，俺这里早已见机。也曾把慧眼观其密，虽则是螳螂怒臂，灯蛾奋翼，也当个猛兽将来敌！一任他声东击西，藏头露尾，俺自有应八面的雄捍蔽。您若不信呵，则听着鼓声，盼着贼旗，试觑俺这木讷成刚毅。

人道俺王伯安只会讲道学，只会做文官，不是杀贼建功的材料。不知道学里面原有兵戎，文官分内亦具武事。从来道学之真假，文官之优劣，都要在性命相关的去处试验出来。他那里知道也呵！

[四边静] 人心渊邃，不试颠危，难评是非。自许俺一寸丹心，不逐时光昧。光而有威，惊怖得妖氛退。

（众）那窃窥神器的奸雄，老爷虽不便明说，将官们听到此处，也能默喻其人。只是一件，如今世上，只有老爷一位能以深心虑国，防祸乱于未发之先。其馀将相公卿，都恃得久安长治，

谁人知道预防？只恐怕千间大厦，非一木可以支撑，那时节呼应不灵，救援无策，如何是好？

[耍孩儿]（小生）狂澜一柱虽难砥，却不道令行如水。羽书无翼自能飞，遍中原岂少精骑？朱符宝篆遵行广，不比那《白雪》《阳春》和者稀。休惊畏，管教他一筹莫展，万念成灰。

朝班里面，只除了一二金壬，其馀都是忠臣义士，那一个大臣不会领兵杀贼？那一个兵士不会斩将擒王？你们休得要小觑了朝廷也！

[四煞] 粮充士不饥，刍多马正肥，忠臣报国愁无地，还则怕争功的壮士如云集，报捷的军书似鸟飞。倒惹得君劳瘁，埋怨着兵多贼少，不勾诛夷。

（众）闻得皇上私行在外。倘若旦暮有事，圣驾未得回銮，纵有羽书告急，里面靠谁人作主？

［三煞］（小生）难为你为国惊，代主疑。俺这杞人也不住忧天坠，还恃得扶颠别有同心友，比势堪称敌手棋。俺和他交相砺，用得着擎天只手，皱不了忧国双眉。

（众）这等说起来，就是当朝的许相国了。闻得他父子同朝，大为奸人所忌。只怕自己的身子还站立不牢，怎能勾代整乾纲，主持军国的大事？（小生）主上信任他父子，可谓推心置腹。若没有这几根擎天石柱，怎敢微服私行？你道如今的圣上，是个漫无主意的人么？

［二煞］他求明预作昏，能乖假弄痴，潜龙故把鱼虾试。忠奸对主原难辨，向背离君便得知。堪笑那愚蒙辈，空施反侧，无碍雍熙。

（众）将官们糜饷有年，尽忠无地，人人都有报国之心。今日得老爷这番劝谕，更觉得大义凛然。从此以后，各各枕戈带甲，秣马厉兵，静听老爷指挥，与朝廷建功立业便了。（小生）众将俱退。分付掩门。

［煞尾］嘉言涤肺肠，忠谋侵骨髓。预鼓起、人心锋锐，做一个众志成城防战垒。

第十一出　赠玉

[浪淘沙]（生上）忘却旅人忧，乡住温柔；几番欲别又还留。（旦上）怕听一声归去也，惹病生愁。

（生）美人，下官与你情投意合，不觉住了多时。只是一件，我和你既订同归之约，则此青楼片土，必非久住之乡。下官要别你回去，好遣车马来相迎，未知尊意若何？（旦）奴家也正要如此。只是一件，我和你绣枕初温，罗衾乍暖，你说得一个"去"字，便损我几许欢容，相思病不待去后才生，望夫山只在眼前便见，如何是好？

[眉批] **妙语令人三复。**

[小桃红]伤春几日便悲秋，展未了的眉还皱也。虽则是数日分离，也便隔几个三秋。好教我难送又难留。明知妇人愁是杞人忧，没来由徒消瘦也，怎奈丢不去这孽块心头。（生）美人何多情乃尔！（旦）休怪我太多情，只罪你忒风流。

[眉批] **字字镂心，言言刻骨，又都在人意想之中，但苦于说不出耳。能言人所欲言者，其惟笠翁乎！**

[下山虎]（生）劝你把黛痕展皱，泪点权收，且莫为春消瘦。似这等善病又善愁，好教我泪洒离先，魂留别后。我也不忍相离，要携你一同回去。只是下官新娶一房夫人，也要料理洞房花烛，多遣些车马相迎，才成个宦家体面。若是这等悄然回去呵，好一似寂寞归湖范蠡舟，要一个从人也没有；洞房春冷似秋，将一位正娶的夫人也，错认做野鸳奔投。试问娘行羞不羞？

（旦）相公的话说得有理。只是到家之后，就要遣人过来。待我唤母亲一齐奉送。母亲快来！（老旦上）忽闻呼阿母，想为送才郎。（见介）（旦）母亲，万郎要回去了，请你出来，一同送别。（老旦）我已知道了。备得有一杯薄酒在此，与官人饯行。（丑取酒上，老旦送介）官人，你今日起身，我娘儿两个，就从今日望起了。但愿早定佳期，不可耽迟好事。

[蛮牌令]当面易绸缪，愁的是去后把人丢。我曾行山下路，常为这后人忧。

（指旦介）须念这痴儿倚楼，（自指介）须念这老妇凝眸，（指生介）还愁你那看花辙，到处留。少甚么蔷薇芳刺，把袖扯衣兜。

（旦）奴家有玉搔头一支，系生身父母所遗之物，赠与郎君带去，须要仔细收藏。若遣使者相迎，就执此前来，以为信物便了。（拔簪付生，生插介）美人之贻，怎敢忽略？多谢了。朱彬快来。（副净扮妓，送丑至鬼门，作绸缪别介）（副净下）（丑上）东君易别堂前女，帮客难丢灶下人。（生）行李收拾了么？（丑）收拾了。（生）这等下官告别。（别介）

[尾声]（生）佳期在即权分手。（老旦）谨盼着于归时候。（旦扯生介）万郎，玉簪千万收好，你休似那故剑离身待访求。

酒少情非少，愁多话亦多。

暂离犹若此，久别更如何？

第十二出　拾愁

［西地锦］（末皓髯冠带，外扮院子随上）矍铄还同年少，难禁白发萧萧。止馀半子尚痴娇，暮景桑榆谁靠？

雄风勃勃鬓萧萧，功在边陲望在朝。夜望樏枪才进舍，敢将生计学渔樵。下官姓范名钦，官拜元戎之职。自幼从军，累平大乱。忠能格主，不蒙薏苡之谗。功每先人，曾最麒麟之选。只因主少国疑，太阿旁落，下官知有奸人在朝，大将岂能立功于外？故此请告家居，已经数载。目下只因宁藩扈跋，颇有异谋。宰相许公，绸缪未雨，特起下官为纬武将军，率领雄兵，防守川、湖等处。王事靡盬，怎敢辞劳！只是下官中年失偶，子嗣杳然，止生一女，及笄未嫁。如今从陆路上任，不便携家。且待到任之后，遣人从水路接他便了。今日是起马吉期，不免唤他出来，分付几句。叫院子，请小姐同乳娘出来。（外请介）

［前腔］（小旦上）拥镜自怜花貌，怪春愁渐上眉梢。（副净上）为伊终日盼桃夭，只恐于归难靠。

（见介）（末）我儿，今日爹爹从陆路上任，不好带你同行。你且在家暂住几时，我到任之后，就差人接你。只是你在家中，须要谨守闺范，勤做女工，不可擅出房门，惹人谈笑。（小旦）孩儿闻命了。（末对副净介）奶娘，我去之后，你须要用心服事小姐，不可一步相离。（副净应介）（外）禀老爷：外面执事摆齐，候老爷起马。（末）这等，我去了。门嘶战马将军发，路奏胡笳壮士行。（外随下）（副净）小姐，外面的车马旗帜，好不齐整，我和你到门楼上去，看一看光景如何？（小旦）我也正要目送行人，就同你上去。（行介）手挥临别泪，目送远行人。（副净）来此已是，小姐请上楼。（同作上楼介）（内鼓吹、呐喊，作起马介）（副净）小姐，你看旌旗蔽日，鼓角喧天，好不去得闹热。

［啄木儿］（小旦）军容壮，士气豪，尽羡之官的行色好。（副净）小姐，我和你一向不上楼来，不觉又是春天的景致了。（小旦）许多时未上层楼，好春光、又满芳郊。萋萋绿遍王孙草，关关啼彻风人鸟。（副净指介）小姐，远远望见两个骑

马的来了，那前面一个，好不生得标致。（小旦）又早的掷果车轮度画桥。

[前腔]（生、丑作驰马上）（生）牵情别，割爱抛，魂梦犹将珠箔绕。寡人别了刘倩倩，急赶回朝，好遣人来迎接。来此不知是甚么地方？想有一二站路了。只是一件，他昨日赠我的玉搔头，不要忘在旅店之中，待我摸一摸看。（摸头上簪介）现在头上，并不曾相离。我想这件东西，是他生身父母所遗之物，只当是寡人一位皇亲；明日遣人接他，又要持为信物。这不是一枝玉搔头，竟是一张铁券了。便是镇帮家的玉牒金滕，怎似这订鸾凤的杂佩琼瑶。（小旦）果然好一位郎君，不是寻常的骨格。（丑）万岁，你看那高楼之上，好一个标致女子。（生）国色无双，佳人难再。终不然当今现世，还有第二个刘倩倩不成？寡人这双眼睛，从今以后，再不看妇人了。伤春怕惹闲花草，钟情最忌多头脑，我不遇同心誓不瞧。（加鞭急下）（丑）这样好妇人不看，一个矕头竟放去了。待我替他赏鉴一番。（作仰视诨介）东君不惹闲花草，痴心忌说多头脑，让与我这识货的陪堂着意瞧。

[眉批] 不看处愈见钟情，又为错认伏案。

（下）（小旦）乳娘，方才那位郎君，慌慌张张，驰马而去，却像有甚么心事一般？我见他临过的时节，头上掉下一件物事来，不知是甚么东西，你下去寻一寻看。（同下介）（副净寻介）正正斜斜，掩掩遮遮，眼睛不济，拨草寻蛇。呀，有了，原来是根簪子。（拾簪付小旦，看介）这簪子的式样倒合古制，名为"玉搔头"。你看玉情、做手，两样都佳，不枉是风流人所戴之物。

[三段子] 虽则是玉工琢雕，却浑如天生一条。这玉情最娇，比人儿不差半毫。我看这簪子的来历，有些不明。

（副净）怎见得？（小旦）看来似带乌云色，嗅去微闻膏沐香。这分明是妇人家戴的，为甚么去在男人头上？若不是窥情暗向妆台盗，一定是和奸各把私情表。那掉簪的人儿，亏得不在面前，若在面前呵，拿住你窃玉真赃，我权当个官司讯拷。

[眉批] 元曲。

[眉批] 趣绝，韵绝。

（副净）这等就拿来入官，待我替你插了。（插介）他方才头也不抬，竟跑过去。如今掉了簪子，且看他转来不转来；不转来就罢，若还转来，分明是天怪他不曾抬头，叫转来补看的意思了。

［归朝欢］遗簪的，遗簪的，心豪气豪，不抬头飘然去了。拾簪的，拾簪的，情饶意饶，苦凝眸一霎时将他看饱。谁知道暗中自有神灵巧，道旁遗下钟情料，分明是天使你回头看阿娇。

（小旦）过客无情似水流，空遗玉佩使人愁。

（副净）天公不使良缘漏，留住琼簪做当头。

第十三出　情试

[临江仙]（生带副净、丑上）选艳归来心暗喜，六宫憎杀蛾眉。搔头不见美人遗。愁中才破笑，欢处又生疑。

　　寡人得遇刘倩倩，真可谓千古奇缘，不枉了一番跋涉。只是一件，前日在路途之中，一心驰马，竟把他所赠的玉搔头遗失去了。他临别之际，曾与寡人讲过，遣使相迎，须要持为信物。如今信物没有了，拿甚么去接他？就是接了他来，若还问起玉搔头，教寡人如何答应，难道好说掉了不成？（对丑介）朱彬，你辞不得劳苦，沿路去替我搜寻。（丑）没头没脑，不知掉在何处，怎么寻得出来？（生）但从经过地方，一路张挂榜文，若有拾得者，官给赏银一千两，自然有人送出来了。（丑）这等，就待臣去。乘驿旁求路不迷，奉差原自有便宜。玉簪失去虽难觅，且向民间卷地皮。（下）（副净）外面文武百官，伺候朝贺。请问万岁，还是坐朝不坐朝？（生）玉簪失去，还有甚么心思坐朝？（副净）这等，待臣去传谕。（向内传介）圣上今日免朝，各官且退。（内）臣许进父子有事面奏。（副净背介）他父子三个，是我的对头。不要理他，只当不曾听见。（内高声喊介）许进父子有事面奏。（生）别人回得，许进父子回不得，宣他进来。（副净传介）（外、末、小旦冠带、执笏、持本上）谏臣终日盼回銮，盼得回銮又隔垣。寄语朝班休讳死，岳家父子已曾拚。（朝见介）愿陛下万岁，万万岁！（生）寡人弃国浪游，国事幸而无恙，皆卿等弥缝之力也。（众）万岁！（外）老臣许进，率臣子许讚、许诰，冒死进言，求陛下容臣面奏。（生）寡人今日有些心事，不能勾虚衷领教，改日奏罢！（外）陛下的心事，臣等尽知。不过为皇嗣未生，东宫暂缺，故此要博选嫔妃，以充侍御耳。臣谓陛下所急者，不在于此。目下宗藩跋扈，阉寺弄权，指日即有萧墙之变。皆由陛下近小人而远君子，荒政事而习嬉游，以致如此。陛下这番出游，屈万乘之尊，冒垂堂之险，实为社稷存亡之系。幸赖皇天默祐，得以清吉回銮。求陛下从此收心，近正远邪，勤修政务，以保万世无疆之福。（生作不听，彷徨自语介）若还寻不着，却怎么处？

[宜春令]（外）万岁，你承天命，莫当嬉，这金瓯几乎动移。若不靠祖宗阴护，这铜驼已陷在荆榛里。（生自语如前介）（外背叹介）我便在此苦谏，皇上自言自语，不知讲些甚么？辨不出天语模糊，似怪我臣言繁碎。嗳，陛下，陛下！你若不听臣言，似这等迷而不悟呵，这国将危，可惜把万载盛猷，一旦丢弃！

（末、小旦）陛下原是聪明圣主，（指副净介）只因这两个小人在侧，终朝蛊惑宸聪，以致如此。臣等谓刘瑾、朱彬二贼，一日不斩，陛下的聪明，一日不开！（副净惊介）

[前腔]（末、小旦合）奸邪煽，主听迷，这便是送邦家兴戎的巨魁。念臣等呵，埋轮亲矢，愿从君侧除奸宄。少甚么附势的金壬，背地里同声相吠。莫迟疑，休待他日久蔓延，不可锄刈。

（外）臣父子三人，不辞骈首，具有弹章，求陛下赐览。（生）寡人原说有些心事，不能虚衷领教，有话再启，也可谓善辞卿等的了，还只管在此胡缠！叫内侍们扶他出去。（外叹介）空洒长沙涕，（末）难回汉主心。（小旦）却将皇帝冕，去换美人簪。（同下）（生）嗳，句句都是忠言，怎奈寡人心事不遂，听不入耳。这枝玉搔头寻得转来便好，万一寻不着，叫把甚么去接他？（副净）臣启万岁：做妓女的人，把表记送与嫖客，原是常事，失去就罢了，何须这等认真？如今只要肯去接他，就是好事，何须用甚么信物？万岁若还不信，只消差人去试他一试，包你一接就来。（生背介）我也正要试他一试，且看那不嫁皇帝的话真与不真？若果然接他不来，就是个奇女子，真节妇了。（转介）这等，唤两个内侍过来。（副净唤介）（外、小生上）殿下闻呼唤，宫中听使令。万岁有何分付？（生）差你到太原去接妓女，那妓女叫做刘倩倩。你走到的时节，只说当今皇上闻他貌美，要征选为妃；不可说出前日私行，与他有约的话。他若情愿，你便接了他来；万一坚执不从，你便回来复命，不可用势强逼。若还逼出事来，就是你们的干系了。（外、小生）领旨。

[三学士]（生）只道娘行容貌美，皇家征选为妃。要知情意真和假，但看容颜笑与悲。我料他不是虚乔辈，空相试、断不随。

（外、小生）奴辈们知道了。只是万岁前日出去，为何不说出真情？使他知道是个皇帝。（生微笑介）你们知道些甚么？从来富贵之人，只晓得好色宣淫，何曾知道男女相交，全在一个"情"字。民间女子随了富贵之人，未必出于情愿，终日承恩献笑，不过是慑于威严，迫于势利，那有一点真情？这点真情，倒要输与民间夫妇。那民间女子遇着个贫贱书生，或是怜才，或是鉴貌，与他一笑留情，即以终身相许。势利不能夺，生死不能移，这才叫做真情实意。若使他知道是个皇帝，纵使极力奉承，也总是一团势利，有些甚么趣来？寡人这番出去，受尽千辛万苦，只讨得个"情"字回来，你们那里知道。（众）万岁讲的是。

　　[眉批] **一团至理，千古名言，非得情中三昧者，勘不及此。**

　　[前腔] 莫恃娇娃情意美，身随未必心随。有钱易买桃花面，无计能舒柳叶眉。佳人忌说身荣贵，怕的是豪华客、惯使威。

　　[眉批] **奇句快论。**

　　从来贵介不知情，枉在情中过一生；

　　今日说知情里趣，方知无故不私行。

第十四出　抗节

（老旦上）诰命夫人不等闲，空将薄命怨红颜。从来贵贱天生定，不许山鸡把凤攀。我周二娘为何道这几句？只因女儿心高志大，一心要想从良。前日看中了万将军，与他定就百年之约。这个诰命夫人是拿在手上的了。不想命轻福薄，别他之后，就害起病来。如今骨瘦如柴，恹恹待毙。女儿恐怕有些长短，万家人到，没有身子嫁他，只好把个影儿相伴。故此教我请个画师，替他画一幅小像，好交与万家的人。已曾差人去请，想必就到，不免先扶女儿出来。（下）（扶旦上）〔长相思〕选才郎，盼才郎，才遇才郎便各方。欢娱太不长。　　矢从良，望从良，将欲从良身又亡。生来命合娟。（老旦）我儿，今日的身子，可觉得好些？（旦）愈加沉重。（老旦）我儿，万家迎亲的人，此时一定来在路上。好事就在目前了，你便宽心待一待，何须这等心焦？（旦叹介）不是心焦，止因福薄。你看那样一位奇男子，岂是我这薄命妇人配得上的？多应被他折坏了。我教你去请画师，怎的还不见到？（老旦）就来了。（末巾服上）世上丹青第一流，工夫全在绘双眸。贪心不似毛延寿，绝技堪称顾虎头。里面有人么？（老旦迎进介）（末）请问画那一位的尊容？（老旦）就是这个小女。（旦）先生既有传神妙技，自然摹写逼真。只是一件，从来替妇女写像的，多要添饰风姿，反失却本来面目。如今只求照本色画来，不劳妆点。（末）照本色画来，还愁摹写不尽，那有妆点的工夫。（画介）

〔眉批〕无语不露天机，真是笔端有物。

〔北越调斗鹌鹑〕（旦）俺这里抖擞精神，搜寻话讲。暂把愁消，权教气爽。好待他摄影偷魂，摹声绘响。还只怕苦中欢，欠自然；笑中歔，近不祥。空将这假笑痴聱，费伊的幻想。

（末）画完了。不知像与不像，请小娘子自己看来。（旦对镜比看介）果然肖神，不枉名手。母亲谢了先生罢。（老旦取礼送介）些须润笔，不要嫌轻，请收了。（末）多谢！且将润笔费，去作杖头钱。（下）（旦）母亲收好了，待万家的人到呵！

［紫花儿序］你道俺是穴中蝼蚁，怎攀他阁上麒麟？只好算个画里鸳鸯，便做他屏风上的侍妾，影子里的梅香，也当了从良。谩道是，画饼充饥不疗肠，他若在空中唤妾，纸上呼卿，俺便向梦里寻郎。

［眉批］元曲有此鲜妍，无此细腻。试取《琵琶》《西厢》，与此曲并读一过，则知"后来居上"一语，非佞词也。

（内鼓吹介）（老旦）远远听见鼓乐之声，一定是迎亲的到了。我儿，你勉强换起衣服来。（旦更衣候介）

［南不是路］（外、小生领众，捧衣、币上）奉旨迎妃，鼓乐喧阗万马随。人声沸，青楼平地起轰雷。来此已是他家，一齐挨挤进去。（进见介）那一位是刘娘娘？（老旦）这就是小女。（众跪介）娘娘在上，奴辈们叩头。拜坤仪，迎銮须念投诚早，御下求将阃德施。（旦）你们这班人役，是万老爷差来的么？可有甚么凭据？（外、小生）奴辈们奉皇上御旨，特选娘娘入宫，有凤髻龙袍为证。不知甚么万老爷。（旦惊介）呀，这怎么了得？（众）休惊畏，椒房已极人间贵，谁家堪对，谁家堪对。

（旦对老旦介）母亲，这等说起来，是女儿的祸事到了。（哭介）

［北小桃红］则道是梁鸿来娶孟家娘，教我把举案眉儿放。又谁知闹婚姻别起红丝障。叫王嫱，把琵琶抱入雕鞍上。（外、小生）请问娘娘：入宫是好事，为甚么啼哭起来？（旦）这是报青冢的佳祥，捕红颜的密网，终不然是毛延寿顷刻致奇殃。［旁批］妙杀。

列位，念奴家是有丈夫的人，烈女不更二夫，就死也不敢奉诏。

［天净沙］念裙钗自有儿郎，是他出红丝定下的糟糠，俺怎肯自干伦理叛纲常？烦列位呵，传言奏上，与那司风化的有道君王。

［眉批］此等妙曲，三百馀年不得见矣。《浣纱》《昙花》《牡丹》诸剧非不颉颃元人，究竟涉于形似，未若此曲之神骨宛然也。

（外、小生）朝廷有旨，谁敢抗违！若还迎接不去，莫说是娘娘，就是奴辈们都该万死了。（对老旦介）老太太，烦你相劝一声，请娘娘早上銮舆，不可违了钦限。（老旦）二位公公听启：天子至尊，天下至大，三十六宫的女子，那一位不是佳人？两京各省的地方，那一处没有美女？为甚么没缘没故，偏寻到我妓妇人家来？（外、小生）宫女虽多，皇爷都不中意。就是外面选来的女子，也觉得平常。闻得娘娘有绝世的姿容，故此特来相召。（老旦）莫说小女没有姿容，就有姿容，

圣上何由知道？（旦）母亲，这起祸的根由，孩儿知道了，一定是牛、马二贼，怪我不许他做媒，故此倡造流言，传到京师里去，也未可知。（老旦）我儿疑得不差，一定是他们的诡计。

[调笑令]（旦）只为奸人起祸殃，造起流言惑上方。把无盐硬作西施谤，到如今变起萧墙。奸贼！奸贼！你造这流言，只害得我性命，料想玷不得我的清名。却不道纵死犹闻侠骨香，笑奸人谗口空张。

（外、小生）奴辈既然奉命而来，决不肯袖手而去。若还执意不从，只得要硬请娘娘上轿了。（欲扯介）（旦厉声介）住了！自古道：一人敢死，万夫难敌。你们若要硬扯，我还你个没头没脑的妇人抬进宫去！

[金蕉叶]你道是君王命谁人敢方？俺拚着红颜命谁人敢当？你要个善袅娜的风流艳妆，还你个没气息的皮包血囊。

（外、小生背介）万岁爷分付的话，不可忘了，若还逼出事来，是咱们的干系。如今只得要放手了。（旦取剑自刎，众慌介）老太太快些扯住，我们不敢相强，转去复命就是了。（旦）你们就去复命，少不得又有缇骑到来，究我违旨之罪，不如早些自尽的好。

[秃厮儿]迟犯罪头衾法场，倒不如早伏诛命尽闺房。临刑不解绣罗裳，把肢体包藏，也省得玷辱我那儿郎！

[眉批] **句句不离所天，可谓念兹在兹者矣。**

（众）娘娘不消多虑，我们自有好话周全，决不至于偾事。（旦）既然如此，我且苟延片刻，在家中待罪便了。（放剑介）（外、小生）我们去便去了，也要问个明白，好去回复皇爷。你既说有了丈夫，请问姓甚名谁？是那里人氏？（旦）你查问的意思，我知道了。想是不便处我，要移祸于他么？我既拚了一死，决不遗累丈夫，没有甚么名姓说得。

[眉批] **此段更匪夷所思，作者苦心呕出殆尽。**

[圣药王]你休得要丢这厢，害那厢，却不道妻贤夫婿少灾殃。他若要记这桩，恨那桩，拚个车边怒臂小螳螂，便替死、有何妨。

（外、小生）这等看起来，真个是一位烈女，我们转去，定要替你表扬一番。（旦）这等，二位请上，受奴家一礼。（外、小生慌介）这怎么敢当，折也折死了。（同拜介）

[络丝娘]（旦）多谢你施仁祝网，还劝你输忠进谠。教他得放手时将手放，

才显得皇恩浩荡。

（外、小生）不信风尘女，能坚铁石心。如何闺阁内，反许客挑琴？（领众下）（旦）母亲，人便去了，少不得还有祸事到来，趁此时收拾行李，快往别处逃生，兼访万郎的消息。（老旦）也说得是。我和你逃难的人，带不得别样行李，只把万郎送的聘金，带在身边做盘费，其馀物件，尽数丢开便了。（旦）正是。出走之后，依旧把门儿锁上，使人不疑我们逃走，才是个万全之策。（老旦）正该如此。

　　［煞尾］（旦）匹夫有志君难强，刀近处、头皮蹭痒。万郎，万郎！你从今后呵，方信我重恩情、轻势利的志诚心，不是那骗杀人、不偿命的虚脾谎。

　　［眉批］**此曲非此尾不能结。**

第十五出　逆氛

［番卜算］（净引众上）攘臂一声呼，豪杰齐来附。伫看唾手建雄图，叙绩分茅土。

孤家久怀大志，欲建雄图。向来磨砺以须，今始相机而动。闻得皇上被奸臣煽惑，终日微服私行，朝政废弛，人心摇动。我若不乘此兴兵，入承大业，更待何时？所虑者师出无名，难以号令天下。我想刘瑾、朱彬二贼，罪恶滔天，臣民切齿。我如今以诛讨二贼为名，有谁人道我的不是？又喜得有两个绿林豪杰，率众来归，要助我力图大事，一个叫做赵风子，一个叫做刘六，不免叫他分掠地方，聚些金帛，以充粮草。叫左右，一面传令起兵，一面宣刘、赵二将军上殿。（众传下）（副净扮赵风子，丑扮刘六，戎装带剑上）

［前腔］（副净）不用仗昆吾，赤手擒罴虎。（丑）任教万矢共挠肤，纵死羞逃目。

（朝见介）愿殿下千岁千千岁！（净）从今日起"殿"字要改做"陛"字，"千"字要改做"万"字了。（副净、丑）这等，愿陛下万岁万万岁！（净笑介）这等孤家也要称寡人了。寡人今日提兵北讨，所虑者粮草不敷，要仗二卿接济。你们一个往河南，一个往山东，各带精兵前去，分头掳掠金钱，沿途解来助饷，不得有违。（副净、丑）得令。

［倒拖船］（净）师行粮食需财赋，（副净、丑）需财赋。（净）掳来接济休相误，（副净、丑）休相误。（净）随多随少休拘数，或财帛，或金珠，或牛马，或羊猪。（副净、丑）沿途飞輓尽来输。

叫中军。（杂）有。（净）你可速造两面金牌，每面写上六个大字，叫做"尽洗君侧奸邪，重奠皇家社稷"。先差二人打上前去，若有人问奸邪是谁？教他答应道，一个是太监刘瑾，一个是都督朱彬。杀了这两个奸臣，依旧归藩待罪。（众）领钧旨。（净）今乃黄道吉日，就此起兵。你们都要奋勇争先，不可迟疑误事。听我道来：

［前腔］军宜神速休迟误，（众）休迟误。（净）登山涉水须争赴，（众）须争赴。（净）若还犯令无轻恕。功加赏，罪加诛，拚性命，舍头颅。（众）只愁拿去献生俘。（净怒介）咄，出兵之际，讲出这等话来，都绑出去斩了。（众）万岁爷！请息雷霆，待臣等重新说过：拿他几个献生俘。

（净）这等才是。

鼙鼓轰雷阵，旌旗闪电光。

出师名正大，随路有壶浆。

第十六出　飞舸

[传言玉女前]（生带女官上）伫盼行云，何事尚羁芳讯？倚琼楼频将目瞬。寡人昨差内使去接刘美人入宫，只要试他一点真心，竟不曾熟筹利害，万一惊坏了他，怎生是好？去的人又不见转来，好生放心不下。

[太平令]（小生、外上）车马纷纷，来去空劳跋涉勤。（见介）启万岁爷：刘妓女十分执意，不肯入宫。（生）怎么样执意，你且细细讲来。（小生、外）奴婢们走到，他问：是万家的人么？奴婢们回他不是，乃当今皇上所差。他就变色起来道，已有夫家，势难改节，虽死也不敢奉诏。奴婢们再三劝谕，他只是不从，竟要拔刀自刎。若不是他母亲劝住呵，几乎烈血膏锋刃，连我这蝼蚁命也难存。

（生惊介）呀，果然如此，不出寡人所料。（小生）奴婢们来便来了，只怕他惊魂未定，还要做出事来。求万岁爷快作商量，或是另差人去劝慰，或着地方官小心看守，才是个万全之策。（生）两着都不妥，依旧要逼出事来。只除非依旧私行前去，他见了寡人的面，自然相信不疑了。（外）外面大雪纷纷，奴婢们几乎冻死，万岁爷怎么去得？（生）他既有这般情意，寡人就为他冻死，也自甘心，快取衣帽过来。（众取到，换介）

[前腔]（生）不用逡巡，这的是生死关头要认真。我此去呵，他若安然无恙，就可以携载入宫。万一有了差池，我也拼一死将他殉，做了九泉下两痴魂。

（急下）

[吴歌]（丑扮船家，提酒瓶上）大雪里撑船冻杀子个人，一分一斤个白酒买子二三分。乃亨吃得我家婆身上热，省得一双大脚激得我冷冰冰。

自家艄公的便是。今日大雪纷纷，揽不得生意，夫妻两口冻不过，只得赊壶酒来御寒。（跳上船介）家婆，酒来了，快些热起来。（净扮艄婆上）正在后舱冻得抖，忽听家公叫热酒。糯米菩萨闯将来，吓得寒风没脚走。酒热了，坐过来同吃。（席地饮介）

［山坡羊］（生带末上）冷飕飕起不了的寒阵，热烘烘冻不僵的方寸，急煎煎人赠我的愁烦，忙碌碌自讨吃的痴劳顿。来此已是河边，且喜有只小船在此，快雇他赶去。

［眉批］情真语确，色艳声清，各擅词人之美。

（末唤介）（丑）雪又大，风又紧，赶不得路。若要雇我的船，须是预先说过。要睡在船上，待雪住了才开的。（生）即刻就要开船，那里等得雪住。（丑）这等不劳下顾，二位请行。（生）自古道"重赏之下，必有勇夫"。叫内侍，取一锭元宝丢上船，且看他去不去？（末丢银介）把这锭元宝与你，你开不开？（丑拾看，惊介）不要是要我的？（生）岂有此理。只要赶得快，后面还有重赏。（丑喜介）这等快上船来。（生、末上船，丑开介）（生）只要你忙上紧，赶得那人近至尊，便是分茅锡土也非吾吝。（丑）顶头风大得紧，摇进一步，倒打退两步，这怎么处？（生）老天，烦你假我一日顺风，待寡人回到宫中，备一副大牢郊祭你。寄语风神休太忍，那凡民，你尚且送滕王巧市恩；难道我人君，反不似小书生会祷神？

（净笑介）这位客人的话，倒是金口玉言，才说要顺风，这风就调转来了。家婆在那里，快帮我扯起篷来。（扯篷介）（末）万岁爷这番辛苦，都是自己寻出来的，费跋涉、损精神，有甚么要紧。

［小红花］（生）自来寻苦更谁嗔，却不道损精神，于心无损。料没个便宜自在的有情人，怕的是怅迷津，无头堪奔。（末）你看，不上半日工夫，把凤体龙颜冻瘦了多少？（生）便冻损六郎花貌，还怕赶不着倩女离魂，冲风冒雪敢辞辛也啰。

（同下）

第十七出　仇玉

[清平乐]（小旦上）春来意绪，正在无聊处。一种闲愁天付与，无故收来情具。

[眉批] "情具"，妙绝！

[阮郎归]蛾眉细小未知愁，凝妆独倚楼。无心人坠玉搔头，浑如有意丢。

才戴却，又还抽，关心看不休。阿谁相赠阿谁收，此情深可仇。奴家范氏，小字淑芳。自从爹爹上任之时，与乳母登楼闲玩，偶见一位潇洒郎君，驰马而过，掉下玉搔头一枝，被奴家拾了回来。这也是平常不过的事，不知甚么缘故，我拾到一件东西，不见欢喜，倒像掉去一件东西的一般，反惹得愁容满面，精神恍恍惚惚，意思渺渺茫茫，好生把捺不住。若说是有意掉下来的，他又不曾抬头看我；若说是无心坠落，为甚么不掉在别处，刚刚掉在奴家面前？（叹介）玉搔头，玉搔头！我怪你这件东西，好生作怪也呵！

[眉批] 分明是说话，又道我吟诗，笠翁之谓也。

[眉批] 宾白之瑰丽，千古一人。有议其白繁于曲者，是前人所短，遂不许他人是长，有是理乎？

[绣带儿]谁着你移情换绪，把他人的心事愁予。他两下目送情挑，对伊行值得悲吁。若说掉下你来是出于天意，这就一发不可解了。踟蹰，我和他欲通娇面天未许，恨不得假双翼促他飞去。相逢处，天心恁迂；又何必种愁根，遗下这牵情之具。

[眉批] 辗转猜疑，曲尽关情之致。

若说事出偶然，未必果有天意，那日门外往来的人不知多少，为甚的马上掉下簪来，并无一人看见，刚刚落在奴家眼里？

[前腔换头]通衢、人来往，睛光辏聚，缘何尽舍琼琚？终不然举世皆盲，独留我眼内双珠。忧虞，此情端的天付与，休认做不期而遇。恨不把个无心果，拈来掷车；也待那，人儿将些愁去。

（外持书上）人自天边至，书从日下来。恐驰千里目，特送到妆台。禀小姐：老爷差伴当回来，迎接小姐上任，有家报在此，说信到之后，就要起身的。（小旦）还是从水从陆？（外）先由陆路，后从水路，到黄河东岸驿换船。寄得有马牌在此。（小旦）知道了，你出去罢。（外应下）（小旦拆书看介）这等说起来，奴家不能久留，就要起身赴任了。这根玉搔头的下落，料想等他不来，不如走到门楼上去，依旧委在道旁，或待原主来寻，或与他人拾去，省得戴在头上，终朝惹恨牵愁，有何益处？（行介）

　　[醉太师][醉太平] 非奴，把情肠顿阻。费几番痴想，一旦丢付。都只为天心不吐，教人越思量越觉湖涂。肠枯。[太师引] 心丝抽尽无寸补。也曾把无情物认作灵符；当不得人如塑，佳音绝无。任宝玉沉埋，绝不相顾。

　　行不数武，已到楼前，这就是他遗簪之处了，不免丢将下去。（拔簪欲丢又止介）几番欲丢，又丢不下去，却像粘在手上的一般。（对手叹介）手呵，他与你有甚相干，不舍得抛撒他，只管牢牢的捏住？难道他见你不忍分离，就肯去招那人来，与你见面不成？

　　[眉批] 不仇人而仇簪，不咎心而咎手，刻画踟蹰，总出寻常思路之外。

　　[前腔] 真迂，问谁人付与？怎牢牢相守，不忍丢出。玉搔头是他关情之物，尚且委弃道旁，不来寻觅；何况于拾簪之手，肯向你作谢不成？料没个酬功失主，把纤纤玉手夸诩。成虚，情丝虽有千万缕，曳不转那果重的潘车。由他去，粗豪未除，因顾盼人多，习成他的骄倨。

　　我想戴簪的人，虽与我毫无干涉，只是这支簪子，既在奴家头上顶戴多时，也就有些瓜葛了，不可因其人而弃其物，权且留在身旁，做一件相伴的东西罢了。（仍插头上介）

　　[眉批]"瓜葛"二字妙！

　　弃人留物免生嗔，物是人非各有因。

　　虽使人情归物外，还愁见物便思人。

第十八出　得像

[梨花儿]（丑冠带，引众上）奉旨寻簪忒风宪，地皮翻尽何曾见？带便且伸自己冤。嗦，管教认得我都簌片。

我朱彬奉主上之命，出来寻取玉搔头。怎奈并无踪影，只好张挂些榜文，行行故事罢了。只是一件，我前日受了簌片的气，今日奉差出来，若不报一报私仇，岂不错了机会。不免竟到刘倩倩家，访问他的住处，差人前去拿来，立刻毙诸杖下，岂不是桩痛快的事！是便是了，我前番到此，是同圣上私行，悄然而来，何等慎密。今日耀武扬威而去，万一圣上知道，也还有些不妥。不如依旧私行，且待访着他的踪迹，再做道理。叫左右，我如今换了衣帽，先往妓女刘倩倩家，去访拿几个光棍，你们随后跟来，不可迟误。（众应下）（丑）权失钦差体统，也学皇帝私行。（众）画虎未成贻笑，还须牙爪妆成。（齐下）

[前腔]（净上）妓女装腔敢逆天，守贞背地将人恋。（副净上）若究谁人擅作牵？嗦，自有前番的都簌片。

（净）自家马不进是也。（副净）自家牛何之是也。好笑刘倩倩那个狗娟，我们要替他做媒，他故意妆妖作怪，不肯与人梳栊，倒被个外路的光棍，走来做了牵头，被人梳栊了去。我们气愤不过，正要摆布他，不想圣上闻得他标致，差人来选取入宫。他竟抗违不去，少不得有祸事到来。恰好地方总甲轮着我们两个，正好借题发挥，出出我们的私气，趁此时祸事未到，先去索诈些东西。迤逦行来，此间已是。呀，怎么大门是锁的？（净）他知道违了圣旨，决有大祸，故此挈家而逃了。说便这等说，明日圣上要起人来，岂不是我们的干系？（副净）不如把大门撬开，卷他些财物回去，且待要人的时节，再作道理。（净）也说得是。一齐撬起门来。（做撬门进介）（副净）好、好、好！衣服箱笼，件件都在，桌上还有一幅画儿，一齐收拾回去便了。

[赵皮鞋]（丑衣帽上）头戴邋遢毡，身上青衣气带膻。谁知是个大官员，牙爪来时君便见。

　　周二娘在家么？（作撞见净、副净，细看，背喜介）我正要拿他，恰好来在这里。只是手下人未到，不好惊破他，且待周二娘出来，再做道理。（副净扯净，背介）这个主儿，你可认得他？（净）就是那日闯进门来，自己称为都篯片，抢我们生意的，怎么不认得？（副净）都是他领人来嫖，把刘倩倩勾引了去。明日圣上要人，拿他去抵当就是。（净）说得有理，趁早拿住。（丑寻人不见，欲走，净、副净喝住介）贼光棍，往那里走！你藏匿了钦犯，圣上正要拿你。谁知天网不漏，自己钻了进来。（用索捆住介）（丑）我不知道甚么钦犯，二位不要拿错了人。（副净）那一日见了我们，自称都篯片的可是么？（丑）正是。（副净）何如？刘倩倩挈家逃走，皇上寻他不着，正要拿你这都篯片哩！（净）兄弟，少不得要送官审究，我和你一个做官，一个做皂隶，先审一审。等他具个私招，省得后来改口。（副净）有理。你就做官，我就做皂隶，把门栓做了刑具。他若不招，就行起杖来。（净上坐，副净旁立介）（净）带那钦犯过来。（副净）跪过来。（丑先不跪，副净欲打，始跪介）（净）我且问你，刘倩倩是几时拐去？卖与何人？如今窝藏在那里？从直招来！

　　［博头钱］休得胡遮掩，休得强折辩。你若从直言，我还看同行面，免犯讳，用竹篯。（副净）请问老爷，竹篯是甚么东西？（净）篯者，片也。竹片乃板子的别号。若说出"片"字来，犹犯我篯老爷的尊讳了。（副净）也说得是。蛮子快招来！你若不招呵，我这竹篯手用竹篯，一篯重似两三篯。［旁批］绝倒。（丑）我并不曾拐带，也不曾窝藏，真个是屈死人也。（净）前日有人来嫖，分明是你引进，不是你拐，是那一个？休呼屈，莫称冤。引他接客，是伊作牵；替人撒漫，是伊趁钱。如何推得无干染？我且将如炉法将伊煎。

　　不打不招，叫左右扯他下去，重打二十，再问他的根由。（副净扯下，打介）（众持冠带，执事冲上）这是刘倩倩家，我们一齐进去。（进见，大惊介）呀，你们是些甚么人？倒拿住老爷行杖。（丑爬起大叫介）好了，好了！救兵到了。左右快些拿住，待我换了冠带好惩治他。（众拿住，丑上坐介）带过来。（净、副净跪介）（丑）我且问你，朝廷的命官是你们打得的么？（净、副净磕头介）是小的们该问死罪，只求老爷开恩。（丑）只怕死罪还问你不住。（净）与小的无干，都是他的主意。（副净）他做官，小的做皂隶，皂隶凭官指挥，怎么倒说是我？

　　［前腔］（丑）休得假埋怨，休得胡推辩。我也照先，不顾同行面，权犯讳，用竹篯。左右扯下去，每人重打四十。还他个加倍的利钱。我这竹篯吏用竹篯，一

篇重似十来篇。（众扯下，打介）（生带末上）青衣覆衮袍，徒步不辞劳。世上无双事，人间第二遭。寡人为接刘倩倩，飞赶而来，此间已是。呀，甚么人在里面叫喊？叫内侍，且在门缝里张他一张。（末张介）启万岁：是朱彬带了各役，在里面打人。（生）这等，且慢些进去，立在门首听他一听。（净）老爷，小的们打便打了，请问老爷是何官职？管甚么地方？说明白了，小的们死也情愿。（丑）若说出我的官职，与该管的地方，只怕你这两个狗才都要吓死！我是当今皇上嫡嫡亲亲的儿子，皇帝管得着的地方，我也都管得着。下管地，上管天。中华外国，三千大千，都是我的版图封域，祖传父传。（副净）小的们有眼不识泰山，那里知道就是太子。还有一件事要问，闻得朝里有两个皇帝，一个是坐的皇帝，姓朱；一个是站的皇帝，姓刘。不知生老爷的皇帝，还是坐的，还是站的？（丑）皇帝果然有两个，太子只得我一尊。坐的皇帝死了，也是我登基；站的皇帝死了，也是我登基。他们的天下，还不如我的把稳。他们有变我无变，坐得这船头稳不怕浪来颠。

（生背叹介）原来国事如此，若不出来私行，如何知道？可见许进父子的话，一字也不差。我且只当不知，闯将进去。（闯进，丑见惊跪介）呀，万岁到了，臣不曾接驾，罪该万死。（生上坐介）我且问你，玉簪有了不曾？（丑）启万岁：玉簪寻不着。（生）既然寻不着，你就该转来，为何在这里生事？（净、副净）原来就是圣上，我和你跪过去叫冤。（跪介）无故吊打平民，还要置之死地，求万岁爷伸冤。（生）他为何事打你？从直说来。（净）他前日领了一个客人，来嫖刘倩倩。后来万岁差人来取，刘倩倩抗旨不从，挈家逃走。小的们是地方总甲，事有干系，不得不查问根由。方才见他问个明白，他就不容分说，把小的们吊打起来。（生背惊介）呀，刘倩倩走了，这怎么使得？

［包子令］（净、副净合）无故将人来拷谳，来拷谳。浑身打得血涟涟，血涟涟。若非御驾惊风宪，几乎两命丧黄泉，只求天眼照盆冤。

（生对丑介）你有甚么讲？（丑）他道臣前次走来，抢夺他们的生意，怀恨在心，前次被他毒殴。方才进来，又受了许多凌辱，幸得各役闯来，才救得住。臣气愤不过，打他几板，原是真的，不想遇了圣驾。［前腔］自恨微臣时运蹇，时运蹇。两番荼毒实堪怜，实堪怜。别人打我无人见，人遭我打便逢天，教人无口诉奇冤。

（生）寡人差你寻簪子，不曾差你来报仇，为何越职生事？（对净、副净介）他方才打你多少？（净、副净）每人四十大板，一板也不曾饶。（生）这等，还他个加倍的利钱。叫内侍，扯他下去，重打八十棍子。（末扯下，打介）（生）刘倩倩既然逃走，可有甚么东西留下么？（净、副净）衣服箱笼，件件都在，还有一幅画儿。（生）你们两个既是无辜之人，都出去罢。（净、副净谢下）（生）取画来看。（看介）呀，原来是一幅小像。刘美人，刘美人！你的像在这里，人在何处？（叹介）这都是寡人误了他，可不悔死人也。

[夜雨打梧桐] 图虽在，迹杳然，空使我血泪涌如泉。费忧煎，难亲娇面。又不是别个将他驱遣，分明自做鹰鹯，无端把人惊上天。看如何得下、得下重偕姻眷？都只为搔头失券惹奇冤，懊悔那无情玉，分开我百岁缘。

我如今有两个办法寻他，或者寻得转来，也未见得。（末）那两个方法？（生）第一个方法，把这幅小像带回宫中，照样画起几千幅来，仰道府州县等官，照这画上的容颜，替我挨家搜缉。这个法子还是用我去寻他，未免要费些气力。另有一法，能着他来寻我，虽不叫做以逸待劳，却是个万全备美之策，你且听我道来。

[前腔] 期双美，计万全，再不敢孟浪似从前。宁使我受颠连，把奇穷遭遍。暂脱衮衣旒冕，也不教他再受熬煎。（末）是个甚么法子，可好使奴辈们知道？（生）我前日见他的时节，原说姓万名遂，官拜威武将军。他如今逃难出去，再不去投奔别个，一定是寻威武将军去了。如今世上并没有这个武职，叫他何处去寻访？寡人回到宫中，即便分付朝臣，叫他忙写敕书一道，将我改姓为万，假充威武大将军，前往南京住扎。南京在天下之中，他见有这个衙门，岂肯躲在别处，不消我去寻他，他自然会来寻我了。岂不是个万全之策？由他此时权播迁，看先声一至、一至能生欢忭。把天威暂贬事从权，少不得坤维转，乾体也能旋。

（末）方法便好，只是忒难为了万岁些。天色已晚，请到旅店中暂宿一宵，明早回宫去罢。

（生）佳人虽去像还留，欲待君王物色求。

（末）剑合延津终有日，珠离合浦不须忧。

231

第十九出　侦误

　　〔三学士〕（老旦背包裹，同旦上）（旦）踏破弓鞋三寸底，（老旦）长途历尽岖嵚。（旦）风霜易把朱颜改，（老旦）老鬓难禁雨雪催。（旦）母亲，我和你这等一个模样，去寻那富贵之人呵，愁失夫人封诰体。（老旦）我儿放心，他决不为你逃难而去，做了个忘情辈，不认妻。

　　（旦）一路逃来，且喜得无人追赶。只是问不着万郎的消息，如何是好？（老旦）此间是个驿递衙门，不免进去暂歇一歇，若遇着往来的差使，也好问他一个信儿。（旦）说得有理。（进介）（老旦）你看椅子坐褥，摆得齐齐整整，想是有甚么官到。我们且在这街檐石上坐一会儿。（坐介）（丑扮驿夫上）前世不曾修，驿里做夫头。一身充百役，忙到几时休。自家非别，乃黄河东岸驿里一个夫头的便是。今日范将军的前站到驿，说家眷从旱路而来，在此处换水路上任。如今供给也备下了。纤夫也催齐了，只是驿馆里面，常有闲人歇息，恐怕家眷到来，不当稳便，须要去赶逐一番。（进见，喝介）你们是那里来的妇人，不知衙门法度，坐在当街？喜得范老爷的头站不曾看见，若还看见，少不得是一顿皮鞭。（老旦、旦起介）（老旦）行路辛苦，偶然借坐一会，即刻就行了。（旦对老旦介）母亲，他说万老爷的前站，不要就是万郎所差之人？你走去同他一声，看是甚么官职？（老旦对丑介）借问长官，万老爷是甚么官府？（丑）第一个显耀的武职，叫做纬武将军。（旦惊介）呀，姓又相同，官衔又相同，一定是他无疑了。只是一件，万郎并不曾婚娶，为甚么有起家眷来？（老旦）或者是他母亲，也未见得。我与你躲在边旁，等他抬到的时节，偷眼一看就明白了。（内鼓吹介）（丑）那边吹打来了，还不快走。（旦、老旦权避下）（副净扮乳母，外扮院子，众扮夫役，引小旦上）

　　〔前腔〕涉水登山旬日矣，津梁未惯多疲。（外）禀小姐：已到东岸驿了，请下轿。（小旦出轿介）（丑捧盒上）驿丞送供给。（小旦）我们不用，赏与随从的人。（众谢介）（小旦）忘饥为识风餐苦，习倦惟思水宿宜。（副净）小姐，你这几日坐轿辛苦，如今换做水路，自然安逸些了。（小旦）一样在凄风寒雾里，刚讨得个云鬟乱，一枕欹。

（旦、老旦暗上，偷觑介）（老旦）我儿，好一个标致女子！

［太师引］（旦）我把娇面窥，却似曾相会，有个镜儿中的月貌似伊。（老旦）我细看他的面貌，与你的面貌，竟像是一副印板印下来的。我只道影随形现，却原来面是人非。（旦）他只得这些年纪，自然不是万郎之母了。若说是他女儿，一来万郎不曾婚娶，二来又是个弱冠之人，这女子从何处得来？此事甚不明白，好生烦躁人也。心头小鹿频撞起，莫不是别娶了荆妻？待孩儿闯将过去，问他一个明白。（欲行，老旦扯住介）你怎么这等莽戆，或者是他姊妹亲属都不可知。况且同官同姓的人天下尽多，知道是不是？且待他从人出来，再问个详细便了。（旦）问得不是便罢，若果然是他妻子，我便在邮亭内，与他搅场是非，做一对，相逢狭路的仇敌！

［眉批］只因面貌相似，生起无限波涛。此出关目最宜着眼。

［眉批］因貌生疑，因疑起愤，无中生有，妙在入情。愈看愈令人目痒。

（众上）一餐酒饭才归肚，百里程途又起头。请小姐下船。（小旦起身介）（老旦扯众，问介）列位长官，有一句话儿动问。（众不理，打开介）（小旦）肩夫后站催前站，过客山程换水程。（内鼓吹介）（众打扶手，小旦作上船，同众下）（老旦）那些从人真个如狼似虎，身也不容你近，口也不容你开，吆喝一番，竟自去了。

［前腔］他欺贱微，矜荣贵，纵豪奴将人胡扯乱推。（旦）女子，女子，你的身分也与我差不多儿，享的是万家洪福，使他些八面余威。（老旦）他的面貌与你一般，不见有甚么异样，他为甚么那样威风，你为甚的这般落魄？（旦）君容我面相去几，又不是邢共尹，迥别妍媸。似这等形相配，势隔九嶷；真个是，仲尼阳虎非同类！

（老旦）那驿夫又出来了，待我再问一声。（丑上）急催前去客，好接后来人。他们去了，待我收了椅子坐褥，好接后官。（老旦）长官，方才那位女子，是万老爷的甚么人？（丑）这个婆子也真正来得琐碎。我这驿里来千去万，若个个问他的家常，没有许多铁嘴。他马牌上面只写着"家眷"二字，知道是他的娘，是他的女儿，是他的老婆，是他结识的表子？（欲下，老旦扯住介）这等，还有一句话动问，如今武职里面，可还有第二个威武将军，也与他同姓的么？（丑）姓万的武职或者还有，纬武将军再没有第二个。我们终日传报，这些官衔都是烂熟的。（旦）原来

如此。这等，他的衙门在那里？此处到他任上，共有多少路程？（丑）替男子讲话有尽期，替妇人讲话没结煞。那有这等闲工夫对你，让我去罢。（老旦）长官，做你不着，对我讲一讲。（丑作急口语介）他镇守川湖一带地方，在湖广省城住扎。从旱路去近，从水路去远。太上老君急急如律令，敕！（扯脱衣袖，急下，旦顿足介）这等说起来，是他无疑了。我把真情待他，他把歹心对我，兀的不要气死人也！

[眉批] 情状俨然，竟像实事，不复作传奇观矣。

[红芍药] 把一片凤鸾心，博他狼虎意。痴肠终日盼于归，又谁知于归别有人儿替。恁般苦命，活在世上怎的，不如跳在黄河里面，淹死了罢！算来，算来此命难存济，便与他争到底也无好气。倒不如偷将弱骨葬深溪，还自得便宜！

（作投水，老旦扯住介）我的儿呵，你快不要如此。我想这桩事呵，

[前腔] 堪信又堪疑，你把柔肠空搅碎。就当是真，你也寻着了他，当面讲个明白，就死也死得甘心。若是这等断送了呵，使将血肉饲鲸鲵，也当不得个书藏鱼腹将他寄。方才那个女子，相貌也生得慈善，就与你同归万氏，也未必不能相容。看他，看他面貌浑似你，焉知不是前生世一胞兄妹？只要他入宫不解妒蛾眉，又何妨一唱两相随。

[眉批] 镂心妙语。

（旦）母亲也说得是。方才听见驿夫讲，旱路去近，水路去远，那女子从水路去了。我和你趁他未到之先，竟从陆路赶去，就是同做夫人，也分个先来后到。母亲意下何如？（老旦）一发说得有理。就同你星夜赶去。

[眉批] 热衷乃尔，与勇于出山者，同是一般心事。

[尾声] 把闲是闲非权搁起，且安排脚步走如飞。（旦）此一去呵，我不做夫人也誓不归。

饶伊竞宠在人前，入室还输一着先。

今夜梦魂争逐鹿，水边山上较金莲。

[眉批] 笔香墨艳，才子何疑？

234

第二十出　收奸

（净扮校尉捧诏，带二役持锁肘上）奉旨收奸党，传言谕法曹。伫看刀下处，颈血沸波涛。自家非别，奉旨拿人的校尉是也。皇上这番出去，原是安慰刘倩倩，好接他入宫。不想刘倩倩惧罪先逃，不曾相遇，倒把两个奸臣的恶迹访了回来，如今降旨密拿……未曾开读，不敢擅说姓名，少刻擒来，便知端的。须索前去走一遭。

[眉批]　**无处不生异趣。**

[六幺令]　缇骑奉差，势比雷霆，气似阴霾；乌鸦先作虎头牌，衔音去报人来。五花头踏是魔神摆，五花头踏是魔神摆。

[眉批]　**如此小曲亦费精思，总由才赡故耳！**

（齐下）（丑跛足上）只道皇恩彻始终，岂知一旦不相容。如今别作求荣计，跛足来寻旧主翁。我朱彬自从在太原城里，吃了御棍回来，调养一月，棒创还不曾好。我想皇上从前待我之恩，也可谓极高极厚。只是不该为一桩小事，就翻转脸来。他既然翻面无情，难怪我把前功尽弃。如今要与刘公公商议，做桩不尴不尬的事儿。只因一着不到处，还你满盘都是空。来此已是，门上快通报，说有个送礼的来了。（小旦扮内官，通报介）（副净上）才梦黄袍加体，忽传紫绶临门。（丑见介）果然一毫不错，特来劝做朱温。（副净）朱官儿，闻得你打了屈棒回来，心上甚是怜悯。还不曾差人奉看，怎么反来送礼？（丑）不敢。（副净对小旦介）礼帖收了不曾？（丑）今日这些薄礼，不便形于纸笔，要待朱彬亲口念的。（副净）这等就请念来。忝在通家，少不得要收你几件。（丑念介）谨具皇帝一枚，奉申微敬。（副净大笑介）这等，咱家也是口写回帖了。领谢。（各笑介）（副净）朱官儿，你一向帮衬皇上，也算做有功之臣了，为甚么就有这般的赏赐？（丑）不要说起，听朱彬诉来。

[皂罗袍]　说起将人恼坏，为些些小事，忽把心歪。从前劳绩尽丢开，只听仇口施馋害。（副净）为桩甚么事起？（丑）无知笺片，张威肆乖；我报仇行罚，那

些不该？他便道无端生事将人责。

（副净）这是小事，不过诚谕一番罢了，为甚么就打起来？我且问你，你在外面生事，他不记前情，处之太过，这也罢了。我并没有一事得罪他，为甚么这番回来，装模作样的待我，比往常大不相同，这是甚么原故？（丑）你还不知道？也是那两个簪片在背后议论，说朝中有两个皇帝，一个坐的姓朱，一个站的姓刘。被他听见，故此就生起疑忌之心来。（副净）呀，这是句甚么话儿，好使他听见？既然如此，我的身子站不牢了，快作商量，不是儿戏！（丑）朱彬今日之来，就是为此。

［前腔］（副净）听罢教人惊骇，这机关一动，祸事将胎。我从前有计未曾谐，今番不举将何待？篡君有手，只消一抬；满朝羽翼，不呼自来。管教他一声阿呀把皇躬坏！

是便是了。只可恨许进父子在朝，难以举事。外面又有个王守仁，也是一条汉子，他现在掌了兵权，闻得朝中有事，只怕要举兵进来。须要算个稳当才好。（丑）许进父子虽然倔强，他不过是些文官，做得甚么事出？王守仁巡抚江西，现有个举兵作反的宁王，他尚且自顾不遑，岂能提兵远伐？这朝内的禁兵，都是区区执掌。只消约定日期，你

领健丁杀进宫去，我领禁兵杀出朝来，先拿住许进父子斩首为令，其馀两班文武，谁敢不俯首依从？（副净）说得有理。这等，事不宜迟。

［罗袍歌］［皂罗袍］（合）计就有成无败，听三声炮响，万弩齐开。休将宫阙变蒿莱，他家否极吾家泰。［排歌］龙床稳，不用抬，站之已久坐应该。东宫有，莫更胎，无聊偏会畜婴孩。

（净引众上）二奸相并立，不问是同谋。一手擒将至，何劳两处搜。圣旨下，跪听宣读。诏曰：逆珰刘瑾，奸弁朱彬，滥受殊恩，潜怀异志。刘瑾窃权树党，腾站立皇帝之名；朱彬冒姓称儿，萌窥伺东宫之想。系朕耳闻目击，非关仇口人言。着锦衣卫拿送该部，明正典刑。钦哉！无忽。（众上锁肘，副净叹介）冕旒不曾戴，铁索早来牵。（丑）只因你，没福做皇帝；带累我，太子受熬煎。（齐下）

第二十一出　闻　警

［青玉案］（生带内官上）无端自把良缘送，徒忏悔，成何用？欲借阳台权自哄。闷多愁积，通宵无寐，何处来佳梦？

寡人飞舸去寻刘情情，指望挟他并辇回宫，不想他惧罪先逃，把好事翻成孽障。止收得一幅小像回来，已曾遍集丹青，分手图绘，至今一月，还不曾画完。叫内侍们，传谕礼部各官，叫他催趱画工，不可迟误。（众应介）

［榴花泣］［石榴花］（生）虽将一画付千工，我愁他渐传渐失本来容。他便多抧螺黛写眉峰，与那天然的翠色总是不相同。［泣颜回］须仗我精诚暗通，把芳魂引入丹青梦。待他醒来时咄咄书空，落纸上自然生动。

（净扮内官，送画数幅上）费尽丹青力，传来窈窕容。不知眉黛色，可肖美人峰？启万岁：小像画完了。每一个画工，送一幅进来呈样。（生展看介）不过肖形而已，他那种风姿态度，那里摹写得来？拿出去传谕礼部，叫他行文遍谕天下，不论文武官员各给一纸，仰照画上的面容，挨家访缉。寻出刘美人上献者，封侯万户，给赏千金。藏匿者，百家连坐。（净应下）（生叹介）这也是刻舟求剑之法。他若藏在深山穷谷，那里寻得出来？若要万全，毕竟是把威武将军之号，果然加在我身上来，使他望风而至，才有个剑合珠还的日子。

［前腔］怎能勾即真前去做元戎，把姓名不胫走寰中。只要在风涛影里慰惊鸿，谁想在云霄顶上终日困飞龙。我想天子临戎，兼摄将帅之事，古来原有其人。只是要有些乱信才好。如今海宇承平，人民乐业，并没有一处贼起，这句出征的话，如何讲得出来？便要把名儿凿空，也须是拨行云寻出些儿缝。老天，烦你弄一个小小贼寇出来，又不伤坏人民，又总成我做了这桩好事，也见你的盛情。遍中华岂少奸雄，权着他扰潢池暂将兵弄。

（净急上）羽书忙似箭，军令痴如飞。易激雷霆怒，能生斧钺威。启万岁爷：兵部堂官启奏说，江西的宁王反了。先据塘报口传，即刻就有本章封进。

［眉批］古来情人尽多，不过弃家掷命而已，匹夫所有宁值几何？弃天下以殉

情人，方才痴到绝顶处。虽然千古上下不可无一，然亦不可有二矣。

〔渔家灯〕他道清平世忽起狼烽，绕西江战鼓雷轰。兵过处妇女啼号，牌到处人心摇动。闻得他有金牌二面打进京来，上面写着：尽洗君侧奸邪，重奠皇家社稷。他假公，借口为除奸横，其实要自逞强凶。（生）"奸邪"二字，所指何人？（净）奴辈已曾问来，他说赍牌之人口称是刘瑾、朱彬二贼。只要杀了此人，依旧归藩待罪。休纵，都是他招来的祸戎，轻扰坏江山铁桶。

（生）寡人正想出征，但恨没有题目，这个信儿怎么来得恁般凑巧？只是一件，刘瑾、朱彬煽祸已久，我正要杀他，已曾交与刑部。若还此时杀了，有两桩不便。一来内外臣民，不知出于乾断，只说我为宸濠所挟，以此退兵，寡人的国威何在？二来杀他之后，万一宸濠那厮果然收兵转去，我这出征的题目，依旧没有了，岂不是自失机会？且待我想来。

〔前腔〕真奸佞有收无纵，好机会易失难逢。他虽是操莽奸图，我认做伊霍精忠。我有道理。叫内侍过来，一面传谕刑部，着把刘瑾、朱彬二犯，权且监在狱中，待擒了叛贼，一齐枭首；一面传谕阁臣，教他快写敕书一道，暂封寡人为镇国公威武大将军，权改姓名为万遂，待寡人御驾亲征。（净应介）（生）砺锋，诛叛首除奸种，靖中外两奏肤功。才见我的神勇，安民一动，不单为风流作俑！

〔眉批〕精思确句，一字一金。

赤子潢池盗弄兵，荡平指日不须惊。

天公也爱倾城貌，特举烽烟起笑声。

第二十二出　极谏

[菊花新]（末、小旦冠带，齐上）严亲忧国太焦劳，抗疏甘将斧钺膏。愁杀两儿曹。爹爹！你要全忠也，教我怎生全孝？

（末）兄弟，昨日宫中传出旨来，忽然教爹爹写敕，倒封皇上为镇国公威武大将军。要借讨叛为名，去寻妓女刘氏。爹爹奉了此旨，惊骇异常，誓死不肯写敕。闻得今日还要席藁入朝，抗颜力净。我想这番利害非通小可，我们两个还该苦劝一番，求他言语之中，不要十分激烈才好。（小旦）兄弟也有此意，待爹爹出来，一同跪谏便了。

[前腔]（外冠带上）一封异旨下重霄，地覆天翻世动摇。谏死在今朝，办个临刑处，一声长啸。

（末、小旦见介）（外）我儿，为父的今日席藁面君，危词极谏，少不得要触犯天威，定以极刑加我。我死也甘心。只是一件，我生前不能引君当道。负先帝于九原。我死之后，你们切不可备办棺衾，只是藁葬便了。（末、小旦泪介）（末）爹爹志在匡君. 原是一桩好事，只是要愉色婉容，做个忠言善道。切不可词语太激，干犯天威。且听孩儿道来：

[泣颜回]主幼性情骄，易动雷霆烦恼。休得要陷君非义，使他无端罪斥元老。莫说两个孩儿念罔极深恩，不忍爹爹触犯威严，做那龙逢、比干之事，就是如今的天下，奸雄遍野，邪佞盈朝，全靠爹爹一人，做个中流砥柱。万一激怒了朝廷，有些不测呵，这擎天柱倒，问苍生、社稷将谁靠？你若是爱朝廷要把君扶，还劝你休激烈权将身保。

（外）这些道理，为父的岂不知道？只是看皇上如此所为，决无不失天下之理。自古道：主忧臣辱，主辱臣死。我和你总是一死，何不死在他未去之先！

[前腔]心劳，这斧锧总难逃。与其做结舌寒蝉僵老，倒不如把忠肝义胆，趁生前尽数倾倒。省得做怀忠厉鬼，隔重泉、欲告无由告！休念我殛羽山鲧罪几希，且看你辅重华禹功多少。

[眉批] 此折填词，最是棘手。既欲尽孝，则未免有碍于忠。左手画方，右手画圆，已是难事，况总方圆于一手乎？此曲句句是孝，却又句句是忠，无一字不出性灵，真必传之业也。

[眉批] 千金可掷，一字难移。具此雄才，那得不纵横千古？

（净扮内官上）初奉龙楼命，来催凤阁书。来此已是许相公家，不免径入。（见介）许太师敕书写完了么？皇爷在宫中坐等，叫我快些取了去。（外）请问这封敕书，教我从何处写起？（净）太师是写惯的，照往常时节，命武将出征的话头，写上几句就是了。（外）往常时节，只有武将出征，不曾有皇帝出征。所谓敕者，乃君父敕谕臣下之词，岂有做臣下的人，倒敕谕君父之礼？（净）圣上自己要如此，你便将就敕他一敕，这有何妨？（外）烦你去回复圣上，说许进那颗头颅倒取得来，这封诏书却取不来。

[千秋岁] 仗宫僚，代把臣言告。你道是头可断铁笔难摇。（净）圣上面前讲话，可是取笑得的？万一他当真要起头来，怎么了得？（外）你道我是虚话么？早拚着这颗头颅，这颗头颅，稳当了一封，无名封诰。（净）他又不要你别的东西，不过是一封敕书，几行小字，何必这等作难！（外）你道是几行字，一封诏，却不道万人骂，千年笑！笑道好个痴元老，把朝廷戏弄，还自具供招。

[眉批] 忠义之曲易落陈腐，以文心激烈，不暇修词故也。此则精至文生，鲜艳独绝。

（旦扮内官上）次奉龙楼命，来催凤阁书。（见净介）敕书有了不曾？皇爷说你违了钦限，着我来拿你。（净）他自己作难，如今带累别个。却怎么处？（旦）许太师，还差几句不曾完，叫这两位公郎帮做一做就是了。（净）一个字也不曾有。（旦）我看皇爷的意思，他这个威武将军是一定要做的。他在那边打点赴任了，你这封敕书还不曾起稿，难道要刁难几刻，好索他的润笔不成？（外叹介）种种不祥之语，皆是亡国之征。我也没口答应他，且去料理谏章便了。（径下）（净）怎么，竟像个赖学书生，躲进去了，难道罢了不成？（末、小旦）家君进去料理谏章，即刻就来面圣了。烦二位先去回奏一声。（净）怎么料理谏章，他要谏皇爷甚么事？

[前腔]（末）为皇朝，政事多颠倒。慁谏诤亲昵群小。终日嬉游，终日嬉游，致国事沸腾，干戈侵扰。（旦）谏他这些事倒还使得，若还谏他出征，那就是太岁头上动土，只怕不能勾清吉回来了。（小旦）这是第一桩大事，怎么不谏？以前的话，不过是些引头。少不得舒忠愤，写怀抱；阻车驾，焚旗旄。断不肯惜命危天

宝，蹈庸臣覆辙，千古贻嘲。

（老旦扮内官，急上）三奉龙楼命，来催凤阁书。（见介）万岁爷说：敕又不见，人又不见。他在宫中大怒，叫拿你们去吃棍子。（扯净、旦介）（净、旦）这怎么处？冤遭顽宰相，累杀苦中官。（齐下）（末）他们这等回宫，断断没有好话回奏。今日之事，必无幸矣！（丑急上）禀告大爷、二爷：方才太老爷脱了寇带，背了斧子，从后门入朝去了。（末、小旦惊介）明，这怎么处？我和你快赶入朝，看有不测，请以身代便了。父为忠臣，子为孝子。（小旦）人生百年，谁无一死。（同下）（外免寇、背斧、持本上）自古身名不两全，谏臣几个得遐年？但能一死回君过，甘逐龙逢笑九泉。来此已是丹墀，不免俯伏待罪。（内）阶下俯伏者何官？（外）老臣许进。（内）经国大臣，有话竟该入奏，为甚么免冠、荷斧，跪在丹墀？（外）蒙陛下命臣草敕，臣抗旨不遵，罪该万死。求陛下明正国法，立赐处分。

［越恁好］逆君无状，逆君无状，罪弥天敢自逃？念微臣平日呵。不能勾致君尧与舜，纵乱贼危宗庙。到如今把倾城祸招，把倾城祸招。将几万座花簇簇的锦江山，送与那青楼孽妖。这耳边厢沸嘈，都是些闹攘攘的骂声儿越听越高。纵教我，窃国恩，暂把头颅保。奈人心积怒，终死群噪。

［眉批］引君过归己，借己罪悟君，此从来第一谏法。以此宏才巨议而为游戏之文，有心世道者读此，可能不为人才口惜？

臣冒死具有谏章，求陛下赐览。（内）取上来。（老旦上，取本下）（末、小旦急上）爹爹还跪在丹墀，我们快去启奏。（同免寇、俯伏介）（内）后面俯伏者又是何官？（末）吏部尚书臣许瓒。（小旦）翰林院编修臣许诰。（内）有何陈奏？（末、小旦）臣父抗旨违天，理应伏罪。臣等以身代父，就正典刑。求陛下立赐骈首。

［前腔］逆天之罪，逆天之罪，犯将来敢望饶？念孤臣有子，受罔极无从报。眼睁睁觑着，眼睁睁觑着，怎忍把活严亲的躯命儿将来坐抛？陛下屈驾亲征，无非欲除藩叛。求陛下于臣父子之中，择取一人，领兵前去征剿。若不能勾斩贼搴旗，立平大乱，情愿一门就戮，噍类无遗。不能把烽烟立消，不能把逆宸濠的首级儿向军前立枭，情愿把家门族，父子诛，不复留遗噍！望天威暂霁，急赐崇照。

（老旦捧诏上）圣旨下，诏曰：朕屈驾亲征，实因讨叛。许进义不奉诏，亦属忧国深心，朕不加罪谴。许瓒、许诰，挺身代父，孝义可嘉。今朕已自充镇国公威武大将军，免卿写敕。仍封许进威武副将军，随行扈驾，作朕先锋。许瓒补文渊阁

大学士；许诺补吏部尚书。一代父官，一承兄职，同心辅国，早奏升平。钦哉！谢恩！（外、末、小旦谢恩毕，加冠行介）

　　［红绣鞋］（合）隆恩父子全叨，全叨；人间奇福难消，难消。父出将，拥干旄；子入相，辅天朝。弟承兄，又掌天曹。

　　［前腔］闾阎笑语声高，声高；齐称主德非骄，非骄。容极谏，忍牢骚；不震怒，反加褒。知国脉，尚自难摇。

　　［尾声］已拚三命全忠孝，又谁知转祸为祥在这遭。笑世上的媚子谐臣空做了。

第二十三出　避兵

［玉女步瑞云］［传言玉女］（小生引众上）心岂徒丹，实实做些公干。［瑞云浓］与那假道学增些面赧。

我王守仁终日忧天，不想果然倾覆。平日练兵讲武，激发将士们忠义之心，今日毕竟用着。闻得贼兵顺流而下，我且做个以逸待劳，只遣众将士分兵守御，待贼氛一到，即与交锋便了。众将士近前，听吾号令。（众应介）（小生）闻得贼兵从水，意在窥视南都，少不得从江西经过，则是宗社安危，皇图得失，都系在西江片土。截得住，杀得尽，功固不小；擒不来，追不转，罪亦非轻。有汛地者，各分汛地防守；无汛地者，各据要害擒拿。如有放过一人，失守一处者，军法森严，并无宽贷。（众应下）

［眉批］誓军琐语，亦异寻常。

［神仗儿］精忠誓殚，精忠誓殚，皇猷力赞。原不为图青竹简，只因童时习惯。希贤希圣，先儒的印板。率性易背心难，率性易背心难。

［眉批］是阳明先生口吻。

（齐下）

［玉女步瑞云］（净引众上）地覆天翻，战血搅腥江汉。把铁桶山河踢散。（上声）

我朱宸濠自从起兵以来，杀了文官，降了武将。又有刘、赵二将军掳掠金钱、粮草，解来接济。且喜得人马渐增，兵威日盛。我如今乘着战船，从江西顺流而下，预先定了南京，做个退步，然后长驱而北，也未为迟。叫旗鼓司。（众应介）分付各船水手，趁今日好大西风，一齐扯起篷来，星夜赶下金陵，不得有误！（众）得令！（净）你看舳舻千里，旌旗蔽空。当日曹操下江南，也不过如此，是好一带军容也。［神仗儿］旌旗灿烂，旌旗灿烂，艨艟结缆。连江接汉，见水师谁无惊惮？扬帆齐把，程途催趱。瞬息度万重山，瞬息度万重山。

（齐下）

［降黄龙］（小旦带副净上）野水生寒，怕启孤篷，又难舍千山。怒蜃窥帆，畏近波涛，又好倚阑干。乳娘，我和你在黄河驿前换了水路，不觉来到长江。你看水势苍茫，山容黯淡，好生凄惨人也！（副净）正是。（小旦）老爷盼望已久，我们在路上耽耽搁搁，赶不出路程，怎生是好？留难，他那里据鞍凝盼，怕减了廉颇常饭。正与那雌木兰，从军代父，事儿相反。

［眉批］江行妙语，却是女子江行，一字不可移易。

［眉批］思亲妙语，却是女子思亲，又却是武将之女思亲，一字不可移易。

（内鸣金、擂鼓、呐喊，小旦惊介）呀，快问船家，是那里叫喊，怎般来得利害？（副净向内问介）（内）连我也不知道。前面过去的船都转来了。（小旦）快教院子打听。（丑、末、小生各扮船家，乱摇船上）行船忽地遇兵刀，拨转头来舍命摇。若是靠天逃得脱，愿心神福一齐烧。不好了，快摇，快摇！（外急上，问介）借问列位家长，你们为甚么不去，都摇了转来？（众）不去不去，乱兵挡住。转来转来，只怕还要呜呼哀哉！（急摇下）（内又鸣金、呐喊介）（外望内惊介）呀，小姐，不好了，前面有贼兵杀来了！（小旦、副净慌介）我们的船也快些摇了转去。（外）他们的船小，可以摇得转去，我们这样大船，如何摇得动？也罢，那贼兵是从水路来的，我们丢了船只，快些上岸去逃走。（领小旦、副净，急跳上岸介）（内鸣金鼓，众杀上，小旦、副净与外各冲散下）（众见净介）启万岁：方才有几个男子妇人逃上岸去，丢下一只船来，船上有许多衣服、首饰。（净）逃去的不消追得，船上东西都收来助饷便了。（众应介）（重唱前［神仗儿］一曲下）（小旦、副净连叫"院子院公"上）（小旦）呀，院子不见了，叫我这两个妇人逃往那里去？嗳，我那爹爹呵！（内又呐喊介）（副净）那边又杀来了。小姐，你顾不得脚酸，快些跟着我逃命。（走介）

［黄龙衮］（小旦）方嗟行路难，方嗟行路难，又把人冲散。似这等夙夜露中行，清平尚有强人犯。何况这荆棘盈途，把衣牵袖绾。拚一个保坚贞，完节操，投江汉。

（同下）（外急上，"小姐、乳娘"连叫介）呀，小姐、乳娘都冲散了，他两个女人家，没有男子引领，怎么样逃难？我如今没有小姐，不好去见老爷，只得往各处找寻便了。

［尾声］无端兵火人离散，拚我这老苍头把铁鞋踏绽。料想他挪不动的金莲也还容易赶。

第二十四出　错获

（丑扮地方持画，并告示上）一件新闻活笑死，请君但看这张纸；皇帝家中走了人，教我百姓替他贴招子。自家非别，乃是饶州府城里面，一个当官值役的地方是也。近日有桩异事，北京皇帝老官结识一个表子，不知为甚么缘故，忽然走了。如今发下几千幅图形，叫人挨家寻访。我们这府里太爷接着部文，就出告示并图形一齐发出来。我们这些地方，早间要挂，晚间要收，又怕人来损坏，刻刻要立在旁边替他看守。识字的人，知道我来挂告示；不识字的，只说那个卖画的主儿又来了。正是上命差遣，盖不由己。（挂介）挂好了。我且到近处人家去说说闲话，带便看守便了。口吟才子句，眼看美人图。（下）

［醉扶归］（小旦同副净上）（小旦）忽逢兵燹人惊坏，逃生强把路途挨。（做行走不动，欲跌介）猛可的蹴损金莲疼得我泪满腮。只愁露出轻盈态，因此上兢兢不敢把头抬。到了这踽踖处，方晓得乾坤隘。

一路逃来，且喜得贼兵渐远，这街市上面，略有些铺面开张，想是个太平去处了。乳娘，我和你权且放心，歇歇力儿再走。（副净）是便是了。这不知是甚么地方？（小旦看告示介）这个地名叫做饶州府。（副净）你又不曾问人，怎么就知道？（小旦）现有告示张挂在此，上写着：江西饶州府，为晓谕事。所以知道是这个地方。（副净）这等看来，毕竟是识字的好。

［前腔］我羡你心思敏捷双眸快，问津不用把口儿开。小姐，你看那告示后面，又挂着一幅美人图，这美人的面貌与你一般一样，竟是幅小像一般。是谁人背地描将影儿来，居奇挂向这街头卖？你且立在这画边，待我比一比看。（扯小旦近画，细看笑介）却便似同生姊妹一胞胎，也辨不出那个小，谁人大（音：逮）。

（丑上）画上颦难效，人间面不同。谁家痴女子，假面靠真容。你们这两个妇人是那里来的？路又不走，只管在此挨挨擦擦。（细看小旦，惊介）好古怪！这个女子的面容，与画上的一般一样，难道就是他不成？且待我试他一试。（转介）我看你这两个妇人，分明是逃走来的。（副净）正是。我们两个原是逃难来的。（丑

指小旦介）这一幅画，就是他的图形，我怕不知道？（副净）正是，就像他的图形一般。（丑大笑介）好了，好了！区区这个万户侯封得成了。朝廷正要拿你，你们来得恰好。跟我去见太爷。（扯介）（小旦、副净惊介）呀，我们是好人家的儿女，又不犯罪，为甚么拿起我来？（丑）有话到官里去讲，这不是折辩的所在。（带小旦、副净行介）（小旦哭介）天那！躲得雷霆，又遇着霹雳，这是那里说起。（丑）踏破铁鞋无觅处，得来全不费工夫。来此已是衙门，待我击鼓。（击鼓介）（内）甚么人击鼓？（丑喊介）地方拿住钦犯，带来投见老爷。（净冠带，引众上）

[罗袍歌]［皂罗袍］醉取乌纱忙戴，甚公文紧急，扰乱衙斋？（丑带进，见介）地方带钦犯见老爷。（净）是那一起？（丑）就是皇帝家里逃走的人。图形、告示都缴在这里，求老爷亲验。（净）狗才，那是妃子娘娘，怎么说是钦犯。你在那里访着的？不可叫人来冒认。（丑）小的在路上盘着的，容貌也相合，说话也不差。老爷不信，审他一审就是了。（净起，问小旦介）你果然是刘娘娘么？快请起！（小旦）奴家姓范，不姓刘，是他勉强扯来的。（净怒

介）好个瞎眼的狗才，把民间文子当做后妃猜，还亏我不曾屈膝将他拜。（丑）老爷，这是他胡赖的话。方才这个老妇人讲，说他是逃走出来的，那一幅画就是他的图形。（净）叫那老妇人过来。方才那些话，果然是你说的么？（副净）他问小妇人，小妇人随口答应，说是逃难来的，不曾说是逃走来的。这一幅画，说就像小姐的图形，不曾说竟是小姐的图形。（净）这几句话原有些可疑。取画上来，待我亲验一验。（取画细看，又看小旦介）试看这相同的花貌，一般的杏腮，分明是为伊图画，教人缉挨。你就要赖呵，这容颜不肯随伊赖。快请起来，不可失了贵妃之体。[排歌]求升座，莫跪街，我便山呼万岁也应该。忙修表，急遣差，休教想得帝心歪。

（小旦）老爷不要认错了人，奴家父亲姓范，官拜纬武将军。如今从水路上任，不想遇着乱兵，逃上岸来，撞见这个歹人，无故扯来搪塞。老爷若还不信，只求差

人押送交与父亲，就见明白了。

［前腔］逃难才离惊骇，又无端忽遇，降祸的公差。将宦门无罪女裙钗，当做脱逃钦犯施机械。两边容貌，虽然可猜；两家名姓，全然不谐。怎教抵认模糊债？求你把无辜赦，贵手抬，差人押送赴衙斋！但愿你于门大，汉阙开，荣华世世到三台。

（净背介）我闻得如今的皇上，自充威武大将军，改姓为万。他方才说：父亲姓万，官拜威武将军，又合着这个油瓶盖了。只是他不肯直认，却怎么处？（想介）哦，是了。他若说皇帝家里的人逃走出来，怕不像体面，故此做出这个哑谜，把与人猜。我如今也不要讲明，只说送到威武将军任上去。一面修本，赍送他入京；就使不是，皇上见了这样美人，也决不怪我送错。有理，有理！（转介）那位小娘子，既是万将军的令爱，孤身行走，不像体面。叫左右，快拿两乘轿子，护送他前去，交与威武将军，讨一张批回来复我。（小旦、副净谢介）

［尾声］（净）休把他千金贵体驱驰坏，一路上好生看待。（小旦）又谁知奇福翻从祸里来。

第二十五出　误投

[凤凰阁]（末便服，丑、副净扮军士随上）干戈抢攘，惭愧官居屏障。闻知中道阻豺狼，难保来人无恙。

下官纬武将军范钦是也。奉命镇守川湖，且喜民安盗息。近日接得塘报，忽闻江右叛了宁藩。本待出兵援剿，一来不是下官的汛地；二来防他窥伺湖南，只得厉兵严守。我想江西虽有变乱，幸得王伯安现做巡抚。他一向忠心为国，又有文武全才，逆势虽张，非久自当扑灭。只是一件，下官差人去接女儿，此时一定来在路上，万一遇了叛兵，如何是好？已曾拨有兵马，沿途接去，还不见他到来，好生放心不下。分付外面的军士，家眷到门，即时通报。（丑、副净应介）

[前腔]（旦同老旦上）（旦）心头话痒，盼到此时须畅。（老旦）衷情留待枕边详，见面言词休戆。

（老旦）一路行来，已到万官人的帅府，待我央人通报。守门的那里，烦你通报一声，说老爷的家眷到了。（丑背对副净介）既是老爷的家小，怎么这等一个来法？（副净）不要管他，进去通报便了。（进介）禀老爷：家眷到了。（末）有多少人役跟随？为甚么前站不来通报？（副净）一个年纪小的，一个年纪老的，只得两位，并没有跟随的人。（末）怎么有这等事？既然如此，他是坐轿来的，还是坐船来的？（副净）也没有船，也没有轿，都是两脚走来的。（末）岂有此理。你去问他，既是本府的家眷，为甚么徒步而来，又没有跟随的人役，是何道理？（副净出问介）（旦作怒声介）你去对他讲，说我受了千辛万苦，为他逃难而来。他若不认，待我们转去便了。（副净禀介）（末）呀，这等说起来，一定遇着乱兵了。快请进来。（副净出请介）（旦、老旦进介）（末）我儿，你在途中受苦了。（欲搂旦介）（旦细看，大惊，走避介）（末）我儿，你为甚么不肯近身，倒走了开去？

[集贤宾]我看你娇痴腼腆惊又慌，把衣袖遮庞。难道是廉耻心随身段长？几多时不见爹行，便与生人一样，活现出多般疏状。（背介）我看他面上不但带着羞容，还像有些怒色。哦，我知道了。（转介）想是你埋怨做爷的，带累你受了惊吓，

故此在我跟前使性么？这等说起来，倒是接你来的不是了。徒费想，不该迎取明珠入掌。

（旦背对老旦介）母亲，他是个青年的后生，怎么几时不见，就变了个白须老子？（老旦）我也是这等说。

［莺啼序］（旦）多时不见游冶郎，怪满面秋霜。他说来的话，我一句也不懂。这等看起来，毕竟不是万郎，我和你走错路头了。似这等高年人呵，只好奉承他齿德兼优，怎夸才貌无双。还亏他知分量自称阿父，可知道论年纪尽堪生养。好教人劳意想，难道我生身的父母至今无恙？［旁批］妙绝！

（末）且住。当日服事的乳娘并不见面，那个老婆子是从那里来的？叫他过来问话。（老旦见介）（末）你与小姐想是大家逃难，无心遇着的么？（老旦）这是老身的女儿，唤做刘倩倩，不是甚么小姐。（末近旦细看，大惊介）呀，果然不是我女儿，为甚么面庞这等相似？既然如此，你娘儿两口为甚么假充本府的家眷，闯进内署里来？快些直说，不然就要动刑了。（老旦跪介）禀老爷：小妇人是个青楼鸨母，自幼抚养这个女儿。只因他有志从良，曾与威武将军万老爷结为伉俪，只是不曾过门。后来皇上听了虚言，又差人来要选入宫去，女儿誓不改节，以致天使空回。我母女二人，恐怕皇上要来追究，只得星夜逃走。一路访问个威武将军，人都说在这边住扎，所以赶来投见。谁想不是那一个，又另是一位老爷。（末）怎么有这等奇事？如今世上只有我是纬武将军，那里还有第二个，难道是假冒本府的不成？（老旦起介）

［黄莺儿］他执意要从良，惹将来，祸几场，两条蚁命几乎丧。起先只说他是真话，据老爷这等讲来，竟是假冒的了。悔做了当车怒螳，吠尧跖厖，多情却被无情谎。可怜我们弃家而来，盘费又都用尽，叫我这两个妇人，再到那里去好？滞他邦，水穷山尽，归去又无乡。

（末）这等说起来，你那女儿竟是个贞节之妇了。难得难得！本府老年无子，止得一女在家，已曾差人去接，不久就到任上来了。你母女二人既无去路，不若住在这边，我把你女儿收作养女，替他择配何如？（老旦）多谢老爷，待我同女儿商议。（背对旦介）我儿，难得老爷有这片好心，你就拜他为父，也不玷辱了你。（旦）如今也没奈何，只得将计就计，住在他衙中，再访万郎的消息便了。（见末介）多承大人盛意，只恐风尘贱体，难侍晨昏，既辱垂怜，不敢自外。大人请坐，容孩儿拜见高堂。（拜介）

［猫儿坠］寻夫不见，犹幸得爷娘。倘遇当时薄幸郎，莫言同姓不鸾凰。休忘，自古道，言断其初，有话难藏。

［尾声］无端闯入中军帐，不见罪翻擎掌上。（末）我又添了代舞班衣的半个郎。

［眉批］巧语出自深心，能令才人叹服。

第二十六出　谬献

［小蓬莱］（生带女官上）忽地佳音传到，顿教人愁逐魂销。相逢眼底，能差几刻，兀自心焦。

寡人自充威武大将军，来到南京驻驾。虽差许进督兵进剿，那不过是遥作声援。只消王守仁一旅之师，就可以立平大乱。这也罢了。寡人此番出来剿贼原是虚名，不过要访意中之人而已。且喜征求之令一下，查获之信便来，方才饶州知府进来说，美人已经寻着，星夜起送前来，岂不是天大一桩喜事！只是一件，既然赍到，为甚么不连人连本一齐投送进来，定要分做两次？还把这几刻时辰，费寡人的盼望。分付内侍，把九重门都开了，好待美人进来。

［前腔］（末扮差吏送小旦、副净上）（小旦）苦尽方才行到，见严亲拚个号啕。（末）到了，请小姐下轿。（小旦下轿，惊介）呀，为甚的铜驼守宅，金龙绕柱，门有宫僚？

（末）小姐，这是皇宫门首，当今的皇帝就在里面，进去朝见，须用小心。（小旦大惊介）呀，原说送到父亲任上去，怎么送到皇帝宫里来？（对副净介）乳娘，我和你前世不修，又落人的圈套了。（哭介）（外、小生跪接介）万岁爷专等，请娘娘快些入宫。（副净）小姐，既到这边，说不得了，将错就错，进去罢。（小旦朝见，生大喜，扶起介）刘美人，你来了！我和你是贫贱之交，不消行此大礼，快起来。（细看小旦，笑介）美人，你为我担忧受吓，东奔西逃，寡人只怕你受不惯劳苦，未免要瘦损朱颜，不想还是这般的风韵。（小旦低头不语，作羞态介）（生沉吟介）你与寡人初会之际，情意那样绸缪；今日相逢，反是这般羞涩，却是为何？

［园林好］乍相逢不差半毫，重相见从新作娇。哦，是了，寡人累你受了无数苦楚。今日相逢，也不曾赔个不是，难怪你冷落寡人。寡人如今谢过了。（揖介）（小旦急跪，生扶起介）忙谢过求回尊恼，甘受罚，敢求饶，甘受罚，敢求饶？

（小旦跪介）臣妾略诉下情，求陛下俯垂天听。（生扶起介）有甚么话，快起

来讲。

[江儿水]（小旦）未识君王面，难将雨露叨。西施错把东旋调，媸蠢难把妍蠢效，无情怎把多情冒？此际踌躇多少。对着这咫尺天颜，怎敢故生烦恼？

[眉批] **其工可及，其切当不可及也。**

（小旦）臣妾并不姓刘，乃总兵范钦之女。自幼生长闺房，半步门庭未出，并不曾亲近天颜，不敢擅冒欺君之罪。（生惊介）怎么，你难道不是刘美人？（小旦）臣妾不是。（生扯小旦细看介）这面貌一些不差，怎么说个不是？

[五供养犯]休来故谑，独本琼花，那有分条？眉还前日翠，面亦旧时娇。终不然天公恁巧，暗教就一般蠢笑。这等，你且行走几步，待寡人看来。（小旦行介）（生）原来态度之间，稍有分别，却另是一种风神。同处堪心醉，异处也魂消。何幸今生，得逢双妙。

这等看起来，你果然不是刘倩倩了。既然如此，那饶州知府为甚么送你前来？（小旦）臣父接臣妾上任，在中途遇了乱兵，与这个乳娘一齐逃难。偶然经过饶州，见有图形并告示张挂，不合走去看了一看，被那地方盘住，道臣妾的面貌与画上相同，带去见那知府。臣妾也曾细诉衷情，那知府不知何故，假说送臣妾上任，不期赚入宫来。如今求陛下俯念无辜，发回原籍，使臣父释舐犊之忧，臣妾遂慈乌之养，愿没世长斋绣佛，祝陛下万寿无疆！

[玉交枝]臣亲年老，又无儿堪娱暮朝，桑榆暮景将臣靠，臣死亲亦难保。欺君罪刑非自招，只因猾吏施奸巧。望开恩怜悯恕饶，望开恩怜悯恕饶！

（生）寡人无意之中，又遇了个天姿国色，方且喜出望外，怎肯放你回家？料想天地之间，也没有这等不情之事。即日拜你为贵妃，待寻着刘美人，与你并侍椒房便了。（小旦）万岁！这等臣妾有一言启问：那姓刘的女子，既然背主潜逃，就是个不端之妇了，为甚么陛下不加震怒，还这等思念他？（生）他不是无故而逃。当日寡人出去私行，遇此女子于倾盖之间，他就以终身相许。彼时寡人怕露真情，假充个武职官儿和他相与。他临别之时，赠我玉搔头一支，原说差人接他，就持为信物；不想驰马回宫，把那根玉搔头竟失去了。及至遣使相迎，他见信物全无，抵死不肯奉诏，又怕寡人究他违旨，故此挈家遁去。他是为主而逃，不是背主而逃，故此寡人十分想念。（小旦）原来如此。这等，那支玉搔头后来可曾寻得着？（生）并无踪迹。（小旦）这等，臣妾倒拾得一支，不知是不是？（生）在那里？（小旦取簪送生，生看惊介）呀，正是此物。你在那里拾得的？（小旦）那日臣妾偶尔登

楼，见一少年飞骑而过，掉下此簪，故此偶然拾得，不知竟是陛下的。（生）这等看起来，我和你竟有夙世姻缘。这一根玉搔头，分明是天意使我掉下来，送与卿家作聘的了。

[眉批] 缓于邀宠，急于拈酸，从古佳人事事皆能免俗，独此一事，必不肯脱套，何也？

[川拨棹] 姻缘巧，玉簪儿天使掉。先与我聘就鸾交，先与我聘就鸾交！钉情根不教动摇，说将来是无意遭，看将来似有意遭。

（众跪介）喜筵排在长乐宫，请万岁与娘娘临幸。（生、小旦携手行介）

[尾声]（生）风神虽异同花貌，再向锦帐里试卿啼笑。且看这一样的庞儿可有两样娇？

玉洞桃花别有春，刘郎偏喜遇迷津。

从来好事多由误，误得完全便是真。

第二十七出　得实

［菊花新］（末带小生上）行人不到费忧疑，那更纷纷吏事催。还喜得幕府在深闺，握彤管暂分劳瘁。

下官自收刘倩倩为女，且喜他性情端淑，举止幽闲，并无半点烟花习气。又且淹通文翰，下笔如流。我这军中正少一个记室，得他帮助，少费我无限精神，这是一桩可喜之事。还有一桩可忧之事，迎接女儿的人去了许久，再不见到，心上甚是忧疑。这几日精神愈倦，军务愈多，真个是食少事烦，如何是好？（小生）禀老爷：文书、塘报好几日不曾看了，请老爷拆封签押。（末）请小姐出来。（小生请介）

［前腔］（旦带丑上）柔毫只解画蛾眉，怎向军中代指挥？事急且相随，学红线暂充书记。

（见介）（末）我儿，爹爹这几日心事不宁，又兼军务鞅掌，那些公文塘报堆积如山，都不曾看得，你可逐件拆开，替我先看一遍。没要紧的且丢过了，凡是有关系的，另放一边，待我批发便了。（旦）孩儿领命。（末）我且进去歇息片时，待你看完之后，再出来签押。正是倦来难爨铄，老去易愁烦。（小生随下）（小旦）梅香拆封，待我逐件儿细看。（丑拆送、旦看介）标下提塘官赵豹，为塘报事：探得江西叛贼数万，连艨三千余号，顺流东下，口称先取南京，然后北上，未知果否，候探实再报。这是军务重情，待我批个到日，留在一边。（批介）

［渔家傲］卷面轻将"到"字题，这不是铁案如山，何妨代批。（丑又送看介）标下副将薛超，为领给操赏事；标下参将李葵忠，为清算屯粮事。这都是可缓的，且放过一边。军家常事无关系，且暂时丢弃。（丑又送，看介）钦命镇国公威武大将军万，为移会事：本镇奉命西讨，暂驻南京，先令前锋督师会剿，谅叛贼宸濠授首在即，烦贵镇厉兵严守，防贼穷奔。须至移会者。（沉吟介）爹爹前日亲口讲，说武职里面没有第二个威武将军。如今现有一个在此，姓又相同，这不是万郎是那一个？哦，是了，他姓万，爹爹姓范；他的官衔是威严的"威"字，爹爹的官衔是经纬的"纬"字，音同字别，所以路上传讹。迷谬处火焰全非，悟将来、灯光即

是。这等看来呵，饭熟多应在此时。

　　我看到此处，有些不耐烦了。那些未拆封的，且放过一边，待明日再看。（丑）只得一封了，请小姐看完了罢。（旦）这等，快些拆来。（丑拆看介）小姐，好古怪！怎么文书里面，拆出一幅美人图来？（旦细看，沉吟介）呀，这画上的面容，却像有一个人儿与他相像的一般。

　　[剔银灯] 这图中面谁堪比类？却便似在咫尺与他时常相对。（丑）这个面容据梅香看来，倒有个人儿相像。（旦）是那一个？（丑）就在眼前。（旦）眼前没有这个人。（丑）就像你。（旦又看介）是有些像我。快取镜子过来。（丑取镜，付旦照介）呀，果然像极！你看他两下里合来无些异，与我这说话的凑成三位。稀奇！忽现出杨家姊妹，相并处难分是非。

　　且看文书上面，是些甚么话头？（看毕，大惊介）呀，原来就是我的图形。所谓万郎者，就是当今皇上。因我遁身不见，拾得那幅小像回宫，故此画来物色我的。既然如此，为甚么文书里面，又有一个威武将军？若说这一个是，那一个又不是了；若说那一个是，这一个又不是了。天地之间，怎么有这等难明之事？

　　[摊破地锦花] 把柔肠、搅乱得无头绪。是了又非，枉教我信了还疑。多应是梦境无常，倏忽的水变山移。怕醒来呵，惊共喜，总变做一声噫！

　　这事好不明白，快请老爷出来。（丑请介）（末上）有事眠难稳，多愁梦亦惊。我儿，文书、塘报都看完了么？（旦）看完了。（末）可有甚么警报？（旦）警报倒没有，疑事倒有两桩。爹爹请看。（付末，看介）威武大将军万，为移会事……（沉吟介）我同僚里面并无此人，这个官职是从那里来的？我儿，你前日所说者，莫非就是此人么？（旦）孩儿起先也只说就是，后来看了这角部文，又疑惑起来。（付看，末惊介）呀，怎么有这等事？难道当初要娶你的就是圣上不成？（旦）既说他是圣上，怎么又有一个威武将军？（末）正是。信了这一桩，又疑那一桩，信了那一桩，又疑这一桩。好生委决不下。

[麻婆子] 欲献欲献风流帝，又怕同僚来娶妻，欲嫁欲嫁英雄婿，又怕朝廷来索妃。似这等两张婚帖一齐催，难道把亲生儿女来相替？这疑事交还你，自去定从违。

（外急上）得马未为喜，失马未为忧。从来凶吉事，莫向意中求。（见介）老爷在上，院子叩头。

（末）你来了。为甚么去了许久？小姐到门了么？（外）不要说起，小姐在路上呵，

[不是路] 吃尽多亏，险遇干戈命欲危。（末惊介）呀，毕竟遇着贼兵。这等，后来怎么样了？（外）惊相避，中途失去苦难追。（末）呀，失散了。我那儿呀！（哭介）（外）老爷不用伤悲，还有喜信在后。（末）有甚么喜信？（外）遭良媒，凶中遇祸难回避，倒做了锦上添花把好事催。（末）这是甚么缘故？（外）只因皇帝家里走了一个妇人，画影图形，着地方官到处搜缉。那地方官说小姐的面貌，与画上相同，竟差人送到南京。院子又寻到南京，才知道小姐入宫之后，已做了贵妃，皇上十分宠爱，闻得目下就要差官前来，封老爷做皇亲国戚了。家声倍，椒房增却将军贵。谁人堪对，谁人堪对。

（旦背介）这等说起来，我的好事竟被他冒认去了，怎么使得？（末对旦介）我儿，这等看来，方才那两桩事情，合来总是一事，倒释去我们心上之疑了。（旦）正是。毕竟做皇后、贵妃的人生得命好，别人替他吃辛吃苦，担惊受吓，结定了的姻缘，走去认了就是。待孩儿做一篇贺表，称他为千古上下第一位有福的娘娘！（外冷笑介）

[眉批] 情事原有难堪，不容不品。

[眉批] 有此利口，方可吃醋。

[耍孩儿]（旦）命好何须容貌美，别有个毛延寿，图假像巧借蛾眉。这嫔妃，命好的合占东宫位，命薄的合向单于避，管甚么心有愧、心无愧。

（末）你这几句话，也太说重了。既是你的姻缘，如何好使妹子承认？我明日修下表章，差人送你进去，随圣上发落便了。

[尾声] 娘行休洒伤时泪，真共假向明庭质对。（旦）我还怕鹿马先容反认了是作非。

第二十八出　止兵

　　[鹊桥仙]（外冠带引众上）披坚临敌，不辞劳攘，谁道儒臣难将？么麽一任肆披猖，肯便使君威亲降。

　　庸劣惭非将相材，请缨随驾出三台。雄心顿逐丹心锐，矍铄浑忘雪满腮。老夫许进，辱先帝之深知，受今皇之宠眷。批鳞不怒，反加锡命之荣；蹈虎无虞，复遂请缨之愿。自从那日扈驾前来，一路差兵打探，闻得逆贼宸濠窥伺两京，且有先南后北之意。老夫面奏皇上：只消驻跸留都，以壮天威，不须亲冒垂堂之险。待老臣督师前去，与江西巡抚王守仁合兵会剿，则逆贼之首计日可竿，不烦陛下远虑。已蒙皇上面允所奏，择于今日启行。叫中军官，点齐人马，就此扬帆而去。（众应行介）

　　[望吾乡]（合）一怒安邦，提戈代上方。军威奋激人心痒，前旌未至声先往。纵魔势高千丈，闻得天兵至，气早降，便不悔也增惆怅。

　　（齐下）（末扮差官上）千斤担子一人担，未许从旁着手搀。君子临财毋苟得，不妨见义肆奇贪。自家非别，乃江西巡抚王老爷标下，一个捷足的差官是也。俺老爷只因逆贼宸濠举兵谋叛，正在那里抖擞精神，要把擎天只手撑住东南半壁，不肯做当今第二个功臣。谁想近日得了朝报，忽传御驾亲征，又命许相国督师前来，要与俺老爷会兵援剿。俺老爷是个爱君若父的人，怎忍使朝廷冒险？又是个见事不让的人，怎肯许宰相分功？故此一面上本留驾，求皇上驻跸南京，待他擒贼来献；一面写书来上许相国，叫他只在南都卫驾，遥作声援，不用提兵远涉。竟把天来大的一番重任，担在他一个肩头，不许旁人助力。你道是个奇人，不是个奇人？一路行来，已与南都相近。远远望见帆樯掩映，旗帜飘飏，一定是许督师的战船来也。叫水手，快些迎上前去。（外引众重唱"天兵至"三句，行上）（末）前面来者，可是督师许相爷的船么？（众）正是。（末）江西巡抚差官，有公文投上，还有话要面禀。（外）着他过来。（末上，递书叩见介）（外看书介）原来叫我扈驾暂停，不须会剿，待他自取宸濠来献。好个有担当的男子，不枉做皇家的屏翰。

[眉批] 使乎，使乎！

[一封罗][一封书] 精忠既满腔，更有这力纵横助激昂。不似那见义不明的虚倔强，毕竟有恃才能不恐惶。[皂罗袍] 言词犹豫，人忙不忙。谋猷充足，才刚志刚。不枉了继先儒把道学逢人讲。

你回去拜上老爷，说皇上驻跸南京已有定议，可见我两人的意思不约而同。只是本督师奉命而来，不便转去。兵最忌寡，将不嫌多。我和他两个，又是同心协力之人，一齐去建功立业便了。（末）恩主也曾讲来，道他拜命出京之时，曾与老爷当面说过：内患不除，是老爷的责任；外乱不靖，是恩主的担当，曾把两桩大事分开了做。这剿贼立功，是恩主分内之事；又在他所属地方，不烦老爷搀越。（外笑介）是。这几句话原是我讲的，不想他还记得。

[眉批] □使之谦，此官之倨，皆妙绝千古。然情事迥别，易地皆然，非故为矛盾也。

[前腔]（末）他道是曾经任一桩，便有奇凶也各自当。宰相从来难说谎，把尸位贻人也太不良。请回尊驭，把奸邪内防；休来越俎，把威名外张。你若要奠金瓯也不定在雕鞍上。

（外大笑介）这等说起来，要把此番绝大的功劳，被他一人霸占了去。麒麟阁上，竟不容我这督师元老附个名儿不成？说便这等说，有言在先，毕竟要让他杀贼。也罢！本督师原要兼程而进，与他一同进剿的。既有这番正论，令人不得不从。我但照古礼行兵，师行日三十里，缓缓的前来，与他遥作声援便了。（末）多谢老爷。

[眉批] 覆得典雅，不愧文人之笔。

竞义争忠世所难，行之我辈独心安。

若无铁汉持纲纪，风俗靡靡世早坍。（音：难）

第二十九出　擒王

［北点绛唇］（小生冠带引众上），伐罪安民，军机宜迅，兼程进。羽扇纶巾，看令下山河震。

下官王守仁，自闻皇上亲自出征，又命许相国督师会剿，心下甚是不安。以此幺麽小贼，而烦御驾亲征，有损于国威不小。下官现握兵权，以所属地方有事，而烦相国剿平，要俺这巡抚官儿何用。已曾拜表留驾，移札止兵。幸蒙君、相并许，把杀贼建功之事，义让与下官一人。闻得贼氛渐近，已曾差人侦探去了，候确报一至，即便起兵。（丑扮探子上）千家火起贼氛至，一路尘飞探马来。（见介）（小生）贼兵来在那里，虚实何如？（丑）禀老爷：贼兵声言五万，其实不过二万馀人，一半从水，一半从陆，沿途焚杀而来。幸有守汛官兵抵住，专候老爷督兵援剿。（小生）知道了。取戎服过来。（更衣介）水营兵将近前，听我分付：

［南浪淘沙］指水砺三军，一个个把釜破舟焚，翻涛激浪靖妖氛。斩尽鲸鲵方报我，不捷休闻。

（众应介）（小生）陆营兵将近前，听我分付：

［前腔］画地誓三军，有死无奔，移山裂石扫烟尘。歼尽豺狼方报我，不捷休闻。

（众应介）（小生）水陆两营兵将，一齐向前，听我分付：

［前腔］把军令再三申：民舍休焚，掠财掳妇命难存。获得渠魁毋擅斩，俘献

259

（众应介）（小生）就此发兵前去。（行介）

［滴溜子］（合）军行处，军行处，秋毫无损。投降早，投降早，何须血刃。若还稍迟归顺，敢教乌合众，立成齑粉。死路生机，从伊自分。

（净引众杀上，对阵介）（净、众败走，众擒净，见小生介）禀老爷：叛首宸濠拿住了。（小生）好生上了囚车。如今圣驾现在南京，本部院率领有功将士，一同前去献俘便了。就此班师！

［前腔］（合）擒戎首，擒戎首，胁从不问。韬弓矢，韬弓矢，馀威休奋。运筹不差分寸，一怒万民安，金瓯奠稳。劝驾回銮，休劳至尊。

［尾声］燎原扑灭无馀烬，转安危只消一瞬。从此后呵，朝野争夸社稷臣。

第三十出　媲美

[临江仙]（生带内官上）东壁献俘西献美，两桩好事齐催。献俘人且略徘徊。宸衷分缓急，先诏进蛾眉。

寡人为寻刘倩倩，借名讨贼而来。只说掩耳盗铃，假意要与真情互见。谁料借途灭虢，虚名竟与实事兼收。一面得了报捷的本章，知道王守仁已平大乱，亲解贼首来献俘；一面缴了寻人的敕谕，又知道范钦再续奇缘，躬献美人来入侍。两件遂心之事，一齐来到面前，教寡人如何欢忭得了。叫内侍，一面传范贵妃上殿，一面宣刘美人入宫。（众应，传介）

[前腔]（小旦上）昔日代他今遇彼，两家羞怒难回。相逢欲辨是和非。只应仇造物，簸弄太稀奇。

（见介）启万岁：昨晚玉烛花生，今早宫檐鹊噪，想是臣父所进之人，今日送到了么？（生）送到了，即刻就要入宫，故此宣你出来相会。

[前腔]（旦上）今日虽分鲢和鲤，只愁宠固难移。阿谁称妾阿谁妻？虽欣相遇早，又恨到来迟。

（相见各悲介）（旦行礼，生扶起介）（旦、小旦相见介）美人，当初与你判袂之时，只道分离数日，会合百年，不想生出如许风波，都是寡人的不是。今日相逢，好生惭愧也呵！[北乔合笙]见面多惭愧，无是多非。把真情埋没了，一肚皮妆乔弄假来试伊，要团圆反使人趋避。若不是神灵把手相提，几使你苦海茫茫沉到底。（合）悔悔！成何济，相逢总把前情弃。少生烦恼多生喜，好事从来有例，饶你对面的夫妻，他故要分开万里。

（旦跪介）臣妾启奏陛下：（生扶起介）（旦）臣妾有三桩大罪，求陛下立赐处分。（生）美人休得太谦，你有何罪？（旦）一不该治容惑主，二不该矫诏全贞，三不该惧罪奔亡，以致乘舆往返，人心骚动。求陛下速正臣妾之辜，以消圣德之累。

[幺篇]容非至美，误国将危。不见唐帝主缢贵妃，春申割爱贤士归，张巡杀

妾军心砺。况不是中宫位定难移，求速正迷君罪。（合前）

（小旦跪介）臣妾启奏陛下。（生扶起介）你又有甚么启奏？（小旦）当初只因陛下追思旧好，物色前贤，臣妾偶以面貌相同，致有司误送入宫。蒙陛下暂容署代，如今真玉既出，焉用珷玞；皎月当空，何劳爝火。求陛下敕放还家，使得守贞终养，深感陛下锡类鸿仁。

［道合］愿藏媸避美，永辞却锦鸳帏，永辞却锦鸳帏。呀，怕甚么纸帐梅花孤又寂，俺自会诵真经，焚宝篆，把凡心洗。待来生，奉帚操箕。

（生）你二人都不消客气，寡人决不为旧人情好，薄待新人；也决不为新人义重，冷落旧人。各就贵妃之封，永享同心之福。只是一件，你们两个容貌相同，立在面前分不出谁张谁李？万一寡人唤错了姓名，却不要多心起来，说寡人注念那一个。

［元和令］怕的是对张错把这名呼李，无心搅起是和非，惹得人憔悴。我待要两边各样画蛾眉，替你在同处分些异；又怕笔上生疑忌，生疑忌，道是有心的浓淡不相宜。

（众）启万岁爷：宰相许进复命，巡抚王守仁献俘，都在外面候久了。还是见他不见他？（生）寡人为着巡幸一事，惹起无限祸端，其侥幸不致危亡者，皆二臣匡辅之力也。不免宣他入宫，当面奖誉一番，也见寡人厚待功臣之意。叫内侍，宣他两个进来。（众传介）（外、小生执笏上）曲突移薪计未忠，焦头烂额敢居功？凭君莫侈南游事，怕启将来巡幸风。（外）臣许进见驾。（小生）臣王守仁见驾。（同呼"万岁万万岁"介）（生）寡人只为巡游无度，以致国步艰危。若非二卿协力匡襄，岂能复有今日？今加许进太保兼太子太师，封王守仁为新建伯，暂报殊勋，仍图后效。（外、小生谢介）

［前腔］格君心惭无厚德，累封疆几至倾颓，这都是臣上召来的颠与危。又谁知宽罪遣，霁君威更赐恩辉！

（生）寡人自今日以前，所作所为，无一事不可以亡国。赖有二卿夹辅，幸保无虞。今喜宫闱已正，藩叛又除，若不从此收心，终贻后悔。就烦许先生执笔，草一道反躬罪己的诏书，颁行天下，从此励精图治，以慰臣民颙望之心。（外、小生）陛下兴言及此，乃四海苍生之福也。臣等谨奉酒称贺！（送酒介）

［眉批］看到此处，始知一部传奇皆因垂戒而作，非示劝也。

［担子令］泰运端从斯念起，否将回；万国苍生尽承禧，保无危。（合）喜君

臣一德生佳瑞，明良三五世堪追；听歌声击壤遍群黎。

（生对二旦介）寡人得与汝等偕乐，亦二卿保护之功也。两贵妃代寡人送酒，劝二卿各饮数杯。（旦、小旦送酒介）

［前腔］若不是仗正直匡表里，把危邦奠好如磐石。此时呵，便是好夫妻也要分离，孽姻缘，难保各东西，怎容易入宫帏。（合前）

（外、小生）臣等告退，即刻草诏进呈。国步回艰日，君心悔过时。好将多庆兆，传与万方知。（同下）

［梅花酒］（合）左右皆宜，后先并美，怎教人不心儿醉！看二妙代双杯。（合）六宫中形尽秽，休窥。你便假妆鬟如样画眉，只怕要愈增娇把人变鬼。

［前腔］较瘦论肥，评娇比媚，今宵拚把精神费。还要在安乐处斗艰危！（合前）［煞尾］人心有愿终须遂，怕的是尝不尽愁中滋味。试觑俺苦出头来，还只怕甜坏了嘴。

情痴痴到武宗游，男子颠狂已尽头。

举世欲翻"情"字案，须从乖处觅风流。

总评

　　明朝三百年间，许灵宝家门最盛，而事业复有可观；王山阴理学称尊，而功烈尤为丕著。二公之事虽登载籍，未播管弦，使妇女、孩童不尽识其面目，亦缺憾事也。至于武宗之面目，久现于优孟衣冠。嫖院一事，可谓家喻而户晓者矣！但屈帝王之尊，而为荡子无赖之事，此必亡之势也。其所以不亡者何故？岂非辅弼之有人，而弥缝之多术耶！若不揭出此义，昭示于人，则天子浪游而国事无恙，几为可幸之事矣！是剧合一君二臣之事，而联络成文，使孩童、妇女皆知二公有匡君之实。二公既有匡君之实，则武宗亦与有知人之明。由是观之，其侥幸不至失国，亦理之所当无，而事之所合有者也。以此示劝于臣，则臣责愈重；以此示诫于君，则君体不愈严乎？作是剧者，原具此一片深心，非漫然以风流文采见长也。有责其以衮冕登场，近于亵慢者。吾不知嫖院一剧始自何年？徒暴其短者，不闻见罪于世；而代文其过者，反蒙指摘于人。亦何幸于前，而不幸于后欤！

·李渔全集·

巧团圆

[清]李渔⊙原著

王艳军⊙整理

序

笠翁之著述愈出而愈奇，笠翁之心思愈变而愈巧。读至《巧团圆》一剧，而事之奇观止矣，文章之巧亦观止矣。笔笔性灵，言言精髓。吐人不能吐之句，用人不敢用之字，摹人欲摹而摹不出之情，绘人争绘而绘不工之态。然此非自笠翁始也。古来文章不贵因而贵创，自"六经"以至《南华》《离骚》、盲传、腐史，无不由创而传，从前无是格也。若仅依样沿袭，陈陈相因，作者乏心呕雕肾之功，读者亦无惊目动魄之趣，覆瓿之外，乌所用之？今日诗文之病坐是也。故生面忽开，即院本俳词，尽堪脍炙，臼窠再见，即高文典册，亦属唾馀。知此，而后可读古人之书矣，知此，而后可读笠翁之传奇矣。然世尽有好为新奇，无奈牛鬼蛇神，幻而不根，凿空羽化，妄而鲜实。自为捧心之妍，而徒令观者掩鼻。非不务创，以其有创之心，无创之具也。笠翁则诚有其具矣，锦心烂焉，绣口灿焉，生花之笔又复滋而蔓焉。不必陈言之务去，而鲜葩竞发，秀萼怒生，一切败箨残苞，望而却走。是天固纵之使创，彼腐般迂倕，乌得而绳墨之？是剧于伦常日用之间，忽现变化离奇之相。无后者鬻身为父，失慈者购妪作母，凿空至此，可谓牛鬼蛇神之至矣。及至看到收场，悉是至性使然，人情必有，初非奇幻，特饮食日用之波澜耳。至观其结想搞词，段段出人意表，又语语仍在人意中。陈者出之而新，腐者经之而艳，平者遇之而险，板者触之而活。不独此也，事之真者能变之使伪，伪者又能反而使之即真。情之信者能笪之使疑，疑者又能使之帖然而归于信。神乎，神乎。文章三昧，遂至此乎。由烂漫以造恬雅，自炉锤而臻浑化，上塞元人之旗，下夺临川之席。吾不意天壤间，竟有此等异人著此等异书，供人快读。今而后，吾不敢复以烟火文人目笠翁。

康熙戊申之上巳日樗道人收于渭湘僧舍

巧团圆传奇卷上　湖上笠翁编次　　莫愁钓客　　睡乡祭酒　合评

第一出　词源

[西江月] 浪播传奇八种，赚来一派虚名。闲时自阅自批评，愧杀无盐对镜。既辱知音谬赏，敢因丑尽藏形。再为悦己效娉婷，似觉后来差胜。

[凤凰台上忆吹箫]（末上）姚子无亲，兴嗟风木，梦中时现层楼。遇邻居窈窕，计订鸳俦。硬买途人作父，强认母、似没来由。谁料取，因痴得福，旧美兼收。凝眸，寻家问室，见梦中楼阁，诧是魂游。验诸般信物，件件相投。亲父子依然完聚，旧翁婿好事重修。争荣嗣，又兼报捷，三贵临头。

[眉批] 妙从家常情事里翻出新奇，真驱山鞭石手。

恤老妇的偏得娇妻，姚克承善能致福。

防失节的果得全贞，曹小姐才堪免辱。

避乱兵的翻失爱女，姚东山智也实愚。

求假嗣的却遇真儿，尹小楼断而忽续。

第二出　梦讯

场上预设床帐

[意难忘]（生儒服，上）饱杀侏儒。叹饥时曼倩，望米如珠。长贫知有意，天欲尽其肤。除故我，换新吾，才许建雄图。看士人，改躯换貌，尽赖诗书。

[眉批] 皆直再来语。

[鹧鸪天] 自幼亡亲苦备尝，时人尽道产空桑。不阶尺土成家易，止靠孤身办事忙。　　虚枕席，待糟糠，也如命狠碍高堂。梁鸿偃蹇虽如此，岂遂无妻老孟光。　　小生姚继字克承，楚之汉阳人也。幼失二亲，长无一恃，孑孑孤行于世上，亭亭独立于人前。引南户之风，招北窗之月，慰我穷愁。凿东邻之壁，借西舍之书，供吾夜读。也曾遍讲朱陈之好，急图秦晋之欢，怎奈那些择婿之家，不问腹笥之盈虚，止询家私之厚薄。即使射穿屏雀，也是徒然，撞碎彩球，终非燕尔。这虽系当今的世态忒杀炎凉，也还是小生的婚姻合该迟暮，且自由他便了。只有一事恨不过，普天下的人，谁家不事父母，那个没有爷娘？独是小生不然，自幼丧了二亲，记不起当时的面貌，且莫说活爹、活妈没得叫唤，就要画幅纸上的真容，时常拜他几拜，也不能摹仿。（叹介）人皆有兄弟我独无，古人尚且致恨，何况生身之父母乎？仔细想来，好不伤感人也！

[眉批] 极旧极腐之事，一经陶铸，便是绝艳新词。

[醉扶归] 悔当年活不把亲描塑，恨如今死不得见规模。似这等声容笑貌总成虚，我待学丁兰刻木将谁据？空教人梦魂如絮绕空庐，欲图报本无寻处。

我时常思想要在梦中会一会，好记了面貌，到醒来图画真容。怎奈夜夜睡去，再不能勾相逢。只梦见一座小楼，里面铺下床帐，又有一个小小枕头，却像是我睡过的一样。夜夜做梦都是如此。以后睡梦之中，不上这座小楼就罢，若还再走上去，定要讨个下落，且看是谁家住宅？那个主人？到后来作何应验？

[前腔] 梦中定有人相遇，问他征验待何如？谁家庭院恁萧疏，决不是空中楼

阁全无主。仔细想来，毕竟是我前生的因果。既道是仙人夙昔好楼居，为甚的轻轻谪向人间住？

此时夜色将阑，正好到梦中楼上去走一走。只是一件，恐怕有心要做梦，那梦倒未必肯来。不要管他，只把方才的说话牢记在心，不梦就罢，万一做梦就讨个下落便了。正是，梦啼梦笑无非梦，真富真荣未必真。（放下帐幕，睡介）（内放定更炮，发擂一通，随打更介）（生起，作梦魂上）柳媚花明止笔耕，倏然随步出柴荆。脚跟颇与轻车似，偏向从前熟路行。前面一座小楼，是我熟游之地，不知不觉又来到这边，不免再去登眺一番，有何不可。（上楼介）

[眉批] 同一睡法而有放帐揭幕之殊。不到观场，不知杼轴之巧。

[皂罗袍] 仍是刘郎前度，怪种桃道士，踪影全无。落花流水指迷途，并没个刘安鸡犬司门户。既无人饮，为甚有名浆在壶？既无人爇，却又有清香在炉。一定是山中采药归来暮。

这房子里面虽则无人，还喜得有邻有舍。那壁厢坐着一位老者，待我问他。（向内介）那位老人家请了。小生不知进退，敢借问一声，这座小楼是谁家的住宅？为甚么不关不锁，终日空在这边？

（内）你这小孩子又来作怪了，自己生身的所在，竟不知道，反来问我。（生惊介）我生身的所在，另有一处，何尝在这里？老人家不要取笑，请对我直讲。（内）谁与你取笑？若还不信，那床帐后面现有一箱，里面所藏之物，都是你做孩子的时节，终日戏耍的东西，取出来看就是了。（生）既然如此，待我取将出来。（取出箱介）果然有一箱，喜得不曾封锁。待我取出物件细细看来。

[眉批] 老来色相。过目即忘，儿时听睹，终身不覊，此等梦境是人皆有。吾细观笠翁诸剧，无他奇巧，止能善绘人情。

[前腔] 放出眼光如炬，验其中真假，好辨盈虚。（取出泥人、土马、棒槌、锣鼓、刀枪、旗帜等物细看，惊介）呀，果然是我幼年时节戏耍的东西，件件都还认得。（作敲锣、打鼓、舞刀枪、弄旗帜，弄毕大笑介）既然重进老莱居，何妨再演斑斓具。这是孩提真乐，不比荣华是虚；儿童竹马，胜似王侯命车。一生知识便多愁虑。

且住，记得我爹爹是个布客，常以贩标为生。临终的时节，把一根玉尺交与我道，万一你读书不成，还做本行生意。这等看来，那一根玉尺是我传家之宝，为甚么倒不在里面？（内）那是后来得的，并非爷娘所赐，你记错了。只是一件，玉尺虽不是爹娘所赐，却关系你的婚姻，也不可拿来丢弃，牢记此言。我如今再不讲了。（生）还有要紧说话，不曾问得。我的爹娘在那里？（连问，内不应介）呀，果然不说了。方才这个哑谜，叫我如何猜得着？且把箱内物件依旧藏好，省得说我狼藉家私。（收取各物入箱介）

　　[醉翻袍][醉扶归] 取时似见娘和父，收时依旧叹身孤。把这只箱子，依旧放在原处，待我生出儿子的时节，又好取出物件来与他玩耍。（仍置床后介）莫道我家空四壁器全无，这传家旧物依然富。看了这一会，不觉精神倦了，现有床帐在此，何不睡他一觉。（揭起帐幕，睡介）[皂罗袍] 这床头糕屑，还是我儿时旧铺；枕边乳迹，还是我娘行血酥。嗅来酸鼻翻成醋。

　　[眉批] 曲臻化境。

　　（内又发擂一通，作鸡鸣介）（生醒介）呀，原来又是一梦！我未曾睡觉的时节，原要打点问个来由，不想睡到梦中，果然得了下落，只是末后几句全然不解。他说玉尺非爷娘所赐，乃是后来得的。我只有这位爹娘，怎么说个不是？难道授我玉尺的人，不是生身父母？

　　[前腔] 梦中喜得迷成悟，醒来又怪事模糊。哺身止得这慈乌，如何更有先天母？若说是螟蛉果蠃，将荣续枯，怎没个传言鹦鹉，离亲间疏？使我终身不解瞒人故。

　　他又道，玉尺一根，虽不是爷娘所赐，却关系我的婚姻。我这东邻有一女子，貌颇倾城，他屡屡顾盼小生，只是瓜李之嫌，不可不避。且自由他，我且把玉尺收好，看到后来有何应验。

　　[尾声] 如今且拨开云雾，少不得大梦醒（平声）来小梦也苏，试看后吆前言合也无？

　　亲在高堂不解思，思亲偏在既亡时。

　　纵教滴尽恓惶泪，终是人间忤逆儿。

　　[眉批] 真实说法。

第三出　议赘

［临江仙］（小生便服上）愁见铜驼荆棘里，挂冠早已林栖。家居犹恐祸来随。江湖频遁迹，鸥鸟共相依。

市城戎马地，决策早居乡。妻子无多口，琴书只一囊。桃花秦国远，流水武陵香。去去休留滞，回头是战场。老夫姚器汝，号东山，蜀川人也。两榜科名，一朝事业，官已臻乎八座，位亦近于三台。因见时事日非，朝纲尽乱，主威不测，谤口易腾，所以，请告回家已经数载。近日又为闯逆揭竿，贼氛四起，每破一座城池，遇见缙绅仕宦，不是拿去做伪官，就是捉来比重饷。老夫做了二十年仕宦，万一遇见贼徒，岂能幸免？所以背乡离井，寄迹他方。如今来在汉口地方，扮做个悬壶的医士，卖药糊口，又怕人看出行径来，改了一个极俗的姓名，唤做曹玉宇。亡儿夭折，继嗣无人，至亲家眷只有夫人、女儿两口。连这女儿也不是亲生，乃同年至戚之女，年已及笄，尚未许嫁，欲待招赘一人，就立为嗣子。且待夫人出来，与他商议则个。

［前腔］（小旦上）无女无儿孤到底，止凭似爱追随。（旦上）天涯何处觅深闺？金莲无定迹，到处印香泥。

（见介）老相公，我和你飘零异国，身旁没有亲人，止得这个养女。当初指望儿子长大，配成一对夫妻，不想儿子夭亡，这句话讲不起了。如今年已长成，还不曾替他议婚，万一闯贼杀来，叫他跟着谁人逃走？难道我老夫妻两口，自己照管不来，还带着个如花似玉的闺女，去招灾惹祸不成？

［眉批］径吐真情，不作家常套语。

［玉山供］［玉抱肚］兵兴时世，养娇娃必生祸危。便是任襁褓也虑他年，何况现妖娆不愁今日？［五供养］慌忙匹配，休得在累中生累。（合）说起家门事，顿攒眉，何时才把担来推？

且莫说他的姻事，就是我们两口的终身，也全无着落。当初儿子未亡，不想立嗣，如今靠着何人？还不想急急回家，立个螟蛉之子。（小生）夫人，你的说话句句是金石之言，老夫岂不知道？其所以迟疑未决者，只为要把两桩事情合成一件，所以，慎而又慎，不敢轻易出口。你且听我道来。

　　[前腔] 佳儿佳婿，异称呼同为至戚。既已把媳为儿姑传慈范，还待将翁作父婿舞斑衣。连珠合璧，苦没个兼人才器。（合前）

　　（小旦）我知道了，你说这个女孩子，原在可儿可媳之间，要招个男子在身旁，就接我们的宗祀么？（小生）便是这等说。（小旦对旦介）我儿，你的意思何如？（旦）久蒙恩养，不啻亲生，正要常依膝下。

　　[玉抱肚] 人生可罪，做女孩儿把爹娘活离。谁料我命高强不遭亲遣，赋桃夭赦却于归。（合）问闺人何处得便宜？都只为少弟无兄福始齐。

　　（小旦）若还如此，这段婚姻就草草不得了。我们仕宦人家，女婿还可以将就，儿子却将就不得。你做过三品高官，论理该有恩荫，万一大乱之后，忽然平静起来，回到家中，就是他去补官授职了。乱离之世，如何选得出这个人来？

　　[眉批]“赦”字奇绝。此剧用字之创，不可文纪。侯芭问奇于子云，非人不识之谓奇，人不能用之为奇也。

　　[前腔] 干戈成队，富豪家纷纷尽移。俏儿郎也类娇娃，避强徒不使人窥。（合前）（小生）夫人休得痴想，“太平”二字是不能再见的了。只要寻个少年老成之人，做了避乱的帮手，到那贼寇近身的时节，可以见景生情，逃得性命出去，救得家小回来，就是个佳儿佳婿了。我眼睛里面，已相中一个，听我道来。

　　[前腔] 虽非宗裔，姓相同何难附依，况伊行少室无家，赘将来恰好同栖。（合前）

　　（小旦）端的是谁，你且讲来我听。（小生）他的房舍与我的寓所，只隔得一层篱笆，你去想来便了。（小旦）莫非是姚小官么？果然好个孩子。只是一件，有人在背后谈论他，说不是姚家的真种，[旁批] 伏案。三四岁的时节，去儿两银子买下来的。若果然如此，只怕有些不便。（小生）自古道：芝草无根，醴水无源。只要孩子肯学好，那些闲话听他怎的。（旦背介）奴家也曾见过，是好一副面庞。

　　[前腔] 闻言私喜，他俊庞儿曾经略窥。说风流却似端庄，尽多情只嫌瓜李。（合前）

　　（小生）说便这等说，也还要留心试他。这等世界，倒不喜他会读书，只要老成练达，做得事来就可以相许。我明日见他，自有话说。

　　[尾声] 世间好事妨无殢。（小旦）可称儿才堪称婿。（旦背介）只怕他二美兼来尚有奇。

　　眼底良缘自不差，赤绳何必系天涯。

　　朱陈二姓无多远，撤去藩篱即一家。

第四出　试艰

〔剑器令〕（生上）心事太狐疑，手咄咄频书梦呓。〔旁批〕妙。这玉尺既非亲赐，教人什袭何为？

小生自得梦讯以来，心事愈加烦闷，好几日不看书了，不免展开一卷，吟诵片时。

〔山坡羊〕我意儿中撒不下的愁绪，好像这卷儿中析不出的疑义。我欲待不思亲权删抹了孝思，怎奈这《蓼莪》篇欲废则是难轻废。看书不能解闷，不若拈个题目做文字，把心儿用在上面去，或者可以忘忧。（向瓶内拈题，展看介）"君子之道，造端乎夫妇。"（叹介）又合着我第二桩心事了。既然拈着他，只得要做。（写介）这是个心事题，造端自有几。天人凑泊不怕文心殢，管教他一字悬金不可移。文字完了。可惜遇着乱世，我这求名的念头不十分急切，若在太平之世，把这等文字去求取功名，我姚克承何愁不富，何愁不贵？堪悲，抱长才忍冻饥；难期，际风云夺锦归。

〔眉批〕风教名文，矮人尽作戏观，无乃太过？

〔剑器令〕（小生上）立后事轻微，也待把诸艰历试。〔旁批〕妙！欲待要觇他动静，不妨私启柴扉。

（进介）（生惊起介）呀，曹老伯过来了，有失趋迎。得罪，得罪！（小生）姚小官，你终日静坐。不见出门，在家做些甚么？（生）不是读书，就是作文，此外并无一事。（小生）好没正经，这等乱离之世，身家性命也难保，还去读甚么书？作甚么文？你也迂阔极了。

〔山坡羊〕试看这乱纷更不终日的朝制，闹哗喳似筑舍的群议，插高标卖得去的山河，系长绳锁不住的虚神器。还想着登月梯，向嫦娥索桂枝。只怕从空掉下头颅碎，埋怨文章把命催。我劝你思维，这诗书及早灰，毛锥，付东流莫再挥。

〔眉批〕元之曲乎，明之史也。

〔眉批〕如来手中无此痛棒，金刚说法乃能有此。

（生）照老伯这等讲来，当今的天下是不能平静的了？（小生摇头介）万万不能。（生）既然如此，读书何用？只是一件，我们做秀才的人，除了读书没有别样事做，却怎么好？（小生）当此之时，只有三等人好做。第一等是术士；第二等是匠工；第三等是商贾（音：古）。（生）怎见得这三等人好做？（小生）处此乱世，遇了贼兵，保得性命就勾了，一应由产家私都不能携带。别样人没了家私，就保得性命也要饿死。那术士、匠工，把技艺当了家私，藏在腹中，随处可以觅食，所以，算做上中二等。为商作贾的人，平日做惯贸易，走过江湖，把山川形势、人情土俗，都看在眼里，知道某处可以避兵，某路可以逃难，到那危急之际，就好挈带妻子前行，若留得几两本钱，还可以营生度活。这虽是最下一等，却人人可做，又不失体面。我且问你，你曾学得些术数技艺么？（生）老伯听启：

［皂角儿］念鲰生，心高欲飞，岂屑守，雕虫微技？便遭逢时乖数奇，也难变节自同奴隶。若论我的能事呵，止会把笔屠龙，文搏虎，赋凌云，词倒峡，保得过盛世无饥。要我去提浆卖水，筮草占龟，倒不如，甘贫守饿，做个乱世夷齐。

［眉批］笠翁之曲，工部之诗，俱得力于兵火丧乱。可见文人遭遇，无境不可，不必定如太史公，以名山大川为受益之地也。

（小生）照你讲来，那术士匠工是不屑去做的了？（生）自然不屑。据小侄看来，老伯所说的下等，倒是小侄的上着，只可惜没有本钱，说不起为商作贾的话。（小生）只怕有了本钱，你也未必会做。（生）拚得吃些辛苦，有甚么做不来？不瞒老伯讲，先君在日原以贩布为生，惯走松江一路，还有许多帐目放在各庄，不曾收起，都有票约可凭。若借得几两盘缠，去走一次回来，定不落空，只可惜没有这个债主。（小生背介）我正要试他，不如就从这桩事起。（转介）盘费不难，出在老夫身上。我还有几两本钱，烦你顺带前去，捎些布匹回来。若还不负所托，将来还有所商。你听我道。

［前腔］做生涯，休图利肥，不过要炼风霜，好承劳悴。涉江湖非因探奇，只为着觅桃源好将秦避。此去呵，度崇山，经邃谷，访迂途，寻僻境，到处低徊。图将家徙，兼把邻携。却不道，藏身有伴，可免凄其。

（生）若得如此，感恩不尽。明日就送券约过来。（小生）那倒不消。只是早早回家，不使老夫盼望，就是盛情了。（生）自然早回，不劳分付。

夜夜灾星照石渠，劝君虑劫早焚书。

秦坑掘就三千丈，遍向人中觅蠹鱼。

第五出　争继

[满庭芳]（外便服上）天道无知，如聋似瞽，善人后嗣全无。鸳同枭鸟，偏自拥多雏。（老旦上）索性无儿何碍，最伤情是活把人屠。悲怆处有声无泪，肠眼尽皆枯。

[眉批]"多男多累、多寿多辱"等语，向窃疑之，近见三多之福，偏卒于万恶之身，始得其解。岂天果欲累之辱之耶。一笑。

（外）老夫姓尹名厚，别号小楼，湖广郧阳人也。祖上以防边靖难之功，世授锦衣卫千户。老夫袭职多年，告假还乡又经数载。我家屡世单传，传到老夫也止生一子，不想于十五年前，随了一队孩童上山去玩耍，及至晚上回来，别人的儿子都在，单少我家这条命根。彼时正有虎灾，寻觅多时，不见踪影，定是落于虎口无疑了。所以，至今无后，竟把世职空悬。有许多亲戚朋友劝我立嗣，我只是不依，且到后来再作区处。（老旦）闻得有几个亲朋，不由你我情愿，都要携酒备席，把儿子送上门来劝你承继，你还是收他不收他？（外）一概不收！（老旦）为甚么不收？（外）你听我道。

[啄木鹂][啄木儿]宗祧事，决不换酒一壶，香饵虽甜终似蛊。（老旦）你不肯立后的意思，还是为着甚么？（外）为儿曹尽带痴顽，虑他年不堪绳武。你道他勉强要来承继，果然是一片好心么？不过要得我的家产，袭我的官职罢了！几曾见慈乌肯反他人哺，不过是孔方无后兄成父。[黄莺儿]叫他莫轻图，我未逢佳胤，甘作守财奴。

[眉批]笔啼墨笑，骂尽世人。

（老旦）这等，你的意思待怎么样？（外）我想立后承先，不是一桩小事，全要付得其人，况且平空白地把万金家产付他，又赔上一个恩荫，岂是轻易出手的？必须拣个有才有干，承受得起的人，又要在平日间试他，先有些情意到我，然后许他承继，这样的嗣子，后来才不忤逆。夫人，你道我讲得是么？（老旦）是便极是。还有一种世情，你不曾虑到，如今世上的人呵。

［前腔］虚情好，实意无，只怕洗眼看人翻类瞽。你要在平日间试他，不知你便有心，他也未必无意。知道你我无儿，必想一人继立，故意把虚情哄你，也未见得。你心缜密好用安排，却不道命生成枉费机谟。无儿既已安天数，承欢逆志焉能顾？倒不如善将雏，施恩博义，把鸷鸟变慈乌。

（外）夫人也虑得是。我想近处之人，那个不知道我家的事，要试真情也试他不出，除非丢了故乡，到别处去交接，才试得出这个人来。我不久就要远行，夫人在家可耐心等候。

［缕缕金］（末扮老子，丑扮幼童，生扮家僮，携酒盒上）携樽酒，过亲庐，好把儿相赠，效勤劬。接得他家嗣，便高门户，这家财不怕不归吾。［旁批］妙！从今不穿布，从今不穿布。

（进介）（老旦避下）（外）呀，表姊丈来了。许久不见，为甚么携着酒盒，又带了外甥过来？

（末）此来不为别事，只因老舅没有公郎，应该是外甥承继，故此选了吉日，把小儿送上门来，做你现现成成的儿子，你不可不受。（外）承宗立嗣，非同小可，岂有不曾说明，就要承继之理？且再商量。

［前腔］（净扮老子，副净扮幼童，小生扮家僮，携酒盒上）除家累，逐顽雏，送到邻家去，作儿呼。坐享荣和贵，不愁亲父，到他年不享这欢娱。从今不开铺，［旁批］妙！从今不开铺。

（进介）（外）呀，这是邻家的伊大哥。为甚么也携了酒盒，也带着令郎过来？（净）此来不为别事，只因老长兄没有公郎，应该是小儿承继。故此携了酒盒，把小儿送上门来，做你嫡嫡亲亲的儿子，你不可不受。（末）得！老伊，你好生没理，外甥继舅，乃是事理之常，你是何人，也想要来承继？方才说应该是你，这"应该"两个字，你且讲来我听。（净）同宗立嗣，古之常理。我与他是同宗，所以说"应该"二字。（末）又来奇了，你姓伊，他姓尹，怎么叫做同宗？（净）尹字比伊字，只少得一个立人。如今把我家的人，移到他家去，他就可以姓伊，我就可以姓尹了。怎么不是同姓？（末）好胡说。

［眉批］妙诨雅谑，总非寻常喷饭语。

［锦衣香］我笑你学问疏，机谋富，巧支吾，难回护。不分贵贱高低，妄思绵袿。只怕乌纱飞不上头颅，止堪服役，卖作佣奴。（净）老丈不要太毒。我闻得你这姐夫郎舅，也不十分嫡亲，不过是表而已矣！表兄也是表，表子也是表，若说表

姐丈的儿子定该立嗣，连表子生下的娃娃，也该来承继了。笑伊行不恕，怪人亲自合求疏，这叫做贪极能生妒。若不是如狼似虎，怎做的人中渴兽，女中饥妇。

[眉批] **此老有滑稽之才，若遇东方、优孟诸人，定延上座。**

（末怒介）好放肆的狗才，叫管家儿子过来，一齐动手，打死这个老贼！（净）你有儿子，我也有儿子，你有管家，我也有管家，一个对一个，料想不输与你。（末、净各揪须，丑、副净各揪发，生、小生各挥拳打介）（外劝开介）二位快不要如此。小弟这一份家私，自有个应得之人走来承受，不是争夺得去的。且听我道：

[浆水令] 好争殴颇妨嘉誉，气膀胱易坏尊躯。些儿家产不堪予，怎值得龙争虎斗，触翻天柱。（末对丑介）孩儿过来，拜见你的继父。（净）我儿过去，叩见你的亲爷。（外）尊拜也不敢领，尊呼也不敢当。若还要拜，我只得避进去了。（丑、副净各拜介）（外急转身避进，拜完复出介）忙收礼，急改呼，生平无子难称父。（末）取酒过来，待我奉敬一杯。（净）取菜过来，求你略用几箸。（外）都不敢领。为无子，为无子久持斋素，求忏悔，求忏悔早禁屠沽。

[眉批] **蜗角之争，只一文钱便可殒命，何况偌大家私。**

（末、净）既然如此，我们只得告别了。（外）宁可改日奉请，如今也不便相留。（末）且穿粗布暂遮风，绌运如今尚未通。[旁批] 妙！（带生、丑下）（净）依旧回家开铺面，[旁批] 妙！命低莫想做封翁。（带副净、小生下）（外叹介）看了这番举动，我那出门求子的事，一发缓不得了。明日就打点登程，且到途中再商议寻人之法便了。

[眉批] **下场诗各顾上场曲，虽云小照应，亦非灵心慧口不能。**

[尾声] 求儿切莫求纨袴，食膏粱念妻忘父；倒不如忍冻挨饥，才知道恩育的苦。

第六出　书帕

[一江风]（旦上）说来羞，处子年方幼，忽把春心逗。甚来由，托匦香腮，[旁批] 奇字。靥短 [旁批] 奇字。蛾眉，不住把啼痕 [旁批] 奇字。溜。无端自惹愁，无端自惹愁，谁来伴我忧，恨不与人同瘦。[旁批] 奇字。

[眉批] **四曲凄婉溜亮，奏之场上固妙，用之清讴更宜。笠翁脱稿之日即授雪儿，予隔帘听度此曲，如闻钧天，心醉神移者屡日。**

奴家幼失父母，寄养于姚氏之门，蒙他爱若亲生，又许我赘夫承继，这是极遂心的事了。怎奈爹爹过于详慎，定要把艰难困苦之事试过几桩，才与他完姻缔好。此时贼氛四起，刻刻有丧乱之忧，既得其人，就该速许，为甚么还要迟疑观望？闻得昨日给了资本，着他往松江贸易，许亲的话并不提起。我想如此乱世，凡有闺女的人家，个个都想赘婿，有他这种才貌，那一处不得良缘？万一在途路之间，被人要截了去，我再想这等一位才郎，就万万不能勾了。得失所关，叫我如何放心得下？这几日寝食欠安，害的人好不苦也！

[前腔] 我这病根由，不自他人授，反是爷娘诱。硬拖留，赠与愁烦，断送芳龄，不使人儿寿。我把痴肠婉转搜，痴肠婉转搜，无缘订好述，都只为妆不惯庞儿厚。

这头亲事，若不是爹娘说起，我做女孩儿的擅动春心，与男子订约，就是个不端之妇了。若不是因处乱世，自虑失身，就有父母之言，不待父母之命，私自与男人订约，也是个不端之妇，将来定要贻笑于人了。我与姚生的婚姻，既出父母之口，又处离乱之世，若还父母不决断，自己又不决断，就叫做见义不为，岂不误了终身之事。我不如会他一面，许下婚姻，然后待他出去，方才稳妥。只是一件，月下星前之约，无异于桑间濮上之行，毕竟不是好事，还要仔细斟酌一番。

[眉批] **扰攘之秋，择主而事，离乱之际，择人而归，均不得以奸淫目之。此女大义了然，始可与言权也已矣。**

[眉批] **又加一转，才见慎重。**

［前腔］去还留，妇德期无咎，莫使弓鞋溜。［旁批］奇字。虽则是异情偷，露出疑踪，惹起繁言，一样的名儿臭。我想夜间会他，到底不妥，明人不作暗事，竟在青天白日之下，何等不好。只是一件，做男子的未同而言，尚觉可耻，何况妇人，又何况是个闺女？不如借笔墨传情，写几句话儿示意于他便了。须防见面羞，须防见面羞，把毫端置彩球。是便是了，还怕有个藏不惯的罗衫袖。

［眉批］妙语令人三复。

爹爹是个谨密之人，他的心事，一句不可轻露。只说我自许婚姻，他不忍负我，自然急急回来，到第二次相逢，就说得衷肠话了。笔砚在此，待我取一幅绫帕出来。（取介）我见书本之上，男女传情，个个都用诗句，竟成一个恶套，甚为可鄙。我如今要脱去窠臼，只把《诗经》第一篇写上几句，借文王与后妃，做一对冰人月老，何等不妙。（写介）

［眉批］稗官野史之陋，陋在动辄吟诗。才子佳人不如不识字之为愈也。

［前腔］把嫩毫抽，远情风人口，代把衷肠漏。（停笔介）呀，为甚的恁淹留，写罢《关雎》，题到河洲，倏忽地停纤手。我道为甚么写不下去，原来被"窈窕"二字碍住了手。《诗经》第一篇云："关关雎鸠，在河之洲。窈窕淑女，君子好逑。"这"窈窕"二字，乃是风人的口气，岂有做妇人家的自夸窈窕之理？也罢，待我把上下几个字眼，略调一调，赞妇人的话头，倒移在男子身上，何等不妙。他的面容，原与妇人一样，竟写做"窈窕君子，淑女好逑"，他见了自然欢喜。（又写介）把经文僭笔钩，经文僭笔钩，移鸾作凤头。这颠倒处说不的个无心谬。

［眉批］迂情曲致，妙绝无伦。此书是人可读，惟浅夫、躁士不可与观。

［眉批］直书径来，止可寓意，不能见才。妙在头上二字，露出聪明，又处于不得不然之势。妙不可言。

帕已写完，待我藏在袖中，遇见他的时节，掷在篱边，且看他怎生回答。

常笑闺人不解诗，强题红叶寄情思。

多情若共多才遇，不羡聪明但笑痴。

第七出　闯氛

　　（末扮贼头上）小将名为"一只虎"，丈八长矛三尺斧。杀人最喜杀肥人，好剥宽皮鞔大鼓。[旁批]妙。自家非别，闯王部下一个头目，唤做"一只虎"的便是。王爷升殿，须索伺候。（外扮贼头上）小将名为"独行狼"，扰尽中原孰敢当？杀人最喜杀秀士，好充鲜味呷酸汤。自家非别，闯王部下一个头目，唤做"独行狼"的是也。王爷升殿，须索伺候。（丑扮贼头上）小将名为"蝎子块"，赤手冲锋不持械。杀人最喜杀妇人，下段腌来充淡菜。自家非别，闯王部下一个头目，唤做"蝎子块"的是也。王爷升殿，须索伺候。（副净扮贼头上）小将名为"过天星"，独自屠城不带兵。杀人最喜杀美女，好从刀下听娇声。自家非别，闯王部下一个头目，唤做"过天星"的是也。王爷升殿，须索伺候。（各相见、拱手介）（内吹打、放炮，呐喊，开门介）

　　[杏花天]（净扮闯王，瞎一目，众仪从引上）揭竿一啸中原震，脱鹑衣黄袍上身。可见从来历数全无准，闯得着称为至尊。[旁批]妙！

　　[眉批]四语堪为逆闯实录。

　　谈笑挥戈霸业成，自言吾合继朱明。虽然未正官家号，久噪中原帝子名。孤家李自成是也。竖计纵横，起家啸聚。假好施之名而行劫掠，富所从来，借不杀之令以售凶残，威由渐著。只因孤家不读兵书，好为野战，攻城掠地，只以冲突为先，所以四海闻名，齐上尊号，背后呼为"闯贼"，当面唤作"闯王"。凡是投兵效用之人，闻闯即来，非闯即去。孤家未即蛟龙之位，且随牛马之呼，只要闯得天下到手，就拿这个字眼做了国号，也未尝不可。今日分兵遣将，经略中原，不免升殿号令一番，然后起兵前去。（坐殿介）（众打躬参谒介）（净）众将官齐集东廊听点。（众）嗄！（净执笔点名介）统领陆师，经略山东、山西等处，权将军一只虎。（末）有。（过堂介）（净）统领陆师，经略河南、陕西等处，权将军独行狼。（外）有。（过堂介）（净）统领水陆二师，经略南京、浙江等处，权将军蝎子块。（丑）有。（过堂介）（净）统领水陆二师，经略湖广、江西等处，权将军过天星。（副

净）有。（过堂介）（净）众将官分立两旁，听孤家申明号令。（众分立介）

［北粉蝶儿］（净）法重休挠，须记的法重休挠，恃军威把乾纲速倒，稍失错千里分毫。恃着咱，黑腾腾杀气儿，把乾坤笼罩。一任那险城池铁裹铜包，经不的咱忽剌剌一声飞炮。

一只虎过来，差你经略山东、山西二处。那青齐负山面海，晋赵表里山河，都有重兵防守，你有何力量，攻取得来？说与孤家听者。（末）千岁听启。

［南泣颜回］何用费焦劳，不是兵微饷少。看蜂屯蚁聚，人人虑闲忧饱。更喜的是贪财慕色，破坚城似渴马奔池沼。俺这猛王师不惯行仁，单靠个"杀"字儿奉行天讨。

（净）好，正合着孤家的意思。与你十万精兵，沿途去搜刮粮饷。（取令箭付介）独行狼过来，差你经略河南、陕西二处。那中州负嵩绕洛，西秦有百二山河，也都是重兵防守。你有何力量攻取得来？说与孤家听者。（外）千岁听启。

［前腔换头］心高，恨不把全任上肩挑，何况弹丸轻小。只靴尖一踢，把华嵩变做池沼。那城池到手，却便似遇生葱大蒜和盆捣。把威名播向人间，他决不恋身家自涂肝脑。

（净）好，也合着孤家的意思。与你十万精兵，沿途去搜刮粮饷。（取令箭付介）蝎子块过来，差你经略南京、浙江二处。这一京一省，乃是中原财赋之地，我要力攻，他也决要死守。你有何计何能，可以一鼓而下？（丑）千岁听启。

［普天乐］富民多，坚城少，重资繁，开门早。这是行兵诀，行兵诀不爽分毫。怕甚么腐陈仓糗积山高，看长驱直捣，呼声沸似潮。尽南方金帛，不勾肩挑。

（净）一发讲的好，足见胸中的韬略。与你二十万雄兵，沿途去搜刮粮饷。（取令箭付介）过天星过来，差你经略湖广、江西二省，这都是中原形胜之地，恐怕黔、蜀二处的援兵顺流而下，与我兵相抗起来，胜败未可知也。你有何必胜之策，保得无虞？（副净）千岁听启。

［前腔］少声援，心偏小，靠邻封，城难保。这也是行兵诀，行兵诀不爽分毫。怕甚么猛舟师万橹齐摇，等援兵来到，头枯额已焦。尽崑岗玉石，不勾焚烧。

（净）一发讲得妙，足见平日的智谋。与你二十万雄兵，沿途去搜刮粮饷。（取令箭付介）（众）请问千岁爷，还有北京、闽广、云贵等处，为甚么不见发兵？（净）云贵、闽广远在天末，如今还不暇去取，待中原既得之后，料他不战自降。只有北京是根本之地，却要我御驾亲征，且待粮饷充足，进取也未迟。我且问你，行兵之道，当以何事为先？（众）古语道得好，三军未动，粮草先行，措饷是第一着。（净）说的不差。只是措饷之法多端，你们未必尽晓，待孤家历数一遍。（众）正要求千岁指教。（净）第一是严搜库藏（去声），第二是洗刮民财，第三是酷比缙绅，第四是多掠妇女。这四桩事情，都是生财的大道，你们须要紧记在心。（众）请问千岁，那严搜库藏，遍掠民财，是臣等做惯的事，不说自明。只有酷比缙绅，多掠妇女，这两句话还不甚解，再求明示一番。（净）缙绅做过美官，家家都有积蓄，处此乱世，定有法子收藏，决不放在家中，被人搜取，不是严刑拷打，如何逼得出来？妇女各有亲人，掳在军中，不怕不来取赎。等到一两月之后，没人来取，就将他变卖，也是一宗军饷。故此都叫做生财之道。（众）千岁极讲得是，谨遵圣谕而行。（净）军令既已申明，就此起兵前去。（众呐喊，同行介）

〔北石榴花〕俺这里一声鼍鼓万灵号，少不的斧钺倩人膏，只争些远近和迟早。有无穷饿鸟，没数饥鸹，眼睁睁盼不的王师到。做一个饱斋僧把血肉齐抛。这也是千年一度的遭逢，好抵多少汤网泽鸿毛。

〔扑灯蛾犯〕俺待要杀忠臣，把烈血染征袍，煞强似臭猩猩，恶气将身绕。俺待要剖丹心，饰剑充珠宝，胜玉石全无灵窍。俺待挖几副美人睛高悬华盖，似秋波，不住把人瞧。俺待取一个帝王头常充饮器，还比那不多时的青衣行酒更逍遥。〔旁批〕血天泪海。

〔眉批〕血天沔海。

〔眉批〕闯恶滔天，非此不足状其逆焰，使千载而下。人有食肉之心，户切寝皮之愿，若笠翁为之也。彰瘅之构若是，曲云乎哉！

〔南尾〕笑官兵，无宿饱，噪庚癸怨声如豹。盼不的俺大队临城还将神暗祷。

第八出 默订

（生上）焚书有令莫横经，且避江湖作客星。今夜月明聊自钱，阳关一曲唱还听。（小生）自蒙高邻仗义，不受券约，假以多金，眼见得治生有赖，行囊早已办就，只在明日起行。是便是了，我乃无家无室之人，作客与在家总是一样。论起理来，今日出门，只该欢欢喜喜，没有一毫牵挂才是，怎么这心窝里面，还有些不伶不俐，却像有些甚么物件丢不下一般？待我在这茅舍之旁、竹篱之下一面闲走，一面思索，看是为些甚么来？（且行且唱介）

[眉批] 此剧不第曲高寡和，即上场下场诸诗，无一不称绝调。人怪笠翁诗草不多示人，殊不知，散见诸刻者正不少也。

[懒画眉] 自叉双手问心期，何事临行苦皱眉？呀，怎么来到竹篱之下，忽然停住脚跟走不开去，[旁批] 文章化境，尽于此矣。却是为何？数茎残竹一圈篱，这家私有限何难弃，为甚的欲去还留把足羁？

哦，是了。这篱笆西首，就是曹小姐的卧房。他时常隔着篱笆，将一双娇娇滴滴的眼儿觑我，所以，走到这边就觉得依依难舍。原来我不忍离家，就为着这桩心事。你看卧房门启，想是曹小姐听见声音，知道小生在此，又出来探望了。我且闪在一边，看他出来做些甚？

[眉批] 两人心事，总以迂回出之者，非但文心贵曲，亦由两下钟情皆出，于是知其然而然，非有意相挑者比。此等文字，若不神游其域，乌知其美？

[前腔]（旦上）轻将莲步背亲移，毕竟与那正大光明的举动违。并无谁个进柴扉，我这心慌似有人来至，缩住金莲不敢西。

（生）你看他遮遮掩掩，欲进不进，分明要待我呼唤，方才近身。嗳，我若要招揽他来，有甚难处，只为他父亲是个好人，又有恩义到我，我若调戏他令爱，就是个负心汉了。我且不言不语，听其自然。（旦）立了半晌，不见他则声，可见是个志诚君子，愈加令人起敬。我如今说不得了，把帕儿掷在篱边，竟进卧房，且看他作何举动？（掷帕介）须知今日投桃志，稍异当年掷果心。（急下）（生）呀，丢下一件东西，竟自去了。那件东西，分明是赠与我的，却又掷在篱笆东首。哦，想是心慌手软，丢不过来。且待我拨开篱缝，拾将过来，看是甚么物件？（作拨篱、取帕看介）"关关雎鸠，在河之洲。窈窕君子，淑女好逑。"呀，分明是许我婚姻的意思！（叹介）小姐，小姐，你既有这段好心，叫我如何走得开去？

[眉批] 君子哉若人。

[太师引] 怪得我心似痴，身如系，足趑趄难将步移；又谁知有个情疙瘩[旁批] 奇字。预将心结，欲篱笆[旁批] 奇字。暗把身围。我这相思病呵，未曾识破先害起，怎受得他手口亲提。难违你，任从指挥，便要我，抛生就死也相随！

（又看帕并念前诗介）好个聪明女子！他不好自称"窈窕"，竟移在我身上来。我也要写几句答他，只是没有罗帕汗巾，教我写在何处？（想介）有了，那根玉尺，也是妇人家用得着的，就把诗句写在上面。有理，有理！（转身取玉尺介）他用《毛诗》赠我，我也用《毛诗》答他。他会颠倒字眼，我也会变换文法。待我写来！（写完，念介）"投我以琼瑶，报之以木桃。匪报也，永以为好也。"待我依旧拨开篱缝，塞将过去，把身子闪在一旁，且看他拾到手时，说些甚么？（作拨篱丢尺介）欲知情意长多少，留待他年取次量。（虚下）

[眉批] 作者固有巧思，亦亏风人帮衬，预为可易之词，供其颠倒。若无此二句，则题帕之诗，竟为《阳春》《白雪》矣。奈何？

[前腔]（旦上）偷觑伊，把门潜启，为藏羞头儿故垂。呀，怎么不见了他？莫不是辞好合预将身躲，带羞惭不使人窥。他既不在，待我散行几步，诉诉闷怀，有何不可！无人由我长叹息，愁日后命薄无依。真堪耻，无因自媒，都只为，遭逢乱世预防危。

人便不在，却有一件东西掷在篱边，一定是他回赠之物了。待我拾将起来。（取尺介）原来是根玉尺。有字在上，试念一番。（念前诗介）回得好，回得好！

"琼瑶"二字不便自称，也移在奴家身上。真可谓机锋对合，旗鼓相当。这"永以为好"四个字，分明是订就婚约，终始不渝的了。我掷诗与他，并无邪念，不过为此。如今既得回音，何须久立，只索进去便了。姚郎，姚郎！我不须玉尺量情意，则这地久天长在永字中！（径下）（生）好一位小姐！不但聪明，又且端淑。他方才所说的话，都被我听来了：掷诗与我，并无邪念，不过要订婚姻。连这要订婚姻的念头，也无别想：不过是为遭逢乱世，恐怕失身。这样女子岂非才德兼全，心容并美！我方才不出来见他，一来要自保声名；二来也是爱人以德。我两个的姻缘既然订就，只索早去早回，央人说合，与他完成好事便了。我们二人呵，

　　［眉批］妙在全不谋面。两人声价，岂止千金。俗笔处此，不知作几许绸缪。

　　［针线箱］订腹心曲全瓜李，遭坎坷终敦节义。不似那恶姻缘到处成欢会，轻合自然轻背。是便是了，我病中加病从今起，究竟前番是破题。［旁批］妙。从今始，只怕梦中楼，又添上一座苲篱。

　　［眉批］那得不令人叫绝！

　　一对才人竞笔锋，《毛诗》剪碎又能缝。木桃变作琼瑶色，窈窕翻为君子容。

第九出　悬标

[海棠春]（外上）辛苦为求儿一个，拚自把铁鞋穿破。人在阿谁边，甚日来亲我？

老夫为求养子，离别故乡，走了两三个省城，经了几十座州县，再遇不着个中意的。如今来到松江，下了饭店，连夜思想。除非生个巧法出来，使那没爷没娘的人都来见我，方好在其中选择，用个甚么法子才妙？

[一封书]紧心似掷梭，把老眉尖开复锁。枯肠尽着挪，再不见个计星儿在腹内过。终不然是老去陈平无一策，反不若乳臭曹瞒谲智多。探心窝，待如何，日后无儿却怎么？

有了，有了。我想三十六行生意，都要出个招牌，使各处知道，方才有人去寻他。我如今要招嗣子，也与做买卖一般，为甚么不使人知道？只是一件，若说我要买他，那些穷人家的子弟要得银子，那个不想卖身？一来买不得许多，二来辨不出那个孝顺，那个忤逆？我如今要倒转来做，反叫他出银子，买我去做继父。且看有人买没人买？若还时运凑巧，遇得着这个奇人，他肯出几两本钱，买我回去供膳，就断然孝顺，断不忤逆可知了。妙计，妙计！待我写招牌。（磨墨与介）

[莺皂袍][黄莺儿]忙将砚石磨，这墨星儿要费得多，招牌字样才能大（音：堕）。一任你千人笑呵，万人怒诃，只要一人见谅就便宜我。写完了，待我挂将起来，自己念他一遍。（挂毕，念介）"年老无儿，出卖与人作父，只取身价十两，愿者即日成交。"（笑介）好个时兴招牌，并不曾有人写过。[皂罗袍]从来仅见，奇文不多，作书传后，千年不磨。顾不的一声石响天惊破。

待我选个立券交易的日子，方才出门去挂。暖，招牌，招牌，我养老送终的大事，就靠在你身上了，须要帮衬些儿。

先将私语嘱招牌，好去街头市老骸。

若道无人收骏骨，当年死马倩谁埋？

[眉批]岂非绝调？

第十出　解纷

[紫苏丸]（生上）儒流贬节为商贾，际时艰且安奇数。只可怜宜戴凤冠头，[旁批]青衫湿矣。屈他梦作商人妇。

[眉批]无思不曲，又无曲不在人思虑中。

小生为遵长者之命，暂抛书卷，觅利江湖。且喜来到松江，把先世所遗的帐目俱已陆续收完，又买了许多布匹，不日就要回家。只是一件，起初来到这边，一心要做生意，把观风问俗、阅历人情的事都且放过一边。如今正事已完，也该出去闲走一走。待我锁了门户，先往街坊去走一回来。（行介）

[九回肠][三学士]俺不是慕贤名观风问俗，爱悲歌访筑寻屠。要向这童谣市语占天数，好做个致偏安的江左夷吾。太平千日犹难待，[旁批]天花乱坠。纵有中山酒莫沽，愁难诉。[三学士]愧杀我中流击楫输前古，贩回家都是些长柄葫芦。楚囚欲泣无人对，及至相逢泪欲枯。[急三枪]邦无道，休言仕，急归去。做个南容辈，保妻孥。

（暂下）

[眉批]渔猎往事，妙在一字不可动移。胸藏武库者尽多，无奈古人不服驱遣，呼之不来，不呼反至。

[前腔]（外用长竿，负招牌，上）走长街十人诧五，觅贤郎海底寻珠。沧桑不变终难遇，都道是这生涯绝类杨朱。只思为我图安逸，那得个墨子充儿代御车。真烦絮，便千年不遇交钱主，也是我命孤单合葬沟渠。枯骸不乞旁人殓，何用千贤笑一愚。依然向，人稠处，把招牌挂，不怕在官街上，把人驱。

[眉批]不知笠翁何术，能令强项古人尽作绕指柔也。

（竖招牌介）远远望见两个后生飞赶前来，想是要买我做爷的了，不免坐端正了，好等他来拜见。（席地坐介）

[不是路]（副净、丑扮二少年，急上）放脚奔趋，要看新闻实也虚。方才闻得人说，有个作怪的老儿，背着招牌，要卖与人家做老子。不信有这等奇事，特地

赶上前来，要验个虚实。那席地坐的想必就是，且先去看看招牌。（近前看介）呀，果然有这等奇事。惊还怖，莫不是现身穷鬼卖骷颅。（副净用扇打外头介）得，你这老头儿就是卖身的么？（外）就是卖身的。（丑）要多少身价呢？（外）只要十两。（副净）看你这样年纪，已是死了半截，只剩半截的人了，为甚么还要这些银子？既然如此，你会上山砍柴么？（外）不会。（丑）你会下水拿鱼么？（外）也不会。（副净）你会烧锅煮饭、舂米磨面么？（外）一发不会。（丑）既然如此，那人出十两银子买你回去做甚么？（外）做爷。（副净、丑）怎么，买你做爷？（外）招牌上写明白了，你们不识字么？（副净、丑）字是识得的，只为要问个明白，好去引人来买你。代相图，这十金不怕无人付，现有个觅鬼的钟馗出价沽。（外）不要取笑，若果有售主，就烦二位去引来，做得成交，老夫自然分付小儿，叫他重谢。（众大笑介）老实对你讲罢，那售主不是别的，只因孤老院中，少个叫化头目，要买你去顶补。又为乌龟行里，缺个乐户头儿，要聘你去当官。这两个机会，你都不要错过。忙趋赴，你身旁即是黄泉路，休嗟迟暮，休嗟迟暮。

（外）你这两个孩子，好生不识高低。我年纪大你三四倍，也是一位尊长，怎么就把粗言恶语唐突起来？若不看你年小分上，竟该一顿肥打。（副净）你这老不死的贼精，我不打你也勾了，你反要打起人来。不要管他，动脚的动脚，动手的动手，打死这个老贼。（各用拳打脚踢，外喊介）地方恶少打死人，街坊邻里，快来救护。

［前腔］（生上）何处惊呼？道是善类遭凶毙在途。呀，原来几个后生，攒殴一个老者。快去劝来。（劝开介）请问二位，他是老年之人，凡事该让他些，为何轻易动手？（副净）是人让得，独有这个贼精让不得。兄长立开，待我们打个尽兴。（生）请问二位，你两下相争，为件甚么事起？求尊故，若还欠债是我代偿逋。（丑）不说还好，若说起原故来，只怕兄长也要动气，不但不劝，还要帮着我们打哩！（副净）请看这个招牌就知道了。他明明取笑后生，要人唤他做老子，故此动了公愤。兄长也是后生，难道看了不动气？（生看毕、惊介）呀，原来是卖身图，若不是道高众父堪称父，他怎敢弱视非雏强唤雏。（对众介）我劝你回尊怒，达尊面上难容唾，请收残污，请收残污。

（丑）照你讲来，他合该取笑我们，我们合该让他的了？（生）自然。莫说别样，单讲他没有儿子，就是个鳏寡孤独之人了。这四等人，朝廷尚且要怜悯，何况是我辈。（副净）既然如此，你何不兑出十两银子，买他回去做爷？（生）你看他

一貌堂堂，后来不是没结果的，我就买他回去，也不是甚么奇事。二位兄长，打也打了，骂也骂了，如今各请回家，待我问他的来历。（副净）有这等没志气的人。也罢，由他卑贱无堪畏，且让我做有志堂堂两后生。（各摇摆下）（生背介）且住，我姚克承自幼丧亲，常恨没有爹娘奉事，要学丁兰刻木，又记不起当时的面容；如今遇着个卖身为父的人，也是一桩凑巧的事。何不将机就计，买他带了回家，借他的身子，权当我爹娘一幅真容，朝夕捧茶献水，尽我一点孝心，焉知我爹娘的魂魄，不附着他的身躯前来受享？有理，有理。待我探探口气，若还是个好人，就同他交易便了。（转身、揖介）长者在上，后辈见礼了。（外忙起回礼介）呀，多蒙解劝，该是老夫拜谢，怎么倒反赐起揖来？（生）请问长者，卖身之意却是为何？（外）请坐了听讲。（外上座，生旁坐介）

[眉批] 具此一片血忱，那得不感乎天地？死者犹当复生，何况未死者乎？

[二犯孝顺歌]（外）亡儿夭，后嗣无，空肠忍饥难自糊。（生）这等讲来，是没有亲人的了。既没有亲人，这身价十两是谁人得去？（外）就是老夫自得。不瞒兄讲，老夫是吃惯嘴头的，每日除茶饭之外，还要吃些野食。难道一进了门，就好问儿子要长要短？也待吃上一两个月，情意洽浃起来，才好问他取讨。故此要这十两银子，放在身边使费。这十两资财，不勾我半载闲啜哺。且酸甜几月，莫使肠枯。（生）他未曾做爷，先是这等体谅，可见将来爱子之心，是无所不至的了。（转介）既然如此，可要写张身契么？（外指招牌介）这就是卖身文券。若还遇了售主，竟交付与他为证便了。有这硬纸牌作券符，煞强似软文凭易生蠹。

（生起，收招牌，藏袖内介）（外）呀：这是我的本钱，怎么拿来收了。难道不许我卖身么？（生）果然不许。你从今以后就是我的父亲，不许再寻售主了。（外）难道你，你，你要买我不成？（生）我要买你。（外）还是当真，还是当耍？（生）儿子买父亲，岂有当耍之理。

[前腔] 从今后，子不孤，爹爹老年并（平声）不独（平声）。你莫说螟蛉，我也竟作亲生父。当两家骨肉，死后重苏。这不是萍水踪，遇在途，分明是另怀胎，又疼了一番肚。

（外）既然如此，就兑银子出来。（生）这街坊上面，不是做交易的所在，须是请到酒肆之中，一面交财，一面尽礼，才成一个家数。就请同行。

善人无嗣易商量，何用天公作主张。

伯道丁兰相遇处，两家积恨一时忘。

第十一出　买父

（副净、丑，带净上）出钱买父司家产，这样新闻天下罕。世事如今尽改常，如何不教流贼反。我们在街坊上面，遇着那个作怪的老儿，嗬了一场呕气，又遇着个作怪的后生，苦苦劝解，不曾打得燥脾。甚是没兴，不免同到酒肆里面，吃上几壶，消遣，消遣。来此已是，酒保那里？（内）后面楼上请坐，待我热酒送来。（众作登楼介）（副净）好一座酒楼！你看进来吃酒的人络绎不绝，好闹热的生意哩。（丑）呀，那作怪的老儿，与作怪的后生，也一同进来了。难道那宗交易，竟做就了不成？（副净）我们占住楼上，他二人进来，毕竟在楼下饮酒，听他说些甚么？若做不成就罢，万一做成了，待我生个法子，戏弄他一场。（丑）怎么戏弄他？（副净）把我们的衣服与小厮穿了，妆做个财主后生，只说也要买他做爷，情愿增价。若还买得到手，我们竟说他拐骗家人，送到官司，把他活活敲死。何等痛快！（丑）有理，有理！快到后面去，替他妆扮起来。惯从是处寻非，兼向静中生闹；弄得人不笑不啼，才算是当今恶少。（同下）

[燕归梁]（外上）少运艰难老运通，身已卖不愁穷。（生上）如今才见白云踪，虽入望尚愁风。

闻得楼上有人，就在下面请坐便了。叫店小二，快取酒肴过来。（内应介）（外上，坐介）（生取出银包，送外介）禀上爹爹，这荷包里面共有十六两银子，除身价之外，还有六两羡馀。（外）我只取十两，要这羡馀何用？（生）从今以后总是一家，分甚么尔我。况且为父的人，就是一家之主，银钱出入，都该是为父的执掌，所以，就烦爹爹代收。（外）也说得是。（收银介）（净飘巾、艳服，上）东君不屑做人儿，分付家僮代弄痴。认得虚名无实事，只愁娘要害相思。这位老伯伯，就是挂了招牌，要卖与人家做老子的么？（外）正是。你问我做甚？（净）我是没爷的人，备得有身价在此，请收下了，待你令郎好拜。（送银介）（外）我的买主有了，就是这位后生。只得一个身子，如何做得两家的爷？快快转去。（掷还介）（净）他是多少身价？（外）十两。（净）这等，我情愿加倍，再奉十两

何如？

[月上海棠]休虑穷，增钱买下个生人种。怕他年阿弟，不加倍酬兄？（外）你就加十倍，我也不要，只是情愿跟他。（净对生介）这等，请问老兄，你有令堂没有？（生）没有。（净对外介）他是没娘的，我是有娘的。不敢相欺，我家母亲生得十分标致，有人还过五十两聘礼，我还不肯嫁他哩！料伊行鳏处多年，决不使床间留缝。[旁批]奇字，妙语。（外）我不希罕那样老妇。（净对生介）这等，请问老兄，你有令正没有？（生）没有。（净对外介）我家有媳妇，他家没有媳妇。不敢相欺，我家的媳妇不但有，而且贤，不但贤，而且美哩！非胡哄，他有态多姿，善媚公公。（外怒介）好胡说，还不快走！（净）你果然不肯卖？既然如此，我也只得去了。归家说与娘行道，这段相思害不成。（下）（生）做孩儿的正要与爹爹见礼，不想被他闯来，缠了这一会。如今快请端坐，容孩儿拜见。（拜介）

[啄木儿]徐申爱，先尽恭，百拜尊前神气竦。（末持酒上，生拜送介）愧蔬筵不足承欢，望严尊恕在途中。少不得归家另把莱雏弄，鸡豚断及存时奉，再不到那木欠安宁始怪风。

坐了半日，还不曾动问爹爹原籍何处？高姓尊名？（外背介）我的姓名、居址若还直讲出来，就要被他知道，那种真情实意，如何试得出来？不如假捏一个姓名，再把邻州外县随口说个地方，朦胧答应。且待试出真情之后，再与他直讲未迟。（转介）我姓伊，号小楼，在湖广省城居住。你既问过我，我如今也要问你了。你姓甚名谁？何方人氏？（生）孩儿姓姚名继，乃湖广汉阳府汉口镇人。（外）这等讲来，虽不同府共县，却都是湖广人。桑梓乔梓，下面相同，只换得上面一个字。

[前腔]居虽隔，桑梓同，不似那枳橘相悬成异种。比容颜小半相殊，辨声音大概相同。怪的我飘零不作他乡梦，却原来枯骸仍向家边送，先保个狐首他年得正终。

[眉批]可赞一词者，即非至文。吾不知笠翁之曲，果臻至极与否？但欲移窜一字，百计不能。

（生）孩儿与爹爹既为父子，岂有父子二人，各为一姓之理？求把尊姓赐与孩儿，再求改个名字，以便称呼。（外背介）我方才说的都是假话，岂有自己捏造姓名，又替他捏造之理？（转介）若还我出身价买你，就该姓我之姓。如今你是买主，岂可不从主便？你既姓姚，我便改姓就你，以后唤做姚小楼便是。（生）这等，谨依父命了。

〔三段子〕认爷作翁，姓和名翻教曲从，继儿送终，姓和名不教落空。弄璋不忍反随璋弄，〔旁批〕妙句！这般慈爱谁能共？未进家门，便叨殊宠。

（外）酒吃多了，收拾回去罢。（生）店主人那里？快来会钞。（末上）往日惯招和事客，今朝创遇买爷人。（外付银包与生，生不受介）银包付与爹爹，就是爹爹做主了。从今以后，孩儿只管趁钱，爹爹只管使用，连帐也不消记得，任凭挥霍便了。（外叹介）好个孝顺孩儿，不枉我卖身一次。（解包付银介）（末下）

〔归朝欢〕（合）今朝的，今朝的，爷儿运通，巧相遇结成恩宠。交谈处，交谈处，言言自衷，没些儿摩揣气如真似哄。怪不的声容未接心先动，沿途鹊语随人哄，却原来夙世佳儿会乃翁。

（同下）（副净、丑仍带净上）只道贪夫爱欲深，谁知全不爱兼金。锦鳞不上金钩钓，枉费渔翁一片心。我们恨这老贼不过，生出妙法来处他，谁想竟不上钩。如今他既归家，我们也要回宅去了。（丑）方才这样的事，也忒煞奇得没理。前日听见人说，有个男人生孩子，又有个妇人长胡须。如今又遇这桩事，种种新闻，都是不祥之兆，明朝的天下，决失无疑了！我们快快去投闯王，帮他一齐造反，不可失了机会！（副净）说得有理，回去罢。

莫怪人心诡异，只因世局缤纷。

儿子既可买父，臣子合当卖君。〔旁批〕妙绝！

第十二出 掠 妪

[水底鱼儿]（丑扮贼将，引众上）奉令严搜，抄家若篦头。休言肥虱，一蚘也不教留。

我乃闯将过天星标下，一个小小头目是也。本将奉闯王之命，经略湖广江西二省，如今自己的大队暂住在仙桃镇养马，差我们标下之人，遍往各府州县抄掠民财，兼掳缙绅、妇女。今早来到郧阳地方，且喜城门大开，并无人守，不免挨家搜缉一番。（众）禀老爷，这一所门面高大，定是个乡宦人家。（丑）一齐进去。（进介）（丑）厅上并无人影。叫众军校，进里面去搜来。（众下，绑老旦上）禀老爷，男子都不见了，止剩得这个妇人。（丑）你是何等人家？丈夫在那里？儿子在那里？金银财宝藏在何处？从直招来。（老旦）将爷听启。

[锁南枝]儿夫去，天际头，孩儿在九泉空泪流。一家星散剩孤身，并没甚家私厚。这是真实情，非诳口。望恩官，赐怜宥。

[眉批] 流离失散处，亦与遭难诸剧不同。非笠翁欲脱窠臼，窠臼自欲脱之耳。

（丑）这都是假话。你不受刑罚，那里肯招？叫左右，快取脑箍上起来。（众上脑箍，老旦叫喊介）情愿招，情愿招。（丑）这等，权且放了。（众放介）（丑）丈夫姓甚名谁？做甚么官职？（老旦）丈夫叫做尹小楼，做过锦衣卫千户，一向闲住在家。只因老年无子，要得个孝顺孩儿立嗣，这近处没有，到远方寻讨去了。

（丑）这等，金银宝贝都藏在那里？（老旦）都埋在地窖里面，听凭取来就是了。（丑）叫左右，快去掘起来。那小楼上面只怕还有东西，也要上去走一走。（众应下）

（老旦）一应家私都凭将爷取去，只求把小妇人留下，等丈夫回来见得一面，也是将爷的天恩。（丑）只怕也难领教。

［前腔］这来生福，不惯修，休将好言商去留。（老旦）小妇人年纪老了，拿去中甚么用？（丑）却不道牛溲马渤也当存，用得着便充勾漏。权且带在军中，等你丈夫回家，他自然赶来取赎。权别家，回日有，只是赎身钱，要加厚。

（众取金帛上）禀老爷，金银财宝都掘出来了。那小楼上面只有一只板箱，里面盛的都是小孩子戏耍的物件，要他没用，所以不取下来。（丑）罢了。把这老妇人带去，不可放他。（众应介）

闯王旨意莫教忘，措饷全凭掳艳妆。

老妇有时收得着，赎金还可倍娇娘。

第十三出 防辱

〔夜行船〕（旦上）大难将临人不至，筹密计织断心丝。控诉徒劳，商量何益，料父母难将身替。

奴家自与姚郎订约之后，耐着心儿死守，指望他早去早回，毕了婚姻之事，就使遇着大难，也有个同休共戚之人。谁想自他去后，闯贼的乱信一日凶似一日。闻得近处的防兵，都望风瓦解，任他屠掠居民。眼见得奴家的身子，断送在旦夕之间了。我想妇人遇难，除一死之外并无他想。若还死在太平之世，虽然无益于生前，尚可留名于后世。如今死在乱离之中，莫说官府不能表扬，父母无从声说，就是自己心上的人，他也不知下落。或者倒把死节之人，认作偷生之辈，也未见得。我如今要想个法子出来，就被贼兵掳去，也还不至辱身，保得一日的名节，且看一日的机缘。或者做了乐昌公主，破镜有重圆之日，也未可知。如今没人在此，待我仔细想来。

〔桂枝香〕寻思良计，曲全名义。要从蝇蚋丛中，保出无瑕贞璧。奇苞异蕊，奇苞异蕊，岂同凡卉。易开难闭，任风吹不至。当荣候，那怕你催花击断槌。

有了，我常见爹爹制药，到了巴豆一味，就不敢亲自动手，定要央人代制。只因巴豆的性子极狠极烈，莫说吃下肚去要泻死人，只要皮肤粘着了，也就登时臃肿起来，令人吓死，却又易肿易消，不伤性命。我不免多取几粒，藏在身边，待贼兵将到之时，就把它涂在脸上，变做个臃肿妇人，使他见了害怕，自然不敢近身。且保全几日，再做道理。那玉尺一根，是姚郎回赠之物，也要带在身边，万一保全不得，就把他殉身而死，也不枉赠我一场。（向内取出二物介）嗳，巴豆，巴豆！你如今算不得药料，竟是姚小姐的护身符了。

〔前腔〕掩藏娇媚，莫将淫海。与其窃药成仙，争似漆身为厉。（内鸣金、擂鼓、呐喊介）（小生、小旦急上）我儿，不好了。贼兵已到城下，立刻就要近身。我和你死别生离，只在这一会了。怎么处，怎么处？（各哭介）（旦）爹爹、母亲各请自便，孩儿不怕，自有方法对他。（小生）岂有此理！速速改换衣装，大家一齐逃难去。（急下）（旦）爹妈去了，待我妆扮起来。（作巴豆涂面介）把铅脂尽洗，铅脂尽洗，立将形蜕，变成魑魅。遇颠危，难使登徒见，何妨宋玉窥。

涂抹已完，待我妆做病躯，睡在床上等他便了。

休言无术可全贞，心到坚时计自生。

举国尽成鸠拙妇，也应突出女陈平。

第十四出　言归

〔西地锦〕（外上）天道忽然聪察，代人产个娃娃。相逢定是从空下，不然怎恁恁贤达。

老夫走遍天涯，为寻佳嗣。还只说人便相求，天公未必肯与。谁想遇着姚继儿子，一见就似亲生。自从进他寓所来，朝夕承欢，无求不与。别人家亲生儿子，那有这等孝顺。我欲待再过几时，才与他说明就里。怎奈乱信纷纷，一日紧似一日，惟恐老妻在家忧虑，不得不想还乡。他今朝出门打听去了，且看乱信何如，再作道理。

〔前腔〕（生上）忽地教人愁杀，无家偏会思家。贼兵料想非菩萨，岂能放过娇娃？

〔眉批〕**四曲之内，无字不抹到元人，而末幅更胜。**此等文字千万载难见，草草放过，不如不看之为□。

（见介）（外）我儿你回来了。吾乡的乱信是真是假？快些说来！（生）爹爹听启。

〔红衲袄〕我只见绕街坊，乱信哗，都说是火咸阳，无片瓦。当日个群雄有力还争霸，到如今四海无人竟与了贼作家。（外）难道湖广一省，就没些官兵抵敌他？（生）一任你楚兵多工战挞，当不的唱歌人会打发。敢则是遇敌先逃，还把器甲相资也，想图个后来人夸仗侠。

（外）既然如此，我和你就该急急回家，保全庐墓，还住在这边怎的？（生）孩儿正要如此。方才走去看船，要想连人连货一齐装载回家。怎奈人多船少，不肯载货，只许装人，却怎么处？（外）我儿，这样乱世，那些布匹带他怎的？不如寄在歇家，到太平之后，再来搬运罢了。（生）爹爹说那里话，孩儿这些布匹，一半是先世所遗的帐目，一半是家中借来的本钱。若还空手回去，莫说遇了债主没得还他，就是我父子二人，也要养活，难道孩儿熬饿，也叫爹爹熬饿不成？（外叹介）我儿，你为甚的这般孝顺？叫你爹爹听到此处，不觉泪下起来。（哭介）

［前腔］谩道是两前生共一家，知道你旧胎胞在那搭？便道是前生父子呵，你浑身既换新毛发，为甚的一心还念着旧根芽？哭的我泪空濛，眼欲花，幸的我耳虽聋，睛未瞎。认出个似嫡非亲的孝子贤郎也，料我这下场头定不差。

我儿，爹爹有一片真情，从不曾对你说破，只因要试你情意如何，故此一概隐瞒，终日所说的都是些假话。你如今真情实意，都被我试出来了，此时不讲，更待何时？你爹爹不是个穷人，现有万金家产，又有个世袭金吾的官职。只因年老无儿，要立个有情有义的后代，所以假装圈套，出来卖身，不想奇缘凑合，果然遇着了你。如今长话莫讲，短话莫说，快快收拾行李跟我回去，这几十筒布匹就丢下不取，也只算是毡上之毛，那里在我心上？（生惊介）呀，原来如此。亏得孩儿出于无心，若还有意，竟是个希图富贵，不顾屈身的人了。

［前腔］为无亲苦认爷（音：牙），并不是强低头学骗马，又谁料无心合着求财卦，却便似有意分开花木瓜。虽则是太岁头撞不差，也亏那送滕王的风善刮。倘若是命合孤穷，便凑着奇缘也，只算得塞翁儿折臂骒。

（外）你的功名富贵都在我身上，是不消说得的了。还有一件要紧事，一到家中，就替你做，再迟不去了。（生）甚么要紧事？（外）你偌大年纪，还不曾娶有妻室，这桩事岂不要紧？（生）不瞒爹爹说，孩儿家中原有一头亲事，是个十六岁的女子，亲口许下的，只不曾下聘。此番跟爹爹回去，少不得经由汉口，带便做成了，也是一桩好事。（外）既然如此，我还藏得几两盘缠，勾你使用。就一面行聘，一面迎娶回家便了。

［前腔］我向无儿不顾家，你既承祧当虑寡。向平多累愁婚嫁，争似我伯道添丁把喜事夸。看了这媳和儿一对花，恨不在老公婆头上插。更是那骤得佳音的喜更难持也，只虑个病婆婆要活喜杀。

快些收拾行李，就是明日起身。

［眉批］**一字一叫绝，喉为之瘩，一句一拍案，手为之裂。**

父子相逢不说真，非关薄待似途人。

只因别有奇肝膈，不是人间旧五伦。［旁批］新！

第十五出　全节

［霜天晓角］（副净引众上）摧枯拉朽，不放惊鸿走。欲待稍延民寿，其如刀痒难留。

俺过天星，奉了闯王钧令，扫荡江湖二省。且喜三军未至，官吏先逃。处处留下完城，待我前来洗掠。目下暂解征鞍，驻扎仙桃镇养马。已曾拨有数队雄兵，分掠各府州县。将近去了一月，为甚么还不见转来？（丑持令箭上）小小一面旗，发出不空回。美女盈船载，金珠论摰推。（进见介）小将是分掠郧阳的，得彩回营，缴回令箭。（副净）得过多少金银，几千人口？报数上来。（丑）金银珠宝等项，开在册籍之中，报不得许多。缙绅八十名口，妇女一百二十名口，另有花名册籍，总计起来，共抄过一千分人家。（副净）太不中用，去了一个月，只抄得一千分人家。明日奏过闯王，只好升你做个千夫长。（末持令箭上）小小一支箭，发出如雷电。陵谷转沧桑，世界须臾变。（进见介）小将是分掠汉阳的，得彩回营，缴回令箭。（副净）得过多少金银，几千人口？报数上来。（末）金银珠宝、衣服绸缎等项，不计其数。共有三十号大船，缙绅二百八十名口，妇女三百九十名口。开有花名册籍，总计起来，共抄过九千九百九十九分人家。（副净喜介）好，这才中用。你再抄一分人家，完了足数，明日奏过闯王，就封你做万户侯了。（末）多谢老爷。（副净）两处的缙绅都监在一处，待刑具做完之后，依期带比。今日先叫妇女过堂，待我亲自挑选，选几个中看的留用。（末应毕、唤介）（老旦、贴旦、净、丑齐上）（过堂，随过随下）（副净）许多妇女没有一个中看的。可恨，可恨！

［驻云飞］国色难求，乍看妖娆终觉丑。不得金莲瘦，硬把弓鞋皱。嗟！满面是忧愁，涕泗交流。只怕你选近身来，未必难将就，节妇谁人做到头？

（末）方才那些妇女，都是郧阳掳来的，原不见好。还有汉阳一府的不曾过堂，或者有几名看得。（副净）快引进来。（末唤介）（老旦、贴旦、净、丑，复上过堂，随过随下）（副净）也不见好。（末）还有个病妇在外，规模态度生得极好，只是面上浮肿、身子有病、要人搀扶了才走得进来。（副净）随意唤个妇人，搀他进来便了。（末分付介）（丑扶旦上，见介）将爷在上，病妇叩头。（副净）既然有病，不消见礼，立在旁边，待我老爷细看。（看介）果然有些意思。

［前腔］体态风流，一见令人不自由。只恨多偻僂，不是容颜陋，嗏，何必恁娇羞。终不然满面浮云，两颊浓霞，衬不的庞儿厚？毕竟还低见面头。

［小桃红］（旦）玉容变作水晶球，越显得腰肢瘦也，露出轻盈，更惹闲愁。惊吓得泪难收。（副净）快叫医生用药，替他消去了肿，我不日就要成亲。（旦）休望俺肿儿消，晕儿收，眼儿清眉儿秀也，俺则怕病痊时，病痊时也命儿休。

（副净）走近身来，待我细看一看。（旦背介）我若不去，他反要见疑，若还走近身去，他定要捏手捏脚起来，却怎么处？（想介）我有道理，巴豆还有在身边，他若伸手过来，就带便擦他一下，当面见个分晓。（转身近副净介）（副净）身子便生得妖娆，不知肌肤可细腻？待我摸摸手儿。你你你你你你你（伸手入旦袖内介）（旦）将爷看仔细，奴家这个恶病，是要过人的。（副净笑介）好一双嫩手，捏得一捏，就使人动兴起来。

［下山虎］爱纤纤玉手，腻滑如油，捏着将人溜。你看香喷喷的手汗儿，还在我巴掌里面，待我吃些下去，先薰一薰肚肠。（用舌舔掌介）（旦）手汗奴家还有，将爷若爱，再奉少许何如？（副净）这等多谢。（伸手向旦）（旦用掌擦介）（副净复舔介）妙，妙，妙！洗肠润喉，胜饮干杯，蔗浆琼酒。还有馀香在手，不免抹在脸上。（抹介）仙掌擎来不易收，敢教剩味走。你看这玉肌香满面流，腹内珍珠滚，却便似走盘不休。却不道内外齐将美味收。

肚里有些作怪起来。你们且候着，待我进去登一登东，就出来发放你。（急下）（旦背喜介）着手了，你从今以后还敢近身么？

［罗帐里坐］异方偶试，奇功立收。一任你能攻善战，命悬吾手。早些儿松放我，还把生偷，莫待我在上流散毒饮貔貅，断贼种使人间没有。

（副净作肿面上）粪多只怪毛坑小，肚瘪反嫌裤带长。不知为甚么缘故，忽然痢疾起来？肚里疼个不住，下面泻个不了。快唤医生进来，一面替我止泻，一面替他消肿。（众）呀，为甚么缘故，老爷脸上也肿将起来？（副净自摸面，复看手介）呀，连手都肿了。他方才说，这病要过人，难道就是过来的不成？（作揉肚乱喊介）不好，不好！疼死我了，还要登东，快走，快走。（急下）（末）那妇人过来，老爷的病，当真是你过他的么？

［江头送别］（旦）曾言过，乖邪气，遇人即投。他不相信，要相偎，果然消

受。如今才悔奸淫谬，大家请看前筹。

（副净作狼狈难行状上）力大能擒虎，威多善制龙。未经三次泻，变作一衰翁。罢，罢，罢！我与这妇人无缘，快快领他开去，或是招人取赎，或是拿来变卖，再不可引他见我。我肚里疼痛不过，又要登东去了。美女无缘不易亲，且留残命戴红巾。休教他日开麟阁，遍画功臣少一人。（众随下）

［尾声］（旦）笑谈自把身名救，女子何曾拙似鸠？恨不做个献策的男儿与国报仇。

第十六出　途分

（内数人齐作呼风声，呼毕，齐赞"好顺风"介）

[胜如花]（外、生同上，各一句轮唱）乘风去，疾似飞，满目愁山怨水。赛啼猿万姓悲歌，傲霜林千家血泪。（生）好一派凄凉境界也。（外）谩道受不惯凄凉滋味，则怕这凄凉还是承题破题，到家乡知是生离死离？（合）父子相依，且丢开萦系，图片刻凶中祥瑞，到临时再虑艰危。

[眉批] 当年过赤壁者，有此悲歌代哭否？

（外）我父子二人离了松江，已经半月，且喜日日张帆，朝朝挂席，眼见得家乡不远了。我儿，你家在汉口，少不得上去探望一番，况且又要下聘联姻，不是一日两日做得就的。我有老妻在家，生死存亡尚且不保，那有工夫同你上岸，只得要分作两处。你往汉口定亲，我先回去料理家事，等你到来，一同完聚便了。（生）原该如此。只是乱离之世，爹爹一人行走，叫孩儿放心不下，如之奈何？（外）我是走惯江湖的，不消你记挂。只要早早回来，免使我终朝盼望，就是你的孝心了。

[前腔]儿今去，及早归，我一度奔波为你。叹归家空口夸张，问所说孩儿那里？（生）爹爹放心，孩儿不久即至。只要拜上母亲，叫他保重身躯，好待我回来奉事。酬未了前生恩义，顾不得儿痴媳痴，也要勉承欢使父怡母怡。（合前）

（内高声赞介）好顺风，好顺风，不多一会，竟到汉口了。（外、生各惊介）呀，到汉口了。为甚么不早说一声。叫驾掌快些落篷，有人要上岸。（内）这样好顺风，怎么舍得耽搁了，不消去罢。（外怒介）有天大的事情，要上岸去做，怎么讲个"不"字起来。你若不肯落篷，我就自己动手了。（净、丑扮船家上）既然如此，快快收拾行李，船一到岸，就要上去的。（落篷介）（外）我儿，快些收拾。有黄金百两，与你去下聘，另有一包散碎银子，是途间做使费的，都收拾好了。（净、丑）船到岸了，快些上去。（内众齐催上岸介）（外）众位老客，不要乱催。我父子二人还有几句家常话儿不曾说了。你们吵将起来，叫我如何讲得出？（内）放你的狗屁！这等乱离世界，那个不想回家，有闲工夫等你？叫驾掌，推他上岸，

好急急的开船。（净丢行李，丑推生上岸介）（生背行李上肩，望外哭介）爹爹，孩儿去了，你好生保重。（外亦哭介）我儿你去罢！自家爱惜身子，早些回来。（生回顾掩泪下，净、丑拽篷介）风越大了，大家呷酒去。（同下）（外）我只说行到汉口，还有一会工夫，有许多说话不曾讲得。如今慌慌张张推他上去，万一有要紧话忘了，却怎么处？待我把心上的事情，从头再想一遍。

〔泣颜回〕家事不轻微，尽堪养子供妻。这一句是讲过的了。（屈一指介）家门荣显，传来尚有馀贵。这一句也是讲过的了。（屈一指介）荆妻现在，望归人、定把门儿倚。这一句也是讲过的。（又屈一指介）姓和名久著人间，尹小楼是人皆识。

呀，不好了，这是第一句话，反不曾讲得，却怎么了？叫驾掌，快些落篷，依旧放船回去。（内）怎么，二三十位客人同雇的船，为你一个放了转去？这老儿好不通道理。（外）不要胡讲。一定要转去的。（内数人齐嚷介）大江里行船，就是太平世界，也不肯打回头，何况乱世。你这老头儿，敢是丧心病狂了。（外）你们都不情愿，待我自己落篷。（作卷臂、落篷介）（净、丑、小生扮众客，齐上扯住外手，骂介）老狗才，好不达时务。众人雇下的船，让你一个做主。（外）怎么同是客

伙，为甚么骂将起来？（净、丑）你若再敢放肆，不止于骂，还要打哩！（外）不打不是人，拚我这老性命结识你。（撞头介）（净、丑欲打，小生劝住介）二位请自回舱，待我问他的缘故。（净、丑下）（小生）他们后生家性子不好，你是老成人，不该与他一般见识。请问方才上去的是你何人？有甚么紧急事情，忽然要想转去？（外）老丈请坐，待我细细讲来。

〔前腔换头〕须知，这情事甚稀奇，说起令人惊异。他是我前生骨肉，闻来尚这心脾。联为父子，比亲生、更觉多情义。他为求亲暂且分开，我忘（去声）衷言不禁狂悔。

（小生）哦，原来如此。这等，忘了一句甚么话，就这等着忙？（外）不要说起，我以前留心试他，说的都是假话，连我姓名、籍贯都是捏造出来的。方才急急忙忙赶他上岸，竟不曾说得真姓真名，与实在的住处，叫他到那里去寻访？（捶胸顿足恨介）（小生）原来是这个缘故。

［催拍］乱离间事多不期，急忙中偏多忘（去声）遗。这也是从来旧规，从来旧规，当局亲看，自觉新奇，我辈旁观，没甚忧疑。宽心坐不必攒眉，缘法在，自相依。

（外）求老丈发点慈心，去到众人面前，替小弟说个方便，把船放下去，寻着小犬，说一句话就来。（小生）这是万万不能的了。我替你想个主意，请问令郎是识字的么？（外）他是考得起的秀才，如何不识字？（小生）既然如此，就不难了。

［前腔］他负长才不忧数奇，要寻亲何辞百罹。况有先几，况有先几，指引迷途，不仗人力，一纸蝇头，便使来归。忙归去把姓氏标题，遍贴向，路东西。

（外）也讲得是。待我到家之后，把姓名住处，多写几十张，往一切冲繁路口粘贴起来。或者他看见字迹，寻来相会，也不可知。承教了。

［一撮棹］才相合，又早怨分离。（小生）本无患，人自讨忧疑。（外）关痛痒，刻刻虑差池。（小生）知命在，事事讨便宜。（合）国步今如许，且莫忧家计。只怕金瓯坏，无事不跷蹊。

不是舟行疾，焉知旅况闲？

一场争闹毕，又度万重山。

第十七出　剖私

[胡捣练]（老旦上）家何在，命孤存，牵愁止有一亲人。当日苦忧身后事，如今翻喜没儿孙。

[眉批] 乱世人情，一笔写出。

老身尹夫人是也。被贼子掳在营中，已经数日了。他只道亲人决来取赎，还有一主肥财，那里知道局面不同，徒劳痴想。我丈夫远出在外，家中并无至亲，有谁人赶来取赎？可怜我这副骸骨，不知葬在那个犬腹之中？要寻个同难之人，大家说说苦楚，怎奈侣伴虽多，同心却少。那些没志气的妇人，初掳进营，也曾哭过几次，一到三日之后，满耳俱是笑声。要寻个攒眉叹气之人，十中也不得一二。止有一个少年女子，面带病容，终朝啼哭。我听得心酸，要走去劝解劝解。又闻得人说，他身上有桩怪疾，常要过人。不但男子不敢沾身，连同伴的妇人见他走来，也个个避了开去。想我有偌大年纪，也死得着了，还怕些甚么？不免寻将过去，与他说说衷情。（行介）转弯抹角，来此便是。（内作哭声介）（老旦）那位娘子，不要啼哭，请走出来，大家说说心事何如？

[眉批] 慷慨捐生易，从容守节难。人情大半如此，不当责备妇人。此文文山之死节，为宋代一人，尚论者不可不晓。

[前腔]（旦上）愁作面，泪为巾，看看假疾变成真。宁使形骸都毙了，莫教断却未归魂。[旁批] 妙语！

[眉批] 妙于未做姑媳时，有此一番倾倒，不但后来会合有情，且令守节之事有凭有据。极阴冷处，却是极关键处。

[眉批] 疾风劲草，为末劫世界，壮几许气色。

[眉批] 诘问入情，胜于老吏断狱。

呀，原来是一位老婆婆。为甚的不自保重，肯来看我这病人？（老旦）见你哭得伤心，特地过来劝解。（旦）嗳，老婆婆，别样的愁烦，你老人家该去劝解，如今处此地位，凡是做妇人的，只该来伴哭才是，［旁批］宾白之妙，千古一见，那有劝解之理？（老旦）也讲得是。

　　［金络索］（旦）妇仪没半分，闺范都亡尽。止留着一线残躯，要硬把颓纲振！危哉此际身。［旁批］填词之妙，千古一见。似遭蚊，不怕娘行不露筋。灾多勾了前生孽，劫尽堪为后世因。天难信，从来节妇似忠臣，尽捐躯，几个为神？刚讨得个心无疚。

　　（老旦）请问娘子，青春多少？可有尊堂？曾嫁过丈夫了么？（旦）年方十六，尚未字人。自幼背了父母，寄养于至戚之家，现作螟蛉之女。（老旦）这等讲来，还是一位小姐。你既失父母，又不曾配有良人，似这等终日悲伤，还是为着那一个？（旦）为着继父、继母。（老旦）若单想这两位，哭便该哭，示必哭得这等伤心。只怕还有亲似他的，［旁批］妙！也未见得。

　　［前腔］你啼腮少断痕，病靥多重晕。便是儿哭亲娘，也哭不恁多时分。这爷娘况不亲，他有甚奇恩，能使螟蛉不顾身？浑如杞妇崩城泣，仿佛西施恋越蠢。好对我舒烦闷，一般同是难中人。别家乡，各具愁根，料不动讥弹衅。你毕竟想着何人，为着何事？对我道来。（旦）老婆婆听启。

　　［眉批］无语不刺心脾，又兼入情。吾于笠翁观止矣。

　　［前腔］悲啼实有因，欲说难张吻，意待遮瞒，当不的面颊先承认。［旁批］妙！我先期虑此身，怕蒙尘，曾把灵犀付一人。（老旦）既然如此，可曾有些勾当么？（旦）生平耻作襄王梦，一向愁离倩女魂，全无分。（老旦）既不曾有枕席之欢，也就是看得见的情意了。为甚么废寝忘餐，哭得恁般悲恸？（旦）一言早已定人伦。既无乾，谁待为坤？倒不如早陷塌安奇运。

　　（老旦）好！一句话儿就定下夫妻之分，至今生死不移，这才算得个烈性女子。可敬，可敬！（旦）请问老婆婆高龄多少？尊夫、令郎都在何处？为甚么不来赎你？（老旦）嗳，不消问起也罢。

　　［前腔］区区一病身，万苦皆尝尽。因失亡儿，未老皤双鬓。儿夫喜尚存，惜离分，偏向临危隔楚云。到如今呵，凶遭丧乱的营中妇，还是他笑说平安的梦里人。无音讯，今生不望再相亲。盼得个拾枯骸，死后同坟，也消一半生离恨。

　　如今暂且分别，明日再来看你。只是一件，闻得你这个尊恙，常要过人，却怎么处？（旦）不瞒老婆婆说，奴家这个贱恙，是妆造出来的，无非要保全名节。若

有男子近身，不得不显些手段。遇着同辈的妇人，岂有贻害之理。老婆婆不消虑得，你时常过来走走。（老旦）原来如此，只消这件事，就把你才能节操，都看出来了。好个女中丈夫，愈加可敬。

（旦）一语倾心志便投，始知同戚胜同休。

（老旦）从今有泪不轻洒，忍到邻家结伴流。

第十八出　变饷

［水底鱼儿］（末上）掳尽娇娃，何曾放一家？发来变饷，还怪不多拿。

［前腔］（丑上）掳尽娇娃，人人不中夸。发来变饷，又说貌如花。

（末）咱们两个都是过天星标下的官头。前日奉差出去，掳了无数女子回来，都交与将主。只说这场公事完了，谁想又出下难题目来，把这些妇人依旧发与咱们，叫变卖出来充饷。如今有人赎的，都赎回去了，剩下些没人赎的，只得开个人行起来，好招揽四方的买主。兄弟，我同你商量。这些妇人还是怎么一个卖法？（丑）我有两个计较，说来随你拣选。一个计较是论个数数了卖，一个计较是论斤数秤了卖。你道还是那一说好？

［四边静］两般尽是生财法，凭君细详察。若虑不公平，牵精把肥搭，一双并发，不容特拔。任你货儿多，十分管销八。

（末）两个计较都好，只是还费商量。若单论个数，便宜了标致的，吃亏了丑陋的。若单论斤数，又便宜了瘦小的，吃亏了肥大的。都欠公道，不如把两个法子掺合拢来，又论个数，又论斤数，你说妙不妙？（丑）这话我不懂，还要说明白些。（末）我的意思，要把这些妇人，不论老少美恶，都用布袋盛了，就像腌鱼腊肉一般，每一个妇人装成一袋，只论轻重，不论好歹，随那来人自取。取着好的，是他有造化；取着不好的，是他没便宜。省得拣精拣肥，把好的都买了去，剩下那些下脚货来，那里去出脱？这是从古以来，第一桩公平交易，你说好不好？

［前腔］从来少此经营法，无私有平价。三尺不相欺，何妨眼儿瞎。招牌莫挂，草标慢插，只要露风声，有货不愁发。

（丑）妙，妙，妙！既然如此，就要定起价来，多少一斤？等人好来交易。（末）一钱一斤太少，一两一斤太多，定个中平价儿，竟是五钱一斤便了。（丑）只好是这等。还有一说，我们杀惯了人，远近都害怕，那个敢来寻死？况且身边带了银子，又怕我们抢夺，一发不肯来了。须是禀过将主，求他发下告示来，暂行一月的王道，不许杀人抢掳，传出这个名声去，方才有人肯来。（末）说得有理。今

晚去请告示，明日就开人行。

　　[眉批] 期月而已可也。李闯之骤破神京，岂即一月王政之效乎？一笑。

　　[前腔] （合）权时破例行王法，阎罗变菩萨。一月不开刀，阴功忒洪大。天心善察，怎生报答，不止做人皇，上帝要愁杀。

　　[眉批] 无语不堪绝倒。

　　绕阶传语阿娇知，布袋装人事不奇。

　　只当又从胎里过，托生仍做女孩儿。

第十九出　惊燹

[香柳娘]（生背包裹，上）望家乡胆寒，望家乡胆寒，必遭兵患，如何楼阁成虚幻？小生走上岸来，只见途路之间绝无人影。及至抬头一看，连房舍屋宇都没有一间。这等看来，是遭兵火无疑了。且寻到自己的住处，去仔细看来。到家门细看，到家门细看！（惊介）呀，那有旧柴关，止见新煤炭。（顿足，悲伤介）房舍如此，我那曹家小姐就不问可知了。顿教人泪潸，顿教人泪潸，滴向怀间，总成惊汗。

[眉批] 此折惊心惨目，画出一幅兵燹图。

我想曹家小姐又不知被贼兵掳去呢，又不知他临难自经？又不知是贼兵未到之先，移家避难去了？我如今来到这边，决要立定身子，访了一个下落，然后起身才是。怎奈无家无室，进退茫然；莫道没有家室，就要寻个饭铺栖身也没有；莫说没有饭铺，就要寻个相熟的人家，寄寄行李也没有。远远望见有个乞丐之人，沿途叫化来了，不知是本处人外路人？若还是本处人，也好问个消息。

[前腔]（末扮乞儿，叫化上）任啼饥叫寒，任啼饥叫寒，无人怜患，终不然家家似我无餐饭。（近生，跪介）过路的老爷，求你救苦救难，舍我一文活命钱儿。念喉咙叫干，念喉咙叫干，切莫怨囊悭，急把残生桊。（生细看，背介）这个老儿我有些认得他。（转介）你莫非就是我的紧邻张伯伯么？（末抬头，看生，急起介）呸，原来就是姚小官！嗳，姚小官，你亏得出门去做客，若还在家，也与老夫一样了。羡伊家太安，羡伊家太安，地覆天翻，值不得你留睛一盼。[旁批] 妙语！

（生）张伯伯，我未曾出门之先，你还有二三千金家事，怎么一乱之后，就是这等起来？（末）房屋烧毁了，家财掠尽了，儿子杀了，妻子、媳妇被掳了，止逃得一身出来，连锅灶都没有，若不讨碗饭吃，终不然饿死不成。

[眉批] 从来此等沧桑，目睹几许？

[琐窗寒]乱来不怕有铜山，转富为穷瞬息间。（生）这些感慨话头且慢些讲，有一件要紧事动问。我隔壁住的曹老伯，如今那里去了？他夫人小姐，还保得平安

无事么?（末）你对着覆巢儿，问他卵信平安；不听那凄风树杪，代伊长叹！（生）据你这等说，有些不妥了，还是被掳，还是死难? 快求说来。（末）儿被掳父娘离散。（生惊介）呀，毕竟被掳了！（泪介）（末）曹家小姐被掳，与你何干，竟替他流起泪来。无干，怎把泪珠弹，其中似有波澜。

　　［眉批］凄恻动人，又复典雅矜贵。

　　［眉批］太难，太难。

　　（生）不瞒老伯说，他与小侄订过婚姻之约，虽不曾过门，也与妻子一样，叫我怎不悲伤? 既然如此，可知道他的踪迹，如今去在那里?

　　［前腔］不禁情泪向人弹，这的是眼不藏私代首奸。料难瞒，又何须苦苦遮拦。云踪电迹，可容追赶? 望伊行指迷登岸！若得他生还，我报德有何难，不教重诉饥寒。

　　（末）他的父亲倒有人在途中遇见，说往别处逃难去了。这位小姐，只晓得他被掳，却不知踪迹所在。昨日有人传说，贼兵住在仙桃镇，开了个极大的人行，把各处掳到的妇人，都在他那边发卖。曹家小姐，或者同在里面也不可知。你若十分爱他，就拚命去走一次，若还可有可无，就劝你把稳些，另娶一房也好。我说了这一会，肚中一发饥了，有钱相送几文，待我去买饭吃。（生）故人相遇，又在难中，岂有几文相送之理。（取银付介）纹银一两，暂且收用，改日相见，还要奉酬。我别过老伯，竟往仙桃镇寻人去了。

　　（末）沧桑不必论年华，才遇干戈事便差。

　　（生）试看眼前求乞辈，昨年还是素封家。

第二十出　追踪

（净上）乱世人人说挂冠，谁知果有一人拚？乌纱却是多情物，偏向人头熟处钻。自家非别，乃姚东山老爷的管家便是。俺老爷为因世乱，致仕还乡；又见兵戈扰攘，恐怕住在家中，还有不测之祸，竟同夫人、小姐云游四方，做一队江湖散人去了。谁想这顶纱帽，是件作怪的东西，你要寻他，他偏不许相见；你要避他，他偏不肯甘休。如今朝廷下了特旨，起做兵部侍郎，着他督师剿贼。旨意下了许久，闻得赍敕官儿带着许多人马前来，要催他去剿贼。如今一家男妇全无踪影，止剩得区区一个。万一寻他不见，竟着落在区区身上要起人来，怎么了得？事已如此，愁不得许多。且等人马到来，再做计较。

[番卜算]（末冠带，捧诏，引众上）丹诏自天来，为劝东山驾。苍生涂炭实堪怜，莫说清高话。

已到姚侍郎门首，为甚么不见出来接诏？大家一齐进去。（进介）旨意到了，快传本官出来，好读圣谕。（净）本官不在家，没人接诏，求列位带回京去，交还了皇帝老儿罢！（末）好胡说。避在那里？快去请来。（净）东南西北，不知他在那一边；两京十三省，不知他在那一边，叫我怎么样寻求？列位传个方法，还是贴几张招子的是，还是烧一道符去的是？（末）这汉子不知王法，满口胡谈。叫左右，拿下去锁了，交与地方官，说他违拗圣旨，不肯寻人，先问一个斩罪。（净慌跪介）小的不敢违旨，情愿寻人。（末）这等，人在那里？（净）前日有人看见，说他在湖广汉阳府汉口地方，扮做个医生卖药。若要寻他，须是到那里去。（末）既然如此，叫地方官儿先上一疏，暂且回复圣上。我们同去寻他便了。（净）这个法子极好。既然如此，就是小的领路。（同行介）

[滴溜神仗]（合）忙寻去，忙寻去，休得要胡喳乱喳。朝廷上，朝廷上，急的个没方没法。贼兵实难禁架。要他出马，不图赢杀，只要输一阵也堪夸，输一阵也堪夸。

（齐下）

[眉批] 求一二能输者不得，的是明季真情。

第二十一出　闻诏

（小生背包裹，小旦持雨伞，同上，）欲图宁静反投喧，大难临身孰可援？往日尽遭文字哄，人间那得有桃源。下官遁迹江湖，止因避乱，谁想他乡的祸患，倒反速似家中。自从在汉口遇了贼兵，一家失散，亏得我夫妻两口，拚死不离，至今还在一处。只可恨女儿执性，不肯随人逃走，此时去向难知，存亡未卜，这也是命运使然，只得由他罢了。夫人，我和你逃难而来，不问东西南北，有路便走。如今到了平静地方，也该定个主意，还是往那一处去好？（小旦）投生不如奔熟，舍了家乡不走，还要往那里去？（小生）就依你，叫船家，撑一只小船过来。（丑摇船上）乱来只有船户好，避难的生涯偏不少。家私尽在后艄头，不用肩挑随着跑。（上声）。请问相公、娘子，要雇船往那里去？（小生）回四川去。（丑）四川有许多旱路，我船舱底下没有车盘，那里送得到？（小生）送到水尽的去处，另换车马前行。（丑）这等，请上船来。（小生、小旦上船，丑作开船介）（下）（小生）嗳，夫人，你看江山如故，城郭尽非，风景萧然，好生动人凭吊也！（小旦）便是这等说。

[眉批] **此折笔墨淋漓，尽慷慨悲歌之极致，是一篇绝大文字，勿作院本观。**

[北醉花阴]（小生）瞬息风光变古今，妒江山尚仍故武。虽不是昭明象，太平图，也还留得些假菁葱眉眼如初，不似那废城隍全失了真面目。

[南画眉序]（小旦）庐舍任荒芜，此际唯求尚安堵。怕归来双燕，旧垒全无。蚀梁栋蛀变为人，葬书史人难效蠹。盼得个旧时针线箱儿在，强如拾翠拈珠。

[眉批] **忧乱心情如画。**

[北喜迁莺]（小生）当日有雄图，要把扶得起的朝廷尽力扶。拗不过无穷斤斧，遍将国本伤锄，呜呼！怎不枯！到如今把神器摧残委在途，任贼奴，空拳拾取，不费青蚨。

[眉批] **具真实牢骚，方能作此肮脏语，与感慨套话不同。安得挽天河，浇此垒块？**

[南画眉序]（小旦）国运有时苏，当不得喜乱的人心结成蛊。望均贫扒富，

立转荣枯。又谁知捞富室固少完人，剖穷汉也不饶空肚。便宜止落凶残手，只愁也作人奴。

　　[北出队子]（小生）诚哉天数，避逃亡远遁江湖。又谁知脚根有债不容逋，近舍家乡奔远途。兀的不是子母相生把十当五？

　　（同小旦暂下）

　　[眉批] 掸斤淋漓，似飞涛响瀑，铿铿满耳。

　　[南滴溜子]（末同净，引众上）出师的，出师的，限期渐迫。寻人的，寻人的，尚睁空目。只愁逃荣生辱，反将戡乱戈，诛贼斧，移去治逋臣，自贻痛楚。

　　（净指介）那小船上坐的，好似我家老爷。叫驾掌，把船摇拢去，待我看来。（净）呀，夫人也在里面，一发不消说了。（高叫介）老爷、夫人，快过船来，好接圣旨！（小生更衣，急上跪介）（末）圣旨下，跪听宣读。诏曰："朕闻物不厌新，人唯求旧；欲奏治平之绩，须求练达之臣。自闯逆揭竿以来，屠我生灵，墟我城郭。天厌人怒，法所必歼。乃朕屡费宸衷，迭加天讨，

饶凯之音不至，烽燧之警频来。是皆臣谋不臧，以致妖氛愈炽。维尔旧兵部臣姚器汝，魁奇有略，慎重多谋，向怀去国之思，因抱忧时之愤。兹加汝兵部侍郎，尽驱楚蜀之兵，力剿中原之贼。捷音一至，显秩频加，勿负特恩，当膺厚赏。钦哉！"谢恩。（小生）万岁，万岁，万万岁！（末）贼势披猖，钦限已迫，求老先生早早出师。下官奉差已久，不得再停，要进京复命去了。（别小生先下）（众见介）（小生）分付官役人等，俱在别船伺候。只留院子随身听候使唤。（众应下）叫院子，快请夫人过船。（净请介）（小旦上）恭喜相公，荣膺特典，建功有望！那些贼子罪恶滔天，连我们也受尽涂毒，正在这边切齿，恨不得杀尽了他。方才这个旨意来得恰好。（小生）嗳，夫人，你只知欢喜，那识忧愁？闯贼若容易剿，那庙堂之上，有多少争功喜事之人，不来寻着我了。

　　[北刮地风]这分明是赌墅间觑着满盘成败局，要倩个烂柯人代把棋输，又分明是饮场中觑见下鸩将人毒，情愿做个执壶人，贬作庸奴。俺和你明受夸，暗被

诬，拨不开这似晴霞的一天阴雾。从今后呵，才知道隐三湘泛五湖，这仙缘没福难图。

　　[南滴滴金]（小旦）虽则是中原已失秦家鹿，我看这嗜杀的重瞳也不善逐。倒不如认做虎奔蜗，暂屈冯家妇，救亡秦兼毙楚。休忧历数，既亡人也可将魂续。只要你有药回生，却不道命在葫芦。

　　[北四门子]（小生）俺正待矢澄清击楫把中流渡，当不的咽呜呜的众波臣阻壮图，俺欲待矢捐躯奋力向沙场赴，当不的闹嚷嚷的众三军把庚癸呼！似这般天与人，交困吾，终不然。叫俺这奉差人，委节通？端则要勉沉舟，强破釜，竭愚忠敢辞碎骨。

　　（小旦）此去若得成功，莫说分茅锡土，拜相封侯，只把女孩儿取得转来，大家图个完聚，也就是一桩好事了。

　　[南鲍老催]他在时觉疏，才离膝下恩便笃。我黄昏告天朝念佛，不图甚田产玉，蚌生珠，膺奇福，只求还我闺中物，回家重把香汤浴。便是受点污也难言辱。

　　（小生）女孩儿既陷贼营，料想不能复见。只是姚家那个孩子十分长进，我甚是爱他。他幸往松江，不曾遇乱，我们如今东离西散，叫他没处追寻，不知还遇得着否？

　　[北水仙子]他不是害贪嗔，逐利徒，害贪嗔，逐利徒，为甚的强教人，无端离故土？悔悔悔，悔不曾，赘孤鸾，配寡凤，早遂良图。致致致，致如今成间阻。倘倘倘，倘若是凑成双，不使身孤。怎怎怎，怎见的，不似俺老夫妻，患难得相扶。这这这，的是隔层皮，到底殊甘苦。说说说，说不的，关痛痒，没亲疏。

　　（净）已到水陆交界之处了，众将官请问老爷：还是由水还是登陆？（小生）水路迂回，不如旱路直捷。看轿马过来。（净应毕，分付介）（众齐上，摆道行齐）

　　[南双声子]（合）军行促，军行促，看马到功成速。民休哭，民休哭，看一战封疆复。贼涂毒，贼涂毒，真惨酷，真惨酷，获当今逆闯，万人齐戮。

　　[北尾]漫道是国破家亡难说武，百败后始建雄图。但愿做个弱得杀的刘兵，扫尽了强得杀的楚！

第二十二出　诧老

[字字双]（末、丑带二卒齐上）（末）求财新设卖人行，（丑）兴旺。（末）先驱中下赴街坊，（丑）留上。（末）包藏白发赚儿郎，（丑）愁丧（去声）。（末）只愁袋里放毫光，（丑）雪亮。

（末）我们立定主意，做下法子，把布袋盛了妇人，从公发卖，这是极有良心的事了。只是一件，古语道的好，若要稳做，先脱滞货。我们营中的妇人好货最少，滞货极多，须要把老的、丑的，预先脱去，留下少年标致的，到后来发卖，就不怕没有售主了。选定今日开市，我的滞货都来了。你的宝货在那里？（丑）即刻就到。叫左右，先把布袋收拾起来，等货一到，就装进去。（众）知道了。

[前腔]（净扮胖妇、小旦扮瘦妇、副净扮驼背跷脚妇同老旦上）（老旦）年过花甲卖街坊，孽障。（小旦）病躯谁把债来偿，赔葬。（净）身肥袋窄恐难装，须绑。（副净）背驼脚短易收藏，横放。

（丑）货来齐了。叫左右，快装起来。（众放四人入袋，各收口打结介）

[眉批] 仳离惨淡，却以谐谑乱之，何物文人，善于播弄若此。

[前腔]（外、小生同上）携金齐赴买人场，心痒。全凭瞎撞得娇娘，难强。如今天道异寻常，贵莽。但看卖主事何王，姓闯。

（见介）（末）你们两个是买妇人的么？（外、小生）正是。（丑）这等，各人看起货来，随你要大就大，要小就小，要轻就轻，要重就重。（小生）既装在布袋里面，轻重大小一时也看不出，竟是随手指定一个罢了。（指净介）这一袋是我的。（外指小旦介）这一袋是我的。（丑）叫人来，快些替他上秤。（众挂净上秤，秤毕，高声报数介）一百六十斤。（小生吐舌介）怎么这等重？（末打算盘介）每斤五钱，共该价银八十两。（众挂小旦上秤、秤介）四十五斤。（外惊介）怎么这等轻？（末打算盘介）每斤五钱，共该价银二十二两五钱。（丑）快拿银子来兑。（小生付银，丑兑介）只得七十五两，还少十斤的价钱。（小生）只带得这些，求将爷让了罢。（丑）我们的生意是公道不过的，多一钱也不要，少一钱也不与，快些添

上来。（小生）其实没有带得。（丑）这等不难，到发货的时节，自有区处。（外付银，末兑介）（末）你错秤了，这是二十三两五钱。除正数之外，净多一两。还是退出银子，还是要我添货？（外背介）他说添货，一定是添个小妇人了。有这等便宜的事？（转介）不愿退银子，只求添货。（末）这等极好。既然交过价钱，这两宗货都是你们的了。各人自家动手，解开来看。（小生解袋，见净惊介）呀，有这等一个肥胖妇人，吓死我也！（净大声分付介）你既然买了我，我就是家主婆了。快叫七八个人来抬我回去，少了一个，要你自己帮抬的。

　　〔大迓鼓〕人夫，在那厢，若还不勾，快做商量。我这尊躯不比寻常胖，压死男儿命不偿。好验身材，回家造床。

　　（小生领净欲下，丑拉住介）帐还不曾找清，就要领回去？（取刀，向净身上割介）（小生）呀，这是怎么说？（丑）多了十斤肉，你没银子，我为甚么不割下来？（小生慌介）我出来就是，不要动手。（取银付丑，领净下）（外解袋，见小旦惊介）呀，是一个黄瘦妇人，悔杀我也！（小旦作病极，低声分付介）我是个痨病妇人，既卖与你，就是你的干系了。方才闭了半日，话也讲不出来，快取人参汤接气，不然立刻就要死了。

　　〔前腔〕残生，不久亡，暂延时刻，也感伊行。今宵若得相亲傍，真个是一夜恩情百夜长。只恐难延，求续命汤。

　　（外）方才将爷说过，多的银子找出货来。如今要领回去了，求找清了罢。（末）说得有理，待我取出货来。（下，取小小人头付外，外惊介）呀，这是个人头，要他何用。（末）小孩子的首级，又嫩又甜，极好下酒。刚刚二斤重，找清你一两价钱，快收了去。（外丢人头，领小旦下）

　　〔字字双〕（小生另换巾服，同生上）携金辨眼觑娇娘，奢望。到门知把袋儿装，难相。要思空手转还乡，不放。强人来拽臭皮囊，魂丧。

　　（生）兄先进去，我随后就来。（小生先进，生背介）小生为着曹小姐，不避凶险，赶来赎他。谁想走到这边，才知道贼子卖人另有巧法，都用布袋盛了，不许来人拣选。我要空手转去，怎奈贼官贴了告示，凡有不买空回者，即以打听虚实论。如今没奈何，只得走来撞个造化，或者凤缘未断，恰好买着了他，也未见得。（进介）（末）方才做下例子了，先秤货，后兑价钱。你们各人指定一个，好秤斤两。（小生指副净，生指老旦介）（众秤副净介）齐头八十斤。（末算介）该价四十两，快拿银子来兑。（小生付银，末兑收介）（众称老旦介）也是齐头八十斤。

（末）照方才的数目，快取出来。（生付银，丑兑收介）各人收了货去。（小生解袋介）（副净出袋，满场走笑介）列位将爷，你们都说我背驼脚跷，没人来买。谁想脱了这主银子，我还得了个标致后生。可见背不是驼，脚不是跷，都是我的福相。我嫡嫡亲亲的官人在那里？快拿肩胛过来，背了你的夫人回去。

［大迓鼓］我金莲，有短长，不分日夜，总要肩当。预愁两足难安放，时将腿面靠胸膛。这是生就的朝天，不消力扛。

（硬扯小生背下）（生解袋，见老旦，惊背介）呀，竟是个白头老妇。这怎么了？（老旦）这位官人，你不要嫌我，我年纪虽老，却是好人家出来的。你买我回去，自然有人来取赎，这几两银子，决不落空的。

［前腔］我年高，力自强，颇能炊爨，甘食糟糠。暂求出价收来养，不愁本利没人偿。我结草衔环，终身不忘。

（副净）做定的交易，莫说这些年纪，就一百二十岁也不愁不要。你求他怎的？叫那后生过来，快领回去，不然我们就要动手了。（拔刀欲砍介）（生）列位不要多心，我是惯收老货的；不是不要，要想个法子安顿他。你们慌些甚么？（领老旦下）（末）人卖完了，大家回去罢。

改变彝伦换纪纲，旧妻个个配新郎。

怎能遍掳人间妇，重与男儿配一场。

第二十三出　伤离

〔挂真儿〕（外上）觅得孩儿闷稍可，回来后骇失家婆。命合孤穷，将鳏换独，不若安其故我。

老夫别了孩儿，星夜赶回故里，指望与老妻相见，说起外面的事，大家欢喜一场。不想走到家中，止剩几间破屋，不但老妻不见，连家人、小子都不知那里去了。细问邻人，才知道贼兵过此，大掠一番，连这六旬老妇也被他锁带去了。如今叫我孑然一身，靠着谁人过活？还喜得未去之先，我见时势不好，把一切金珠财帛，分做十窖埋藏。昨日回来查验，只去得一两窖。目下儿子到家，还不曾失去他的财主，只是老妻去在贼营，不知生死若何，想来好不惨也！

〔眉批〕念念在此，痴情酷肖。

〔眉批〕情都在人意中，语都在人意外，不能不服才锋之颖出。

〔七贤过关〕我眉涸不耐攒，肠腐难经割。短发离根，无病也常愁脱。怎当的狂风怒波，掀翻爱河。便是青春少年，少年也愁难过。怎教我副近黄泉，能把身儿躲？嗳，贼子，贼子，你具一副禽兽心肠，见了少艾女子，自然放他不过。我家这个老妇，也是与死为邻的人了，你掳在营中有何用处？叹容颜枯槁，两鬓久婆娑，罗刹为邻不见过，把常忧变作飞来祸，倒做了项羽垂涎的汉太婆。此时此际，知他怎么？我欲待将魂觅，当不的梦境也常愁人网罗。

这话且暂时丢开，又要想到孩儿身上去了。那一日舟中分别，是我自己头脑冬烘，不曾讲得实话，贻害不小。我到家之后，虽然写了招词，叫人往各处粘贴，只愁他把假话当了真言，心上并无疑惑，纵有一万张招子，不得他抬头一看，也是枉然。

〔前腔〕言来口似谑，想到心如铧。现有个舌在喉间，并不是遭人割。为甚的繁言絮婆，虚情造口比？倒把实话隐瞒，隐瞒贻成祸！到如今舌在天涯，吐不出花千朵。怪金人作祟，缄口反生波。这不是人老神昏错事多，都只为无缘对面终相左，使尽聪明奈数何。此时此际，知他怎么？我欲待将魂语，怕的是梦里传言更有讹。

乱世谁人免丧离，白头犹自失荆妻。

孤鸿莫向秋风泣，此是何年想并栖？

第二十四出　认母

〔夜行船〕（生上）为购红颜来白发，安时命不敢嗟呀。借彼枯容，消吾妄念，只当遇尊菩萨。

我姚克承去买妇人，原是为寻曹小姐，莫说买着高年丑妇，心上不喜，就遇着个绝代佳人，只要不是曹小姐，也不得我开怀畅意。谁想揭开袋口，白发如银，竟是个六旬老妇。若使他人处此，不知怎生怨恨，带至寓中，非打即骂，要把仇恨贼兵的怨气，都在他身上发泄出来了。小生却不如此，贼子骗人，与他无涉。前日在途中遇着老汉，没人强我，尚且买他回来作父；何况是天人交逼，引我上场的。我如今安心落意，视为固然，并没有丝毫怨恨。只是一件，既不便作妻子，又不忍作奴婢，这途路之中，怎生叫唤？须要筹度一番。

〔尾犯序〕心口自详察（平叶）。人类之中，何目堪加？欲待要认姐呼姨，又碍着嫌疑孤寡。且把他的性情伎俩数说一番，看他做得甚么事来？然后相体裁衣，把个地位安顿他便了。稽查，他不会拈针刺绣，他不会抛梭织锦。他只会，司柴管米，刚合着个老妇善当家。

是便是了。我前日买个老汉作父，也算是一场义举，怜孤恤寡，总是一片心肠。为甚么做了一件，又丢了一件？况且我们这两男一女，都是无告的穷民。索性把鳏寡孤独之人合来聚做一处，以补天地之缺陷，何等不好！况且我此番回去，正没有礼物送父亲，何不就将这个老妇，做件人事送他，充做一房老妾，也未尝不可。虽有母亲在堂，料他是高年之人，无醋可吃，再添几个也不妨。妙极，妙极！竟认他做母亲便了。

〔前腔换头〕他何曾想抱这琵琶，为得人怜，忽将身嫁。此去高堂，看三头银发，光华。非是我收迷攘失，非是我寻张就李，都只为，油瓶少盖，合着并无差。

他虽是个老妇，那种怕羞的念头，却与少年人一样。配与爹爹的话，我且不要提起，只请他出来，认做母亲便了。老人家那里？

〔前腔〕（老旦上）身安浑似家，但听呼声，便不争差。小官人，你叫我出来

有何使唤？（生）你是老年之人，我后生家怎么好使唤你。（老旦惊背介）呀，这等讲来，分明是用我不着，要退转去的意思了。察语详声，顿教人惊讶！（转介）小官人，你千万不要多虑。非夸，我纵不便携衾荐枕，虽不惯铺床叠被，也尽可，司炊主爨，决不是空把碗儿拿。

（生）不是这等讲。我见你年纪大我几倍，生也生得出来，就像母子一般，那有使唤之理。今日请你出来，不为别事，我自幼丧母，身边没有亲人，要把你认做母亲，你情愿不情愿？（老旦合掌介）阿弥陀佛！莫说当真，就听见这句话儿也要折死。

［前腔］明知闲笑耍，怎当我八字低微，难受矜夸，休得将假字赢来，反受无穷真罚。评察，你不是怜孤恤寡，也不是扶危拯难，分明要，送归泉府，故把玉口代金瓜。

（生）我是一片真情，并非假话，你不必多疑，我从今日起，就用"妈妈"二字唤你了。妈妈请上，待孩儿拜见。（老旦）怎么承受得起，快不要拜。（生拜，老旦强扶不住介）

［梁州赚］（生）母性贤达善将雏，尽堪为大。念孩儿呵，貌虽愚傻，心同赤子无机诈。娘休讶，从此后免提旧家。这是天怜念周全孤寡，只是藤抱熟瓞可成瓜，怕甚么卵认生鸡难哺鸭。

（老旦背介）不料天地之间，竟有这般积德的男子，只是一件，他既如此待我，我却怎生报他？（想介）且住，贼营里面现放着一位佳人，为甚么不叫他买来，成了一对夫妇？（转介）请问小官人，曾娶过娘子了么？（生）并不曾娶。（老旦）既然如此，你身边的盘费还够买一位佳人否？（生）盘费还有几两。只是贼营里面，那有甚么佳人？（老旦）这等，包你一位，不但姿绝艳，还有异常的节操，绝世的才能，你即刻就去买来；若迟到明日，就不能勾了。

［鲍老催］别无报答，些儿不腆求笑纳，天教节义成结发。男多貌，女有才，均豪侠，合来一对真菩萨。把双衾并做交欢榻，好待我齐换水同烧蜡。

（生）贼营里面，何处用着才能，怎生守得节操？求母亲细说一遍。若果然可取，孩儿就去买来。

（老旦）说起话长，做来事短，你快去下手。若待说完情节，这桩好事就做不成了！（生）就要去买，那边女子甚多，知道在那一只布袋里？万一买错了，岂不枉费心机。（老旦）有个方法教你。他袖子里面，有尺把长的一件东西，紧带随身，一刻也不肯放下。你只在外面摸他，若还袖子里面有一件东西碍手，就一定是他无疑了。（生惊背介）这话讲来，竟有三分相似，我就不得不去了。

〔前腔〕不遑细察，奇缘凑合难当耍，教人怎不驰意马。倾囊屑，敛金星，聚银鲊。家私尽向肩头挂，如飞送上天平架，再不勾将身押。

这等孩儿就去。

〔眉批〕得此一法，又与暗中摸索不同，是机锋活泼处。千古文章忌在一板，板则不传。

〔尾声〕这回学得寻人法，有手当眼不愁瞎。〔旁批〕妙，（老旦）只怕你意乱心慌手眼花。〔旁批〕更妙！

第二十五出　争购

（末上）宝货已经枭尽，袋中止剩一枚。（丑上）但愿扫仓脱去，不留一撮人灰。老伙计，我同你的生意竟做着了。两处总算起来，共有七八百妇人，不上三五日脱得精光。如今止剩下一袋，怕他今日不完！（末）正是。远远望见许多人来，毕竟都是买货的了。没人打发他，却怎么好？

[缕缕金]（副净上）匆匆去，买娇娃。闻到从今后，告消乏。一切堪憎货，预先打发。后来的毕竟貌如花，买回当菩萨，买回当菩萨。

[前腔]（净上）匆匆去，买娇娃。闻到从今后，断生涯。一切无能货，预先打发。后来的手艺定堪夸，买回做鞋袜，买回做鞋袜。

[前腔]（生上）匆匆去，买娇娃。闻到从今后，绝根芽。一切为娘货，预先打发。后来的毕竟是浑家，买回伴阿妈，买回伴阿妈。

[眉批] 词同意别，愈转愈灵。

（末）你们都是买货的么？（众）正是。（丑）人多货少，不勾打发，叫我怎么处？（众）只得三个人，有甚么难打发。（末指袋介）你看，只得一个妇人了，难道砍做三段不成？（副净）既然如此，该是我买。也不消秤得，竟估做八十斤，该价四十两，请兑银子。（付介）（净）三个人立在一处，怎见得该是你买？（副净）不论买何物件，都要论个先来后到，我先进门，自然该是我买。（净）他估八十斤，我再加十斤，该价四十五两，请兑银子。（付介）（副净）既然如此，我也加上五两。（付介）（生背介）他们既然争买，我也坐视不得了，但不知是与不是？待我摸过了，才定主意。（细摸一会，惊背介）呀，是了。起先说有三分相似，如今竟有五六分了。迟误不得，快些下手。（转介）这一宗货，是我要买的。他们估下九十斤，我再加十斤，该价五十两。请兑银子。（付介）（末）三主银子摆在面前，叫我收那一主好？（副净）收我的是。（净）收我的是。（生）收我的是。（三人争闹介）

[眉批] 明买得父，暗买得母，不明不暗而得妻。错综变化合成一片，又不见

斧凿痕。真无尽藏，不可思议。

[扑灯蛾]（副净）他后来虽恃强，我先来有成法。莫说买人做妻房，就是贩菜掮蔬也要论个先后也，不道是先来后发。银短少情愿增加，犯威严甘心领骂。这袋中人，定求卖与做浑家。

[前腔]（净）后来也莫争，先来也休诧。折中算将来，合是区区承受也，这是公平妙法。银短少情愿增加，犯威严甘心领打。这袋中人，定求赐与做浑家。

[前腔]（生）后来是积薪，先来似堆塔。不曾见高头，放着善争能竞也，束薪片瓦。银短少情愿增加，犯威严甘心领杀。这袋中人，定求舍与做浑家。

（丑）你们两个的话，都说得勉强，毕竟尽先的是。（对副净介）那一包银子是你的？快些兑明白了，好领妇人回去。（副净）这一宗是，请兑起来。（对净、生介）何如？毕竟让我先来的。（指袋介）你看，这一位佳人，是区区的房下了。（摇摆介）（生慌背介）难道自己心上的人，被别个领了回去？罢！拚了性命结识他。（转介）这个妇人宁可大家不买。若还与了一个，宁可撞死，要这性命何用？（撞头介）（丑）你不要撒赖，老实对你讲，我们好几日不杀人，正在这边手痒。若还发起性来，只怕这个把头儿，经不得甚么大砍。

[福马郎] 休道区区真戒杀，为图生利行王法。如今人七八，旧性发，依旧要把刀拿。只恨你头小不如瓜，断来只当切生茄。

（拔刀欲砍，生延颈受介）（末）看他不出，倒是一个汉子。兄弟，你且放手，待我想个计较出来。（想介）有了，你们不消争夺。我有个至公无私的法子，还你们都不相亏。（众）甚么法子？（末）装人的车口是麻布做的，外面看不见里面，那里面的妇人，却是看见外面的。你们三个立在一处，叫那妇人自选。他愿跟那一个。就是那一个兑银子。（众）妙，妙，妙！这个处法果然至公无私。

［前腔］（末）任女从人无强拉，这才算做行王法。省得私这搭，偏那搭，都怪我少详察。从来贼智最堪夸，暗中摸索并无差。

你们都立过一边，那袋里的妇人，听我分付。（旦）有。（末）这三个男子里面，任你拣选一个。也是你天生的造化。若不是人多货少，怎能勾遂意从心。（旦高叫介）呀，我要右边那一个。（生大喜，背介）谢天谢地，起先说有五六分，如今看起来，竟有七八分了。只是一件，我若在众人面前解松袋口，万一众人看见，又要争夺起来，怎么了得？不如雇上几名脚夫，连袋连人抬将回去便了。（转介）既蒙将爷做美，如今是在下的人了。妇人不便行走，求拨几个兵丁抬他，送到寓处，另把酒资相谢。未知尊意若何？（末）就是这等，唤两个牢子过来，抬了这妇人送到他寓处去。（外、小生）知道了。（抬旦下）（生背介）快走，快走！双手扒开人世路，一身跳出贼家门。（急下）（末）如今妇人抬去了，你们两个也没得争，我们二位也没得卖了。大家请回罢。

（末）从来脚货最难脱，（丑）谁料今番偏惹夺。

（副净）只为头醋二醋不曾酸，（净）个个要求三醋哂。

第二十六出　得妻

[齐天乐]（老旦上）不图祸里生奇福，万事不期而足。才得佳儿，又思贤媳，得陇何曾望蜀？只为天人互逼，使报德公心，变作私图。望眼将穿，如何人杳信音疏？

老身衰年遇祸，只说有死无生，谁想遇着个积德之人，买我回来。不但不加凌贱，还把我认做娘亲。这岂不是从古及今，第一件奇事。我只因要图报答，撺掇他又往贼营去买那位小姐。不知买得来买不来？且到门前去等候。

[破阵子]（外、小生抬旦，随生上）（生）性急踏穿芒履，心慌怪杀长途。（外、小生）离却争场宜慢走，何事踉跄气欲无，多因是旧夫。

（老旦）呀，果然买来了。可喜，可喜。（生作忙急状介）二位请放下，每人一两银子去买酒吃，有劳了。（外、小生）多谢。（同下）（生）好了，好了。抬到寓处，再不怕赶来争夺了。待我解松袋口，放他出来，且看是不是？（慌忙解结，作解不开介）呀，为甚么打个死结，叫人再解不开。我如今没奈何，且隔着布袋，问他一声便了。袋里的小娘子，你可是曹小姐么？（旦）奴家就是。你也就是姚官人么？（生大喜介）小生就是。好了，好了。如今二十分把稳，再没甚疑心了。待我放心落意，解开这个结来。（一解即开介）呀，越性急他越不开，如今性子稍缓，他倒不解自松了。（旦出袋，与生抱哭介）

[眉批] 设身处地，始见情事逼真。

[眉批] 极小插科，亦入人情三昧。

[哭相思] 当日真情才半吐，思再见，倾肝腑。不自料，遭凶罹天数，今得见，心越苦。

（生）小姐，你为何有此病容，莫非是陷在贼营，愁闷出来的么？（旦）这病症与人不同，少停和你细讲。（见老旦惊介）呀，老婆婆，你为何也在这里？（老旦）我比你先来两日，恰好在一分人家，真是前生的缘法。只是一件，你与他初次相逢，为甚么就抱头而哭？（旦）他就是我心许之人，我前日对你讲过，难道忘了

不成？（老旦）就是他么？这等说起来，我倒在无意之中，做出一件有心之事了。

[忒忒令] 只为他错投胎把娘来叫呼，致令我莽报德借伊来偿补。原只道屈你改节，代人酬恩负。又谁料赶贞夫，赎贤妻，逼成了，香馥馥的芳名流万古。

[眉批] 妙处都在恰好，恰好处又在自然合拍。

（旦）这等讲来，你和他萍水相逢，竟结成母子之分了。既然如此，他的母亲就是我的婆婆，岂有媳妇进门，不拜婆婆之理？快请上坐，容媳妇拜见。（生）若非母亲指点，我和你怎得相逢？大家一同拜谢。（老旦）这等讲来，我从今以后，只得僭称婆婆，唤你们做孩儿、媳妇了。孩儿、媳妇，免劳见礼罢！（生、旦拜介）（生）才依膝下作家豚，便受如天罔极恩。（旦）偏是螟蛉叨庇早，一呼儿媳便成婚。（生）娘子，婆婆说你在贼营之中，露出无限才能，显出许多节操。我因急急赶来赎你，不及请道其详。如今细说一番，待小生洗耳听者。

[眉批] 到此才敢自居，亦妙在不迟不早。

[沉醉东风]（旦）我待要表才能说来似诬，夸节操近于藏污。亏得有个证人姑，代伊监妇，他笑谈间胜奴悲诉。柔肠虑枯，把朱颜变乌，才保得今日，相逢是故吾。

（生）小生不待此时，才见娘子的才能节操，只消掷帕订婚一事，就知道是个有才有守之人，忽略身名的，断不如此。

[园林好] 你露才华把良缘预图，显节操是私情不顾，倘若是含葩先吐，今日相见呵，也辨不出谁故我孰今吾？[旁批] 妙！谁故我孰今吾。

（旦）奴家除订婚之外，不及其他。一来为守闺人常范，不肯轻易荐身；那第二个念头，也就是为着今日。

[江儿水] 借帕输情款，留身作券符。兵兴凤夜防多露，贞淫岂可安天数？心神刻刻司门户，若不把锁钥从前交付，到如今贼退言防，谁信封疆如故？

（生）令尊、令堂今在何处？可知道些下落么？（旦）乱中相失，自身难保，岂能讯及高堂？全然不知下落。（生）小生倒略知道些。前日会着个乡亲，说他往别处逃难去了。昨日又闻得人说，有个督师剿贼的侍郎，相貌与他一样，我却不信。他是一介平民，又且卖药糊口，怎生到得这般地位？（旦）这等讲来，一定是了。他并非平民，亦非医士，是个逃名隐姓的大老，为因世乱，遁迹江湖。奴家也不是他亲生，乃同年至戚之女，自幼丧亲，是他抚养大的。他既然复职为官，我和你不患无家，亦且终身有靠了。（生）原来如此，怪道他器宇不凡，自然是个大老。

[眉批] 事事可安数命，独"贞淫"二字不可，苟且偏要逆天而行，若曰素患难，行乎患难，则天下无忠臣、节妇矣！此语无人说破，有裨风教不残。

[五供养] 虽则是同流合污，矫矫神情，自异凡夫。鸡群虽隐鹤，凤德岂同乌？我再与他相见，就是翁婿称呼了。只怕他起了高官，未必肯认个白衣女婿。怕相逢气阻，先自失东床家数，况是无媒合，他不认也非疏，怕做了丽娘佳婿瑞莲夫。

（旦）你不消忧虑，若还再见，不但是翁婿相逢，竟是父子相会了。便奴家遇见他，也要把女儿改做媳妇，他的家业，就是我和你的家业了，还怕甚么？

[玉交枝] 翁还兼父，两重亲犹然虑疏。只消愁贵兼忧富，餍膏粱怕没个双口重肚？山查葛根须早储，莫待伤脾中酒无寻处。这相逢欢娱倍初，这相逢欢娱倍初。

（生）你这些话，我一字不懂。为甚么把翁婿变为父子，母女改为姑媳？这两条伦理，岂是混乱得的？（旦）家父年老无子，要得个承继之人。见郎君器宇不凡，原要立为后嗣，奴家本非亲养，原在可儿可媳之间，所以这种念头萌了一向。只因世乱纷纷，料想不能免祸，须是受过风霜的人，才可以同得患难。故此贷出资本，劝你往松江贸易，就是为此，何曾图甚么利息来？（生）原来有这种美意。只是一件，我已拜过一人为父，许他奉养终身。这等破格之事，只可偶行，岂容再试？那立为后嗣的话，断断讲不起了。

[川拨棹] 难绳武，一家门无二祖，要承祧何不当初，要承祧何不当初。失机缘难教再图。

（老旦）你们说到这番情节，又触起我一段愁烦。老身在家的时节，也苦于衰年无后，要寻个有恩有义之人立为嗣子，再不能勾，所以叫丈夫出去寻讨。谁想儿子不曾觅得，倒把妻儿送与贼兵。想将起来，可不令人悔死。（泪介）（生）如今有了孩儿，总是一样，不须抱怨得了。今晚安宿一夜，明早就要下船，急急赶去见父亲，再迟不得了。（旦）还有一事要紧，我爹爹既受督师之命，少不得来在近边，待我写下家报一封，央人送去，使他知道下落，好来寻访。（生）也说得是。

[馀文]（合）三人各把衷肠吐，无一个不愁孤独，正好把四样穷民绘作图。

第二十七出　闻耗

［步蟾宫］（小生带净上）金瓯再奠知难说，无一处不忧残缺。竭愚忠把完处暂留些，过后终忧成屑！

下官逃难回家，不想又在中途拜命，虽然时事难为，也只得勉强效力。是便是了，行兵是桩险事，自己无司奈伺，没有把夫人带在身旁，也叫他担惊受怕之理。欲待寻个地方安插定了，然后前行。怎奈他是孤身一人，并无伴侣，所以踌躇未决。叫院子，请夫人出来商议。（净下）

［前腔］（小旦上）只身有影无人蹑，怕回顾增人凄切。旧时鞋联着他凤头靴，还虑把提跟磨灭。

［眉批］母子堂情，直恁说得香情。

（小旦）相公，唤我出来，有何话说？（小生）不为别事。

［白练序］只为着妖氛难灭，祸福存亡总未决。这些时虽与你同眠，梦魂儿欠十分宁贴。又不是联裈，共着靴，为甚的有命同抛不放着些？纵使我头颅裂，也有收骨殖，叫魂的妻妾！

（小旦）想要丢下了我，自己前去出征么？（小生）便是这等说。

［前腔］（小旦）君心欲放者，止虑着同死共绝。若到那时节呵，便尸联，污泥中胜如同穴。亲人，在那些？若教我独自偷生去别唤爷，声先噎！倒不如死向黄泉，做个没头妻妾。

（净持书上）世事已同流水去，佳音不道自天来。禀老爷：外面有人送家报，说是小姐央来的。

（小生惊介）小姐在那里？忽然有书来，这岂不是喜从天降。（看书喜介）呀，不但女儿有家报，连姚小官也有好音。是他从贼营里面把女儿赎将出来，如今现做夫妻，合着我们的初念。岂不更加可喜了。（小旦）怎么有这等奇事？（看书大喜介）

［捣白练］（小生）闷肠宽，愁担歇，两完全没些欠缺。喜天心乖巧，帝心聪

慧，不似人心迂拙。

〔前腔〕（小旦）意悬悬，愁切切，见佳音唇儿笑裂。胜熊罴重梦，胞孕重怀，肚皮重凸（音：选）。

（小生）是便是了。我要立姚生为嗣，是女儿知道的。家信上的称呼，就该写不孝男某人才是，怎么还写着"愚婿"二字？不通，不通。可恶，可恶！

〔前腔〕话分明，词扭捏，怎称呼把人嫚亵。怎明知乔梓，故抛根本，别生枝节。

（小旦）女婿比儿子也相去不远，为甚么原故定要争他这个虚名？

〔前腔〕父子联，朱陈结，分虽殊恩情少别。怎强疑轻慢，自称疏远，故分寒热。

（小生）岂有此理。他也姓姚，我也姓姚，若做翁婿相呼，岂有同姓为婚之理？这是大义所关，岂同儿戏。叫院子过来，家信收下，只把"愚婿"二字刻去还他，说这个称呼甚是不便，以后切记要改。回书不消写得，说我不久行师，定从楚省经过，带便会他便了。（净）理会得。

〔眉批〕**自是至理，勿怪迂阔。**

〔尾声〕（小生）毕竟顽儿情性劣，怕开弱口唤人爹。（小旦）亏得有个唤母的人儿替他将罪折。

第二十八出　途穷

〔雁鱼锦〕〔雁过声〕（生上）乱后寻亲脚步忙，悔临行未讯门何向？致身临户阈犹观望。怪爹行欠商量，盼孩儿为甚不遣使迎将？我不是生成的谢与王，做儿童走惯这乌衣巷，叫子提着父名，向他人讯访。我姚克承为寻继父，星夜赶到省城。把买来的母亲与赎到的妻子，都且留在船上，自己一个先来寻着了家，然后差人迎接。只是一件，前日在舟中分别，被人催促得紧，不曾问得一声他住在那条胡同？或是那一条街上？如今没头没脑，叫我往何处寻他？（想介）且住，他是勋臣之后，又且做过京官，提起姓名，那个不晓。俗语道得好：路在口边，一问就知道了。有何难处。〔二犯渔家灯〕休忙，缓步行将，莫被这乡邻看出乔模样。辜负了爹行谬奖，道是收来子毕竟孤寒相。（向左边问介）老长兄，借问一声，贵处有个锦衣卫伊老爷家住在那里？（内）这边没有，到别处去问。（生向石边问介）（内照前答介）（生）好奇怪，做乡宦的人家，个个都该知道，为甚么总回没有？自寻杳然如目盲，问人不言如秘藏，终不然撇亲自返家乡。倒是我自己差了，从来做乡宦的姓名，只有大户人家与斯文朋友知道。我方才问的都是些编户小民，他晓得些甚么？不免立上一会，等个有体面的人来，问他便了。顾不的双足痒权时站立街坊，凝眸将人较短长。（扮一少年，飘巾、艳服走过，即下）（生）这一个是不解事惯卖富的轻狂辈。（扮一腐儒，高冠、盛服走过，即下）（生）这一个是略晓事怕说话的迂腐腔。那边走来的是个斯文朋友，待我问他。（末巾服，带丑，持卷上）受尽灯窗苦，单图姓字香。忙来交试卷，准备进科场。（生拉住介）借问老长兄，贵地有个世袭乡绅，叫做伊小楼，住在那一条街？那一条巷？求指教一番，待小弟好寻了去。〔三犯渔家灯〕何方，乞示端详，省的我没头少绪遍把朱门撞。（末）敝处的乡绅都是小弟知道的，并没有这个人，想是老兄记错了。（生）一毫也不差。他世袭锦衣卫千户，近来闲住在家，年过六旬，尚无子嗣。小弟同他当面订过约，在这边相会的。他是我结义爹行，耳提面命，我字字镂衷，怎敢遗忘。（末）一发奇了。敝乡并无世职，何况锦衣。不但没有此官，亦且并无此姓，或者老兄被人骗了。不消问得，竟请回家。小弟有事，不得奉陪了。（欲下，生拉住不放介）甚么事，这等要紧？再求讲个明白。（末）今岁乃乡试之年，不多几日，就是头场了。我急急赶去交卷，好进科场，那有工夫讲话。（生）哦，原来科场近了。这等，请问兄的科举，还是正考取的，还是遗才大收取的？（末）今岁因遭丧乱，宗师不及遍考。一应残破地方，但有诸生愿进科场者，不须考试，竟自报名纳卷。小弟恐怕去迟了，万一不收起来，怎么了得。如今急急要去，快些放手。（拂袖，带丑径下）（生）嗳，我姚克承也是个青年秀士，只因改业为商，竟把功名置之度外。若不是他说起，那里知道遇着科场。儒冠怅惘，睹人升擢，自还忧降。我若寻着父亲，也走去纳一个试卷，只怕今科的解元，轮不着读书举子，倒要用着个做买卖的，也未见得。嫦娥不喜书呆样，要觅个惯走江湖的识趣郎。这话且不必提起，我专为寻父而来，如今寻不着父亲，叫我这一家三口如何着落？［喜渔灯］当初喜父从天降，到今日追寻不见，多应是复返天上。叹惊魂不宁，我待要忙回寓中寻老堂，只怕一般也蹈虚无障；更思想那姻缘牵强，又教我虑着妻房。［旁批］妙煞！似这等白云皓雪无停相，［旁批］一字叫绝。怎教那彩凤青鸾不渺茫。［锦缠道犯］没情况，兴匆匆来投父娘，指望醉倒二亲旁。又谁想热醍醐，变做一服清凉。闷杀人斑衣袖长，屈杀我弄雏心痒。别物好收藏，这白头人事无归着，［旁批］趣绝。枉教我把嫡母慈亲唤一场。

既寻不见，叫我也无可奈何，只得要转去了。嗳！

［眉批］摹写人情，不至透骨彻髓不已。

［眉批］没要紧处，亦现许多色相。所谓牟尼在盘，转侧都成光彩。

［眉批］蛛丝鸟迹，若断若连，巧甚！

［眉批］彷徨踯躅，善为述谬者传神，而情文音律俱臻至极。

［眉批］如此长曲，一气呵成，如蚕之吐丝，了无断续，讵非老手。妙处更在叶律之甚，较《琵琶》更进一等矣！

不如意事常八九，好物从来都善走。

因甚将亲比白云？白云易散亲难守。

第二十九出　叠骇

　　[一剪梅]（老旦上）自愧劬劳半点无，枉受娘呼，错受婆呼。（旦上）网罗初脱命重苏。喜得贤夫，又得贤姑。

　　（老旦）媳妇，你官人上岸去了，少不得寻到家中，就遣车马来迎接。我是老年之人，不消妆饰。你却与我不同，也该换换衣妆，像个新人的样子，好上去拜见公婆。（旦）媳妇的新人做过好几日了，倒可以不消打扮。婆婆你的好事方新，佳期就在顷刻，我劝你及早梳妆，省得花花轿子到来，一时收拾不迭。（老旦惊介）呀，这话从那里说起？

　　[眉批] 怪峰层起，令人如何应接？

　　[二郎神]（旦）劝你施膏沐，对菱花，把尊躯妆束。羡白发簪花偏炫目，不似那乌云掩罩，致令钗钿模糊。漫道是眉缺须将浓黛补，只当远山边又添些远雾。胜当初，画眉人，徒增依样葫芦。

　　[眉批] 最难摹描处，入笠翁手中，更易于难者十倍。

　　（老旦）你这些说话，太讲得稀奇。我是个垂死之人，况有亲夫现在，怎么说到好事上去？可不令人羞死！（旦）老实对你讲罢，他未曾买你的时节，预先寻下一位公公，后来奇缘凑合，又遇着你。分明是天生一对，地产一双，岂有不配成夫妇之理？今日一进家门，就要完成好事，顾不得你有亲夫没亲夫，这位老新人是一定要做的了！（老旦变色介）说也不该。我是名门之女，又曾受过封诰，就是少年失偶，也要守节。何况偌大年纪，又且良人现在，还肯涂头画面去嫁起人来？你夫妻两口说到此处，把从前一片好心都变成歹意了。

　　[眉批] 此段坚贞必不可少，他人执笔，定以怕促收场，等不及。此是柏舟雅操，媳擅其长而姑任其短，有此风，世之法乎？

　　[前腔换头] 糊涂，狂言恶话，将人戏侮。只许你美貌佳人留气骨，终不然我容衰貌褪，性中廉耻也干枯？[旁批] 奇句奇字！他要着莱子斑斓娱阿父，要我抱琵琶从旁代舞！犯何辜？活教人，无端背却亲夫。

（生上）只道寻亲乐事赊（音：纱），谁知归去竟无家。刘安拔宅升天去，不许儿孙复认爷（音：牙）。（见介）母亲，孩儿回来了。（老旦背立，不应，生背介）呀，我寻不着父亲，他如何知道？就是这等不快起来，想是有人来说过了。不要管他，我且造句谎言，权哄一哄，待他欢喜一会，再作道理。（转介）母亲，我的老父寻着了，即刻差人来接你。叫我致意母亲，略等一等，不要心焦。（老旦怒介）谁要他致意，好没来头。（生）呀，亲还不曾做，就把降丈夫的性子先使出来．好怕人也！

[眉批] 插科打诨处，俱为风教所关，雅人俗子一齐叫绝。

[集贤宾] 河东狮子声便粗，也到亲后方疏，不曾见个未到门庭先耀武。哦，是了，他知道有正夫人在家，要预先争个大小的意思。你待要霸中原先定雄图，又谁知全无寸土。问争的那家门户？我若还说出呵，愁气阻，把争愤变成悲楚。

（对旦介）娘子，我那些说话，你对婆婆讲过了么？（旦）就为讲了那些话，他忽然发起性来，说自己是名门之女，又且受过封诰，岂有改节重婚之理？正在这边使性，你又来说公公致意，分明是火上添油，叫他如何不气？（生）我只道甚么变故，原来为此。这等，母亲不须着恼，如今合着尊意，并无可配之人，莫说不肯嫁，就要嫁也不能勾了。（旦）又是什么原故？

[前腔]（生）沿街问来唇俗枯，奈音信全无。（旦）想是因地方多事，搬到别处去了。（生）便使移家成间阻，终不然姓和名也随着人逋。（旦）连姓名也问不出，一发奇了。这等，他祖上有何功勋，自己袭何官职，可有与他相类的么？（生）并没个勋庸世族，向何处讯他宗祖？如今长话短话都不必提，只说我们来到这边，既无归着，如今却怎么了？无住所（音：数，上声）归去又无乡土。

[眉批] 又起烟波，竟令观者忙杀。

（旦）不妨，我爹爹现在督师，前日央人送信去了。他见过家书，自然差官迎

接。我和你跟随着他，还有享不尽的荣华富贵，怕他怎的？（生喜介）也说得是。（末上）代人远送家音，不见一毫美意，发来两字回音，革出一名愚婿。这只小船是汉口姚相公的么？（生）正是。呀，送家信的转来了，快请上船讲话。（末上船介）（旦）何如？那位督师的老爷是我父亲么？（末）也是也不是。（生）他见了家信喜不喜？（末）也喜也不喜。（旦）这等，有回书没有回书？（末）也有也没有。（生、旦各惊介）呀，这话来得蹊跷，甚么原故，明白讲来。（末）若说不是父亲，就不该收女儿的家信；若说是父亲，又不该不认女儿的丈夫，这叫做也是也不是。若说他不喜，见我走到的时节，不该兴匆匆来讨家书；若说他喜，打发我回头的时节，又不该说上许多歹话，这叫做也喜也不喜。若说没有回书，其实又有两个字；若说有回书，又不是他的亲笔，倒是你的原来头，这叫做也有也没有。回书在此，请看。（付小纸一条）（生、旦看毕，大惊介）呀，有这等奇事。竟把"愚婿"二字复了回来。这等，在你面前还说些甚么歹话？（末）他差管家出来回复说，这个称呼甚是不便，以后切记要改。我又问，可差人去迎接？他道，没人迎接。老爷不久行师，定从楚省经过，带便会一会罢了。（生、旦各呆介）你可曾细问管家，道他看书的时节，还再讲些甚？（末）别话不讲，只讲得八个字。（生、旦）那八个字？（末）道是："不通，不通。可恶，可恶！"话说完了。你们各请三思，待我去罢。（作上岸介）有话必须说，休将舌故箝。半言无改造，一字不增添。（下）（生）毕竟是我料事不差，他起了高官，如何肯认白衣女婿。娘子，你前日的说话，极讲得兴头，如今他的家私现在，请去替他承管。

[前腔]人情冷暖今异初，叹亲者成疏。娘子，这等看来，我和你的夫妻做不稳了。他既把口头称谓吐，少不的硬收回昔日娇雏。这生离痛苦，比寻不着更加凄楚。说甚么流贼毒，剿贼的比他还毒。

（旦）他纵有歹意，将奈我何？郎君不必多心，或者他另有别念，也未可知。待我再写家报，留在省城，一来问他的情由，二来说我去向。且到见面的时节，我自有道理。

[前腔]求亲不得翻被疏，料非别荣枯。（背介）爹爹的意思，我猜着他几分，只是不好说出。万一前言不应后语，他又要讥诮奴家，是受两场没趣了。现在陈言劳颂读，怎经得重惹呫唔。权做个当言不吐，且暗把陈仓偷渡。一任他将怨府，恩到自然欢舞。

（生）如今肯收留的，又寻不着，寻得着的，又不肯收留。处这乱离世界，盘

费没有分文，叫我来又来不得，去又去不得，这怎么了？（老旦）你们不必惊慌，我另有一处，还你们都有着落。（生）那一处，就请讲来。（老旦）我丈夫姓尹，也是个世袭乡绅，住在郧阳府内。家私虽不甚富，也还略有几千金，何不一同寻了去。他也无儿无女，巴不得要个承继之人，现现成成的儿子、媳妇，怕他不肯收留么？（生）若有这一着，我就放心了。只是一件，我乃有父之人，不便再为嗣子。讲过在先，省得后来招怪。（老旦）且到家中再处。

[眉批] 又复水穷云起。此折备无尽波澜，不止武夷九曲。

[琥珀猫儿坠] 天教完节，失去老狂徒。现有寻妻落拓夫，如何不送寡还孤？欢呼，母带儿来，加利偿逋！[旁批] 妙！

（生）既然如此，就叫原船送了去。只是一件，目下遇着科场，我见举子纷纷，大家都赶乡试。我往常原要求名，只为遇着这位好丈人，把一片火热的心肠，被他说得冰冷。如今受过这场势利，又把冰冷的心肠，被他激得火热了。何不暂停几日，待我进过三场，丢几篇文字在里面，然后起身，何等不好。（旦、老旦）正该如此。

[眉批] 从来势利岳丈，逼出多少富贵东床。冰清过甚，非玉润之福也。

[前腔] （生）多情阿丈，留意别亲疏。别号名为既济炉，包寒包热省工夫。夸吾，赖有荆妻，尚不嫌苏。

[尾声] 明朝且把科场赴，谩道乱世功名有若无。免得数十日的炎凉也还算个小丈夫。

第三十出　拉引

（净跷脚，行上）真孽障，真孽障，寻人不见挨官棒。要从壁上贴招词，又怕"姑爷"二字难安放。我姚掌家为何道此几句？只因前日在途路之间，有人来递家报，说是姑爷与小姐央他来的。老爷差我回他说，行兵过省，带便相会。如今来到省城，叫我去请。谁想到处抓寻，并无踪迹。累我责了二十板，又限三日之内定要请到，不然还要处死。你说这桩难事，叫我如何布摆？棒创疼不过，且待我唱只小曲儿，散散闷了再处。

[挂枝儿] 是谁人，置下了，这无情的官杖？害的人，好屁眼破碎郎当。想着我，少年时解裤带，把人魂先荡，一般儿熬痛楚，偏是那直棍子易承当。好教我想后思前也，忘不了那疼时的痒。

（末持书上）家书送复送，回音稀更稀。只愁烦渎处，惹起丈人威。门上有人么？我是姚相公与你家小姐差来的，有第二封家报在此，烦你送进去。（净）来得正好。相公、小姐在那里？就烦你去请来。（末）他夫妻两口都到郧阳去了，央我在此投书，一时请不到。（净）这等，请立一立，待我进去禀来，你千万不要走了。（虚下，即上）老爷分付说，他既往郧阳，就到郧阳相会。今日就要起马。（末）既然如此，待我先去回复。请了。（欲下，净拉住介）我为寻他不着，吃了一顿板子，再经不得第二次了。烦你做个引路之人，等我们一同前去。（末）老爷要去会他，岂可不通知一声，叫他前来迎接。（净）迎接事小，寻不见事大。做你不着，方便些儿。

已受霜前雪，难加雪后霜。

（末）重来不见叱，想是丈人行。

第三十一出　巧聚

［意难忘］（外带丑上）望眼将穿，叹锦衾白设，绣榻空悬。佳儿何处所，贤媳阿谁边？婆已失，舅孤眠。天纵一枯禅，万缘空，何须作佛，现在西天。

我尹小楼自贴招词之后，终日盼望孩儿，并不见一些影响，难道盼他不至，就肯罢了不成？拚着这双老眼，日日到江头去望，望到双眼全瞎了才住；就使瞎了一只，还剩一只，端则不肯饶他。（行介）

［销金帐］把精神强勉，莫放心儿软。就使我命里无儿，若拚得这条性命去结识，天公呵不愁他心不转！定使巧施神力，曲从人愿。立在低处盼望，这目光去不甚远，我且走到高坡之上，去立一会儿。他若果然来到，莫说看见得快，就顺着风儿叫唤一声，也使他早早听见。登高一唤，一唤声儿自远。不似那近处寻人，叫的声儿喘。这长松可倚，可倚不愁力倦。

（虚下）

［前腔］（老旦、生、旦带副净，摇船上）（老旦）山回水转，越显的家乡远。盼荒庐睛不转，直恁故园难到，亲人难见。（生、旦）凝神定思，定思把威仪暂贬。就使唤媳呼儿，也是目下将人骗。莫怪我他年遇亲，遇亲把心儿改变！

（外立场后，高唤介）那小船上坐的可是姚继孩和么？（生惊背介）呀，好像父亲的声音，他怎么来在这里？难道是我听错了不成？（外又高唤如前介）（生）呀，是了。爹爹，我是姚继，你在那里？快些请下船来。（外）来了，来了。（急跳上船，与生抱哭介）我的儿呵，（作见老旦大惊，抱哭介）呀，我的妻呵，（生扯老旦，背问介）母亲，这就是我爹爹。你起先不肯嫁他，为何一见了面，竟自情愿起来，与他抱头而哭，这是甚么道理？（老旦）这就是我丈夫。你起先不肯认他，为何一见了面，也自己情愿起来，与他抱头而哭，这是甚么道理？（旦）莫非你认的公公，就是婆婆的丈夫，也未见得。（外）我儿，你自己寻得回来，也是天大一场喜事了，怎么又把我的老妇，也带了回来？可不喜杀我也！（生）难道这……这……这位母亲就是爹爹的原配？（外）怎么不是。（老旦）难道这……这

……这个孩儿就是你买的儿子？（外）怎么不是。（生、老旦各呆介）这就奇绝了。

[好孩儿]（外）奇欢忭，顿教我狂呼欲颠，甚风儿刮的完全，把一家骨肉裹成圈！起深渊，坠遥天，一齐配合无零件，一齐配合无零件。

（老旦）我若不亏这个孩儿，从贼营里面买将出来，怎得和你见面！他如今不是孩儿，竟是你的恩人了。

[福马郎]赎我还伊恩不浅，劝你把做爷面孔权时变，这干蛊法，无成宪。莫拘牵，子比父尤贤，便受伊行拜，也只当是跨灶撞楼烟。

（外）我儿，你买他的时节，不知道是母亲，无心遇着的么？（生）孩儿那里知道，亏得不曾怠慢他，一进门来就拜为慈母。原想带回来送与爹爹，配成一对老夫妇。那里知道是生就的母亲，不须矫揉造作！（对老旦介）

[红芍药]我送你到爷边，还将人苦埋怨。早知道忘忧草是旧时萱，不该就与桩庭见。且待你恨儿、恨儿索性加怒拳！有奇愤才有绝奇欢忭。到如今相逢不见笑声喧，毕竟是莱舞欠蹁跹。

（外）我闻得汉口地方也曾有贼兵经过，怎么媳妇倒还侥幸，不曾有甚么差池？（生）岂有侥幸之理。这个媳妇若不是遇见母亲，莫说负了爹爹的恩义，娶不回来，连他自己一段贞操，也无由表白，竟做个含冤负屈之鬼了。（外）这又是甚么原故？（生）待他自己说来。

[红衫儿]（旦）说起从前，姑媳两人总堪怜，仗四行血泪，把祸阶滴穿。喜一个先出牢笼，才免得两下坠渊。今日会合似神仙，全亏了地狱相逢结鬼缘。

（旦对生介）儿媳初见公公，合该行礼，为甚么絮絮叨叨，只管讲话，竟把正事都忘了。（生）说得有理。爹爹请上，待孩儿、媳妇拜见。（外）这个小小船舱，不是行礼的所在。叫家僮，唤四乘轿子过来。（丑唤介）（众扮轿夫上，外、老旦、生、旦各上轿，行介）

[缕缕金]（合）同归去，莫留连，两对原夫妇，并香肩。只当清平世，不曾遭变。大家入火学生莲，何曾少一片，何曾少一片？

（到介）（众齐下）（外）如今该是你们行礼了。虽然受之不安，也只得要完其故事。（生、旦拜介）

[越恁好]（合）解愁释怨，解愁释怨，无药病皆痊。夫妻子母，同欢饮，各安眠，如今才识缘非浅。不到生离后，把人伦看得非常贱，把人伦看得非常贱。

（外指内介）我儿，那一座小楼，原是我老夫妻的卧榻。当初那个没福之子，就在上面生出来的。自从他死之后，恐怕睹物伤情，所以，不忍上去，空在那边十五年了。如今与你夫妻两口依旧做个卧房。但愿今日的儿、媳，也像当日的公、婆，一到上面就生儿子。叫梅香伏侍相公、娘子上去。（丑应声上）

［红绣鞋］（合）登楼胜似登仙，登仙。如今即是当年，当年。儿尚在，结良缘，亲未老，各欢然。这两番再造由天，由天。

［尾声］牲牢忙备酬神愿，这造化从来未见，把一个粉样碎的人家弄的镜样似的圆。［旁批］妙绝！

（外、老旦下，馀吊场）

第三十二出　原梦

　　〔集莺花〕〔集贤宾〕（生、旦携手同行）齐肩绺手归洞房，为别却高堂。（旦）到楼下了，你请前行，待奴家随后。（分手，前后登楼介）〔黄莺儿〕抠衣拾级登高旷，向轻似翔，尘飞不飏，畸人惯走屏风上。好一座小楼，高而不危，华而不俗，正该是我们住的。〔赏宫花〕几净窗明尘不至，读书刺绣有馀光。

　　（生作四面观望一回，惊背介）呀，这座楼上，却象来过几次的一般，连下面的路径也熟不过。待我想来！

　　〔前腔〕何年甚月来此邦？记绕过回廊。我想这郧阳地方从来未到，怎么这所房子又像是住惯的？终不然是御风过此从天降，只游这厢，不过别方，蔡经门外就非仙仗。哦，是了，是了！我时常梦见一座小楼，就是这般景像。难道今日进来又是做梦不成？只怕梦到梦中楼上宿，醒来依旧失匡床。

　　（转介）娘子，你道我们夫妻两口，来到这边做甚么？（旦）到了公婆家里，与归故乡一样，进房居住，同享荣华就是了。来做甚么？（生摇手介）全不相干，竟在这里做梦。（旦）怎么青天白日，说起梦话来？（生）你不知道，我时常做梦，梦到三间楼上，床、帐、器物件件俱全，梦中问人，说是我生身之地。今日来到这边，你看那一扇门窗，那一件器皿不是我梦中见过的？可见今日父子相逢，并非实事，少不得顷刻之间就要醒转去了。一醒之后，万事俱空，我和你母子三人，依旧没有着落，怎生是好？

　　〔眉批〕此一段幻境、妙境，不须棒喝，已证菩提。

　　〔黄莺穿皂罗〕〔黄莺儿〕严亲在那厢？不过是梦儿中会一场，比那镜花水月还虚谎。（旦）你便做梦，我却当真；你愁醒来，我却不曾睡去，休得要疑荒虑唐，如颠似狂，这的是人逢骤喜魂偏荡！（生）娘子若还不信，待我取些凭据出来，当面试一试，是梦非梦就知道了。（旦）既在梦中，有何凭据？〔皂罗袍〕（生）梦而有据，才能不忘验之非谬，始将寤防。我若取出来呵，连你这睡乡伴侣魂都丧。

　　（旦）甚么凭据？快取出来。（生）这床后必有一箱，里面所藏之物，都是我做孩子的时节，戏耍的东西。（旦）既然如此，可把箱内的物件，预先数说一番，省得临时冒认，故意将梦话来哄我。（生）娘子记着，待我想来。（一面想，一面说介）泥人一座、土马一匹、小棒槌一个、小锣鼓一副，还有刀枪、旗帜与一应零碎物件，就记不得件数了。你记明白，待我去取出来。（向后取出箱介）何如？这难道不是凭据。（取出各物点验，旦细看，大惊介）呀，果然有这等奇事。公婆快来！

[前腔]（外、老旦急上）呼声直恁狂，把老公婆吓的慌。莫不是多年空（去声）屋生灾障？（老旦见各物惊介）呀，这是我亡儿戏弄之物，为甚么取将出来？我见了这些东西，好不伤感人也！（泪介）谁开闷箱，教人断肠，悔当年不殉亡儿葬！（外）媳妇，你唤我们上来有何话说？（旦）不为别事，只为你孩儿心上有疑，媳妇眼中见怪；他道是梦，我道是真。两边委决不下，所以请公婆上来决断一决断。（外）甚么疑心，甚么怪事？你且讲来。（旦）登楼触景，浑游睡乡，开箱验物，如炊梦粱！连我这醒人也把真疑妄。

（生）禀告爹妈得知，孩儿自幼至今，不时作梦。梦见一座小楼，就与这卧房相似。当初在梦中问人，他说是孩儿生身之地，孩儿不信。他又说床帐后面现有一箱，箱内所藏，都是你儿时戏弄之物。孩儿取出来细看，却像都是认得的。此梦做了许久，方才走上楼来，看见这许多物件，又与前梦相符，所以十分惊诧。（外、老旦）怎么，有这等奇事？连我老夫妻两口，也替你们决断不来。

[莺带一封书][黄莺儿]（外）若说梦荒唐，为甚的两遗资共一箱，东家物记西家帐？莫不是亡儿恋乡，把离魂附将，一生一死相依傍。[一封书]（老旦）说来伤，愈悲亡，觅取儿魂在那厢？

（旦）这桩事情，料想公婆二人委决不下，还待媳妇替你断来。（众）这等请断。（旦）只问当初那位令郎是怎么样死的？如今这位孩儿是怎么样生的？两边的情节合来一断，就明白了。（外）我那亡儿么，他十五年前，同了几个孩童到山上去玩耍，及至晚上回来，别人家的都在，单少他一个。彼时正有虎灾，这地方上的牛羊六畜，不时被虎驮去，我那亡儿一定落于虎口。这就是他死的情节。（旦）这等讲来，那位令郎决不曾死，想是被人拐骗去了。（对生介）你是怎么样生的？（生）我自幼丧亲，连父母的面貌尚且记不分明，何况别事。总不过是十月怀胎，三年乳哺罢了。还有甚么生法？（旦）这等，你起先不曾做梦，如今这些言语倒是梦话了。[旁批]妙！你的身子并非姚氏所生，闻得是几两银子，从过路人手里买

下来的，汉口地方谁不知道？个个在背后谈论，我爹爹听了甚是不平。这等看起来，你就是公婆所生，做孩子的时节，被人拐骗去的。如今返本还源，依旧到你生身之处。当初那个奇梦，被我圆出来了。（众各惊介）（外）这些言语说得不差，或者果然如此，也未见得！

［前腔］（旦）各请自思量，死和生共渺茫，合来一片如同掌。焉知死郎，即非活郎？但看这容颜也不止三分像！子颐光，父须长，些儿不似为年芳。

（外）媳妇的说话都讲得是了。我还有个验法，若再与亡儿相合，就一定是他无疑了。（旦）还有甚么验法？（外）我那亡儿的身子与人一样，只有左边脚上多生一个指头。叫他取出来一验就知道了。（生大惊介）呀，孩儿果是这等，就请看来。（伸脚介）（外、老旦验毕，大惊、抱哭介）呀，我嫡嫡亲的儿呵，你果然还在这里。

［眉批］看到此处，大众心眼俱为一豁，觉从前买父认母，俱为天性使然，并非怪事。

［摊破簇御林］（合）欢生泣，笑欲狂，地缩奇缘天破荒。（老旦、外）好个聪明媳妇，若不亏他说破，那里悟得出来。孩儿，我和你一同拜谢。（三人同揖，旦跪受介）羡女中忽产龙图，断隐事纤毫无爽。你生平不画葫芦样，做来事事皆奇创！怪穹苍，如何俊杰，屈作妇人行？

孩儿，我到家之后，就起了袭职的文书，把你改姓为尹，报进京去，不久即有旨意下来。你从今以后就是天子的近臣了，快备冠带伺候。（生）我谢爹爹。

［前腔］（外）家门气，一旦扬，亏我把世职空悬候乃郎。倘若似性急的付与他人，到此时怎夺金章？（生）荣华不必从天降，自求微禄将亲养。看昂藏，丈夫七尺，何虑不飞黄。

［尾声］（合）这奇缘异福真难量，只好在一家人肚中安放，说与他人浑是谎。

第三十三出　哗嗣

［神仗儿］（小生、小旦引众上）兼程速赴，兼程速赴。宜三进五，公私两促，觅儿先绳祖武。才临血战，不辞膏斧，妻有托，岂愁孤，妻有托，岂愁孤。

［眉批］父子、夫妇已经会合，再欲强进竿头，是蛇足矣！不意晴空倏起雷电，又令满场惊悚。及看到收场处，觉无此折，竟是六级浮屠。此等结构能不令人服死？

（众）禀老爷：已到尹家门首了。（小生）进去通报。（末向内介）督师姚老爷到门，禀知相公、小姐，快些出来迎接。（生、旦急上，迎进介）（小生、小旦与旦抱哭介）（生）不知岳父、岳母宠降，愚婿有失郊迎，死罪，死罪！（小生）我已差人说过，叫你们改换称呼，怎么还是照旧？（生）除却这个称呼，没有别样唤法，难道还照昔日，称为老伯不成？

［八声甘州］也知道堂堂制府，怎容得，穷酸窃认葭莩。都只为皇天错付，配姻缘不辨荣枯；倒不如留他在营跟贼徒，到如今敌国堪将翁婿呼。甘疏，听伊行自改良图。

（小生）呀，这是甚么说话？难道我从势利起见，不肯认你做门婿么？（对旦介）我儿，当初那番议论是你知道的。我原要立他为嗣，为甚么不行家庭之礼？（旦）孩儿也曾讲过，他说现有继父，不便承祧，所以有这番称谓。

［前腔换头］非疏，时移势阻。念此际，全然不是当初。他亲儿亲父，破天荒瞥遇穷途。（小生）他的父亲死了，难道又活转来不成？（旦）虽非复苏还胜苏，说起真情偏类诬。欲待要说呵，愁奴，意分明口上模糊。

（小旦）我儿，这些说话都不消辩了。我老夫妻两口无儿无女，单靠你们一对，不管他有父无父，是真是假，总要他做儿子，你做媳妇就是了。闲话说他怎的？

［解三醒］旁结义由他称父，正传家让我呼孥。况有个预先下定的怀来妇，也将迟共早，别亲疏。眼前放着活舅姑，不怕亡灵十个苏？劝你把疑根杜，亲爷早唤，阿母忙呼。

（小生）我前日一见家音，就定了主意，已曾上过一疏，求皇上赐你荫官。旨意不日就下，我如今现授督师之命，原可以委职授官，先拜你做军前赞画，待旨意下来，再行实授便了。

［前腔换头］父弱全凭儿干蛊，问谁敢前来冒认雏？便同他上个争儿疏，只怕分贵贱也定赢输。我儿你把荣华撇却亲者疏，却认穷酸老匹夫。这是甚良图？全无实惠，空把名污（平声）。

（内高叫介）反了，反了！我家嫡亲儿子，是那个不识羞的走来冒认？说不得了，做我老夫妻不着，与他拚命。快来，快来。

［不是路］（外、老旦上）拚个凶姐，要与豪强夺爱雏。冒认儿子、媳妇的是那一个？来与老匹夫面讲。（小生）是我。（外）你是谁？（小生）奉命督师兵部姚，你难道不知么？（外）你便有行师斧，断不得我林间无罪两头颅。朝廷差你督师剿贼，为甚么贼不去剿，倒来强占民间子女，是何话说？问何辜？又不是乱臣贼子的儿和妇，要你活占生吞掳作俘？（小生）是我儿子、媳妇，怎么叫做活占生吞？（外）请问，那些见得是你儿子？那些见得是你媳妇？（小旦）现在这个媳妇，是我抚养大的。你们若不信，唤他过来问就是了。（老旦）媳妇是你养大，儿子也是你养大的么？求分付，何年甚月怀尊肚？你若有理呵，为甚的似木雕泥塑，木雕泥塑。

（小旦）我们极不济，也还在两个里面养大一个，只怕你们夫妻两口，不曾见个脚指头面哩！（小生）你们两个认他，还是那些凭据，也要讲来。（外、老旦）是我十月怀胎、三年乳哺、养出来的。他身上现有凭据，我儿你自己讲来。（旦）母亲，这里面的原故一言难尽。爹爹在气头上，料想听不入耳，我和你娘儿两个，到里面去说来。（扯小旦虚下）（小生）我儿，你自幼丧亲，谁不知道，那有甚么嫡亲父母？莫说死者不能复生，就作死者复生，也未必是生身父母。你的来历，你自己还不知道，要来问我。（生）既然如此，便求指教。

［前腔］（小生）你亲者原疏，莫向伊行认本初。（生）既不是他亲养，却从那里来的？（小生）沽来抚，当年费得几青趺？（生）原来是买下的。既然如此，愚婿并不姓姚，就与岳父承宗，也觉得有些牵强了。姓原殊，遥遥华胄无从据，做不的带令诸孤把势焰趋！不但姓系各别，难以承桃；又且异族结亲，无碍于理。从今以后那"同姓为婚"四个字，责备不得我们了。舒愁虑，朱陈不怕难婚娶，且把佳人留住，佳人留住。

［眉批］就其折我者折之，俾此老一无所恃，不惟辨给奇敏，又觉关目如凑。收场文字，紧是最难。

（小生）叫左右，快取冠带过来，等少爷穿了，好拜爹娘。（外）你有冠带，我也有冠带；你上过本，我也上过本；你的恩官止做得一代，我的世袭还是与国同休的。叫左右，快取冠带出来，与少爷穿上，好拜父母。（各送冠带，争闹介）

（二旦齐上）听罢稀奇事，舒开愤怒心，从公再斟酌，莫把势来侵。（小旦）其中的原故甚觉稀奇。这等看来，果然是他儿子。我和你不必强争，依旧认作女婿罢了。（众扮报人，敲锣急上）报，报，报，姚继相公在那里？（生）姚继是我。你们报甚么的？（众）报中乡试第四名经魁，快写赏帖。（生）取纸笔过来。（写付介）前厅吃喜酒，就有花红送出来。（众谢下）（生）这些人不是报子，是几个和事老人。如今自己有了功名，且把两边的恩

荫权时搁起，省得受了一边，又招一边的怪。分付家人，快备酒筵，一来与岳丈、岳母拉风，二来与四位大人和事。（旦）又不是这等讲。两边各送冠带，没有空收转去之理。少不得就要做官，今日拜谢高堂，不若权用一用。戴了父亲的纱帽，穿了丈人的圆领，端了自己的皂靴，一齐拜谢，何等不好。（生喜介）妙极，妙极！就是这等。既然如此，你把凤冠霞帔也穿着起来，好一同行礼。（各换衣冠，同拜介）

［眉批］此女一启唇吻，无不令人解颐。看到收场，不觉相思病起，安得如是者而妻之。

［解醒歌］［解三醒］（外、老旦合）怪养子便招愁虑，到收场还搅欢娱。从来好种难轻育，不裂蚌，是凡珠。人人争我汗血驹，请读人间相马书。［排歌］头虽好，足更殊，些儿识认异凡躯。从来话，说不虚，塞翁失马未堪虞。

［前腔］（小生、小旦合）全父子虽然失去，半孩儿兀自还予。清冰不止偕润玉，还有个涅不污的掌中珠。天教翁婿相并居，得近东床坦腹儒。矜凤智，悔前

愚，不教未乱得相俱。因落难，得欢娱，奇功反让绿林居。

〔前腔〕（生、旦合）完节操奇而能趣，买爷娘巧也如愚。滑稽男子诙谐女，持笑柄转天枢。视躬不学迂腐儒，作事先查铁板书。无故步，更谁趋，唐虞之上少唐虞。临变局，保全瑜，忠臣不必尽沟渠。

〔前腔〕（众合）人失散天教重遇，天缺壤人保无虞，天人二者难偏去。休自贬把神谀，奇缘懒图终是虚，人不思行鬼不驱。惟作善，可凭予，为怜鳏寡得名姝。思报本，获丰腴，不然那得坐高车。

〔尾声〕演传闻，新听睹，笔花喜得未全枯。又开一朵火里娇莲把节义扶。

乱世天公好弄奇，倏离倏合把人移。

昨朝北户才空阮，今夜西家又失施。

富产不教儿去荡，嫁妆偏用贼来催。

虽然未必皆称快，却有三分侠气随。

· 李渔全集 ·

怜香伴

[清] 李渔 ⊙ 原著

王艳军 ⊙ 整理

序

　　蛾眉不肯让人，天下男子且尽效颦，乃欲使巾帼中承乏缁衣缟带之风，非特两贤不相厄，甚至相见辄相悦，相思不相舍，卒至相下以相从，此非情之所必无，而我笠翁文中之所仅有乎？笠翁才大数奇，所如寡遇。以相应求、相汲引而寓言闺阁，此亦礼失求野之意，感慨系之矣。嗟乎！自龙蛇惧深，鸰鹩效寡，尹夫人之待邢，桓南郡之待李，几为名姝韵事。不知桓南郡之我见犹怜，其怜之甚，正妒之甚也；尹夫人之自痛不如，其痛之深，亦妒之深也。即赵家姐妹双飞紫宫，且以宠时之比肩，遂忘微时之拥背。歌罢凤来，嚼如鼠啮，然则同气分形，且不乐婕好之体自香矣。况陌路相逢，以美人而怜美人之香，谁则觊之？虽然，当场者莫竞作亡是公看也。笠翁携家避地，穷途欲哭，余勉主馆粲，因得从伯通庑下，窃窥伯鸾，见其妻妾和喈，皆幸得御夫子，虽长贫贱，无怨。不作《白头吟》，另具红拂眼，是两贤不但相怜，而直相与怜李郎者也。嗟乎！天下之解怜李郎者，可多得乎哉！

　　勾吴社弟虞巍玄洲氏题

第一出 破 题

【西江月】（末上）真色何曾忌色，真才始解怜才。物非同类自相猜，理本如斯奚怪。奇妒虽输女子，痴情也让裙钗。转将妒痞作情胎，不是寻常痴派。

【汉宫春】才女笺云，闻语花香气，诗种情根。愿缔来生夫妇，弄假成真。约为侧室，倩媒言、阿父生嗔。遇岁考，嘱开行劣，范生褪却衣巾。二女相思莫解，更两家迁播，音耗无闻。泣附公车北访，势隔难亲。为遴闺秀，讳前名、赚入朱门。遇帘试，新收桃李，双双依旧联姻。

结鸳盟的趣大娘乔妆夫婿。

嫁雌郎的痴小姐甘抱衾裯。

落圈套的呆阿丈冤家空做。

得便宜的莽儿郎美色全收。

第二出　婚　始

【南吕引子·恋芳春】（生带末上）小像花传，高怀云拟，穷愁不上双眉。一切风尘轩冕，世路荣华，捉鼻只忧难避。痴性儿，只艳慕温柔滋味。非容易，为朵琼花，搜穷世上芳菲。

【鹧鸪天】挥麈焚香抚不弦，俪然风度貌神仙，潘车盈果愁生谤，江管初花虑太鲜。儒里侠，酒中禅，风流成癖可能痊？年来拟作张京兆，渐渐眉峰近笔尖。小生石坚，字介夫，原籍嘉禾人也。只因母家范姓，世居维扬，舅氏无子，小生以亲甥入继，故此改姓从范，以石为名，表字还仍旧贯。腹可笥称，才难斗计。偶歌白雪，争传绝调无双；屡试青钱，不列诸生第二。先人官拜郡牧，嗣父位列铨曹。虽馀两地空囊，尚勾一身挥霍。不幸嗣父弃世，婚媾未谐，访择多年，鲜逢佳丽。目下才聘得崔别驾之女，小字笺云。扬州的女色甲于天下，闻得他的姿貌又甲于扬州，才华又与姿貌相称。亏他表兄张仲友，与小生垂髫至契，多方作合，缔就良姻。且喜六礼已纳，择吉过门，催妆诗已去了。叫家僮，今日张相公要送亲上门，准备酒筵伺候。（末）准备了。

【仙吕过曲·八声甘州】（生）华筵早备，怕新妆迟缓，把短句频催。银河清浅，问乌鹊填桥成未？（内鼓吹介）（末）远远听见鼓乐之声，想是轿子来也。（生）遥闻好音神欲飞，未嗅温香意早迷。（末）请相公更衣等候。（生更衣介）更衣，愧衫青难配裳霓。

（旦艳妆乘舆，小生儒巾、员领，丑扮丫鬟，杂扮掌礼，众鼓吹、纱灯引上）

【前腔】（合）翩翩之子归引，正桃夭节候，红满隋堤。妆奁儒雅，牙签锦轴相随。（到门介）朱门悬彩佳气辉，宝炬笼纱紫晕迷。双奇，看郎才女貌相宜。

（照常行礼毕，旦、丑先下）（生）小弟得遂良缘，皆由鼎力，理应拜谢才是。（小生）天作之合，小弟何功？本该拜贺，诚恐反劳，只行常礼罢。（同揖介）（生）看酒来。（送坐介）

【解醒歌】【解三醒】（小生）郁葱葱满门佳气，喜孜孜两座丰仪，看他卺卮未

饮心先醉。（生）老舅宽饮几杯。（小生）酒多了。（生）须畅饮，莫辞推。（小生）吉日良辰，不可耽搁。候送老姊丈进房，就要告别了。（生背介）虽则是欢娱夜短更难闰，却不道客主情长酒慢催。（小生起介）掌灯送进洞房。（众掌灯、鼓乐行介）【排歌】（合）花阴转，竹影移，惜春频问夜何其。灯前导，酒后随，洞房重饮合欢杯。

（同下）（净衣巾上）红鸾不肯照空房，三八年来尚棍光。夹被指头空奋发，醋他年少做新郎。小子周公梦是也。今日范介夫新婚，不免闯去吃他的喜酒。（生送小生上）（小生）姊丈留步，小弟告别了。（净）且慢些，有个打喜的来了。（生、小生见介）（生）既然周兄赐顾，屈老舅再陪一陪。看酒来。（坐介）

【前腔】（净）范兄，你聘名门一丝未备，娶娇娃百两相随。闻得新人又好，妆奁又厚，真得意也。（生含笑介）（净）你看他无言痴笑浑如醉。范兄，你身虽在此陪客，心却去在洞房。神与貌，隔重帏。张兄，如今也好送进洞房，借新人看一看，把新郎将就打几拳，应应故事了好回去。（生）小弟方才送房过了。打喜虽是旧例，小弟说个分上，免了罢。（净）这怎么免得？我这拼搥娇客的毛拳痒，办看新人的色眼饥。（小生）休伤雅，善谑兮，劝君且覆手中杯。（生）周兄，你的新婚日，也不迟，少不得投桃报李不相亏。

（小生起介）我们回去罢。

【尾声】（合）漏频催，人俱醉，东来明月又沉西。（小生）周兄，我和你休做不知趣的人儿把他好梦迟。

（生送出拱手，急下）（净笑介）你看他头也不回，飞跑进去了。新婚的这等性急，教我这未娶的何以为情？

今宵鳏客兴难降，好把秦楼带月撞。

（小生）方便缘何称第一，风流得此便成双。

第三出 僦 居

【双调引子·金珑璁】（外巾服、苍髯，末扮家僮随上）公车频换轸，碌碌京尘。疑鬓雪，冻儒巾。半途丢未肯，安排老翩抟云。拚岁月，傲乾坤。

琴书碌碌为谁忙？未得青云早得霜。莫笑英雄髀肉老，据鞍犹似少年场。学生曹有容，字个臣，山阴人也。弱冠便登科，冕年犹下第。只因仕重资格，不肯俯就功名。虽然落过了九次孙山，不曾挫得我一分锐气。只是荆妻早逝，后嗣杳然。虽生得半个孩儿，到称得五经博士。乳名阿玉，小字语花，信口成诗，过目成诵。（叹介）只因他伶俐太过，多费我几许防闲。如今年逾二七，未议朱陈。明岁又是会场，只得应期北上。家无至亲可托，止有妻舅杨雨公，见任山东观察。且喜山东是进京便道，我今将女儿带在身旁，送入妻舅署中，才可往京赴试。今日舟中无事，不免唤他出来，训诲一番。叫家僮：一面催船家趱路，一面后舱请小姐到来。（末分付请介）

【海棠春】（小旦淡妆，贴旦扮丫鬟随上）舟居不似深闺闷，水近处、琴书添润。（贴旦）愁去片帆轻，心定浮家稳。

（见介）（外）孩儿，你终日吟诗作赋，手不停挥，虽不是内家本等，但你性之所好，我也不好阻当。只是妇人家的才情切忌卖弄，但凡做诗，只好自遣，不可示人。就是稿纸也要谨密收藏，不可只字落人之手，以滋话柄。我如今送你到舅舅宦邸暂居，虽是嫡亲瓜葛，也比家内不同，须要十分谨饬。

【正宫过曲·刷子序】名山自存。把奚囊紧括，休露诗痕。残稿收藏，不嫌吝惜如珍。堪焚。女子无才为德，名与字忌出闺门。一任你织回文巧擅苏娘，终不似安机杼本分天孙。

（小旦）孩儿受教了。

【雁过声换头】趋庭，得闻雅训，遵依罢、还书在绅。妇安鸠拙终无损，又何须笔如簧，舌如埠，学黄莺佞巧娱人。（背介）我私心还自忖：怕遇着多才女伴联闺韵，那时节有技难藏郢氏斤！

（外）来到甚么地方了？（末）到扬州了。（外）若不提起扬州，几乎忘了一件事。我有个年兄汪仲襄，在江都作教，前日有书约我一同进京。如今试期尚早，不如在此暂寓几日，等他同行。叫家僮分付泊了船，你上岸寻一个寓所来回话。（末应下）（外）我儿，你看商贾凑集，车马纷纭，好一个马头去处。

【倾杯序换头】通津。水陆冲，江海滨，南国无双郡。俗尚繁华，绮丽成风；节驻皇华引，冠盖如云。看深秋景色，隋堤霜早，柳已全髡。笑纷纷、画船箫鼓尚游春。

（末上）且喜居停近，毋劳跋涉艰。相公，这岸上就是一个尼庵，十分幽雅。已与尼僧说进，可以借居。（外）这等，收拾上岸。（老旦上）一盏琉璃一串珠，琅玕声里夜团蒲。闲愁久共乌云削，牧象看狮老佛奴。贫尼雨花庵庵主静观是也。

闻得有位小姐到庵借寓，须索相迎。（外、小旦上岸介）欲向黉宫寻地主，先来梵宇作居停。（老旦迎进，见介）（外）宝庵花竹成林，栏杆曲折，不似梵宫结构，竞象人家的书舍一般。（老旦）原是范乡宦的别业，施舍为庵的。这左廊一带，就是他嗣子范介夫的书房。（小旦）果然好一座潇洒禅居。

【玉芙蓉】花从梵座薰，草向蒲团衬。又何劳挥麈，清净无尘。爹爹，孩儿名为语花，这庵又名为"雨花"，也觉诧异。瞿昙已自留心印，莫道前生不有因。堪思省，悟空虚本性。想多应拈花忽现女儿身。

（外背介）左边既有人读书，右边如何住得内眷？

【小桃红】蓦忽地心思忖，悔落了尘嚣境。既然宋玉居相近，剪刀牙尺声难隐。倘若是一枝露出墙头杏，可不道惹起情氛。

我儿，此间繁杂，不可久停。（小旦）爹爹，总则住不多时，将就些罢了。

【朱奴儿】结庐的虽居人境，索居的何用离群。别有深山在闭门，门外事一任纷纭。况原是浮萍寄身，既来此、权安顿。

（外）今晚权宿一宵，我明日拜了汪年伯再作道理。

【尾声】（外）栉霜沐露多劳顿，喜借得一帆风顺。（小旦）谁料我不出闺门的倒做了异国身！

（小旦）知在蓬庐莫认真，鹡鸰随处可栖身。

（外）一千里外无知己，廿四桥头有主人。

第四出 斋 访

【南吕引子·步蟾宫】（副净冠带，丑随上）官星老大难痴等，预支得乌纱一顶。傲偏斋犹笑两明经，比我青毡更冷。

下官江都教谕Ⅲ汪仲襄是也。登科偏早，发甲偏迟；暂就广文，仍图进取。同年九十七人，中的中了，选的选了，呜呼的呜呼了，刚刚留得我与曹个臣一双做［傲］种。明年又是会场，中不中，这遭结果。只是我们老孝廉会试，项下披了件雪蓑衣，背上加了个肉包裹，一路同行同寓，被这些新中的恶少批点不过。我如今立誓不与后辈同行。前日有书去约曹年兄一齐北上，怎的还不见到来？（外带末上）杖履特来寻旧友，琴书兼为卜居停。（末）门上有人么？同年曹相公来拜。（丑传介）

（副净迎进，见介）自前科京邸一别，义是三年，老年兄愈加矍铄了。

【太师围醉】【太师引】（外）竹粗安，只是由风静。叶萧萧经霜木零。（副净）老孝廉坐在家里，只怕也冷淡不过。（外）虽则是梅花冷淡，也甘守松柏寒盟。

（副净）可曾续娶年嫂，生年侄了么？【醉太平】（外）伶仃，芝兰玉树两无凭，依旧是庭阶凄冷。（副净）姬妾是扬州土产，小弟替年兄觅个尊宠何如？（外）一任那红鸾近，丝萝有情。怎奈我这枯株无力引娇藤。

老年兄比前觉得略清癯了些。

【前腔】（副净）鹤难肥，缘多病，剔秋风时时堕翎。（外）还该仗药饵补助才是。（副净）只不过盘供苜蓿，那里讨芪术参苓？（外）诸位年侄想都是克振家声的了？（副净）无能，门题凡鸟坠家声，说甚么凤毛堪庆。小弟儿女债多，这科若再不中，只得就职了。正好趁，桑榆晚境，倦飞穷鸟急投林。

（外）老年兄几时北上？（副净）小弟有门。两薄俸，只因图些微利，都放在秀才头上，要待冬季廪银出来，方才扣除得清，老年兄屈等一等。（外）小弟只因家无至戚，将小女带在身旁，如今寓在尼庵，甚是不便，须要另寻一个寓处，才好相等同行。

【三学士】父女天涯悲断梗，鹡枝仗赖搜寻。虽然身是蓬庐客，也要门无剥琢声。老年翁，劝你行装须速整，我携家客，难久停。

（副净）敝庠有个训导升任去了，衙署空在这边，年兄就移来作寓。

【前腔】剩有衙斋还喜近，何须另觅居停。休言淡薄难留客，明日开荤便祭丁。"薪水"二字，小弟虽不能兼任，也要勉承一件。薪桂米珠难许赠，茶汤料，应管承。

（外）这等，小弟就移过来。（副净）老年兄若来，小弟还有一事相烦，前日举过大会，考了秀才，连日有些俗冗，卷子不曾看得，借重年兄的法眼何如？（外）这个当得效劳。

束发交情老不忘，相逢况复在他乡。

隙驹偏怪年来驶，共诧霜毛几许长。

李渔全集

珍藏全本

怜香伴

第五出　神　引

【北仙吕·点绛唇】（生扮释迦佛，坐金莲台、五色云车，外扮文殊，骑狮，末扮普贤，骑象，同上）（生唱，众合）些子豪光，似电痕一放，弥天壤。法力难量，还有发不尽的光明藏。

（生）咫尺西方不是天，众生何事却沉渊？（外）扶人空引慈悲手，（末）若个能来宝筏边？（生）则俺释迦牟尼是也。（外）则俺文殊是也。（末）则俺普贤是也。（外）自从范宰官在日，将别墅改作祇园，费了百宝千金，装成俺等法相。且喜一尘不染，万籁无哗，是好一座清静道场也呵！

【混江龙】（生）幽斋深蔽，棕榈庭院薜萝墙。这本是东山棋墅，却改做西竺檀场。也亏他割舍生前成善果，煞强如悭留死后变沧桑。见了些吴宫寂寞，楚苑荒凉。怎似那黄金布满祇园上，高题着给孤姓字，千载流芳！

（末）俺想范宰官立品端方，存心仁厚，出则施惠苍生，处则加恩九族。那样一个善信宰官，为甚么使他无后？真个是天道无知。

【油葫芦】（生）恁怨着伯道无儿天道枉，尚存些，人我相，怎知那穹窿别有至公堂。范宰官虽然无后，他的嗣字范石克绍书香，将来前程远大，功业难量，这难道不是为善之报么？（末）世尊说的是。天道至公，不分人我。只要承绍箕裘，分甚么亲生、抚养？就如俺佛家衣钵得传，便是血脉不断了。世尊说的是。（生）唐尧夏禹无偏向，传贤传子皆一样。若定要经过皮囊，才算儿郎，少甚么丹朱不肖桐宫放，怕没甚封赠到爷娘！

（小旦带贴旦上）萍踪偶寄梵王边，莫道无缘却有缘。好把幽情乘便祷，莫教俗侣误芳年。留春，我们昨日进庵，不曾拜佛。今日斋戒沐浴过了，和你到佛堂上烧香去来。（行到介）（贴旦）小姐你看，好三尊庄严佛像。（旦拈香拜介）三宝在上，弟子曹语花稽首皈依，焚香祝颂，一保亡过慈亲早升仙界，二保在堂严父联步青云，三保……（顾贴旦住口介）（贴旦）小姐，为何祷告不曾完，忽然住了口，莫非有甚么隐情，怕留春听见么？待我走开去，让你祷告何如？（外内作厉声介）

留春，佛堂上有人来往，快同小姐回来。（贴旦应介）（小旦）回去罢。来因瞻法相，去为避游人。（同下）（外）好个端庄女子，比这扬州浇靡气习，大不相同。

【天下乐】（生）试看他意思幽闲体态庄，衣也么裳，都是些雅淡妆，似将醇俗傲维扬。发一点志诚心，礼梵宫；剖一段秘密情，祷象王。偏是那一句说不出的衷情劳慧想！

（外）方才那女子欲说不说的私情，俺知道了。不过是顾影自怜，惟恐失身非偶，要嫁个才貌兼全的丈夫，不枉为人一世的意思。（末）这也是妇人家本愿，俺们须索护佑他。

【那吒令】（生）看他这雅妆淡妆，怎配着村狂市狂？这锦肠绣肠，怎嫁着酒囊饭囊？他要俺这慈航宝航，度与他刘郎阮郎。俺则怕恶姻缘，定在前；莽朱陈，难再讲。可不枉折了你一瓣清香！

据俺慧眼看来，这女子与本处崔笺云，同该做范宰官嗣子的眷属。如今崔氏已成佳偶，此女尚少良缘，目下寓在庵中。今日崔氏烧香到此，不可使他当面错过，须要生出一段机缘，结成他的伉俪才好。

【鹊踏枝】一个是怕生人的腼腆儿行，一个是懒抬头的庄重新娘。怕的是流水无情，不恋花香。要成就那占风流的多情张敞，须得个缩眉峰的有术长房。

（末）道犹未了，氤氲使者又早来也。（小生扮氤氲使，持羽扇上）手引红丝暗里牵，消人死恨缔生缘。婚姻不是神仙力，才子佳人怨杀天。（见介）（生）使者到此，莫非为崔、曹二女作么？（小生）然也。（生）可见神佛原有同心。只是今日崔氏初来，曹女将去，伯劳飞燕，顷刻西东，使者怎生介绍他？（小生）曹女身上有一种异香，待崔氏来时，小神将扇一挥，使他闻香感召，一见相怜，种就以后的机缘便了。

【寄生草】（生）恁道是知己原无妒，怜才别有肠。管教他芝兰一嗅奇缘酿，阳春一和文心畅，醇醪一饮痴魂荡。这的是辟情疆撒尽旧藩篱，破天荒别把姻缘创！

（小生）二女虽有凤缘，只是他命犯枭星，相遇之后，还要受些折磨，方才得成范生的伉俪。（生）只要他好事能成，便受些迍邅也无碍。

【幺篇】但保红鸾喜，难回白虎殃。便是俺佛家也受魔高障，你仙家也避千年创，威灵难把天心抗。但愿他参商牛女一朝逢，抵多少五更风雨西施葬！

（外、末）这等，待他来时，大家合助便了。（共起，行介）

【赚煞】（生唱，众合）云影动幡幢，风力行狮象，御金台振动的莲花瓣响。休道俺泥塑身躯多倔强，须知道运神机来往无方；休道俺眉眼空张，低而不昂，须知道奋高拳惯击当头棒！众生呵，恁若要测俺灵光，穷咱法像，试将那恒河沙仔细去畅筹量！

第六出　香　咏

（老旦上）扫径开轩拂坐床，为传闺客到禅房。欲辞世上缠绵苦，翻惹山中应接忙。贫尼静观是也。前日寓下那位曹小姐，与贫尼相得甚欢。不知为着甚么，又要搬到学里去。今日范介夫的新人满月，闻得要来烧香，我且扫径相候。

【双调引子·新水令】（旦带丑上）画眉喜得风流婿，感慈云、把人私庇，稽首来瞻礼。（丑）相随去，保他年也遂我心意。

（内鸣钟鼓，旦拈香拜介）【浣溪沙】之子桃夭得所归，春风已不负芳菲。青帝愿留长作主，莫教飞！（丑拜介）桃李纷纷都嫁尽，问天何独老香梅？可惜几回私结子，葬苔莓。（旦、老旦见介）（老旦）大娘，范相公那样才华，又配了大娘这样姿貌，真是天生的佳偶了。（旦）惭愧。（小旦、贴旦暗上偷觑）（小生暗立背后扇介）（小旦）留春，你看好一个俏丽人儿。

【南吕过曲·懒画眉】推窗试把艳妆窥，毕竟扬州花擅奇，教人怎不妒蛾眉。天风何处吹将至，莫不是佛殿闲游人姓崔？

（旦嗅介）借问师父，你这庵里为何有美人香？（老旦）怎见得？（旦）方才一阵风来，分明是兰麝氤氲之气，空门那得有此。

【前腔】风从花里过来奇，何事香中带麝脐？（丑指介）大娘，原来有人在窗子里张。（旦）那碧纱橱里有人窥，分明是个乌云鬓，莫不是陈女初来尚未尼？

（小旦、贴旦避下，小生随下）（老旦）那是浙江曹小姐，暂寓庵中，少刻就要移去了。（旦）这等，何不请来一见？（老旦请介）（小旦带贴旦上）自惭妆草率，难见客娉婷。（老旦）小姐，这是檀越范相公的娘子。（旦见介）云驾枉停，未曾专谒。（小旦）鱼轩骤至，有失远迎。（旦）请问小姐仙乡、贵字？

【香罗带】（小旦）鹡鸰有故栖，是曹娥旧基，语花僭名羞自提。（旦）老夫人在堂么？（小旦）念茕茕久矣失瞻依也，自小将严父，当慈帏。（旦）青春几许了？（小旦）盈盈十五今渐齐。（旦）可曾受聘高门了么？（小旦）甫离襁褓尚愁痴也，初束的云鬟难着笄。

中华传世藏书　李渔全集　怜香伴

363

愿闻大娘贵字芳名，尊堂在否？

【前腔】（旦）笺云姓是崔，椿株已颓，北堂萱草犹自萎。（小旦）看大娘这样新妆，想是结褵未久。（旦）愧摽梅未赋早于归也，阿母初相撇，叹无依，逢人羞整钗与笄。（小旦）大娘这等佳人，所配毕竟是才子了。（旦）自惭媒姆遇偏奇也，嫁得个儿郎倒不甚痴。

（背介）你看他不假乔妆，自然妩媚，真是绝代佳人。莫说男子，我妇人家见了也动起好色的心来。（末上）轿子到了，请小姐起身。（旦）才得识荆，怎便分手，还屈再谈一谈。（老旦对旦介）贫尼久慕大娘的诗才，今日幸会，可好面教一篇？（旦）索处无聊，偶借笔墨消遣，那里教做能诗。（老旦）休得过谦，定要请教。（旦）把甚么为题？（老旦）方才大娘嗅着美人香，就把美人香为题罢了。（旦）这等，小姐先赋。（小旦）奴家并不识字，那解吟诗。（旦）这等，师父先请。（老旦）贫尼少时也学拈毫，自摩顶以来，十年不作绮语了。（旦）这等，奴家献丑，小姐、师父不要见嘲。（写完，老旦读介）"溯温疑自焙衣笼，似冷还疑水殿风。一缕近从何许发？绦环宽处带围中。"妙才，妙才！（小旦接诗看介）

【学士解酲】【三学士】对客挥毫不构思，自矜倚马男儿。（老旦）小姐，你既不识字，为何看诗不忍释手？（贴旦）我家小姐虽不会做诗，字还略识几个。（小旦）细玩大娘的佳作，清新秀逸，当与《清平调》并传，可称女中太白了。（旦）承小姐过誉。（老旦）这等看起来，小姐不但识字，竟是知诗的了。（贴旦）我家小姐诗也略做几首，但恐不佳。（小旦）大娘的诗只形容得别人，不曾写照得自己。据奴家看来，美人脂粉香，还不如大娘翰墨香为贵。你嗅来自己香难觉，喷入他人鼻始知。（老旦）他既不肯自己写照，小姐就该替他写照了。【解三酲】（小旦）我只怕腕中有鬼诗难好，笔上无花意不随。才难敌，真个是曲高寡和，我贵知稀。

（旦）小姐不但知诗，乃深于诗者。小巫贻笑大巫，岂不愧死！如今一定要请教了。（小旦）不要听这丫头，奴家委实不会。（老旦磨墨，旦将笔强塞小旦手内介）（小旦）这怎么处？只得勉强涂鸦了。（写完，旦读介）"粉麝脂兰未足猜，芬芳都让谢家才。隔帘误作梅花嗅，那识香从咏雪来。"妙绝！妙绝！参军俊逸，开府清新，小姐兼之矣。

【前腔】良贾深藏不露奇，乔妆却似贫儿。那知石崇步障开成锦，把我王恺珊瑚碎作泥。似小姐这等诗，真有雪胎梅骨，冷韵幽香。暗中但觉香浮动，认处难分影是非。真佳会，谩道是伊能怜我，我更怜伊。

（末）老相公等久了，快请小姐上轿。（小旦怒介）只管在此聒噪。（老旦）两位的佳篇，待贫尼眷在一纸，留为胜迹。（录完介）

【节节高】（老旦）才夸鲁卫齐，没昂低。你两人若并词坛鼙，机锋对，部伍齐，韬钤备。先声已夺男儿气，从来娘子军偏利。（末催介）（合）只愁无计可留春，声声杜宇催归急。

（旦）师父录的诗稿，借奴家带回去抄了，明日送来。（老旦付介）（旦执小旦手介）小姐，奴家才思虽短，眼力颇高。不但近来闺秀的诗看不中意，就是翻阅这些男子的社刻，也与性不相宜。今耳清音，适符所好，怎能勾常陪砚席，共汀诗缘？

【前腔】（旦、小旦合）谁称可意儿，叹知稀！今朝棋手才逢对。怎能勾生同地，嫁并归，吟联席。韦弦缟纻交相惠，将身醉杀醇醪味。（合前）

（旦）此别可能再会否？（小旦）不久要随家父上公车，虽在贵地还有几日耽搁，只是家父拘束甚严，恐不能再图良晤矣。（各掩泪介）

【大胜乐】苍天不闰佳期，叹无情，日已西。知音忽下琴边泪，恨隔远，怪逢迟。识荆又怅分离疾，剑合延津未可期。叹世上知音有几？从此后碎琴不鼓，把笔砚焚弃！

（老旦）你两位既然这等绸缪，就该生个计策，再会一面就是了，何须作楚囚相对。（旦、小旦）请问师父，计将安出？（老旦）十月初一，本庵修斋礼忏，小姐只说附了斋分，荐度令先堂，令尊料不见阻。那时节你两人相约同来，冉谈衷曲，有何不可？（旦、小旦喜介）师父慈悲不小。这等，今日暂别了。

【前腔】既然订就佳期，割绸缪，且暂离。全凭你苦心缩就相思地，救苦难，舍慈悲。倘若是主司未尽怜才意，又何妨重给诗笺再命题。愁只愁良缘不继，预想着将来泣别，也似今日！

（小旦、贴旦、末先下，贴旦复上）小姐致意范大娘，初一日早来，不可失信。

（旦）自然。（贴旦下，旦同丑下，丑复上）老师父，大娘说恐怕曹相公不放小姐来，千万在你身上。（老旦）知道了。（丑下，老旦笑介）他两个只因针芥相投，便如胶漆不解，可见世上不但色能迷人，才也能迷人。我当初发狠断了诗缘，也只怕生这些挂碍，今日又经一番棒喝了。

【馀文】才丝色缕同牵系，从今连偈也休题，亏你这一对观音棒老尼。

第七出　闺　和

【画堂春】（生上）金风到处冷飕飕，洞房偏喜春留。去春此日正悲秋，独倚书楼。欲托云中青鸟，传言天上仙俦：温柔乡里近封侯，不羡瀛洲。

小生自从娶了笺云小姐，并头联句，交颈论文，虽是夫妻，却同社友。风流之愿已饱，陇蜀之望不奢。就是功名也听其有无，年寿也任其修短，一切置之度外。他今日清早到庵里去烧香，如今薄暮还不见回来，好生寂寞不过。

【仙吕过曲·醉扶归】莫不是为麒麟絮絮将神祷？莫不是诈鸳鸯故故把人熬？莫不是玉人何处教吹箫？莫不是嫦娥应悔偷灵药？莫不是鹿车怪我不同镳？因此上香车不肯归来早。

我且隐几打睡片时则个。（睡介）（旦带丑上）琴遇知音喜复嗟，才终一曲便天涯。高山不解留钟子，流水空能咽伯牙。奴家今日雨花庵这番唱和，真是词场韵事，香阁奇缘。本待说与范郎知道，与他共赏清音，但我既约他庵中再会，范郎知道，未免要随去偷觑。倘露出轻狂举止，他父亲知道，可不断了以后机缘。我如今只将诗与他看，不说小姐名姓，等他暗中赏鉴一番，且待我见了回来，才与他说明就里。花图耐久须防蝶，蜜待甜来始德蜂。（进介）（丑）呀，相公睡在这里。（旦）他睡得正浓，不可惊醒他诗梦。

【前腔】休使他碧沉沉梦断池边草，怕有风，替他把窗儿掩上，须防那冷飕飕风碎鹿边蕉。可怜他硬帮帮书枕把头抛，只有些瘦棱棱花影将身靠。我且趁他睡时，将诗放在桌上。试问你笔花可似语花娇？我且把笺云当作巫云绕。

（生醒介）（旦）相公，想是等得心烦了？（生）不要说起。

【皂罗袍】撇得我独坐闲房凄悄，向阳台觅汝，才得相遭。（见诗介）呀，我倦时不记枕诗瓢，为甚的醒来兀自馀残稿？（看诗沉吟介）好古怪，这字义不象做诗人写的，诗义不象写字人做的。（旦）怎见得？（生）诗多仙意，风姿欲飘；字多禅意，风姿尽销。为甚的氤氲有气浮蹄表？

娘子，这诗从何处来的？（旦）奴家不知道其么诗？（取看介）原来是《美人

香》。这是我一向夹在书里的，是谁人遗在桌上？（生）何人所作？（旦）是别处闺秀的诗，被人抄写流传，偶为奴家所得。

【前腔】这是双秀闺中新稿，为书邮争递，偶杂吟瓢。（生）可晓得他姓字么？（旦）作者姓名不传，但知此诗因曹美人而赋。色丝少女为题曹，无名有字闻多貌。相公，你看这两人的诗，还是那一个的好？（生）前作轻清，后篇俊逸，当并驱词坛，难分优劣。（旦）便道是皇英姊妹，珠胎锦胞；机云兄弟，潘江陆潮。白眉毕竟夸谁效？

假如试官见了这两卷艾字，毕竟要定个元魁。难道都取第一不成？（生）若要定元魁，须把他两个唤来，分坐两旁，待我出题面试，方才定得高下。如今只好出个团囷榜。（旦）这等，你且依韵和两首来。（生笑介）不曾考举子，倒先考试官。也罢，就做。（把笔沉吟介）待我心上悬想那个美人，把鼻子向空中嗅他的香气，做来的诗才肖神。（嗅介）（旦看笑介）

【前腔】（生）嗅取奇香缥缈，似篆烟一缕，袅人霜毫。呸！怎么舍了现在美人，去嗅那空中美人？只把娘子身上一闻，不要说两首，十首也有了。好山对面不相邀，空青何处寻诗料？（向旦身上嗅介）这是口脂香，这是乌云香，这是玉笋川香，这是金莲香。脂香甜净，云香秀韶，笋香尖嫩，莲香瘦娇。还有一种香要借闻。方才那诗上说，"绦环宽处带围中"，毕竟求松一松衣带，这香才得出来。（生做欲解带介）（旦）诗又不做，只管在此歪缠。（推开介）（生）你这娇嗔一撒我诗成了。

（写完，旦读介）"芬芳原不藉薰笼，百和能教拜下风。莫怪怜香人醉杀，温柔乡在万花巾。""纷纷凡蝶莫相猜，别是花中解语才。荀令若陪三日坐，香投遮莫有情来。"诗便和得好，只是末后两句欠老成。

【前腔】比白雪阳春更好，但风流太过，也费推敲。若教荀令伴妖娆，只愁韩寿施奸狡。（生）做诗取笑，娘子怎么吃起醋来！娘子，我和你商议，诗既和了，怎么寄得与那美人看一看？世不负我一番拈髭之苦。（旦）寄去到也容易，只怕他见了呵，嗔翻娇脸，裂为纸条；忙投秦火，灾贻雪涛。把你一天痴兴如风扫！

（旦）闺阁谈诗夜已央，爱郎情谑故嗔郎。

（生）近花不觉花芬馥，题破方知有异香。

第八出 贿 荐

（副净上）一般世事两般情，农喜天阴客喜晴。同是三年逢岁考，学官偏喜秀才惊。下官汗仲襄，正要进京会试，不想宗师岁考牌到。我想教官望岁，与农夫望岁一般，怎肯丢了这看得见的好稻，去耕那未必熟的荒田！且等收了新生的束脩，连夜赶去未迟。如今下马期促，不免教书办、门子分付一番。书办、门子那里？（末、丑卜）学里堂官长吃素，两斋合买三斤腐。书房终日冷清清，门子堪称众父父。书办、门子俟候。（副净）自我老爷到任以来，这些秀才大半不来相见。如今学院按临，谅他没有奇门遁法，你们去逐个唤来见我。

【双调过曲·玉胞肚】沿街相等，见生员一拖便行。算束惰加利三年，送贽仪极少三星。还有一件，那拜帖上切不可教他写字，只要个空头拜帖莫书名，好待我汇卖街坊也值数分。

（丑、末）禀问老爷：优行、劣行，可曾定下那几个？（副净）优行比劣行不同，开了优行的，就考了六等，也还复得前程，富家子弟，自来夤缘；那劣行只有一个也罢了。我闻得有个周公梦，酗酒呼卢，宿娼包讼，件件都备。况我到任至今不来一见，就把他开去罢了。（末、丑）老爷只晓得开优行的旧规，还不知开劣行的新窍。须把那富家子弟，逐个敲磨过去，先要开这几个；待他修削了，义要开那几个。老爷会试的盘费，就出在这里面了。（副净大笑介）你们倒是两个理财裕国的忠臣，就依卿所奏。

【前腔】嘉谟堪听，拜昌言、名书御屏。全靠你这积书房狡猾如油，老门官乖巧成精。三年只望得一次，你们须要协力扶持，我老爷有个大富，你们也有个小

富。家随国富不亏卿，万取千焉有旧程。

（同下）（净上）书生原是秀才名，十个经书九个生。一纸考文才到学，满城都是子曰声。我周公梦自从纳了这个秀才，亏我那孝顺的父母相继呜呼，申了两次丁艰的文书，躲了两番磨人的岁考。终日眠花醉柳，喝六呼幺，何等快乐。如今遇着个作孽的宗师，忽然要来岁考。想我老周科还科得，岁却岁不得。本待要寻条门路，保全三等，怎奈宗师利害，不许投书。如今没奈何，只得把四书白文略理一理。（摊书看介）一行才勉强，双眼已矇眬。只恐周公梦，又要梦周公。

【月上海棠】目强睁，一行未了心先困。（睡介）（忽惊醒介）猛思量考事，魂梦都惊。罢！拼写下：谨具生员，做一个奉申微敬。料没个刀加颈，为甚的觳觫如牛，向书本求命。

（末、丑上）秀才不考不怕，银子不吓不来。（进见介）周相公，原来在此抱佛脚。（净）不相瞒，有些圈外注不熟，要理一理。（末、丑）我们有句话要报知，相公不要着恼，这次的劣行借重相公了。（净慌介）这怎么了得！文书申了不曾？（末、丑）印停当了，只等学院下马亲投。（净）这等还不妨，拚几两银子去修补，求学师改填别个，这倒不在话下。你们可晓得宗师有甚么线索么？（末、丑）相公还是要补增补廪？（净）谁做那迂阔的事，不过要打个平安醮。（末、丑）这等，何须线索，只消求我们老爷开做优行，任他考了四五六，也还超得幺二三。（净）妙，妙，妙！转祸为祥，回天妙计。

【前腔】蒙作成，蓝衫牢固头巾硬。是回天奇术，救苦真经。倘时来文理粗通，还要望巍然高等。真堪庆，这番劫数能逃，又有三载豪兴。

（背介）我周公梦的秀才，是棵摇钱树，只求树不倒，不怕没钱摇。（转介）既然如此，老师三十两，你们三两，小包封了，就同你去。

（末、丑）有钱无术也空忧，亏我从旁借箸筹。

（净）悟后方知灯是火，计高能转劣为优。

【黄钟引子·西地锦】（小生上）作赋喜逢青眼，小试叨列前班。军中只为无韩范，偏裨偶尔登坛。

小生张三益，字仲友，锐志科名，埋头举业。与范介夫同列县庠，十次遇考，九次是他领批嘲。小生虽不出第二三，却再不能僭他第一。前日汪学师大会诸生，介夫因新婚不与，小生因而取首。虽然不是正考，也喜遇文字知音。不免携酒一壶，去与他叙叙师生阔谊，有何不可。论文须载酒，问字岂徒然！（下）

【前腔】（副净上）冷杀青毡微宦，课士聊遣馀闲。俭逢客至愁何限，遮莫要破前悭。

下官自从选了这个穷教官，坐了这条冷板凳，终日熬姜呷醋，尚不能勾问舍求田，那里再经得进口添人，分我盘中苜蓿；支宾待客，拔我毡上毫毛。自从曹年兄搬进学来，虽然做了西家邻舍，不曾做得东道主人，前日与几个斋夫商议，他开一个买办账来，动不动肉就要一斤，鸡就要一只，鱼就要一尾，似这等撒漫起来，我这几两俸银，经得几遭请客？且挨几日，等那开优劣的肥钱到了，然后破悭未迟。前日大会诸生，央曹年兄阅卷，取了张仲友领批，想他今日必来谢考。分付烹茶伺候。（杂挑酒盒，随小生上）先生酒食应该馔，夫子文章可得闻。（杂）三月不曾知肉味，漫劳阳货馈蒸豚。门上有梆在此，待我敲一下。（敲介）（副净）门子去忙考事，本官自听梆声。原来是张斋长。（见介）（小生）拙艺荒疏，猥蒙玄赏。（副净）妙义渊深，自惭蠡测。张兄莫非游山转来么，为何有攒盒随行？（小生）门生见老师鳝堂多暇，因敢载酒问奇。（副净）多情了。（背介）我正要请曹年兄，拚不得破这一桩大钞，今日何不请来同享？但说是他携来的，就当不得我接风的筵席。我有道理。（转介）既承盛意，我两人对饮也觉冷静，有个敝年兄曹个臣寓在西斋，可好招来陪话？（小生）既是贵同年，请也请不至。（副净）只有一件，他是个极狷介的人，无故不肯吃人一杯水。若说是兄的盛筵，他决不来，就来也不终席而去。如今只说是学生做主人，他就不能规避了。叫家僮，西斋请曹相公过来。

【传言玉女前】（外上）署冷囊艰，何事咄嗟能办？

（见介）（副净）这就是前日压卷的张兄，与年兄有文字之契，特地请来奉陪。张兄，学生因料理考事，没有馀闲，前日会课文字是敝年兄代阅的。（小生）这等，是小试的房师了。（净、末、丑同上）细丝元宝大半锭，优行生员第一名。（末、丑）周相公，你且立一立，待我们先去说妥了，然后请你相见。（进，向副净附耳私语，副净大喜介）快请进来，快请进来！（净进见介）原来张兄在此。此位老先是谁？（小生）老师的同年曹个臣先生。（外）此兄尊姓？（小生）敝友周公梦。（同坐介）（外）张兄，小弟昨观妙牍，气到神全，不久就要脱颖高飞了。

【过曲·啄木儿】（小生）村樗栎，质钝顽，朽木难雕深自赧。不思量爨底来邕，又谁知鲁外逢般！灰边忽起知音叹，道旁偶辱工师盼，只恐怕根尾枯焦中用难。

（副净）这位周兄，不但才高，且优于素行。（外）德行比文章更难。此时有颜闵的操修，后日才有伊吕的事业。（净）不敢！

【前腔】惭伊吕，愧闵颜，草莽微臣忠莫殚。（外）前日会课里边，怎的不曾见有佳作？（净）那日是先君的忌辰，忽起终天之恨，往荒陇庐墓，故此不曾与考。念平时极喜行文，遇忌辰偶尔丁艰。（外）会考文字，过期还补得的。（净）次日要补，偶凶家兄抱恙，剪须和药，不曾做得。第三日要补，有个朋友暴病而死，捐资助葬，又不曾做得。及至第四日已出案了。连因琐事相牵绊，文章误却惟空叹。（外微笑介）这等，周兄五伦已尽其四了。（净）不敢，那一伦呵，只因未有妻纲思尽难。

（外）老年兄，今日洒筵太费。不似广文先生的气味了。（副净失色介）这，这。这是小弟亲备的。

【三段子】（外）你官清俸单，这钱财得来甚难。我和你形忘迹删，这虚文何须太繁！（副净）虽然是一餐鸡黍家常饭，几盘苜蓿寒酸馔，也须念主妇亲调，东君自办。

（外）告辞了。（众起介）（外背对小生介）

【归朝欢】张兄，不才的，不才的，今朝识韩，庆相逢还嫌太晚。（小生）老先生，晚生的，晚生的，幸瞻斗山，怎能勾常亲道范？（副净背对净介）周兄，我一封便向宗师荐。（净）老师，你两般俱看家兄面。（合）分别知音两处弹。

（外）对酒论文不觉酡。（副净）借花献佛省钱多。

（小生）文章偶尔先多士。（净）德行巍然冠四科。

第十出　盟　谑

【越调引子·霜天晓角】（老旦上）《楞严》辍讲，法忏钟初响。曾约双车再枉，安排香积茶汤。

今日十月初一，本庵起建道场，与施主追荐亡灵。徒弟们，预先闹起坛来，待我接了范大娘、曹小姐就来开忏嘲。（内应，闹坛介）

【南吕过曲·一江风】（旦带丑上）望斋场，幡影龙蛇飐，梵呗声嘹亮。（丑）大娘，你便来了，只怕曹小姐未必能勾脱身。（旦）愿空王，保佑他赚出香闺，早赴诗坛上。我因风忆暗香，因风忆暗香，依稀在那厢，为甚的尾家生不先在桥边望？

（老旦见介）

【前腔】（小旦带贴旦上）赴斋场，不为禳灾障，岂是酬恩养？赚高堂，为续诗缘，枉自把神人诳。（贴旦）小姐，你便这等来得早，那范大娘新婚燕尔，此时还未曾起床。（小旦）你道他携云梦未央，携云梦未央，金莲懒下床；我料他厌欢娱等不得东方亮！

（相见各喜介）（老旦）大娘、小姐。宽坐细谈。贫尼去拜忏，少刻有暇，自来奉陪。（旦、小旦）师父请便。（老旦下）（旦）小姐，前日奴家回去，把诗与范郎看，他依韵也和两首。（递诗，小旦看介）风流潇洒，不愧才人。（付还介）大娘，我和你偶尔班荆，遂成莫逆。奴家愿与大娘结为姊妹，不知可肯俯从？（旦）奴家正有此意。只是我们结盟，要与寻常结盟的不同，寻常结盟只结得今生，我们要把来世都结在里面。（小旦）这等，今生为异姓姐妹，来世为同胞姊妹何如？（旦）不好，难道我两个世世做女子不成？（小旦）这等，今生为姊妹，来世为兄弟何如？（旦）也不好。人家兄弟不和气的多，就是极和气的兄弟，不如不和气的夫妻亲热。我和你来生做了夫妻罢！（小旦笑介）

【金络索】【金梧桐】（旦）弟兄姊妹行，虽是同胞养，一样天伦，情不关疼痒。君臣隔陛堂。【东瓯令】便爷娘，不似夫妻合肚肠，欢同枕簟心才畅。【针线

怜香伴

箱】生不分离死也双。【解三酲】言非妄，【懒画眉】不见英台山伯旧同窗？【寄生子】便来生不效鸾凰，做一对蝴蝶飞飏，也消却今生账。

（小旦背介）我想神前发誓，不是当耍的。兄弟姐妹还好许得，夫妻怎么许得？

【前腔】神前非戏场，心口闲评量：那见有未赋形骸，先把朱陈讲？也罢，来生不知那个是男，那个是女？或者我做了丈夫，他做了妻子也不可知。这雌雄尚渺茫，莫愁凰，未必他是梁鸿我孟光。就是他做了男子，只要像今生这等才貌，我便做他妻子也情愿。但愿他来生不改风流样，我便失却便宜也不妨。（转介）大娘，我和你真豪放，你看那龛中弥勒笑人狂。奴家只愁一件。（旦）那一件？（小旦）怕只怕一缕情肠，提起难忘，把隔世相思酿！

（旦）花铃，点起香烛来。待我们结拜。（丑）自古道，装龙像龙，装虎像虎。你两个既要做夫妻，就该做夫妻打扮了拜才是。（旦、小旦）怎么样打扮？（丑）那左边就是相公的书房，里面衣巾都有，拿来把一个穿了，先做夫妻拜了堂，等菩萨看见，做个证据，后世才悔不得亲。（旦笑介）这个丫头虽是取笑，倒也有理。就依你去取来。（贴旦）这等，还少个掌礼的。（丑）这一发不难，我家父祖几代做宾相，我自小学得烂熟。那书房里头巾、员领现现成成，拿来穿起就是。（取到介）（贴旦）我家小姐做新郎。（丑）我家大娘做新郎。（争诨介）（丑）也罢，衣巾穿了试一试，相称的就做新郎。（小旦穿介）（丑）方巾齐眉，衣服扫地。不称不称。（旦穿介）（丑）你看方巾不宽不窄，衣服不短不长，这才厮象。请拜。（丑戴儒巾掌礼，贴旦扶小旦同拜介）（老旦上，撞见大笑，惊避下。旦、小旦拜完，各笑介）

【三换头】（旦）相看抵掌，这段姻缘奇创。似假生真旦，簇新演戏场。小姐，我痴长一岁，原该是我做丈夫。叨长该做郎。这期间休怪我，不合将风流占强。我虽不是真男子，但这等打扮起来，又看了你这娇滴滴的脸儿，不觉轻狂起来。爱杀人儿也，寸心空自痒。不但我轻狂，小姐你的春心，也觉得微动了。好一似红杏墙头，一点春情难自防。

（小旦背介）你看他这等装扮起来，分明是车上的潘安，墙边的宋玉，世上那有这等标致男子？我若嫁得这样一个丈夫，就死也甘心。

【前腔】装来阿敞，竟是画眉人样。便潘安卫玠，也输他倩妆。（转介）大娘你不但年长该做郎，这其间也让伊，过来人的风流老腔。笑杀人儿也，风流徒自谎。这的是梦里阳台，赢得虚名陪楚王。

我想天下事件件都儿戏得，只有个夫妻儿戏不得。烈女不更二夫，我今日既与你拜了堂，若后来再与别人拜堂，虽于大节无伤，形迹上却去不得。况我们交情至此，怎生拆得开？须要生一个计策，长久相依才好。（旦应介）有倒有个计策，只是说不出口。（小旦）相知到此，还有甚么芥蒂？（旦）就说了，你也未必肯依。（小旦）自古道，士为知己死。死尚死得，还有甚么依不得？（旦）我如今嫁了范郎，你若肯也嫁范郎，我和你只分姊妹，不分大小，终朝唱和，半步不离，比夫妻更觉稠密。不知尊意若何？

【东瓯令】宵同梦，晓同妆，镜里花容并蒂芳。深闺步步相随唱，也是夫妻样。你若肯依从，莫说不敢做小，就让你做大，我也情愿。自甘推位让贤良，谁道不专房？

（小旦背介）说便是这等说，也要踌躇。

【前腔】休造次，再商量，欲嫁刘郎得阮郎。我看范郎的才，与我两人也堪鼎足，但不知容貌若何？料他当初择配，也决不草草。（叹介）老天！我曹语花遇了知己，此身也不敢自爱了。（转介）大娘，料你相看不比衾稠样，我知己心能亮。两星但愿不参商，便小有何妨！（旦）小姐就允了，令尊也决不肯。（小旦）若说做偏，家父自然不肯；只说大娘情愿做小，要娶奴家作正。且待进了范门，奴家自当退居侧室。（旦）这等，我两人在佛前盟下誓来。（小旦）三宝在上：曹语花与崔笺云声气相投，愿以身归范氏。如背此盟，难过二八。（旦）曹语花果嫁范郎，崔笺云若以侧室相看，难过二九。

【刘泼帽】（合）神灵赫赫应难诳，负心的自有奇殃。但愿从今世世都相傍，轮流作凤凰，颠倒偕鸳帐。

（内）请大娘、小姐禅堂上拈香。

（小旦）葛樛相结愿为邻，桐叶分封戏作真。

（旦）破格怜才输我辈，从来奇妒属男人。

（丑、贴旦吊场）（羽）他两个既做夫妻，我和你也打不得干铺。趁这付行头在此，不如也拜了罢。（贴旦）既要拜，新郎是我做。（丑）自古道巧妻常伴拙夫眠。你生得好，我生得丑，好的该做妻子，丑的该做丈夫。（贴旦）也罢！养儿须带三分丑，标致从来最吃亏。（拜介）

【前腔】风流也学风流样，解裩衣两阵梅香。缘何没寸梅花棒？丫叉光打光，揉得梅窝痒。

（搂下）

第十一出　请　封

【北粉蝶儿】（净扮琉球王，引众上）海灏天寮，占据了海灏天寮，莽乾坤别开声号。蓬壶近咫尺员峤。护彤云，披瑞霭，旭轮扶照。驾南溟落漛星桥，尽容咱一声长啸！

建帜洋洋大海东，天都一屿傍蛟宫。不知中国谁为主？浪静波恬少飓风。孤家琉球国王尚巴志是也。地居海表，壤接扶桑。世擅雄风，家修战具。隋兵劫俺不服，元使招俺不降。真是海外至尊，人间少敌。俺这琉球，向年原分三国，始祖察度，世居中山。孤家登极以来，国势吕隆，部落蕃盛，已将山南山北并入版图。虽非一统车书，也免三分割裂。目今物阜民安，时和景丽，不免同了国相、国尉，到彭湖岛。上眺望一番。叫把都们，宣国相、国尉到来。（众传介）（末扮番相，丑扮番尉上）（末）国比中原国，人同邃古人。（丑）春秋多乱贼，夷狄有君臣。（末）自家琉球同相是也。（丑）自家琉球国尉是也。（见介）大王召俺二臣，有何使令？（净）孤家欲往彭湖岛上巡视一番，特唤二卿一同登眺。（末、丑）陌当陪驾。（众行介）

【南中吕·泣颜回】花影妒猩袍，耐可芳天春晓。东风香腻，关关舌弄娇鸟。莎堤软润，锦彭湖，好比蓬莱岛。翠巍巍岭可扪天，浩茫茫海不飞涛。

（登高望介）（末、丑）大王，你看海色浩茫，群岛有如螺髻。登高一望，俺国中真好山川也！

【北石榴花】（净）一点点春螺隐现耍春潮，这的是驾海问神鳌。可喜的水平如掌，练展鲛绡，云拖旭彩，半束山腰。俺只怕莽生生，俺只怕莽生生，笑声儿惊动了龙虬窖。密密层层，渚宫回抱。碧沉沉的古沧洲，碧沉沉的古沧洲，不许红尘到，只凭俺立马揖风涛。

（扮龙出舞介）（末）那壁厢神龙出现，敢是朝拜大王也。

【南泣颜回】神物现波涛，直恁张牙擎爪。随人来往，浑如有意驯扰。金鳞闪烁，映衮衣，五色增光耀。这的是你沛皇仁格鸟孚鱼，震天威伏虎降蛟！

（丑）那海当中一阵如云似雾的，敢是蜃气上蒸也？（内放炯作蜃气介）

【北扑灯蛾犯】（净）气腾腾如云鬟海遭，黑漫漫似雾弥天罩，明晃晃须臾散成彩，郁葱葱随风吹到。（内扮人、马、男、妇，各持宝玩上，一现即下）（丑）海市现形，奇怪奇怪，真好看也。（净）锦重重楼台倒影，密层层市馆傍虹桥。乱纷纷人行马走，花簇簇，丹青搦管不能描。

（丑）自从我国兼并南北以来，风恬浪静，海不扬波。今又蜃气呈祥，神龙献瑞，这都是大王有道，神鬼效灵。臣闻西有中原，是个繁华世界，何不带领人马，驾着海航，前去卤掠一番，也见大王威行万里。

【南上小楼犯】趁着俺气昂昂人马骄，泼生生渡海涛。尽咱们掠了金钱，掳了丝缣，夺了妖娆。方显得勇冠华夷，威行近远的中山年少。望君王虎符一道！

（净）兴兵卤掠，恐非仁主所为。（对末介）国相作何筹议？（末）臣占星望气，知中国有圣主当阳，只可投诚，岂宜犯顺？（净）投诚之说云何？（末）日本诸邻，皆秉中华正朔，奉内国冠裳。我今并吞南北，四邻有窥伺之心。以臣愚见，不如遣一介之使，纳款中朝，请天使赍诏来封。邻国闻之，不但不敢加兵，还要推为盟长。（丑）咱们不去侵伐，也自便宜了他，如何反去请封，却不道长他人志气？（末）识时务者呼为俊杰，大王图之。（净）国相之言近是。

【北叠字儿犯】凛凛天朝封号，处处邻封拜表。更有那煌煌的金缕冠，离离的龙衮袍引，楚楚风标，助的君王俏。白森森蓝田系腰，整齐齐珠履临朝，紫盖飘飘，六宫人添些欢笑。早已把四邻夷，烽火暗中销。

既要请封，谁人可以入使？（丑）若要领兵厮杀，臣当前驱；若做这等丧气的事，臣不去，臣不去！（末）大王有命，微臣不敢惮劳。（净）既然如此，即便修下表章，备些贡礼，择日起程。

【南尾】（合）拜华封，归命早，请一幅锦云封诰。会须把上国莺花看遍了。

第十二出　狂　喜

【商调引子·风马儿】（生、旦上）（生）天霁风和日影凉，看三径菊齐芳。（旦）似如今开遍才堪赏。白衣送酒，只当闰重阳。

【长相思】（生）见芳丛，傲芳丛，我有人儿一朵琼。仙姿未许同。（旦）说花容，愧花容，别有人儿好似侬。红鸾命喜重。相公，如今虽是十月初旬，这菊花比重阳开得更盛。人生虽不可虚度春光，更不可浪辜秋色，万卉开到菊花，一岁芳菲尽矣！奴家备有斗酒双螯，同相公玩赏。花铃，看酒来。（丑送酒介）

【过曲·二郎神】（生）冬初况，最难逢是天清气爽。喜不吝黄金花尽放，含情瘦倚，竹边篱上幽香。似处士山中神气盎，霜欺后依然无恙。恋秋光，全仗伊、收成一岁芬芳。

【前腔换头】（旦）天光，收风禁雨，将花护养。我暂借霜枝聊自诳，虽然冬令，心还认做秋阳。（劝酒介）相公，我劝你左手持螯右举觞，把尘虑尽皆涤荡。换新妆，白衣人、翻做彩袖飘扬。

（生）娘子，前日那两首美人香的诗，越想越有意味。不想妇人家偏有这等才思，若与娘子生在一处，朝夕联吟，合刻一部社稿，也是韵事。（旦）那两个佳人，奴家也曾会过，不但高才，兼有绝色。一个的容貌还与奴家差不多，那一个真是两子复生，太真再世。奴家见了他，不觉珠玉在前，令人形秽。（生）难道还标致似娘子？我决不信。

【集贤宾】你扬人抑己低复昂，这都是谦光。邢尹何曾霄共壤？都只为竞风流只恐人强。因此上心神惚恍，幻出这倾城模样。你休自枉，料没个人居伊上。

（旦）相公，譬如那两个女子都不曾嫁人，你设身处地，还是娶那一个？（生）娘子，我和你才貌相当，情同鱼水，小生终身誓不二色，为何出此不祥之语？（旦）闲中取笑，这也不妨。（生）这等，待小生商量回话。（沉吟介）娶了这一个，丢不下那一个；娶了那一个，丢不下这一个。没奈何，只得二美兼收罢了。（旦）既然两个都娶，就要分个大小，还是那一个做大？（生又沉吟介）把这一个做大，屈了那一个；把那一个做大，屈了这一个。没奈何，只得姊妹相称罢了。（旦）毕竟那个是姊，那个是妹？（生）这个一定序齿了。（旦）这等，你还识窍。我教他两个当真嫁你何如？（生）娘子又来取笑了。（旦）我老实对你说，那前面一首就是奴家做的。（生）我也疑是娘子的口气，只是笔迹不同。那后面的呢？（旦）那后面的人儿呵，

【前腔】是扁舟西子离故乡，为经过维扬，侨住雨花将旧访。我未相逢先嗅奇香，把前诗偶唱，引出那新篇奇宕。交叹赏，说不尽相知情况。

（生惊介）这等，他父亲，姓甚么，是那里人，往那里去？娘子请道其详。（旦）他父亲曹个臣，是浙江孝廉，如今往京会试。（生）这等，你和他做诗相得，后来怎么样了？请终其说。（旦）我和他知音相遇，不忍分离，约定十月朔，同到庵中再会。及至第二次相逢，比前更觉亲热，就在佛前结为姊妹。（生喜介）这等，是小生的阿姨了。（旦）他说虽为姊妹，终要分离，教奴家想个长久之计。奴家对他取笑道，只除非你也嫁到范家来，才能勾天长地久，不想他就当真许了。（生）我家又无兄弟子侄，教他嫁与那一个？（旦）就嫁与你。（生大惊介）怎么？就，就，就嫁与我？嫁与我做甚么？（旦）做小。（生笑介）呸！哄我。正正经经听了半日，只说当真，原来又是取笑。

【黄莺儿】这文字太荒唐，做将来，梦一场，多应是谜还疑谎。他父亲是个孝廉，将来的富贵不可限量，怎肯把个千金小姐，与穷秀才做小？那见乔家二妆，肯做裴家六郎？说来舌本愁先强。人不可不知足，似娘子这等才貌，当今也是数一数二的了，小生再没有得陇望蜀的念头。就是真的，小生也不愿。不思量，一之已甚，谁望又成双。

（旦）奴家也说世无此理。他道士为知己死，死尚死得，何事做不得？

【前腔】他自愿嫁王昌，俺和他姊妹行，后来一任居吾上。（生）也罢，就当他肯了，他父亲也决不肯。那有这个大胆的媒人，敢去说亲？（旦）奴家也和他商量过了，若说做偏，他父亲自然不肯；只说奴家情愿做小，要娶他做大，待进了门，他自然让我。只说道：婕好德凉，梅妃谢芳，无能愿把中宫让。（生）就依你这等说了，他父亲若再不肯呢？（旦）他在佛前发誓，若父亲坚执不从，自愿继之以死。誓冰霜，爹行不允，之死效共姜。

（生背介）这等看起来，事有几分真的了。难道我范介夫这等痴人，竟有这等痴福？只是一件，妇人家心性无常，如今虽说同甘共苦，久后毕竟要吃醋拈酸。这

墙脚须要砌得牢固，我如今只是坚执不从，待他强而后可，后来才没有翻覆。（转介）娘子，这桩生意莫总成。俗语说得好，若要家不和，娶个小老婆。你如今只晓得同声共气的快乐，不曾想到分房独宿的凄凉。万一娶进门来，热肠翻为冷面，知己变做冤家。寻常的姬妾，容不得还好遣嫁，他是个小姐，遣又遣不得，可不坑了他一生？

【猫儿坠】医书翻尽，疗妒少奇方。娘子你，醋味生来尚未尝，一尝滋味便思量。非诲，你如今愿割鸿沟，怕做了乌江刘项。

（旦）只要你心放平了，有甚么醋吃得？（生）娘子说无近忧，小生偏有远虑。若苦苦要我做，须是写一张不吃醋的包批与我。（旦背介）你看他心上贪之不足，口里却之有馀，且待我吓他一吓。（转介）相公断然不做？（生）断然不做。（旦）相公既然执意，奴家不好再强，待奴家写书去回绝了他，叫他及早另嫁高门，不可误了青春年少。花铃，取笔砚过来。（生慌介）娘子，且再商量。（旦）没有甚么商量。（丑取到，旦写介）（生扯住介）那小姐既有这片好意，怎生辜负得他！待小生求人去说亲就是。

【前腔】（旦）轻将神器，掷与莽儿郎。还要逼写山河券一张，不由人性子不颠狂。休怅，你虽是王莽虚谦，我当做延陵真让！

（生）娘子，我和你商量，还是央那一个做媒？（旦）闻得他父亲前日替汪学官阅卷，取我家张表兄第一，就央张表兄去说亲便了。（生）这等，明日就去拜恳。

【尾声】（合）明朝好把朱陈讲，但愿他德音早降，办一炷喷鼻的奇香答上苍！

第十三出　诮　笑

（贴旦上）佳人忆佳人，才子怀才子。虽无枕簟情，也解相思死。好笑我家小姐，自从那日在雨花庵与范大娘结盟回来，茶不思饭不想，睡似醒醒似睡。夫妻虽是假的，相思病倒害真了。今日十月十五，我不免劝他到楼上看看县官行香，消遣消遣则个。推窗放愁去，扫径待媒来。（下）（净上）秀才不结官，黄齑分外酸。莫道头难入，弥坚也要钻。我周公梦做个风流挥霍的秀才，全靠结识官府，这些呼卢之费，缠头之资，都出在纱帽头上。争奈新来的中尊是个青年进士，妆乔作势，不肯亲近斯文；虽然投了几次帖，不曾留得一杯茶。我如今求汪学师开我做礼生，且先借明伦堂做个进身之阶，不怕寅宾馆不是我安身之处。今日是行香日期，不免在此伺候。（副净冠带上）圆领红如苏木，纱帽色似沉香。若不陪官谒圣，成年叠在空箱。（净见介）少刻中尊面前，求老师鼎荐一二句。（副净）自然说项。

【中吕引子·行香子】（各役鼓吹引末上）书本初离，民社攸归。试牛刀，邑苦冲疲。繁华馀习引，犹袭亡隋。叹政难平，风难转，俗难移。

（净赞礼，末谒圣介）（副净、末相见介）（净作足恭介）（末）为何礼生只得一位？（副净）不瞒堂翁说，这边秀才平时不肯读书，目下岁考牌到，个个都去抱佛脚了。只有这个敝门生是不怕考的，故此还来伺候。（末微笑介）

【过曲·驻云飞】那见有待聘蛾眉，直到临时办嫁衣。纵把铅华遮，也欠天然美。学生不日就要季考，考在前列的，当捐俸助灯火之费。噤！季女莫愁饥止忧无备。倘若是才行兼优，磊落遭时弃，俺自当适馆传餐改敝缁。

（对副净介）如今会场近了，老先生几时荣上公车？（副净）不要说起，小弟毡寒暑冷，薪水不支，这长途资斧，毫无措办，故此不得起身。

【前腔】志饱囊饥，心上遥天足不梯。司马霜裘敝，季子貂裘碎。还要仗老堂翁扶持一扶持。噤！河润莫教迟，枯鱼待水。倘若是雨露微沾，得赴风云会，那时节烧尾难忘此日雷。

（末）有便事寻一桩来领教。（净）老父师莅任不曾一月，德化遍于四郊，外

面颂声载道，都说是召父再生，杜母转世。

【前腔】甘雨相随，才见儿童竹马骑。蝗已邻封避，犬不花村吠。门生做了几首德政颂，要刻了榜贴通衢，还要约些朋友、百姓，往各上台保举老父师的清廉美政。嗟！万口不胜碑，略书其最。遍叩高阍，手执公呈递，乞把吴公第一题。

（末）学生初到地方，吏术多疏，民情未谙，有何异政可举？这到不劳。告别了。

（末）簿书偷得片时闲，偶坐青毡似入山。

（副净）冷宦热官相别去，依然冰炭不相关。

（净吊场，打恭送介）（小旦、贴旦立高处看介）（贴旦）小妇，你看好一个会打恭的秀才。（净抬头惊看介）（旦）留春，楼下有人，下去罢。（同下）（净）奇哉，奇哉！分明是月窟嫦娥，瑶池仙子。若不是他俏语相闻，我几乎低头错过。

【前腔】一见魂飞，偷把嫦娥仰面窥。入耳芳声媚，喷鼻脂香腻。我若不穿衣巾，他那知我是个秀才？况且与县官打恭，何等荣耀！嗟！纱帽作良媒，衣冠佳婿。我闻得人说，曹个臣有个女儿，未曾许人。我正要去求亲，但不知他容貌若何，那里知道是个绝代佳人。分明是铜雀春深，锁着乔公女，你不嫁周郎嫁阿谁？

只是央那一个做媒？（沉吟介）有了，张仲友是他取的案首，他讲万无不妥，即刻就去相央。佳人难再得，好事不宜迟。（下）

第十四出 倩 媒

【中吕过曲·缕缕金】（小生上）居别墅，避繁嚣。方才沽酒至，读《离骚》。疑义无人析，又思同调。（内作犬吠介）犬儿迎吠过林皋，多应有客到，多应有客到。

小生张仲友，因避城市烦嚣，独坐隋堤别墅。方才闻得隔帘犬吠，不知有谁到来？【前腔】（生上）书生命，忒煞高。鱼儿才到口，那熊掌又相遭。尝尽风流味，只愁太饱。花星苦逼不相饶，催来见月老，催来见月老。

（见介）（小生）老姊丈满面笑容，何事这等得意？（生）小弟有一桩好事相烦，等不得寒暄，就要说了。（内又作犬吠介）

【前腔】（净急上）有缘法，遇妖娆。风流痴兴发，一天高。忙把儒巾褪，蓝衫换了。皂靴不脱便飞跑，赶来见月老，赶来见月老。

（见介）原来范兄先在此。（小生）老姊丈方才说有甚么好事，小弟愿闻。（生）说来却是半本新戏，那后半本要老舅续完。（净）这等快请说来。小弟虽做不得生、旦，也还做得个净、丑相帮。

【驻马听】（生）说起堪嘲，有个佳人父姓曹。他新离故国，欲往他乡，暂住轻桡。与房下呵，在雨花不意巧相遭，阳春交和怜同调。生死难抛，缔奇盟欲共天同老。

（净背介）这话说来有些合掌。（小生）莫非是曹个臣先生的令爱么？（生）然也。（净背介）好了，又多一个媒人了。（生）他初到的时节，在雨花庵暂居，房下去拜佛，忽然闻得一阵香气，问静观道，你这空门中为何有美人香？静观道，有个曹小姐在此。请出来相会，他两人一见如故。有个多事的静观，就把美人香为题，要他两个做诗。（小生）题目到新。舍表妹还能对客挥毫，那小姐未必能即席成咏。（生）也难说。令妹遇了他，虽不是小巫见大巫，却也是强兵遇劲敌。（出诗介）前面令妹的，中间小姐的，后面是小弟和的。请看。（小生看诗介）真是不相上下。原来曹先生令爱有这等妙才。（净看诗，点头、喝彩介）一团的道理。

（小生）想是因做诗相契，就结盟了。（生）还未哩！才做得诗完，就要移寓。他两个才喜同心，便悲分手，不觉泪下起来。又亏个慈悲的静观，替他们想一个计策，约定十月朝到庵中再会。初次相见还是文质彬彬，第二次就做出许多顽皮的事来。（净）怎么样顽皮？（生）就要结盟。（净）结盟是正经事。（生）他们结盟，不象我们结盟。我们只结得今生，他们就要结来世，我们只做兄弟，他们就要做夫妻。（净）就要做夫妻也吃得来世了。（生）那里等得来世！把小弟书房门开了，取出衣巾，房下做了新郎，小姐做了新人。又有个助顽皮的小婢，替他喝班赞礼，两个竟拜起堂来！（小生、净大笑介）这就真正顽皮了。

【前腔】（小生）谑浪成涛，说起教人逸兴飘。是女中优孟，海外齐谐，雪里芭蕉。（净）范兄，他两个虽然一样骋风骚，便宜毕竟输尊嫂。还亏那小姐不曾许人，若许了人，丈夫知道也要吃些干醋。虽然是思出无聊，也只当拂花笺打下风流稿。

范兄，你的戏完了么？（生）还未哩。（净）这等，快些说完，小弟也要上台了。（生）他们起初还是弄假，后来竟要成真。小姐对房下道，烈女不嫁二夫，我今日既与你拜了堂，后来怎好再与别人合卺？房下对他取笑道，你不如也嫁了我的丈夫，我和你名为大小，实为姊妹；名为姊妹，实为夫妻，何如？不想他竟当做真话，欣然许了。（净惊介）怎么？竟许了！（小生）这是女儿家取笑的话。家姊丈原说做戏，我和你只当看戏，怎么就认起真来？（净笑介）也有理。（生）老舅。

【前腔】你休猜做戏语牛刀，文到奇来半类嘲。房下也说他是戏语，作不得准。他就在佛前盟下誓来，倒催房下央人去说亲。他那里如鱼俟水，似马需鞍，待鹊填桥。他又虑道，若说做小，父亲决不肯，须分付那做媒的，积薪只说后来高，汰沙莫羡前头好；且赚他樛葛成交，那时节小星退舍居参昴。

（净背介）这等说起来，我的事险了。且看他央那个做媒？（生）令妹荐举，说老舅与曹先生有文字之好，小弟特来奉央。（净）这等，张兄义不容辞了。

【前腔】（小生）举荐空劳，逆水船头怎下篙？这亲事与平常亲事判然不同，教我怎么说起？破题怎做，成局新翻，旧卷难抄。（生）你照方才的话说去，他自然许的。（小生）温郎虽设巧笼牢，只怕刘家不入虚圈套。（生）这都是令妹做的事，与小弟无干。老舅若不肯应承，你自去回复令妹。小弟告别了。（小生）小弟辞是辞不得，只是他万一不允，不要说小弟不善做媒。（生）这等，耳听好音了。（小生）好事难包，便来迟也莫怪青鸾沓。

（小生）媒翁学做口难开，理出寻常虑见猜。

（生）我本无心求好事，谁知好事逼人来。

（净吊场）怎么？我今日一天南兴来央老张做媒，谁想劈面撞着这劫贼。他两个至亲好友，难道肯辞了他，到替我做不成？我今日不说破的好，只是怎么气得他过？（想介）有了，我明日绝早去拜曹个臣，把几句先入之言打动他，他自然不许。我然后央汪学师作伐，自然一说便成。好计，好计！

【前腔】老范呵，我笑你忒煞心高，好一似梦里曹瞒想二乔。只恐怕红鸾不利，白虎相冲，赤壁空烧。管教你风流变做一团糟，相思害得无分晓。那时节你看我漫橹轻摇，东风一阵收功早！

周郎妙计高天下，得了夫人不折兵。

第十五出　逢　怒

【双调引子·谒金门】（外带末上）儿女债，随处把人牵碍。何事行来千里外，带将愁一块。

我曹个臣侨寓维扬，等汪年兄一同北上。谁想他为考事耽搁，一时不得起身。我只因将女儿带在身旁，半步也走动不得，终日闷坐荒斋，好难消遣。昨日张仲友送有几篇窗稿在此，不免替他批阅一番。（看介）好文字，好文字！佳句只愁圈不尽，奇文常恨得来迟。（圈点介）

【胡捣练】（净带杂上）怀短刺，到荒斋，苏张利舌巧安排。欲霸强秦先破楚，敢教祸福一齐胎。

（末传介）（外接见介）（净）连日穷忙，拜迟勿罪。（外）未曾拜谒，反辱先施。（净）老先生案上看的甚么书，这等圈得利害？（外）张仲友的近作。（净）老先生毕竟是法眼，他的文字果然有几句圈得。（外）此兄学富才高，不久就要高发了。

【过曲·锁南枝】（净）诚多学，信有才，论文章冠军原自该。若论他的文字，久矣该中了，只是心术上略差些，恐怕还要迟几科。阴骘偶相乖，朱衣把头待。（外）原来有才无行。这等，他所行的事，可好略举一二么？（净）朋友过，该隐埋；正人前，敢遮盖？

他送来的文字既是近作，晚生也只说他近作罢。他有个朋友叫范介夫，在雨花读书。前日有个小姐去进香，偶然吟诗一首，范介夫隔帘听见，次韵挑逗琴心。那小姐也未必为他所挑，他自己赖风月，说有心到他，去和张仲友商量，要做没天理的事。张仲友若是个正人，就该把药言规谏他才是，怎么反助纣为虐起来？（外）怎么样助他？（净）他欣然以月老自任，要去说亲，假说娶来作正，其实要骗他做小。老先生，你说即此一事，可是要上进的人做的？（外惊介）那小姐姓甚么？（净）他只卖弄这个情节，不肯道其姓名。（外）那诗可记得么？（净）每首只记得两句。那小姐的是"隔帘误作梅花嗅，那识香从咏雪来"。范介夫的是"荀令若陪三日坐，香投遮莫有情来"。（外默诵介）原来是这个匪人，兄若不说，小弟几乎被他文字所误。（净）长者有问，不敢不答。相见之时，不可说晚生谈他过失。告别了。（起介）有意却如无意，片言可当千言。（杂随下）（外）事若关心，言便入耳。方才的话大有可疑，难道我女儿在庵中，做甚么勾当来不成？（沉吟介）我想烧香女子往来不绝，难道只我有个女儿？不必多虑。只是亏我当初识窍，倘若久寓庵中，与那禽兽为邻，有甚好处？我且替他把文字批完，再作道理。（看介）好古怪！同是一篇文字，那前半幅字字该圈，后半幅要句点得的也没有。

【前腔】前骐骥，后驽骀，这妍媸截然真可猜。是了，起初是我胸中无物，据理直批，故此文章好处易见。如今只因毁誉，夺了是非，不觉西施变为嫫姆了。君子不以人废言，还该照公道加些圈点才是。我欲点手慵抬，加圈笔多碍。我想周生的言语也难尽信，焉知不出于妒心仇口？他那里张谗口，报眦睚；俺这里听宫人，说眉黛。

【胡捣练】（小生吉服，丑持红帖上）承苦托，奉危差，教我如何撮合这山来？纵使骊龙昏睡眼，盗珠险着也愁呆。

（末传介）（外看帖介）怎么忽然用红帖拜我？其中必有缘故。（见介）张兄，今日穿吉衣用红帖，莫非有甚喜事么？（小生）晚生今日特来……（外）忝在相知，有话就该直说，为何这等嗫嚅？（小生）晚生特来与令千金作伐。（外惊介）原来为此。是那一家？（小生）容启：

【锁南枝】仲淹后，世棘槐，介夫敝乡称异才。（外背介）就是方才所说的人了。（转介）多少年庚了呢？（小生）孝绪冠方才，姿容卫家玠。（外）既是世家宦族，为何弱冠才议婚？（小生）娶是娶过一房了，只因惭鸠拙，少内才；因此上缺中帷，把贤待。

（外变色介）学生虽然不才，也曾叨过乡荐，难道肯叫女儿赋小星不成？（小生）怎敢说"小星"二字？他前边娶的就是舍表妹。如今舍表妹自愿做小，要求令爱主持家政。（外）岂有此理！无故废正妻为妾，范兄既于德行有亏；忍使令表妹居偏，张兄也于良心有碍。这等看起来，二兄的品地相去不远了。（小生）其中有个缘故。（外）甚么缘故？（小生）令爱……（外慌介）小女怎么样？（小生）令爱与舍表妹曾在雨花相值，两人因赋诗相契，先订金石之盟，后有朱陈之议，故此晚生才敢斗胆。（外大怒，起介）胡说！分明串通奸计，要赚良家子女为妾。只好去骗别个，竟来欺起我来！

【前腔】你言词妄，语意乖，存心不臧空有才！哦，你欺负我是个老举人，没有出息了么？我年力纵然衰，志还比伊大。（小生）晚生怎么敢！（外）我说你会做几句文字，把些礼貌待你，你就这等放肆起来，以后不许相见！（小生）君子绝交，不出恶声，何须这等暴戾！（外）唗！小畜生快走！你是衣冠兽，非我侪。叫家僮，与我赶狂徒，出门外！（末）张相公请回。（小生）我自然去，难道赖在你这里不成？（出介）（末打丑，赶出介）（小生）怎么，常言道一家有女百家求。说不说由得我，听不听由得你，为何这等装威，这等作势？（丑）不要说相公，连小人也气不过。如今立在他门外，也该回骂一场了回去。（小生）仔细想来，原是我不是。若与他争论起来，旁人都说我没理，忍些郁气回去罢。媒人自古原难做，况做从来难做媒。（丑随下）（外）这等看起来，周生的言语一字也不差，我家这个丫头果然不肖了。不免叫留春出来拷问他。（欲叫又止介）凡事要三思，我今日不问就罢，一问就要穷究到底。客边比家内不同，汪年兄衙内听见，以虚为实，有何体面？我想初次在庵中，我不曾离他半步，后来虽去一次，随轿就回。细味那诗中"隔帘""遮莫"的字眼，就有其心也未曾有其事。我且只当不知，及早离这地方便了。只是范介夫这个畜生，怎么气得他过？（想介）有了，如今学院岁考，不免教汪年兄将他开做"行劣"，黜了他的前程，消我这场隐恨，有何不可。

蛟龙失水遭嫂，蜂虿略施小患。

虽非君子所为，不失丈夫气岸。

第十六出　鞅　望

【双调过曲·山坡羊】（旦上），梦沉沉夜来无兆，鹊纷纷朝来慌噪；耳侧侧不闻捷音，目悬悬盼不得旌旗到。奴家昨日央张表兄往曹家作伐，至今未得回音。今早教范郎去问他消息，连他也不见回来。好生放心不下，我且到阶下闲行几步。散寂寥，徘徊把信邀，纵苔痕湿处不惜凌波绕。那见有个人影儿来？只有些竹影花魂将人诓报。难浇，这芳心一寸焦；难招，这佳音半里遥！

【前腔】（生上）热烘烘不停足的奔跳，冷清清不转来的音耗，絮叨叨不燥松⑼的阿翁，恹答答不体谅的痴媒老。（见介）（旦）相公回来了，亲事何如？为何去了这半日？（生）令表兄去说亲，还不曾转来。小生偶从卖卜先生门首过，占了一个卦，故此来迟。（旦）卦上吉凶何如？（生）婚媾好，是屯中第二爻；虽然有个阴人扰，还亏得红丝系足牢。推敲，这阴人何处遭？休焦，这佳音定不遥。

【不是路】（小生急上）孽障相遭，平白教人去惹气淘。（旦喜介）表兄转来了。（小生拱手介）承中表，这番举荐忒多劳。（旦）老冰人，亲事何如？（小生闷坐不应介）（生）这月老回来有些醉意，亲事毕竟成了。（小生）漫唠叨，气得我冰人遍体如冰冷，空教我月老沿江把月捞！（生、旦）成与不成也要说，为何这等刁顿人？（小生）你休心躁，若还要把佳音报，只怕你一天兴扫，一天兴扫！

事不成也罢了，累我淘这一场大气。（生、旦惊介）淘甚么气？（小生）若还细说，连你两个也要气死，只好言其大概。不知道他甚么缘故，就如预先知道的一般，我才说起"令爱"二字，他就变起色来；我才说"范介夫"三字，他就放下脸来；再说舍妹情愿做小，要求令爱作正的话，他就手舞足蹈起来，说我两人串通，骗他女儿做小。起先还是坐谈，后来两人对立；起先还是隐讽，后来竟遭面叱；起先还是汉高祖骂儒，后来竟做秦始皇逐客。你说气得过气不过？（旦闷坐介）（生背介）难道这等一桩好事，竟做了画饼不成？还要求娘子别生一计才是。我有道理，请将不如激将，且待我激他一激，或者激些主意出来，也不可知。（转介）娘子，我原说这桩事是做不来的，你十拿九稳，定要央人去做。如今做得好媒，说

得好亲，美人的香气不曾闻见一毫，这媒人的臭气倒受了一肚子。

【皂角儿】一任你裙钗见超，不出我男儿心料。到如今东方日高，笑你这南柯该觉。再休想和新诗，联旧好；做夫妻，称姊妹，白首相交。（指小生介）你把姻缘簿缴，（指旦介）你把相思账销，（自指介）我从今，守瓶缄口，免被人嘲。

（小生）我仔细想来，或者是那小姐自悔失言，对他父亲讲了，怕人去缠他，故此串通做这个局面，也不可知。不然，我还不曾走到，他为何先装起那个模样来等我？

【前腔】虽则是剪桐圭闲嬉浪嘲，也该做遂唐封认真元老。又不曾触鸥夷先兴怒涛，岂不是赖荆州假装圈套？空教我，曳长裾，投短刺；致卑词，施曲礼，费尽谦劳。（指旦介）这是你椒房的赠诰，（指生介）这是你明师的训教，（自指介）也亏我，孛星临命，恰好相遭！

【前腔】（旦）拂初心难禁郁陶，背前言怎辞讥诮？稳思量天长地遥，不信道分疏缘少！这等说起来，难道就罢了不成？（生）不怕你不罢！（旦）终不然裂山盟，翻海誓；折鸳俦，分凤侣，真个开交。他父亲虽然执拗，料小姐决不背盟。只除非我和他都死了就罢；若不死，终久会做一处。（指小生介）媒翁莫恼，（指生介）新郎莫焦，我和他，两弦俱在，终续鸾胶！

（小生）我也气这老贼不过。你若弄他女儿来做小，也与我消这口气。只怕你没有这等手段。（生）方才那卦上也说：先凶后吉。且看你做法何如？（旦）待奴家写书，央静观寄去，别图良策便了。

【尾声】（小生）只怕你刻舟求剑成功少。（生）这海底明珠看你捞。（旦）少不得剑合珠还有一朝！

第十七出　遣　发

（丑扮船家上）十个船家九不孤，满船儿女叫呱呱。梢婆不放梢公懒，骚出人间百子图。自家进京的长路船头便是。昨日有位曹相公，雇我的船进京会试，顺带家眷往山东。远远望见轿子来了，不免打扶手伺候。（外带末，小旦带贴旦同上）

【夜行船】（外）又载新愁过别院，虽半子也费三迁。（小旦）骤雨飞花，狂风舞絮，无计可回天变。

（上船介）【浪淘沙】（外）来路一千遥，三换兰桡，长安此去正迢迢。渐觉腰缠轻似昔，鹤背萧萧。（小旦背介）杨柳遍隋郊，谁赠离条？暗中泪泻广陵涛。身去心留桥廿四，不为吹箫。（丑）禀相公：开船罢。（外）且慢些，等学里汪爷来一会。

【孝顺歌】（副净上）曾相约，镳共联，祖生为何先着鞭？（末传介）（小旦、贴旦避下）（副净上船，见介）老年兄原许同行，为何遣发？（外）考事方兴，老年兄行期难卜。小弟在妻舅任所，还有几日羁留，先到山东拱候。（副净）这也使得。小弟今日一来奉送，二来与年侄女作伐，还喜得不曾开船。不但祖张骞，兼来介刘阮，相逢有缘。（外）行色匆匆，岂是议婚的时节！（副净）只求千金一诺，改日再订婚期。（外）请问是谁？（副净）就是敝门生周公梦。（外）此兄谈吐之间，倒象个诚实君子，但不知他文艺若何？（副净）文理也是极通的。他德比颜渊，才同子建。你两个玉洁冰清，料应彼此相怜！

（外）小弟止生一女。不肯招布衣门婿。此兄若果有抱负，待他登科后赐教何如？（副净）遵命了。（外）目下文宗按临，定有一番黜陟，贵庠的优劣可曾定下了么？（副净）优行就是周公梦，劣行还不曾有人。（外）这等，小弟到替年兄访得一个了。

【前腔】回琴外，点瑟边，曾闻鼓声攻不贤。（副净）叫甚么名字？（外）表字叫范介夫。（副净）此人一向不来相见，小弟也有些怪他，只是不曾查得他的恶款，把甚么事迹开他好？（外）只消"宿娼酗酒，出入衙门"八个字，就勾他了。美刺

不多言，春秋有成宪，是非凛然。年兄若不信，只问周公梦就是了。你试把犀燃，幽明自见。摈斥鲸鲵，肃清堂上三鳣。

（副净）年兄所闻，自然不差，何须再访，竟将他开去便了。就此告别。踉跄送客出郊西，空唱阳关酒不携。（外）中道离群休叹息，前途终见雁行齐。（副净下）（小旦、贴旦上）（外）如今开船。（丑应开船，老旦内高叫上）曹相公，船且慢开，有人来奉送。

【前腔】忙呼住，挂帆船，飞身赶来将信传。快通报：雨花庵尼僧送小姐。（末传介）（外厉声介）回他不劳。（末回介）（老旦慌介）范大娘有书寄与小姐，他父亲不容相见，怎么好？（小旦望老旦作愁容介）你看，小姐在窗里愁眉叹气，有话难传，好不苦也。青雀锁婵娟，纱幬隔娇面，咨嗟枉然。他手语称冤，眉痕积怨。教我这无术昆仑，相看只解相怜。

待我把书露些封与他看。他或者教人来接去也不可知。（做露书、招手介）（小旦对外介）爹爹，孩儿在庵中难为静观殷勤款待，请他上船待孩儿面谢一谢。（外不应介）（贴旦对老旦介）请师父上来。（老旦上船，外怒介）贱丫头好打！我不曾分付，谁许你乱传？叫家僮，回他上去，不许进舱。（末、丑推老旦上岸介）（老旦）小姐，小姐，你既深入侯门难见面，莫怪我猛登彼岸不回头。（径下）（丑）呸！出门遇僧尼，百事不相宜。回他不肯去，直把我推得汗淋漓。（外）"翰林"二字的彩头好！快开船。（丑开船下）（外）我儿，世间最无益的是这些尼姑，切不可与他亲近。

【前腔】闺门蠹，自古传，三姑六婆尼最先。就是极正气的，少不得开口就是募化。他说法吐金莲，谈经坠花霰，无非募缘。若是那不正气的，到人家走动，其祸还不可胜言。他向明镜台前，手捏着牟尼一串，树借菩提，引来刺近墙边。

我往后舱歇息。留春，好生伏事小姐，做些女工，不可推窗闲玩。正是莫把闲愁催老鬓，且将倦体付高眠。（先下，小旦顿足哭介）

【五供养犯】弥天积怨，怙恃深恩，变做仇冤。虽则是逆来当顺受，也教人难免目睁睁。恨煞这纱窗一扇，硬隔着鲁连书箭。从此天南北，谁与寄愁笺？堆积啼痕，泪珠成患！

【前腔】（贴旦）劝娘行自遣，事已无成，徒费忧煎。休将其性命，断送假姻缘。苍天不管，人世上这些悲怨。空把衷肠沥，诉与阿谁边？可惜将半幅鲛绡，染成斑茜。

【江儿水】（小旦）纤缕从前曳，情丝往后牵。怎能勾仙舟忽碍蓬莱浅，前途忽报迷烽燧，石尤一阵吹将转？遂却从前私愿。寄语天边：此际愁肠一片！

【前腔】（贴旦）小姐，你休作无聊想，徒伤有尽年。纵教舟碍蓬莱浅，纵教前路迷烽燧，纵教风力从伊便，怎奈爹行不愿！咫尺天边，依旧愁肠一片。

天色晚了，小姐请去睡罢。

【尾声】（小旦）行来渐渐和他远，平分得相思一半。（贴旦）我且叠起这忘忧高枕劝伊眠。

第十八出 惊 飔

【南吕引子·临江仙】（小生冠带，引众上）鸡肋微官邻幻蜃，愈教心悟浮云。乡音迢递不相闻。亲朋劳梦寐，骨肉费咨询。

下官登莱观察使杨雨公是也。发迹浙中，分符海表，操北门之锁钥，固中国之藩篱。且喜海晏河清，人民乐业，正是文官卧理之时。下官有个姊丈曹个臣，是至亲好友。前日有书来说，要送甥女到此，然后往京赴试。此时会场已近，想在朝暮间到也。（外、小旦带末、贴旦上）

【黄钟过曲·出队子】（外）年华催鬓，名利关头苦问津。风霜海角倍加辛，骨肉天涯别是亲。暂息驰驱，投止望门。

（末）门上快通报老爷，至亲曹相公送小姐到此。（众禀介）（小生）开中门迎接。（外、小旦进介）（末先下）（小生）久隔芝颜，时劳梦想。（外）遥聆美政，大慰私心。（小旦见介）（小生）几年不见，甥女一发长成了。只是为何面带愁容，想是路上劳碌了么？进去与舅母相会罢。（小旦、贴旦下）（小生）分付安排酒席，与姑爷洗尘。（众应介）（杂上）报老爷：海里有一只洋船泊岸，说是琉球国来请封的。如今在那边被马，就要来拜老爷。（小生）既是番使，礼该优待。叫左右，再备一桌酒伺候。（众应介）（末引众上）

【前腔】石尤偏迅，南北东西路不分，望洋何处问迷津？姑卸云帆泊此滨。怀刺来投，守吏莫嗔。

（众传介）（外暂下，小生、末见介）（小生）仙槎骤至，有失远迎。（末）浪抵化疆，不胜悚栗。（小生）请问老先生航海而来，有何尊干？（末）敝国僻在海隅，久疏贡献。今闻圣帝当阳，敝国主差卑使前来，敬请天朝封册，以备藩篱。（小生）贵国与八闽相近，为何不在彼处泊舟？（末）不要说起，原要到海澄起岸，不想来至中途，飔风大作，几乎覆舟。急浪之中，收帆不住，所以随风飘至贵境。（小生）这等，受了惊恐了，下官敬备厄酒，为老先生压惊。有个舍亲初到，请来奉陪何如？（末）怎敢当此盛意！（小生）分付请曹相公出来。（众请介）（外上，

与末相见，小生送席介）

【降黄龙】（末）地主殷勤，才识荆州，便劳北海开樽。肴陈海错，酒进金浆，味杂山珍。逡巡，冠裳济楚，自愧毛衣堪哂。（合）破拘牵，华夷一体，谁主谁宾？

【前腔】（外、小生合）辛勤，犯蜃骑鲸，跋涉间关，远来投顺。风神有意，特挽仙舟，与人相近。欢欣，从此后金兰愈广，海外良朋投分。（合前）（小生）航海惊风也是险事。仙舟无恙，真是天相吉人。（外）那海中波涛澎湃之状，可好略谈一谈？

【黄龙衮】（末）只见那阴云夹雾屯，阴云夹雾屯！涛响如雷震。把我一叶扁舟，颠越无头奔。险些儿葬身鱼腹，骨成齑粉。因此上随浊浪，信狂风，投名郡。

（外）原来海外风涛，这等利害！

【前腔】望洋已断魂，望洋已断魂，况遇中流困。一任你航海乘风，不似梯山稳。听了这话，把我的破浪乘风，雄心稍顿。方信道达人长避险，戒临危，知安命。

（末）告辞了。

【尾声】（合）洗红尘，惊霜鬓。（外）听说风涛觉黯神。（小生）须知道宦海风波还欠稳。

乘槎有客自天来，脱剑同倾酒一杯。

故国遐方无远近，萍踪共泊海东涯。

第十九出　冤　褫

【南吕引子·生查子】（副净冠带上）优劣一齐申，满纸皆奇货。切莫笑穷官，富客终输我。

下官汪仲襄，昨日学院下马，优劣文册俱已亲投。今日带领生员听候发落，来此已是。还不曾开门，且在左廊伺候。

【前腔】（生衣巾上）扃户不提防，何处飞来祸？毁至自求全，实与名相左。

我范介夫在学中做秀才，就如在闺中做处子，兢兢业业，砥砺廉隅。不知汪学官听了那个的谗言，竟将我申为"行劣"。不但前程所系，兼为名节攸关。我今写下呈词，前来告辨。宗师还不曾开门，且在右廊伺候。

【普贤歌】（净衣巾上）摇摇摆摆笑呵呵，优行生员路上过。读书做甚么，宗师奈我何？铁打的头巾跌不破。

（见介）范兄为何有些不豫之色？（生）不要说起，人有不虞之誉，我有求全之毁，汪学师不知何故，竟将小弟申了"行劣"。（净）这等，作何料理？（生）只得往宗师台下告辨。（净）呈词借小弟看看。（看介）（副净望介）那边与周公梦说话的是范介夫。我申了他行劣，他为何手拿状子，难道要告我不成？不免叫周公梦问他。（向净招手介）（净对生介）呈词绝妙，又不伤触师长，又辨明了自己心迹，宗师见了一定昭雪的。暂别了。（背介）怎么？他方才说"人有不虞之誉，我有求全之毁"。那"不虞之誉"，分明是笑我的优行了。当面骂人，这等可恶，不免唆他一场是非。（见副净介）（副净）范介夫手里拿的是甚？（净）告老师的状子。（副净）告我何事？（净）告老师贿赂公行，是非倒置以优为劣，以劣为优。后面开了吓诈秀才的款单，件件都有赃据。（副净慌介）这怎么处？（净）门生替老师筹画，只有先发制人之策。（副净）怎么样制他？（净）待门生去与他讲话，老师撞来骂他几句。他若应口，就说他凌辱师长，喊禀宗师；他拿出状词来，就是抵制，决不准了。（副净）凌辱师长，也要个见证。（净）门生效劳。（副净）这等绝妙。（净见生作气介）了不得，了不得！小弟替兄走去暴白几句，他说小弟也是恶党。自古道兔死狐悲。教小弟怎么气得过？（生）这个老杀才。（副净闯见介）咦！师长是你骂的么？（生）请问我那一件事叫做"行劣"？（副净）你宿娼酗酒，出入衙门。（生）宿那一个娟？酗那一个的酒？出入那一个衙门？件件还我证据来。

【大迓鼓】（副净）儿曹莫浪诃，一任你舌如利剑，口似悬河；只怕师生名分终输我，儒巾纱帽也差多。我便奉屈些须，你将奈何？

【前腔】（生）我笑你空将鬓发皤，是非倒置，月旦差讹。把宪规当作生涯做，捉生替死报阎罗。你这鬼判贪赃，我也真没奈何？

（副净）骂得好！（欲打介）（净劝介）老师，只可动口，不可动手。（副净喊介）生员打教官！（内）外面甚么人喧嚷？巡捕官带了。（丑冠带上）不论髯参军，不论短主簿，遇着上司来，不怕你不巡捕。甚么人喧嚷？（副净）生员打教官。（生）教官打生员。（丑）不论儒与官，拿住总难宽。上司要发落，与我没相干。（带住介）

【步蟾宫】（末冠带，引众上）豸冠铁面威名播，秉学政皇恩深荷。看扬州文藻近如何，笔上琼花几朵？

叫巡捕官，把喧嚷的人犯带进来。（丑带见介）（末）你们甚么人，在本院门前喧嚷？（副净）教官是江都县学教谕。这个秀才叫做范石，平日宿娼酗酒，出入衙门。教官将他申在老大人台下，他怀恨教官，方才存门外相值，不分师长，开口就骂，挥拳就打，故此惊了风宪。

【扑灯蛾】他平生恶贯多，桑梓劣声播，謦竹莫能书。怪我不学阳城党薛也，彰他罪过。全不念庾公学射尹公，他追来把孺子偏师破。他道我便做逢蒙杀羿待如何？

（末）那秀才从直讲来！（生）生员平日恪守学规，毫无过犯，只因家贫不能尽礼，他就把生员开做行劣。方才相遇，他故意寻生员的是非，反说生员凌辱师长。

【前腔】他有心兴怒波，我无端罹奇祸。薄言往诉间，触彼一朝私忿也，身遭顿挫。他戈人反说受人戈，这场冤屈非小可，与他所开优劣也不差多。

（末）那些教官有甚么公道，有钱的便是优，无钱的便是劣，本院那里将他作准？只问你为甚么在本院门前厮嚷？（生）他打生员。（末）可有见证么？（生）有周生员作证。（末）叫进来。（丑叫净见介）（末）方才是教官打生员么？（净）人心天理，教官并不曾打生员。（末）这等，是生员打教官么？（净）也不曾打，只

骂几句是真的。

【前腔】但闻遭詈呵，不见受摧挫。（末）你须要公道讲。（净）咫尺觐霜威，敢把虚词欺诳也，替朋友遂过？（末）骂他甚么？（净）他道老而不死鬓空皤，庸儒污我明师座，只好去充当鬼判侍阎罗。

（生慌介）怎么忽然左袒起来？（末）你自己的干证，说你犯上是真，还有甚么讲？你在本院门前尚且如此，平素的劣行可知了。（生）这都是一面情词，生员有下情，求老大人宪览。（递状介）（末掷下介）。

【前腔】你诚哉恶贯多，方信劣声播。在我这骢马绣衣边，尚肆无端枭獍也，把娄师面唾，那寻常暴戾更如何？饶伊夏楚快把青衿脱，休将荆棘列菁莪。

左右，剥去衣巾，赶将出去。（众剥衣巾，赶出介）（末）散衙琴鹤静，退食吏胥闲。（众随下）

【尾声】（副净）你从今可认得乌纱大？（净）你莫怪公言我也是没奈何。（生）哎！我方信人心险似波。

第二十出　议　迁

【南吕引子·挂真儿】（老旦上）一点婆心空自捧，惭愧也、跋涉无功。湃浪惊鱼，飓风阻雁，来把原缄缴送。

贫僧替范大娘寄书，书投不进，反讨一场没趣，只得把原书送还。迤逦行来，此间已是。

【前腔】（旦上）一寸眉尖双恨拥，失意事、定不单逢。转祸为祥，回嗔作喜，专听檐禽两弄。

（见介）师父来了。（老旦）贫尼方才遇见范相公，气冲冲嘲往那里去？（旦）汪学官将他申了"行劣"，往学院去递辨呈。（老旦）原来如此。（旦）请问师父，曹小姐可有回书？（老旦）不要说起，曹小姐往山东去了。（旦惊介）怎么？去了！这等，师父就该赶上才是。（老旦）贫僧慌忙赶上，怎奈他父亲教人百般拦阻，不容相见。

【过曲·胜如花】我忙飞锡，躐去踪，只说阳关祖送。费尽俺菩萨低眉，怎当他金刚面孔，更难当那虎狼阍从。我隔人天纱檽一重，他诉衷肠愁眉两峰，缄口啼红，把西施心捧。引得我婆心也痛。眼睁睁消息难通，眼睁睁消息难通！

大娘的原书送还。（出书介）（旦哭介）

【前腔】你传来信，忒煞凶，我还说将人吓恐。若果然一霎分飞，眼见得两家断送，止不住泪涛汹涌，这不是免浮沉的原书一封，分明是摄生魂的灵符一通。纵使乘风，挂轻帆去猛，少不得一灵追送。待黄泉我命先终，待黄泉我命先终！

【不是路】（生科头，急上）归去匆匆，忍耻包羞怒气冲。我范介夫这般行径，怎生回去见妻孥？愁讥讽，比那季子还家更不同。（行到，闷坐介）（旦惊介）呀，你衣巾那里去了？怪来踪，为甚的科头来坐长松下，莫不是道遇龙山落帽风？（生）真惶恐，你下机相问我羞偏重。祸遭奇横，祸遭奇横！

我走到学院门前，正遇着汪教官那个老贼，他做定圈套，喊禀宗师，道我凌辱师长。宗师不分皂白，将我革了衣巾。（旦）怎么有这等事？叫花铃，快取巾来。

（丑取巾，旦代着介）

【前腔】（小生急上）排难匆匆，披发缨冠为友朋。怎奈无门控，空馀怒发把冠冲。（见介）老姊丈有屈了。（旦）问吾兄：为甚的闭门早不关休戚，到如今袖手徐来唁祸戎？（小生）我在家闻得此信，慌忙的约些朋友赶来保结，不想已经革逐了。（生）有周公梦替他做内应，就有外援也不济事。（小生）岂有此理！明日少不得要去公举，倘若宗师不听，小弟也愿缴还衣巾，以彰公道。非虚哄，灾危若不欣相共，要这至交何用，至交何用！

（生）多承高谊。好马不吃回头草，就复了衣巾，也洗不得这场羞辱，小弟别取功名罢了。但不知曹小姐回音若何？（旦扯老旦背介）

【中吕·泣颜回】师父，你欲说也从容，休教他添却愁惊。他方做失翎翠鸟，再难做失侣惊鸿！（生）看他们相看唧哝，想多应又是前番梦。料从来祸不单行，总只为数值奇穷。

看这光景，一定是不谐了。不须隐讳，从直讲来。（老旦）不瞒相公，小姐已往山东去了。（旦掩泪介）（生叹介）可惜一个绝世佳人，小生没福承受。罢了，娘子不须悲切，我和你从此收心，不得再生痴想。

【前腔】飘蓬，切莫怨东风。奇花难并蒂，究竟成空；只存一朵，休教再损娇红。（旦）这芳菲一丛，任教他移向天边种。倘若是连理根生，只恐怕两地难荣。

（小生）老姊丈，你可晓得汪教官申你的原故么？（生）小弟那里知道。（小生）我起初也不知，方才细问斋夫，方知就里。原来是曹个臣教他申的。

【前腔】曹翁，为女故兴戎。他挂帆西去，贻祸江东。龙钟的学究，只说他廉访从公。（生）曹个臣为说亲怪我，也还有些来历；那周公梦与我何仇，这等倒戈相向？（小生）你还不知，汪学官之祸起于曹个臣，曹个臣之祸起于周公梦。（生）怎么起于他？（小生）他央汪教官作伐，要求曹女为妻。闻得我要去说亲，先到他家去造言生谤。我去的时节，恰好落在他的圈套之中。他身居暗中，把线提傀儡当场弄。俺和你离合悲欢，都在他机彀牢笼。

（旦）他央汪教官作伐。曹家许他不曾？（小生）虽不曾慨允，也不曾峻绝。待他中了，便许联姻。（生）这等，是我的真对头了，我誓不与此贼俱生。（老旦）此辈损人利己，坏了良心，不须相公处他，佛天自有报应。

【前腔】从容，作孽招凶。他虽居暗室，神目重瞳。但将冷眼，看他螃蟹纵横。谅小姐决不嫁他，他也决不会中。料他劳而少功，且由他自做周公梦。丈人行眼便昏花，主司的头不冬烘。

（生）今日受了这场大辱，有何面目见人？我原籍嘉兴，本姓石氏，不如返舍归宗，立志功名，改换头角，然后来报仇雪耻便了。

【正官·催拍】失东隅虽然数穷，得桑榆终须运通。激起英雄，激起英雄，破釜焚舟，转败成功。试看他年，烈烈轰轰！（合）把往事暂付东风，恩和怨定相逢。

【前腔】（小生）我看你履嵌崎全无闷衷，遇颠危翻多壮容。毕竟成功，毕竟成功，投笔封侯，定远雄风。矢志题桥，司马高踪。（合前）

【前腔】（旦）打穷碑雷声息轰，送滕王风帆自通。若得身荣，若得身荣，好事从前，未必成空。似玉人儿，还在书中。（合前），

【前腔】（老旦）白莲池曾经卧龙，翠杨枝还堪系骢。此别匆匆，此别匆匆，他日重来，驷马难容。四壁佳篇，早着纱笼。（合前）

（生）明早启行，不及奉别了。

【一撮棹】挥手去，切莫怨途穷。（小生）英雄泪，不洒别离中。（老旦）檀越去，寂寞梵王宫。（旦）终有日，重整旧家风。（合）今日权分手，明朝再相送，阳关外，回首各西东。

（小生）错节盘根是异材，（生）移向别处倚云栽。

（老旦）古今多少真梁栋，（旦）尽受霜欺雪压来。

第二十一出　缄　　愁

【南吕引子·步蟾官】（外冠带，引众上）公车十上今方售，信大器、晚成非谬。胯边人今已上瀛洲，轻薄少年知否？

下官曹个臣，来京会试，忝中高魁。只因圣恩破格，选馆俱用宿儒，不拘年貌，故此下官幸入词林。我想去岁在扬州，那些轻狂小子，欺我老头巾不能发达，要骗我女儿做偏房，岂料我曹个臣还有这个日子！已曾差官往山东迎接女儿上任，怎么还不见到来？（丑冠带上）逢驿催前站，回京缴信牌。禀老爷：小姐到了。

【一枝花】（小旦病容、乘车，贴旦、末随上）舟车迎木偶，骔马驮生枢。全无生气也，怎生久？（贴旦）病入膏肓，静养犹难救；茶汤不进口，枵腹。空肠，怎经得碌碌风尘驰骤！

（旦扶出介）（外见惊介）呀，我儿，为何病得这等狼狈？可不惊杀人也。（泪介）你把得病的原由说来我听着。

【过曲·红衲袄】（小旦）虽则是感严亲，问病由；念孩儿口如暗，难自剖。（外）是几时起的？（小旦）这膏肓虽人在三春后，那痞块先成在十月头。（外）还是风寒上来的？还是饮食上来的？（小旦）非关那户迎风，冒冷飕；休猜做口伤身，成疾疢。（外）莫不是为邪气所侵么？（小旦）便做道是月魅花妖暗蚀精神也，为甚的不现奇形眩两眸？

（外）这等，你且把病症说来，待我好延医调治。

【前腔】（小旦）又不为患河鱼，腹病愁，又不是喘吴牛，声苦嗽。（外）可发寒热么？（小旦）又不曾炎蒸思饮三冬溜，又不曾寒栗思披五月裘。（外）可想甚么饮食么？（小旦）一任你把奇鲭，合五侯；怎奈我嗅微腥，肠并呕。（外）这等说起来，又不犯险症，为何这等瘦了？（小旦）多应是命带颜殇罗刹相催也，因此上把香肌暗里偷！

（外见末介）你是杨舅爷的管家，送小妇来的么？（末）正是。（外）有劳你了。（末）小人不久回绍兴。请问老爷可有家书寄去？（外）家中并无亲人，没有家书寄得。（对小旦介）我儿，你好生将息，我差人请太医院看你。（叹介）五穷才得离韩宅，二竖旋来困杜家。（下）（小旦哭介）爹爹，亏你是个读书人，中了进士，人了翰林，一些动静也不谙。都是你害了我的性命，还问我这病从那里来？

【绣太平】【绣带儿】都是你生罗刹亲持锁杻，无端把我来勾。到如今做哑装聋，还问我枉死的缘由。到是奴家差了，天下无不是的父母，怎生仇怨着他。【醉太平】非仇，生身父母漫相尤，只合叫一声生受引。自古道，身体发肤，受之父母。我如今受命而死，只当交还原主。这皮囊虽臭，还喜得未启原封，送还依旧。

（贴旦）小姐，从来害相思的也多，偏是你这一种相思害得奇特。"相思"二字，原从"风流"二字上生来的，若为个男子害相思，叫做牡丹花下死，做鬼也风流，你又不曾见个男子的面。那范大娘是个女人，他有的，你也有；你没有的，他也没有。风不风，流不流，还是图他那一件，把这条性命送了？看来都是前生的冤业。

【宜春乐】【宜春令】（小旦）你道是冤无主，债没头，这相思浑同赘瘤。呆丫头，你只晓得"相思"二字的来南，却不晓得"情欲"二字的分辨。从肝膈上起见的叫做情，从衽席上起见的叫做欲。若定为衽席私情才害相思，就害死了也只叫做个欲鬼，叫不得个情痴。从来只有杜丽娘才说得个"情"字。你不见杜家情窦，何曾见个人儿柳？我死了，范大娘知道，少不得要学柳梦梅的故事。痴丽娘未必还魂，女梦梅必来寻柩！我死，他也决不独生。我与他，原是结的来生夫妇，巴不得早些过了今生。【大胜乐】相从不久，今生良愿，来世相酬！

（贴旦）杜丽娘虽不曾见男子，还做了个风流梦。小姐，你连梦也不曾做一个，甚么来南？（小旦）你若说起梦来，我比杜丽娘还觉受用。自从别他之后，那一夜不梦见他？戴了方巾，穿了长领衣服，就象那日拜堂的光景。

【太师引】俺和他梦中游，常携手，俏儒冠何曾去头！似夫妻一般恩爱，比男儿更觉风流。丽娘好梦难得又，争似我夜夜绸缪！不要说夜间做梦，就是日里，恍

恍惚惚，常见他立在我跟前。我这衣前后，神留影留，不待梦魂中，才得聚首！

（贴旦）小姐，杨舅爷的管家，方才说要回绍兴，少不得从扬州经过，你何不写书一封，央他寄去。（小旦）说得有理。取笔砚过来。（取到，写介）

【东瓯令】把花笺拂，彩毫抽，一字书成几泪流。情长楮短多遗漏，肠易沥，心难呕。相逢多半在荒丘，认取粉骷髅！

（叹介）书便写了，但不知可等得回书转来？

【刘泼帽】（对贴旦介）倘若是回书来在我归冥后，你与我当纸钱烧向坟头。须知我夜台望信还翘首，休教人盼尽归期，枉自把宾鸿咒！

（付书介）

【尾声】教他把云笺交付纤纤手，早取回音慰病眸，切莫做那有意浮沉的水上邮！

第二十二出　书　空

（丑扮尼姑上）庵主云游去不归，无拘无束小沙弥。柴门静夜无关锁，留与山僧带月推。自家雨花庵静观的徒弟便是。师父去朝南海，留我看家。今日天气晴明，怕有人来随喜。我虽然懒得念经，也要假敲儿下木鱼钟磬，掩掩施主的耳目则个。（敲法器介）（末上）京师来路三千里，带便捎书一两封。休言顺路无耽搁，也费停桡住楫工。在下是杨管家，替曹小姐寄书与范大娘，他教我先到雨花庵央静观领去。来此已是，不免径入。（进介）静观师父在家么？（丑）家师朝普陀去了。客官何来？（末）小子从京师来的。翰林院曹老爷的小姐有书一封，寄与甚么范大娘。我不认得他家，可好央小师父送去？（丑）虽是小庵的檀越，只是他夫妇两口，去年就搬到别处去了。

【商调过曲·黄莺儿】范蠡已扁舟，载西施，汗漫游，旧时门巷空虚久。（末）可留人看家么？（丑）鸡儿不留，犬儿不留，止留燕子把华堂守。（末）这等，将书留在宝庵，待令师回来，替我央人寄去何如？（丑）使得。（末付书介）（丑）我把书收，急寻便羽，寄去敢迟留！

（末背介）凡事要三思，不可卤莽。前日小姐再三分付，说要交付亲手，讨了回书转去。我如今不但不曾见范大娘，连静观也不曾会面，怎好轻付与他？里面不知说的何事，万一传讹，曹老爷的官箴，曹小姐的闺范，两有干系。

【前腔】谨慎莫招尤，这私书，怎浪投，须防误落他人手。（对丑介）前日小姐叮咛，要交付亲手，万一传讹，反招埋怨。不如把原书带回罢。（丑）这也但凭。（付还介）（末）从前细筹，不如且收，吞回鱼腹还依旧。哎！小姐眼巴巴等我回书转去，那里知道这等不凑巧。怕添愁，空教他盈盈秋水，望断病中眸！

小子告别了。

寄梅劳驿使，不见陇头人。

何事江南北，参差两地春。

405

第二十三出 随 车

【仙吕引子·鹊桥仙】（旦带丑上）三秋一日，寸肠千里，又早槐黄节气。待仙郎平步上云梯，好问嫦娥消息。

奴家与曹小姐别后，来到嘉兴。石郎下帷三载，目不窥园，今岁乃科举之年，改名石坚，入场去了。我想他有那样奇才，不怕不中。只是奴家与曹小姐这段姻缘，不知可能勾结果？奴家思念着他，还有个会温存的石郎在面前消遣；他思念着奴家，只有个厉言厉色的严父加他的闷肠，又没个识痒识疼的慈母医他的心病。天那，不知可能勾推得到如今也呵！

【过曲·桂枝香】柔枝嫩蕊，难经憔悴。只有些雪压霜凌，并没个风和日霁。我愁肠万缕，愁肠万缕！只怕琉璃偏脆，珊瑚易碎。小姐，你若是有差池，也须早倩乌鸦报，待我黄泉好去随！

（杂扮报人，敲锣急上）报报报！石相公高中浙江乡试第一名。（旦）不要报差了？（杂）不差，纸条在此，请看！（旦看介）是真的了。花铃，先取花红送他，改日再来领赏。（杂谢介）已报无双客，还过第二家。（下）（旦）谢天谢地，石郎，你今日中了呵。

【前腔】一来与自家雪耻，二来与妾身争气，三来曹小姐闻知方信道鼎足真堪，便做他东床无愧。怎不教人鹊喜，教人鹊喜！这花烛定重辉，我和他命薄缘俱浅，全仗你文高福也齐。

【鹊桥仙】（生儒巾、员领、簪花、披红，众鼓吹、旗彩引上）巨鳌背上，广寒宫里，小试看花得意。嫦娥亲手付高枝，可似那人风味！

（见介）（旦）恭喜相公，秋闱首捷，春榜先声，裙布荆钗，忽然生色。（生）多亏娘子才德兼长，内外并理，小生专心举业，才得成名。（杂扮卖报人，叫上）卖《南京乡试题名录》。（连叫介）（生）叫家僮，买一张进来，且看扬州中了那几个？（末买，送生看介）恭喜娘子，令表兄张仲友中了。（旦喜介）有才的毕竟都中。（生又看，惊介）怎么，那一窍不通的周公梦，他怎么也会中？这一定是弄手

脚来的了。（旦）他当初央汪教官作伐，曹公曾许他中后联姻。他既中了，毕竟要去说亲。小姐虽然不肯变节，万一曹公许了他，怎么处？（生）这也教我没奈何。（旦）奴家倒有个愚计在此。（生）有甚么妙计？（旦）闻得曹公中了甲榜，入了词林，小姐一定随任在京中。如今相公去会试，奴家要随相公进京，通个消息与小姐，一来破周公梦的诡计，二来图自己的机缘。相公心下何如？

【大迓鼓】相随赴帝畿，寻沟问路，把红叶重题。（生）当初只因娘子没正经，惹出那场大祸，革去了我的衣巾。如今才挣得一件青袍上身，又不要去招灾惹祸。（旦）当初是孩儿家见识，轻举妄动，鼓了风波。我如今老成练达，计出万全，不是从前卤莽了。我老成不作轻佻计，管将今是赎前非。自有机缘，不须皱眉。

（生）论起理来，不该做这等迂阔的事。只是周公梦那个狗才，当初为鬼为蜮，弄得我家破人离。我的亲事不成也罢了，难道公然让他做去不成？也罢，就依了娘子，同到京中。我的亲事断不想了，只是不可使他得志。

【前腔】你把弓鞋裹铁皮，便津梁未惯，也莫辞疲。我和他相持鹬蚌情难已，宁可使渔翁得却这便宜。便束行装，休教怠迟。

（生）同上云轺谒帝畿，要从死路觅生机。

（旦）谁知死蟹还能动，岂料雌鸡也解飞。

第二十四出　拷　　婢

【中吕引子·菊花新】（外带末上）中郎有女貌羞花，伯道无儿只靠他。病里度年华，何日遂向平婚嫁？

下官曹个臣，只因女儿患病，医祷不灵。前日太医院来诊脉，说他是七情所感。我想他这病根，毕竟是从雨花庵来的。我当初在客边，不曾审问个明白。今日退朝无事，不免把留春拷问一番。叫院子，唤留春出来。（末唤介）（贴旦上）才送茶汤归绣阁，又承呼唤到华堂。老爷有何分付？（外）小姐这两日病体何如？（贴旦）愈加沉重。（外）他这病根从何处来的？（贴旦）留春又不是个太医，怎么知道他那经受病？（外）哇！贱丫头，都是你勾引成病，还在我跟前花言巧语。好好将雨花庵的事情从实招来。院子取家法伺候。（贴旦跪介）老爷不须发怒，留春招来就是。

【南吕过曲·琐窗寒】雨花庵踪迹无他，不过琴逢女伯牙。小姐在庵里的时节，有个范大娘来进香，他在佛堂上吟诗一首，小姐听见技痒起来，和他一首。把诗篇唱和，彼此交夸。他两个志同道合，就在佛前结为姐妹。盟坚金石，难休难罢。不想老爷将小姐带来，莫说不能勾面别，就是那书也不曾寄得一封。硬分开双龙一匣，这便是病芽。形骸土木枉咨嗟，真魂却在天涯。

（外）你说的话虽不是指鹿为马，却定是以羊易牛，做诗是真，他与范秀才唱和，你怎么说到女人身上去？（贴旦）屈天屈地，何曾见个男子的面？莫说小姐不曾见范秀才，就是留春也不知面长面短。（外）岂有此理。难道为个女人，就想成这等大病，他爱范家女子那一件？（贴旦）爱他的诗才。（外）再呢？（贴旦）再没有甚么。（外笑介）世上有这等呆妮子！

【前腔】笑从前针砭空加，奇癖原来为嗜痂。我只说他想着甚么，若要做诗的女伴，这京师不要说一个，一百个也有。这校书女史，遍满京华。看一呼自集，歌风奏雅。只怕他人山阴应酬不暇！（贴旦）有便有，只怕不像范大娘那样高才。（外）这大方去处，胡乱走出来的，也还强他几倍。大家，岂同井底那鸣蛙！你去对小姐说，教他把词坛战鼓先挝。

叫院子，到外面传谕，说老爷要收几个女门生和小姐结社，但是能诗的女子，三日后都来听考，考中的自然优待。（末）理会得。

【尾声】（外）华堂早把珠帘挂，办净几明窗幽雅。看！有几个玉笋门生隔绛纱？

第二十五出　闻　试

　　【南吕过曲·乔柳娘】（生上）羡神州帝京，羡神州帝京，果然佳丽，三都壮盛从来记。小生同娘子来到京中，投了寓所，访问小姐动静，闻得尚未曾出嫁，事有可为。只是侯门似海，书信难通。娘子教我到他门首打听，看有甚么人来往，好央他传消递息。此间已是，且喜得门上无人，不免在廊下暂立一立。借廊边暂栖，借廊边暂栖，他又没人在此，我为何这等战战兢兢？他不怒自然威，我无人也心悸。（叹介）这大门外尚且如此，那小姐的卧房，不知隔了几十重门槛，谁人敢走进去？况重重绣帏，况重重绣帏，便是那燕子能飞，不过到画堂而已。

　　这壁上有告示，待我看来。（看介）翰林院示：一应三姑六婆，不许擅入宅门。如违，送有司衙门重究不贷。呀，世间除了三姑六婆，还有甚么人传得消息？这等看起来没指望了。

　　【前腔】禁三姑六婆，禁三姑六婆，九门都闭，青鸾有信凭谁寄？不如回去，立在这里何干？（欲行又止介）猛回头要归，猛回头要归！束手莫能为，此心尚难毙。远远望见有人出来了。但不知是外面走动的人，还是门上巡逻的人？我心上又喜又怕。这来人是谁，这来人是谁？预把头低，息声吞气。

　　（末上）热宦⑷门非岁雀比，谁延鹤颈把琴窥？甚么人在此窥探？（生）我是会试的举人，借这廊下等一个朋友。（末）翰林院的门首，岂是你等人的所在？（生）再等一刻就去了。（末）这门上冷冷清清，那些长班都那里去了？（净、丑上）三杯软饱后，一枕黑甜馀。老长家来何干？（末）老爷要收女门生，教你们传谕：凡是女子能诗的，二三日后都来听考。（生惊听介）（净、丑）为何忽起这个念头？（末）只因小姐在扬州和一个女子做诗相得，如今离了他思念成病，故有此举。（净）原来如此，我们分路去传谕。忙将贵人意，传与内家知。（净、丑、末同下）（生惊喜介）怎么？这等说起来，小姐为我娘子想成病了。他要收女门生，是个绝大的机会，快回去和娘子商量。

　　【前腔】这新闻忒奇，这新闻忒奇！不无关系。不枉我低头耐性遭呵叱。来此已是寓所，娘子快来。（旦上）探侦人已归，探侦人已归，看他两颊笑容堆，多应有机会。（生）把佳音报知，把佳音报知。尚费踌躇，且休欢喜。

那小姐为你害了相思，十分沉重。

【前腔】为思伊念伊，为思伊念伊，竟成危疾，卢医难下相思剂。（旦）我料他不能无恙。既然病危，就该说出真情才是。（生）他把真情诉知，把真情诉知。（旦）他父亲怎么样？（生）诗病仗诗医，因开女科第。（旦惊介）怎么，难道要考女人不成？（生）也差不多。（旦喜介）我且问你，你还是眼见的，耳闻的？（生）亲眼见他家人在外面传谕，把招贤榜携，把招贤榜携。（旦）几时考？（生）若问场期，不过三日。

（旦）这等是天赐奇缘了。（生）娘子莫欢喜，普天下的女子都去考得，只有你去不得。（旦）我怎么去不得？（生）你是他的仇人，他怎么肯中你。

【前腔】你缘何尚迷，你缘何尚迷，把前情忘记。有几个祁奚肯把仇家举？他不中你也罢了，只怕还要株连着我。他如今不知我改名换姓，你若去考，他查出脚色来，当初可以嘱托教官开我"行劣"，如今也可以嘱托试官不中我了。怕奸施棘围，怕奸施棘围！头不点朱衣，把刘蕡卷抛弃。（旦）你不要管我，我自有妙计，决不累你就是。（生）听娘行指挥，听娘行指挥。且看你妙算神机，出人头地。

（旦）我若中了，不说是你的妻子，只说父母双亡。一身无靠，他毕竟收我为养女。那时节我和小姐做定圈套，从里面打出，何怕亲事不成？（生）这计太险。

【前腔】说将来可危，说将来可危，教人惊悸。隋珠弹雀非长计。你说不曾嫁人，认他为父。万一他的女儿不肯嫁我，反要把你嫁起别人来，怎么了得？莽生涯忒奇，莽生涯忒奇！本大利轻微，休担这干系。（旦）三军可以夺帅，匹夫不可夺志。我立志不从，他也强不得我。（生）这种道理愚夫也知道。贵良人不痴，贵良人不痴，只说道为甚么将个结发夫妻，将来儿戏？

（旦）我和你也要想个万全之策。若说是你的浑家，固然不可；若竟说没有夫家，也难止他的妄念。我如今只说父母在日，曾受过石家之聘，后来两家迁播，音信不通。埋伏一句，以为下文张本。（生）说将甚么为聘？（旦）叫花铃，取我的金钗、玉蟾过来。（丑取介）（旦）这金钗奴家带了，说是你家聘物；这玉蟾你收了，说是我家回聘之物。后来以此为据便了。

【双调·浆水令】（旦）黄金钗收为聘仪，白玉蟾认为答礼，从今鸾凤暂分飞。（生）娘子去了，小生怎么寂寞得过？（旦）先有隆冬，后有盛暑。如今虽然冷静，

明日我和他一齐嫁来，还怕热闹不过。眼前寂寞，日后欢娱。相公你须努力，莫委靡，我和你分头各自图争气。男和女，男和女，两元及第；妻和妾，妻和妾，双案齐眉！

（生）娘子你去了，几时转来？

【馀文】（旦）我锦旋之日难轻拟，直待好事成方才回辔引。便区区金榜上题名我也誓不归！

第二十六出　女　校

（外便服，末、老旦随上）白玉堂中绛帐开，尽移九棘护三槐。公门别作收春计，伫看秾桃艳李来。下官只因女儿绻怀诗侣，病入膏肓，只得用以酒解醒之法，选些闺秀，与他订社论文，破除郁结。已曾差人传谕，今日正是考期。院子、梅香，听我分付，这女举子不便面试，委你两个监场。院子远立瞭高，防他倩代传递；梅香近身巡视，防他怀夹私抄。各要小心，不可怠玩。（末、老旦）理会得。（外）我在后衙静坐，待来齐了，禀我封门出题。法向肃时消弊窦，题从难处别真才。（下）

【双调过曲·普贤歌】（净上）京师第一女书生，字大如桃识几升。平仄欠分明，吟诗信口成，情郎遇着题来赠。

【前腔】（小丑上）读书女士没科名，郁得文章异样疼。腹内怪膨脝，浑如闭月经，今朝一泻莫教剩。

（见介）姐姐莫非也往曹府听考么？（净）然也。（小丑）这等，是老年兄了，同行。（净）后面又有两位来了。

【海棠春】（丑随旦上）文章自古能医病，管立使沉疴起枕。陈橄愈头风，孟句差颠症。

【前腔】（小旦道妆上）纷纷桃李都收尽，方以外尚馀仙杏。贮我药笼中，引尔清凉境。

（同进介）（老旦）我禀出题，你禀封门。（下）（末禀封门介）（老旦持盒上）（净、小丑）题目还不曾出，供给先来了。（净开介）吓！原来是几个纸团子。（老旦）这是诗题，各拈一个。（各拈，展看介）（旦）奴家是《班姬续史》。（小旦）贫道是《红线掌笺》。（净）在下是《凤儿题红》。（小丑）区区是《苏娘织锦》。（老旦）拈了题目，各人静坐构思，不得交颈接耳。（各坐介）

【正宫过曲·玉芙蓉】（旦）班家有隽英，汉代多奇政。羡一朝盛史、兄妹相成。我想班姬以一女子，夺太史公著作之权，真是千载奇遇。虽然是他平日稽古之

413

力，也还由汉天子破格之仁。若使班姬生在今时，谁许他恁般得志？倘若是有才不遇怜才圣，不过向绣阁香奁著小名。真侥幸，妒红颜有命，等闲间、与丘明迁固并芳声！

【前腔】（小旦）将军不善文，幕府将谁聘？笑翩翩书记、儿女偏能。我想薛嵩与田承嗣为邻，承嗣素有吞并潞州之志，若不是红线替他消弭边衅，岂能长有潞州乎？他封疆不许强邻并，只亏个笔扫千军女隽英。红线原是女仙，偶向人间游戏，及至功成之后，白日飞升。方信神仙一事，不是妄诞。真堪敬，敬功成脱颖。看当年、樽前一笑已飞升。

（净）"凤儿题红"，就是御沟流叶的故事。若不是我平日喜看戏文。今日就要被他考倒。他出这等风致题目，一定是个老风骚，做首肉麻的诗应付他。

【前腔】诗题一叶轻，缘已三生订。悟从来才女、都会挑情。凤儿只因题了红叶，被人拾着，后来成了夫妻。他若不卖弄才情，不过老死宫中，那得见个男子的面？可见婚姻不必皆前定，也要钻穴逾墙巧作成。他题得一张红叶，就遇了一个男子。早知红叶这等会做牵头，便多题几张也好。嫌孤另，既良媒可倩。问当年、多题几叶有谁争？

（小丑）"苏娘织锦"，毕竟是苏秦的妻子在家织绢，见丈夫来不下机的故事了，难道还有第二个苏娘不成？

【前腔】苏娘纺织勤，只为家悬罄。见夫来不下、机杼难停。是便是了，但这个"锦"字，也要用些事实衬贴衬贴才好，不然他要笑我腹内空虚。（想介）有了，不消别处去寻，只在本事上发挥就是。那衣锦还乡的"锦"字，用在里面何等切题！儿夫莫怪心肠硬，要待你昼锦归来衣此行。（笑介）这等巧思，谁人想得到？断然第一无疑了。谁能并，定巍然特等。岂区区、闺中三友敢相衡？

（老旦收卷下）（小丑、净）列位的诗。可都得意？（旦、小旦）风檐寸晷之下，那有好句？不过塞白。而已。二位佳作何如？（净）小妹的诗虽不好，"机"到还来得溜。（小丑）小妹的诗也平常，只落得个题无剩义。（小旦背对旦介）他两个这等夸张，不知怎么样的文理，且待我试他一试。（转介）他在里面阅卷，我们闲不过，大家联句何如？（净、小丑）没有诗题。（旦）就将今日四个题目联作一首，只要贯串就是。（净、小丑）这等，请起韵。（旦吟介）才拈班管校残编，（小旦）又接飞书唤草笺。（净）纸尽拾些红叶凑，（小丑）织成一匹做衣穿。（小旦）请问第三句怎么解？（净）你们一个要校书，一个要草笺，那有这许多纸写？

只得拾些红叶凑凑。（旦）这也罢了。第四句怎么接得下？（小丑）你们都不曾读古。上古之世，不曾制衣服，都将木叶为衣，故此把拾来的红叶，织成一匹做衣穿。（旦、小旦笑介）真是匪夷所思。（老旦持卷上）《班姬续史》是那一位的？（旦）奴家的。（老旦念介）兄未成书妹踵将，千年文字数班香。女中何代无良史？才格惟闻破汉皇。此诗才识俱高，风格又别，是左芬、道韫之流。取第一。《红线掌笺》是那一位的？（小旦）贫道的。（老旦念介）羽仙游戏入军中，书记翩翩代

女工。欲使强邻弭噬虎，不辞小技擅雕虫。此诗风神翩逸，颇类鱼玄机，取第二。《凤儿题红》是那个的？（净）在下。（老旦念介）一叶题诗嫁一郎，一郎出去守空房。早知红叶能如此，一日题他十二张。老爷说：这是苏州山歌的声口，不入雅音，不取。（净）孔子删诗，不去郑卫，便取卷风流些的也好。（老旦对小丑介）《苏娘织锦》一定是你的了。（小丑）不是我，谁人做得出？（老旦念介）六国夫人不下机，做来生活世间稀。闲时织待忙时用，夫婿还乡制锦衣。老爷说：诗倒有些作意，只是题目认差了。这是窦滔之妻苏蕙娘织锦回文的故事，怎么做到苏秦家里去？题旨错了，纵有好诗也不中。（小丑）近科做差题目，中了的尽多，只要文字好，何须这等死煞。（老旦）中式的请坐，老爷出来相会，领进去见小姐。不中的请回。（净、小丑）刘蕡已落孙山外，此辈登科也汗颜。（下）（外上）

【破阵子前】不负选奇搜胜，彀中已入双英。

（见介）（外背介）怎么有个女冠在里面？我曾有三姑六婆之禁，不好作法白弛。叫院子封十两书仪伺候。（对小旦介）本待留与小女结伴，因在方外，不敢相羁。书仪十两，权为润笔之资，改日再当领教。（小旦谢介）霞帔不入霓裳伴，归去山中卧白云。（下）（外）请问小娘子仙乡、贵字，尊堂在否？

【雁来红】【雁过沙】（旦）椿萱久替零，家山梦里青，笺云小字崔为姓。（外）曾字人了么？（旦）镜台虽受温家聘，鱼杳雁沉虚旧盟。（外）既无父母，又未曾出嫁，飘零异国，何以为情？【红娘子】（旦）虽不幸，身如浪萍，也甘守红

颜命。

【商调·簇御林】（外）你原来是无家客，影伴形，说将来，情可矜。我怜才岂肯唯天听？老夫止生得一个小女，闺中无伴，小娘子若不见弃，就留在敝衙，与小女结为姊妹何如？（旦）若得如此，实为万幸。这等，容奴家拜在膝下。（拜介）（外）喜玉树芝兰并，好看承，一般爱惜，谁敢说螟蛉？

【尾声】（旦）我求师得父真天幸，你真个是文章司命。（外指内介）还有个骨肉斯文在帘内等。

（外）常怪时流不重贤，怜才只向口头怜。

（旦）解推立使孤寒起，方信人司造化权。

第二十七出　惊　遇

【南吕引子·薄幸】（小旦病容，贴旦扶上）迹滞人寰，名登鬼簿。似异乡穷国，束装归旅。未偿馀债，把身羁住。（贴旦）休凄楚，看顷刻知音相遇，叙衷曲，自宽愁绪。

【浪淘沙】（小旦）神体不相亲，窀岁为邻，清晨白昼总黄昏。梦里不知身尚在，乞取男身。（贴旦）卢扁往来频，徒费辛勤，但能医国不医人。伫看芝兰新人室，香返离魂。小姐，方才院子讲，老爷考中了一个女门生，要领进来和小姐清谈散闷。

【过曲·罗江怨】（小旦）我恹恹已待殂，慵挥晋尘。今生不与人作徒，满怀幽结向谁舒也？俺待向寂寞泉台，等个来生侣。（贴旦）小姐何不将外面考题，也做一首？（小旦）吟诗债已逋，吟诗债已逋，没福和那阳春曲。

【一剪梅】（外上）为选骊黄得牝驹，门下非虚，膝下非虚。（丑随旦上）愿闻《诗》《礼》借庭趋，《礼》为《婚仪》，《诗》为《关雎》。

（外）我儿，爹爹取了个得意门生，他已拜我为父，你和他县姊妹了。留春，扶小姐下来相见。（相见，小旦惊介）（背对贴旦介）留春，你看他俨然是范大娘的模样。（贴旦）不但他像范大娘，连那丫鬟也像花铃的嘴脸。

【双调·园林好】（旦）小姐，念奴家风尘贱躯，何缘向齐门滥竽。今日初见呵，便荷你垂青凝觑，况久后更何如，况久后更何如？

（小旦背喜介）不但面貌相同，连声音也无异，一定是他无疑了。我且把几句好话答他，待爹爹去了，问他就是。（向旦作笑容介）

【嘉庆子】姐姐，我和你逼真一见浑似故，不是那套语初交旧不如。我从今呵，愿把腹心相许。何手足敢相殊，何骨肉敢相逾？

（外大笑介）神医，神医！妙药，妙药！我儿到京三载，不曾有个笑容。今日见了他，不但破涕为欢，连气色都转了。爹爹的药方何如？（又笑介）留春，好生服事两位小姐。从今学得医儿法，传与人间父母知。（笑下）（小旦）你可是范家

李渔全集

怜香伴

姐姐？（旦）正是。

【哭相思】（旦、小旦）向只道相逢泉路，何幸得重欢晤？

（小旦）姐姐，你从那里飞来？姐夫今在何处？你为何重作女儿打扮？

【尹令】问伊突来何处？问伊良人何许？问伊不笄何故？好教我疑从喜生，莫不是流落天边旅雁孤？

【品令】（旦）娘行放心，并没甚非虞。良人得隽，偕奴上公车。（小旦喜介）原来姐夫中了，可喜可贺！（旦）当初只因说亲一事，触犯尊翁，临行嘱托教官，将范郎申了行劣，革去前程。我两口儿只得移归故里，复姓归宗，范郎侥幸中了解元。我如今若说出原情呵，愁伊阿父，触起从前怒。前车非远，一覆岂堪重覆！因此上卸却云翘，重把儿时小髻梳。

（小旦）你原来如此多情，不负我病得这般沉顿。

【豆叶黄】"情痴"两字，毕竟输我辈裙裾。笑世上薄幸男儿，笑世上薄幸男儿，半路把红颜丢负。不枉了闺中豪杰，女中丈夫。远隔着万水千山，远隔着万水千山，跋涉前来，还趁我残生未殂。

【玉交枝】（旦）都是我将伊耽误，俏身躯全不似初。骤然一见教人怖，喜如今渐觉神苏。（小旦）奴家别后苦情，一言难尽。（旦）你这容颜已写成闺怨图，不须更把衷肠诉。幸相逢把愁眉共舒，幸相逢把愁眉共舒。

（小旦）姐姐，你来便来了，将来怎么样结果？

【江儿水】巧计愁成拙，欢声虑变吁。探珠项下愁龙寤，盗铃耳畔难声护，救人井底将身误。欢处也须回顾，终不然姊妹团圆，拆散夫妻两处。

（旦）且待石郎会试出来，再作道理。我和你苦了三年，今日相逢，且寻乐事，不得又起愁肠。

【川拨棹】休长虑，得相逢，且暂娱。水到处自会成渠，水到处自会成渠。料苍天不终困予，把从前愁尽驱，自今朝乐有馀。

【尾文】（小旦）我神清气爽浑如故，竟不识病归何处？（旦）我和你共枕同衾此夜初。

（携手下）

第二十八出　帘　　阻

【中吕过曲·剔银灯】（净儒巾、员领，带小丑上）笑区区生来命好，不读书居然中了。安排头带乌纱帽，先娶妻后更娶小。买良田，把花园起造。骋尽豪华兴，都在这遭。

不须刺股更悬梁，别有求名觅利方。转劣为优人莫测，偷天换日鬼难防。割来卷面无痕迹，费去钱财有限量。我替别人当举子，别人替我做文章。不是我老周惯做亏心事，只为富贵催人日夜忙。我周公梦自从买了一名科举，走去观场，也是我命该发达，撞着一个科场老吏，写了个欠票与他，他在场中把别人绝好文字割来，凑在我的卷面上。谁料三分人工，七分天意，挂出榜来，果然中了。随往各衙门说些分上，赚些银子，还了前账，白白落得这个举人。你说便宜不便宜？虽然如此，会试不比乡场，须要另做一番手脚。割卷不可再试，传递难乎其人。我如今用个怀挟的法子，抄了几百篇拟题文字，又录了一卷二三场。任他出去出来，不过是这几个题目，料想没有五书六经；凭他拟长拟短，不过是这几篇后场，料想不考诗词歌赋。只有一件，俗语说得好，家家卖酸酒，不犯是高手。全要做得干净。我如今将文字卷做个爆竹的模样，等待临场时节，塞在粪门之中，就是神仙也搜捡不出，岂不妙哉！说便这等说，也亏我当初喜做龙阳，预先开辟了这座名山，以为今日藏书之地。昨日将来试一试，竟是轻车熟路，绝非鸟道羊肠，何等便益。若待临时作法，虽有五丁力士，也要费许多穿凿之功。（笑介）

【正宫·四边静】这藏书秘笈真奇妙，非囊又非橐。带进棘围中，试官不知觉。场题遇着，将来直抄。这是我肚里出来的，逼真好才学。

场期还有几日，我如今且先做一件要紧的事。当初曹个臣许我中后议亲，此时正是议亲的时节了。我若娶得曹小姐为妻，一来做官时节，省得去请幕宾；二来有个翰林阿丈在朝，不受上司的气。这关系不小。况且范介夫改名石坚，也中了浙江乡试。他若孽根未断，来到京中，未免又生痴想。我须要对曹公说破，方不为他所欺。叫长班，写个晚生帖子伺候。不日称愚婿，权时写晚生。相逢知刮目，倒屣下

阶迎。（下）

【仙吕引子·番卜算】（外便服，带末上）儿女病新差，阿父宽怀抱。安排球彩觅良缘，谁中屏间雀？

下官自从取了崔笺云与女儿作伴，且喜女儿病体霍然，容貌复故。今当大比之年，将来三百名中，定有几个青年未婚的进士，就在榜上择婿便了。如今会场伊迩，若论资俸，下官也该入帘。只是夤缘的多，不知可轮得着？我也听其自然。正是：莫与时流争敏捷，且安吾命守迂疏。（净、小丑上）娇客来从千里外，料应有鹊报檐前。（末传介）（外看帖介）原来周公梦中了。我想当初汪仲襄曾替他作伐，我许他中后议亲。他若还说起此事，怎么样对他？（踌躇介）（丑急上）报，报，报！（末）报甚么？（丑）报曹老爷入帘。（末禀介）（外）既报入帘，就该回避。叫院子封门。（末应，出见净介）老爷报了入帘，避嫌谢客。相公请回，场后相见。（封门介）（外）莫怪关防密，须知功令严。（末随下）（净）我若早来一刻，他报入帘，毕竟通个关节与我。不但亲事，连功名都到手了。有这等不凑巧的事！

【正宫·福马郎】命薄命薄真命薄，来迟一刻把机缘错。丈人做房考，我这些儿福也不能叨。你避嫌避别个，自家女婿见见何妨？何用忒妆乔！我和你真骨肉，怕甚么口哓哓！

罢！我有这满肚泻出来的文章，还要甚么关节？待中了来说亲，不怕他不许！

才高不用丈人扶，身贵才将好事图。

且去屠龙磨利剑，不须守兔待枯株。

第二十九出　搜　挟

（小生扮氤氲使者上）莫道姻缘是偶然，红丝端的暗中牵。奸雄空使回天力，铜雀何曾锁丽娟。自家氤氲使者便是。自从在雨花庵暗引崔、曹二女缔就姻盟，后来被周公梦那厮阴使诡计，拆散鸾凰。如今周贼恶贯已盈，石生功名垂就，我不免与文曲星君、朱衣使者商议：先使周公梦怀挟的事情败露，痛受官刑，以为作孽之报；后将石坚试卷投入曹有容房中，使他由师生而结成翁婿。今日是会试头场，须往棘围中走一遭来。正是：罪恶贯盈终有报，姻缘际合岂无天？（下）

【仙吕过曲·小蓬莱】（末冠带，众扮门子、军牢、皂隶上）绣斧威名山重，监文场凤望增隆。燃犀自矢，严搜赝鼎，务出真龙。

下官京畿御史，奉旨监场。外杜举子之贪缘，内绝帘官之线索。正是国家隆重之典，仕路清浊之源。非徒任怨任劳，还要其难其慎。叫军校。（众应介）（末）往年会试不比乡场，搜检只行故事，以致鱼龙混入，真伪兼收。今日务要加严，不可仍前忽略。（众应介）（末）开门，点举子进来。（鼓吹，开门介）（杂执牌引生上）第一牌举子进来。（旦）仔细搜检！（众呐喊，搜介）搜检无弊。（生领卷下介）（杂执牌引小生上）第二牌举子进来。（旦）仔细搜检！（众呐喊，搜介）搜检无弊。（小生领卷下）（杂执牌引丑上）第三牌举子进来。（旦）仔细搜检！（众呐喊，搜介）搜检无弊。（丑领卷下）（杂执牌引净上）第四牌举子进来。（旦）仔细搜检！（众呐喊，搜至臀后惊介）怎么，这个相公是有尾巴的？（净）那是个脱肛痔漏，疼得紧，动不得的。（众搜出文介）原来是卷文字。（喊介）搜检有弊。（末）拿上来。（众摊案上介）（末嗅介）是那里这等臭？（众）禀老爷：这卷文字是粪门里搜出来的。（末掩鼻呕唾介）快拿下去。叫那举子上来。（净跪介）（末）你毕竟一字不通，方才挟带文字。我且问你，你那举人是那里来的？（净）举人是文字中来的。（末）文字是那里来的？（净）文字是肚里做出来的。（末）还不直招！取夹棒过来。（净）举人怎么夹得？（末）既不受夹，出个题目面考。（净慌介）那个刑罚当不起，宁可夹。（末）这等夹起来。（众夹介）（净喊介）这个刑罚

也当不起，宁可招。（末）这等从直招来。

【中吕过曲·驻马泣】【驻马听】（净）小小神通，赚得科名忒易容。（末）还是倩代，还是传递，还是关节呢？（净）非缘倩代，不是邮传，岂为关通？是买通科场老吏，割卷面中来的。向荷包绦剪状元红，接来巧合襄衣缝。【泣颜回】因此上锦标儿夺得秋云，又谁知马脚儿露向春风。

（末）原来如此！好笑那乡试监场的官儿，任他们表里为奸，全不知觉。

【前腔】直恁冬烘，把个文运科场当做傀儡棚。漫听鹿马，暗易牛羊，巧混鱼龙。那个秀才平日受了多少灯窗之苦，到场中做得这七篇文字，被你偷割将来，难道没有个天理？可怜他十年针线为谁工？嫁衣暗送他人用！叫左右扯下去，重责五十板，取大枷伺候。你这冒衣冠的禽兽当诛，劫文章的盗贼难容！

（打介）（末）枷在贡院门前，完了科场发落。（枷介）（末）整肃衣冠伸士气，兴除利弊报君恩。（鼓吹封门，众随下）（净吊场，叫"阿呀"介）（丑、副净上）主人进科场，奴仆也风光。安排做大叔，服事状元郎。（丑）自家嘉兴石相公的管家便是。（副净）自家扬州张相公的管家便是。我们相公都进场去了，须往贡院门前伺候迎接。（丑）呀！那是周公梦，怎么枷在那里？（副净）我们认得他，他认不得我，向前去问他就是。老兄，为甚事戴了这件家伙？（净叹介）晦气真个晦气，举人中得无味。割将卷面登科，搜出文章现世。费尽多少心机，抄得百篇制义。外将油纸包封，塞在粪门以内。只因呐喊声喧，吓出一枚小屁。这卷孽文章原要作怪成精，怎再经得因风带势。起初还不过露出一寸梅桩，我硬夹着不容他走漏春风消息。遇着那些搜检的冤家，被他连根拔出了月中丹桂。军牢拿去请功，认作木樨扇坠；展开秽气满堂，冲散一堂书吏。几乎呕煞试官，高唱《琵琶》两句，道我腹中无所有，满肚的腌臜臭气。十根签丢下阶来，五十板挖将肉去。暂时枷在场门，完了科场拟罪。（丑、副净满场滚笑介）打得有趣，枷得有趣。妙，妙，妙！老兄，你可认得我们么？（净）认不得。（丑）我家相公叫做石介夫。（副净）我家相公叫做张仲友。（净）原来如此，他两个都是我的好朋友。（丑）好朋友，好朋友，昔日曾遭君毒手。先到曹家弄巧唇，后来学院施奸口。当初暗箭固难防，如今显报也难容走。老周，老周！你且听我道来：

【前腔】孽障重重，天网虽疏不尔容。你当初那样算计他，他到还有今日。你的威风那里去了？一任你口如蛇蝎，心似豺狼，怎当他志比鹍鹏！（副净对丑介）你不要笑他，他今日也未尝不威风。你看他琼林独桌宴春风，四围争看人无缝。他

如今暂枷一两日，曹老爷知道，毕竟要来救他。他有个孔圣人做阿丈先生，怎肯教公冶长在缧绁之中！

（内掌号介）（丑、副净）想是开门了。我们且暂别，少刻同两位相公一齐来领教。（行介）（净叹介）遇着他的家人，尚且受这样臭气；少刻自己出来，还不知怎么样辱我？本待撞死，怎奈枷在项上动不得。真是上天无路，人地无门。（生、小生上）万言尽对天人策，借问谁称董仲舒？（丑、副净）相公出来了。有一桩极燥脾的事，报与相公知道。那周公梦为挟带文字，打了五十板，枷在贡院前。我们方才略取笑了几句，还不曾尽兴。如今同相公一齐去羞辱他，消消前气。（生）不可。当初虽是他不是，我也亏他激励了一番，才有今日。况他既受了天报，我们只存厚道便了。（小生）姊丈之言极是。（遮面过介）虽无何武优容度，聊学刘宽长者风。（下）（丑、副净指净骂介）便宜了这个狗才！（下）（净）我料他决有恶语相加，谁想反掩面而过。（叹介）今日看来，才晓得他是君子，我是小人。

【前腔】度量宽宏，能把吾曹百辈容。愧杀我多谋少识，昧己瞒心，有眼无瞳。半生空学梦周公，如今方醒周公梦！我出了这样丑，有何面目做人，不如去寻个自尽便了。恶名儿遗臭粉榆，有何颜再返江东？

拟笑反成哭，求荣而得辱。

有头不见身，未死先入木。

第三十出　强　媒

【双调引子·夜游湖】（外冠带，末随上）一顾马群空冀北，冰玉鉴朝野争推。榜已开天，门初撤棘，鸾凤纷纷来集。

下官谬膺帝嘲试，常愁形过鉴穷，不料放榜以来，一时名士多出本房。第一卷名唤石坚，是个观场儒士；第二卷张三益，就是扬州仲友，下官曾识他于未遇之先。但因议亲一事，未免失之已甚，今日相见，倒觉得难以为情。叫院子，本房门生来拜，作速通报。（末应介）

【前腔】（生、小生冠带，丑、副净随上）（生）昔日坠渊今置膝，下石手扶上云梯。（小生）何意蓬蒿，翻为桃李引，不言应自成蹊引。

（生）下官二甲进士石坚是也。（小生）下官三甲进士张三益是也。老姊丈，我和你当初只因议亲一事，触怒曹公，你受中伤，我遭面叱。谁料今科我两人试卷，恰好落在他一房。如今有了知遇之恩，也可以释那些睚眦之怨了。（生）老舅与他原是凤好，又受新知，虽有嫌疑，自然冰释。只是小弟抱了不白之冤，他又成了不解之惑。今日初会，断不可露出原情，且待令妹消息出来，徐图机会。（小生）言之有理。（末通报介）（外接见，生、小生拜介）门生迂疏曲学，琐尾庸儒，蒙老师指石为金，使门生蜕鳞生翼，恩同覆载，德比君亲。（外）门下两间名士，一代殊才，老夫蠡测管窥，幸收时望，清光得近，末路增荣。（送坐介）石兄如许青年，为何文字恁般老到？多少尊庚了？

【啄木儿】（生）惭终贾，愧子奇，二十年华今过矣。（外）娶尊阃了么？

（生）笑梁鸿老大犹鳏，似相如漂泊无依。先君宦游之日，曾与僚友面订为姻，后来两家迁播，音耗不通，所以蹉跎至今，未偕婚媾。（外）芳龄易迈，镜合难期，还该别寻佳偶才是。（生）微时故剑难轻觅，新时玉镜难重备，因此上常作孤鸿伴影飞。

（外）张兄，自从广陵别后，不觉三年。当初贱性乖张，言多冒犯，幸勿挂怀。（小生）那是门生多事，于犯严威，至今尚有馀悔。

【前腔】常回首，念昔非，干渎尊严深自悔。还求老师汪洋大度，不记前愆，门生才得安于覆载。恕狂愚相度休休，悯颛蒙圣德巍巍。（外）那范生今作何状了？（小生）他衣冠久已同蝉蜕，纶竿隐入蓑衣队，知他在烟水茫茫何处矶？

（杂持报上）龙墀呈奏疏，凤阙下纶音。兵部抄出邸报，送老爷电览。（外看介）兵部一本，为册封琉球事。奉圣旨：琉球系东南大国，册封须练达老臣。翰林院编修曹有容，辞命素娴，老成可任，即着赍诏往封。该部知道。（惊介）呀，为何忽有此命？（生、小生）老师躬膺天简，荣使大藩，这是太平盛事，为何反有忧容？（外）二兄有所不知，琉球居大海之东，此去全凭舟楫。老夫前岁在山东，曾遇着请封的国使，他为飓风所激，几至覆舟。这破浪乘风之事，须是年盛力强的方胜其任。老夫年衰胆怯，不耐风涛，故此忧虑。（生背介）琉球去中国不远，册封也是美差，为何这等惧怕？我想要图他的姻事，先要得他的欢心。我自有道理。（转介）老师，门生自幼喜读海外之书，颇怀幪下之耻。今蒙老师提拔，欲报无由，待门生上个小疏，代老师这番劳顿何如？（外）若得如此，实为万幸。（生、小生）告退了。（外）石兄先别，张兄暂留，还有一言请教。（生）请缨不是明时事，执玉先修盛世仪。（下）（小生）老师有何赐教？（外）当初原为小女姻事得罪吾兄，如今还喜小女未曾出室，不如还借重吾兄作伐，以此赎罪何如？

【三段子】盖愆未迟，小裙钗犹然在闺。（小生）别事只管效劳，若说起"做媒"二字，门生头脑都疼。自从受老师那番教训之后，门上贴了戒约，神前发了誓言，再不替人做媒了。多年戒媒，过来人如今不迷。（起介）门生告别。（外留介）兄不要太执。伐柯有待非无意，解铃还问何人系？（小生）宁失砭砭，无贻后悔！

（外）当初范生有了前妻，难怪老夫峻绝。如今老夫属意有人。要兄做个现成月老，这有何难？（小生）请问老师属意的是谁？（外）就是方才的石兄。（小生）门生与他虽是同门兄弟，相与不深。据他方才说，当初曾聘过一家。这又是范介夫的故事了。（外）兄不要管，老夫要赘他为养老东床。只要他见允，就是兄的鼎力；

那以前以后的事，都与兄无干。（小生）老师说过，门生才敢遵命。

【归朝欢】承谆命，承谆命，如何再推？暂破戒明朝另起。（外）休胶柱，休胶柱，随缘顺机。这姻亲全非昔比！（小生）请问老师，石兄若允了之时，佳期订在何时会？（外）明朝便把良缘缔。（合）为一对翁婿师生做个自在媒。

（下）

第三十一出 赐 姻

【越调引子·祝英台近】（旦上）出奇兵，排险阵，天幸厥功奏。闻说爹行，已人巧机彀。（小旦上）那堪妹却先行，姊翻迟嫁，个中事转添眉皱。

（旦）妹子，石郎做了爹爹的门生，岂不是天从人愿！昨日爹爹择婿，又恰好相中了他，倒央张表兄作伐，眼见得这段婚姻成就了也。

【祝英台】把几年愁，三处泪，今日一齐收。安排着十幅锦幡，一炷清香，忙把雨花神酬。妹子，我和你如今事成之后，追想当初结盟的时节，也觉得有好些呆气。回头，倘若是到如今天不从人，难道委实的把来生空守？这痴事，到底全亏天佑。

（小旦）你便替我欢喜，我如今好不替你担忧。

【第二换头】偻儊，怪你善旁观，迷局内，底事君知否？几曾见从井救人，人岸先登，自己反沉中流？这箕帚，我和伊原矢同操，该是谁先谁后？难道教你靠孤枕，晚来卧看牵牛？

（贴旦卜）件期偏讯速，好事不羁迟，小姐，方才张爷来回复，姻事说成了。今晚就要成亲。（旦喜介）谢天谢地，如今再无别虑了。妹子，请梳妆。（小旦闷坐不理介）（旦）怎么？我费了多少心机，才博得这一声喜信。你听了不见欢喜，反做这等愁眉怨态，所为何来？（小旦）我当初原说嫁你，不曾说嫁他；就是嫁他，也是为你。你如今不曾有个下落，教我如何独自先行？（旦）这等说起来，你要怎么样？（小旦）除非和爹爹说明白了，和你一齐……（旦）一齐怎么样？（小旦作羞容，旦笑介）亏你是个极聪明的人，说出这等极没窍的话。你家那个爹爹，可是好与他说得明白的？若要说明，定是从头拗起。（贴旦）时辰到了，快请小姐梳妆。（旦）留春，取妆匣过来，待我替他梳洗。（理发介）

【第三换头】光溜，全不俟膏沐为容，这色泽自如油。你这眉色儿浓淡得宜，不消画得，只替你掠一掠罢了。（掠介）纵有笔底远山，画里修蛾，难上你的眉头！（贴旦下，持衣上）这是新做的吉服。（旦看介）这衣身太做宽了，你那窄窄腰肢，

穿来怕不相称。待我略收几针。（缝介）把裙收，记取今日腰肢，好验他年肥瘦！（妆完，看介）细看你这温柔！原合与那人消受！

【前腔】（小旦）听剖，倘那人问你行踪，教我把甚话去相酬？（旦）他若问我，你教他放心，不须忧虑，我自有处。（小旦）难道两字放心，一语休愁，便足解他偻憾？（旦）你也忒多心。他和你新婚燕尔，那有工夫问到我身上来？（小旦）堪丑，怕新的鄙陋堪憎，转念糟糠依旧。姐姐，说便是这等说，你也早些生个计策，大家完聚了，省得牵肠挂肚。劝你返赵璧，早把相如功奏。

【隔尾】（合）对欢容，陪笑口，鬼胎愁担一齐丢。准备着次第于归赋好述。

【中吕引子·菊花新】（外冠带上）乘龙今喜得良俦，不负从前各彩球。冰玉可相伴，先自愧青居蓝右。

石郎受了兵科，闻得今日命下，赐一品服色，出封琉球。佃不知何日起程。日把亲事完了，再作道理。

【前腔】（生幞冠、锦袍，小生、末扮随使官，一捧敕，一持节，众鸣金、鼓吹引上）节旄呼拥出皇州，敢为姻私稍逗遛？三日赐淹留，深感荷圣恩高厚。

（见介）（外）请问贤婿何日荣发？（生）王言不宿，原该命下即行，但因愚婿将毕姻一事，奏过圣上，恩蒙给假三日。（外）这等甚好！（掌礼请介）（小旦上）（行礼照常介）

【中吕过曲·大环着】（合）这良缘天凑，这良缘天凑！姿貌同妍，才思俱新，家声都旧。夫婿少年衣绣，二八新人，早受五花封，七香驰骤。岂世上风尘凡偶？是一对神仙勾漏。欢声沸，贺客稠，看端霭呈云，篆烟生籀。

【尾声】纱笼宝炬花如斗，灿画堂有如晴昼，料应这钦赐的良宵有闰筹。

（俱下）（丑吊场）没志气，没志气。失了便宜又坏例。只见卖老婆的贴枕头，不见卖丈夫的当使婢。我家大娘极没正经，好好一个丈夫让与别人受用，还要替他扶头撮脚。如今他两个双双进房去了，你独自个冷冷清清坐在房里，怎生气闷得过？不免请他出来，耍他一耍。大小姐，快来！（旦急上）你大惊小怪，唤我出来做甚么？（丑）二小姐有请。（旦）他请我做甚么？（丑）他两个脱了衣服，爬上床去，"哎哟、哎哟"的叫了几声，忽然爬起来叫花铃：你去对大小姐说：教他一个好人做到底，方才我的头是他替梳，脸是他替洗，衣服是他替穿。如今这样的苦，还去请他来替吃！（旦笑，打介）（丑）不是花铃敢大胆耍你，若不取笑取笑，怎生挨过这一夜？

（丑）侍儿相伴数更筹，失却便宜拾却愁。

（旦）非是矫情甘寂寞，要思越俗擅风流。

第三十二出　觊　　美

【南吕过曲·秋夜月】（丑冠带，众扮各役，喝道摇摆上）纨袴儿，福分浑如是。初读诗书不识字，举其人而进其士。天公也有私，神灵也有私。

下官姓魏名楷，家君现任冢宰。姻亲七贵五侯，家私石崇、王恺。性中不屑聪明，心上带些云云暧。诗书不共戴天，笔砚视同苦海。草草学得完篇，者也之乎未解。自己密密加圈，先生不敢擅改。开得科举一名，去做观场小矮。还他黑字七篇，不管是非好歹。谁知富贵逼人，锦上花添五彩。举人何待夤缘，进士不须钱买。试官要奉权津，自会斑衣献彩。查出试卷呈堂，主考连声喝彩。既然将出将门，敢不容他奏凯？及至放榜巍然，乡里一齐震骇。贺仪羊酒纷纷，世事幡然一改。纱帽软乎其翅，圆领硬乎其撮。双手把银带摩而又摩，两脚把皂靴踹而又踹。头上的三檐伞，上毛坑也要张；马前的五花头，谒家君也要摆。轩昂其实轩昂，潇洒果然潇洒。算来万事俱全，只少个娇娇滴滴、风风流流、现现成成的夫人奶奶。（笑介）下官未中的时节，曾聘一豪家之女为妻。岂料他没福做夫人，不曾过门先死了。如今虽喜得金榜挂名，尚未曾洞房花烛。闻得翰林院曹年伯有个小姐，叫做语花，姿貌文才，两擅其美，不免央媒人去说亲。叫长班，写红帖伺候。（末）爷央人到曹府说亲，还是说他家那一个？（丑）语花小姐。（末）这等，老爷不要想，有人做去了。（丑）谁做去了？（末）就是爷的同年嘉兴石爷，入赘曹府，昨夜成亲的。（丑）怎么有这等事？（顿足介）

【秃厮儿】顿足咨嗟，失良时，悔偏迟。洛阳见说花如市，我骄春拟作探花使，岂料雕鞍到处已无枝。

（末）爷不要慌，他家还有一个。（丑）怎么，还有一个？（末）他有两位小姐，招石爷的是第二个，大的还不曾许人。（丑）知他生得何如？（末）两个的才貌都是一般。

【前腔】不必咨嗟，及良时，尚未迟。洛阳犹幸花如市，虽然已遇探花使，还亏得无梯剩却最高枝！

（丑）这等，及早央人去求亲便了。

妹子做了新人，阿姊瓜还未破。

与我年长鳏夫，同是一般难过。

第三十三出　出　　使

【北醉太平】（净扮琉球王，引众上）虬蟠海邦，灏气苍茫，洪涛遥泻亘天光。奠金瓯，水一方。剑铓高拥芙蓉浪，声华远接天朝壮。若得个周官仪制汉宫装，一般般帝与王。

孤家琉球国王是也。自从遣国相往中国请封，要借天帝龙威，压倒地邻鲸喘，因此暹逻、日本观望不前。昨日探子来报：中朝天使同国相赍诏前来。已曾传谕国中，肃班挂彩祗候，只索亲往海边迎接去也。（重唱"周官"二句下）（生冠带，引众上）风摇旌旆锦云开，咫尺蓬壶醮景台。踏破鲛宫分海气，天书遥捧日边来。下官兵科给事中石坚，蒙恩赐一品服色，赍诏册封琉球。一路乘船而来，不觉已到海滨也。（杂扮海舶官，引船户上）禀老爷：漳州府海澄县市舶司，整备船只，伺候开洋。（生、众上船介）

【南普天乐】（生）捧皇纶，开仙仗，驾天风，凌鲸浪。艨艟泛，艨艟泛，渤宇汪洋，护轻帆蜿绕龙翔。（合）呀！把天朝拜仰，恩波似水长。看取遐荒鳞介，都变冠裳。

（俱下）

【北朝天子】（净、众上）摆翠旌羽幢，控珠鞍彩缰，踏沙堤歌舞迎天仗，倾都士女，慕中华景光。喜孜孜争凝望，锦帆儿远张，绣旗儿高扬。渺茫渺茫渺渺茫！汉仙槎，钧天奏响，钧天奏响。小番家都欢畅，小番家都欢畅！

【南普天乐】（生、众上）五云开，披青嶂，六龙浮，依彤仗。芳洲近，芳洲近，蝶雉微茫，正诗成笑傲沧江！（净跪迎介）琉球国臣尚巴志拜迎天诏。（生）国主免礼，就此摆队入城，祗候开读。（行介）（合）呀！把天朝拜仰，恩波似水长。看取遐荒鳞介，都变冠裳。

（扮飞桥入城，生开读介）奉天承运皇帝诏曰：朕恭承天命，诞受多方，爰暨海隅，罔不率俾，声教所讫，庆赏惟同。尔琉球国僻处东南，世修贡职。国主尚巴志，贤足长人，才能驭众，间关请命，恭顺有加。今封尔为琉球国中山王，仍赐冠

袍玉带等物。凡国中官僚耆旧，俱许照式改易冠裳。永绥海国，共享升平。谢恩。（净、众谢恩毕，更衣冠，拜舞介）

【北朝天子】荷天朝耿光，拜纶书远将，普琉球喜气三千丈。金蝉翠组，把毡裘改装。闪绯袍蟠龙样，这风流怎当？这威仪偏壮！小邦小邦小小邦，受恩施，天高地广，天高地广。累嵩呼酬恩觊，累嵩呼酬恩觊！

（生、净相见介）（净）蛮夷僻远，猥蒙天使宠临，拜觌龙光，荣增荒服。（生）下官谬膺相礼，得借观风，幸晤贤王，三生有幸。（净）海国荒凉，无以为敬，薄具杭酒，为天使洗尘。（生）蒙爱了。（送席介）

【南普天乐】（生）海东头，风偏爽，锦中山，规模壮。倾嘉醑，倾嘉醑玉乳生香，尽酡颜笑语徜徉。（合前）

（净）鄙国有一二蛮女，敢出侑觞，未知堪娱耳目否？（生）天南春色，风景自殊；既有佳优，愿新观听。（旦、小旦扮夷女，歌舞奉酒介）

【北朝天子】（净）蠢生生傅粉庞，笑吟吟捧紫觞，牝虞侯〔候〕混扰芙蓉仗。蛮音聒琐，闹仙官两旁。莽趋承惭无状，料没有歌声儿绕梁，霓裳儿飘飏。远方远方远远方，仰华风，居然霄壤，居然霄壤。也开怀寻欢畅，也开怀寻欢畅！

（生）过蒙款延，醉酒饱德。暂回馆舍，明日告辞。（净）地主之礼未尽分毫，岂得匆匆言别！（生）简书可畏，不敢久羁。（净）这等，明日备下谢表，敢具方物数种、番女十名，仍遣国相随天使入朝谢恩。

【南普天乐】（生）饫隆情，承嘉觊，数归期，增惆怅。才观遍，才观遍，海甸风光，又早思鸣玉铿锵引。（合前）

（生）匆匆衔命海东游，（净）上国文星不久留。

（生）归去朝天弭使节，遍从臣宰说琉球。

第三十四出　矢　贞

【正宫引子·燕归梁半】（外便服，带末七）放却长愁又短愁，妹嫁也，姊还留。

下官自从赘了石郎为婿，代我册封琉球，不但门楣得人，亦且桑榆有靠。只是养女未曾出嫁，今日魏年兄央人替他儿子作伐，我已亲口许他，不免教女儿传与他知道。院子，请二小姐出来。（末传介）

【前腔】（小旦、贴旦上）才嫁萧郎便远游，空撇下，一团羞。

爹爹唤孩儿有何分付？（外）我儿，你虽得偕佳偶，阿姐未遂良娴，终是我不了心事。我如今已选了女婿，你去说与他知道，待他放心。（小旦）孩儿有话，正要禀告爹爹。他当日受过石家之聘，誓死不肯二天。

【南昌过曲·懒画眉】他寸丝当日已曾收，绳足难教系两头。（外）这话他初来时节也曾讲过。但据他说多年不通音耗，如今知在那里？（小旦）关雎今已在河洲，空将窈窕眉儿皱，反被个不淑的人儿僭好逑！

（外）如今访得在那里？（小旦）就在我家。（外惊介）怎么就在我家？是那一个？快讲来！（小旦）当日他父亲为别驾，石郎父为司李，两个以同寅缔好。石家以金钗为聘，他家以玉蟾答之，后来两家迁播，二亲都丧，故此音问不通。前日孩儿见石郎以玉蟾自佩，问他何来？他说是崔家回聘之物。孩儿带在身边，姐姐见了认是他家故物，拿出金钗来一对，才知他就是石郎的原配。（外）怎么有这等奇事？

【前腔】（小旦）他有缘千里巧相投，难道教他对面无缘强拆俦？不但姐姐不肯做失节之人，就是孩儿也不肯陷石郎于非义。怎教他无罪逐前鸠引，把鹊巢占却颜何厚？因此上左席常虚半幅绸。

（外）岂有此理！你已嫁了石郎，难道又把他嫁与石郎不成？我且问你，既然两个并嫁，还是谁做大，谁做小？（小旦）他受鹊在先，又且年长，自然让他做大。（外变色介）胡说！好没志气。我当初做老儒，不肯把你与人做小，如今中了进士，入了翰林，你还说这等丧气的话。叫花铃，请大小姐出来，待我自己劝他。（贴旦请介）（旦上）云板声中传令至，湘帘影里唤人来。爹爹有何教谕？（外）我儿，方才妹子说你与石家这段情由，果然诧异，只是知道迟了几日。若在妹子未赘之先，我便替他别选才郎，完你两人凤好。如今妹子既和他偕了秦晋，势难两全。我已替你择了佳婿，就是石郎的同年，备下全付妆奁，不日遣嫁，你须要依从，不可执拗。（旦）爹爹在上，容孩儿细禀：

【前腔】儿时曾读女春秋，慕古期将妇德修。（出钗介）这钗荆已订百年逑，纵然不讳犹相守，那有个生抱琵琶过别舟？

（外）你若再嫁石郎，置妹子于何地？（旦）爹爹不须过虑，奴家也无再归石郎之理。

【前腔】虽不是金盆覆却水难收，也自知黄里黄裳事可羞。（外）既不肯别嫁，又不归石郎，难道空守一世不成？（旦）不劳爹爹费心，孩儿自有个退步。慈航便借柏为舟，洗脂浣粉离尘垢，俺自去削发除烦把苦行修。（径下）（小旦）呀，姐姐竟去祝发了！他的丈夫我占在身旁，使他不得其所。他如今做了烈女，我被外人谈论起来，成何体面？罢！不如也去削发除烦把苦行修。

（径下）（外作呆介）这桩事怎么处？（丑、贴旦急上）不好了，不好了！两位小姐都在那里剪头发了。他两个做了尼姑，我这几根金丝发也留不住了，怎么好？（外慌介）快去扯住！你说两个都嫁石爷，再无异说。快去！快去！（丑、贴旦应下）（外）你说有这等淘气的事？那一家女儿养不得，那一个进士招不得，刚刚弄他夫妻一对来在家里，如今淘这样的气！我若把两个都配他，一来大小难分，二来我已许了魏家，把甚么话去回复？（沉吟介）也罢！我将此事修下一道表章，奏明官里，但凭圣上发落便了。

欲将二女归甥馆，往事还须问帝尧。

第三十五出　并　　封

（生袍笏上）汉使初回博望槎，衣沾馀蜃入京华。重随鸾鹭朝天日，屈指星期尚未瓜。下官石坚，奉使琉球，还朝复命，官里尚未升殿，且在朝房伺候。（末扮番使执笏，老旦、丑扮胡女随上）夷夏从今已一家，陪臣两度入京华。冕旒亲睹朝仪盛，归去还从部曲夸。自家琉球国相便是。俺主受了天朝封册，差俺备了胡女、方物，前来谢恩，不免随天使入朝则个。（外袍笏上）治国齐家道本同，看来难做是家翁。痴聋装不到头处，拱手前来问至聪。下官曹有容，为二女姻事，备有表章，须索随班具奏。（内作升殿介）丹墀下一应官员，有文表各自披宣。

【越调慢词·入破】（生）奉差臣，石坚启：前日承恩旨，命微臣赍仁敕，册中山，备侯礼，永固藩篱。臣谨竭愚鞭驽，奉命前去。所幸微臣，乘风破浪，仗天威，海若波臣效力，未届期而至。读圣谕授冠履，听恩诏无不欢喜；一国君臣，北面呼嵩震地。诏开时，雕凿夷民，聚观似蚁。

【破第二】口称汉官，如此威仪美。遐方殊俗，方知膻骼堪鄙。拟从今日，冠裳世奉，腥膻略洗。没齿难谖，圣人有斐。

【衮第三】使事告成，不终日，旋把归装理。风伯效灵，转去帆，如一苇，旬日星槎早舣。伏念微臣，覆𬶠旷官有愧。拜丹墀，敬复命陈言，谨伏阙待罪。

【歇拍】（末）天使奏毕，陪臣斯启：臣主荷蒙兹隆遇，遥拜表，谢皇慈。仍着微臣，谨贡区区筐篚，列丹墀。伏冀麀存，曷胜慰私。

【中衮第五】（外）翰院待罪，微臣启：臣老今垂死，子尔一身，前无妻，后无子，实堪悲。膝下茕茕，止生一女在闺；已与石坚，永效唱随。

【煞尾】止为旧时，曾抚螟蛉女，岂知彼亲在日受人笄，遇流离，信音稀。及今细访，知是石坚原配。事虽奇，理出寻常，势难敌体。

【出破】将来妾号竟谁归？伏乞正名位。念老臣，齐家寡术深知愧，兹无任恃恩冒渎，悚栗徬徨之至！

（小毕扮内官，捧诏上）圣旨下：石坚妙龄奉使，练达有加，着该部纪功，加升品级。中山王遣使酬恩，深加国体，着中书写诏劳谕。曹有容所奏姻事，风化攸关，自应合配。长女矢贞不二，妇德可嘉；次女虚闺待贤，休风可式。二女不分妻妾，并封夫人，各赐胡女一名，以充侍媵。谢恩。（众谢恩介）

【黄钟过曲·滴溜子】皇恩遍，皇恩遍，人人遂意。呼嵩罢，呼嵩罢，欢声似沸。事情说来堪异，一封下九重，两贤媲美。这段姻缘，传遍四夷。

（生）胡姬备媵不寻常，洗却和番耻百场。

（外）明日大开花烛宴，（末）可容倭客打新郎。

第三十六出　欢　　聚

【越调过曲·梨花儿】（丑扮宾相上）小子生来做宾相，走尽朱门并陌巷。不见二女嫁一郎。嗤！何曾撒过这般帐？

自家京师第一个行时的宾相便是。翰林院曹老爷前日把第二位小姐，招了兵科石爷，今日又把大的小姐招他。奉圣旨：不分妻妾，并封夫人。今日敕赐完姻，特地唤我来伺候。

【黄钟引子·女冠子前】（外冠带上）荣恩天降，雌雄三凤朝阳。

（丑）宾相叩头。（外）不消，照常赞礼就是。（丑）这等。待我请新郎、新人出来。（做打扫喉咙，向内欲请介）（旦急唱上）

【女冠子前】良缘已遂，难瞒到底，不呼自出，休憎卤莽。

（丑背笑介）我做了一世宾相，不曾看见这个脱套新人。我还不曾请，他自己先钻出来了。（旦见外介）爹爹万福。（外见惊介）你一向是知礼的，怎么今日这等直率？宾相不曾请，自己走出来，大失体了。（旦）孩儿有话要面告爹爹，求将宾相遣开，待孩儿细禀。（外）难道又有甚么执意不成？如今是奉旨完姻，你要辞也辞不得了。（旦）孩儿并不敢辞，只是其中有个缘故。（外）偏是你有这许多缘故，再说不了。也罢，宾相且立过一边，说完了唤你来赞礼。（丑）新人自会成亲，宾相不须用得。出阁这等容易，上床料无难色。（下）（外）如今讲来。（旦跪介）求爹爹恕孩儿万死之罪，方才敢讲。（外）起来，但说不妨。（旦起介）爹爹在上：孩儿与石郎向年已曾偕过花烛，只因石郎出继舅家，改姓从范。孩儿与妹子在雨花相值，彼此怜才，曾在佛前结为姊妹。不想爹爹忽然把妹子带来，以致他思念成疾。后来石郎革了衣巾，归宗复姓，侥幸登科，孩儿随他进京，访问妹子的音耗。幸喜爹爹遴选闺秀，孩儿得入彀中。彼时若以实告，爹爹决不见收；孩儿若不进来，妹子的病决不能愈，所以只得诡词以对。如今赖爹爹福庇，良愿已酬，荣恩已下，孩儿若再不说出原情，将来欺天之罪，一发难逃了。因此冒死直陈，求爹爹恩谅。（外大惊，高叫介）怎么，当初在庵里做诗就是你？（旦）就是孩儿。（外）范介夫就是石坚？（旦）就是石郎。（外怒介）了也了不得！这等看起来，把我当做个傀儡，从那时节掣到如今，还不知觉。我当初不知就罢了，如今知道，难道还甘心受你们簸弄不成？（背想介）且住。我的女儿被他骗上手了，圣旨又是我自己请下来了，生米煮成熟饭，还拗得到那里去？不如做个好人。（转介）罢，罢，罢！人老无能，神老无灵。自家懵懂，难怪别人。让你们去完聚罢。（旦）石郎、妹子快来！

【女冠子后】（生冠带，小旦带贴旦，老旦、净、丑扮胡女上）（生）姻缘成谑浪新人自唤新郎，不须宾相。（小旦）真情知已露，原系同谋，赶来分谤。

（旦）事已说明，大家同来请罪便了。（生、旦、小旦同诡介）（生）岳父在上，不才婿负荆请罪！（旦、小旦）爹爹在上，不孝女负荆请罪！（外）你们也不消请罪，只求以后不要再做圈套，把我老人家卖去就勾了。（笑介）（生、众同拜介）

【画眉序】（外）家贼果难防，揾盗搴帏入深幌。把蛾眉奸细，认作儿行！说便是这等说，也是你们前世的姻缘。不然，我也是个有窍的人，怎么就被你们欺瞒到底？都只为暗绸缪足上丝牵，瞒得过老龙钟耳边铃响。（合）洞房只道偕新侣，谁知旧日糟糠。

【前腔】（生）两度赴科场，夫妇同收入罗网。喜天从人愿，赚入门墙。多谢你老祁奚举不私仇，须念我愚公治罪非身酿！（合前）

【前腔】（旦）自首免招殃，做一部传奇作供状。念怜才痼疾，犹胜似妒色。膏肓。也须念起死神功，盖得过瞒天大谎。（合前）

【前腔】（小旦）擢发罪难量，逆父欺天责非枉。念情钟女伴，不为儿郎。证蘖果此日姻成，惹情氛当年技痒。（合前）

（末卜）禀老爷：翰林院并科道两衙门各位老爷，都在堂上贺喜。（外）你夫妇间别久了，让你们团聚，待老夫去陪客罢。在处恐妨琴瑟乐，借端不避应酬烦。

（下）（生）侍儿们掌灯进房。（众跪介）禀老爷：还是进那一位夫人的房？（生笑介）你们只管掌灯，随我老爷走，汉家自有制度。（众掌灯，生左手携旦，右手携小旦，行介）

【鲍老催】洞房幽敞，鸳鸯锦褥芙蓉被，水波纹簟销金帐。左玉软，右香温，中情畅。双双早办熊罴褓，明年此际珠生蚌，看一对麒麟降。

【尾声】美人香气从来尚，偏是妒妇闻来不觉香。有几个破格怜才范大娘？

传奇十部九相思，道是情痴尚未痴。

独有此奇人未传，特翻情局愧填词。